21世纪远程教育精品教材·汉语言文学系列

外国文学作品导读

（第二版）

刘洪涛　主编

中国人民大学出版社
·北京·

总　序

我们正处在教育史尤其是高等教育史上的一个重大的转型期。在全球范围内，包括在我们中华大地，以校园课堂面授为特征的工业化社会的近代学校教育体制，正在向基于校园课堂面授的学校教育与基于信息通信技术的远程教育相互补充、相互整合的现代终身教育体制发展。一次性学校教育的理念已经被持续性终身学习的理念所替代。在高等教育领域，从1088年欧洲创立博洛尼亚（Bologna）大学以来，21世纪以前的各国高等教育基本是沿着精英教育的路线发展的，这也包括自19世纪末创办京师大学堂以来我国高等教育短短一百多年的发展史。然而，自20世纪下半叶起，尤其在迈进21世纪时，以多媒体计算机和互联网为主要标志的电子信息通信技术正在引发教育界的一场深刻的革命。高等教育正在从精英教育走向大众化、普及化教育，学校教育体系正在向终身教育体系和学习型社会转变。在我国，党的十六大明确了全面建设小康社会的目标之一就是构建学习型社会，即要构建由国民教育体系和终身教育体系共同组成的有中国特色的现代教育体系。

教育史上的这次革命性转型决不仅仅是科学技术进步推动的。诚然，以电子信息通信技术为主要代表的现代科学技术的进步，为实现从校园课堂面授向开放远程学习、从近代学校教育体制向现代终身教育体制和学习型社会的转型提供了物质技术基础。但是，教育形态演变的深层次原因在于人类社会经济发展和社会生活变革的需求。恰在这次世纪之交，人类社会开始进入基于知识经济的信息社会。知识创新与传播及应用、人力资源开发与人才培养已经成为各国提高经济实力、综合国力和国际竞争力的关键和基础。而这些是仅仅依靠传统学校校园面授教育体制所无法满足的。此外，国际社会面临的能源、环境与生态危机，气候异常，数字鸿沟与文明冲突，对物种多样性与文化多样性的威胁等多重全球挑战，也只有依靠世界各国进一步深化教育改革与创新，促进人与自然的和谐发展才能得到解决。正因为如此，我国党和政府提出了“科教兴国”、“可持续发展”、“西部大开发”、“缩小数字鸿沟”以及“人与自然和谐发展”的“科学发展观”等基本国策。其中，对教育作为经济建设的重要战略地位和基础性、全局性、前瞻性产业的确认，对高等教育对于知识创新与传播及应用、人力资源开发与人才培养的重大意义的关注，以及对发展现代教育技术、现代远程教育和教育信息化并进而推动国民教育体系现代化，构建终身教育体系和学习型社会的决策更得到了教育界和全社会的共识。

在上述教育转型与变革时期，中国人民大学一直走在我国大学的前列。中国人民大学是一所以人文、社会科学和经济管理为主，兼有信息科学、环境科学等的综合性、研究型大学。长期以来，中国人民大学充分利用自身的教育资源优势，在办好全日制高等教育的同时，一直积极开展远程教育和继续教育。中国人民大学在我国首创函授高等教育。1952年，校长吴玉章和成仿吾创办函授教育的报告得到了刘少奇的批复，并于1953年率先招生授课，为新建的共和国培养了一大批急需的专门人才。在20世纪90年代末，中国人民大学成立了网络教育学院，成为我国首批现代远程教育试点高校之一。经过短短几年的探索和发展，中国人民大学网络教育学院创建的“网上人大”品牌，被远程教育界、媒体和社会誉为网络远程教育的“人大模式”：即“面向在职成人，利用网络学习资源和虚拟学习社区，支持分布式学习和协作学习的现代远程教育模式”。成立于1955年的中国人民大学出版社是新中国成立后最早建立的大学出版社之一，是教育部指定的全国高等学校文科教材出版中心。在过去的几年中，中国人民大学出版社与中国人民大学网络教育学院合作创作、设计、出版了国内第一套极富特色的“21世纪远程教育精品教材”。这些凝聚了中国人民大学、北京大学、北京师范大学等北京知名高校学者教授、教育技术专家、软件工程师、教学设计师和编辑们广博才智的精品课程系列教材，以印刷版、光盘版和网络版立体化教材的范式探索构建全新的远程学习优质教育资源，实现先进的教育教学理念与现代信息通信技术的有效结合。这些教材已经被国内其他高校和众多网络教育学院所选用。中国人民大学出版社基于“出教材学术精品，育人文社科英才”理念的努力探索及其初步成果已经得到了我国远程教育界的广泛认同，是值得肯定的。

2005年4月，我被邀请出席《中国远程教育》杂志与中国人民大学出版社联合主办的“远程教育教材的共建共享与一体化设计开发”研讨会并做主旨发言，会后受中国人民大学出版社的委托为“21世纪远程教育精品教材”撰写“总序”，这是我的荣幸。近几年来，我一直关注包括中国人民大学网络教育学院在内的我国高校现代远程教育试点工程。这次更有机会全面了解和近距离接触中国人民大学出版社推出的“21世纪远程教育精品教材”及其编创人员。我想将我在上述研讨会上发言的主旨做进一步的发挥，并概括为若干原则作为我对包括中国人民大学出版社、中国人民大学网络教育学院在内的我国网络远程教育优质教育资源建设的期待和展望：

● 21世纪远程教育精品教材的教学内容要更加适应大众化高等教育面对在职成人、定位在应用型人才培养上的需要。

● 21世纪远程教育精品教材的教学设计要更加适应地域分散、特征多样的远程学生自主学习的需要，培养适应学习型社会的终身学习者。

● 在我国网络教学环境渐趋完善之前，印刷教材及其配套教学光盘依然是远程教材的主体，是多种媒体教材的基础和纽带，其教学设计应该给予充分的重视。要在印刷教材的显要部位对课程教学目标和要求做明确、具体、可操作的陈述，要清晰地指导远程学生如何利用多种媒体教材进行自主学习和协作学习。

● 应组织相关人员对多种媒体的远程教材进行一体化设计和开发，要注重发挥多种媒体教材各自独特的教学功能，实现优势互补。要特别注重对学生学习活动、教学交互、学习评价及其反馈的设计和实现。

● 要将对多种媒体远程教材的创作纳入对整个远程教育课程教学系统的一体化设计和开发中，以便使优质的教材资源在优化的教学系统、平台和环境中，在有效的教学模式、学习策略和学习支助服务的支撑下获得最佳的学习成效。

● 要充分发挥现代远程教育工程试点高校各自的学科资源优势，积极探索网络远程教育优质教材资源共建共享的机制和途径。

中华人民共和国教育部远程教育专家顾问
丁兴富

导　言

本教材选取世界19个民族、国家的42部优秀作品进行导读，适用对象是远程教育中国语言文学专业和普通高等院校文科的学生，以及广大外国文学爱好者。

本书汇集了外国文学数千年发展所积累的丰硕成果。为便于把握导读作品的历史脉络，有必要简要梳理一下外国文学史发展的轮廓。

古希腊是西方文学的源头之一，产生了史诗、抒情诗、悲剧、喜剧、寓言、散文等多种类型的文学作品，为后世西方文学提供了不朽的范例。我们选取其中的荷马史诗《伊利亚特》和索福克勒斯的悲剧《俄狄浦斯王》作为代表。

此后的西方文学经古罗马时期的过渡和中世纪的蛰伏，到但丁达到一个新的高峰。但丁是中世纪最伟大的诗人，他的《神曲》用梦幻故事的形式探索了人类精神的某些最本质的层面。

从14世纪到17世纪初，欧洲迎来了文艺复兴，文学上出现了百花齐放、欣欣向荣的局面。此后西方文学发展呈现出思潮流派更替的特点：文艺复兴时期的文学主潮是人文主义，意大利作家薄伽丘的《十日谈》、西班牙作家塞万提斯的长篇小说《堂吉诃德》、英国戏剧家莎士比亚的《哈姆莱特》都属于这一思潮。

18世纪欧洲迎来了启蒙主义文学，英国小说家笛福的《鲁滨逊漂流记》、法国作家卢梭的《新爱洛伊丝》、德国文学家歌德的诗剧《浮士德》代表了启蒙主义文学的最高成就。

18世纪末至19世纪前期，浪漫主义文学在欧美风起云涌。英国出现了华兹华斯、拜伦等重要诗人，法国有雨果，其《巴黎圣母院》是浪漫主义小说的代表作之一，俄国则出现了普希金。与前一时期相比较，西方文学扩大了地域范围，在联系上更加紧密。

从19世纪30年代开始，现实主义文学成为欧美文学的主潮。法国作家斯丹达尔的小说《红与黑》是这一思潮的开山之作。法国的巴尔扎克和俄国的托尔斯泰是现实主义文学的两座高峰，他们把西方古典文学推到新的高度。在本教材中，我们选了巴尔扎克的代表作《高老头》和托尔斯泰的《安娜·卡列尼娜》。此外，英国作家夏洛蒂·勃朗特的长篇小说《简·爱》、狄更斯的长篇小说《双城记》、哈代的长篇小说《德伯家的苔丝》，以及俄国作家契诃夫的戏剧《樱桃园》、挪威剧作家易卜生的《玩偶之家》等都是现实主义文学的杰作。

在19世纪中后期的欧洲，除现实主义文学主潮外，还出现了象征主义文学，本书选了其代表诗人波德莱尔的《恶之花》。

20世纪欧美文坛出现了现实主义和现代主义两大文学主潮。20世纪现实主义文学是19世纪现实主义文学在新时代的发展，涌现出许多优秀的作家和作品，本书选了劳伦斯的《虹》和海明威的《老人与海》作为其代表。从20世纪初开始，以激烈的反传统姿态出现的现代主义文学崛起，形成20世纪西方文学的一道波澜壮阔的风景线。现代主义文学本身也是发展的，以第二次世界大战为界，它可以分为前后两期。奥地利小说家卡夫卡，英国诗人艾略特，爱尔兰小说家乔伊斯，美国戏剧家奥尼尔、小说家海勒，法国戏剧家萨特、尤奈斯库和捷克小说家米兰·昆德拉，拉丁美洲小说家博尔赫斯、马尔克斯等，都是现代主义文学各个流派的杰出代表，本教材选取的是他们的代表作品。

东方文学的源头源远流长。希伯来民族的《圣经》和古印度史诗《罗摩衍那》是古代文学的杰出代表。东方中古文学分途发展，印度有迦梨陀娑的戏剧《沙恭达罗》，日本有紫式部的长篇小说《源氏物语》，阿拉伯民族有民间故事集《一千零一夜》。近现代东方文学受到西方文学的深刻影响，共同性增强，发展迅速。泰戈尔是近现代印度最优秀的作家，其代表作是哲理诗集《吉檀迦利》。黎巴嫩作家纪伯伦的《先知》是一朵文学奇葩。日本现代作家川端康成为日本文学带来世界声誉，本教材选的《伊豆的舞女》虽篇幅不长，但格调清新，颇能代表他的风格。

以上是外国文学数千年发展的一个极其简略的轮廓，也是本教材的选文范围。下面谈谈本教材的性质、体例和学习方法。

为深入理解《外国文学作品导读》教材及其课程的性质和特点，我们首先要把它与同它相近的一门课程“外国文学史”进行对比。概言之，这两门课程既有联系又有区别。说它们有联系，是因为两门课程的内容都是外国文学，文学史的主体是作品，文学史学习当然离不开作品，反过来，作品导读课程同样要考虑所选作品在文学史上的地位和意义。两门课程需要相互配合，才能使学生完成中文专业所必需的外国文学教育。说它们有区别，是因为它们是两门性质不同、相对独立的课程。“外国文学史”课程注重对外国文学作全景式的描述，注重文学发展的内在逻辑，注重思潮流派的演进和替换，在授课时它往往以时代、社会背景、文学的思潮、国别、民族特征、作家生平创作的概貌为讲解重点，而把作品作为证明作家创作特性的实例来处理。“外国文学作品导读”课程是一门名著名篇选读性质的课程，学习内容是一部部具体的作品，它给作品文本以独立的地位，强调学生通过对作品的直接阅读来获得对外国文学的感性认识，为进一步的文学史学习和理论概括准备条件。在学习步骤上，“外国文学作品导读”课程在先，“外国文学史”课程随后。无论是把握文学史脉络，还是认识和评价作家作品，都必须以阅读作品为前提。

为便于学生学习，主编按照普遍认可的一些定律和习惯，对教材所选作品进行了编排和规划。中国学术界一般把外国文学划分成西方和东方两大板块，这种划分也体现在本教材中。东方文学因为选入作品数量少，故只按时间排列。西方文学作品是学习的主体，因选入作品较多，我们采取“厚今薄古”的原则。“今”是指19世纪和20世纪的文学。19世纪西方文学产生了浪漫主义和现实主义两大思潮，名作迭出，群星灿烂；20世纪西方文学的一大特点是现代主义的崛起。“古”指19世纪以前的文学。依此原则，我们将西方文学作品分为三篇。在作品选择标准上，除了成就突出、内容健康且有代表性、在难易程度上适合于学生阅读等必然考虑的条件外，还照顾到国别、民族、地区等因素，以使作品分布广泛而合理，体现“文学多元”的原则。

虽然我们把中国以外的世界文学笼统地称为“外国文学”，似乎这些文学是一个整体，可以用一个标准、一个尺度去把握、去接受，其实这是一种误解。且不说东方文学和西方文学之间因分属不同文化体系，存在着巨大的分野。虽然欧美同属于基督教文化体系，但各民族之间的差异还是很大的。法国人的浪漫，德国人的严谨，俄罗斯人的救世情怀，英国人的实用理性，美国人的乐观自信，这些民族品格，都对各自的文学产生了很大影响。在学习外国文学作品时，可以有意识地按国别、民族的分类去思考，感受其中的异同，这样得到的收获会更大。

如前所述，西方近代文学发展的一个重要规律是思潮流派的发展更替。从文艺复兴至19世纪末的西方近代文学，依次出现了人文主义、古典主义、启蒙主义、浪漫主义、现实主义、自然主义、象征主义，可以说大潮迭起，逐浪走高。20世纪西方文学更是百花齐放，思潮流派纷繁迭出，涌现出后期象征主义、意识流、超现实主义、表现主义、存在主义、荒诞派、新小说、黑色幽默等现代主义文学流派。这些文学思潮流派彼此衔接或几乎同时出现。“外国文学作品导读”课程不讲授文学史，但如果对文学史的脉络略知一二，在学习具体的作品时，有意识地将作品与所归属的思潮流派的一般特点相印证，并建立起一个文学发展的时间序列，必能收到事半功倍的效果。

文学创新是文学发展的源泉，是作家追求的终极目标，更是一部作品千古流传的根本保证。因此，同学们除了从文学作品中寻找民族性、思潮流派特征外，更重要的是把握作品的创新与独特之处。例如同属法国现实主义作家，斯丹达尔的《红与黑》和巴尔扎克的《高老头》就有很大的差别：《红与黑》从政治的风云变幻中把握人物性格和命运，《高老头》则侧重于展示人与人之间的经济关系，强调的是金钱的作用。应该认识到，每一部作品都是独特的“这一个”，与“那一个”不相混同。同学们在学习每一部作品时，都应该将其看成是有丰富内涵的个体，从具体文本出发，加以细心领会。

需要指出的是，由于阅读能力的培养和提高主要依靠同学们课外广泛、深入地阅读原作，而文学阅读又是一项主观性、创造性很强的精神活动，因此，教材中的分析引导，只能提供一种理解作品的方式，它们不能代替学生的自主阅读体验。同学们当然可以只靠死记硬背教材中提供的现成答案来完成学业，但我们更鼓励同学们到文本的字里行间去直接寻找作品的真意。教材不以传授本学科基本常识和已有见解为全部目的，培养同学们独立思考、理解、分析作品的能力才是更重要的。因此，我们要求同学们脚踏实地掌握教材内容，在课后阅读作品全文，通过练习和作业巩固所学知识点，在这个基础上，培养对文学作品独到的看法，并能够独立对外国文学作品进行品评。

毛泽东同志十分强调要吸收全人类优秀文化遗产，为促进我国民族文学发展繁荣，推动我国社会主义文化建设服务。他在《新民主主义论》一文中指出：“中国应该大量吸收外国的进步文化，作为自己文化食粮的原料，这种工作过去还做得很不够。这不但是当前的社会主义文化和新民主主义文化，还有外国的古代文化，例如各资本主义国家启蒙时代的文化，凡属我们今天用得着的东西，都应该吸收。”① 作为新文化运动的主将，鲁迅先生同样重视外国文学。鲁迅在《拿来主义》一文中大声疾呼：“要运用脑髓，放出眼光，自己来拿！”“没有拿来的，人不能自成为新人，没有拿来的，文艺不能自成

① 《毛泽东选集》，2版，第2卷，706～707页，北京，人民出版社，1991。

为新文艺。”①

外国文学在中国近现代历史进程中所扮演的重要角色是有目共睹的。它为中国文学从古典向现代的转型提供了实质性的推力；它所包含挟裹的思想、观念冲击着古老的中国文明，策动了一波又一波文化创新的浪潮；它也深刻地影响了中国人的语言及日常习惯的诸多方面。在当前，学习外国文学，对于繁荣我国文学事业，促进文学趣味多元化，提高国民的文学鉴赏水平，推动国际文化交流，增进对世界的了解，都具有重要意义。

① 《鲁迅选集》，第四卷，29、30页，北京，人民文学出版社，1983。

目　录

西方文学

东方文学

西方文学

上篇 古代到十八世纪文学

荷马《伊利亚特》导读

学习提示

“荷马问题”。《伊利亚特》的基本梗概和情节结构特点。史诗中比喻的特点。英雄形象。

生平与创作

流传下来的完整的荷马史诗作品共有两部，即《伊利亚特》和《奥德赛》，相传是荷马所作。由于年代久远，关于荷马的生平，人们知道的十分有限。大多数学者都认为，荷马出生在小亚细亚半岛沿海一带。小亚细亚半岛现在土耳其境内，在古希腊时代，它的沿海地区建有不少希腊人的移民区，荷马可能出生在其中一个叫基俄斯的地方，时间是公元前 8 世纪。荷马是盲人，身份是游吟诗人，也就是走街串巷的流浪艺人，靠吟诵韵文故事为生，类似于中国古代的说书艺人。荷马史诗《奥德赛》卷八描写了一位在腓基尼王宫廷里卖唱的行吟盲歌手谛摩多科，这一人物形象历来被认为包含了荷马对自身的写照。荷马活着时四处飘零，乞讨卖唱，死后却享有崇高的声誉，有 9 座城市争着说他诞生在那里。柏拉图在《理想国》中认为“荷马教育了希腊”，亚里士多德在《诗学》中称荷马是“真正的诗人”。

研究者还认为，荷马史诗不可能是荷马一人所作。就像所有民族的早期史诗作品一样，荷马之前，史诗中的故事在民间流传过很长时间；荷马之后，又经过其他几个世纪歌手的吟唱、文人的传抄、学者的校勘整理，才有了我们今天看到的定型的文本。从这个意义上说，荷马史诗是由一个跨越时空的庞大作者群创作的，荷马只是这个作者群的代表而已。

情节梗概

史诗《伊利亚特》分为24卷，共15 693行。史诗故事源于古代特洛伊战争的传说。相传英雄阿喀琉斯的父母在举行婚礼时，没有邀请不和女神厄里斯。这位专门制造不和的女神便在婚宴上扔下一个金苹果，上写“给最美的女神”。三位出席婚礼的女神——天后赫拉、智慧女神雅典娜、爱神阿芙洛狄忒都争夺这个金苹果。官司打到众神之王宙斯那里，他让她们去找特洛伊王子帕里斯评判。三位女神向帕里斯各有许诺。赫拉许诺让帕里斯成为亚细亚国王，雅典娜许诺让他成为最伟大的英雄和战士，阿芙洛狄忒许诺让他娶世界上最美丽的女人。帕里斯把金苹果判给了阿芙洛狄忒，阿芙洛狄忒就帮助他拐走了斯巴达王的妻子海伦，因为她是世界上最美丽的女人。希腊人愤怒了，他们推举迈锡尼国王阿伽门农为统帅，组织十万大军远征特洛伊，要夺回海伦。战争持续了十年，最后是足智多谋的大英雄奥德修斯用木马计里应外合，一举攻陷了特洛伊，抢回了海伦。

《伊利亚特》的描写集中在特洛伊战争第10年的51天里，以希腊英雄阿喀琉斯的愤怒拉开了史诗的序幕。战争第10年，希腊人俘获了阿波罗（日神）庙的祭司的女儿。祭司带了很多黄金去赎女儿，遭到联军统帅阿伽门农的拒绝。此举令阿波罗极为震怒，连续9天，他用死亡之箭给希腊联军以惩罚。第10天，联军召开大会，军中最勇猛的将领阿喀琉斯要求阿伽门农放回祭司的女儿。阿伽门农虽勉强答应，但他要求补偿，并因此强行夺走了阿喀琉斯的女俘布里塞伊斯。阿喀琉斯于是愤然带领自己的部落退出了战斗。他痛哭流涕，向自己的母亲忒提斯（海洋女神）诉说自己的委屈，认为希腊人应该遭到神的重重惩罚。忒提斯请求宙斯为儿子报仇，惩罚希腊人，直到阿喀琉斯得回应有的尊敬和补偿。宙斯答应了她。

在两军对垒的战场上，帕里斯从特洛伊人的军阵中挺身而出，要求与敌单独决斗。希腊联军方面，被帕里斯拐跑了妻子的墨涅拉奥斯愤怒地出来应战。双方约定，胜利者将得到海伦及全部财宝，而双方也从此放下武器，缔约休战。决斗的结果是，帕里斯战败。阿伽门农于是要求特洛伊人遵守协定，交出海伦和财宝。眼看10年战争即将结束，希腊联军的将士们都欢天喜地。就在这时，众神在宙斯宫中聚会，赫拉要求毁灭特洛伊城，宙斯勉强答应设法使特洛伊人破坏停战协约。于是雅典娜唆使特洛伊人潘达洛斯放冷箭射伤墨涅拉奥斯，和约告吹，被神愚弄的双方军队又重新开始了残酷的战争。

战争的形势曾一度对希腊人有利。赫克托耳见形势危急，便请母亲领着特洛伊的妇女祈求雅典娜的保佑，并激励情绪低落的帕里斯继续战斗。赫克托耳的妻子抱着孩子，哭求丈夫不要再上战场，但把城邦的安危和勇士的荣誉看得高于一切的赫克托耳还是毅然投入了战斗。

赫克托耳所向无敌，伤了不少希腊人。阿伽门农召开会议，他对战争失去信心，建议回家，结果遭到狄奥墨德斯的坚决反对。老英雄涅斯托尔建议阿伽门农向阿喀琉斯道歉。此时的阿伽门农也后悔了，但他放不下架子亲自认错，只派人给阿喀琉斯送上丰厚的礼物，同时答应归还那个女俘，希望阿喀琉斯重新参战。余怒未息的阿喀琉斯拒绝了请求。

战斗重新开始，希腊将领阿伽门农、狄奥墨德斯、奥德修斯等纷纷受伤，埃阿斯苦苦支撑。特洛伊人在赫克托耳的带领下冲进希腊人的壁垒里，希腊人纷纷逃向海边的楼船。一旁观战的希腊将领帕特洛克罗斯为希腊人的惨败感到极为痛心，他走到阿喀琉斯跟前，恳求阿喀琉斯把铠甲借给他，让他带着人马出战。阿喀琉斯答应了好友的请求，同时也告诫他把特洛伊人赶出壁垒便回来，不要因贪功远离大军。特洛伊人看到铠甲以为帕特洛克罗斯就是阿喀琉斯，军心大乱，退出壁垒，往特洛伊城溃逃。帕特洛克罗斯被胜利冲昏了头，忘了阿喀琉斯的告诫，他冲杀出去，结果在特洛伊城下被赫克托耳杀死。埃阿斯虽然奋勇抢回帕特洛克罗斯的尸体，但铠甲却被赫克托耳剥走。好友的惨死令阿喀琉斯极为悲痛和懊悔，他决定与阿伽门农和解，重新参加战斗，他要杀了赫克托耳，为好友报仇。

应忒提斯的要求，匠神赫维斯托斯连夜为阿喀琉斯打造了一副最好的铠甲。阿喀琉斯重上战场，所向披靡，众神也相互厮杀，战争进入了白热化的阶段。特洛伊人纷纷退回城里，只有赫克托耳留在城外，等待着逼近的阿喀琉斯。年迈的双亲及妻子、奶娘苦苦哀求他到城里避敌，但赫克托耳不为所动，决心与阿喀琉斯一战。但他不是阿喀琉斯的对手，被一枪刺中咽喉倒下。临死前，赫克托耳哀求阿喀琉斯归还他的尸身，阿喀琉斯恶狠狠地拒绝了他，他剥下赫克托耳的铠甲，将他的尸首倒系在战车上拖回营地。

阿喀琉斯和希腊众将士为帕特洛克罗斯举行了隆重的葬礼。10天后的晚上，特洛伊老国王普里阿摩斯独自来到阿喀琉斯的营地，哀求阿喀琉斯允许他赎回儿子的尸身。阿喀琉斯被白发苍苍的老人感动，交还了赫克托耳的尸身。双方约定休战11天，特洛伊人举行隆重的仪式，沉痛哀悼他们死去的英雄赫克托耳。

分析与评论

公元前13世纪到前12世纪，即古希腊史上的“迈锡尼时代”（公元前16到前12世纪）晚期，希腊半岛部落的联军曾远征小亚细亚的特洛伊城，最后攻陷了这座城堡。这场战争规模宏大，历时10年之久，震动了整个希腊地区。迈锡尼文明虽然已成为过去，但有关这次战争的故事却在人们的记忆中保存下来，并由民间行吟歌手代代传诵，在数百年漫长的集体创作和流传过程中，重大的历史事件也掺和进了许多神话传说和英雄故事的成分，形成一个内容丰富的体系。直至公元前9至前8世纪时，这些口头流传的短歌才由盲诗人荷马加工整理，初步定型成我们现在看到的长篇叙事诗。

《伊利亚特》的内容并不是对特洛伊10年战争的完整记述，而只是以阿喀琉斯的愤怒为主题，集中描写了战争最后一年的51天里发生的事情。像战争的起因、阿喀琉斯之死、希腊人以奥德修斯的木马计攻陷特洛伊城等其他重大事件，史诗或是一笔带过，或是在人物对话中隐约预示，或是根本没有提起。史诗紧紧围绕着主题来展开情节和刻画人物，所有关键的情节都是环环相扣的。可以说，史诗的结构和布局具有一种高度严谨的统一性，避免了故事叙述冗长和芜杂的弊病，也在一定程度上达到了以一段短时期的事件来表现整个10年战争的目的。这样的处理手法已远远超出了那些简朴的民间口头创作，具有鲜明的个人书面创作的特色，没有一个作者的统一构思是很难达到的。因此说历史上确有一个伟大的诗人编订了史诗，这是有相当的可信度的。亚里士多德认为史诗的情节应围绕着一个整体的行动来展开，有头、有身、有尾，像个活的东西，这样才能给我们以特别的快感，《伊利亚特》无疑是这方面的典范。

《伊利亚特》向我们展示了古代希腊社会的政治、经济、军事、习俗等各种历史图景，堪称一部古代希腊人生活的百科全书，是研究远古氏族社会各方面情况的重要史料。19 世纪时，德国考古学家施里曼曾根据史诗中的有关描写，找到了古代的特洛伊城，这一考古史上的著名事件有力证明了《伊利亚特》中的确包含着朴素的现实主义因素。史诗中，随着波澜壮阔的特洛伊战争的展开，既折射出古代人们生活的原则和各种伦理道德观念，也囊括了神话、历史、哲学、艺术、天文、地理等各方面的知识。战争无疑是其中最重要的一笔。我们看到，当时人们的作战方式，氏族部落中民主制的具体运作情况，战时部落军事将领的特权和富裕程度，部落联盟的军事会议，战争带给人们的灾难等，史诗都一一详细加以描述。除了战争，史诗中非常有名的一段，是第 16 章写匠神赫维斯托斯带着劳动的喜悦为阿喀琉斯锻造甲胄的经过，诗人用了长达 150 行的诗句来描写阿喀琉斯盾牌上的图画，那上面反映了当时日常生产劳动的情景和各种生活细节，包括大自然的景色、农村和城市的风光、战争的情景、婚礼和宴会、竞技场上的表演等。

《伊利亚特》也被称为“英雄史诗”，是一部宏伟的英雄主义赞歌。马克思认为，古代希腊是人类童年时代“发展得最完美的地方”①。处于人类童年时期的古希腊人，并不像后世的基督教文明下的人们那样特别关心自身死后的状况。他们热爱现实生活，崇尚自然，无论战争、比武、斗智，他们都抱着莫大的乐趣，并努力在现实世界追求荣誉，建立功勋。史诗中所颂扬的那些美德，如勇敢、自制、爱部落、智慧等，几乎都是使一个人成为更优秀的勇士而不是凭此升上天堂乐土的东西。在对战争的描写中，史诗在歌颂英雄攻城夺垒的功勋和勇敢精神的同时，表现了一种动人心魄的阳刚之美；而史诗所表现出来的蓬勃的朝气和乐观健康的思想，则是处于童年时期的人类对于世界、对于自己都充满着信心的表现。

从当时的作战情况来看，战争的结局并不取决于普通战士的拼杀，而取决于武艺高强的英雄之间的决斗，因此，个别英雄人物的功绩在史诗中显得异常突出。伴随着英雄主义的主题，史诗塑造了一系列栩栩如生的古代英雄形象，如富有领袖气质而又贪婪自私的阿伽门农、暴烈任性的阿喀琉斯、勇敢公正的赫克托耳、聪明中又带有诡诈的奥德修斯等，他们各自有着突出的个性，给人以深刻的印象。在当时的战争中，他们共同表现出那一时代部落将领应有的品质，其中最为突出的，一是对故土的热爱，对自己部族的责任感，二是作为一个勇士的崇高的荣誉感，为此他们都表现得刚毅顽强。史诗中，安德洛玛刻劝丈夫赫克托耳不要上战场，诗人这样写道：

> 赫克托耳回答说：保卫特洛伊是我的职责，
> 有关战争的一切，都是我分内的事。
> 如果我赫克托耳像懦夫一样逃离战场，
> 岂不要被特洛伊的英勇的儿子们，

① 《马克思恩格斯选集》，2 版，第 2 卷，29 页，北京，人民出版社，1995。

和穿着长袍的特洛伊妇女所耻笑。
我从少年时候起就练习做勇敢的人，
在特洛伊人之中总是战斗在最前列，
替我父亲和我自己赢得光荣。

史诗开头明确地说，“阿喀琉斯的愤怒是我的主题”。阿喀琉斯这一人物具备了伟大的英雄所应有的全部素质：外貌英俊，孔武有力，英勇善战，有为朋友和部落忘我战斗的精神。在神话传说中，阿喀琉斯的命运注定了有两个结局：要么在家乡平安地老死，要么在战场上赢得巨大的荣誉，同时也夭折于战场。阿喀琉斯勇敢地选择了后者，既是因为他将勇士的荣誉置于生命之上，也是因为神的一个预言：如果阿喀琉斯不参战，希腊人就不能取得特洛伊战争的胜利，这表明他对自己的部族具有强烈的责任感。他愤而退出战场，并不尽然是意气用事，而是因为阿伽门农的霸道确实已经严重侮辱了他的个人荣誉；即便如此，阿喀琉斯还是听从雅典娜的劝阻，没有把阿伽门农置于死地，这说明他还是以大局为重。而他虽退出战场，但目睹了同胞失败的惨状，特别是好友的惨死，悔恨交加，最终将个人恩怨抛在一边，重上战场，以个人之勇力挽狂澜。

阿喀琉斯当然远非完美无缺。他为个人受到屈辱而祈求神惩罚整个联军，袖手看着同胞流血牺牲，还拒绝了阿伽门农的主动认错，间接地导致好友的惨死，这些固然让我们看到阿喀琉斯暴烈任性的一面，不过对他的英雄形象并不构成损害，反之，他作为一个血气方刚的年轻人自然流露的那种愤怒的情绪，以及种种近于孩子气般的表现，使他显得有血有肉，更符合真实生活中的英雄形象。总的来说，这是个被刻画得极富人情味的人物，他为个人屈辱和好友之死满腔仇恨，残忍地杀死被俘的特洛伊青年英雄赫克托耳为好友殉葬，但他也会为可怜的特洛伊老国王流下同情的泪水。对此，黑格尔在《美学》中评论道：“关于阿喀琉斯，我们可以说：‘这是一个人！’高贵的人格的多方面性在这个人身上显出了它的全部丰富性。”①

同样的评价也适用于赫克托耳。他是特洛伊当之无愧的英雄。赫克托耳深知，战争的起因在于弟弟帕里斯诱拐了别人的妻子，他也预感到了自己的厄运，而他本有足够的理由推卸责任，但他还是毅然代替年迈的父亲承担起保卫城邦的责任。当其他人都躲到城里的时候，赫克托耳不愿苟且偷生，而是独自面对强敌，战死疆场。崇高的勇士荣誉感，对城邦的热爱和忠诚，以及面对必死的命运所表现出来的大无畏的勇气，在这些方面赫克托耳比之阿喀琉斯都毫不逊色，但正如亚里士多德所说的：“他之所以陷入厄运，不是由于他为非作恶，而是由于他犯了错误。”② 他维护行为不轨的弟弟帕里斯，在道德伦理方面已处于绝对的劣势，最终也不能免于一死，成了帕里斯的替罪羊，因此我们看到，这一人物身上的悲剧色彩比阿喀琉斯要浓厚得多。

除了对英雄人物的塑造外，史诗事实上贯穿着人和神的两条线索。神的意志似乎干预和决定了战争的进程与结局，众神本身更是一个个事件的直接参与者。然而，崇尚现实和自然的古希腊人心目中的神远远算不上遥不可及、无所不能。宙斯本人并不能随意决定交战双方的命运，还得求助于天平。神除了长生不死之外，与人其实并没有多大的

① ［德］黑格尔著，朱光潜译：《美学》，第1卷，303页，北京，商务印书馆，1979。
② ［古希腊］亚里士多德著，罗念生译：《诗学》，48页，上海，世纪出版集团，2006。

差别，他们不仅具有人的体魄，还具有人的弱点、欲望和需求。后世的柏拉图反对在自己的“理想国”中以荷马史诗来教育青年，其中的一个重要原因，便是史诗中对神的并不太尊重的描写很容易令人们对神的敬畏心理有所消退。

《伊利亚特》具有很高的艺术价值，是马克思所说的世界文学史上的“一种规范和高不可及的范本”①，至今“仍然能够给我们以艺术享受”②。史诗首先对古希腊悲剧有巨大的影响，而后世的不少著名诗人和作家，包括维吉尔、但丁、弥尔顿、歌德等，都视其为创作上的典范。它的艺术特色，除了前面所提到的结构上严谨的统一性外，还保留了民间说唱文学创作特有的质朴有力的风格。史诗采用六音步诗行，这种诗行灵活多变，没有尾韵，但节奏感很强，便于吟诵。由于在史诗初步成型的年代，文字还没有流行开来，一开始只能由行吟歌手为听众朗诵或歌唱，为了避免遗忘前面已经吟唱过的情节，史诗常常重复，以惯用的词句描写类似的事物，有时甚至是一字不改的整段重复，如当表示新的一天开始的时候，诗中几乎总是说“当那初生的有红指甲的曙光刚刚呈现的时候”；又如在史诗第 9 章，阿伽门农第一次试图与阿喀琉斯和解时所允诺的条件，就分别通过阿伽门农本人和他所派出的使节一字不改地重复了两次。重复出现的词句无疑使吟诵显得铿锵有力，符合史诗那种英雄主义的格调。

贴切生动的比喻也是史诗的一个鲜明的艺术特色，在这方面，构成了有名的“荷马式的比喻”：史诗中的比喻均选自为人们所熟知的日常生活和各种自然现象，不仅增强了描述的形象性，也有利于将抽象的事物具体化，如希腊人中的雄辩家涅斯托尔的谈吐被喻为“比蜂蜜还要甘甜”；而且很多比喻都比较长，扩展成了一幅幅相对完整的画面。如第 3 章开头在描绘特洛伊人的阵势时写道，“恰似一群野生的鸿雁，疾飞的鹳鹤，发出冲天的喧喊，试图逃避冬日的阴寒和暴泻不止的骤雨”，诸如此类的比喻在史诗中比比皆是，为我们生动地展现了战争中沸腾的场面。

史诗还在神、英雄等人物或某一事物的名字前面反复地运用修饰性的词语，如“白臂女神”指的是赫拉，“眼睛闪着异彩”的女神用以指称雅典娜，另有“诡计多端”的奥德修斯，“头盔闪光的”、“光荣的”赫克托耳，“捷足的”阿喀琉斯等。这些反复出现的修饰性的词语，强化了人或事物的特征，很容易让人对史诗描写的对象留下深刻的印象。

此外，史诗对大型战争场面的把握，简洁而富有感染力的描写（如赫克托耳与妻儿的诀别、特洛伊老国王的哀诉等），也为后世一再称道。

关键概念

史诗　　“荷马问题”　　荷马式的比喻

思考题

1. 什么是“荷马问题”？
2. 《伊利亚特》在情节结构上有什么特点？反映的社会特征是什么？
3. 怎样理解阿喀琉斯和赫克托耳的形象？

---

①② 《马克思恩格斯选集》，2 版，第 2 卷，29 页，北京，人民出版社，1995。

索福克勒斯《俄狄浦斯王》导读

学习提示

索福克勒斯的生平和创作简况。悲剧的思想和艺术特点。《俄狄浦斯王》的剧情。命运悲剧。俄狄浦斯形象。《俄狄浦斯王》的艺术特点。

生平与创作

索福克勒斯（公元前 496？—前 406）出生在雅典一个富商家庭，幼年受到良好的教育，擅长音乐和体育。公元前 480 年，为庆祝希腊人在萨拉米战役中战胜波斯人，16 岁的索福克勒斯在合唱队领唱过凯旋歌。成年后，他积极参加雅典城邦的政治活动，与雅典领袖伯里克利过从甚密。公元前 440 年，他被选为“十将军”之一，与伯里克利一同出征讨伐萨摩斯。公元前 413 年，他当选“十人委员”之一，负责审理提交公民大会的提案。索福克勒斯 27 岁时第一次参加悲剧竞赛即一举战胜著名的埃斯库罗斯，拔得头筹。他一生写过 120 多部剧本，共得过 24 次奖赏，留传至今的有 7 部完整的悲剧，即《埃阿斯》（公元前 442）、《安提戈涅》（公元前 441）、《俄狄浦斯王》（公元前 431）、《厄勒克特拉》（公元前 418—前 414）、《特拉基斯少女》（公元前 413）、《菲罗克忒忒斯》（公元前 409）、《俄狄浦斯在科罗诺斯》（公元前 406）等。

索福克勒斯的悲剧创作反映了雅典民主制全盛时期的思想意识。他拥护民主制，痛恨暴君和僭主的专制统治，肯定人的创造能力和独立自主精神。他在悲剧《安提戈涅》第一合唱歌中的一句唱词“奇异的事物虽然多，却没有一件比人更奇异”，成了古希腊赞颂人的聪明才智的一句名言。在对待命运的态度上，索福克勒斯不强调人要服从命运，而强调人的自主精神和对命运的反抗。命运在他的心目中，也已经由具体的神退化为一种超乎人类之外的抽象观念。索福克勒斯继埃斯库罗斯之后，把古希腊悲剧艺术推进到一个新的阶段。他不写神而写英雄，使人物的行为、谈吐、感情更接近现实生活。他减少了合唱队的作用，首次在演出中采用第三个演员，加强了角色对白和戏剧成分。他放弃了“三联剧”的形式，使剧情更趋复杂，更强调情节的内在逻辑性，结构严密、完整。

情节梗概

故事发生在古希腊的忒拜城。据神话传说，忒拜城的创建者卡德摩斯的第四代子孙拉伊奥斯犯有罪孽，触犯了神，神咒他将注定被自己的儿子杀死。忒拜王拉伊奥斯和王后伊奥卡斯特生有一子，为躲避神咒，孩子一出生，拉伊奥斯就命人将其遗弃到荒山中。但执行任务的牧人心生怜悯，将婴儿交给科任托斯国的牧人。科任托斯王无子，便收养了这个孩子，取名俄狄浦斯。俄狄浦斯长大后从一个醉酒者口中得知自己不是科任托斯王的儿子，他去求神告知自己的亲生父母是谁，神却只说他将杀父娶母。他惧怕神示，急忙逃离了科任托斯。在一个三岔路口，他与正从此经过的忒拜王拉伊奥斯发生顶撞，失手将拉伊奥斯及众随从打死，只有当年奉命弃婴的那个牧人逃回忒拜。俄狄浦斯并不知道拉伊奥斯正是他的亲生父亲。

拉伊奥斯死后，狮身人面怪兽斯芬克斯在忒拜城外为害。凡从此经过之人都要回答斯芬克斯的一个谜语："什么动物在早晨四条腿，中午两条腿，晚上三条腿，腿最多时最软弱?"回答不出谜语的人就要被它吃掉。俄狄浦斯路过这里，他揭穿了谜底：人。婴儿在地上爬是四条腿，常人走路是两条腿，老人拄杖是三条腿。怪兽羞愧之下，跳崖而死。俄狄浦斯除了一害，被感恩的忒拜人拥为国王。按照习俗，俄狄浦斯娶了老王的寡妻伊奥卡斯特，他们生了二男二女四个孩子。他不知道伊奥卡斯特正是他的亲生母亲。此后过了十六七年，忒拜城开始闹瘟疫。这是悲剧《俄狄浦斯王》开场前的背景。

戏开场时，忒拜城正在遭受瘟疫，田亩荒芜，牛羊病死，妇人流产。祭司率众人向俄狄浦斯求告，请他根除瘟疫，以维护自己的好名声。俄狄浦斯说已经派内兄克瑞翁去阿波罗庙求神示，以找到灾难的原因。这时，克瑞翁求神示返回，说只要抓住杀死前国王拉伊奥斯的凶手，灾难就会消除。俄狄浦斯追问老王因何而死，克瑞翁说只有一个随行的牧人逃回，据他说是被一伙强盗杀死的。俄狄浦斯发誓一定追查到凶手，将其严惩。

特瑞西阿斯是忒拜城的先知，俄狄浦斯向他询问杀死老王的凶手，先知却吞吞吐吐，不肯明言。俄狄浦斯急躁之下责怪先知，还指责他和克瑞翁勾结，试图谋权篡位。气恼的先知预言了杀死老王的凶手，还说这凶手还将成为自己儿女的父兄、生母的儿子和丈夫。

俄狄浦斯当面斥责克瑞翁，克瑞翁试图打消俄狄浦斯的怀疑，但没有成功。二人正在争执，王后伊奥卡斯特上场，询问争吵的情由，俄狄浦斯把先知所言相告。王后说神示和预言并不准确。她举了老王拉伊奥斯的例子：神示说他的儿子将杀死他，但他却在一个三岔路口被强盗所杀；而他的儿子在刚出生时就被丢弃了。王后本意在宽慰俄狄浦斯，俄狄浦斯听后却魂飞魄散，他询问老王死去的细节，心中更加不安。他向王后讲述自己的身世，他所得到的杀父娶母的神示，他如何逃避神示，在途中一个三岔路口杀死一个老人及众随从。这一切和拉伊奥斯之死何其相似！但俄狄浦斯又心存侥幸，因为逃回的牧人说杀死老王的是一伙强盗，不是一个人。他派人去找那牧人，以对证此事。

科任托斯王因病去世，俄狄浦斯被推为新王。报信人找到俄狄浦斯，请他回去就任。伊奥卡斯特和俄狄浦斯得到这个消息，都庆幸神示没有灵验。但俄狄浦斯说自己仍害怕神示的另一半：娶母。报信人对俄狄浦斯道出实情，他并非科任托斯老王的亲生儿子。当年是忒拜国一个牧人将还是婴儿的俄狄浦斯交到他手中，后由科任托斯老王抚养成人。俄狄浦斯到底是谁？他做了什么？最后的悬念集于牧人。伊奥卡斯特预感到不幸可能发生，劝俄狄浦斯停止追查，被他拒绝，伊奥卡斯特冲进宫中。俄狄浦斯亦感到恐惧，但他发誓要查明真相。

牧人上场，俄狄浦斯叫报信人与他对质。不明就里的报信人与牧人相认，但牧人却再三回避。俄狄浦斯威吓牧人，牧人只好说出那个婴儿的下落及忒拜老王之死的实情。一切都应验了，俄狄浦斯悲痛欲绝，他喊道：“天光呀！我现在向你看最后一眼！我成了不应当生我的父母的儿子，娶了不应当娶的母亲，杀了不应当杀的父亲。”随后冲入宫去。

伊奥卡斯特知道真相后自杀。俄狄浦斯举针刺瞎了自己的眼睛，自愿选择放逐的惩罚。

分析与评论

索福克勒斯的悲剧被称为“命运悲剧”。命运是定数，是一种无法抗拒的力量，是人所不了解并且不能改变的事物发展趋势，它支配着万事万物以及人的生死祸福。古希腊人相信人和神都是有命运的。在古希腊神话中，有三个专司命运的神，她们“在人出生时就给了他们善或恶的命运，并且监察神与人的一切犯罪行为。在犯罪者受到惩罚之前，她们决不停止可怕的愤怒”[1]。命运之神力量之大，连众神之王宙斯都要听命于她们。普罗米修斯在古希腊神话中是先觉者的形象，但他只能对宙斯的命运发出预告，却不能改变其命运。命运往往是通过神谕、先知的预言或者是梦的形式宣告于人类的。在《俄狄浦斯王》中，命运是一股巨大的力量，总是把人的各种努力化解得干干净净，使事件向与人的意愿相反的方向发展。因为祖先的罪孽，俄狄浦斯还未出生就被预言了将弑父娶母的命运。这是一个可怕的命运：他本人无罪，却要代祖先受过；而这惩罚是如此之严酷残忍。俄狄浦斯出生后，父母得到他要杀父娶母的神示，立即命人将他双脚钉住，扔进深山。这是保护自己、反抗命运的本能举动，但失败了。牧人由于同情这个无辜的婴儿，把他交给了科任托斯国的牧人，俄狄浦斯辗转成了科任托斯王的儿子。俄狄浦斯长大成人，从神示中得知将杀父娶母，他急忙逃离了科任托斯，这是对命运的又一次反抗，仍然失败了，因为俄狄浦斯不知道，科任托斯王并不是他的亲生父亲。最后命运以不可阻挡之势汹涌逼来：他杀死的老人是他的父亲，娶的王后是他的母亲。父母和他本人都在最大限度地与命运抗争，却最终都未能逃脱命运的残酷定律，他们的竭力抗争却在无意识中实现了神谕的全部内容。其实命运在《俄狄浦斯王》中的体现，并不只限于杀父娶母一事。斯芬克斯之谜正是对人类命运的一个揭示。俄狄浦斯时而贵为王子，时而亡命天涯；时而君临一国，时而跌入九渊。这都是命运对他的捉弄。命运无所不在，无所不能。

戏剧中关于俄狄浦斯杀父娶母的命运，学者们有多种解释。社会学批评家的第一种看法是把它与原始社会人类对大自然认识的有限性联系起来。古希腊人生产力发展水平低下，对于他们无法认识和控制的各种自然现象，统统归因于神的意志。索福克勒斯通过俄狄浦斯的命运，反映了古希腊人在无法预料和征服的自然灾难面前的悲观愤懑情绪。社会学批评家的第二种看法更具体一些，认为俄狄浦斯杀父娶母反映了原始社会氏族血婚制向奴隶社会一夫一妻制过渡的特点。希腊原始神话中的诸神大都表现出氏族血婚制的特点，如宙斯和赫拉是姐弟关系，又是夫妻关系。进入奴隶制时代，血婚逐渐被

① ［古希腊］赫西俄德：《工作与时日·神谱》，33页，北京，商务印书馆，1996。

看成乱伦行为，发展成一种禁忌。俄狄浦斯娶母的行为，是对奴隶社会婚姻关系的亵渎和破坏，所以他罪感强烈，并且必受严惩。社会学批评家的第三种看法是把俄狄浦斯的宿命与索福克勒斯时代雅典的社会矛盾联系起来，认为那个时代是一个充满战争、充满了政治和经济矛盾的动荡时期。人们面对社会的动荡局势，感到惶恐和痛苦，于是，拜倒在冥冥的命运力量之下。按照弗洛伊德精神分析理论，俄狄浦斯杀父娶母又有新说。弗洛伊德认为，每个人的潜意识中都有针对父母的性欲望，儿子的性欲望指向母亲，女儿的性欲望指向父亲。由于性欲望是排它的，故儿子仇父，女儿仇母。在进化了的文明社会，这种性欲望虽然被压抑，却不能被根除。俄狄浦斯杀父娶母，正是这种本能的反映。近年来，文化人类学研究的成果也被用来解释俄狄浦斯的杀父娶母。根据这一说法，俄狄浦斯的遭遇反映了一些地中海地区氏族神话中新老王替代的“丛林仪式”。

尽管学者们对《俄狄浦斯王》中命运的根源做出种种解释，这些说法都不能冲淡这部戏剧所着力表现的个人意志与命运的冲突，以及由此展示的俄狄浦斯的英雄品格。古希腊神话中的命运三女神，克罗托负责纺生命之线，拉刻西斯决定生命之线的长短，阿特洛波斯负责切断生命之线。从相关神话细节中我们知道，命运之神最初并不具有邪恶性质。但在《俄狄浦斯王》中，命运不再是具体的神，其性质也发生了变化，它使一个无辜无罪之人遭到巨大的不幸，它的非正义性也就暴露出来。这当然和诗人索福克勒斯对命运的态度有关。正因为如此，俄狄浦斯王的主体意志和行为与命运的冲突，凸显了他的英雄性格。剧情集中在追查杀害老王的凶手一事上，这其实是俄狄浦斯命运之咒的延续。因为俄狄浦斯对自己杀父娶母完全不知情，国人亦不知情，神咒加于他的惩罚则无法实现。在这之前，他用智慧为民除妖；被拥为国王后，他治国贤明，受臣民拥戴，这为他英雄性格的发展埋下伏笔；而在追查凶手过程中，他英雄性格的全部力量和勇气才充分展露出来。瘟疫出现，神示要抓住杀害老王的凶手才能消弭瘟疫，俄狄浦斯立即勇敢地承担了责任，誓言找到凶手。先知暗示俄狄浦斯杀害了老王，而王后为消除俄狄浦斯对先知的误会，提到旧事，使俄狄浦斯开始认真看待先知的话。剧情发展到此，真正的考验摆在了俄狄浦斯面前。他本可以利用权力和地位终止调查，但他没有这样做，相反，他要求立即去寻找知情的牧人作证。科任托斯国的报信人无意间道出俄狄浦斯身世的秘密，可怕的真相眼看要被揭开，但即使王后绝望地哀求都不能拉他后退。牧人见到报信人，出于爱护俄狄浦斯的目的，不愿与报信人相认，俄狄浦斯只能威胁他，逼他说出真相。在拯救国家这个最高利益面前，俄狄浦斯早已把个人的生死荣辱完全置之度外。真相大白后，他又直面后果，放弃高位，刺瞎双眼，自我流放。在和命运的抗争中，他的诚实、正直、善良、坚强、刚毅等品格闪现出夺目的光辉。

按照亚里士多德在《诗学》中的见解，悲剧“是对于一个严肃、完整、有一定长度的行动的模仿”[①]，因此情节是悲剧的基础。情节的发展要具有必然性和内在的整一性。情节有“简单”、“复杂”之分，“复杂”的情节指通过合乎必然性的“突转”和“发现”而达到“苦难”的结局。悲剧还要能“引起恐惧与怜悯之情”。从这些意义上讲，《俄狄浦斯王》都是古希腊悲剧的典范，体现了古希腊高超的悲剧艺术。

《俄狄浦斯王》故事的起因错综复杂，但索福克勒斯没有原原本本从头写起，而是

① ［古希腊］亚里士多德著，罗念生译：《诗学》，30页，上海，世纪出版集团，2006。

把故事拦腰截断，前情移到戏外；又采用追溯法，使前情与当下的故事衔接，给当下的故事提供了充足的依据，并推动故事发展。如此处理，结构上紧凑利落，不拖泥带水。剧情从追查凶手开始，一开场就抛给观众一个悬念：谁是凶手？由于找到凶手被提升到邦国安危的高度，这一问题变得如此重大和迫切。在追查凶手这一剧情的进展中，又充满"突转"与"发现"。所谓"突转"，是指行动按照必然律或可然律转向相反的方向。所谓"发现"，是指"从不知到知的转变，使那些处于顺境或逆境的人物发现他们和对方有亲属关系或仇敌关系"①。在《俄狄浦斯王》中，"突转"与"发现"同时出现，被亚里士多德誉为"最好的发现"。如王后本意是想安慰俄狄浦斯，无意中却透露了老王被杀的细节；科任托斯国的报信人本想解除俄狄浦斯娶母的恐惧心理，却揭开了他的身世之谜；牧人登场，与报信人对质，谜底终于被揭开。三次突转，伴随着三次发现，最后真相大白，俄狄浦斯被逼到绝境。戏剧结尾，俄狄浦斯从顺境转入逆境，从至尊国王变成杀人凶手，他又刺瞎双眼，自我放逐。如此惨烈的不幸和苦难令观众产生无限悲悯的情绪。

关键概念

命运悲剧　　追溯法

思考题

1. 为什么说《俄狄浦斯王》是命运悲剧？
2. 俄狄浦斯是怎样一个形象？
3. 为什么说《俄狄浦斯王》体现了古希腊高超的悲剧艺术？

① ［古希腊］亚里士多德著，罗念生译：《诗学》，43页，上海，世纪出版集团，2006。

但丁《神曲》导读

学习提示

但丁的生平与创作。《神曲》的情节梗概。但丁的矛盾二重性。《神曲》的主题、艺术特点。

生平与创作

但丁·阿里盖利（1265—1321），是意大利的民族诗人，是从中世纪到文艺复兴的过渡时期最有代表性的作家，恩格斯称“他是中世纪的最后一位诗人，同时又是新时代的最初一位诗人”①。但丁出生于意大利的佛罗伦萨城，在《神曲》中他自述是古罗马人的后裔。他出生时家道已经中落，幼年丧母，大约18岁时父亲去世。他勤奋好学，曾拜当时著名学者拉丁尼为师，学习拉丁文、修辞学、古典文学和诗艺，悉心研究维吉尔、贺拉斯、奥维德等古典作家的作品，在哲学、历史、绘画、音乐等方面颇有造诣。

但丁生平中有两件事情对其创作影响很深：一是爱情。他从少年时代起就钟情于一个名叫贝雅特丽齐的女子，她24岁不幸夭亡，但丁在悲痛之余，转以诗歌形式来悼念她，创作出他的第一部文学作品——爱情诗集《新生》（1292）。在诗集的结尾处，但丁“决定不再讲这位享天国之福的人，直到自己更配讲她的时候”，那时对她要“讲人们关于任何女性都未讲过的话”，为《神曲》的创作埋下了伏笔。二是佛罗伦萨的党争及放逐生涯。在但丁所处的时代，意大利半岛尚未形成统一的民族国家，城邦林立，党争复杂激烈，教权和皇权互相牵制，但丁的故乡佛罗伦萨处在政治斗争的风口浪尖上。自1295年起，但丁全力投入政治活动，卷入佛罗伦萨残酷的党争之中。但丁属于代表新兴资产阶级利益的归尔甫党，归尔甫党击败了代表封建贵族利益的吉伯林党之后，又产生内讧，分裂为黑白两党，但丁为白党成员。但丁在政治斗争中坚持政权独立、执法公正严明的立场，曾一度影响政局。1301年，教皇干涉佛罗伦萨政权，但丁等三人赴罗马与教皇谈判。谈判期间，黑党夺取了政权，镇压白党，以贪污公款、反对教皇、扰乱共和国和平的罪名，判处但丁巨额罚金、流放边境2年、永不得担任公职。但丁拒不回乡认罚，后又改判永久流放。自此，但丁在外漂泊流浪达20年之久，最后客死拉文纳。

但丁的作品大多成书于放逐期间。除《神曲》外，另有三部重要著作：《飨宴》（1304—1307）是用意大利俗语写成的具有百科全书性质的著作，书中强调理性，指出人的高贵不在于门第显赫，而在于个人的美德。《论俗语》（1304—1308）和《帝制论》

① 《马克思恩格斯文集》，第2卷，26页，北京，人民出版社，2009。

（1310—1312）都用拉丁文写成，前者论证了俗语的优越性和形成标准意大利语言的必要性；后者系统阐述但丁的政治观点，其主旨是渴望意大利统一，并从理论上阐述了政教分离的观点。但丁的这些作品可以说都是为了他最后的杰作——《神曲》做的准备。《神曲》全面反映了作者的思想与艺术成就，既是中世纪文化的总结，又是近代文学的序曲。

情节梗概

《神曲》（1307—1321）是一部用意大利语写成的长篇叙事诗，分为《地狱》、《炼狱》、《天堂》三部，共 14 233 行。但丁给作品定名为《喜剧》，因其创作宗旨为“祛除现世人类生活的悲惨状态，引导他们达到幸福光明的境界”，且作品叙述从地狱到天堂、从苦难到幸福的历程，结局圆满，符合中世纪关于喜剧的定义。《神曲》是但丁在流亡生涯中历时 14 年的忧愤之作，后人对它推崇备至，薄伽丘以“神圣”加之，遂定名为“神圣的喜剧”，中文意译为《神曲》。

《神曲》采用中世纪梦幻文学的形式，描写但丁在幻游冥世三界的见闻及心路历程。大致的情节结构如下：在人生的中途（1300 年但丁 35 岁），诗人迷失于一座昏暗的森林，路遇豹、狮、狼三只猛兽，进退维谷，惊慌失措之际，情人贝雅特丽齐委派古罗马诗人维吉尔前来援救，指点一条脱困路径，引导他游历地狱和炼狱。

地狱在北半球，耶路撒冷为其顶点，共分 9 层，形似圆锥，直穿地心。第一层聚集的是降生于耶稣之前的古希腊罗马贤哲，他们并无过失，因未受洗礼，在此等候上帝裁判，维吉尔之灵魂即在此地。真正的地狱从第二层开始，第二～五层是上层地狱，依次分别囚禁着贪色、贪食、吝啬及浪费、易怒者的灵魂。六层以下是下层地狱，关押的是异教徒、犯有强暴和欺诈罪行的灵魂。蛊惑人心的邪教徒在第六层受到烟熏火烤；暴君、暴徒、自杀者、亵渎神明者、放高利贷者在第七层火雨烫沙中煎熬；第八层地狱有十条恶沟，犯有淫媒、诱奸、谄媚、伪善、偷盗、买卖圣职、挑拨离间、伪造钱币、占卜等罪者，皆在此受到不同的酷刑；撒旦、犹大、谋杀恺撒的布鲁托和卡西奥等卖主叛国者，冰冻在地狱最底层第九层的冰湖之中。但丁游历地狱后，通过地心，来到炼狱。

炼狱亦称净界，是一座平顶山，位于南半球的茫茫大海之中，共分七层，加上山门外的海滨和山顶的地上乐园，也是九层。进入炼狱的灵魂，生前所犯罪孽较地狱中的罪人为轻，分别在此洗净傲慢、嫉妒、愤怒、怠惰、贪财、贪食、贪色七种罪过，得到宽恕，便可升入天堂。

到达地上乐园后，维吉尔隐退，由天使贝雅特丽齐引导但丁游历天堂。天堂分为九重，依据距地球从近至远的顺序，依次为月球天、水星天、金星天、太阳天、火星天、木星天、土星天、恒星天和水晶天，这里圣洁、肃穆、明丽、群贤荟萃，是幸福精灵的归宿。天使簇拥在圣母玛利亚周围，贝雅特丽齐归位于玫瑰花丛，但丁沐浴天恩，得窥“三位一体”的奥义，神游告终，全诗结束。

分析与评论

西方文学中有三大寓意作品：但丁《神曲》、斯宾塞《仙后》（1590）、班扬《天路历程》(1678)。《神曲》是世界文学史上著名的“迷宫式”作品。但丁的《致斯加拉亲王书》是解读作品的一把钥匙。在此书中，但丁提出“四义说”，即字面的、寓言的、哲理的和秘奥的。就字面意义而论，全部作品的主题是“亡灵的境遇”，但“若从讽喻方面来看，它的主题却是人”。贯穿全诗的主角是诗人但丁，他于宗教神学的框架和思想体系中，融入了自己的政治、哲学和爱情观，是中世纪宗教神学的终结者和新时代人文主义思想的开创者。

第一，《神曲》采用中古梦幻文学的形式，具有浓重的宗教神学色彩。

以《神曲》开篇为例：

> 就在我们人生旅途的中途，我在一片昏暗的森林之中醒悟过来，因为我在里面迷失了正确的道路。唉，要说出那是一片如何荒凉，如何崎岖，如何原始的森林地，是多难的一件事啊！我一想起它心中又会惊惧！我说不清我怎样走进了那座森林，因为在我离弃真理的道路时，我是那么睡意沉沉。

诗人以梦境开篇，描述了一个充满寓意的场景，引出梦游三界的故事。此段中生命的中途、昏暗的森林和沉沉的梦境都有着独特的寓意。依据《圣经》的说法，中世纪的人们认为生命的顶点为35岁，1300年的夏天但丁35岁时被任命为政府最高行政机关的执行委员之一，持续了两个月就下台了，而两年后，他就被教皇势力驱逐出佛罗伦萨，然后终生在异乡漂泊。诗人把这段命运转折隐喻为“就在我们人生旅途的中途，我在一片昏暗的森林之中醒悟过来”。在他看来，从政治生涯的巅峰跌落，从党争的旋涡中脱身，无异于是从“昏暗”中“醒悟”过来。《神曲》开篇的叙述方式很有代表性，但丁把现实人生借宗教文学惯用的梦幻、象征、隐喻等手法表现出来，使作品蒙上了一层神秘的面纱，充满了神秘的寓意。

《神曲》描述的是灵魂的境遇，属于宗教神学的范畴。在作品中，但丁大量引用宗教典籍，广泛地讨论神学，以虔诚的态度视神学和信仰为人类达到至善至福境界的唯一途径。冥世三界的设置是以宗教神学为依据的，他幻想的地狱位于北半球的中心圣城耶路撒冷的地下，是一个巨大无比的深渊，象征灵魂在罪恶中越陷越深，沦入万劫不复之地；而炼狱是一座雄伟无比的高山，象征灵魂悔过自新，努力向上，获得新生，最后升入天堂。但丁想象的天堂源于托勒密的天文体系，共分九层，是璀璨光明的星空。群星般闪耀的天使和上帝不可逼视的强烈光环是基督教中常见的幻象。

《神曲》共分3部，每部又分为33歌，加上序曲，共100歌，每歌又由3句1节的诗段组成。在空间设置上，地狱、炼狱各为9层，天堂为9重，加上天府为10重。这些设置和构思，都与宗教神学有密切关系。“3”在中世纪象征“三位一体”，每部33歌象征耶稣的寿命，“10”在中世纪代表完美、圆满，“100”则代表着最完美。

第二，《神曲》的主题和思想内涵。

《神曲》的主题是在新旧交替和黑暗纷争的时代，个人和人类如何从迷惘和错误中经过苦难和考验，抵达真理与至善的境界。诗人借游历三界，与古今先哲贤人以及天使圣徒的探讨交流，涉及各种文化领域，来探索诗人自己、意大利民族和整个人类的前途与命运，认为人类的救赎之道在于道德自我完善，需以理性和知识辨明尘世的方向，以虔诚的信仰达到至善光明的境界。

《神曲》的思想内涵具有明显的二重性：一方面表现了鲜明的进步倾向，闪现着新时代人文主义思想的曙光；另一方面又表现出浓厚的宗教神学和禁欲主义的观念。这种矛盾性，既是但丁世界观矛盾的反映，也是新旧交替时代充满矛盾的时代精神的体现，是二希文化合流的明证。《神曲》中融合了《圣经》和古希腊罗马神话传说中的诸多人物，把他们共同纳入宗教体系进行评价和审判。简而言之，《神曲》的思想内容体现了古希腊的理性精神与基督教的宗教信仰的冲突与融合。

《神曲》的主旨内涵的重要价值在于其时代进步性，下面我们来具体分析其进步性的突出表现：

（1）社会现实批判性。《神曲》是但丁政治生活和20载流亡生涯的感时忧愤之作，且以影响世人的实际行动为目的，具有强烈的政治倾向性。在《地狱》篇和《炼狱》篇中，诗人以象征和写实的笔触，广泛深刻地揭露了当时的政治和社会现实。他批判城邦林立、党派纷争的封建割据政权，哀叹“意大利各个城市都充满了暴君”，意大利人“无时无刻不处于战争状态，同一城墙、同一战壕的圈子里，人们都自相残杀”；同时揭露新兴市民阶级贪图私利、追逐金钱、重利盘剥的资本主义罪恶，严厉谴责“暴发户和突然发的横财，在那里滋长了骄傲和放荡无度之风”，在那里“骄傲、忌妒和贪婪是三颗星火，使人心燃烧起来”。此外，诗人对教会的揭露和批判尤其尖锐。诗人愤怒谴责教皇买卖圣职的罪行，“你们的贪婪使世界陷入悲惨的境地，把好人踩在脚下，把坏人提拔起来”，“你们把金银作为自己的上帝”，教士们也“从牧人变成了狼”，由于贪财好利，“把《福音书》和大教父们的著作抛开，只钻研《教皇法令汇编》”；诗中形象地用两个太阳来表达“政教分离”的思想，反对教皇掌握世俗权力。

（2）在欧洲文学史上最早放射出人文主义的曙光。《神曲》肯定现世生活的意义，认为它不仅是来世永生的准备，而且有其自身的价值。但丁借奥德修斯之口指出：“人生来不是为了像走兽一般活着，而是为了追求美德和知识。”诗人强调上帝造人的独特价值在于赋予人类以自由意志，人的行为决定其身后的评判，人有自由选择的权利，应该对自己的行为负道德责任。但丁赞美人的才能和智慧，对古典文化推崇备至，称荷马是“诗人之王”，“他的诗如同高飞的雄鹰，凌驾一切其他的诗”，称亚里士多德是“哲学家的大师”，称维吉尔是“智慧的海洋”，“其他诗人的荣誉和光明”。这些观点散布于《神曲》中，体现出反对蒙昧主义，提倡发展文化，追求知识和真理的新思想。

《神曲》中投射出的新思想中尤其值得称道的是，诗人突出对世俗爱情的肯定和赞美。但丁创作《神曲》的动机之一即是为青少年时代的恋人树立一座纪念碑，贝雅特丽齐在作品中升华为一个完美的天使，但丁的天堂之路即是受爱情的强烈感召而升华为虔诚的宗教信仰的。除此之外，在《地狱》篇中，但丁描述了一个凄美的爱情故事，即保罗和弗朗西斯卡的爱情。其中有一段脍炙人口的爱情描写：

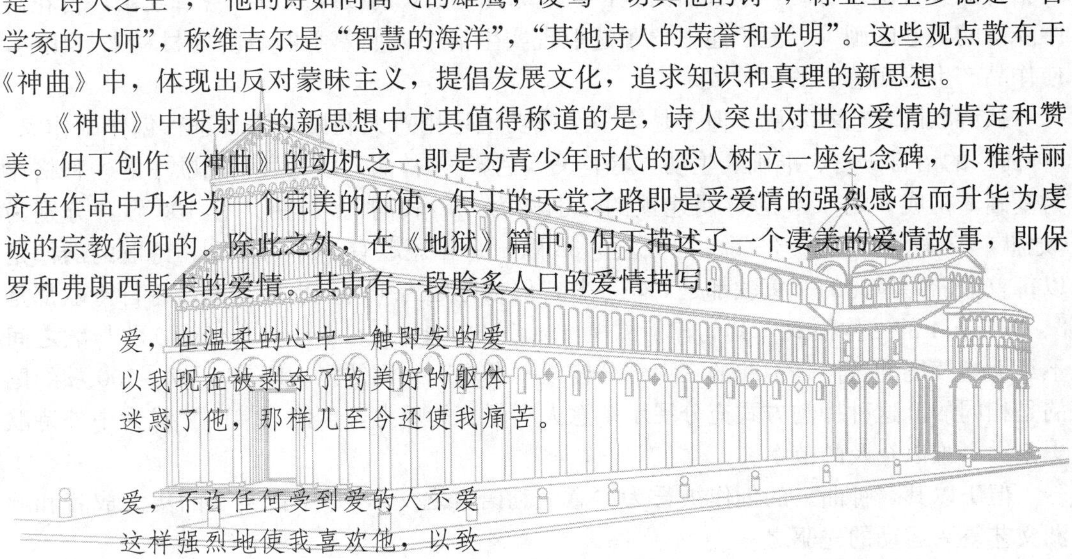

爱，在温柔的心中一触即发的爱
以我现在被剥夺了的美好的躯体
迷惑了他，那样儿至今还使我痛苦。

爱，不许任何受到爱的人不爱
这样强烈地使我喜欢他，以致

像你看到的，就是现在他也不离开我。

爱，使我们同归于死：
该隐环里等着那谋害我们的凶手
……

传说保罗和弗朗西斯卡是叔嫂关系，他们是封建包办婚姻的牺牲品，两人的相爱是在共同阅读骑士爱情故事中激发出来的。作者对他们的爱情故事产生共鸣，肯定了志趣相投、灵肉一体的爱情价值取向，是对宗教禁欲思想和精神之恋的一种突破。

第三，《神曲》的艺术特色。

《神曲》最为突出的艺术特点是严整的结构艺术。诗句篇章严格按照 3、33、100 等数据布局，犹如一座结构匀称、规模宏大的三棱体建筑。在三界的空间设置上，诗人亦是天才的造型师，把幽冥不可捉摸的境界幻化为可视可感的具体造型。以 9、10 为数字依据，并结合了天文学、地理学和几何学的知识，创造出独特的冥界图景；兼以梦幻为时序，形成了可视可感、虚实相生的幽冥境界。

《神曲》采用中世纪宗教文学常用的梦幻和象征的表现手法，勾勒出一个充满寓意的图景。从寓言来看，这个虚构的旅行乃是灵魂的进修历程，是一条伟大的精神朝圣的路途。此路途中的人物和场景都充满了象征意味。如维吉尔象征理性和哲学；贝雅特丽齐象征信仰和神学；地狱阴暗凄惨，象征现实世界的苦难与绝望；炼狱柔和爽目，象征希望达到的境界；天堂祥光四溢，象征理想完美的境界。

《神曲》中塑造了许多性格鲜明、栩栩如生的人物形象，这在中古文学中是无与伦比的。但丁塑造人物大多采用白描手法，以简洁的语句描述人物的神态和语言，使人物的音容面貌如在眼前。《神曲》中人物性格的鲜明程度由于地狱、炼狱、天堂三个境界性质不同而依次递减。景物描写是《神曲》的又一大特点。在写景方面，诗人像画家一样，善于运用光影效果和色彩变化，如地狱阴森昏暗、炼狱色彩明丽、天堂祥光四溢；贝雅特丽齐首次现身时，蒙着白面纱，头戴绿叶花冠，肩披绿纱巾，身着红裙，自花雨中降下的美妙图画等。但丁还很善于选取现实生活中人们熟悉的事物为材料来打比喻，使作品产生真实感人的艺术效果。

从诗歌语言艺术来说，但丁是第一个成功地运用意大利民族语言进行创作的作家。《神曲》的语言丰富、准确、生动，富有民族色彩。《神曲》以意大利民歌中的一种格律为基础，构成 3 句 1 节的奇偶连锁韵，也称为"三联韵"。神曲共有 100 歌，分别为《地狱》34 歌，《炼狱》33 歌，《天堂》33 歌，每首短歌有 140 句左右。诗歌的韵律是以每首短歌为单元的，每歌都是 3 句一节，但结尾处为 4 句，也就是说，每首诗歌都是 3、3、3…4 的结构模式，其韵律形式为 aba，bcb，cdc，efe…xyx，yzyz。歌与歌之间不承上连续尾韵，但是神曲的三大部分皆以"群星"一词煞尾，即 34、67、100 歌的尾韵是相同的。这种押韵方式充分展示了意大利语言的魅力，也使《神曲》成为中外诗歌史上一个难以企及的范本。

但丁以其《神曲》的创作被誉为"意大利语言之父"，是中古文学的集大成者和欧洲文艺复兴运动的先驱之一。

关键概念

基督教文学　　梦幻文学　　人文主义

思考题

1. 试论《神曲》的社会批判性。
2. 试论《神曲》的人文主义思想。
3.《神曲》的艺术特色是什么？

薄伽丘《十日谈》导读

学习提示

薄伽丘的生平与作品。《十日谈》情节梗概。《十日谈》的主题。《十日谈》框架故事的特点。《十日谈》的写实性。

生平与创作

乔万尼·薄伽丘（1313—1375）是意大利文艺复兴时期的作家。他是佛罗伦萨商人薄伽丘和一位法国女人的私生子，据说出生在巴黎。幼时生母去世，他被父亲带回佛罗伦萨，后来被父亲送到那波利学习经商和法律，前后约 12 年，但他对此毫无兴趣，没有取得任何成绩。在那波利期间，他有机会出入国王的宫廷。那波利国王罗伯特是一位开明君主，喜爱文艺、学术，周围聚集着一批文人、学者。薄伽丘与他们交往，丰富了阅历，扩大了视野，也培养了对古典文化的兴趣。约在 1340 年，薄伽丘的父亲生意陷入困局，薄伽丘不得不离开那波利返回佛罗伦萨。在佛罗伦萨，薄伽丘积极参加政治活动，在市民共和派与贵族复辟势力的激烈斗争中，他坚定地站在共和派一边。他曾多次受共和政府委托，出任外交使节，往来于各个城邦。1350 年，薄伽丘与人文主义作家、学者彼特拉克相识，结为知己。受彼特拉克影响，薄伽丘开始大力钻研古代作品，传播古代文化，促进了人文主义思想的产生。1374 年，他的挚友彼特拉克去世，薄伽丘受到很大打击。1375 年 12 月，薄伽丘在契塔尔多逝世。

薄伽丘是一位学识渊博的学者，又接触过从宫廷到城市广泛的社会生活，有丰富的实际生活经验，这些为他的学术研究和文学创作奠定了坚实的基础。他写有《但丁传》、《异教诸神谱系》(1350—1375）等学术著作。文学作品有传奇小说《菲洛克洛》(1336—1338)，叙事长诗《菲洛斯特拉托》（约 1338)、《苔塞依达》（1340—1341)，牧歌《亚美托的女神们》(1341）以及被称为欧洲最早的心理小说的《菲亚美达的哀歌》（1345）等。1348 年，佛罗伦萨爆发可怕的鼠疫，市民死亡过半。大约在鼠疫过去不久，薄伽丘开始创作《十日谈》，历时 5 年，1353 年完成。《十日谈》是薄伽丘的峰巅之作，也是意大利文学的奠基作之一。

情节梗概

1348 年，意大利名城佛罗伦萨爆发了可怕的黑死病（鼠疫)。每时每刻都有人死去，任何医生都束手无策。面对死亡，有人豪饮狂歌，纵情享乐；有人逃离城市，避居乡间。结果家庭离散，社会解体，繁华美丽的佛罗伦萨几乎成了空城。

在瘟疫期间，有7位年轻女子在一所教堂不期而遇，她们或者是亲戚关系，或者是朋友和邻居。祈祷之后，她们商量离开这个充满了死亡的城市，到空气清新的乡下去躲避。这时又有3个相熟的年轻男子出现在教堂里，女子们邀请他们同去，男子们欣然接受。他们一行10人到达一所美丽的乡间别墅，在那里，他们散步、唱歌、跳舞、宴饮，生活十分惬意。后来，7个女子之一潘比妮亚建议讲故事，大家欣然同意。于是，他们每天选出一个“国王”或“女王”，由他（她）来主持活动，督促、引导大家轮流讲故事。他们在别墅住了10多天，因为星期五和星期六是祈祷日，不讲故事，所以实际上讲了10天故事。每人每天讲1个故事，合计是100个故事。瘟疫过去后，他们离开了别墅，各自回家。这10天的讲故事活动，引出了《十日谈》的全部作品。以下是几篇有代表性的故事的梗概。

第四天，故事第一前的故事

从前有一个叫腓力的男子，他在贤德的妻子去世后伤心欲绝，发誓弃绝红尘，一心侍奉天主。于是，他把自己的全部财产捐给慈善团体，带着两岁的儿子到深山里结庐而居，虔诚地斋戒祈祷。儿子慢慢长大了，他因为担心儿子被凡间俗事扰乱心灵，对侍奉天主有所松懈，所以不曾让儿子离开深山住所一步。

光阴荏苒，孩子转眼到了18岁，腓力也老了。一天，腓力要下山讨要布施，儿子说想见见天主的信徒，也可以帮助父亲分担劳苦，要求跟着一起去。腓力看儿子对天主十分虔敬，认为他去浮华世界走一遭不致迷失本性，就答应了。来到佛罗伦萨，儿子看到皇宫、教堂、宅第，惊讶得不得了。正巧有一队衣着华丽、年轻漂亮的姑娘刚参加完婚礼回来，儿子问那是什么。父亲叫儿子赶快低头不要看，说那是祸水。儿子又问祸水是什么，父亲怕那些女子唤起儿子“邪恶的肉欲”，说那是些绿鹅。此刻，皇宫、教堂、宅第在儿子脑子里已经无影无踪，他对父亲说：“让我带一只绿鹅回去吧！”父亲这才明白，“自然的力量比他的教诫要强得多”，他深悔不该带孩子到佛罗伦萨来。

第四天，菲亚美达的故事

唐克烈亲王有一个美丽的女儿叫绮思梦达。亲王晚年得女，如获至宝，以致舍不得把她嫁出去。到后来实在不能再拖了，才把她嫁给了一个公爵的儿子。不幸的是，婚后不久，丈夫就去世了，绮思梦达成了个寡妇，重回到父亲身边。

绮思梦达风华正茂，有一个年轻人正常的情爱要求。她看看父亲没有再嫁她的意思，就打算私下找一个情人。她在父亲的宫廷里观察，发现一个叫纪斯卡多的年轻侍从品德高尚，气宇轩昂，深合她意，就爱上了他。纪斯卡多也有此意。亲王宫廷附近有一座山，山中有一个许多代以前凿的石洞，直通绮思梦达的卧室。这石洞废弃已久，无人知晓。绮思梦达偶然发现了这个石洞，就把它作为二人幽会的通道。纪斯卡多常从这石洞来和绮思梦达幽会，他们像神仙般快乐。

事有凑巧，一天唐克烈到女儿房间来闲坐。女儿正和女伴在花园里嬉戏，唐克烈不愿意打搅女儿的兴致，就在帷帐后一张椅子上坐下来，坐着坐着竟睡着了。绮思梦达回房间打开暗门，放纪斯卡多进来幽会，惊醒了唐克烈。唐克烈不愿此事张扬出去，就隐忍着，等一对情人散去后才悄悄跳窗离开。

唐克烈派人把纪斯卡多关押起来，但他决定不了如何发落女儿。他责怪女儿不该找一个出身低贱的人作情人。绮思梦达知道事情败露，父亲会严惩他们，但她并不屈服，她历数了纪斯卡多的种种优点和自己爱他的原因，表达了宁死也要在一起的决心。唐克烈不相信女儿有这样强的意志，下令杀了纪斯卡多，并派人把他的心脏盛在一盏金杯里端给绮思梦达。绮思梦达吻着那颗心脏，泪如雨下。随后，她把早已准备好的用毒草煎成的毒汁一饮而尽。等唐克烈赶来时，一切都为时已晚。临死前绮思梦达希望自己死后能和纪斯卡多合葬一处。唐克烈追悔莫及，为他们举行了隆重的葬礼。

第九天，爱莉莎的故事

漂亮的修女伊莎贝达看上了一位英俊的男子，男子也对她有意。但因为伊莎贝达在修道院，无法与心上人自由相爱。后来，男子发现了偷偷进入修道院的办法，就经常来和伊莎贝达幽会。二人如鱼得水，有说不尽的快乐。

谁知有一夜，修道院的一个修女发现了二人的私情，她把此事讲给其他几个修女听。大家商量向院长告发，但又想到请院长把那男子当场捉住岂不更好，于是暂不声张。又一夜，伊莎贝达和情人幽会，监视者认为时机成熟，就分成两班，一班守住伊莎贝达的房门，另一班急忙去敲院长的门，边敲边喊“在伊莎贝达的房间里有一个男子”。

女院长此时正在与一个教士睡觉，听到敲门声，不知何事，十分慌张。她急忙穿好衣服，拿起教士的内裤，还以为是自己的头巾呢，就戴在头上，冲了出来，带领着众修女去捉奸。伊莎贝达被当场抓住，受到院长声色俱厉的斥责。院长还说一定要严办不可。伊莎贝达起初十分害怕，但过了一会儿，她偶然抬头一望，发现院长头上有两条吊袜带在来回摆动，心里就明白了是怎么回事，她胆子大起来，开口说道：“请你先把头巾扎好再跟我说话吧！”院长伸手一摸，明白自己出了丑。她在众目睽睽之下，无法掩饰，索性叫大家各自去寻欢作乐。

分析与评论

人文主义思想是贯穿《十日谈》的一根红线，也是读者理解这部作品的一把钥匙。在人文主义思想的指导下，《十日谈》反对宗教蒙昧主义、神秘主义和禁欲主义，大胆地揭露教会的腐败和欺骗，以及种种悖情逆理、愚行固念。同时，它热情洋溢地歌唱爱情，歌颂人的聪明才智和美好品德，宣扬幸福在人间的积极思想。

《十日谈》中的爱情故事占据相当大比例。薄伽丘宣扬现世幸福的思想，在他看来，爱情是现世幸福最重要的体现。他把爱情看成是人的自然欲望和正常要求，一种不可遏制的力量。《第四天，故事第一前的故事》中的腓力，把儿子带离城市，隐居山林，一心事主。但多年后，儿子第一次在繁华都市见到女子，即刻被这“美丽生物”所征服，多年修行毁于一旦。爱情也是人类最美好的感情，它鼓舞人积极向上，使人变得心性高洁、聪明、机智、勇敢。《第五天，潘斐洛的故事》中的西蒙，本是个粗鲁、愚顽青年，但自从见到伊菲金妮亚的美貌仙姿，他“顽石般的心”便被爱神之箭射中，他也“由愚钝一变而为聪颖”。他学会了绅士应有的风度仪表、礼貌举止，精通了音乐、骑术、武艺，不出四年工夫，“就出落得俊俏无比、才艺出众，不愧为一个年轻绅士”。《第五天，潘比妮亚的故事》写纪安尼与莱斯蒂杜达相爱的故事。两个年轻人各住在一个岛上，为了爱情，纪安尼有时竟会泅水渡海去与女友幽会。莱斯蒂杜达被恶人劫走献给国王后，纪安尼四处寻找，还冒着危险潜入王宫，完全不顾自己的性命。《第五天，菲亚美达的故事》中的菲得里哥为了爱情，耗尽了自己的家产。最后，一贫如洗的他为了款待心上人，把仅余的一只心爱的猎鹰也宰杀了。各种封建教会势力是真挚爱情天然的仇敌，薄伽丘笔下的青年男女，为了爱情自由，不畏强暴，与各种反对力量作英勇斗争，甚至牺牲性命也在所不惜，如《第四天，菲亚美达的故事》，这篇《十日谈》中境界最高远的作品，全面反映了薄伽丘的人文主义思想，对各种封建势力和观念提出了强烈的谴责。绮思梦达在丈夫去世后暂回父亲家住，唐克烈则以父爱的名义将女儿据为己有，不再考虑她出嫁之事。年青的绮思梦达有着爱情的自然要求，她突破禁欲主义的束缚，大胆为自己寻找意中人。绮思梦达是亲王的女儿，纪斯卡多是亲王的侍从，在地位上他们是不平等的，但是她爱他的个人才华和品貌，而不是门第等级，这使他们的爱情建立在自由平等的基础上。绮思梦达和纪斯卡多的私情败露后，唐克烈动用封建宗法和行政力量，残忍地杀害了纪斯卡多，并准备严厉惩罚女儿。绮思梦达在父亲的淫威面前理直气壮地为自己辩护，义正词严地斥责父亲的暴行，最后殉情赴死。在反抗封建压迫、争取自由爱情的过程中，绮思梦达表现出敏锐、果断、刚烈、善辩的性格，突出地反映了新时代新女性的精神风貌。

揭露宗教禁欲主义和蒙昧主义，批判教会的腐化、伪善和欺骗，是《十日谈》的主要内容。薄伽丘从普遍人性的观念出发，把教士、修女等教会人士也看成是有着人之正常欲望的一群，他们与常人一样，有追求现世享乐的要求。但天主教要求教会人士戒除欲望，虔心事主，这和他们的自然欲望发生了矛盾。他们种种丑陋、卑劣、猥琐的行为，皆是这矛盾不能解决使然。薄伽丘把这些教会人士置教规教条于不顾，对天主缺乏敬畏之心，为满足个人淫欲而做出的种种伤风败俗劣行，暴露在光天化日之下。《第九天，爱莉莎的故事》里的女修道院长自己与教士偷情，却要惩罚修女的越轨行为，只是被修女抓住把柄，掩饰不过，只好叫大家各自去寻欢作乐。《第三天，潘斐洛的故事》里的费利斯修士，用计欺骗布乔去苦修，自己趁机与他的妻子幽会。类似的故事也出现在《第三天，劳丽达的故事》中：修道院长把一个农民囚禁在地窖里，让他相信是在炼狱里苦修，自己却与农民的妻子鬼混。他勾引农民的妻子时，竟恬不知耻地说："圣洁不圣洁要看你的灵魂，而我求你的事不过是肉体上的罪过罢了。"薄伽丘有多篇作品写教士因放纵情欲，被发现后丢人现眼的故事。《第四天，潘比妮亚的故事》写亚伯神父向一个女人求欢，结果被女人的亲属拿住，当众出丑。《第八天，爱米莉亚的故事》写教士费埃索莱向一个寡妇求欢不成，被捉弄羞辱的故事。薄伽丘对神职人员的贪婪、欺骗恶行也加以揭露。《第一天，爱米莉亚的故事》中的圣芳济派神父，外表道貌岸然，本心贪财狠毒。他抓住一个有钱人醉酒时随意说的几句话不放，诬告其亵渎耶稣，将其逮捕，威胁说要把其处以火刑。其实他并不是真心维护宗教权威，而是看中了有钱人的家财。这有钱人不得已给神父献上"一大块黄澄澄的'脂膏'"，见钱眼开的神父于是"开了恩"，将其释放了。有钱人领悟到神父敛财的奥妙，一次吃饭时，当众揭了他的短，弄得神父狼狈不堪。对于教会而言，既然其自身是信仰的代表，就需要有证明其信仰的信物存在，于是，种种"神迹"、"奇迹"、"圣徒"纷纷出现，以此来维护自身的统治，薄伽丘在小说中则把教会所披的这层神秘外衣剥去。在《第六天的故事十》中，一个教士被人将他的十字架用一块焦炭替换，他当众传教时才发现，灵机一动竟说这是当年受火刑的劳伦斯圣徒的"圣物"。他拿着这块焦炭在信徒的身上大画十字，保证信徒一年之内不会遇到火灾。在荒谬可笑之中使"圣徒"、"圣物"的光环顿然消失，使"神化”下的蒙昧主义赤裸裸地暴露在了阳光之下。薄伽丘不仅对神职人员予以讽刺，还能从总体上揭露教会的虚假和欺骗性。在《第一天，潘斐洛的故事》中，作者揭露了一个“圣徒”的制造过程。夏泼莱托本是一个“干的是公证人的这个行当，可他的拿手好戏就是编造假文书”，“遭他暗算因而丧命的也不知多少”的恶棍，但他在临终时编造了一篇忏悔之词，把神父骗得深信不疑。神父四处宣扬他的事迹，他的圣名越传越广，被称为“圣夏泼莱托”，民众以为是天主通过他显了灵。由此，薄伽丘一针见血地戳穿了所谓“圣徒”的本质。

《十日谈》还对人类性格中的种种固念、偏执、蠢行予以了辛辣的讽刺。《第一天，劳丽达的故事》讽刺的对象是一个守财奴。《第七天，菲亚美达的故事》中，一个嫉妒成性的丈夫被妻子愚弄。《第八天，妮菲尔的故事》中，贪财女子钱色两失。《第八天，爱莉莎的故事》的主人公卡拉特林是一个头脑简单、性格怪僻的人，他相信了朋友的鬼话，把满河的石头当宝石，捡了许多回家；还因老婆道破“天机”，把她痛打一顿。他本人做了蠢事不自知，以致洋相出尽。《第九天，菲亚美达的故事》续写了卡拉特林的“事迹”。这一次，他爱上一个妓女，别人就以此为诱饵，哄骗他财物。卡拉特林贪色心切，别人就给他一个据称能使那妓女百依百顺的符咒；而这符咒果然“奏效”，妓女被他引到了谷仓里。卡拉特林不知是计，正准备和妓女亲热，他老婆赶了来，把他狠揍一顿，算是报了上次挨打的仇。薄伽丘笔下的这些守财奴、嫉妒者、愚顽之人，因执迷不悟，以致做出种种悖情逆理之事。薄伽丘作为人文主义者，憎恶人性中的种种不健康甚至变态行为，这一类故事反映了作者的这一态度。

相反，薄伽丘从人文主义观念出发，对人的各种优秀品质，如聪明、才智、慷慨、友情等毫无保留地予以表彰。《第一天，劳丽达的故事》把“慷慨”作为“吝啬”的对立面提了出来。“慷慨”所具有的道德高度，令吝啬者汗颜，并从此洗心革面。《第六天，劳丽达的故事》中，一位年轻女子不畏权势，正义凛然地拒绝了主教和将军的轻薄。《第六天，妮菲尔的故事》中的厨子为讨恋人欢心，拿了主人的鹤肉给她吃。主人恼怒地追问时，他以自己的聪明善辩，逃过了责罚。《十日谈》中最能展示人性之清明、通达、明朗的一面的，是十个故事讲述者。这十个为逃避瘟疫而聚在一起的年轻人，个个英俊美丽，才智超群。他们组成了一个小小的团体，在大自然的怀抱中唱歌、跳舞、谈笑、讲故事。有趣的是，虽然是异性相处，有些人还有情人关系，但在这十天里，他们互相信任，互相尊重，行事节制、理性，表现了高度的组织纪律性。这个小小团体，已经具备了一个乌托邦社会的雏形。在瘟疫肆虐、传统社会结构崩坍之际，薄伽丘将人文主义理想应用到处理社会危机中来，有着很深的思想寓意。

《十日谈》具有很高的艺术性。首先是这部作品采用了“框架故事”的结构。如前所述，全书100个故事的起因，是1348年10个青年男女到郊外一座别墅去躲避黑死病。100个故事是他们为打发闲暇、排遣忧思，轮流讲出来的。这些故事按照时间的顺序，依次排列，每天10个故事，合为一组，共10天100篇。这种故事中套故事，以一个故事总领其余故事的结构，叫框架故事结构。这种结构方式起源于东方民间文学，阿拉伯的《一千零一夜》就是典型例子。研究者认为，薄伽丘可能是学习东方文学而采用了这样的总体结构。因为“框架结构”的存在，100个故事在外观上井然有序。

《十日谈》在内容上还有一个完整的“潜结构”。按照故事讲述者制定的规则，每天的故事基本上都有一个范围，所以这 100 个故事可以按天来分为十大类。第一天的故事不限题目，它们以颂扬天主的创造开场，却落实在对教会、教士的愚行乱性的嘲讽上。第二天集中讲人生中的重大变故，“起初饱经忧患，后来又逢凶化吉、喜出望外的故事”。第三天故事的是“在那命运无常的总题下，专讲它的一面”，即“凭着个人的机智，终于如愿以偿，或者是物归原主”。第四天的故事涉及“结局悲惨的恋爱”。第五天讲的是有情人历尽坎坷磨难，终成眷属的故事。第六天讲“富有机智的故事，或者是针锋相对，驳倒了别人的非难，或者是急中生智，逃避了当前的危险和耻辱”。第七天故事的范围是：“妻子为了偷情，或是为了救急，使用种种诡计欺瞒丈夫，有的被丈夫发觉了，有的把丈夫瞒过了。”第八天的故事扩大了前一天故事的范围，“或者男人作弄女人，或者女人作弄男人，或是男人之间互相作弄”。第九天的故事没有限定范围，内容也较博杂。第十天故事的题目是“人们在恋爱方面或其他方面所表现的可歌可泣、慷慨豪爽的行为”。这十天的故事，无不围绕着黑死病展开。在这场可怕的瘟疫面前，人们首先想到的是向神、向天主吁求。但由于天主教会的腐败堕落，这种吁求受到阻碍，人只好信托人自己，依靠自己的力量战胜各种灾难。爱情、才智、品德、运气是战胜灾难的四大法宝。同时，人也要及时行乐。《十日谈》这种内容上的预设，使 100 个故事具有高度的内在统一性。

薄伽丘的《十日谈》在欧洲文学史上占有突出的位置。它是欧洲近代第一部广泛表现现实生活的作品。这部作品题材来源十分广泛：从地域上分，有意大利本土的故事，也有取自地中海沿岸的法国、希腊、突尼斯、埃及、塞浦路斯的故事；从时间上看，有古代故事，有现实生活中的故事，还有民间故事。不管这些故事来自何时何地，薄伽丘都用“框架”把它们套装在意大利现实背景之下，改造成描写现世生活的生动故事，使作品真实地反映了中世纪晚期意大利真实的社会面貌，具有浓郁的时代气息。因为这种强烈的写实性、世俗性，《十日谈》被认为是西方文学史上第一部现实主义巨著。《十日谈》的结构形式，在欧洲具有广泛的影响。英国作家乔叟的《坎特伯雷故事集》（1387—1409）、法国玛格丽特·纳瓦尔的《七日谈》（1545—1549）、西班牙塞万提斯的《训诫小说》（1605—1613）等都从《十日谈》获益。此外，《十日谈》在景物描写、题材处理、人物形象塑造、心理刻画诸方面的经验，对近代欧洲短篇小说的发展也大有助益。

关键概念

框架故事　　文艺复兴

思考题

1.《十日谈》的主题是什么？

2.《十日谈》的“框架”有什么特点和意义？

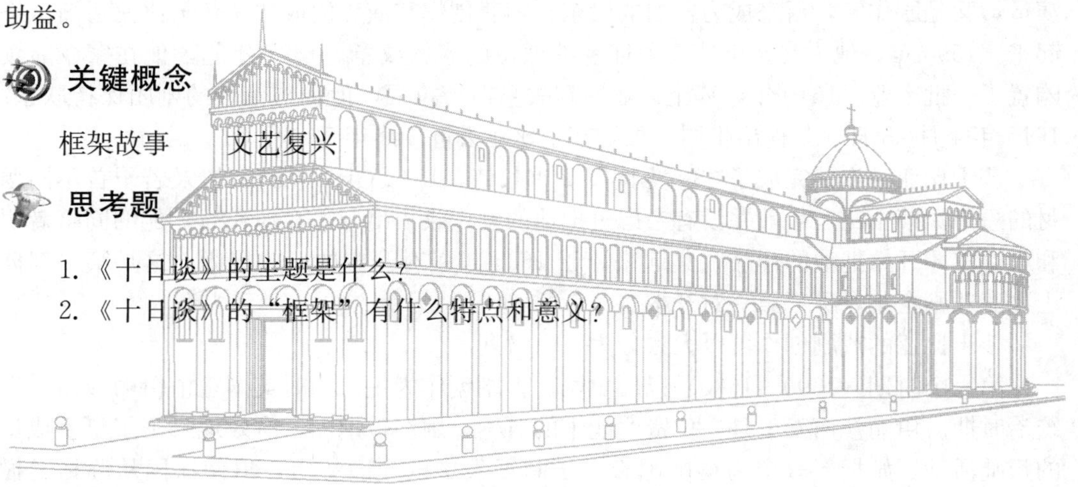

莎士比亚《哈姆莱特》导读

学习提示

莎士比亚的生平。戏剧创作的三个时期及特点。哈姆莱特形象的人文主义内涵。哈姆莱特的延宕及其原因。《哈姆莱特》的艺术特点。

生平与创作

威廉·莎士比亚（1564—1616）出生在英格兰中部的一个小镇——艾汶河上的斯特拉福。他的父亲约翰·莎士比亚是个商人，主要从事手套制作和销售，做过小镇的市政官，这是一个相当于镇长的重要角色，但后来家道中落。母亲来自有较高社会地位的家庭。莎士比亚幼时可能在当地的文法学校读过书，但没有相关记录留下来。1582 年，18 岁的莎士比亚与安·哈瑟威——邻近村镇一个比他大八岁的女子结婚。第二年，他们的女儿苏姗娜出生，1585 年，一对双胞胎儿子哈姆莱特和裘狄斯出生。莎士比亚早年在当地可能做过教师，但这一工作显然无法让他的家庭生活得好一些。1587 年，他随在自己家乡巡回演出的剧团去了伦敦，开始了戏剧生涯。在剧团里，莎士比亚给有钱的观众照料马匹，在戏里跑龙套，为演员当幕后提词人，这使他逐渐熟悉了剧场内外。大约在 16 世纪 80 年代末，他开始了戏剧创作活动，先是改编别人的剧本，继而独立创作。他创作的第一个剧本是历史剧《亨利六世》（1590—1591），上演后大获成功。随着莎士比亚在剧坛逐渐崭露头角，他也开始与权贵交往，受到骚桑普顿伯爵的保护。1594 年，莎士比亚加入著名的“御前大臣”剧团（1603 年更名为“王上供奉”剧团），既当演员，又是剧作家，后来成为剧团的股东。随着创作和演出的成功，莎士比亚逐渐富裕起来。1596 年，他为父亲申请到象征乡绅地位的家族纹章。1597 年起，他在家乡陆续购置了一批产业。1610 年，莎士比亚回到故乡斯特拉福，但仍与伦敦的剧团保持联系。1616 年 4 月 23 日，与他出生同一天，莎士比亚去世，终年 53 岁。

莎士比亚一生共完成了 38 个剧本、2 首长诗、154 首十四行诗，以及若干首不同题材的短诗。莎士比亚生前并没有考虑过把他的剧作收集出版，在他死后，他的同事赫明和康德尔才开始把他的作品收集起来，于 1623 年以对开本的形式出版。这是第一部莎士比亚戏剧全集，称“第一对开本”。

莎士比亚的戏剧创作可以大致分为三个时期。

第一个时期（1590—1600）以历史剧、喜剧创作为主。当时英国正值伊丽莎白一世统治时期。伊丽莎白女王是一位贤明能干的君主，她在位期间，有效地打击了皇室成员的叛乱活动。她把新教定为英国国教，压制了天主教守旧势力，迫使法国从苏格兰撤军，完成了英格兰与苏格兰的统一。这些作为，使封建中央集权制变得强大而稳定。伊丽莎白女王还积极鼓励英国人进行海外拓殖和冒险。1588 年，英国海军打败西班牙无敌舰队，举国欢腾，欧洲大陆为之震动。自此，英国取代西班牙成为海上的霸主。到 16 世纪 90 年代，国家团结，社会安定，经济繁荣，人民对国家和社会前途充满信心。莎士比亚的历史剧、喜剧和悲喜剧，就创作于这样的时代氛围中。

莎士比亚一生共写了 10 部以英国编年史为题材的历史剧，分为两个四部曲和两部独立戏剧。第一个四部曲是《亨利六世》上、中、下篇（1590—1591）和《理查三世》（1592），第二个四部曲是《理查二世》（1595）、《亨利四世》上、下篇（1597）和《亨利五世》（1598）。就剧中所反映的历史年代而言，第二个四部曲在前，第一个四部曲在后，时间上正好衔接。此外，还有反映年代最远的《约翰王》（1596）和反映年代最近的《亨利八世》（1612）两部独立的剧。这 10 部历史剧系统反映了自 13 世纪到 16 世纪 300 多年的英国社会历史。其中《亨利四世》上、下篇被认为是他历史剧创作的高峰。剧情开始于 1402 年 6 月 22 日，结束于 1403 年 7 月 21 日，历时 13 个月。戏剧交织着两条线索：一条是一些大贵族、主教如罗森伯兰伯爵、霍茨、约克大主教等起兵反叛国王和被消灭的过程，另一条是亨利王子与福斯塔夫等地痞流氓鬼混、打家劫舍，但最后改过自新的过程。最后亨利王子登基成为亨利五世。剧中展现了英国从封建割据状态走向中央王权统一的过程，表现了亨利五世由一个“浪子”转化成为“英明君王”的过程，突出了他英勇善战、贤明公正的君王气度。此外，这部剧还生动、细致地描绘了当时英国五光十色的平民社会，塑造了著名的福斯塔夫形象，这个喜剧角色的蠢行和笑话增加了戏剧观众的快乐，他的广泛的社会背景和交游使他成为各种社会关系的纽结点。

莎士比亚的喜剧主要写于第一时期，代表作有《仲夏夜之梦》（1596）、《威尼斯商人》（1597）、《无事生非》（1599）、《皆大欢喜》（1600）、《第十二夜》（1600）等 10 部喜剧，还有合乎喜剧精神，但形式上是悲剧的《罗密欧与朱丽叶》（1594）。莎士比亚的喜剧讴歌爱情和友谊，攻击、讽刺各种封建意识、封建势力和自私欺骗行为。在他笔下，爱情、友谊是健康、美好人性的最重要组成部分，正面主人公都出身高贵，男子勇敢、英俊、刚毅、忠实，女子美丽、聪明、热情、率真。他们为追求爱情自由、个人幸福，和各种阻碍力量发生冲突，最后总是取得胜利。因此，莎士比亚的喜剧格调明朗、轻松、欢快，洋溢着浓郁的抒情气氛。《威尼斯商人》是莎士比亚早期喜剧中比较重要的一部。商人巴萨尼奥为帮助朋友安东尼奥向鲍西娅求婚，不得已找犹太商人夏洛克借钱。夏洛克早就对巴萨尼奥心怀憎恨，想趁机报复。巴萨尼奥的商船在海上遭遇风暴，无法按期还借款，夏洛克要求巴萨尼奥履行契约，割下自己身上的一磅肉。鲍西娅在法庭上机智应对，打败夏洛克，她与安东尼奥最后也终成眷属。在剧中，安东尼奥、鲍西娅之间真挚的爱情和安东尼奥、巴萨尼奥之间无私的友谊，与犹太人商人夏洛克的贪婪、凶狠、仇恨形成鲜明对比。不过，莎士比亚并没有把夏洛克简单化，他对巴萨尼奥的仇视是犹太民族因遭受欺凌所积累的怨气使然，有现实的依据。

第二个时期（1601—1607）写的绝大多数作品是悲剧。这时，伊丽莎白女王的统治已经步入晚期，女王身体病弱，性情也变得孤僻、多疑。她任用亲信，生活奢侈。由于伊丽莎白女王没有子嗣，王位继承权问题也变得日益紧迫，封建势力蠢蠢欲动。与此同时，歉收、失业、通货膨胀等经济问题导致下层民众生活恶化，激化了社会矛盾。

1603 年，詹姆斯一世继位。新国王蔑视议会，迫害清教徒，穷奢极欲。而资本主义的原始积累也在加速进行，农村圈地运动把大批农民赶离土地，他们或四处流浪，或成为雇佣工人，社会风气沉沦。莎士比亚这一时期的悲剧作品，对动荡不安的社会现实进行了深刻的思考。

莎士比亚悲剧充满了人文主义理想与黑暗现实之间的尖锐冲突。莎士比亚认识到，由于黑暗势力过分强大，国家和社会正处在危急关头。人文主义理想代表重整乾坤的正义力量，但它的现实有效性却值得怀疑；更严重的是，社会上道德沦丧，情欲横流，与人文主义所鼓吹的“个性解放”被滥用也有莫大的关系。主人公身处这样的矛盾当中，一方面他们和现实的黑暗势力进行着卓绝的斗争，同时内心深处也经历着巨大的精神危机。主人公具有巨大的道德勇气，斗争顽强，但最后总是被毁灭。悲剧代表莎士比亚戏剧的最高成就，尤以《哈姆莱特》（1601）、《奥赛罗》（1604）、《李尔王》（1605）、《麦克白》（1605）这“四大悲剧”最为著名。其中，《李尔王》被认为是一部风格最崇高的大悲剧。悲剧的一条线索是李尔要求三个女儿用言辞表达对自己的爱，结果被巧言令色的长女和次女欺骗，失去国土和居所；三女儿考狄利亚率军讨伐姐姐被俘。最后李尔和考狄利亚惨死。另一条线索是大臣葛罗斯特因盲信被次子所害的故事。这部悲剧表现了人文主义所崇尚的社会正义、自然人性与权威、忤逆之间的冲突。大荒野和暴风雨把冲突提升到宇宙的规模，李尔在生活发生惨变后思想的转变，风格的沉郁、悲怆、愤懑，都使这部悲剧达到很高的艺术水平。

第三个时期（1608—1612）是传奇剧时期。詹姆斯一世即位后，代表新兴资产阶级利益的清教力量与王权之间的冲突加剧，社会现实更趋黑暗。莎士比亚看到人文主义理想在现实中实现的可能性更加渺茫，就从关注现实转入幻想世界，借助超现实的力量来弘扬人文主义理想。这一时期的戏剧以宽恕与和解为主题，轻灵空幻，诗意浓郁。主要作品有《辛白林》（1609）、《冬天的故事》（1610）和《暴风雨》（1612）。《暴风雨》是莎士比亚传奇剧中的佼佼者。米兰公爵被弟弟夺权放逐，和女儿米兰达漂流到一个海岛上。在那里，公爵动用魔法使恶人受到惩罚，但最后他又宽恕了所有的有罪者。

莎士比亚是世界文学史上少数几个最伟大的作家之一。同时代的戏剧家本·琼森为莎士比亚戏剧全集第一对开本的问世写了一首颂诗，称赞莎士比亚是“时代的灵魂”，“不属于一个时代，而属于所有的世纪”。① 这是对莎士比亚文学地位恰如其分的评价。

剧情梗概

第一幕

故事发生在丹麦。守城的士兵发现刚刚死去的老王的鬼魂深夜出现在城头，霍拉旭认为鬼魂出现“预兆着国内将要有一番非常的变故”。他们决定把鬼魂出现的事情告诉王子哈姆莱特。

新王克劳狄斯刚刚和老王的妻子举行过婚礼。他为自己和长嫂迅速结婚寻找借口：“我们凛于后死者责任的重大，不能不违情逆志。”但他的行事是谨慎的，事先征求了群

① 琼森：《题威廉·莎士比亚先生的遗著，纪念吾敬爱的作者》，转引自杨周翰编选：《莎士比亚评论汇编》（上），11、13 页，北京，中国社会科学出版社，1979。

臣的意见。先王曾接受挪威王福丁布拉斯的挑战并获胜，根据法律和骑士精神，挪威王把一部分国土割让给丹麦，但挪威王的儿子不服气，要夺回这块土地。克劳狄斯为应付不测，一方面在国内大肆扩充军备；另一方面又给挪威王写信以平息战斗。

哈姆莱特上场。克劳狄斯劝哈姆莱特不要太忧郁，他先赞扬悲哀是“你天性中纯笃过人之处”的表现，但又认为“固执不变的哀伤，却是一种逆天悖理的愚行，不是堂堂男子所应有的举动；它表现出一个不肯安于天命的意志，一个经不起艰难痛苦的心，一个缺少忍耐的头脑和一个简单愚昧的理性”。而人总是要死的，这是自然的事情。最后他说会把哈姆莱特当成自己的儿子、王位的直接继承人，请哈姆莱特不要回德国去，而在朝廷上领导群臣。这番话至情至理，可谓滴水不漏。当王后劝哈姆莱特不要忧伤时，哈姆莱特说“我将要勉力服从您的意志”。国王和王后离开后，哈姆莱特重又陷入痛苦之中，他诅咒这个虚伪的世界。霍拉旭前来告知鬼魂之事，哈姆莱特请他们保持沉默，并说今晚要去见鬼魂。

雷欧提斯和妹妹奥菲利娅上场。哥哥劝妹妹谨慎对待哈姆莱特的感情，他承认哈姆莱特的感情可能是真挚的，但“他有这样高的地位，他的意志并不属于他自己”。一个姑娘的心对这样的人打开，是危险的。他的一番话老到而诚挚。随后父亲波洛涅斯上场，对雷欧提斯有一番待人接物的训示。波洛涅斯不相信哈姆莱特对奥菲利娅的感情是真诚的，他不许女儿再接待哈姆莱特。

老王的鬼魂向哈姆莱特揭穿了事件真相：他中午在花园午睡时，被自己的兄弟，也就是现在的国王用毒药害死。哈姆莱特闻听深感震惊、愤怒，他请朋友保密，并谅解他以后所做的一切。

第二幕

疯癫的哈姆莱特去找奥菲利娅。波洛涅斯认为他为爱而疯狂，向国王禀报。为佐证，他把哈姆莱特写给奥菲利娅的情诗读给国王听。心中有鬼的国王将信将疑，他派朝臣也是哈姆莱特的朋友去试探虚实，而波洛涅斯也自告奋勇亲自去试探，在女儿和哈姆莱特说话时请国王偷听。哈姆莱特从罗森格兰兹和吉尔登斯吞二人口中听说有戏班子要到宫廷演出，他有了新的计划。他希望戏班子晚上上演《捕鼠机》中的《贡扎古之死》。当舞台上只剩他一个人时，他诅咒自己的延宕。

第三幕

罗森格兰兹二人试探哈姆莱特，结果不甚了了。当奥菲利娅与哈姆莱特搭话时，国王躲在一旁偷听。哈姆莱特以一通疯话应对，让奥菲利娅备感痛苦。波洛涅斯坚持哈姆莱特是为爱发疯，但国王却不信。波洛涅斯决定采取新的行动：派哈姆莱特去英国公干，借英王之手除掉哈姆莱特。哈姆莱特请国王、王后去看《捕鼠机》，他把克劳狄斯在花园里毒死老王的情节塞进戏中，请霍拉旭在演出时观察国王的表情。结果国王看到一半，慌乱地离席而去。王后叫哈姆莱特前去问话，波洛涅斯准备去偷听。国王催促罗森格兰兹二人赶快动身，“及早制止这一种公然的威胁”。这二人心领神会，与国王十分默契。克劳狄斯内心惶恐不安，他跪在神像面前祈祷。哈姆莱特从身边经过，发现这是个复仇的机会，但哈姆莱特转念一想，在他忏悔时杀他，等于把他送入天堂，这不叫复仇。哈姆莱特希望找一个让他下地狱的机会，所以这次放过了他。

哈姆莱特来到王后的寝宫斥责母亲，并把偷听的波洛涅斯杀死。他的斥责是有力的，但鬼魂在他最狂怒时出现，制止了他采取进一步的行动。哈姆莱特在冷静后请母亲不要把他所说及她所见的一切说出去，母亲答应了。

第四幕

王后代哈姆莱特掩饰，说他在发疯时不慎将波洛涅斯杀死。国王不敢直接加害哈姆莱特，因为哈姆莱特深得群众爱戴。他催促哈姆莱特赶紧上船去英国，要借英王之手除掉他。他说："我必须知道他已经不在人世，我的脸上才会浮起笑容。"

福丁布拉斯率挪威军队借道去进攻波兰，为争夺一块弹丸之地不惜兵戎相见。这事给哈姆莱特以强烈的刺激。他痛斥自己过于审慎甚至怯懦，迟迟不能动手。他决心"从这一刻起，让我摒除一切的疑虑妄念，把流血的思想充满在我的脑际"。

奥菲利娅疯癫上场。从法国赶回的雷欧提斯率众攻入宫中要为父亲报仇，暴动者高呼"雷欧提斯作国王!"的口号。疯癫的奥菲利娅出现，加剧了雷欧提斯的痛苦和忿怒。老奸巨猾的克劳狄斯很巧妙地使雷欧提斯相信自己不是凶手，并表示愿意帮助他找到凶手。

哈姆莱特带信给霍拉旭，说自己将要中途折回。克劳狄斯此前已经告知了雷欧提斯是哈姆莱特杀死了他父亲，在得到哈姆莱特将要回国的消息后，又趁机挑起雷欧提斯对哈姆莱特的仇恨，并安排了二人的决斗。他的计策还包括把钝剑换成锋利的剑，在战斗中将哈姆莱特刺死。而报仇心切的雷欧提斯还要把毒药涂在剑上。国王又备下毒酒。他们的计划似乎万无一失。此时，奥菲利娅溺水而死。

第五幕

哈姆莱特归来并与霍拉旭会合。国王、王后及雷欧提斯等为奥菲利娅送葬，正与哈姆莱特相遇。二人都表达了对奥菲利娅的哀恸，并在墓穴中发生冲突。哈姆莱特向雷欧提斯挑战，国王趁机安排了他们的决斗。哈姆莱特向来敬重雷欧提斯的为人和品行，却不服气他的剑术，这是一个证明自己剑术高明的好机会。比赛开始，哈姆莱特连胜两局。雷欧提斯在第三局后趁哈姆莱特不备，用毒剑刺他。二人争夺时，雷欧提斯也受伤。王后为庆贺儿子胜第一剑而饮下毒酒，这时毒性发作，雷欧提斯也毒性发作。元凶暴露出来，哈姆莱特一剑刺死克劳狄斯。他临死之前，要求霍拉旭活下去，"把我的行事的始末根由昭告世人，解除他们的疑惑"，并预言和安排福丁布拉斯成为丹麦国王。福丁布拉斯从波兰凯旋，在宫廷中为哈姆莱特举行盛大的葬礼。

分析与评论

《哈姆莱特》中的故事，早在12世纪末丹麦编年史家萨克索撰写的《丹麦史》中就有记载。意大利作家班戴洛（1485—1561）把哈姆莱特的素材写成小说，法国作家贝尔福雷（1530—1583）将其翻译成法文。1589年的伦敦舞台上演出过取自这一题材的复仇剧。莎士比亚可能通过这些渠道了解到这一题材，将其提炼升华为一出深刻揭示16世纪末17世纪初英国社会现实、反映时代精神的伟大悲剧，创造了世界文学史上的一个奇迹。

哈姆莱特的形象是理解这部悲剧的关键，然而这个形象却因其在复仇时一再延宕而令人困惑。按照王位继承法则，哈姆莱特是王位第一继承人；克劳狄斯篡权夺位，是悖天逆理之举。因此，哈姆莱特为父报仇，推翻克劳狄斯，有其正当性。在莎士比亚时代，新兴的资产阶级需要一个开明的君主，能够维护国家稳定，保护资产阶级利益。哈姆莱特的父亲无疑是这样一位“好”国王。而克劳狄斯篡位后，宫廷中奸邪当道，阿谀背信成风，国家内忧外患，使整个丹麦成为“一个荒芜不治的花园，长满了恶毒的莠草”。从这个意义上讲，哈姆莱特的复仇行动虽在维护封建政治秩序，但客观上符合时代的要求和人民的愿望，具有历史进步性。更重要的是，哈姆莱特在准备复仇的过程中，很快认识到这是整个时代“颠倒混乱”的问题，需要的不仅仅是推翻一个篡位者，而是“重整乾坤”。这说明哈姆莱特从克劳狄斯的罪恶中看到了更深广的问题，也意识到复仇行动的更大意义，以及自己肩负的更大的社会责任。

哈姆莱特也完全有能力胜任复仇使命。他勇敢冷静、视野开阔、思虑缜密、善于随机应变。奥菲利娅在第三幕第一场，称赞哈姆莱特有着“朝臣的眼睛、学者的辩舌、军人的利剑”，是“国家所瞩目的一朵娇花，时流的明镜，人伦的雅范，举世瞩目的中心”。哈姆莱特还深受民众爱戴。如在第四幕第三场，克劳狄斯谈到他派哈姆莱特出使英国的原因时，说他“为糊涂的群众所喜爱”，这是克劳狄斯不敢直接加害哈姆莱特的主要原因。在戏剧结尾，福丁布拉斯赞扬哈姆莱特：“要是他能够践登王位，一定会成为一个贤明的君主的。”这些直接或间接的赞誉，也从侧面证实了哈姆莱特的能力和实力。

复仇合乎天道正义，又有力量做到，但哈姆莱特却在复仇之事上一再犹豫延宕。疯癫是他几近崩溃的精神状态的展示，也是他决定复仇后采取的第一步行动，但这第一步有消极、退守的成分，而且是霍拉旭无意中启发他的。他用戏中戏证实了鬼魂的话，而戏班子是他偶然碰上的。克劳狄斯独自祈祷时，哈姆莱特原本有机会杀死他，却以宗教的理由放过了。克劳狄斯想借英王之手除掉他，他所做的只是自保和让两个国王的爪牙去送命，回到丹麦再见克劳狄斯时，似乎全然忘记了复仇大事，而是和雷欧提斯在奥菲利娅的墓穴中纠缠起来。克劳狄斯利用比剑再次借刀杀人，他简直就是迫不及待地投到陷阱中去。最后他杀死克劳狄斯，是偶然的机遇促成，并非深思熟虑的结果。总之，哈姆莱特在剧中的延宕是如此醒目，以致人们根本无法绕开这一点来理解这一形象的性质。

哈姆莱特延宕的原因，有一些是显而易见的。例如哈姆莱特性格的弱点：他是一个思想家，不是一个行动家，往往审慎有余，果断不足。再就是敌对双方力量对比悬殊。克劳狄斯能够动用整个国家机器对付他，哈姆莱特基本上是孤身一人。由于敌方力量过于强大，斗争过于复杂、艰巨，哈姆莱特不得不小心应对。此外他还有宗教、道德和习俗方面的顾虑。然而，哈姆莱特延宕的根本原因，还是他决定复仇的同时，正在经历严重的思想和精神危机，而这一危机使他对复仇的目的和意义产生了怀疑。

哈姆莱特是一个具有人文主义思想的王子。莎士比亚错植时代，让古代丹麦的王子哈姆莱特在文艺复兴时期人文主义和宗教改革运动的中心德国威登堡大学读书，接受了新思想的洗礼。哈姆莱特对人、对宇宙曾抱有美好的看法，他赞叹：“人类是一件多么了不起的杰作！多么高贵的理性！多么伟大的力量！多么优美的仪表！多么文雅的举动！在行动上多么像一个天使！在智慧上多么像一个天神！宇宙的精华，万物的灵长！”把人的理性、智慧、丰仪、力量提升到神的高度和境界，这是文艺复兴时代人文主义者典型的观念。正是出于对人、对人性的乐观信念，使他将父亲看成理想的君王，将母亲看成圣母般纯洁的女性，将他父母的关系看成是人类和谐关系的象征，把建立在这种和谐关系基础上的世界看成是“美好的花园”。

人文主义在反对中世纪禁欲主义思想、树立以人为本的价值观、解放个性等方面发挥了重大作用，但天性不受约束地发展，同样会引发私欲泛滥、道德沦丧，严重冲击了正常的社会秩序和伦理。莎士比亚对人文主义的认识也经历了一个变化过程。早期他对人文主义理想能够实现持乐观态度，但到中期，随着社会矛盾激化，利己主义泛滥成灾，莎士比亚目睹了人文主义思想在社会实践中带来的负面结果，他对人文主义思想产生了怀疑，进而开始了反思。莎士比亚的创作从明朗的喜剧走向沉郁的悲剧，是这种怀疑和反思的重要体现。《哈姆莱特》主人公哈姆莱特从快乐的王子变成忧郁的王子，在行动上犹豫不决，正是他人文主义信念发生危机的结果，也是莎士比亚思想变化的反映。

经历了一系列重大人生变故的哈姆莱特，人文主义信念发生了根本动摇，从相信人性善，到认定人性恶。哈姆莱特斥责母亲为了情欲，在短短一个月的时间里，就背叛了父亲。他相信奥菲莉娅尽管现在像冰雪一样贞洁，当情欲来袭时，也会像王后一样堕落。他认为自己的心灵同样是充满罪恶的渊薮：“我的罪恶是那么多，连我的思想也容纳不下。”正是人性认识上的这种变化，使哈姆莱特的复仇行动遭遇到了巨大挑战：既然人性是邪恶的，克劳狄斯弑君篡位就不是孤立现象，而是普遍的人类罪恶的反映。替父报仇、“重整乾坤”就不只是与克劳狄斯斗争，更要与普遍的人性恶斗争，与所有人，也包括与自己的斗争。在人人都可能成为克劳狄斯的预设下，杀死一个克劳狄斯又有何用？这样一来，复仇的具体对象模糊了，更严峻的人性问题摆在了他的面前。哈姆莱特不可能超越他的时代和自身局限，找到解决问题的正确答案，因此坠入虚无之境，甚至对生命存在的意义都产生了怀疑，从一个乐观的人文主义者，变成一个怀疑的人文主义者，心绪迷惘、忧郁、焦灼，也就有了行动上的延宕。

因为行动的延宕，哈姆莱特付出了生命的代价，“重整乾坤”的历史使命也未能完成，从而成为一个悲剧性人物。但哈姆莱特在延宕中，对社会现状有了真正的把握，对人性有了深刻理解，思想产生了巨大飞跃，同时展现了代表正义的力量、思想的勇气和牺牲精神，并取得了道义上的胜利。因而，这一形象具有重要的思想认识价值和社会批判意义。

《哈姆莱特》代表了莎士比亚戏剧艺术的高峰。

首先是人物形象的成功塑造。哈姆莱特具有丰富的心理内涵和深刻的哲理寓意，是世界文学史上一个极富艺术魅力的人物形象。哈姆莱特性格内向、长于沉思和自省，但严峻的局势却要求他立即采取果断行动。克劳狄斯步步紧逼，哈姆莱特的性格惯性却将他不断引向内心，试图通过思考找到行动的充分依据。由于思想发生危机，导致他迟迟无法采取行动，这使他产生了鄙夷自己的情绪；他作践自己，也亵渎奥菲利娅对自己的爱情，甚至绝望到想一死了之。但一想到死后会坠入虚无世界，灵魂不得安宁，他又产生了恐惧的情绪。由此可见，哈姆莱特的延宕是他思想逻辑与行动逻辑背道而驰造成的张力的反映，心理内涵丰富而复杂。同时，哈姆莱特形象还具有深刻的哲理内涵。哈姆莱特的思维，能够在瞬间将具体现实问题上升为生与死、善与恶、理想与现实、责任与意志等哲理问题。而剧中对哈姆莱特延宕动机的悬置，长于抒情却拙于描述事实的诗性语言的应用，都制造出一种不透明的效果，使哈姆莱特形象变得深邃而耐人寻味。

其次是高超的情节结构艺术。莎士比亚充分吸收了伊丽莎白时代流行的复仇剧，尤其是基德《西班牙悲剧》中的诸多情节元素，如复仇作为戏剧主线、被害者亡灵揭露真相、复仇者的疯癫与延宕、戏中戏的安排、敌对双方的死亡等，以满足观众的审美趣味和心理期待。作者在情节的推陈出新和安排调度上颇具匠心。哈姆莱特为父复仇是剧情主线，还安排了雷欧提斯和福丁布拉斯为父复仇这两条辅线，与主线形成对照，丰富了剧情，凸显了主线的意义；而且三条复仇线索彼此关联交织、环环相扣，又主次分明、脉络清晰，不给人杂乱之感。剧中主人公的内心斗争与外部斗争相互勾连，个人抒情场面与敌我对峙交锋场面交错进行，悲剧中有喜剧场面穿插，使剧情张弛有度、跌宕起伏。根据剧情需要，场景也丰富多彩：从宫廷到原野，从大臣府邸到墓地，宫廷里还有许多不同的地点。除舞台上出现的场景外，隐含在剧情中的场景也很多，如挪威、英国、海上、灵界等。作者将复杂的剧情置于广阔的社会背景中，使作品成为一幅展示时代精神和社会风俗面貌的壮丽画卷。

最后是精彩的戏剧语言。《哈姆莱特》中有名有姓的人物 17 人，不具名的出场者有十余个，从国王、王子、廷臣、贵族，到少女、戏子、水手、小丑，莎士比亚大都能找到适合他们身份、年龄、性别、性格的语言，使他们的对白都充满个性。哈姆莱特的延宕、波洛涅斯的世故、克劳狄斯的奸诈，既表现在他们的行动中，也通过他们的对白呈现出来。同样是饶舌，波洛涅斯透着狡猾、算计和训诫，而小丑的话则充满戏谑、讥讽和民间智慧。即便是同一个人物，在不同情境下，语言的风格也有很大变化。哈姆莱特独处时，他的独白追赶着思想和感情的激流，不阻无滞，滔滔不绝。在对手面前，他的话真真假假，机敏而带嘲讽。在朋友面前，他言辞恳切真挚。在情人面前，他故作尖刻。莎士比亚在《哈姆莱特》中，还大量采用双关、比喻、夸张等修辞技巧，采用民间谚语和俗语，使语言生动活泼，富于表现力。《哈姆莱特》的文体以无韵诗体为主，穿插以格律体和散文体，适应不同的戏剧情境，时而优雅深邃，时而粗俗直白，加强了人物台词的表现力和深度。

关键概念

延宕　　“四大悲剧”　　传奇剧

思考题

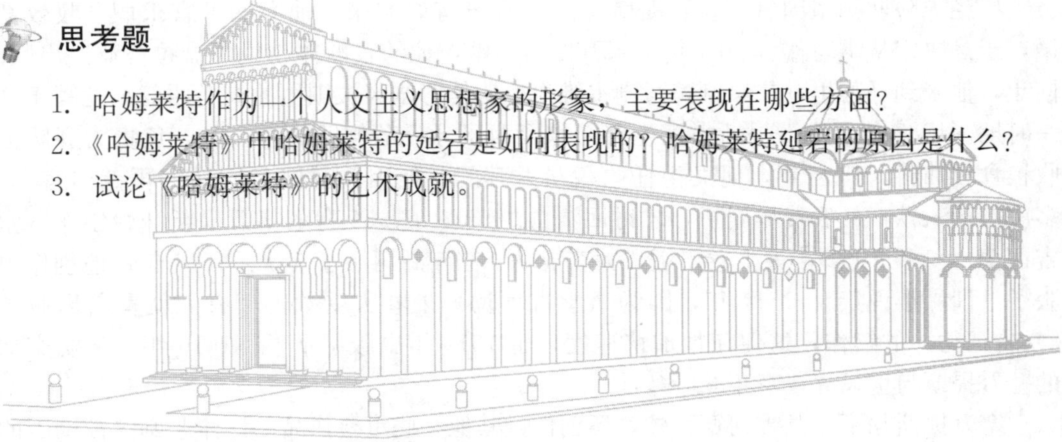

1. 哈姆莱特作为一个人文主义思想家的形象，主要表现在哪些方面？
2. 《哈姆莱特》中哈姆莱特的延宕是如何表现的？哈姆莱特延宕的原因是什么？
3. 试论《哈姆莱特》的艺术成就。

塞万提斯《堂吉诃德》导读

学习提示

塞万提斯的生平。《训诫小说集》的内容。《堂吉诃德》的情节梗概。堂吉诃德形象。桑丘·潘沙形象。《堂吉诃德》的艺术特点。

生平与创作

米盖尔·德·塞万提斯·塞维德拉（1547—1616）是西班牙最伟大的小说家，也是西班牙作家当中国际声望最高、影响最大的作家。他出生在马德里附近的阿尔卡拉·德·埃纳雷斯一个败落的小贵族家庭。父亲是游方郎中，居无定所，生活潦倒，还因负债进过监狱。由于生活颠沛流离，塞万提斯无缘接受系统的教育，只在一所耶稣会学校短暂读过书。1569 年，为悼念去世的西班牙王后，塞万提斯写了几首哀歌，受到他的老师——人文学者沃约斯的欣赏和推荐，收入一本献给国王的诗集中。1571 年，塞万提斯来到罗马，在红衣主教朱利奥·阿夸维瓦手下当侍从。同年加入西班牙驻扎在意大利那波里的部队，参加了西班牙与威尼斯联军对奥斯曼土耳其的勒班托海战。他作战英勇，多处受伤，左手因此残疾。1575 年 9 月，他带着舰队统帅堂胡安和西西里总督塞萨公爵的两封推荐信回国，希望谋一个军官的职位。但在途中，船只遭海盗袭击，他被劫到阿尔及尔。他身上因为有大人物的信件，海盗以为奇货可居，要用他换取大笔赎金。他的父亲倾其所有，也未能凑够钱数。在被囚禁的五年中，塞万提斯不屈不挠，多次组织越狱行动，但都没有成功。1580 年 9 月，家人凑钱并在西班牙教会的帮助下支付了高额赎金，他获得释放。

历经艰险回到祖国后，塞万提斯境况一直没有好起来。他多次求官求职，收效甚微，于是决定从事写作。1584 年，塞万提斯结婚，他的牧歌体小说《伽拉苔亚》出版。同年，他来到马德里，靠给剧院写剧本维生。诗体悲剧《被围困的奴曼西亚》就写于这一时期。1587 年，塞万提斯另谋生路，作了西班牙无敌舰队的军需员，负责为舰队征收粮食和油料。1594 年，他又担任收税员。其间，他因钱款账目问题一再惹出官司，多次被捕入狱，最后费尽周折，才讨回清白。1602 年，55 岁的塞万提斯开始创作《堂吉诃德》。1605 年，小说上卷出版，大获成功，当年就再版了 5 次。1613 年，他创作出版了《训诫小说集》。1614 年，因为《堂吉诃德》上卷大受欢迎，有人就冒名出版了《堂吉诃德》的续作，这促使他加快速度，于 1615 年出版了下卷。1616 年，贫病交加的塞万提斯与世长辞，享年 69 岁。

塞万提斯除了《堂吉诃德》外，还创作过其他一些重要作品。诗体悲剧《被围困的奴曼西亚》描写古代西班牙奴曼西亚城人民英勇抵抗罗马侵略者的故事。西庇阿受罗马元老院之命，统帅军队围攻奴曼西亚。大军压境，敌我悬殊。弹尽粮绝之际，奴曼西亚人拒绝投降，他们将城中一切财物化为灰烬，随后杀身成仁。罗马军队入城后，发现只剩一个少年手拿城门的钥匙站在塔顶。西庇阿试图诱劝他投降，少年纵身从塔顶跳下，取义舍生。剧中还穿插了诸如“西班牙”、“杜罗河”、“饥馑”、“战争”、“光荣”等化身人物，对奴曼西亚人的苦难和抗争进行了提炼和升华。整出悲剧格调激昂悲壮，表现了高亢的爱国主义精神，具有震撼人心的力量。

《训诫小说集》是塞万提斯除《堂吉诃德》之外最优秀的作品，它包括十二个短篇小说，题材丰富多样，以爱情与冒险小说居多。这类作品描写男女主人公曲折离奇的爱情经历，往往是一个出身高贵的女子遭遇不幸流落民间或异乡，又因美德美貌受到贵族男子的爱慕。最后，男子经受住了种种考验，女子与家人团聚，有情人终成眷属。如《吉卜赛姑娘》中，普雷西奥莎在襁褓中被吉卜赛人偷走养大。她有着惊人的美貌、高尚的品德、绝佳的舞技，她走到那里，都会被人围观追慕。贵族青年堂胡安对普雷西奥莎如醉如痴，发誓要娶她为妻。为此，他按照普雷西奥莎的要求，加入吉卜赛人的流浪队伍。他习艺却不沦落，美德和教养得到充分展示，逐渐赢得了普雷西奥莎的芳心。一次，因受人诬陷，堂胡安为维护骑士尊严，杀死了侮辱他的士兵。因此变故，普雷西奥莎有机会与市长夫人母女相认，堂胡安与父亲团聚，有情人缔结连理。《训诫小说集》还有表现流浪汉题材的作品。如《林孔内特和科尔塔迪略》写两个游走四方的流浪汉被迫加入了一个组织严密的盗窃集团。这个集团的头目莫尼波迪奥与警察勾结，垄断了赛维利亚城的盗窃生意，对集团成员操有生杀予夺大权。这两个流浪汉目睹了这个集团内部的种种黑幕，最后脱离了集团的控制，重回过去自由自在的生活。《嫉妒成性的厄斯特列马杜拉人》是一篇嘲讽人性固念和怪癖的作品。卡里萨莱斯家财万贯，却极其吝啬。他娶了一个美丽少女为妻，由于嫉妒心的作怪，他把姑娘关在深宅大院里，禁止她与任何人接触，以免她受“不良”习气的影响。一个花花公子因好奇，设法打通各种关节，与少女约会。卡里萨莱斯发现后怒火攻心，一病不起，弥留之际才幡然悔悟，认识到自己的嫉妒和妄念是造成悲剧的主要根源。《玻璃硕士》与《双狗对话录》采用超验题材和寓言形式。其中《玻璃硕士》写少年托马斯聪明博学，阅历广泛，卓有成就。一个女子引诱他不成，就想用迷药夺其神志，结果使他发了疯，以为自己是玻璃做的，不肯让任何人接触他。当人们逗弄他时，他就口吐意味深长的格言或警句，见解之怪诞而精辟，往往令人称绝，他也因此成了众人的精神导师和生活顾问。这篇作品虽想象离奇，却包含着深刻的哲理，表达了对现实的讽刺和思考。

《训诫小说集》具有独特的写实性，广泛反映和揭露了16世纪末17世纪初西班牙日趋败落的社会现实。从外部看，既有西班牙人与土耳其人、阿拉伯人、英国人之间的民族矛盾，也有天主教与伊斯兰教及英国国教之间的冲突；西班牙海上霸权不再，地中海强盗横行。从内部看，统治者欺压人民，窃贼肆虐，流浪汉和乞丐充塞于途；吉卜赛人、犹太人、摩尔人等少数民族则被压在社会的最底层。民族矛盾、宗教矛盾、阶级激化，说明了西班牙帝国在风雨飘摇中走向衰落。《训诫小说集》还表现了塞万提斯的人文主义理想。这其中有对自由幸福生活的向往，对真挚爱情的追求，对美德的歌颂，还彰显了作者的爱国主义精神。塞万提斯非常重视作品的教谕意义，力图通过健康的思想和高尚的品德，对读者的身心有所教益。他把这些作品总称为“训诫小说”，就体现了这一用意。《训诫小说集》吸收了流浪汉小说和骑士小说的长处，融写实和传奇为一体，既拓展了反映生活的广度和深度，又充满神奇色彩和异国情调。

情节梗概

《堂吉诃德》是塞万提斯的代表作，也是文艺复兴时期西班牙最伟大的作品。小说叙述西班牙一个叫拉·曼却的地方的穷乡绅吉哈达，读骑士小说入了迷，自己也想效仿骑士的游侠冒险生活。他改名堂吉诃德，从祖先遗物中找到一副残缺的盔甲，为自己的瘦马起了个“驽骍难得”的美名，物色了一个邻村姑娘作为意中人，又跑到自以为是城堡的一家客店，强迫店主给自己受了封，然后开始行侠历险。他从地主手里解救挨打的佣人，逼商队承认天下美女都比不上他的意中人杜尔西内娅漂亮。但不幸马失前蹄摔伤，又被商人跟班痛打，最后灰溜溜被老乡救起送回家。

对行侠依旧兴趣盎然的堂吉诃德不久开始第二次远行。这一次尽管找了邻居桑丘·潘沙当侍从，但桑丘的不断提醒并没有让他从幻觉中走出来。他把风车当巨人，把旅店当成中了魔法的城堡，把理发师的铜盆当成魔法师的头盔，把苦役犯当作受迫害的骑士。看到一群人抬着神像求雨，他以为是强盗抢走了良家女子，冲上去解救；还跑到黑山为爱情苦修。堂吉诃德就这样一路上鲁莽冲撞，结果又闹了许多笑话，被打得几乎丢掉性命，最后被人救护回家。

堂吉诃德在家休养了一个月后，又约桑丘第三次出行。他开局得胜，打败了“镜子骑士”，还成功地向狮子挑战。但随后他们被骗进公爵夫妇城堡，受尽捉弄。堂吉诃德的邻居参孙为了医治好堂吉诃德的疯病，自己假扮成骑士，准备打败他，让他发誓永不出游。不料二人交手，参孙却败在了堂吉诃德的手下。三个月后，参孙又找到已经饱经沧桑的堂吉诃德，再次与他决斗，终于把堂吉诃德打败。根据二人商定的条件，堂吉诃德一年里不许摸剑，不许外出。堂吉诃德回家后就一病不起。他在弥留之际才明白骑士小说害人不浅。他痛斥了骑士小说对人的危害，并留下遗嘱，唯一的亲人外甥女不许嫁给骑士，否则不得继承自己的遗产。

分析与评论

堂吉诃德首先是一个沉溺于幻想，脱离实际的人物。他爱读骑士小说，羡慕骑士做派，赞赏骑士精神，于是在装备、服饰、举止、行动上处处模仿，亦步亦趋，完全沉浸在骑士小说的幻想世界之中。问题是，他的周围是一个被日常生活逻辑支配的现实世界。当堂吉诃德按照幻想世界的逻辑在现实生活中行动时，他在世人眼里就显出了疯相和病态。他把旅店当城堡，把酒囊看成巨人头，把傀儡戏舞台看成战场，把羊群当军队，把村姑当贵妇人，满脑子魔法鬼怪、公主美人，总是单枪匹马，猛打猛冲，而且不知从失败中总结教训，结果洋相出尽，害人害己。堂吉诃德扮骑士仗义行侠，宣称要恢复骑士道，不仅脱离现实，而且落后于时代。在十六七世纪的西班牙，枪炮已经被广泛应用于军事，骑士逐渐失去了作用，骑士精神已经式微，堂吉诃德还想提着一杆锈烂的铁枪去征战立功，必然碰得头破血流。就此而言，堂吉诃德作为骑士的形象，既是对骑士小说的讽刺，也是对西班牙现实政治的讽刺。骑士小说是盛行于欧洲中世纪的一种文学类型，到16世纪时，在其他国家已经没落，独继续繁荣于西班牙。这主要是因为16世纪上半叶西班牙通过连续的战争和殖民征服，建立起地跨欧、非、美三大洲的强大帝国。帝国的繁盛，激发了国民强烈的荣誉感和自豪感，以及冒险扩张、建功立业的冲动，而封建专制政权也乐于以理想主义和英雄主义迷惑人民，借此巩固自身的统治。而描写骑士游侠冒险、包打天下的小说正好迎合了民众这样的心理。以1588年无敌舰队征伐英国失败为标志，西班牙急剧走向衰落。虽然现实发生了巨大的变化，但国家和人民仍然沉醉在盲目乐观自大的幻觉之中，无视日益临近的危机。塞万提斯本人也曾豪气干云，只是在经受了多次打击之后，才清醒过来。在他看来，不能正视现实、思想跟不上时代发展的西班牙人，包括他自己在内，就像受同样脱离实际的骑士小说毒害的人一样可笑可悲。塞万提斯通过堂吉诃德可笑可怜的遭遇，给游侠骑士画了一幅讽刺的漫画像，借此对西班牙人给予警策和棒喝，让他们从不切实际的幻想中清醒过来。

堂吉诃德的骑士理想和行为有其荒唐的一面，但也有许多合理的成分。他心目中理想的骑士是一个通晓天文、地理、法学、神学、医学、数学的全才。他认为骑士应该除恶扬善、扶弱济贫、爱国爱民、维护正义。他向往一个人人真诚相待，财富不分你我，公正、和平、友爱的“黄金时代”。他认为自由是人的天然权利，他主张人类要以理性为尊，以美德为贵，而不应该以出身分出贵贱。这些思想信念，打的虽然是骑士的旗号，其精神实质却是人文主义。

堂吉诃德不仅信仰坚定高洁，而且勇于行动，敢于以生命捍卫真理，是一个勇敢的战士形象。堂吉诃德幻想中的江湖世界充斥着妖魔鬼怪，时刻都会遇到艰难困苦的考验，但堂吉诃德总是百折不挠、勇往直前。在和他臆想中的巨人、军队、神怪的战斗中，他从来不惧对手的强大，总是毫不犹豫杀入敌阵，虽伤痕累累而不悔。他对意中人忠心耿耿，拒绝各种诱惑，也不容他人对自己的意中人有任何质疑、嘲笑和亵渎。他在黑山为意中人苦修，桑丘提醒他不要太当真，被他严词驳斥。一旦他确定了爱情苦修的范式，就不打丝毫折扣，彻底贯彻。在行侠过程中，堂吉诃德并非毫无现实感。他遇到一队苦役犯，一一问明他们招祸的缘由，当即断定：“都是法官裁判不当，断送了你们，没让你们得到公正的处置。”他毫不犹豫挺枪打跑差役，释放了苦役犯。他遇到地主把一个孩子绑在树上毒打，立刻上前去制止。除此之外，堂吉诃德还是一个充满童心、智慧，颇有趣味的人。在行侠途中，他和桑丘经常一问一答。对话层次上的堂吉诃德，不仅表现得头脑灵活清楚，而且充满智慧。听堂吉诃德滔滔不绝地谈论人生、社会等，是一种绝妙的享受。

堂吉诃德性格的两重性还触及了人类面临的最深刻的矛盾，即理想与现实的矛盾。他有崇高的理想、纯真的动机、严肃的态度，但是面对着丑恶或庸常的现实，只能遭遇灾祸与不幸，成为悲剧性人物。堂吉诃德的可贵之处在于，他始终对理想保持着纯真的信仰，他在道义上是强大的，他的生命力是强旺的，他的精神为人类在面临理想与现实这一永恒的冲突时如何处置自己、如何保持生命的尊严，提供了一个光辉的楷模。

小说中的另一个重要人物是桑丘·潘沙。他是农夫，被堂吉诃德以海岛总督之职诱来当侍从。他满脑子是功利实际的考虑，只想跟着堂吉诃德封官加爵，让全家享受荣华富贵。一路上，他从不亏欠自己的口腹，遇到战事没有吩咐就远远躲开，有战利品则立即冲上去，还时时提醒堂吉诃德兑现诺言；堂吉诃德向他谈理想，谈骑士道，却犹如对牛弹琴。但桑丘除了胆小怕事、目光短浅、贪小便宜的毛病外，性格中也有不少优点：朴实善良、忠心耿耿、有同情心和正义感、有应对日常生活的经验和智慧。从其本色看，这一形象是封建宗法制度下小户农民的典型。但桑丘的性格还有发展的特点。在游侠过程中，他逐渐受到堂吉诃德崇高品格和理想的影响，价值观上有与堂吉诃德“趋同”的倾向，性格上则与堂吉诃德构成互补，成为一对真正的游侠搭档。尤其是被骗在“海岛”上行使“总督”职权时，他秉公执法，断案如神，还无辜者清白，将罪犯绳之以法，把堂吉诃德在虚幻中追求的理想变成了现实。这显示桑丘的思想境界已经超越了所属社会阶层的局限。此外，桑丘形象还对堂吉诃德形象起到了烘托和映衬的作用，增加了小说的喜剧性。

堂吉诃德“行侠仗义”的过程，事实上也是一个在西班牙大地上到处流浪、奔波的过程。通过主人公的游侠冒险经历与社会的紧密结合，极为方便地纳入了巨幅的社会风俗画卷。随着二人的足迹所到，小说描写了旅店、集镇、乡村、城堡、荒野等场景，刻画了贵族、市民、乡绅、农民、教士、差役、商人、旅店老板、士兵、理发师、牧羊人、妓女、囚犯、强盗等各个阶层的700多个人物。众多的场景和人物，代表了塞万提斯反映生活面的广度。同时，塞万提斯通过对场景的精心选择，保证了反映现实的深度。小说比较集中地描写的是旅店和城堡，这是作者精心选择的结果。旅店接待南来北往的旅客，是社会交往的交叉点，可以出现各种人物，引出各种事件，特别有利于描写社会下层生活场景。城堡则集中反映了上层贵族生活的情况。塞万提斯就这样广泛而深刻地反映了西班牙16世纪末17世纪初的社会现实，揭示了西班牙这个外强中干的帝国内部社会矛盾激化、危机重重、日趋没落的实质，批判了封建制度的罪恶。

《堂吉诃德》借鉴了骑士小说与流浪汉小说惯用的以主人公的游历统领情节的“线性结构”，其中又穿插了一些独立的短篇小说。在欧洲小说发展的初期，这是常见的一种结构类型。这样做的好处是场面多，容量大，自由度高，缺点是情节松散，容易旁逸斜出。《堂吉诃德》取其利而避其害。它安排了主人公的三次出游，每次都以返家结束，从而形成了三个环形，使原本开放的“线性结构”变成了封闭的“环形结构”；同时，三次出行的见闻经历，往往前后呼应；独立的故事与堂吉诃德的游侠主线之间，又常常发生联系，如此经纬交织，使小说情节结构更加严谨，这对初创时期小说的继承与创新，是一个极好的示范。

《堂吉诃德》堪称喜剧艺术的典范。塞万提斯写《堂吉诃德》的初衷，是要“把骑士小说的那一套扫除干净”，他采取滑稽模仿的方式做到了这一点。骑士的命名、意中人的指定、举行受封仪式、向贵夫人献殷勤等，这些骑士小说中的典型情节，《堂吉诃德》都如法炮制，但将其置于现实的场景中，又使堂吉诃德与骑士小说中那些骑士形象的光辉造型严重不符，从而产生滑稽效果，暴露出骑士文学的荒唐之处。对比和夸张手法在塑造堂吉诃德与桑丘·潘沙两个人物形象时发挥了重要作用。他们一瘦一胖，一高一矮，一主一仆，一个重理想、一个讲实际，一个英勇无畏、一个胆小怕事，从形体身份到性格思想，处处形成有趣的对照，而人物却对此不自知；作者又往往夸张人物身上的某种特征，使之趋于极端，更强化了幽默和讽刺的效果。此外，小说中的双关语、笑话、反话、文字游戏俯拾皆是，也令读者捧腹。

《堂吉诃德》采取的是一种到20世纪才被广泛采用的“多元”叙事技巧，即由多个人物、多个来源叙述同一个故事。如第一人称叙述人“我”。但“我”并没有直接讲述堂吉诃德的故事，而只是一个故事的搜集整理者。堂吉诃德故事的主要记录者是阿拉伯历史学家熙德·阿梅德·贝南黑利，他的《堂吉诃德·台·拉·曼却传》被“我”从市场上偶然购得，请一位摩尔人将它从阿拉伯文译成了西班牙文。这位摩尔人在翻译过程中，不时对原作评头论足，还怀疑下卷的第5章是假造的。除此之外，“我”还从一位老医生手中获得了一份羊皮纸手稿，上面记载着拉·曼却地方上流传的堂吉诃德、桑丘·潘沙、杜尔西内娅等人的许多故事。由此看来，叙述人“我”颇像一位考据家，他以阿拉伯历史学家写的《堂吉诃德·台·拉·曼却传》为主要依据，参考拉·曼却的地方传说和译者的评论，加上自己的推测、分析和判断，从而汇总、整理出堂吉诃德的故事。塞万提斯有意把叙述的层次复杂化，在《堂吉诃德》中营构了一个由不同叙述人相互补充、印证、反诘所形成的叙述场，使各个叙述层次之间充满歧义和张力，打破了单一叙事的稳定性和权威性，大大加强了小说叙事的纵深感。

关键概念

流浪汉小说　　骑士小说

思考题

1. 分析堂吉诃德的形象。
2. 分析桑丘·潘沙的形象。
3. 简析《堂吉诃德》的艺术特色。

笛福《鲁滨逊漂流记》导读

学习提示

笛福的生平与作品。《鲁滨逊漂流记》的情节梗概。鲁滨逊的形象。鲁滨逊的性格所反映的时代精神和民族精神。

生平与创作

丹尼尔·笛福（1660—1731）出生于伦敦一个中产阶级信奉清教的家庭，父亲是一个肉商。笛福成年后经商，去过法国、西班牙、荷兰、意大利等国旅行。他终生都对旅行有浓厚的兴趣。后来笛福靠经商致富，在伦敦和乡间都购置了地产。笛福很早就表现出对政治的兴趣，1685年，他参加了蒙默士公爵领导的图谋推翻詹姆斯二世的起义，为此险些送命。1688年，他又参加了威廉三世的军队。新君即位后，笛福更积极地卷入政治和宗教斗争，办报纸、杂志，写了许多政论和讽刺作品。如1701年，他写了讽刺诗《纯血统的英国人》，讥讽所谓贵族氏族的纯粹性。1702年，他又出版了《分离教徒的捷径》小册子，暗讽宗教迫害。笛福的政治生涯充满戏剧性，时而飞黄腾达，时而饱尝牢狱之灾。他的最著名的小说《鲁滨逊漂流记》（1719）是他60岁时的作品，一炮打响。1720年，他受成功的鼓舞，又写出了《鲁滨逊漂流记》第二卷。以后他还添了第三卷《鲁滨逊的宗教感想》。笛福其他的小说作品还有《辛格顿船长》（1720）、《摩尔·弗兰德斯》（1722）、《大疫年日记》（1722）等。笛福晚年陷入贫困之中，最后在孤独中死去。

情节梗概

鲁滨逊1632年出生在约克城一个中产阶级家庭。他从小就想浪游四海，后不听父母、亲戚劝告，一个人乘朋友的父亲的船去伦敦，在海上遇到风暴，体验了与风暴搏斗以及沉船的危险。这是他第一次出海。但这个下马威没有把他吓退，他第二次去了非洲，这次是去做生意，十分顺利，发了一点小财。第三次他仍然去非洲，但遇到海盗船，被摩尔人俘虏，沦为一个摩尔人的奴隶。过了两年，他趁主人不在，偷了食品、淡水、火枪以及其他生活必需品，驾小船逃脱。因为怕摩尔人追赶，鲁滨逊慌不择路，沿着非洲海岸只管跑，但见林莽幽深，虎豹出没，还有一丝不挂的黑人。他不敢上岸，正在无奈之际，一艘欧洲商船从此经过，搭救了他。他随船到了巴西，因为变卖了小船、船上用品以及带出来的摩尔人小孩，有了一笔数目不小的钱。他拿这笔钱在巴西买了一块土地，开始经营种植园，同时又在欧洲和南美之间做生意。由于运气好，鲁滨逊又肯干、耐劳，很快他的事业就蒸蒸日上，发达起来。

如果一直这样，鲁滨逊的生活会安定而富足。但他的天性中有不安分的因子，一有机会就会冒出来。有一次，几个朋友怂恿他一起去非洲从事贩卖黑奴的生意。南美的种植园缺少人手，如果能弄一些黑奴回来，简直是一本万利。鲁滨逊心动了，他安顿好自己的生意，在1659年，也就是他27岁那年，又去了非洲。船上装的是一些小玩意：假珠子、玻璃片、贝壳、望远镜、刀子、剪子、斧子等，要用这些东西换黑奴回来。这是西方殖民侵略时期与土著人交易的典型模式。他们的船在海上连遇两场风暴，只有鲁滨逊幸存下来，其他人都死去了。鲁滨逊漂流到一个荒岛上。还有一件幸事：那艘大船并没有沉没，被风刮到了岸边。鲁滨逊想尽办法，把船上有用的东西尽量搬到岛上，然后选择适当的地点安营扎寨。

他从船上卸下来的东西包括了在荒野中生存所需的一切必需品：粮食、酒、布匹、火种、枪械、火药、刀斧铁具等。这些东西应付短暂的生活是足够了，但鲁滨逊不得不做长期的打算。他不知道这是什么地方，不知道什么时候会有船只经过。货物中还有钱币，鲁滨逊看到钱，不由笑了起来：此时最没有用的东西就是钱了。他利用洞穴给自己布置了一个比较舒服的家，用泥烧制出盛东西的陶器，制作出磨铁器的砂轮；抓了一只野羊，准备驯化它；找到一些谷物的种子，把它们播到开垦出来的土地上，准备来年的收获；在自己的房子周围围起坚固的围墙，防止野兽或野人的入侵。在一场热病之后，他对岛上的地形地貌进行了一番考察，发现了大片的葡萄，之后他把葡萄摘下来，晒成葡萄干，又多了一些食品的来源。他种的谷物获得了丰收，他又想办法把粮食磨成粉，做出了糕点和馅饼。等一切都安顿好后，他开始做一条独木舟，以期能找到逃生的办法。等他费尽千辛万苦，把一株大树掏空做成了独木舟，却发现他无论如何都不能把独木舟拖下水。这次逃生的努力失败了。五年过去了，十一年过去了，从船上卸下的物品越用越少，而他在荒岛上的生活却越来越滋润。他用兽皮做衣服，脸晒得焦黑，胡子一大把，完全是一个野人的模样。他的粮食越来越多，驯养的羊越来越多。他俨然是岛上的国王，他的臣民除那些羊外，还有一只从船上带来的狗，和驯化的猫。

在岛上的第十五年，鲁滨逊在沙滩上发现了野人的脚印。他惊恐不安，开始做种种应急的准备：在不同的地方储藏粮食；加固隐蔽之所等。他又对岛上进行了新的巡视，结果在西南角发现了更令他吃惊的东西：沙滩上堆满了死人骨头。又过了一年半，二三十个野人来到岛上，准备吃掉一个野人俘虏，他救了这个俘虏，取名星期五。他教星期五说他的语言，改掉吃人的习惯，把星期五培养成他有力的帮手和虔诚的基督徒。

鲁滨逊听星期五说他的部族在这个岛屿之外的大陆，还听他说很久以前有十七个像鲁滨逊一样的白人乘小船漂流到他们那里，听情形就是当年与鲁宾逊一起落难的那批人。鲁滨逊高兴极了，他又一次起了逃离本岛的决心。这是他漂流到这座岛上的第二十六年，他五十三岁。有星期五帮助，独木舟很快造好了。第二十七年，他们从一队野人手中救出了星期五的父亲，以及一个西班牙人。他们岛上的队伍壮大了。不久，一艘商船在海上发生叛乱，船长被匪徒送到岛上。鲁滨逊与船长取得联系，问明情况后制服了那批叛匪，夺回了商船。被制服的叛匪头目及顽固分子数人被流放到这座岛上，鲁滨逊告诉了他们自己的故事，把自己的物产都赠给他们，叫他们按照自己的方式在这里生活。随后，鲁滨逊于1686年12月29日，也就是他在岛上生活了28年零两个月19天后，搭乘商船回到了英国。

一个圆满的冒险故事接近了尾声。回到文明社会的鲁滨逊并非一无所有：他很快与过去的信托人、商业伙伴及合伙人取得了联系，他发现，在可靠的朋友的掌管下，他在巴西的产业已经积累到十分可观的程度。他最后卖掉产业，有了很多钱，他拿这些钱的一部分报答了帮助过他的人，安排了许多事情。他在英国结了婚，有了孩子。住了八年后，他又找机会回到了属于他的那座岛屿。岛上已经人丁旺盛，那些强盗变成了勤恳的劳动者。

这部小说还有一个续集，说的是鲁宾逊和星期五到东方的冒险，星期五死了，鲁滨逊后来来到了中国。

分析与评论

鲁滨逊在荒岛上的生存开拓是小说的主体。鲁滨逊是一个从不安于现状，总在行动和追求的人物。他只身落难荒岛，与人类社会失去了联系。除了他自己，以及从沉船上抢运出来的少许用品外，鲁滨逊没有其他外力可以凭借，而要面对饥饿、寒冷、疾病、危险、孤独等极端环境的挑战，这是赤裸裸的自然，它逼近了人的生命可能承受的极限。鲁宾逊凭借个人力量、勇气和智慧，终于战胜千难万险，在荒岛上开创出一片新土地。那种试图单枪匹马与未知世界斗争的开拓本能，敢于挑战极限的精神，开天辟地的气魄和勇气，宣示了个人英雄主义时代的来临。

鲁滨逊的形象还反映了资本主义原始积累时期新兴资产阶级的精神风貌。小说借用鲁滨逊父亲的话，颂扬这个社会阶层的处境和美德，他说："这是世界上最好的阶层，最能给人以幸福。既不像那些体力劳动者，必须受尽千辛万苦，也不像那些上层人物，被骄奢、野心，以及彼此倾轧的事情所烦恼。""只有中产阶级才有福气享受一切的美德和安乐；安定和富裕可以说是中产之家的随身侍女……遇事不过分，中庸克己，宁静健康，愉快地交游，各种令人欢喜的消遣，各种称心如意的乐趣，所有这些幸福都属于中等地位的人。"这段告白反映了迅速崛起的中产阶级的自信。这个阶层的男子还视海外开拓和殖民为帝国的崇高义务和使命，小说毫不隐晦那份成功完成这一使命的荣耀和骄傲，充满了一种天真的快乐和豪迈。

鲁滨逊的冒险故事渗透着英国特有的讲求实际、实用的民族精神。鲁滨逊身上没有丝毫冒险家气质和浪漫幻想，他"是一个从事商业的清醒谨慎的商人"，金钱财富是唯一的追求目标。例如他明知在荒岛上钱币毫无用处，可是仍从沉船上将这些钱币全部搬到岸上。当他终于回到英国，得知自己财富的庞大数目后，"顿时面如死灰，心里非常难受，若不是他老人家连忙跑去给我拿来了一点提神酒，我相信这场突如其来的惊喜一定会使我精神失常，当场死去"。这显示了他对金钱合乎常识的重视。还有开列的从破船上搬回的各种货物的清单，对荒岛上的自然风光的漠视，在他弄清楚自己的经济地位以后才结婚，都是从典型的实用观出发的。

《鲁滨逊漂流记》中，鲁滨逊的个人勇敢和冒险有着深刻的阶级背景，它以经典的形式表现了西方殖民主义者殖民侵略的全部秘密，透露了大英帝国强盛的秘密。《鲁滨逊漂流记》是英国资本主义飞速发展，国力迅速上升时期的作品。鲁滨逊在荒岛上把自己造就成一个超人，他的力量除了生存的智慧和勇气外，还有强大的精神力量的支持。

这种精神力量不是来自对帝国的效忠，而是对宗教的体悟和皈依。鲁滨逊原先对基督教并没有坚定的信念，但一连串灾难和危险的来临，使他慢慢领悟了宗教。因为生病对上帝生了敬畏之心，对宗教有了全新的体验，并从中获得安慰，病居然奇迹般好了。这部作品用了大量的篇幅描述了鲁滨逊与上帝接近的经过，一个重要目的是为后来鲁滨逊用基督教驯化野蛮人作铺垫。这是一种基于现实体验而产生的宗教感情，是现身说法，这一切产生得那么自然而然，因而十分有说服力。宗教的存在也使鲁滨逊所做的一切去罪化、合法化、神圣化，他的行为成了上帝对人的考验，成了“创世纪”一类的创举。

事实上，鲁滨逊对荒岛的发现、占领，对土著人的杀戮和驯化，是典型的殖民主义行径。鲁滨逊有强烈的开拓疆土的意识，他认为是自己发现了这座小岛，这座小岛就是他的了。当荒岛上只有他一个人时，他是牲畜、宠物、家园、谷物之王，他说：“我坐在那里，简直像全岛的君王。我对于我的全部臣民拥有绝对生杀之权；我可以把他们吊死，开膛破肚，给他们自由，或是剥夺他们的自由；而且，在我的臣民中间，根本没有叛逆者。”随后，他成了星期五的主人。以后星期五的父亲和西班牙人对他又表示臣服。他在准备营救船长前，先和船长定了约：不能侵犯他对这座小岛的所有权。他和船长制服了那些叛乱者后，他也是以岛上总督的身份和叛匪谈话的。这些叛匪留在岛上的条件是都要承认鲁滨逊对这座岛屿的主权。许多年后，鲁滨逊再次回来探望岛上的人，他说自己是回到了自己的“新殖民地”，再一次宣示自己的主权：他把岛上的土地分给大家，别人只有使用权，而全部的财产权仍由他保留。鲁滨逊对土人的态度有两种形式：用新式武器杀戮和用基督教驯化，而这正是殖民者用来征服殖民地土人的物质和精神武器。小说中有写他两次对土人的屠杀。鲁滨逊并不是一个嗜血的好战分子，相反，他表现出了仁慈，只有在不得不杀人时才动手，而正因为如此才更加真实。再就是他对星期五的驯化。他与星期五一起学习《圣经》，进行关于上帝的谈话，那样循循善诱。鲁滨逊自己可能并未感觉到，他是那样地有使命感，他实际感到他身上的所谓“白人的担子”。

从艺术角度看，这部小说使笛福获得了“英国小说真正的开山鼻祖”的美誉。小说用写实的态度虚构了一个想象的故事，却让读者深信它的真实性。此外，连贯的故事、自然的时序、确切的地点，都使小说建立在严格意义的现实主义基础之上。但小说也不是没有局限，如他把精力集中用于描写实用的和理性的东西，从而失去了热情和深度，未能对人物的内心世界作深入的探索，人物在道德上和心理上也始终没有变化。

关键概念

十八世纪英国现实主义小说

思考题

1. 鲁滨逊的形象有哪些特点？他的性格反映了怎样的时代精神和民族精神？
2. 为什么说鲁滨逊的行为反映了西方殖民侵略的全部秘密？

卢梭《新爱洛伊丝》导读

学习提示

卢梭的生平与创作。《新爱洛伊丝》的情节梗概。《新爱洛伊丝》中爱情的启蒙主义性质。《新爱洛伊丝》在艺术上的特点。

生平与创作

让·雅克·卢梭（1712—1778）是法国启蒙文学的代表作家，祖籍法国，出生于信奉新教的日内瓦。他的父亲是一位嗜好文学的钟表匠，对幼时的卢梭影响很大。卢梭家贫，十五岁时他不得不去钟表店当学徒，但不久因不堪虐待而外出流浪。卢梭少年时代生活的转机是认识华伦夫人。在华伦夫人的庇护下，卢梭有机会系统学习了哲学、文学、音乐、自然科学等各种学问，交往的圈子逐渐扩大，才华也逐渐显露。1741 年，卢梭来到巴黎谋生，后结识了狄德罗等启蒙学者，开始为《百科全书》撰稿。1749 年，卢梭见到第戎学院设奖征文的消息，触发灵感，遂写成论文《论科学与艺术》。1754 年，卢梭再为第戎学院征文撰写《论人类不平等的起源和基础》。这两篇著作为他带来了广泛的声誉。1756 年到 1762 年，卢梭避居巴黎近郊乡间别墅，创作了《新爱洛伊丝》(1759)、《社会契约论》(1762)、《爱弥尔》(1762) 等一系列代表作品。随着声誉日隆，他与社会的对立也日趋尖锐，尤其是《爱弥尔》出版后，在法国掀起一股反卢梭的浪潮。他不得不离开法国，在欧洲大陆和英国各地避难。在流亡中，卢梭开始了《忏悔录》的写作。1770 年，卢梭重返巴黎，此后还写有《一个孤独漫步者的遐想》等著作。卢梭 1778 年 7 月 20 日因中风去世。1794 年大革命高潮时期，他的遗骸被移葬于巴黎先贤祠。

《爱弥尔》的副标题是《论教育》，并不是一部严格意义上的小说，虽然它有“小说”之名。卢梭在作品中设计了两个人物：爱弥尔和“我”。爱弥尔是受教育者，四卷作品分别叙述了爱弥尔在婴儿、幼年、少年和青年时期的成长。“我”就是卢梭的代言人，是教育者，教育的目的是把爱弥尔培养成对社会有用之才。作品开宗明义，道出了卢梭“自然教育”学说的纲领：“出自造物主之手的东西，都是好的；而一到人的手里，就全变坏了。”他认为人性本善，只是在社会环境中才变坏了。因此，全部教育的目的就是恢复人的天性，使其顺乎自然，全面发展。在作品中，“我”让爱弥尔离开城市，在乡村环境中、在大自然中、在与农人的交往中、在劳动中回归“善”之本性，成年后又让爱弥尔去不同国家考察游历，增长见闻。爱弥尔最后被培养成一个符合卢梭启蒙主义理念的“新人”。

《忏悔录》是卢梭晚年写的一部自传，它回忆了自己从出生到1765年流亡至圣皮埃岛的历程。卢梭《忏悔录》中记录了经历过的各种历史性事件——他与华伦夫人的罗曼史，他信仰的转变，他的文学成就，他与伏尔泰、狄德罗等启蒙思想家的争论，他所受的种种迫害等。由于卢梭晚年患有被迫害妄想症，加之许多事情发生已久，他的记录远非客观、公正的。但《忏悔录》作为一部文学著作，在反映卢梭情感的律动方面，却是真诚的、坦率的，具有震撼人心的力量。在卢梭看来，情感是人的天性、本能的主要体现形式，因此，对个人情感的崇尚和张扬成为《忏悔录》一个突出的特色。卢梭率性、诚恳、多情。古丰伯爵对卢梭颇为赏识，多方给他提供机会展露才华，并准备令他“飞黄腾达”。这时，他学徒时期的伙伴巴克勒出现了。为了友情，为了“山峦、原野、森林、溪流、村落”，他拒绝了古丰伯爵的多方挽留，执意和巴克勒去流浪。《忏悔录》还记录了卢梭与许多女性之间纯洁、温柔、亲昵的感情。他称这种感情“不是基于情欲、性别、年龄、容貌，而是基于人之所以为人的那一切，除非死亡，就绝不能丧失的那一切”。也就是说，应该包含着人类天性中一切美好高尚的东西。卢梭与华伦夫人之间的厮守，与葛莱芬丽小姐和加蕾小姐的邂逅，都是这种感情的体现。

卢梭写《忏悔录》的初衷，是在反动专制政体、教会和社会邪恶势力的残酷迫害面前，为自己所坚守的原则、思想、生活进行辩护。因为坚信自己掌握真理，所以他的自辩书也就成了对封建统治阶级的讨伐檄文。作为一个钟表匠的儿子，卢梭从社会的底层成长起来，当过学徒、仆人、伙计、音乐教师、秘书。虽然生活境遇在逐渐改善，但他的平民身份、平民意识并未改变，这使他能够对封建统治阶级持彻底的否定态度。在《忏悔录》中，卢梭从不掩饰自己对统治阶级和上层社会人物的厌恶和鄙视。贵族德·彭维尔先生、首席法官西蒙先生、教会人士、巴黎权贵等，在他笔下一个个道德沦丧、性情古怪、虚伪阴险。卢梭以他敏锐的洞察力，揭示了封建统治阶级注定走向腐朽、灭亡的命运。

情节梗概

《新爱洛伊丝》是卢梭文学创作的代表作。爱洛伊丝是12世纪的人物，她与家庭教师阿卜略尔的爱情以悲剧告终。卢梭用12世纪的故事比拟瑞士贵族女子朱莉和平民家庭教师圣普乐的爱情纠葛，这个套子在对比中引起经典的联想。

小说中，圣普乐是一个学识渊博、见解深刻、感情热烈、富于幻想、仪表俊美的知识分子。他与他的学生、美貌温柔的贵族少女朱莉朝夕相处，产生爱情。朱莉本来也有门第陈见，但受圣普乐“自由恋爱是一种基本人权”观点的影响，她改变了态度，使自己服从自然感情的发展。同样由于阶级出身不同，他们的爱情在现实中遇到了阻碍。朱莉的父亲德丹治门第观念很深，加上他早年和贵族沃尔玛有知遇之情，希望女儿嫁给沃尔玛，因此反对女儿和圣普乐的关系。圣普乐失望之下，离开了朱莉。圣普乐走后，朱莉尽管十分痛苦，但仍然依父命嫁给了贵族沃尔玛。婚后她向丈夫说出自己和圣普乐的往事，得到丈夫的信任和理解。圣普乐在外非常思念朱莉，为让他纾缓思念之情，他的好友、英国人爱德华安排他随一支英国舰队到海外远游。

朱莉与丈夫度过了六年平静的婚姻生活，其间和圣普乐仍有交往，感情也相当深厚。后来朱莉征得丈夫的同意，请圣普乐到自己的庄园做客。圣普乐始终眷恋着朱莉，朱莉对圣普乐的感情也依旧；而作为妻子，朱莉同样忠诚于自己的丈夫。在这样的感情纠葛中，有几次二人险些跨越雷池，朱莉也深感苦恼。最后朱莉因救落水的儿子，惊吓病弱而死。临死前朱莉请求圣普乐以后教育她的孩子。

小说在这条情节主线之外，还安排了两条辅线：一条辅线围绕着克莱尔。克莱尔与朱莉是一对表姊妹，二人关系密切。克莱尔曾结过婚，丈夫去世后，她应邀搬到朱莉家，为她管家。她和圣普乐的关系也十分友善。另一条辅线围绕着爱德华。爱德华是一位英国贵族，因对朱莉有好感而出现在朱莉的生活圈子之中。初时圣普乐对他有误解，后误解冰释。爱德华在圣普乐陷入困境时，屡屡在精神上支持他，在经济上资助他。其间，爱德华受到一个坏女人纠缠，圣普乐帮助他渡过了危机。

分析与评论

这部卢梭最著名的小说对建立在美德基础上的爱情、友情、亲情的内涵及价值作了全新演绎，是启蒙主义理想出色的文学宣示。卢梭把爱情看成人类最美妙也最重要的情感。小说中，圣普乐和朱莉无论耳鬓厮磨、负气误会、离别重逢，还是体验情欲、接受死亡，他们的爱情都坦诚而炽热，纯真而高洁。圣普乐给朱莉的信坦言了他们爱情的基础是美德："我爱慕你，是爱慕你极其高尚的胸怀和一贯的温柔之情的表里如一，是爱慕你对他人的种种痛苦的深厚的同情心，是爱慕你由纯洁的心灵产生的纯洁的正确思想和高雅的审美力。"事实证明，圣普乐和朱莉的美德在爱情中铸就、提炼、升华。为了爱情，圣普乐给朱莉制定新的学习计划，自己戒酒，并去游历以增加见闻；他们还通过发展友谊，在艺术和自然中陶冶、丰富自己。朱莉与沃尔玛结婚后多年，她与圣普乐的爱情依旧，只是这爱情过滤掉了情欲和专有，变成轻柔、亲昵的心灵体验。一次沃尔玛外出，圣普乐和朱莉一起散步来到十年前他们留有爱情标记的隐秘之处。这一行动在二人的心中都激起巨大的情感波澜，险些不能自禁。但他们"经历了人的心灵所能经受的最激烈的战斗"之后，用理智克制了欲望，由此把爱情和美德推到一个新的高度，圣普乐称之为"新生"。

在《新爱洛伊丝》中，友情占据了非常重要的分量。克莱尔说她和朱莉的关系："我们两人都爱美德，我们都同样喜欢诚实，我们的才能也一样，我的头脑也和你的头脑差不多，容貌的俊俏也不弱于你。"在圣普乐和朱莉的关系中，克莱尔忠实地充当了劝导者、陪伴者甚至参与者的角色。朱莉在情迷中打算与圣普乐私奔，克莱尔及时提醒她可能带来的危害。丈夫去世后，克莱尔搬到朱莉家，为她管家，她甚至打算将来自己的孩子与朱莉的孩子婚配。圣普乐和爱德华这两个男子的友谊相比较而言更理性、含蓄、深长。本来热恋中的圣普乐疏于发展友谊，他甚至不满爱德华出现在他与朱莉的生活中，还因为疑心爱德华钟情朱莉要与他决斗。当误解冰释时，两个男子就能肝胆相照、无私援助。

《新爱洛伊丝》中，亲情的性质和意义也不容忽视。例如德丹治这个人物，他的性格十分复杂：他对妻女表现出暴虐的一面，但他早年在军队中展现的美德改变了沃尔玛对人性的看法，也结成了他们之间的友谊。他要求朱莉嫁给沃尔玛，主要是出自对沃尔玛高尚人格的赏识，门第观念倒在其次了。朱莉遵父之命并不完全是强迫的结果，它也基于朱莉对家庭中家长地位的尊重。正如朱莉劝解圣普乐时所说："你要尊重这种温柔的爱心……要允许它一半用于亲人，一半用于恋人；血亲和友谊的权利，不能被爱情的权利所取代。”但总的来说，以传统的血缘关系和夫妻关系为基础的亲情在《新爱洛伊丝》中居于次要位置。如朱莉和克莱尔之间友情重于亲情，朱莉和沃尔玛的夫妻关系缺乏内在激情。同样，克莱尔称自己不是一个适合结婚的人，丈夫去世后她如释重负。她引圣普乐为知己，在圣普乐环球旅行归来后，甚至请他到自己家居住了一个星期，但朱莉去世前再三恳请她嫁给圣普乐，她却委婉地拒绝了。爱德华留恋在与圣普乐和朱莉的友情中，以致长期独身。这些都说明卢梭对传统意义上的亲情缺乏兴趣。卢梭希望发展一种新型的家庭关系，这种家庭关系是开放的，是友人可以参与和分享的。在小说中，最明显的例子是沃尔玛和朱莉组成的家庭，这个家庭对友人的接纳到了令人瞠目的程度：沃尔玛在婚前已经知道了朱莉和圣普乐的关系，却从未流露出丝毫私有制度下夫妻关系的专有和排外，他热情邀请圣普乐到家中长期做客，日后还请他作孩子的家庭教师。

《新爱洛伊丝》更富想象力之处，是创建克拉朗这个乌托邦的理想乐园。朱莉婚后与丈夫沃尔玛从贵族城堡搬到克拉朗乡间庄园。克莱尔在丈夫去世后应朱莉邀请前来同住，圣普乐环球旅行归来，爱德华绅士也加入进来，于是一个主要以友情维系的小团体在克拉朗形成了。朱莉去世后，克莱尔又一次试图把这些友人聚到克拉朗。卢梭曾说他写《新爱洛伊丝》有一个更深刻的目标，就是“社会协调和社会和平”。这个小团体展现了一个达致理想社会的途径，克拉朗也成了卢梭理想社会的缩影。

这个理想乐园从文学角度看，最有价值之处是建立了文明与自然的二元对立体系。卢梭在其论著《论人类不平等的起源和基础》中为文明与自然的冲突勾画出一个历史的逻辑线索：他为人类的发展设定了一个处于“自然状态”之中，没有任何社会联系的初始阶段。那时的人们在橡树下饱食，在小河里饮水，生活单纯、自由、平等、幸福。它是人类的黄金时代。随着人类的发展，文明时代来临，私有制产生并逐渐完善，而人类的理想状态不复存在。人民只有推翻暴君统治，才能达致更高阶段的“自然状态”。卢梭在《论人类不平等的起源和基础》中表达的自然—文明—自然的历史观，在《新爱洛伊丝》中，演变为空间上的对立形态。卢梭心目中的自然，是人类天性、乡村生活、自然环境的结合体，而文明主要包含贵族阶级和城市生活，二者在当代社会中尖锐地对立着。小说通过圣普乐在巴黎游历时的所见所感，刻画了“文明社会”的雏形，并对其进行了尖锐的批判。作为对立的另一方，卢梭把克拉朗这个小小的乌托邦乐园安置在清新、恬静的大自然中，其中的人物拥有种种美德，他们仁慈、忠诚、互助、纯洁、宽容、互相尊重。朱莉去世后，这个小团体便只剩下失去配偶和未曾结婚的人，他们将继续维系过去那种亲昵的关系，组建崭新意义上的大家庭。他们在其中躬耕劳作，享受着自由和幸福。这是一幅带有原始共产主义色彩的美妙图景。

其实欧洲的文学史自古希腊以来就有追寻田园生活的传统。古希腊诗人谛阿克列多思的《牧歌》，表现了牧羊人在村野和大自然中的纯朴生活。古罗马诗人维吉尔的《牧歌》给牧歌注入了政治寓言的成分，以希腊的阿卡迪亚地方为原型，创造了理想化的乐土。在文艺复兴时期莎士比亚的喜剧中，屡屡出现的田园生活场景和败坏的城镇生活相对照，寄托作者对大自然和美好人性的向往。《新爱洛伊丝》赋予这一传统以深刻的历史内涵和鲜明的时代特色，使其脱胎换骨，对后世文学产生了深远影响。

《新爱洛伊丝》最大的艺术特色是应用简单的文学形式反映广泛深刻的社会内容。按惯常理解，书信体小说的文体单纯自然，便于直抒胸臆，却在章法、寓意的开拓上余地有限，何况全书有 6 卷、163 封信，有些信甚至长达数十页，所涉内容异常广泛，稍有处理不好就会给人单调、冗长和枯燥的印象。卢梭充分发挥了书信体小说便于抒情的长处，让主人公大量倾诉自己的感情，他们的种种痛苦、欢乐、矛盾、失望、激愤都得到细致入微的刻画和尽情的渲染。这些感情充沛、真诚、感人至深。为回避书信体小说容易铺张、散漫的短处，卢梭巧妙地围绕着爱情、友情、亲情这一连贯全书的中心主题展开情节、刻画性格，又把读者的注意力引向人物情感、心理、命运的变化上，使小小尺牍悬念丛生、蕴藉无限。作为启蒙主义作家，卢梭在作品中讨论了政治、艺术、教育、宗教、伦理等各方面的重大问题。为避免使这种讨论变成抽象的说教，卢梭总是先提出一个问题，然后让几个友人共同对此问题加以讨论，借助于他们对此问题的不同反应，引出性格和思想的冲突，从而形成所谓“问题单元”。一个个“问题单元”又组成思想的链条，把全部书信贯穿起来。在讨论问题时，卢梭思想深刻、睿智，让读者有美不胜收之感。

卢梭的思想和创作不仅对歌德等启蒙主义作家产生了重要影响，而且直接开启了浪漫主义文学的先声。

关键概念

启蒙主义　　书信体小说　　百科全书派

思考题

1. 《新爱洛伊丝》中爱情的启蒙主义性质是如何表现的？
2. 试论《新爱洛伊丝》在艺术上的特点。

歌德《浮士德》导读

学习提示

歌德的生平与创作。《浮士德》的剧情内容。浮士德身上的“神性”。浮士德精神追求的五个阶段。浮士德形象的内涵。靡菲斯托形象。

生平与创作

约翰·沃尔夫冈·歌德（1749—1832）出生在法兰克福一个中产阶级家庭，16岁时遵父命去莱比锡大学学习法律，但他不喜欢法律，而热衷文学艺术。1770年春天，歌德结识了日后成为“狂飙突进”运动纲领制定者的赫尔德。毕业后歌德回到法兰克福，与一批富有叛逆精神的年轻作家交往，掀起了在德国文学史上产生重要影响的“狂飙突进”运动。1773年他的剧作《铁手骑士葛兹·冯·伯利欣根》发表，1774年书信体小说《少年维特之烦恼》出版，引起巨大反响，歌德一跃成为德国最著名的作家。歌德“狂飙突进”的势头保持到1775年秋他进入魏玛宫廷服务为止。这是他创作的第一个时期。

书信体小说《少年维特之烦恼》代表了“狂飙突进”运动的最高成就。主人公维特在一次舞会上认识了年轻姑娘绿蒂，并爱上了她。但绿蒂已经与别人订婚，维特为此深感痛苦。维特尝试从工作中寻求解脱，没有成功。由于和卑俗的社会格格不入，加之对爱情绝望，维特最后自杀。这部小说的主题与情节并不复杂，但它十分敏锐地感应并凝聚了时代精神，因此出版后产生巨大反响。歌德把维特塑造成一个具有卓越、高洁品格的人物，却把他放在一个卑俗的封建社会里。这个社会的中坚力量是两个阶层：贵族阶层和市民阶层，虽然两个阶层之间有着森严的等级壁垒，但卑陋庸俗却是相通的。维特在信中写道：“某些等级的人总是冷冷地与一般平民拉开距离，仿佛觉得接近他们便有失身份；同时又有那么些轻浮和恶作剧的人，爱摆出一副屈尊俯就的样子，心里却想让穷人们更好地领略他们的傲慢。”这是贵族阶层的通常嘴脸。而小市民的猥琐、虚荣更见可怜：“还有此地比比皆是的小市民的虚荣与无聊！他们拼命追求等级，时时刻刻留意着要领先他人一步；最卑鄙无耻的欲望都赤裸裸地表现了出来。”两个阶层制造了一种压抑、沉闷、无所作为的环境，阻隔了新鲜的空气，使活力、才干、青春遭到窒息。维特的自杀，表面上看是由于恋爱失意，根子却在这种卑陋的社会环境。维特是一个有理想、有抱负、有正义感的青年，爱情显然无法占据他全部的精神空间，是社会将他广袤的心田局促到一隅。他的自杀，既是对这个社会的抗议，也是找不到出路的必然结果。维特这一形象代表了当时德国社会觉醒了的年轻一代，他们发出了要求从封建桎梏下解放出来的呼声。

1775—1794 年是歌德创作的第二个时期，史称“魏玛十年”。这一时期又可分为两段：前半段，他脱离了“狂飙突进”运动，专心于政务，创作数量有所下降，但也有一些精美的诗歌，如《猎人的晚歌》、《水上精灵之歌》、《神性》等。风格发生了很大变化，从狂噪、激情转向安详、宁静。后半段，1786 年秋天，被政务弄得烦恼至极的歌德不辞而别，离开魏玛前往意大利。意大利温暖的阳光、热情的民众、丰富的古代文化让歌德获得了新生，他完成了悲剧《哀格蒙特》(1775—1787)、《伊菲格涅娅在陶洛斯》(1775—1789)，而早已经动笔的《浮士德》的写作也有进展。1788 年，在意大利徜徉了一年零九个月的歌德返回魏玛，他坚决辞去大部分官职，专心从事写作和科学研究，完成了戏剧《托夸多·塔索》(1789) 等作品。

歌德这一时期在戏剧方面取得了更大的成就。悲剧《哀格蒙特》的故事背景是 16 世纪西班牙统治下的尼德兰。主人公哀格蒙特是尼德兰贵族。尼德兰各地因不堪西班牙统治者的暴政和宗教压迫而发生骚乱，西班牙国王菲力普二世派残忍的阿尔巴公爵率大军镇压。贵族奥兰宁亲王劝哀格蒙特与自己一起逃走，以等待时机。哀格蒙特忠于国王，认为逃走是背叛贵族对国王的义务，应该留下来，结果他被阿尔巴公爵诱捕。哀格蒙特临就义前，在狱中梦见情人化作自由女神出现，将一顶胜利桂冠戴在他的头上，预言他的死亡将带来尼德兰的解放。由于从政的经验，加之年龄和阅历的增长，歌德从个人感情天地进入更宏大的社会舞台。这部剧作就展现了他的政治抱负：统治者应该如何治理国民百姓。歌德从启蒙主义理想出发，把人道主义作为施政的最高境界，以此对抗专制残暴。戏剧中，哀格蒙特和阿尔巴公爵关于如何进行统治的论辩，充分展示了歌德的政治远见和卓识。

1794 年，歌德与席勒相识，从此开始了互相合作的十年（1794—1805），也是他创作的第三个时期，他们共同开创了德国文学史上的“古典文学”时代。他们合作写诗、办杂志、主持魏玛歌剧院，在创作上都主张以古希腊罗马文学艺术为楷模，张扬人道主义思想和自由精神。此间歌德完成了长篇小说《威廉·麦斯特的学习时代》(1796)、叙事长诗《赫尔曼与窦绿苔》(1797)，以及诗剧《浮士德》第一部（1806）等作品。

《威廉·麦斯特的学习时代》与《威廉·麦斯特的漫游时代》是两部曲，它们开了德国文学史上教育小说的先河。威廉·麦斯特是一个商人的儿子，他从小就醉心于诗歌戏剧。长大后，他产生了献身戏剧、创建国家剧院的宏伟理想，并进行了长期不懈的努力。通过参加剧团巡回演出及建立剧院等戏剧活动，威廉·麦斯特增长了人生和艺术的阅历与经验，同时也意识到德国社会正面临着一个巨大变革。之后他脱离剧团，加入洛塔里奥所领导的一个旨在为人类服务的秘密组织，也赢得了洛塔里奥的妹妹娜塔莉雅的爱情。小说通过威廉·麦斯特的成长历程，揭示了新人的基本素质及其养成的方法和途径。在主人公的成长过程中，歌德特别强调阅历和实践的作用，威廉在商业事务中、在戏剧活动中锻炼自己。他在世事中磨炼，他体验爱情和友谊，他学习克制，他培养个性，终于达到了修养的目标。同时，歌德还强调迷途和错误在人的成长方面的作用。在小说最后，威廉已经完成了作为一个新人的必要的教育，进入娜塔莉雅所象征的明朗境界。

1805 年，席勒去世，歌德痛切地说自己失去了“生命的一半”。但他的创作生命并未随着席勒的去世而结束，而是达到了新的高峰。到歌德 1832 年去世，这是他创作的第四个时期。这期间，他先后完成了长篇小说《亲和力》(1809)、《威廉·麦斯特的漫游时代》(1829)，自传性作品《诗与真》(1811—1814)、《意大利游记》(1816—1817)，诗集《东西合集》(1819)，组诗《中德四季晨昏杂咏》(1827)，诗剧《浮士德》第二部(1832)等伟大作品。

歌德于 1807 年着手写《威廉·麦斯特的漫游时代》，直到 1829 年才告完成。它与《威廉·麦斯特的学习时代》是姊妹篇，前一部小说中的一些人物：威廉·麦斯特、菲利克斯、雅诺、洛塔里奥等在这部小说中仍有活动，更主要的是，从威廉成长历程的角度看，它们是新人培养不可缺少的两个阶段，因此两部小说是不可分割的整体：在第一部小说中，威廉重在学识、见解和品格的养成，第二部小说则是在社会交往和游历中锤炼自己。威廉外出漫游，承担种种社会责任，与志同道合者组成小团体，用自己所信奉的理想建立起一个理想王国，以此来改造全社会。威廉通过漫游找到了生活的真谛：做一个有益于社会的成员。他选择作一位外科医生，为人救死扶伤。最后他与自己的儿子团聚，结束了漫游岁月。

《亲和力》也是歌德这一时期创作的优秀作品。“亲和力”是一个化学术语，用来描述这样一种物质现象：已经结合的物质由于新的物质的加入，会发生化学反应，导致物质间的重新组合。歌德借此术语，把自然现象推演到人与人之间特别是男女之间两性关系上，探讨两性之间的感情和伦理问题。他在思考，在爱情婚姻以及一切人与人的关系中，人性的发展、感情的放任，到底能突破道德的约束到什么程度。也就是说，人性的底线在哪里？爱德华和夏洛蒂的结合虽非被动，也难免有它的局限性。由于亲和力的推动，主体会作出新的选择，这就像宿命一样不可抗拒。但亲和力却是与以维持现状为目的的伦理道德和社会秩序相冲突的。四个人物的悲剧凸显了感情与道德、人性和责任的冲突，歌德没有明确地归咎于哪一方。他对问题本身进行了思考，由此把这种爱情、婚姻关系中的亲和力现象升华到哲学的层面。

情节梗概

诗剧《浮士德》从“天上序幕”开始。上帝和魔鬼摩菲斯特争论人的善恶和能否造就。魔鬼认为人是情欲的奴隶，只能沉沦终生；但上帝坚信人无论陷入怎样的迷误，最终总能走上正路。于是双方以下界正处于彷徨和绝望中的浮士德打赌。

魔鬼为和上帝抗辩，决心要把浮士德引入邪路。浮士德饱读经书，但他痛感到知识的无用，精神异常痛苦。这时魔鬼摩菲斯特乘虚而入，引诱浮士德与自己定约：在浮士德有生之年，魔鬼为浮士德服务，满足他提出的任何要求；浮士德一旦感到满足，生命便告结束，灵魂为摩菲斯特所有。就这样，浮士德在魔鬼的陪伴下，走出了书斋，去享受世俗人生。在地窖酒馆里，摩菲斯特捉弄了一群酒徒醉鬼，随后带浮士德在魔女的厨房喝青春汤，使他返老还童，成为风度翩翩的美男子。浮士德在街上遇到少女葛瑞琛，急不可待地想据为己有，他要求魔鬼为他准备好各样求爱行头。魔鬼先偷偷进入少女的闺房，把一个珠宝盒子放在姑娘的衣柜中，以引诱姑娘。葛瑞琛见到珠宝后，欣喜之余又感到担心，她向牧师求告，牧师却把珠宝据为教会所有，空给了她一些安慰。随后摩菲斯特又送来一份珠宝，葛瑞琛不知所措，就来到邻居家讨计。摩菲斯特借故与邻妇周旋，安排浮士德与葛瑞琛在邻妇家会面。葛瑞琛本来就对浮士德留有好印象，认为他出身高贵，此刻更爱上了他。在花园中，葛瑞琛数花瓣占卜浮士德是否爱她，她的纯洁让浮士德感动，动了真情。他本想逃离爱情以避免葛瑞琛的毁灭，但在魔鬼的煽动下，又去引诱她。葛瑞琛的哥哥阻止妹妹与浮士德相爱，在与浮士德决斗中被杀死。对贞操极其重视的哥哥临死前诅咒妹妹。葛瑞琛为与浮士德幽会，给母亲吃过量的安眠药，不慎将母亲毒死，后又失手溺死了与浮士德的孩子，成了情欲的牺牲品。葛瑞琛被捕并被判处死刑，浮士德到监狱去救她，感到罪孽深重的葛瑞琛向上帝吁求，拒绝和浮士德逃生。她的虔诚和纯洁获得了上帝的回应，有声音传来："她已获得拯救！"第一部在浮士德的悔恨中结束。

第二部开始时，精灵们为浮士德沐浴了忘川之水，恢复了他的活力。在开满鲜花的大自然中，浮士德又感受到来自生命的冲动："要向最高的存在不断进取。"他从阳光下的绝壁飞瀑中领悟出人生真谛："这景象反映人的努力进取……生之意义就在闪射出光彩。"

魔鬼摩菲斯特带浮士德来到皇帝的宫廷。皇帝热衷于占星术和假面舞会，而国家却千疮百孔，百业凋零。宰相、国防大臣、财政大臣、宫内大臣纷纷陈情，皇帝问摩菲斯特有何主意。摩菲斯特谎称地下埋藏着许多无主的宝藏；然后以这些子虚乌有的宝藏为担保，大量发行纸币，造成国内虚假繁荣，暂时化解了危机。摩菲斯特施展魔法，在假面游行时燃起大火。荒唐的皇帝看到魔法灵验，竟起意让浮士德招来古希腊美人海伦。在摩菲斯特帮助下，海伦果然出现了。在幻影中，特洛伊王子帕里斯在胁迫海伦，嫉妒的浮士德用魔匙猛击帕里斯，结果幻影消逝，浮士德昏倒在地。

摩菲斯特驮着浮士德回到他的书斋，浮士德的学生瓦格纳在实验室里造出人造人，浮士德一醒来就要寻找海伦。于是，人造人带着浮士德和摩菲斯特溯时间长河而上，回到了古代希腊。浮士德徜徉其间，陶醉于古代的美妙之中，并目睹和参与了古代的战事，见到了各色神灵英雄，表现了英雄气概。他找到了海伦，并与海伦相爱生子。他们的孩子欧福良热情似火，渴望爱情和新奇体验，他不断高跃，最后坠地而死。悲伤的海伦黯然消逝，她的衣服化为白云驮着浮士德回到现实世界。

浮士德来到海边，面对咆哮的大海，他起意要征服改造自然。时值国内发生动乱，浮士德借助于魔鬼的魔法，帮助皇帝平定了叛乱，从皇帝那里得到一块海边封地。浮士德率领人民在这里围海造田。此时浮士德已经是百岁老人，双目失明。魔鬼见浮士德末日已到，派小鬼为他挖掘坟墓。双目失明的浮士德听到铁锨的撞击声，以为是他的人民正在进行改天换地的战斗，他陶醉于这想象中的壮丽场景，悟出了人生的最高真谛："为千百万人开拓疆土，使人民在新的土地上安居。""每天争取自由和生存者，才配享受自由和生存。"于是他喊出："你真美啊，请稍稍停留！"浮士德得到了最高的满足，他的生命也到了终点。依照契约，浮士德的灵魂应为魔鬼所有，但这时天门打开，天使从魔鬼手中把浮士德的灵魂救出，由已经升入天堂的葛瑞琛把浮士德引进天堂。

分析与评论

浮士德是一个具有深邃的哲理意蕴、丰富的人生内涵，深刻反映了西方人若干时期的精神发展历程的人物形象。

一方面，浮士德形象体现了歌德对人性、对人的精神内涵的深刻洞察，对人生境界的高度概括。歌德认为人性是复杂的，人性具有二重性，人会犯错误；但人生要有为，要不断提升、不断超越自己。浮士德说："在我的心中啊，盘踞着两种精神，/这一个想和那一个离分！/一个沉溺在强烈的爱欲当中，/以固执的官能紧贴凡尘；/一个则强要脱离尘世，飞向崇高的先人的灵境。"这是浮士德性格二重性的表现。浮士德性格中的这种二重性使他处在神魔之间，兼有神性和魔性。他若不断地追求知识与真理，追求美善的事物，追求高远的理想，会上升到灵的境界。如果他贪图享乐，胸无大志，庸碌无为，且执迷其中不能醒悟，将坠入魔道，走向堕落。歌德认为，沉沦和进取的双重引力在浮士德身上并不对等，他的神性要强过魔性，他本质的、主导性的一面是自强不息、发奋进取、永不满足、积极向上，这就是所谓的"浮士德精神"。浮士德还在中世纪的书斋里翻译《圣经》时，就将其中的"泰初有道"改为"泰初有为"；他精神抖擞，时刻准备"跳身进时代的奔波"，"跳身进事变的车轮"，这些都是"浮士德精神"的体现。但歌德并不因此看轻魔性在浮士德追求过程中的推动作用。歌德首先承认魔性只能被暂时克服，却不能被永久根除，因此它是可以容忍的。《浮士德》中上帝的话其实道出了歌德悟出的智慧箴言："人要奋斗，失误免不了。"歌德同样看到，魔性与神性相对相生，因此都是必要的。浮士德的一生是神性和魔性矛盾斗争的过程。他奋发进取、永不满足的精神是他上升的内在动力，摩菲斯特利用浮士德身上的魔性诱使他堕落，然而浮士德的神性使他能够吸取教训，不断克服魔障。正是在这种辩证发展之中，浮士德从小世界进入大世界，人格不断发展，精神内涵日益深厚，精神境界不断提升。

《浮士德》的结尾是光明的。浮士德的确喊出："你真美呀，请稍稍停留！"表面上看，他获得了满足，也准备享受这满足，魔鬼摩菲斯特因此要攫走他的灵魂。但上帝派天使把浮士德的灵魂带到了天堂，因为"凡是自强不息者，到头我辈终能救"，正可谓天道酬勤，浮士德的自强不息感动了上天。既然如此，为什么《浮士德》仍然被看成是一部悲剧呢？这主要是因为，歌德相信人类追求至善是没有止境的，但个体的生命却是有限的。浮士德获得了两次生命，加在一起有100多岁，但这生命仍然是有限的，所以不可能达到终极的目标。他探索的五个阶段，也远没有穷尽人类的精神生活。

另一方面，歌德通过浮士德的追求，概括和总结了从文艺复兴至19世纪初300多年欧洲近代西方人的精神发展历程。

浮士德刚出场时，是一个满腹经纶的学究形象，他在知识的海洋中上下求索，却一无所获。浮士德在复活节的钟声中走出阴暗的书斋，象征文艺复兴时期人文主义思想家与中世纪基督教神学思想体系诀别。浮士德陶醉于盎然的春日美景，与民众狂欢，在酒馆纵乐，与葛瑞琛爱恋，是早期资产阶级追求感官享乐，现世幸福的写照。这一阶段以悲剧告终，是歌德对文艺复兴时期新兴资产阶级人文主义爱情观和生活观的一个超越。浮士德为封建皇帝服务，隐喻了资本主义发展过程中资产阶级与封建王权之间的复杂关系。由于资产阶级的软弱，他们不得不依附封建王权，向封建王权妥协，寄希望于封建制度的点滴改良。欧洲十七八世纪的历史是这种状态的现实蓝本。虽然浮士德的政治悲剧否定了这条道路，但在18世纪后期和19世纪初，欧洲的资产阶级革命如火如荼，歌德作为经历者和见证人，却没有折射推翻封建王朝的政治斗争，这体现了歌德思想中保守的一面。古典美的追求反映了欧洲资产阶级试图通过艺术塑造人生、改良社会的主张，它的悲剧表明歌德对其在现实生活中的效用产生怀疑。浮士德最后选择围海造田这一改造自然的事业，并从中得出“智慧的最后断案”，进而在此基础上表达了创建“人间乐土”的理想，还将其看成最美的瞬间。这种对劳动、生产、开拓的重视，是新兴资本主义精神的高度概括，也是当时盛行的空想社会主义思想的反映。可以说，浮士德探索的每一阶段，都有现实的根据，都可以在资本主义发展历程中得到印证。值得注意的是，这五个阶段不是相互否定、相互替代的关系，浮士德不断在扬弃和超越，它反映了资本主义和资产阶级思想螺旋式上升的过程。歌德所处的时代，资产阶级仍然是社会的进步力量，它的精神追求反映了时代的方向，在一定程度上代表了人类的愿望，它的反动性和贪婪性还没有完全暴露出来。

学习《浮士德》这部作品，还需要对魔鬼摩菲斯特的形象有一个正确认识。魔鬼全名叫摩菲斯特斐勒斯（Mephistopheles），简称摩菲斯特，词源来自希伯来文，其形体、本事是北欧传说中的魔鬼和《圣经》中的撒旦的混合物。歌德在《浮士德》中，对魔鬼形象进行了重新塑造。总体来说，摩菲斯特代表否定的精神，是恶的化身。正如《浮士德》中的上帝所说，他是“否定的精灵”，魔鬼也自称“惯于否定”，“被称为恶的一切，/正是我的本质特性”。这种否定精神体现在人生观上，代表着消极、悲观、堕落。魔鬼认为人的一切努力都是没有意义的，因为“生成的一切/总应当要归于毁灭；/所以最好，不如不生”。因此，人只配作可怜的奴隶，像蚱蜢一样在草丛和垃圾堆里讨生活，所谓人类独有的理性科学也不能让他们生活得好一些。这种否定精神表现在社会历史观上，是虚无主义。在魔鬼完成引诱浮士德的任务后，他说“过去和全无是完全一样的同义词”，“被创造的又使它归复于无”，已经过去了的事物，“本来就不曾有过”，这是对时间延续性及人类进步观念的否定。在现实生活当中，摩菲斯特是恶人和歹徒的形象，他用纵酒、美色、权力、骄奢淫逸的宫廷生活一再引诱浮士德堕落，为达到目的不择手段。葛瑞琛的悲惨境遇令浮士德肝肠寸断，摩菲斯特却毫不动心；浮士德在建造自己的海边乐园时，叫魔鬼去请一对老夫妇迁走，摩菲斯特摆出打家劫舍的架势，一把火把民宅化为灰烬。他的冷酷和狰狞都是超乎常人的。

对摩菲斯特这个形象在作品中的作用，应该辩证地加以理解，不能只从伦理道德的层面简单地斥之为“坏”。在《浮士德》中，他的功能和作用主要表现在两个方面：其一，对本身是反面的事物，他的否定具有深刻的批判性。他抨击中世纪各种烦琐、僵死的学问扼杀创造性，把“精神训练得/服服帖帖”，他嘲笑教会的贪得无厌：“我们的教会胃口很好，/它把各地吃得精光。”他讽刺专制王权：“强权在手，敌意自然消亡。”他利用金钱的威力，也批判金钱的罪恶等。其二，摩菲斯特和浮士德之间存在着更深广的联结。上帝对魔鬼的存在作了这样的解释：“人在努力时太容易松懈，/很快会爱上绝对的清闲；/因此我乐意造一个魔鬼，/让他刺激人，与人做伴。”人的精神容易懈怠，贪图安逸，因此上帝造出魔鬼，来催人惊醒、奋进。魔鬼对浮士德而言，就不只是一个引诱者，他也发挥着督促和警策的作用。魔鬼说自己“老想作恶却总是把善促成，/我便是这种力量的一部分”，发挥的就是这一层意思。他主观上在引诱浮士德走向堕落，客观上却起到了推动浮士德前进的作用。也就是在这个意义上，一些研究者指出摩菲斯特是浮士德身上另一个自我的外化形式，也有研究者认为摩菲斯特和浮士德共同构成人类天性的二重性。二者相辅相成，相生相克，使造化臻于完形。

还应该认识到，浮士德形象有其不可克服的局限性。恩格斯在《诗歌和散文中的德国社会主义》一文中指出：“在他心中经常进行着天才的诗人和法兰克福市议员的谨慎的儿子、可敬的魏玛枢密顾问之间的斗争；前者厌恶周围环境的鄙俗气，而后者却不得不对这种鄙俗气妥协、迁就。因此，歌德有时非常伟大，有时极为渺小；有时是叛逆的、爱嘲笑的、鄙视世界的天才，有时则是谨小慎微、事事知足、胸襟狭隘的庸人。”① 恩格斯还指出：“歌德过于全能，他是过于积极的性格，而且是过于入世的，不能像席勒似的逃向康德的理想去避免鄙陋……他的气质、他的力量、他的整个精神倾向，都把他推向实际生活。”② 恩格斯精辟地指出了歌德的力量和弱点。歌德是一个入世很深的人，他比一般作家的经历要复杂得多。他长期担任魏玛公国的政府高官，大至外交、军事、财税、林务、矿业、水利、交通，小至防火条例的制定和宫中游乐活动的安排组织等，都事必躬亲。恩格斯所说的“谨小慎微”，对周围“鄙俗气”的妥协和迁就，正是在这种政务活动中养成的。歌德还是一个至情至性之人，感情经历十分复杂，从少年时代，一直到耄耋之年，对不同女性的爱欲追求不曾中断过。众所周知，歌德还是一个科学家，在骨骼学、解剖学、光学、色彩学、植物学、动物学等领域，都有相当造诣，并且有一些在当时来说是很重要的发现。人类的腭间骨就是歌德第一个发现的，此前人们认为只有动物才有腭间骨。总之，歌德是一个有大欲望、大追求的人，终其一生都在追求各种世俗欲望的满足。因此，在某种程度上，写浮士德就是写他自己。浮士德形象给人最突出的印象，就是追求各种世俗欲望的满足，追求知识欲、情欲、权欲、美欲、征服欲的满足。而且浮士德的追求是无极限、无底线的。他与魔鬼赌赛，驱使魔鬼为自己服务；他突破肉体的界限，获得了两次生命；他要改造自然，创造人间天堂，其本质都是想僭越神的地位，使自己成为神。我们讲到莎士比亚《哈姆莱特》的时候，提到过人文主义的力量和弱点，这种力量和弱点在浮士德身上表现得更为突出。应该认识到，对宇宙万物失去敬畏之心，追求欲望的无限扩张是不可持续的，最后必将导致毁灭。在当代世界，我们已经越来越清楚地看到，人类为满足自身欲望，无节制地向自然索取所带来的恶果。浮士德给我们的启示是双重的，只看其中任何一面都是不完全的。

《浮士德》在艺术上有非常鲜明的特色，这主要表现为高度抽象性、浪漫幻想性与具象描写的有机统一。《浮士德》中的人物、故事不是以现实生活的本来面貌为蓝本加以刻画的，如天上的赌局、靡菲斯特的造型、浮士德的返老还童、与古希腊美人海伦的相爱和结婚等，不可能发生在现实场景中具体的人身上。从这个意义上讲，浮士德和靡菲斯特是浪漫幻想的产物，不是客观现实的摹写。歌德追求的是精神、观念的真，是对事物最大限度的概括。因此，对浮士德的两面性，探索的五个阶段的设计等，都超脱了现实生活中可以经验、求证的物质形态，是对人类精神从低级到高级不断演进历程高度浓缩、提炼的结果。研究者所指《浮士德》的象征性、哲理性的特点都由此引申出来。同时，《浮士德》在具象描写方面达到了相当高的水平。其中的现实生活场景，如书斋中的苦闷、酒肆的狂欢、爱情的迷乱、在大自然中的陶醉等，都遵从现实生活的逻辑，是具体、生动、形象的，是常人能够经历的。

①② 中国作家协会、中央编译局编：《马克思恩格斯列宁斯大林论文艺》，61页，北京，作家出版社，2010。

关键概念

“狂飙突进”运动

思考题

1. 为什么说浮士德的精神追求深刻地回顾和总结了从文艺复兴至19世纪初300多年欧洲新兴资产阶级的精神发展历程？

2. 浮士德的“智慧的最后结论”是什么？它反映了浮士德形象怎样的内涵？

3. 浮士德形象的局限性是什么？

中篇 十九世纪文学

华兹华斯抒情诗导读

学习提示

华兹华斯的生平与作品。《抒情歌谣集》的内容。《我独自漫游像一片云》中对自然的歌咏。

生平与创作

威廉·华兹华斯（1770—1850）出生于英格兰西北部坎伯兰郡考克茅斯一个律师家庭。这里地处英国湖区，以众多湖泊和秀丽山色闻名，华兹华斯生活其间，培养了对大自然的深挚感情。华兹华斯8岁丧母，13岁丧父。1779—1787年，他在霍克谢德文法学校学习。1787年，华兹华斯入剑桥大学圣约翰学院学习，他对专业课程不感兴趣，却广泛涉猎文学。1790年，他徒步到法国、阿尔卑斯山区和意大利旅行。1791年他返回法国居住了一年，与一位法国女子相爱，并深受法国大革命影响。返回英国之后，他于1793年出版了用英雄双行体写的两首诗《晚间漫步》和《素描》。英国对法国的宣战，以及法国大革命的暴力色彩，使他深受震撼，思想趋于保守。1795年，他从朋友处得到一笔900英镑的财产馈赠，这使他免于操心衣食，能专心于诗歌创作。他和他的妹妹多萝茜先住在多赛特，然后又搬至梭莫赛特，与诗人柯勒律治结交，开展了富于成果的合作。1798年，二人合著的《抒情歌谣集》出版，这是英国浪漫主义历史上的一个里程碑。1798—1799年冬，华兹华斯在德国居住，在那里他写了《序曲》的一些片断，以及《露西》组诗。1800年，《抒情歌谣集》再版，华兹华斯为此写了长篇序言，系统表述了自己的浪漫主义美学理论。华兹华斯从人类和社会本质的高度理解诗，认为“诗是一切知识的开始和终结”。他强调诗歌是“强烈感情的自然流露”，主张诗要选择日常生活里的事件和情节，以及“微贱的田园生活”作为题材，“同时在这些事件和情节上加上一种想象的光彩，使日常的东西在不平常的状态下呈现在心灵面前”。这篇序言的主张对西方文学产生了深远影响。1800 年以后，华兹华斯又创作出一系列优秀诗作。1808 年，华兹华斯度过了他创造力最旺盛的时期。19 世纪 20 年代以后，他的诗兴开始衰退，但名声日隆。1843 年，他被授予“桂冠诗人”称号。1850 年，华兹华斯去世。

华兹华斯与同时代另外两个诗人柯勒律治、骚塞交游深厚，趣味、观念接近，又因为他们有一个时期都居住在英国西北部湖区，故被冠以“湖畔派”之名。华兹华斯是三位诗人中成就最高者，他开创了英国浪漫主义诗歌中的诸多传统，如表现身边的自然，描写农人生活，以日常口语入诗等。

分析与评论

华兹华斯的诗以歌咏大自然为中心，与同时代的其他英国诗人相比，华兹华斯也是最善于表现大自然的。他在《反其道》一诗中写道：“起来，起来，朋友，/丢开你的书本，/书！只带来沉闷和无穷的烦恼，/不如来听听林中的红雀，/它唱得何等甜美！/我敢担保，歌声里有更多的才学。”他用鲜明的对比，讽刺学究、理性生活的沉闷、无趣，力主回到美妙、生动的大自然中去。诗人语气诚恳、殷切、直截了当，反映了他对大自然强烈的感情。华兹华斯以英国独特的自然风景和生物为主要表现对象，它不是壮美的荒原大漠、危岩峻峰，而是秀丽的绿野、灌木、花丛、湖泊、丘壑、鸟雀等。诗人以具体的地域（例如英格兰西北部的湖区）为依托，而不像雪莱、拜伦笔下，大自然以想象的成分居多，且孤立分散。如《瀑布与野蔷薇》以拟人化的手法，描写了瀑布和野蔷薇之间由亲善到交恶的过程。瀑布喧嚣而傲慢，蔷薇楚楚惹人爱怜。《绿山雀》描摹了一只绿山雀与诗人的友善之情。每年春日，鸟儿和花朵都要和诗人在果园重聚，其中一只绿山雀最为欢畅。绿山雀“甜美的歌喉，轻灵的翅膀”，“导演着五月的狂欢”，也带给诗人无限的快乐。

更难能可贵的是，华兹华斯的大自然诗作，把农人、乡村生活作为其中的重要组成部分。《坎伯兰的老乞丐》、《孤独的收割人》、《艾丽丝·菲尔》、《露丝》等优秀的诗篇中，描写了乞丐、收割者的形象，关注他们的尊严和价值。《坎伯兰的老乞丐》描画了一个老乞丐的形象，他形只影单，老朽不堪，吃残羹剩饼，走漫漫长路。这样一个似乎已经被世界所遗弃的人，注定令人产生悲惨的印象，但诗人能从老乞丐身上挖掘出更深的意味，认为他是上帝的造物之一，因为“任何形式的存在，都会同一种/善的精神和意向，同一个生命/和灵魂不可分地联系在一起”，因此，老乞丐值得我们尊敬。老乞丐的遭遇又能唤起路人和村民的怜悯与同情。“村民们看见他就像/看见不然就记不起来的往事/和善乐好施的功用”，在习惯性的施舍中，激发起内心善的情感，心灵不再冷漠和自私。诗人甚至想，上天自有法则，将以自己的方式把老人收去，所以，不用人类出于同情而把他送进习艺所或工场。他从自然的霜风和冬雪中来，就让他回到那里去吧。这首诗的题材虽然平凡，但经过诗人独具匠心的处理，读来却意味深远隽永：老人与大自然一体，因此也获得了神的品格。

《我们共七个》基本上由诗人与一个农家小女孩的对话构成，用的是英语口语，浅显、轻快，但诗意却含蓄深长。诗中写诗人在田野里遇到一个小女孩，问她：“你兄弟姐妹一共有几个？/说给我听听，小姑娘！”小姑娘回答：“一共是七个，/……两个当水手，在海上航行，/两个在康韦住着。/……还有两个躺进了坟地——/……靠近他们，教堂边，小屋里，住着我妈妈和我。”诗人反复提示小姑娘，人死了，已经离开人世。但无论怎么解释，小姑娘仍固执地认为“我们共七个”。出自稚童之口的应答凸显出对死亡的漠视，诗人则从中领悟到新的生命存在形式，并表达了对农人卑微却庄严的生命的敬意。

华兹华斯笔下的大自然浸染、深入到普通人的日常生活中，亲切而温润，唤起的是宁静、欣悦、忧伤的情绪，具有舒缓、抚慰心灵的作用。如《致雏菊》写雏菊这自然界“平凡的草木”，称赞它“神态谦恭，容颜也朴素，/却自有一派清雅的风度”。诗人企盼它“一如既往/赐我以欢乐，让我学到你/温良的品性!”其他如《丁登寺》、《采坚果》等，莫不如此。华兹华斯对大自然的挚爱，并不限于感性的层面，他把大自然与神性、永恒联系起来。《致杜鹃》中，杜鹃美妙的声音在诗人心中留下深刻印象，“至今，我仍然觉得你/不是鸟，而是无形的精灵，/是音波，是一团神秘”。他在自然的每一处，都发现与神的和谐和不息的力量，从中获得某种启示。他认为大自然是上帝的征象，是达至彼岸、关照和实现生命本质的途径。《我独自漫游像一片云》深刻地表达了诗人这一体悟。

在华兹华斯看来，大自然的真谛并非人人都能领悟到。在这方面，儿童比成人有更优越的条件。《每当我看见天上的彩虹》道出了这个意思：“每当我看见天上的虹影，/我的心就跳。/初生时是这样，/长成人也是这样，老了也该是这样——/否则不如死掉！/儿童乃成人之父。/但愿我这一生/贯穿了自然的虔诚。”彩虹在《圣经》中是上帝和人立约的凭证，初生的赤子能直接领悟它、接获它，而当逐渐成人，也就越来越远离那来自上帝的灵光。华兹华斯在《颂诗：忆幼年而不朽》中，把“儿童乃成人之父”的思想作了更深入、具体的发挥。他把儿童称为“最好的哲人”，“保持着传得的财富”，能看清“永恒的深奥”，而神圣的光也照耀着大自然。当成年时，大自然的“辉煌”在心灵的屏幕上消失了，也忘掉了“所由之来的堂堂宫殿”。华兹华斯歌咏儿童的诗，大多从这个角度立意。除上述诗篇外，还有《从前有个男孩》等。

华兹华斯在《〈抒情歌谣集〉序言》中写道：“诗是强烈情感的自然流露。它起源于在平静中回忆起来的情感。”诗歌所表达的情感是回忆起来的情感，这一创作经验得自1798—1799年与妹妹多萝茜留居德国时。在异乡，他靠对英国的回忆来充实自己的想象，直到他被一种同几年前一样身临其境的情感所控制，而他则以这种人为诱发的情感来作诗。他们无法回到童年，却可以通过回忆捕捉那“不朽的海域”，复活那些消失的东西。《颂诗：忆幼年而悟不朽》在这一点上比《我独自漫游像一片云》发挥得更充分。他反复地描写着当人的意识与大自然融为一体，当一切都焕然一新，当神力把生命赋予无生命之物，当最低级的造物大放异彩的神圣时刻。

《丁登寺》原题为《旅途中重游葳河沿岸，作于丁登寺上游数里处》，是华兹华斯抒情诗中的杰作。丁登寺是位于英格兰西南部葳河畔的一所中世纪寺院，在19世纪上半叶已成废墟，周围景致秀美。华兹华斯1793年曾徒步旅行至此。五年后，他又和妹妹多萝茜故地重游，写了这首寓意深远的名作。在诗中，诗人首先抒发了故地重游，载兴载奔的畅快心情：“五年过去，五个夏天，和五个/漫长的冬季！如今，我再次听到/这里的清流，以内河的喁喁低语/从山泉奔注而下。”诗人欢呼：“这一天终于来了。”在眼前，“一处处村舍场院，果木山丘，/季节还早，果子未熟的树木/一色青绿，隐没在丛林灌莽里”。这自然景色诗人在五年前已经寓目。这五年间，“当我孤栖于斗室，/困于城市的喧嚣，倦怠的时刻”，这景色就成了诗人心灵的慰藉，它“使我纯真的性灵/得到安恬的康复；同时唤回了/那业已淡忘的欢愉”。于是，“这些自然景物/给了我另一份崇高的厚礼——/一种欣幸的、如浴天恩的心境”。如今，故地重游，诗人有了新的收获。诗人认识到，他又从大自然中为自己“储备了/未来岁月的活力和滋养”。此刻的“我”已经不同于五年前的“旧我”，大自然仍一如既往给“我”丰厚的馈赠。由此，诗人认为大自然中有神迹显现，对自己有所眷顾：“仿佛是一种动力，一种精神，/在宇宙万物中运行不息，推动着/一切思维的主体、思维的对象/和谐地运转。”进一步，诗人感到了自己与大自然融合，从大自然中“认出……我全部精神生活的灵魂”。《丁登寺》不仅全方位展现了诗人与大自然的关系，艺术上也堪称典范。它结构完整，气韵连贯，语言朴实自然。

《我独自漫游像一片云》一诗写于1802年。诗人独自在英国西北部湖区漫游时，忽然发现湖边一大片金黄色的水仙在微风中摇曳起舞。大自然的美景虽然令诗人陶醉，但当时他并未感到这景象给自己带来多少启悟。只是在多年以后，诗人再次回忆起那些黄水仙，孤寂无聊的心中才充满了天堂般的快乐。大自然能给人双重的美感，即亲历时的美感和回忆时的美感，后者比前者更持久、更深广。华兹华斯这一认识是和他的哲学观念联系在一起的：成人虽越来越远离神性，但生命之光没有完全熄灭。他只要与大自然亲近，就能够重返天真时代，重新获得神的眷顾。

这首诗在艺术上达到了出神入化的境界。第一，多方面多角度的对比，包括两个方面：一是过去时态与现在时态的对比。在英语中，过去时用来描述过去发生的动作，现在时表示现在发生的动作，也用来表示事物的常态。本诗的时态对比来自两个方面：人的动作与大自然的活动的对比，亲历的美感与回忆起来的美感的对比，前者意味着短暂，后者则象征着永恒。二是抒情主人公和黄水仙的对比。“我”是独处、空虚、忧伤的，而黄水仙成群成片，充满动感，热闹非凡。有水仙和水波的对比，二者都快乐，但水仙更快乐。第二，情绪的渲染烘托。在第三诗段，诗人被水仙的快乐所感染，感觉很快乐。但这种体验是情绪层面的。诗人用了“愉快的伴侣”和“心旷神怡”两个短语来表示这种情绪。紧接着，诗人情绪一转，“我凝望多时，却未曾想到/这美景给了我怎样的珍宝”。他期待着有更大的收获，然而他失望了。离开了当前的情景，诗人在其他时候感到空虚和忧郁，陷入冥想时，水仙以及与此相联系的情感被回忆起来，在心灵中激起反响，带来了至福、狂喜和天堂般的感受，这体验是精神层面的。诗人上述情感体验的变化层层递进，其中大有深意。在第二诗段，诗人把黄水仙比作“连绵密布，似繁星万点/在银河中闪烁明灭”。这里，“银河”所对应的原文是milky way，直译是“奶路”，这是有来历的。在古希腊神话中，银河是连接神居之所与人间的一条路。那么，这条像银河一样的水仙之路就通达到了天堂。所以到最后一个诗段，华兹华斯用了一些有宗教色彩的词汇像bliss（乐园）和pleasure（欢情洋溢），以表达境界升华、捕捉到自然神性时的情绪，就显得水到渠成。它表达了对自然的崇拜，对自然神性的想象，人的心灵的净化、提升，进入天堂的过程。

关键概念

《〈抒情歌谣集〉序言》　　浪漫主义

思考题

华兹华斯的《我独自漫游像一片云》对自然的歌咏有哪些特点？

拜伦《唐璜》导读

学习提示

拜伦的生平与创作。恰尔德·哈罗尔德形象。拜伦式英雄。拜伦的讽刺诗。《唐璜》的情节梗概。《唐璜》的思想内容。《唐璜》的艺术特点。

生平与创作

乔治·戈登·拜伦（1788—1824）出生在英国伦敦的一个没落贵族家庭。父亲英俊而有侠气，但挥霍无度，后因贫病死于法国。母亲因家族遗传和婚姻不幸导致神经质，对拜伦时有虐待。拜伦先天跛足，为此幼时受世人白眼，变得敏感忧郁而早熟。拜伦13岁入哈罗公学，1805年进剑桥大学。在大学他喜欢棒球、游泳、拳击，同时开始写诗。1807年出版诗集《闲暇的时光》。1809年，拜伦大学毕业，在上议院获得世袭议员的席位，第二部诗集《英格兰诗人和苏格兰评论家》同年出版。1809—1811年，他游历了葡萄牙、西班牙、阿尔巴尼亚、希腊和土耳其。1812年，拜伦在上议院发表演讲，抨击政府镇压捣毁机器的卢德派工人，同年他创作了诗体游记《恰尔德·哈罗尔德游记》的一、二章，这使他立即名声大噪。拜伦短暂的一生充满感情纠葛。他与第一个妻子的婚姻仅维持了一年多就宣告破裂，为此他受到激烈攻击，一度争相邀请他出席的上流社会沙龙客厅以闭门羹相待。拜伦被迫于1816年4月离开英国。起初他侨居瑞士，在那里他结识了雪莱。1817年，拜伦来到意大利，他先参加烧炭党人的革命活动，后又到希腊参加希腊人民反抗土耳其的解放斗争。1824年，他在行军途中淋雨生病，不治而死。

拜伦在抒情诗、叙事诗、剧诗、政治讽刺诗等领域都取得了显著的成就。《当初我俩分别》、《雅典的少女》、《她走在美的光影里》、《我们将不再徘徊》等，是拜伦抒情诗中的精品。《雅典的少女》中，诗人选在临别时刻向希腊女友特丽莎再次表白爱情：诗人珍重这份爱情，愿意付出生命的代价。诗人把对雅典少女的爱深深融入对希腊文化的热爱之中，儿女之情和希腊之恋水乳交融，情感坦率、真诚、热烈。《她走在美的光影里》献给表妹威尔莫特·霍顿夫人。诗人在清晨看到她，她当时正在服丧，身穿黑色服装，上面点缀着金色的饰片，美艳动人。诗人依次写她的步态、容颜、双眸、秀发，凸显她迷人的风姿和全身散发的柔和光泽；又从外在美写到心灵美，而外在美是夫人美德善行的自然流露，说明她的外在美和心灵美是一致的。诗歌赞美了女性的美丽与纯洁，情感坦诚自然，节奏整齐明快，韵律流畅圆润。

拜伦的叙事诗有《恰尔德·哈罗尔德游记》（1812—1818）、《唐璜》（1819—1824）

和被称为“东方叙事诗”的《异教徒》（1813）、《阿比道斯的新娘》（1813）、《海盗》（1814）、《莱拉》（1814）、《科林斯的围攻》（1816）、《巴里西那》（1816）等作品。

《恰尔德·哈罗尔德游记》是拜伦除《唐璜》外最重要的作品。其第一、二章是他第一次出国游历的产物；第三、四章分别出版于1817年和1818年，在他第二次出国后完成。长诗的两部分在风格、用词上有明显差异，但从人物形象及内在思想的发展看，它又是一部连贯、完整的作品，即写英国贵族青年恰尔德·哈罗尔德在欧洲大陆的漫游和随感。哈罗尔德由于对享乐生活的失望而陷入孤寂和忧郁之中，于是决定出国游历，先后到了葡萄牙、西班牙、希腊和阿尔巴尼亚。几年后，他再次出国，到了比利时、瑞士，在那里遥望阿尔卑斯山并大发议论。最后，长诗结束在他对意大利风光和大海的赞叹中。长诗以此为基本情节，描摹风景，赞叹自然界的阳刚之美，议论欧洲19世纪初发生的一些重大事件，抒发对欧洲历史的沉思，揭露神圣同盟统治下的欧洲黑暗现实，表达诗人反暴政、反侵略、支持民族解放运动、追求民主自由的思想。《恰尔德·哈罗尔德游记》中的两个人物形象也引人关注。一个是哈罗尔德，另一个是抒情主人公，也就是诗人自己。正是这两个形象，将上述思想整合在一起，又以艺术的形式表达出来。哈罗尔德的性格是发展的。开始时，他最大的特点是浪荡和忧郁。因为去国，他变得孤独而伤感，感叹时光消失、青春易老，渴望大自然能医治他的精神疾病。逐渐地，他摆脱个人的忧郁情绪，思想境界变得高远而深沉，与大自然有了更多的应和。这个形象随着长诗的进展逐步由抒情主人公的形象代替，以“我”的身份出现。实际上，抒情主人公是哈罗尔德形象的自然发展，所以越到后来，抒情主人公的议论就越多也越精辟，他们之间的区别也越小。哈罗尔德经历了一个心灵的净化过程，到抒情主人公这里，已经没有了忧郁，没有了浮躁。他呼唤神灵，与自然对话，对物景人事发表自己的看法，是一个成熟、博大、深沉的观察者和思想者的形象。最后，这个形象从自然的永恒性中获得了超越。

《恰尔德·哈罗尔德游记》中的哈罗尔德形象，已经具备了著名的“拜伦式英雄”的雏形，如他的忧郁，他与社会格格不入的叛逆性，以及有节制的、高贵的“恶”。而拜伦式英雄在“东方叙事诗”里有了进一步的发展。拜伦在这些诗里所描绘的东方，指的是地中海沿岸和近东的阿尔巴尼亚、希腊、土耳其等国家。叙事诗中的“拜伦式英雄”多是异教徒、海盗、叛逆者等社会边缘人物，他们往往在各种极端的事件中采取行动，与命运或恶势力抗衡。他们有激昂的热情、坚定的意志力、无限的精力，英勇无畏。虽然行动最后失败了，然而他们都能骄傲地忍受可怕的命运，毫不妥协。主人公身边总有一位美丽女子，向他献上火热爱情，且忠贞不渝。“东方叙事诗”显示了作者用韵文叙事的高超本领，情节惊险离奇，曲折生动。作品因故事的发生地和异教人物而具有浓郁的东方情调。

“拜伦式英雄”在诗剧《曼弗雷德》等作品中发展到顶峰。曼弗雷德是一个超人的形象，他祈求遗忘而不得，最后在不妥协中痛苦而死。曼弗雷德和歌德笔下的浮士德有可比之处。他们都具有超人的力量，都对科学感到失望，对周围的现实很不满意。但是，浮士德走上探究真理之路，而曼弗雷德却陷入无止境的失望之中，以致放弃任何改造生活的企图。在曼弗雷德消极的外表下，掩藏着超人的意志力。最后他和浮士德一样，不愿把灵魂卖给魔鬼。这部诗剧的艺术力量主要在于各个角色尤其是曼弗雷德念出的壮丽的诗句。在这里，诗人的“悲哀”达到了宇宙的规模，在诗人看来，整个世界的秩序是不公道的，残酷的。

拜伦卓越的讽刺才能在其政治讽刺诗中有集中体现。他把讽刺的矛头指向欧洲政治和社会现实，对统治阶级镇压民族民主运动的倒行逆施给予了尖锐的揭露和批判。《爱尔兰天神下凡》（1821）围绕英王乔治四世加冕之后出巡爱尔兰展开议论。拜伦将此事讥讽为“爱尔兰天神下凡”和“皇家救世主降临”，将爱尔兰历史上的爱国志士与当今的政客做了一番极其鲜明的对比，对压迫人民的暴君和外相卡色瑞做了无情的揭露和鞭挞。《审判的幻景》（1822）戏拟桂冠诗人骚塞为哀悼英王乔治三世去世所写的同名作品。骚塞颂扬乔治三世的灵魂进了天堂，拜伦说乔治三世不过是趁乱溜进天堂而已，还刻画了众天使与魔鬼如何不堪忍受骚塞的大作，把严肃、崇高和滑稽可笑融为一体。《青铜时代》（1823）旨在讽刺“神圣同盟”举行的维罗纳会议，诗人嘲弄“神圣”的三位一体（俄、奥、普三国君主）是“把三个傻瓜拼凑成一个拿破仑”。这首诗对欧洲反动政权的讽刺具有空前的否定力量，同时与对民族英雄主义的歌颂紧密结合、互相渗透，取得了相得益彰的效果。

情节梗概

长篇叙事诗《唐璜》是拜伦的代表作。因为诗人突然病逝，这部作品只写到第十七章第十四节。然而就已经完成的部分来看，它可以当之无愧地被称为英国浪漫主义时期最出色的作品之一。

长诗中的唐璜出生在一个西班牙贵族之家。父亲是花花公子，母亲是“道学先生”，夫妻关系不睦。父亲有了外遇，在家里与母亲经常大打出手。母亲把父亲告上法庭，为了达到离婚目的，她出示自己的日记，公开父亲的私人书信，还满城散布父亲的流言蜚语。最后父亲名誉扫地，抑郁而死。唐璜的母亲接受了“教训”，对唐璜从小施以严格的管教，用信仰启发他，用道德管束他，用知识熏陶他。尽管如此，唐璜还是在 16 岁时被有夫之妇朱丽亚引诱。朱丽亚和她的贵族丈夫是老夫少妻，关系沉闷无趣，朱丽亚因此出轨。丈夫嗅出蛛丝马迹，一天夜里，率领亲友、仆人，带着律师，打着火把，浩浩荡荡来捉奸。但他们把屋子翻了个底朝天，也没有抓住任何把柄。妻子得理，大哭大闹，丈夫羞愧得无地自容。岂料丈夫正在赔罪之际，不经意间碰到唐璜的一双鞋子，顺藤发现唐璜藏在床下。丈夫取剑要结果唐璜的性命，唐璜不甘示弱，二人打斗在一起。事情闹得沸沸扬扬，为躲避丑闻，也为儿子的道德有所进益，母亲送唐璜到国外去游历。

唐璜登船远行，不料海上风暴骤起，船被击沉。逃生者难耐饥饿，竟要活吃人肉。朱丽亚给唐璜的情书此时被拿来作为抽签的阄，这不啻是一个莫大的讽刺。唐璜拒绝吃人肉，保住了人伦的底线，还搭救落水的侍从，因此得到上天眷顾，泅水到一个小岛，被希腊海盗头子的女儿海蒂搭救。在海蒂的悉心照料下，唐璜恢复了健康。两人很快坠入爱河，把海岛当成天堂，在海涛落日、月白风轻的良辰美景中尽情缱绻。这时传来海蒂父亲在海上身亡的消息，海蒂于是决定与唐璜举行隆重的婚礼。婚礼当中，请希腊游吟歌手吟唱。抒情主人公设想此时此刻，希腊游吟歌手必会吟唱“哀希腊”的歌词，于是，他假歌手之名，插入一曲《哀希腊》，赞美古代希腊的文治武功，哀叹今日希腊的堕落沉沦。婚礼正酣，海蒂父亲突然归来，粗暴地拆散了他们，把唐璜押到土耳其奴隶市场拍卖。海蒂失去唐璜，抑郁而死。

在土耳其奴隶市场，唐璜被标价出卖。苏丹王妃路过此处，看中唐璜，指使黑奴太监把他买下，男扮女装送到后宫，以供自己淫乐。初见王妃，唐璜拒不从命下跪。王妃拥有绝对权力，她认为唐璜已经是自己的财产，草草说了一句“基督教徒，你能爱吗?”就期望唐璜感激涕零。唐璜脑海中浮现出与海蒂温存的场景，一时泪如泉涌。从来都是颐指气使的王妃竟也有些感动，主动上前投怀送抱。此刻的唐璜被悲伤、愤慨、骄傲的情绪支配着，不管王妃如何色诱，坚决不肯屈从去满足“一个女苏丹的色情的梦”。正在此时，苏丹驾临，看到混迹在一群宫女中的唐璜，还称赞他长得“俊俏”，让唐璜和王妃都惊出一身冷汗。晚上，男扮女装的唐璜与宫女杜杜共寝，可能因身份被识破，引起不小的纷扰。后来王妃怀疑唐璜和宫女有染，要处死唐璜。唐璜最后在宫女的帮助下，逃出了土耳其后宫。

重获自由的唐璜正赶上俄军围攻土耳其伊斯迈尔的战斗。他加入俄军阵营，身先士卒，以一当十，立下赫赫战功。攻陷城池后，唐璜发现两个凶狠的哥萨克士兵正要杀死一个十多岁的少女，他冲过去赶走哥萨克士兵，解救了她。这位少女名叫莱拉，唐璜从此将她置于自己的保护之下。唐璜因为战功卓著，被俄国将军苏沃洛夫派回京城彼得堡报捷。来到彼得堡，唐璜立刻受到女皇叶卡捷琳娜二世的垂青和宠爱，安排他侍奉左右。唐璜顿时成为万众瞩目的中心，朝臣命妇争相逢迎。唐璜对自己的飞黄腾达颇为得意，向西班牙的亲友报告自己的“好消息”。很多人闻讯写信请他帮助谋职，母亲也对他的“进步”感到宽慰。唐璜在女王宫中的生活奢华放荡，因而致病。医生建议他出国到气候温暖的地方疗养，女皇于是派他出使英国。

唐璜带随从赴伦敦上任。沿途所见，令唐璜不禁感叹“这才是自由神选中的住所”，在这里，“人民的声音/是多么强大”，“法律是神圣不可侵犯的”。不料半道杀出四个强盗，在光天化日之下要抢劫唐璜，让大不列颠这“妙不可言”的“伟大国家”蒙垢。唐璜打跑强盗，对英国的幻想也因此破灭。唐璜上任后，受到英国上流社会的热烈欢迎。在这个实际上“把爱情半当炫耀，半当买卖”的国度，高贵、富有、风度翩翩的唐璜自然成为贵妇人追逐和渔猎的对象。他周旋于阿德玲夫人、费兹甫尔克公爵夫人、奥罗拉小姐等人之间，如鱼得水。在阿德玲夫人乡间别墅一天的宴饮结束后，唐璜回到自己的房间，却发现费兹甫尔克公爵夫人打扮成传说中的幽灵黑僧飘然来到他的屋前。

分析与评论

拜伦非常善于叙事。《唐璜》作为一部叙事诗，写唐璜奇异的经历、非凡的遭遇，情节跌宕起伏，场景变化多端。在场景的安排、对比、调配上，张弛有度，有着很强的可读性。如一个16岁少年与一个50多岁的贵族的决斗；航船倾覆，幸存者为活命而吃自己的同类；夕阳下的海滩，一对少男少女远离尘嚣，沉浸在无限甜蜜的爱情当中，突然海盗父亲出现，残暴地把唐璜当作奴隶卖掉；正当我们为唐璜的性命担忧时，苏丹的王妃看上了他，命人把他带到后宫；岂料唐璜又不知“好歹”，拒绝了王妃的“美意”，这带给他杀身之祸，好在他暗中受人保护，侥幸逃出了后宫；随后又是战场上的出生入死，俄国女皇宫廷里的受宠，在伦敦上流社会的如鱼得水，诸如此类。主人公这些非凡卓越的经历，命运的大起大落，都紧紧揪扯着读者的心，让读者产生新奇体验。

《唐璜》中的故事、场景都不是在日常生活中可能发生的。按照现实主义的创作原则分析，它们都是不可信的，因为过于离奇、惊险、巧合，不合常情。例如在土耳其后宫，唐璜装扮成宫女后，居然被苏丹看中。在此紧要关头，拜伦似乎也没有什么好办法让唐璜脱身，无奈之际，他写道："到此为止，让我们的故事稍停，/并非为了缺乏素材。是时候了！"就含含糊糊把这一情节人为地斩断，岔到了别处。在第十六章，在伦敦上流社会如鱼得水的唐璜有一位保护人，即阿德玲夫人，据说她的房子里闹鬼。在一天夜里，在她家做客的唐璜遇到了幽灵，他随着幽灵进到屋里，那幽灵揭去面具，原来是另一个与唐璜交往密切的女子——费兹甫尔克公爵夫人。两个人似乎春风一度。这个情节的安排也没有任何预兆和伏笔，看起来是拜伦信笔由之。这类例子很多。我们可以因此指责拜伦在情节处理上的随意、轻率和不连贯，但这是创作方法的问题。《唐璜》符合浪漫主义的创作原则，它超越了细节真实，驰骋绮丽的想象，遵循理想化的逻辑。拜伦追求的是情节奇异性，关心的是戏剧化的效果，并不看重细节的真实性。此外，《唐璜》浓郁的异国情调也是情节引人入胜的重要原因。尤其是写土耳其后宫的香艳暧昧故事，给西欧读者以强烈的刺激，满足了西欧人关于东方的浪漫想象。

由于是以传说中的人物为蓝本进行创作，因此，遵循这一人物的基本特征是必然的。唐璜是一个登徒子，以渔色猎艳为能事。长诗写得最多的是他的情爱经历，如与有夫之妇朱丽亚偷情，与海蒂海誓山盟的纯真爱情，在土耳其后宫里与宫女们的艳情，与沙皇叶卡捷琳娜二世的暧昧之情，在伦敦又与上流社会众女子有不少风流韵事。不可否认，拜伦写这些故事时也最能调动他的想象力，笔墨俏皮有趣。但我们又不能把拜伦笔下的唐璜看成一个纯粹的登徒子，他还是一个心地善良的热血青年。母亲思想上的狭隘和虚伪、不合理的教育制度，以及他自己经不起诱惑、容易犯错误的天性，使他失去了自己的纯洁，但唐璜善良的本性没有改变。在海上漂流时，尽管快饿死了，他也不去吃人肉。他不怕淫威，拒绝去爱苏丹王妃。他初上战场并没有因战争的恐怖而吓得逃走，还冒着生命危险救出莱拉。满怀热诚，见义勇为，坚守人性底线，都是唐璜的可贵之处。唐璜虽然受到女人的诱惑而做了一些荒唐事，但从本质上来说，不失为正面人物。当然，我们也不必过分拔高这个人物。有学者认为唐璜在经历一系列不寻常的遭遇之后逐渐成长起来，故事的发展也是主人公性格的发展，说他是一个热爱自由、憎恨专制的人物等。其实都是夸大了。《唐璜》中的唐璜性格看不出什么发展，境界也未见得不断提高。尤其是最后几章，唐璜混迹于沙皇宫廷和伦敦上流社会，更多妥协和逢迎，看不出他走向法国大革命的必然性。

总体来讲，《唐璜》的积极性主要在于抒情主人公的存在。同《恰尔德·哈罗尔德游记》一样，《唐璜》中有两个主角：一个是唐璜，另一个是诗人自己。拜伦笔下的这位叙述者看上去轻松懒散、沉思默想、信马由缰和不得要领。这种轻松闲适的语调是与主人公唐璜的漫游相适应的。但这只是一面，还有另一面。唐璜的冒险与不幸际遇，叙述者对其充满睿智的评论，无不深刻地揭露了一系列公认的观念和认识，从臆想的战争和英雄主义的光环到爱情的忠诚和奇异的东方文明，不一而足。拜伦本人潇洒、敏感，谈吐不凡，也愤世嫉俗，反映在长诗中就是时而亲切风趣时而尖酸刻薄的议论。他或戏拟，或讽刺，借题发挥，讽刺和批判了欧洲社会的许多方面：暴君的专制、后宫的淫荡、战争的残酷、社会的虚伪、道德的沦丧，可谓“嬉笑怒骂，皆成文章”。在这方面，拜伦显示了极其卓越的才华，这也是长诗的重大意义之所在，是他的严肃思考之所系。

拜伦对欧洲社会现实是憎恨的，他的批判火力也异常凶猛。他抨击充满虚伪和欺骗的婚姻家庭关系。如对唐璜父母关系及对朱丽亚与丈夫关系的描写，让我们看到亲人反目成仇后的精彩表演，深刻地揭露了贵族家庭外表道貌岸然，实则男盗女娼的本质。拜伦对他那个时代英国虚伪和欺骗的婚姻家庭关系是反感的，并且深受其害，这使他在《唐璜》中的批判格外有力量。对土耳其王宫的描写展现的是封建专制残暴统治的图景。随后的战争场面写尽了民族间为了满足统治者的私欲而相互残杀的血腥和残忍。在俄国女皇的皇宫里，拜伦也不忘介绍女皇的专横跋扈和骄奢淫逸。唐璜来到宫廷，第一眼就被女皇看中，被宠幸为面首，立即飞黄腾达。如果说，此前对异国情状的描写带有许多想象的成分，随后唐璜来到英国，所见所闻更具有写实性。在临近伦敦的路中，唐璜正在赞叹这个“伟大国家”的法律、自由和安全时，就遇到强盗打劫。赶走强盗后，他进入伦敦地界，但见“林”镇没有一棵树，“欢喜山”不令人欢喜，泰晤士河虽美，却淹没在嘈杂的诅咒声里。还有威斯敏斯特教堂、市长官邸、圣詹姆斯宫等，这些著名的建筑个个表里不一，徒有庄严、奢华的外表，实为藏污纳垢之地。拜伦一句“伟大的巴比伦”把伦敦这座资本主义最发达的都城钉在了罪恶的耻辱柱上：它是虚伪之城、堕落之都。诗人更期盼着法国大革命之火，能够把伦敦的罪恶涤荡干净。拜伦对英国上流社会的熟悉程度可以说如数家珍，他放肆地挥洒笔墨，对唐璜出入的上流社会之习俗、做派、丑行极尽讽刺之能事，展现了巨大的批判力量。拜伦的讽刺批判还表现在对习俗和人性方面。他打破了横贯欧洲旅行以完成贵族教育的神话，粉碎了有关高尚仁慈、养育万物的大自然的浪漫幻想，以及卢梭人性本善的信念。这些挑战明显反映在海难的描写中。

《唐璜》的基调是讽刺挖苦的，其中反映的哲学思想有悲观的成分，似乎暗示了人生在一个堕落的状态中，学的是虚伪和不切实际的东西，厕身于充满错误的令人厌烦的世界上，如此种种，使人沿着一条下坡路走下去直到他彻底失望。但是，当拜伦把世界说成是一个“极大的错误”时，他并没有完全忽视“瞬间的美丽”。他相信，片刻的欢乐、光荣和爱情是值得人生享受的。例如唐璜和海蒂的浪漫爱情：两个恋人生活在伊甸园一般的世界中，那里有美好的落日和温暖可藏身的洞穴。这是长诗中最为瑰丽的部分。

关键概念

拜伦式英雄　　东方叙事诗

思考题

1. 简析《恰尔德·哈罗尔德游记》中恰尔德·哈罗尔德的形象。
2. 《唐璜》的现实批判性何在？
3. 简析《唐璜》的叙事特点。

普希金《叶甫盖尼·奥涅金》导读

学习提示

普希金的生平与创作。《叶甫盖尼·奥涅金》的情节梗概。奥涅金形象。艺术特点。

生平与创作

亚历山大·谢尔盖耶维奇·普希金（1799—1837），出生在莫斯科一个古老的贵族世家。他从小受乳母和一个农奴教养，从他们丰富的民间故事中得到文学教育。1811年，12岁的普希金入皇村中学学习，开始诗歌创作。1817年普希金毕业，到外交部供职，对专制统治有了更多了解，诗中的政治主题加强。1820年，他因《自由颂》、《致恰巴耶夫》、《乡村》等诗触怒沙皇，被流放到南方。南俄距拜伦投身民族解放斗争的希腊不远，拜伦狂飙式的浪漫激情、叛逆精神和献身民族解放运动的正义行为给普希金以强烈影响。南方的奇异风俗、旖旎景色和汹涌浩荡的黑海，都使普希金激情高涨，创作了许多出色的叙事诗和抒情诗。1824—1826年，普希金被转到父亲的领地米哈伊洛夫斯克村看管，他创作中的现实主义倾向加强。1825年十二月党人起义失败，普希金写诗向他们表达敬意。1826年，普希金被允许返回莫斯科。1830年秋天，普希金为了办理财产过户手续来到伯尔金诺村住了三个月。这三个月是普希金的高产时期，被称为“伯尔金诺金色的秋天”。在19世纪30年代，普希金还创作了长篇小说《上尉的女儿》、短篇小说《黑桃皇后》、长诗《波尔塔瓦》等，最终奠定了“俄国文学之父”、“俄国浪漫主义的主要代表”、“现实主义文学的奠基人”的地位。1931年，普希金与19岁的少女冈察诺娃结婚，随即迁到彼得堡，入外交部供职。由于法国公使馆的丹特士男爵调戏诗人的妻子，普希金于1837年2月8日和丹特士决斗，结果身负重伤死去。普希金的一生虽然短暂，但他以辉煌的成就为俄国进入世界文学大国行列奠定了坚实的基础。

普希金短暂的一生创作了大量抒情诗，其中以爱情诗和政治诗最有特色。普希金的爱情诗写离别的痛苦、害单相思的忧愁、爱情失意的苦恼，也写两情相悦时的细节，表现了诗人青春期的苦闷和喜乐，它们虽略显做作和夸张，但出自本心，一切见出单纯、真诚和善良，优秀的作品如《别离》、《欢乐》、《追求荣誉》、《护符》、《你和您》、《致凯恩》等。普希金政治抒情诗的主题之一是反抗暴政，歌唱自由。《自由颂》呼唤自由、正义和永恒的法律。《在西伯利亚矿山的深处》对十二月党人虽身陷囹圄但仍保持“高傲的耐心”表示敬佩。《致恰巴耶夫》与战友共勉：抛弃少年时代的梦幻，去追求那“神圣的自由时刻”——推翻专制制度，在革命斗争中获得荣誉。《致大海》是一首优秀的政治抒情诗，诗人把大海看成“自由的元素”，在向大海道别之际，抒发了对大海仰慕的情感。拿破仑和拜伦，一个是封建专制制度的摧毁者，另一个是反抗专制制度的战士，他们与大海的精神一脉相承，因此普希金歌唱大海也歌唱这两位英雄。在诗的结尾，诗人表示将继承英雄和大海所代表的自由精神，并将其带进黑暗的内陆。普希金的政治抒情诗具有强烈的鼓动性和发自内心的感染力，表现了无畏、乐观的情绪。

普希金在南俄时期，创作了一系列以南方异族聚居地区为背景的叙事诗，代表作有《高加索的俘虏》（1821）、《茨冈》（1824）等。《茨冈》写一个文明人阿列哥，因为受法律的迫害，离开文明社会，加入到茨冈人的流浪行列。茨冈人欢迎他的到来，茨冈少女真妃儿问他为什么抛开城市的荣华，甘愿来到茨冈人流浪的队伍中，阿列哥回答是“自由”。真妃儿和他相爱，成了他的妻子。但两年后，阿列哥和真妃儿的性格发生了冲突。真妃儿这时又爱上了一个茨冈青年，阿列哥在私有制度下养成的习惯，不能容忍茨冈人真妃儿放浪的“自由”，他恼羞成怒，杀死了那个茨冈青年。而真妃儿甘愿死也不放弃自由选择的权利，也被阿列哥刺死。阿列哥不见容于茨冈部落，只好再一次放逐自己。普希金的南方叙事诗展示了普希金作为浪漫主义诗人的才华。诗中充满异国情调，色彩绚烂，文字华丽。浪漫主义的自由主题、回归自然主题、反都市文明主题，在诗中都有很好的表现。

普希金的散文体小说不多，但都是精彩之作。《上尉的女儿》写一个贵族青年与少女玛丽亚感人的爱情故事，它因涉及普加乔夫农民起义而享有盛誉。普希金全然不赞同普加乔夫的斗争事业，但这并不妨碍这位农民起义英雄在他的小说中以正面形象出现，他豪迈机智，恩怨分明，行事公道，疾恶如仇，其“领袖”风范令人激赏。《别尔金小说集》全名叫《亡人伊凡·彼得洛维奇·别尔金小说集》，假托由一个叫别尔金的人所写，他去世后，由叙述人“我”搜集整理出版。小说集共收五个短篇：《射击》、《暴风雪》、《棺材老板》、《驿站长》、《村姑小姐》。其中有些小说的基调是欢乐的，有些则是忧郁的。《射击》写了地主西尔兀的传奇经历。西尔兀实际是“多余人”的雏形，他始终保持着贵族风度，并以此为骄傲。他虚掷生命，轻率地对待生命，把生命浪费在无意义的事情上，都反映了贵族阶级的弱点。另一篇杰作《驿站长》写一个老驿站长，他的女儿被骠骑兵军官诱拐，最后悲伤而死。驿站长是俄罗斯文学中“小人物”系列形象的第一个，普希金给了这个可怜无助的人物满腔的同情。

情节梗概

《叶甫盖尼·奥涅金》是普希金的长篇诗体小说，1823 年开始创作，1830 年完成。奥涅金是彼得堡的贵族青年，从小受法国贵族教育，过着放荡、舒适的生活。他以上流社会的社交活动为生，又厌倦这种虚伪无聊的生活，因而十分忧郁和烦闷。他的父亲和他都是败家子，财产很快被他们挥霍一空。

幸运的是，他的伯父——一个富裕的地主去世了，伯父没有直系的亲人，庞大的财产留给了奥涅金。奥涅金到外省的乡下去办理继承遗产的手续，认识了一个从德国留学回来的青年连斯基。连斯基正在和当地地主拉特林的小女儿奥丽迦热恋。连斯基出于热情，奥涅金出于无聊，两个人成了好朋友。经过连斯基的介绍，奥涅金认识了奥丽迦的姐姐达吉亚娜。达吉亚娜是个热情、富于幻想而又热爱自然的姑娘。达吉亚娜对奥涅金一见倾心，爱上了他，给他写了一封表达爱情的信。但奥涅金对生活十分消极，同时，他感到达吉亚娜与上流社会的风流女子不同，十分纯洁，出于未泯的良知，他不愿接受她的爱情，以免给达吉亚娜带来痛苦，于是他拒绝了。

有一次，连斯基邀请奥涅金参加达吉亚娜命名日举行的舞会。奥涅金不愿去，借口说讨厌见许多无聊的客人。连斯基发誓说只有家里人，叫他一定去。结果来了很多客人，而且达吉亚娜见奥涅金出现，控制不住自己的情绪，十分激动和痛苦。奥涅金见状十分难堪和不满，要报复连斯基。奥涅金故意邀请连斯基的情人奥丽迦跳舞，并不断向她献殷勤。奥丽迦是个轻浮的人，觉得奥涅金更帅更潇洒，转眼就把连斯基忘了。连斯基请她跳舞，奥丽迦说奥涅金已经请了她。连斯基大为恼火，要与奥涅金决斗。奥涅金当然不甘示弱，结果决斗中奥涅金打死了连斯基。事后，奥涅金感到十分痛苦和悔恨，决定离开乡下，到外地去旅行。不久，奥丽迦就嫁给了一个军官。本来，连斯基的死让她很痛苦，但有人可以嫁，她又很快活，事情就这样过去了。达吉亚娜的母亲为了大女儿的婚事，带她到彼得堡去，结果她嫁给了一个年老的将军。

几年后，奥涅金漫游回到彼得堡。他参加一个将军的舞会，发现这将军的妻子竟然是达吉亚娜。现在，她已经从一个纯朴的村姑变成了迷人富有的将军夫人了。这种奇异的变化激起了奥涅金的虚荣心，他开始狂热地追求达吉亚娜。达吉亚娜表面上不理睬奥涅金，但内心仍记挂着他。她和奥涅金倾谈了一次，分析了奥涅金的心理，告诉他自己忠于丈夫，希望奥涅金不要来打搅她。达吉亚娜的意志是坚强的，奥涅金遭受了很大的打击。小说未能最终完成，到此就结束了。

分析与评论

奥涅金是俄国文学史上第一个“多余人”形象。在俄国文学史上有一个“多余人”形象系列。“多余人”的说法出自屠格涅夫的中篇小说《多余人日记》，赫尔岑和杜伯罗留勃夫都曾著文讨论过这种性格。奥涅金出生在上流社会，有着俄国贵族根深蒂固的习气：虚荣、浮夸、讲排场。他穿戴入时，谈吐机智幽默，在上流社会如鱼得水，天天忙着赶沙龙、赶舞会、赶宴请。他自然也是一个情场老手，精通爱情的各种把戏。

但奥涅金又和一般贵族青年有很大的区别。他是进步的贵族知识分子，受过资产阶级思想的启蒙，作品中提到，他读过卢梭的著作，读过亚当·斯密的著作，对经济学素有研究，懂得怎样使国家富强，懂得国家靠什么生存。他继承伯父乡下的产业后，进行了所有制的改革，用地租代替徭役，受到周围地主的憎恨，说他是“最最危险的怪人”，但农奴们则为此欢呼。他的性格中也有善良的一面。受浪漫主义思想教育的达吉亚娜给他写了一封火热的情书，他并未加以利用。他看到，达吉亚娜和那些他熟悉的上流社会的女子不同，她纯洁、真诚、善良。他知道自己无法带给达吉亚娜幸福，并将自己的想法诚恳地告诉了她，这实际上是拯救了达吉亚娜。连小说中的抒情主人公都由衷地发出赞叹，说他“表现出发自心灵的真正高贵的气度”。他还有敏锐的洞察力，他看到连斯基的幼稚，看到奥丽迦的轻浮，所以当连斯基用最美丽的语言赞美未婚妻奥丽迦时，奥涅金保持着冷静。

奥涅金是忧郁的，他空有进步的思想，却缺乏坚实的信念和实现这种信念的力量，也找不到出路，同时贵族教育使他完全失去了实际工作能力，干什么都半途而废。他本来想通过写作使自己振作一下，可是艰苦的劳动使他感到腻烦，结果一个字也没有写出来。他到乡下去继承伯父的产业，头两天，空寂清净的田野使他感到多少有点新奇，到第三天，那些树林、山冈和田园已引不起他的兴趣。他打个哈欠，发现乡下也这般无聊。他在田庄的改革也没有进一步推进下去。失意的奥涅金给人老气横秋的感觉，他看透了一切，讽刺一切，怀疑一切，对人对世界都十分冷淡，于是走向不可救药的颓废。

如果说，在忧郁和颓废中，我们还能看到奥涅金身上一丝有价值的思想火花，那么他杀死连斯基，以及后来追求达吉亚娜，都充分暴露了他身上作为贵族先进知识分子的弱点，标志着他的彻底堕落。连斯基是具有启蒙思想的浪漫主义青年，他和奥涅金在本质上是一类人，只是他年少热情，在上流社会的泥潭里陷得不深。奥涅金由衷地喜爱他，从他身上看到自己已经被岁月消磨掉的那种对先进思想所抱的热情和思考的精神，虽然他并不真的相信连斯基的想法。挑逗奥丽迦，杀死连斯基，并非他的初衷，只是他难以战胜自己身上贵族的习气，可见上流社会的原则和习惯在他身上是多么根深蒂固。他追求达吉亚娜，只是为了满足一个贵族纨绔子弟的虚荣心而已。奥涅金性格的矛盾以及变化，充分显示了俄国贵族知识分子思想的进步性和致命弱点。

《叶甫盖尼·奥涅金》最大的艺术特点是它的反讽性。这种反讽性，建立在对浪漫主义精神的反思和怀疑基础之上。普希金将人物描写成浪漫主义者，然后通过抒情主人公"我"与其建立起反讽关系。诗人说："我总是乐于指出我们——/奥涅金和我之间的不同。"奥涅金厌倦宁静的田园生活，而诗人却说："我生来是为了过宁静的生活……于幽静处我的竖琴更嘹亮。"这使普希金能够俯瞰自己的主人公，对他们的行为保持清醒的认识。在这种反讽关系中，我们看到，奥涅金本人所中的浪漫主义之毒害，已病入膏肓，他的忧郁、颓废、冷漠受到有力的质疑。连斯基有"十足的格廷根的灵魂"，"是康德的信徒"，"怀着热爱自由的幻想"，"歌唱生离死别和伤悲，歌唱虚无缥缈和迷茫的远方，也歌唱浪漫主义的玫瑰"。他热情似火，很像歌德《浮士德》中那个高跳不止，要飞到天上去，最后坠地而死的浪漫主义者欧福良。普希金将连斯基写成浪漫主义精神的化身，他对爱情的盲目和早逝显示了浪漫主义的弱点。达吉亚娜也饱受浪漫主义浸淫。小说中写到，"沉思是她的忠实的伴侣"，她喜欢"用幻想装点生活"，特别爱理查逊和卢梭设计的种种幻想。从达吉亚娜身上，我们看到了普希金对浪漫主义精神的态度的另一面：他的反思是以钟爱为前提的。普希金对浪漫主义精神，只是从现实的角度指出其虚幻性、无效性，但并未从本质上否定它。浪漫主义精神极大地丰富了人的心灵世界，使人能从现实的污浊中超越出来，它使人对生活保持高昂的热情，亲近美的事物，亲近民间和自然。这是非常可贵的。普希金通过达吉亚娜的形象揭示了浪漫主义精神美好的一面。我们也可以把普希金的态度从俄国民族性的角度分析一下。在英国、法国，浪漫主义作为一种人类的精神，从没有受到如此深的质疑。而俄国几代作家都曾将浪漫主义放在与现实的关系上、从对革命起不起作用上拷问。这是很突出的差别。普希金对浪漫主义的反思有深刻的意义，它不仅直接启迪了现实主义文学，更重要的是，由于浪漫主义精神和俄国贵族知识分子思想之间具有同构性，这种反讽关系也是对贵族知识分子的反思。

普希金在《叶甫盖尼·奥涅金》中创制了独特的"奥涅金诗节"。每个诗节 14 行，分四个韵段：第一段为隔行韵，韵脚是 abab；第二段为双行韵，韵脚是 ccdd；第三段是两头韵，韵脚是 effe；最后两行是双行韵，韵脚是 gg。它明显吸收了十四行诗的形式，音步整饬又富于变化，韵律抑扬顿挫而又舒展洒脱，出色地传达了诗人的感情。

关键概念

南方叙事诗　　　“多余人”形象

思考题

1. 为什么说奥涅金是一个“多余人”？
2. 《叶甫盖尼·奥涅金》的艺术特点是什么？

雨果《巴黎圣母院》导读

学习提示

雨果的生平与创作。《巴黎圣母院》的情节梗概。《〈克伦威尔〉序言》。《巴黎圣母院》的社会批判性。《巴黎圣母院》的艺术特点。

生平与创作

维克多·雨果（1802—1885）是法国浪漫主义最重要的作家，他在文论、戏剧、诗歌、小说、政论等方面，进行了大量的创作，取得了常人难以企及的成就，产生了巨大影响。雨果的父亲出身平民，大革命中参加共和军，并在拿破仑麾下打仗，获将军头衔。雨果的母亲出生在保皇势力强大的岱旺省，反对拿破仑。1814 年路易十八上台，母亲因忠于王室受到奖赏，父亲则被削去军职，父母离异。雨果很早就显露出诗歌才华，因歌颂王朝和天主教得到过国王的奖励。1820 年，18 岁的雨果成为巴黎大学图卢兹学院院士，1821 年，成为法兰西研究院会员。1822 年，与富谢小姐结婚，创作进入高涨期，同时，思想也逐渐发生变化，终于成为激进的共和派浪漫主义运动的领袖。1827 年，《〈克伦威尔〉序言》发表；1830 年，戏剧《欧那尼》上演。前者奠定了法国浪漫主义的理论基础，后者则引发了浪漫主义与古典主义之间的剧烈冲突。1831 年，长篇小说《巴黎圣母院》发表。19 世纪 40 年代，雨果逐渐在政治上采取了和现实妥协的态度。1841 年，他被选为法兰西学士院院士，发表演说拥护君主立宪制。1848 年的总统大选中，他开始支持小波拿巴，但不久又成了小波拿巴的反对者。1851 年，小波拿巴建立帝制，雨果反对但遭到失败，被迫流亡海外 19 年。其间创作了长篇小说《海上劳工》（1866）、《笑面人》（1869），体现了雨果一贯的人道主义高于一切的社会理想和对劳动人民苦难的同情。《悲惨世界》（1862）的完成，标志着他的小说创作的高峰，近 100 万字，卷帙浩繁，共分为 5 个部分。1870 年，拿破仑三世垮台，雨果返回巴黎，受到盛大欢迎。1873 年，他的最后一部长篇小说《九三年》出版，展现了法国大革命时代的风云变幻。普法战争期间，他表现了激昂的爱国主义热情，巴黎公社失败后，他又挺身而出，保护受迫害的公社社员。1885 年，雨果病逝于巴黎，法国为他举行了隆重的国葬。

《〈克伦威尔〉序言》被视为法国浪漫主义文学的战斗纲领，也是声讨古典主义的战斗檄文。雨果对统治当时剧坛的古典主义进行了猛烈抨击，并提出了自己的文学主张。雨果认为，世易时移，一个时代有一个时代的文学，文学应随着社会进化、人的思维发展共同前进。在谈到戏剧的起源和特点时，雨果指出：戏剧的特点是真实，是崇高优美和滑稽丑怪的结合，美丑共生，崇高与丑怪、光明和黑暗等和生共存。而美与丑的强烈对比更能够产生强大的艺术感染力，戏剧要反映真实，就必须摆脱各种违背自然的清规戒律，如古典主义“三一律”对创作的束缚，只有自由才能保证作家的创造；艺术必须反映自然，它不光照亮人物的外部，更应该反映人物的内心，而戏剧是面聚焦的镜子，应当突出事物的特征，并具有时代气息。

剧本《欧那尼》是雨果对自己浪漫主义文学主张的一次大胆尝试。剧本以贵族出身、因遭陷害被迫落草为寇的强盗欧那尼与贵族小姐沙尔的爱情为主线，讲述了欧那尼向陷害他的国王复仇的故事。《欧那尼》的演出之所以激起强烈的反响，主要原因在于剧本彻底摆脱古典主义“三一律”的束缚，在形式和内容上彻底进行了创新。时间上，剧情大大突破 24 小时的限制；地点上，根据剧情需要，不断由山林古堡到公爵府邸等进行变换；人物上，以为古典主义所不容的强盗欧那尼为主人公，剧中既有传统的王公贵族又有平民百姓，并歌颂了欧那尼反抗暴政的精神；在内容和矛盾冲突上，充满美丑、善恶的对比，从而完整表达了雨果的浪漫主义美学理想。整个演出只听到喝彩和倒彩的喧嚣，双方甚至大打出手，但最后以《欧那尼》的胜利告终，自此，浪漫主义戏剧压倒了古典主义戏剧，成为浪漫主义战胜古典主义的一个标志性事件。

雨果还是杰出的浪漫主义诗人。他诗歌创作时间漫长，数量庞大，题材多样，成就突出。《东方集》(1829) 充满异国情调。《历代传说》共三集 (1859，1877，1883)，是一部关于人类发展的宏大史诗，它从《圣经·创世纪》中的人类始祖夏娃写起，从其他古代神话、民间传说取材，体现了对创造、对光明、对女性的礼赞，以及对人类的美好期许和祝福。收在《歌吟集》 (1828) 中的《双岛赞》、《铜柱赞》，收在《暮歌集》(1835) 中的《致铜柱》，都表达了对拿破仑所代表的进步思想的热烈拥护，对这位伟人的丰功伟绩毫无保留的颂赞。《惩罚集》代表雨果政治抒情诗的最高成就。由于雨果站在进步阶级的立场上，他对路易·波拿巴这一独裁者的讽刺抨击不是泄己私愤，而是代表广大人民的心声，因此他的诗歌义正词严，表现出不可遏制的革命气势，气魄宏大，场面壮观。雨果在诗歌方面是罕见的全才，写爱情与家庭生活、自然和田园生活以及暮年情怀，同样得心应手。他在《歌吟集》、《秋叶集》(1831) 中向阿黛尔·富谢倾吐衷曲，在《暮歌集》中向朱丽叶·德露薇送去炽热的爱，雨果多情善感但诚挚稳重，这些情诗可为见证。雨果是描写大自然的高手，在他的政治抒情诗中，大海、黑夜乃至风雷雨电，都受他政治激情的驱使调遣；而在政治斗争之外，他同样能洞察大自然的魅力。雨果为数众多的诗歌随着他生活和思想的变化而思想更见丰富、形式日趋完美，并且兼得豪放和细致，是不可多得的佳作。

情节梗概

《巴黎圣母院》从 1482 年巴黎愚人节的狂欢开场。几个主要人物都在愚人节的狂欢中出现。在格雷弗广场边的司法宫大厅里，观众闹哄哄地等候着宗教剧的开演。当天上演的宗教剧的作者是诗人甘果瓦，他正在现场卖力地张罗着。因为主教大人迟迟不来，戏演不了，观众十分愤怒。幸好大厅一角开始表演怪笑，然后选出最丑者为愚人王，这一活动将大家的注意力暂时吸引了过去。巴黎圣母院的敲钟人伽西莫多以第一丑人当选为愚人王。伽西莫多奇丑无比，鼻子是方的，门牙像大象，头发像野猪……总而言之，那简直不是一副人脸。甘果瓦的演出正要进行，人群又被引向广场，在那里，美丽的吉卜赛女子爱斯梅拉达正带着她的小羊卖艺，她的美貌和婀娜的舞姿受到观众的热烈赞赏。在夜晚，这位吉卜赛女子又在篝火旁跳舞，她不知道，在热烈的观众中间，有一双阴沉的目光正在注视着她，此人是巴黎圣母院的副主教克罗德·福罗洛。

克罗德被爱斯梅拉达的美貌倾倒，心生邪念。当天晚上，克罗德指使伽西莫多将她掳走，幸被正在巡逻的国王弓箭队队长弗比斯搭救。爱斯梅拉达受到感动，爱上了弗比斯这位年青英俊的军官。诗人甘果瓦一直在尾随爱斯梅拉达。伽西莫多抢爱斯梅拉达时，以为甘果瓦想救人，随手把他扔了出去。跌得昏头昏脑的甘果瓦误闯进圣迹区乞丐王国。按"王国"的规矩，他要被绞死，除非他们当中有女人愿意嫁给他。爱斯梅拉达出于怜悯，救了甘果瓦；但晚上甘果瓦起意想讨些便宜时，却发现那是根本不可能的事情。

伽西莫多因抢人受到法庭的审判。预审官是个聋子，伽西莫多也是聋子，在牛头不对马嘴的问答中，伽西莫多被定了罪。第二天，伽西莫多在广场上示众，接受鞭刑。他口渴难耐，叫着要水喝。围观的人群不断哄笑叫骂，只见爱斯梅拉达走上刑台，把水罐交到了他的嘴边。敲钟人有生以来第一次流下了热泪。

爱斯梅拉达狂热的爱情表现被弓箭队队长弗比斯察觉，他趁机要求与爱斯梅拉达幽会。克罗德对爱斯梅拉达穷追不舍，当他得知爱斯梅拉达要到一家旅馆与弗比斯幽会时，非常嫉妒，藏在隔壁的暗室中，用匕首刺伤了弗比斯。爱斯梅拉达也被吓昏过去。爱斯梅拉达被随后赶来的士兵逮捕，法庭审讯这位吉卜赛女子，逼迫她承认是女巫，结果被判绞刑。当夜，克罗德前来以活命为条件，劝诱爱斯梅拉达接受自己的爱，结果被逐出门去。

绞刑在第二天执行。爱斯梅拉达早把自己的生死置之度外，她唯一担心的是弗比斯。克罗德在行刑前再一次逼迫爱斯梅拉达，受到她的唾弃。爱斯梅拉达偶尔抬头张望，看到弗比斯正在阳台上与情人一起观绞刑，这一发现使她兴奋异常，嘴里喊着弗比斯的名字。但弗比斯察觉后躲开了。将要行刑时，伽西莫多从巴黎圣母院大门拱顶上攀绳而下，劫了刑场，将爱斯梅拉达抢进不受法律管辖的巴黎圣母院。

昏热、痛苦、疯狂中的克罗德在巴黎漫无目标地游走。伽西莫多将爱斯梅拉达安置在钟楼上的一个小房间里，拿水和食物给她。爱斯梅拉达思念弗比斯，叫伽西莫多去找。伽西莫多奉命找到弗比斯，但被弗比斯拒绝。克罗德得知爱斯梅拉达在圣母院里，他来找爱斯梅拉达，被伽西莫多赶走。

不久，巴黎的乞丐部落闻知法庭不顾教堂的避难权，要闯入巴黎圣母院捉拿爱斯梅拉达，就去围攻教堂，要将她救出来。不明真相的伽西莫多拼死抵抗，而弗比斯奉国王之命前来镇压，结果，巴黎圣母院前血流成河。混乱中，克罗德带着不明真相的甘果瓦将爱斯梅拉达劫走。贼心不死的克罗德指着远处的绞架胁迫爱斯梅拉达就范，但依然爱着弗比斯的爱斯梅拉达宁死不从。克罗德将爱斯梅拉达暂时交给一个老妇人看管，自己去叫人。而这位老妇人正是爱斯梅拉达失散多年的生母，母女重逢的激动转瞬间成了永诀的哀鸣，爱斯梅拉达被官兵带走，送上了绞架。克罗德在教堂的顶楼上发出狰狞的狂笑，伽西莫多悲愤至极，把克罗德从教堂顶上扔了下去。第二天，伽西莫多也失踪了。两年以后，人们在一处墓地发现了两具尸骨，一具将另一具紧紧抱住。当人们想把他们分开时，尸骨化成了灰尘。

分析与评论

《巴黎圣母院》具有强烈的反权威性，对封建教会、封建专制国家机器持不信任和批判的态度。

小说中，天主教极端势力是雨果讨伐的重点。宗教本是信仰的产物，一些人借助于宗教，来解决依靠科学和理性无法解决的灵魂归依以及永生、死亡诸问题。世界上的人形形色色，分属不同种族、不同区域，宗教信仰自然不同。宗教间要相互容忍，社会才能够和谐。薄伽丘的《十日谈》中有一则故事说，苏丹给犹太人出了一个难题，让他说出犹太教、伊斯兰教、天主教中哪一教才是正宗。机智的犹太人给苏丹讲了一个戒指的故事，化解了自己的不利处境。象征家长地位的戒指只有一枚，但父亲对三个儿子都非常喜欢，就打造了另外两枚一模一样的戒指，一起传给三个儿子，让他们无从据此决定谁能做一家之长。薄伽丘借这个轻松的故事提出了宗教容忍的重大问题。但事实常常不能遂人心愿，总有一些宗教狂热分子或私欲熏心的教会神职人员，当一些重大的社会危机、自然灾害来临，或教会内部矛盾无法解决时，就对不同信仰的人进行残酷迫害。在欧洲中世纪，这类例子屡见不鲜。犹太人、吉卜赛人、伊斯兰教徒，就成了转移矛盾、化解危机，或纯粹是满足个人私欲的牺牲品。在《巴黎圣母院》中，雨果对宗教迫害的罪恶予以了尖锐的批判。爱斯梅拉达是一个吉卜赛人，欧洲主体民族中关于吉卜赛人的种种传说使她成了无辜的受害者。隐修女（其实就是爱斯梅拉达的亲生母亲）相信自己的女儿被偷是吉卜赛人干的，她迁怒于爱斯梅拉达，不断发出恶毒的诅咒。弗比斯要与爱斯梅拉达幽会，给了房东一些银币，结果房东的儿子用枯叶调包。弗比斯被嫉妒的克罗德刺伤，爱斯梅拉达的小羊会用爪子拼写弗比斯的名字，这些都成了邪恶巫术的证据，爱斯梅拉达遂被诬陷为巫女，屈打成招，判处绞刑。

克罗德是天主教极端势力的重要代表。他是恶的化身，但这恶并不是平面的、简单的，而有深度，这深度来自他灵魂的自我摧残和拷问。他是副主教，宗教生活要求他作一个禁欲主义者，但他有七情六欲，遇到爱斯梅拉达以前，他能成功地克服情欲，但现在不行了。长期的宗教生活以及他的身份，使他无法用正常的方式爱吉卜赛少女，更何况少女根本不爱他。于是，爱变了质，变了味，发展到畸形。他虐待自己，陷害吉卜赛少女，制造痛苦并玩味痛苦。灵魂发了疯，变成恶魔。他是宗教迫害的刽子手，也是宗教偏执的牺牲品。

小说中伽西莫多受克罗德指使抢爱斯梅拉达不成，被捕受审的场面，集中表现了封建专制国家机器的反动性。雨果通过表现审讯者的愚蠢，将他们的残忍暴露出来，让读者在笑声中去思考。伽西莫多被判处鞭刑，事前经过了一个所谓法律程序，即审判。预审官是一个聋子，但他从不让别人知道他是聋子，他掩饰得很好，并自以为得意。雨果很幽默地写道："一位预审官只要装出倾听的样子就行了……因此任何声音都打搅不了他。"审伽西莫多的案子他又如法炮制，但他不知道伽西莫多也是个聋子。于是聋子对聋子，上演了十分可笑的一幕。预审官从头问起，什么名字、年纪、职业等。伽西莫多听不到，所以不回答。但预审官以为伽西莫多照着他的提问都回答了，就声色俱厉地指责伽西莫多所犯"罪行"，并问书记官记下犯人刚才的回答没有，结果引起哄堂大笑。

预审官还不自知，以为是伽西莫多狡辩，他按照审判的套路斥责伽西莫多藐视法庭，又滔滔不绝地说了一通。这时，总督进来了，他不是聋子，他质问伽西莫多所犯罪行。这次，聋子答话了，却是牛头不对马嘴：“伽西莫多。”总督很生气，大声斥责伽西莫多，而伽西莫多以为总督先生又在问他，就又答：“圣母院的敲钟人。”总督更气了，威吓他，伽西莫多还以为总督在问话，再答：“到圣马丁节该满二十岁了。”就这样，伽西莫多被定了罪。贵族、教会、国王乃至法律本身的荒谬、愚蠢、残忍等暴露无遗。

此外，雨果在《巴黎圣母院》中还挥动如椽笔墨书写了教会与国王之间斗争又妥协的历史，下层人民发动暴动攻打巴黎圣母院的宏大场面，从而使这部作品具有鲜明反封建专制制度和教会的时代特色。小说中，雨果批判的睿智和深刻随处可见，值得细细欣赏品味。

爱斯梅拉达则是完美人性和纯真感情的化身。她美貌、善良、天真、纯粹。在小说中写到她两次救人：第一次是救伽西莫多。伽西莫多受到鞭刑，口渴要水喝，只有爱斯梅拉达送水给他。伽西莫多从未受人关爱，他的感动是刻骨铭心的。第二次是救甘果瓦。落魄的甘果瓦误闯乞丐王国，按习惯要被处死。但乞丐王国有一个奇怪的规定：只要他们其中有人愿意和他结婚，甘果瓦就可以活命。爱斯梅拉达为救甘果瓦，就嫁给了他，当然不是真嫁，是做做样子。甘果瓦想借此机会讨点便宜，但很快发现这吉卜赛姑娘凛然不可侵犯，就死了这份心。这两个人本与她毫不相关，但那种发自内心的善良使她行善助人。

爱斯梅拉达的天真和纯粹也是让人惊叹的，上帝居然造出了这样的单纯到一尘不染、通体透明的人，却将她放到龌龊的人世当中。她毫无心机，爱弗比斯，在那一瞬间就发生了，那么自然、随意、浪漫。我们前边讲过，伽西莫多奉克罗德之命抢爱斯梅拉达，被路过此地的弗比斯救下。那一段的描写是这样的：

> 吉卜赛姑娘在那军官的马上妩媚地坐直身子，把双手放在那个年轻人的肩膀，仔细地端详了他几分钟，好像被他那英俊的容貌和搭救她的好意打动了。随后她首先打破沉默，用她那本就很温柔的声音更加温柔地问道：
>
> “军官先生，您尊姓大名？”
>
> “我是近卫队长弗比斯，我听您吩咐，我的美人！”军官挺直身子回答。
>
> “谢谢您！”她说。
>
> 可是当近卫队长伸出有小胡子的嘴想去吻那个姑娘的时候，她便马上一下子滑落下来，像只掉到地下的箭一般逃跑了。

这段文字很能说明问题。她看起来很大方、主动、热情，但有分寸，并不随便；她幼稚，但有原则，这原则根植在心中，不会因各种威胁利诱而改变。所以，克罗德使尽浑身解数，她连正眼都不看一下。原则是她力量的源泉。弗比斯的身份、相貌，还有在爱斯梅拉达看来的“见义勇为”，是她一见钟情的主要原因。这么一爱，就踏上了不归路。读者知道弗比斯的为人，他是个花花公子，情场老手。他对爱斯梅拉达做了许多坏事，还见死不救。可是她铁了心爱弗比斯，对什么都听而不闻、视而不见，看到弗比斯和其他女人在一起，她也会给弗比斯开脱责任。这种“执迷不悟”中反映出来的单纯、坚定，让读者扼腕。再没有比无辜、单纯、美丽遭到扼杀更让人感叹的了。爱斯梅拉达在这方面制造了惊人的效果。她是位天使，而天使却被扼杀了！

《巴黎圣母院》是一部典型的浪漫主义小说，它的所有艺术特征都是和这一思潮的总体特征联系在一起的。

首先是这部小说的情节曲折离奇，惊险刺激，充满戏剧性。隐修女恶毒诅咒爱斯梅拉达，最后竟发现她就是自己的女儿；她与女儿相认的时刻，正是死别之时。弗比斯和爱斯梅拉达幽会，克罗德就在那里守候着。银币转眼间变成了枯叶。爱斯梅拉达在广场受刑，伽西莫多一人竟能在众目睽睽之下，从圣母院钟楼上滑下，把她救走。圣母院广场前，伽西莫多用石块，用木料，用熔化的铅水，也用赤手空拳，打退了数百乞丐的疯狂进攻。伽西莫多的无畏，众乞丐的鲁莽，宏大的场面，热烈的气氛，雨果都渲染铺排到了极致，可谓浪漫主义奇幻想象力的天才之作。此外，作品中还充斥着密室、暗道、路劫、行刑，以及标新立异的爱情和死亡，展现了一个绚丽多彩、神奇诡异的世界，令读者沉浸其中，如醉如痴。

其次是对比和夸张的手法。浪漫主义创作的基本动力是理想和现实之间的矛盾，因此作家喜欢把截然相反的事物安排在一起，使它们发生联系，从而造成鲜明强烈的对比。这种创作原则在雨果的《〈克伦威尔〉序言》中得到最充分的体现，他指出："丑就在美的旁边，畸形靠近着优美，丑怪藏在崇高背后，美与恶并存，光明黑暗与共。"《巴黎圣母院》忠实地实现了这一原则。雨果在小说中省略了事物之间的过渡，排斥事物之间可能有的交集与包含，拒绝采用中间色，而总是夸大事物的某种属性，为强调它而趋于极端。吉卜赛少女与克罗德的对照是主线。一个是善的化身，一个是恶的代表。克罗德集中了所有的恶，像撒旦，像幽灵，所到之处，一片断砖残垣。还有爱斯梅拉达与伽西莫多的对照。一个奇美，一个奇丑。在小说开场时，这种对比就给读者留下了深刻印象，观众的两次鼓噪：一次是选出最丑的愚人王，另一次是爱斯梅拉达表演。以后，这奇丑与奇美的二人相互救援，可歌可泣。还有爱斯梅拉达与弗比斯对照。一对情人，一个对爱情忠贞不渝，一个寻花问柳，放浪轻浮。还有她和甘果瓦的对比。他们是名义上的夫妇，一个高尚，一个卑下，一个视死如归，一个胆小如鼠。

最后是《巴黎圣母院》的狂欢性。所谓狂欢，其本意是指在特定场景中，人类活动脱离了习惯秩序、现实规则，进入自由宣泄时所呈现的一种精神和形体状态。狂欢精神，根植于人之本性之中，但它作为一种体制和文化，则起源于古代民间庆典仪式，如古希腊的酒神祭祀活动、中世纪的愚人节等。狂欢具有群体性、仪式性、颠覆性的特点。苏联学者巴赫金通过对文艺复兴时期法国作家拉伯雷《巨人传》的研究发现，其狂欢性成为反封建、弘扬人文主义精神的重要形式。巴赫金同时指出，欧洲文学史上的浪漫主义运动，也浸透着狂欢精神。他研究了雨果小说中的怪诞形象，认为它起源于法国乃至欧洲的狂欢传统，但对《巴黎圣母院》中的狂欢性特征并没有具体论述。这部小说开场于喧闹的中世纪民间狂欢节——愚人节。司法宫的宗教剧，愚人王选拔赛，吉卜赛少女的歌舞表演，把民众的情绪推向高潮。此后的爱斯梅拉达和伽西莫多受刑场面，乞丐攻打巴黎圣母院的场景，都营造出一种狂欢的气氛，民众的积极参与以及显示出的狂热、亢奋，使事件本身的性质发生了偏移，它更像是一个节日，具有很强的广场表演和娱乐性质。此外，小说中的伽西莫多、若望、甘果瓦、路易十一、预审法官等形象都具有狂欢节仪式中起凝聚民众兴趣作用的丑角、傻瓜、畸形人的特点。作品中随处可见的歌舞、咒语、巫术、占卦等活动，以及宴饮、打架、斗殴、游戏活动，解放了被压抑的民众的激情，对严肃的封建权威和体制产生了颠覆作用。

关键概念

《〈克伦威尔〉序言》　　狂欢性

思考题

1. 为什么说雨果1827年发表的《〈克伦威尔〉序言》是法国浪漫主义文学的战斗纲领？

2.《巴黎圣母院》的社会批判性有什么特点？

3. 谈谈《巴黎圣母院》的艺术特色。

斯丹达尔《红与黑》导读

学习提示

斯丹达尔的生平及主要作品。《红与黑》的情节梗概。《红与黑》的思想内容。于连形象。《红与黑》中心理描写的主要特点。

生平与创作

斯丹达尔（1783—1842），本名亨利·贝尔，生于法国东南部城市格朗诺布一个律师家庭。母亲早逝，父亲思想保守，敌视法国大革命。斯丹达尔由信仰启蒙思想的外祖父和正直刚强的姨祖母教养成人。斯丹达尔从小受到启蒙思想的影响，并培养了对文学的兴趣，阅读了大量启蒙作家的作品。斯丹达尔的青少年时代是在法国大革命的高潮中度过的，他自觉接受了大革命思想的洗礼，热烈拥护并积极参与家乡的革命行动。1799年底，他来到巴黎，翌年经亲戚介绍，在拿破仑的军队中谋到一个职位。1800年，斯丹达尔随拿破仑军队出征意大利。1801年底，他辞去军职，定居巴黎，直到1806年。在此期间，斯丹达尔认真阅读了爱尔维修、孔狄亚克等哲学家的著作和拉伯雷、莎士比亚、莫里哀等作家的作品，同时开始为文学创作做准备。1806年，他重返军队，随拿破仑转战欧洲大陆，亲历了拿破仑帝国的荣耀和衰亡。斯丹达尔一生崇敬拿破仑，他长期追随拿破仑的军旅生活，为他以后的创作提供了重要的素材。1814年，波旁王朝复辟，斯丹达尔作为“拿破仑分子”而被扫地出门。他前往意大利米兰，在那里居住了7年，正式开始写作生涯。1821—1830年，他住在巴黎，继续从事写作，创作了不少时评、游记和传记作品，完成了文学批评著作《拉辛与莎士比亚》（1823—1825），发表了第一部小说《阿尔芒斯》（1827）。

1830年七月革命推翻波旁王朝，斯丹达尔的命运有了很大的转机。他被任命为驻意大利一座海滨城市的领事，他担任这个职务直到去世。在此期间，斯丹达尔把主要精力用于写作，创作了长篇小说《红与黑》（1831）、《巴马修道院》（1839）和《吕西安·娄万》（未完成），以及中短篇小说集《意大利遗事》等作品。《巴马修道院》是斯丹达尔除《红与黑》之外最重要的作品。这部小说的故事主要以意大利北部的巴马小公国为背景展开。贵族青年法布利斯同情法国大革命，崇拜拿破仑。1815年拿破仑发动“百日政变”时，他只身前往法国投奔，却被当作奥地利间谍关了起来。等他逃出后赶往滑铁卢战场时，拿破仑已经惨遭败绩，他返回意大利后又遭到警方追缉。后来他得到位高权重的姑母庇护和栽培，当上了巴马副主教，却又陷入到宫廷斗争之中。其间，法布利斯与一个将军的女儿克莱利娅产生爱情，他们的孩子不幸夭折，克莱利娅抑郁痛苦而死，法布利斯心灰意冷，引退修道院，和姑母相继去世。这部小说通过法布利斯一生的经历和理想幻灭的过程，描写了宫廷斗争的残酷、贵族阶层的腐化堕落、警察机构的草菅人命。虽然背景是意大利，实质上却反映了王政复辟时代法国的现实。《巴马修道院》故事情节紧凑，人物性格鲜明，心理描绘细致入微，其中小说第二章至第四章关于滑铁卢战役的出色描绘历来受到人们的称赞。

情节梗概

《红与黑》中的于连·索海尔是维里业城一家锯木厂主的儿子。他自小长得瘦弱，不能胜任体力活，因此经常受到家人的讥笑和责骂，甚至受到父亲的殴打，这让他从小就养成了一种反抗意识。他早年受一位正直的、被称为“拿破仑党徒”的老军医的资产阶级启蒙思想的教育和影响，真心崇拜拿破仑，信奉资产阶级的自由、平等观念。他不满意自己卑微的身世，渴望出人头地，希望像拿破仑一样通过自己的奋斗跻身上流社会。但是一个严酷的事实是，现在已不是拿破仑时代，而是王政复辟时期，希望像拿破仑那样穿上“红”色军装，驰骋战场，靠个人的勇武建功立业的道路行不通了。于连看到身着黑袍的神父们能拿很高的俸禄，于是他也幻想穿上教会的“黑”袍，通过这条路子出人头地。他的记忆力极强，为了得到谢朗神父的提拔，他伪装信奉天主教，把一部拉丁文的《圣经》背得烂熟。他虽然怀着强烈的平民感情，同情雅各宾党，崇拜拿破仑，但在王政复辟时期，他掩藏起自己的真实感情，用尽一切方法，混迹在上流社会。

于连经谢朗神父的介绍，到德·雷纳市长家里当家庭教师，开始了他走向社会的第一步。到了市长家之后，于连凭着自己的才学，赢得了孩子们的好感，德·雷纳夫人也对他有了很好的印象。德·雷纳夫人年近三十，美丽善良。她对宗教十分虔诚，在于连到来之前，她把自己的心思全放在三个孩子身上。与粗鲁、庸俗的丈夫相比，年轻英俊、富有活力和思想的于连极大地吸引了她，她对于连产生了好感。尽管德·雷纳先生对于连表示尊重，但他表露出对于连身世的蔑视让敏感的于连无法忍受，为了证明自己的力量，他决心占有夫人。在一个夏夜，于连和夫人在花园乘凉。于连乘着夜色昏暗，握住了夫人的手。两人都非常激动。后来在一天深夜，于连闯进了夫人的卧室，让她成了自己的情妇。

这时候，国王驾临维里业城，德·雷纳市长组织仪仗队欢迎，在德·雷纳夫人的帮助下，于连有幸成为仪仗队的队员。这让贵族和富人非常嫉恨，认为让木匠的儿子当仪仗队队员是不能容忍的。不久，市长就收到一封匿名信，揭发夫人和于连的私情。市长为此大怒。于连在市长家里待不下去了。最后，在谢朗神父的帮助下，他来到省城的贝尚松神学院学习。

在神学院，于连又梦想成为一名主教，为此他非常勤奋，努力掌握一个神父所需的东西，尽管他认为这些东西很虚伪，他也毫无兴趣，但为了向上爬，他仍努力学习。神学院存在复杂的教派斗争，人们钩心斗角，互相算计，尽管于连一再表示自己的谦卑，尽管他的学习成绩很好，也得到了彼拉尔院长的赏识，但却受到想夺取院长职位的另一个教派的教士排挤。不久，彼拉尔院长也待不下去了，他辞掉了院长职务，准备离开神学院，临行前，他把于连介绍给巴黎的大贵族德·拉摩尔侯爵，叫他去做侯爵的私人秘书。

于连来到巴黎，成为侯爵的私人秘书，由于他聪明能干，很快就得到侯爵的信任，并颁给他一枚十字勋章。侯爵的女儿玛蒂尔德美丽而骄傲，十分任性，有着众多的追求者，但她却瞧不起他们。最初，她对于连也很冷漠，瞧不起他的出身。出于自尊，敏感的于连对玛蒂尔德也很冷漠，甚至感到厌恶，这反而让玛蒂尔德欣赏他的特别，并逐渐爱上了他。但是玛蒂尔德对于连喜怒无常，时冷时热，一会儿热烈爱他，一会儿又痛骂他出身低微，如此持续了相当长时间，让于连非常苦恼。一次，侯爵带于连参加保王党人的秘密会议，密谋恢复绝对君主制。会后，侯爵让于连把秘密记录默背下来偷偷地带出国外。于连办完这件秘密任务滞留斯特拉斯堡期间，仍然因为玛蒂尔德对自己的反复无常而苦恼。一个俄国亲王教他假装去追求另外一个女人，引起玛蒂尔德的嫉妒，从而获得她的爱情。于连回到巴黎后，施展这种手段，果然奏效，玛蒂尔德因嫉妒而向于连屈服。不久，玛蒂尔德怀孕，她要求父亲同意她和于连的婚事。侯爵拗不过爱女，只好同意。为使于连与女儿身份般配，他赐给于连金钱和土地，并为他谋得骠骑兵中尉的军职。

这一切，让一直梦想着出人头地的于连非常兴奋，刚当上中尉两天，他就盘算着要在三十岁左右当个司令。正当他沉浸在自己的幻想中时，德·雷纳夫人给侯爵写来一封信，说于连是个专门靠引诱良家妇女以猎取财富和地位的骗子，侯爵当即取消了女儿与于连的婚约。眼看将要到手的成功化为泡影，于连怒不可遏，他匆匆赶到维里业城，对正在祈祷的夫人开了两枪。

于连被关进监牢。他承认自己蓄谋杀人，并表示不向上层阶级祈求任何宽恕，结果，他被判处死刑，等候处决。在这时候，受伤的德·雷纳夫人不顾一切地来探监，于连这才知道事情的真相，原来那封揭发信是夫人的忏悔教士起草并强迫她缮写的。于连和夫人都原谅了对方，而于连此时也才发现，自己真正所爱的还是德·雷纳夫人。

于连死后三天，德·雷纳夫人也离开了人世。

分析与评论

于连是平民出身的知识青年，少年时代受到法国大革命以来种种资产阶级新观念的熏陶和影响，信奉自由平等观念，尊崇个人价值和幸福，认为个人才智是社会竞争的唯一准则，也是社会分配权力的唯一合理依据。他崇拜拿破仑，是因为拿破仑打破了以门第、等级制度为基础的封建秩序，为他这样出身的年轻人通过个人勇气和才智取得成功提供了制度保障。在拿破仑的军队中，出身微贱仅凭个人才智就当上将军的人物比比皆是，这无疑极大地激励了于连通过个人奋斗获得财富、地位和声誉，在社会上出人头地的梦想。不幸的是，于连生活在波旁王朝封建势力复辟的年代，他的资产阶级理想和信念遭到了践踏，行动遇到了阻碍，他希望像拿破仑时代那样，以平民之身，通过正当的个人奋斗获取成功已经困难重重。但于连没有放弃自己的努力，他以平民阶层的平等意识对抗封建等级观念，以个人价值对抗高贵的出身。他时刻不忘维护自己的尊严，宁愿在家挨父亲的拳头，也不愿到贵族人家当奴仆。他的两次爱情，最初的动机都是为了维护自己的尊严。他最后拒绝乞求赦免而选择了死亡，正突出地表现了他对自我的尊重。他的全部生活目标就是要摆脱低贱的地位，跻身上流社会。这种希望通过自己的奋斗而提升个人价值的思想，支配着他所有的感情和行动。总之，于连身上体现着一种与封建观念相对立的以个人为核心的资产阶级思想体系，这种思想体系决定了他和那个行将灭亡的社会之间不可调和的矛盾，于连的悲剧是生不逢时的悲剧，是时代错位造成的必然结果。

当然，于连的悲剧也有其自身性格的原因。他是一个自尊、勇敢、真诚而又自卑、怯懦、虚伪的矛盾统一体。一方面，他热切地盼望出人头地，希望能跻身上流社会，甚至为了向上爬而不择手段；另一方面，他又为自己出卖灵魂的行为而痛苦，在志得意满时谴责自己因野心而丧失了天良。性格中的矛盾因素使他既不甘于只求温饱，满足于眼前利益；也不能心安理得地出卖灵魂，与上流社会同流合污。这使他在个人奋斗的路途上进退维谷，犹豫不定。本来，在复辟的波旁王朝时代，一个平民子弟，只要厚颜无耻、不择手段地向上爬，也是有可能获取成功的，但于连的良知往往牵制他“前进”的步伐，让他在每次付出努力快要成功时都功亏一篑。于连的悲剧显示，在复辟时期，一个有进取心的平民知识青年，试图通过自己正当的个人奋斗出人头地，却又不愿厚颜无耻地讨好权贵，不愿出卖自己的灵魂，最终只能成为上流社会的“局外人”。此外，于连身上挥之不去的浪漫激情，将个人价值绝对化，过于依靠才智的力量，遇事容易冲动，也是造成悲剧的重要原因。斯丹达尔通过于连的被毁灭，表达了对庸俗黑暗现实的痛恨，寄托了对火热的革命岁月的怀念之情。

在斯丹达尔笔下，复辟时期的法国社会是一片黑暗、腐朽和动荡的局面。贵族出身的德·雷纳因支持王权而捞到市长职位，这一职位却成了他假公济私、巧取豪夺的工具。他为了使自己的花园更加排场体面，硬是把公共河流改道，并且从市政工程中为自己大肆捞取好处。教会的特务活动是复辟时期法国社会生活的一大毒瘤。贝尚松神学院的代理主教、特务组织耶稣会的头子福力列的特务网四通八达、无孔不入，它钳制进步舆论，监视有自由思想的人，在外省实行白色恐怖统治。于连在神学院里的往来信件都受到检查，他的一举一动都受到监视，他还被引诱提到古罗马诗人的名字，结果这也被视为思想不轨而受到惩罚。连于连被德·雷纳夫人写信“揭露”，也是教会阴谋的一部分。流亡到国外的大贵族德·拉摩尔侯爵在复辟后当上“法兰西大臣”，位高权重，富可敌国。他可以轻易把省长、主教的职位赏赐给跟从他的人。他的地产遍及多个省份，每年有十万埃居的进款，他一次赠送给于连和玛蒂尔德的土地上的收益，每年就有二万零六百法郎的收益。他的府邸日日宴饮，夜夜笙歌，过着骄奢淫逸的生活。贵族保王党复辟势力不满足于已经恢复的权力，还阴谋进一步扩大权力，以确立他们的绝对统治地位。小说中的一个重要情节是拉摩尔侯爵召集的一次秘密会议，与会的内阁大臣、主教、显赫的大贵族们策划邀神圣同盟再一次占领法国，为复辟政权提供军事支持，同时改组内阁，取消宪章，扩大王权，全部归还革命时期剥夺的教会林地，还要组织一支敢死队，作为王权的可靠保障。

斯丹达尔敏锐地注意到，1814—1930 年的法国，虽然波旁王朝在国家政权层面恢复了封建统治，但整个社会、经济的基础经过资产阶级革命的洗礼，已经不可能再开历史倒车。《红与黑》中着力描写了贵族复辟势力和资产阶级之间在政权和经济领域展开的激烈斗争，正是这种社会现实的深刻反映。于连的父亲是小资产者，竟敢于利用贵族市长的虚荣心，向他讨价还价，把自己的土地和儿子都卖了个好价钱。自由党人阿白尔以参观德·雷纳等保王党当权派控制的慈善事业为名，打算搜集当局腐败的证据，在自由党人的报纸上加以揭露。在小说第十七、十八章，围绕着维里业城第一副市长的职位，自由党人推举的实业家对上了政府教会属意的“虔诚”人士摹乐先生。面对激烈争夺，贵族市长德·雷纳惊呼：“在这个城市里，只有工业家走运。这些自由党人都变成了百万财主，他们如饥似渴地想夺取政权。”德·拉摩尔侯爵府邸的秘密会议商定的各种阴谋计划，全然是出于对资产阶级不断壮大的力量的恐惧。他们害怕“在每一段篱笆后面都有一个罗伯斯比尔和他驾来的囚车”，害怕于连这样的年轻人一旦爆发革命就会立刻把他们送上断头台，所以才作出垂死的挣扎。斯丹达尔通过这些场景的描写，表现了资产阶级在经济上强大后重新夺取政权的企图心，表现了贵族封建势力惶惶不可终日的心理状态，演示了贵族统治阶级必将被历史淘汰的社会规律。

值得注意的是，斯丹达尔在小说中虽然坚守资产阶级自由平等的理想，怀念拿破仑的文治武功，但他并没有美化复辟时期的资产阶级力量，更没有粉饰资本主义的社会现实。如上所述，波旁王朝在国家政权层面上恢复了封建统治，但整个社会、经济的基础已经资本主义化。这意味着等价交换原则在现实生活中已经占主导地位，金钱取代门第、特权而成为社会生活的杠杆。于连的父亲把于连视为可以交换的商品任意买卖，暴发户瓦列诺依靠金钱开道，当上了贫民寄养所的所长，进而又爬到省长的位置，还被封为男爵。教会的职位同样可以用金钱买卖，职位的高低取决于所付金钱的多少。像德·雷纳、德·拉摩尔侯爵这些贵族要么开办工厂，要么在证券、金融市场上投机倒把。从小说的具体描写可以看出，斯丹达尔是何等蔑视这些粗俗、卑鄙、贪婪、专横之辈，他对现实社会的资本主义化更是保持着清醒的批判态度。

作为法国现实主义文学的开山之作，《红与黑》取得了突出的艺术成就。它深入广泛地反映了复辟时期法国社会的现实生活，塑造了典型环境中的典型人物。《红与黑》的副标题是《1830 年记事》，对此斯丹达尔的解释是他“所要描写的，是路易十八和理查十世的政府带给法国的社会风气”，也就是说，作者具有反映一个时代社会风貌的强烈意识，但描写的范围却不限于 1830 年，它实际上反映了 1814—1830 年波旁王朝复辟时期的法国社会现实。小说的正标题中，“红”象征法国大革命的热血和丰功伟绩，尤其是象征拿破仑的文治武功；“黑”代表教会势力猖獗的波旁王朝复辟时期。斯丹达尔不仅在标题上，而且在小说的细节描写中，自觉地用“红”来对照“黑”，加强了对复辟时期黑暗现实的揭露和批判，同时也揭示了这一时期阶级斗争的实质和特性。小说故事的发生地从维里业城到贝尚松神学院再到巴黎，随着主人公活动地点、身份和社会地位的变化，作者对社会生活的描写范围不断扩大，揭露和批判也不断走向深入；而且，作者选取边僻小城、省会、首都作为人物活动的三个场所，使环境描写更具典型性和代表性，反映出作者展示复辟时期法国社会全貌的抱负和用心。就典型性格的塑造而言，斯丹达尔善于把人物放到上述典型环境中，通过环境制约下人物必然采取的行动，动态地展示人物的性格及其发展。于连刚到市长家时，内心是胆怯的，对贵族家庭充满戒备和敌意。到了贝尚松神学院，他形成了表里不一的双重人格，学会了投机钻营。到了巴黎的德·拉摩尔侯爵府，他已经在上层社会如鱼得水，左右逢源。当身陷囹圄时，他与统治集团的对立情绪重新在他身上占据了主导地位。此外，作者在塑造典型人物时，还格外注重他们的阶级身份，像于连、德·拉摩尔侯爵、德·雷纳市长、瓦列诺等，首先是自己所属阶级的代表，同时这些人物也有鲜明的个性。同为贵族，德·雷纳的愚顽和虚荣不同于德·拉摩尔侯爵的狡黠和霸道；同为小资产阶级，于连的高傲、敏感、热情不同于他父亲的精明、现实、粗暴。

斯丹达尔在《红与黑》中成功应用了心理描写手法。它精确、细致、深刻地揭示了人物的心理变化过程。在于连短暂的一生中，他跨出的每一步，在关键时刻所作的每一个选择，都伴随着复杂、剧烈的心理活动。例如于连与德·雷纳夫人及玛蒂尔德的爱情，有爱与不爱的问题，有敢不敢爱的问题，牵扯到本能的欲望、青春的激情、阶级的敏感、道德的良心、现实的顾虑，种种心理因素交错纠缠，冲突对抗，其过程连贯、完整，富于层次感和逻辑性。更重要的是，作者并没有把人物的心理活动孤立悬置，它是人物行动的依据，也就是说，人物的现实选择与决断，都是心理活动的结果。这是小说情节动力学的一个重要转变：它摒弃了外部的物质因素，而通过内心活动来推动小说情节的发展。再者，小说中作者赞赏的正面主人公，都是心理活动异常丰富的人，这使得人物心理内涵的丰富与否，成为判断人物精神境界和生命质量的重要依据。斯丹达尔还重视通过内心独白表现人物的心理。一般而言，小说中的主要人物都会有沉思、追忆、反省等独白式的心理活动，但很少会像《红与黑》这样极度倚重内心独白而相对忽视通过表情、动作等外部特征来揭示人物内心。斯丹达尔笔下的人物独白呈现出理性化的特征，往往是一种明晰的心理分析，而不是激情的迸发、情感的宣泄。《红与黑》在心理描写方面的这些特征，使心理描写在小说中的地位大大提高，预示了向心理现实主义小说的重要转变，即“向内转”。

关键概念

现实主义　　心理描写

思考题

1.《红与黑》的社会批判价值是什么？
2. 分析于连的形象及其意义。
3.《红与黑》的心理描写有哪些特点？

巴尔扎克《高老头》导读

学习提示

巴尔扎克的生平。《人间喜剧》。《高老头》的情节梗概。拉斯蒂涅形象。物质主义对人性的异化。巴尔扎克对现实主义小说艺术的贡献。

生平与创作

奥诺雷·德·巴尔扎克（1799—1850）是法国19世纪最为杰出的现实主义作家，也是西方19世纪现实主义文学大师之一。

1799年5月20日，巴尔扎克生于法国图尔市一个中等资产阶级家庭。在家乡教会学校读书时，他就已表现出对文学的兴趣，被同学们戏称为作家。1814年他随父母迁居巴黎。1816—1819年，他遵照家庭安排，进法学院学习法律，同时在律师事务所当见习生，这使巴尔扎克有机会认识社会现实的种种黑暗和罪恶。但巴尔扎克的兴趣不在法律，而热衷于文学创作，他常去巴黎大学旁听各种文学讲座，1819年正式向家中提出要从事文学写作，父亲答应给他两年时间，可是他用了十年时间才完成自己的创作准备。这期间，他化名或与别人合作写过古典风格的悲剧和浪漫主义的神怪故事，都未获成功。1825—1827年，他心血来潮想在工商业方面有所发展，但开办印刷厂、出版古典作品全部失败，欠下巨额债务，以致终身为此受累。后巴尔扎克重返文学创作领域，用两年时间完成了具有现实主义风格的历史小说《舒昂党人》(1829)。这部小说出版后获得好评，巴尔扎克从此走上了现实主义创作道路。巴尔扎克异常勤奋和多产，他每天不是构思布局，就是整理手稿，再不就是修改校样，经常夜以继日、废寝忘食地写作。在1829年以后的20年创作时间里，他写了90多部小说，以及大量的时政评论、文艺评论、剧本、书信等。从19世纪30年代起，巴尔扎克就产生了把其作品连缀起来构筑成一个“体系”，综合反映社会全貌的想法，曾考虑过《十九世纪风俗研究》、《哲理研究》这样的总标题。19世纪40年代初，他受但丁《神圣的喜剧》(中译为《神曲》)的启发，最终决定用《人间喜剧》这个总标题来归纳自己创作的作品。他撰写《人间喜剧》前言，重新对作品进行分类编目，赶写未完成的作品，用人物再现法勾连串通不同的作品。到1848年，他完成了《人间喜剧》这部人类历史上最为恢弘的文学作品总集之一的大半篇幅。尽管未能完全实现宏愿，但这无损于《人间喜剧》的完整性。巴尔扎克长期勤苦写作，以致积劳成疾。1850年，巴尔扎克与自己长期爱恋的乌克兰贵妇韩斯卡伯爵夫人结婚。婚后不久病情恶化，1850年8月18日逝世。

《人间喜剧》实际包括长、中、短篇小说96部，分别归入《风俗研究》、《哲学研究》、《分析研究》三大类。《风俗研究》共收入72部作品，数量最多，描写范围最广泛，内容也最为丰富。它由六个生活场景构成："私人生活场景"、"外省生活场景"、"巴黎生活场景"、"政治生活场景"、"军事生活场景"、"乡村生活场景"。按照巴尔扎克的构想，这六个生活场景是"这个社会全部事实和功业的集成"，涵盖了社会生活的方方面面。巴尔扎克在设计这些生活场景时，首先考虑的是它们的广泛代表性。他试图从个人、地域、阶级、国家等不同角度入手，勾画出法国社会历史的全景图。值得注意的是，巴尔扎克并不全然在空间上横向展开叙述，他还以生物有机体作比喻，以个体生命为依托，纵向描写法国社会的发展演化，力图呈现它如何一步步走向堕落、沉沦。例如，"私人生活场景"着重表现青少年时期因生活经验不足或感情冲动酿成的错误或不幸；"外省生活场景"着重描写人们走向成年时因野心、欲望、自私自利的盘算引起的冲突；"巴黎生活场景"表现人心的衰老、腐化，恶的欲念代替了一切真诚朴素的感情。《风俗研究》的代表作品有《欧也妮·葛朗台》、《高老头》、《幻灭》、《贝姨》等。《哲学研究》共收入22部作品，力图在其中"进一步研究产生这些社会现象的多种原因或一种原因，寻出隐藏在广大的人物、热情和事件里面的意义"。代表作品有《驴皮记》等。《分析研究》的意图是从真、善、美等人类永恒的自然法则出发来分析社会不合理状态产生的根源。这部分只完成了随笔集《婚姻生理学》和《夫妇纠纷》两部作品。《人间喜剧》的三部分内容，既有对各种社会现象纵横交错的描写，也有对隐伏其后的欲望动力的深入分析，还有对生命本质和意义的形而上探究与追问。巴尔扎克在《〈人间喜剧〉前言》中说："法国社会将成为历史家，我只应该充当它的秘书。编制恶习与美德的清单，搜集激情的主要表现，刻画性格，选取社会上的重要事件，就若干同质的性格特征博观约取，从中糅合出一些典型；做到了这些，笔者也许就能够写出一部许多历史家所忽略了的历史，也就是风俗史。"从《人间喜剧》的宏大布局和缜密设计看，他完全实现了这样的预定目标。

19世纪上半叶是法国阶级关系发生剧烈变化的历史时期。巴尔扎克在《人间喜剧》中敏锐地抓住了这一时代脉动，对法国社会错综复杂的阶级矛盾和阶级斗争作了深刻的揭示。经过法国大革命，封建贵族阶级受到沉重打击。虽然这个阶级在1814—1830年试图"重整旗鼓"，但并没有从根本上扭转自身逐渐衰落的趋势。1830年七月革命之后，法国资产阶级从经济上的实力阶层上升到政治上的统治阶级，封建贵族残余势力要么破产败落，要么资产阶级化。正如恩格斯指出的，巴尔扎克"用编年史的方式几乎逐年地把上升的资产阶级在1816—1848年这一时期对贵族社会日甚一日的冲击描写出来"①。《欧也妮·葛朗台》中的葛朗台，《高利贷者》中的高布赛克，《纽沁根银行》中的纽沁根等代表了金融资产阶级的不同类型，巴尔扎克以细致的笔墨讲述了他们血腥的发家史，讲述了以这些人物为代表的资产阶级在经济上暴富后如何向政治领域扩充自己的势力，进而控制地方和国家政权。与之形成鲜明对照的是贵族阶级的没落。如《幽谷百合》中的莫尔索伯爵夫人，《高老头》中的鲍塞昂夫人，《古物陈列馆》中的埃斯格里荣侯爵等贵族，或壮志未酬，或遭人遗弃，或与资产阶级集团斗争失败。贵族中的一些"识时务者"，像《苏城舞会》中的德·封丹纳伯爵，认识到贵族阶级灭亡的不可避免，

① 《马克思恩格斯选集》，2版，第4卷，683页，北京，人民出版社，1995。

纷纷通过联姻的方式，向资产阶级靠拢。巴尔扎克本人同情贵族，但作为一个伟大的现实主义作家，他超越了自己的政治偏见，“看到了他心爱的贵族们灭亡的必然性，从而把他们描写成不配有更好命运的人”。

巴尔扎克认为，这一场历史巨变的核心问题是金钱：以往贵族社会通行的等级、门第制度被资本主义社会的金钱原则所取代。“金钱是这个新社会的轴心，独一无二的敲门砖。”（《于絮尔·弥罗埃》）“今日，金钱已经成了社会的通行证。”（《娼妓盛衰记》）“没有钱，在眼下这个社会秩序下，是最深重的苦难。”（《贝姨》）在缺乏完善的政治与法律体制制约的情况下，对金钱的贪婪追求，不可避免地会使人性走向异化和邪恶，使整个社会沦为个人私欲的竞技场，无情地践踏传统的道德和人际关系。《欧也妮·葛朗台》中的葛朗台一生敛财无数，贪婪无比。他过分看重金钱的作用且执迷不悟，只从金钱、交易的角度理解人类关系，完全忽视了人类关系的丰富性和多样性，这使他感情枯竭，最终被金钱所困，成了金钱的牺牲品。从《幻灭》中我们看到，不论是出版界、文坛，还是政坛，处处贿赂公行，金钱当道，毫无是非曲直，公平正义。吕西安是一个文才横溢的外省青年，为捞取金钱和地位，不得不卖身投靠。大卫发明了廉价纸，其技术专利却被戈德安兄弟巧取豪夺，并靠它发财致富。《高利贷者》中，妻子为了夺取遗产，不仅千方百计监视病危的丈夫，还烧毁丈夫的遗嘱。《红色旅馆》中富甲一方的大银行家，原是靠杀人越货积累的原始资本。《夏倍上校》中，巴尔扎克借律师但维尔之口把资本主义社会的金钱罪恶一一罗列在案：“我亲眼看到一个父亲给了两个女儿每年四万法郎的进款，结果自己死在一个阁楼上，不名一文，那些女儿理都没理他！我也看到烧毁遗嘱；看到做父亲的剥削儿女，做丈夫的偷盗妻子，做老婆的利用丈夫对她的爱情杀死丈夫……我也看到一些女人有心教儿子吃喝嫖赌，促短寿命，好让她的私生子多得一份家私。我看到的简直说不尽，因为我看到很多为法律治不了的万恶的事情。”

巴尔扎克在《人间喜剧》中淋漓尽致地揭露了金钱原则统治下的社会众生相，也表明了对人的终极关怀。在巴尔扎克看来，金钱崇拜不仅扭曲人性、人伦关系，还破坏社会稳定，甚至危及民族和国家的前途，而解决问题的途径是王权和宗教。他曾说：“我只在两种永恒真理的照耀下写作，那就是宗教和君主政体。”他相信王权，希望通过君主政体的力量来扼制金融大资产阶级势力的膨胀；他鼓吹天主教，把天主教看成维持社会稳定的重要因素，希望借天主教抑止人欲的泛滥。《人间喜剧》中，对贵族的美化，对宗教教化作用的夸大，都是巴尔扎克上述思想的体现。巴尔扎克抓住了问题的要害，但开出的药方却未必有效。

情节梗概

1819 年底的巴黎，在伏盖太太开设的一家低等的家庭膳宿公寓里，住着七位不同身份的房客。住在二楼的是古的寡妇和维多莉·泰伊番小姐。泰伊番的父亲为了让儿子独占财产，把女儿泰伊番赶出了家门，泰伊番就把古的太太当做自己的母亲。住在三楼的是逃犯伏脱冷，他对人们隐瞒了自己的身份。住在条件最差的四楼的是乡下青年拉斯蒂涅和已日渐穷困的高老头。

高老头原来是个面条商，1813 年他不做生意了，就搬进伏盖公寓。刚来时，他住在要价最高的二楼，服饰讲究，出手大方，一副很有钱的样子，人们都尊称他为高里奥先生。慢慢地，高里奥先生似乎没有以前那样有钱了，到第二年年底，为了节约900法郎的膳宿费，他要求搬到便宜点的三楼去住，平时也非常节约了，又过了一年，他似乎更穷困了，于是就搬到了最便宜的四楼。短短的几年，他的外貌也发生了巨大的变化，刚搬到伏盖公寓时，他已六十二岁，但显得很年轻，看上去不满四十，三年过去了，他一下子苍老了许多。

人们对高老头的变化议论纷纷，猜不透导致他经济和健康状况日趋恶化的原因。有人曾看见衣着华贵的妇人进出他的房间，因而人们认为个中原因可能是他养着情妇。当有人向高老头打趣说他“艳福不浅”时，他却说那两个妇人是他的女儿。人们对他的这一说法不以为然，认为他在撒谎。

住在高老头隔壁的是乡下青年拉斯蒂涅，他是到巴黎来学习法律的，希望能够出人头地，跻身上流社会。巴黎的花花世界刺激着他这种野心，他翻遍族谱，查到了远亲鲍赛昂夫人。他想方设法地接近她，同她拉上关系，想借助她步入上流社会。鲍赛昂夫人是当时贵族社会的领袖，与她相识是无上光荣，人们都争先恐后地与她结交，以表明自己的显赫身世。但是，鲍赛昂夫人的境况也不很妙，她的地位、荣耀正日益受到资产阶级妇女的威胁。她的情夫阿瞿达为了贪图巨额财产，决定抛弃她，另结新欢，与资产阶级小姐洛希斐特联姻。从鲍赛昂夫人那里，拉斯蒂涅了解到高老头的真相。原来，高老头并没有撒谎，他原本是做面粉生意，在大革命期间成了暴发户。他有两个女儿，大的叫娜齐，小的叫但斐纳。高老头非常疼爱自己的两个女儿，他把自己的全部感情都放在两个女儿身上。女儿出嫁时，他给每个女儿八十万法郎的陪嫁费，一个嫁给了新贵族雷斯多伯爵，另一个嫁给了银行家纽沁根。刚开始高老头有钱的时候，两个女儿对他非常好，经常奉承他。到伏盖公寓后，他每个星期还可以去女儿家里吃一两次饭，女儿们有时也到伏盖公寓来，但主要是为了榨取高老头剩下的钱财。当他的财产被女儿搜刮得越来越少时，他在女儿家受到的待遇也逐渐变化，原来一个星期还可以去女儿家里一两次，后来改为一个月一两次，到最后女儿们连门都不让他进了，高老头想见她们一面都不可能。在鲍赛昂夫人家里的舞会上，拉斯蒂涅认识了高老头的大女儿雷斯多夫人，因为他无意中提到了伏盖公寓的高老头，使得雷斯多夫妇极不高兴，因而受到他们的冷遇。

鲍赛昂夫人建议拉斯蒂涅去结识高老头的小女儿纽沁根太太，利用她向上爬。纽沁根太太的婚姻并不幸福，她的丈夫银行家纽沁根看中的只是她的金钱，把她八十万法郎的陪嫁费控制在自己手里，不给她一个钱。而纽沁根太太但斐纳也正极力想跻身贵族社会，希望通过拉斯蒂涅结识鲍赛昂夫人。

住在三楼的伏脱冷是一个为了金钱杀人不眨眼的江洋大盗，他想出一个“两全其美”的计策，可以让拉斯蒂涅和他自己都能发一笔横财。他的计划便是让拉斯蒂涅向住在二楼的泰伊番小姐求婚，而他自己则派人把泰伊番的哥哥杀死，这样泰伊番小姐就会成为她父亲唯一的继承人，可以得到大笔遗产。条件是事成之后，拉斯蒂涅给伏脱冷二十万法郎。但此时的拉斯蒂涅良心还未完全泯灭，不忍心这样做。此后伏脱冷的身份被人发现，警察将他逮捕入狱。

与此同时，高老头在两个女儿无休止的要求下，花尽了自己的全部钱款，也典尽了自己的一切财物，他终于病倒了。拉斯蒂涅把高老头的病情告诉他的两个女儿，她们却忙着准备参加鲍赛昂夫人的大型舞会，根本没有时间搭理。

鲍赛昂夫人的情夫阿瞿达已正式决定与洛希斐特小姐结婚，鲍赛昂夫人强忍住被遗弃的痛苦和羞辱，举行了告别巴黎上流社会的盛大舞会。舞会上的人们各怀鬼胎，高老头的两个女儿在舞会上大出风头，而强装镇定的鲍赛昂夫人已决定隐居乡下。

舞会结束后，拉斯蒂涅赶回伏盖公寓去看高老头，高老头已奄奄一息，只希望在生命的最后关头能看到自己一辈子疼爱的两个女儿，但两个女儿却推辞没有来。高老头在绝望中离开了人世。拉斯蒂涅凑钱埋葬了高老头，也埋葬了对这个世界的最后一滴眼泪，欲火炎炎地投入到巴黎的花花世界里去了。

分析与评论

小说通过拉斯蒂涅及其周围人物的经历和选择，深刻反映了19世纪早期法国社会的真实面貌，精确捕捉和展示了那个时代阶级关系的起伏和变化。封建贵族阶级在大革命中受到沉重打击，虽然他们在复辟时期一度重整旗鼓，但作为一个阶级，再也不能有效地控制国家机器，只能处在持续的没落和解体当中。鲍赛昂子爵夫人是天潢贵胄，最后却被一个地位不高、陪嫁可观的资产阶级小姐打败，是贵族没落命运的真实写照。以银行家、金融家为代表的大资产阶级在这一时期实际控制了法国的国家权力和经济命脉。这些当权者靠反对封建贵族阶级起家，因瓜分封建贵族的财产而致富，但掌握政权后却对贵族封号趋之若鹜，对贵族做派心驰神往，对上流社会骄奢淫逸的享乐生活心领神会。金钱与爵位相结合，使这个阶级在政治上迅速走向反动，生活上纸醉金迷、骄奢淫逸、腐化堕落，其所作所为严重毒化了社会风气，对整个社会起了恶劣的示范作用。银行家纽沁根、纽沁根夫人、雷斯多伯爵夫人是这个阶级的典型代表。小资产阶级处在社会下层，地位极不稳固，需要靠不断的奋斗才能改善生活处境。在资本主义时代，自由竞争、金钱交易原则取代封建世袭特权，使个人的聪明、才智、技艺具有了交换价值，这就为小资产阶级通过个人奋斗向上爬开辟了天地。小说中的拉斯蒂涅代表了这个阶级的抱负和境界。

《高老头》一如巴尔扎克的其他小说，深刻揭示了金钱在社会生活中的统治地位和拜金主义对爱情、婚姻、家庭等人伦关系的破坏。高老头是个做面条生意发家的商人，致富后分别用巨额陪嫁把大女儿嫁给了贵族雷斯多伯爵，把二女儿嫁给了银行家纽沁根，随后盘掉生意，当起了寓公。高老头有钱时女儿女婿都对他以礼相待，伏盖公寓的主人也对他另眼相看。随着他拥有的钱财日少，他在女儿女婿心目中、在伏盖公寓里的地位也日渐低落。女儿家让他吃闭门羹，在伏盖公寓他也成了众人消遣的对象。两个女儿只是在需要零花钱的时候才来找他，等到榨干了他的钱袋，他就再没有了用处。高老头最后因为再也拿不出钱来，被两个女儿逼得中了风。对女儿痴心不改的高老头临终前希望能见她们一面，两个女儿却百般推托。高老头终于明白过来了，她们爱的只是他的钱。他悲愤地喊道："钱能买到一切，买到女儿。"拉斯蒂涅为了能够置办出入上流社会必不可少的服饰行头，忍心给母亲和妹妹写信讨要她们仅存的一点积蓄，全不管她们今后将如何生活。银行家泰伊番想把自己的产业全部传给儿子，因担心给女儿陪嫁而破财，竟然把她赶出门去。《高老头》中，人人都在疯狂地追逐金钱，爱情、婚姻已成为金钱的筹码，爱情、婚姻的基础不是相互的理解、倾慕，而是纯粹的金钱关系。阿瞿达侯爵为了二十万法郎年息的陪嫁费而抛弃鲍赛昂夫人，银行家纽沁根千方百计把妻子八十万法郎的陪嫁据为己有，雷斯多伯爵为了侵吞妻子的陪嫁，也是花招迭出。伏盖太太虽人老珠黄，因贪恋高老头的钱财，也动了引诱他的心思；后来看伏脱冷出手豪阔，又一次生出再醮的念头，结果两次都丑态毕露。从《高老头》中，我们看到，金钱正以一种凶猛的姿态破坏、腐蚀着人与人之间的亲情、爱情、友情，冲击着伦理道德的底线。

在《高老头》中，中心人物拉斯蒂涅是个人奋斗者的典型。从谱系上讲，他的最直接的前辈是斯丹达尔《红与黑》中的于连。他们都来自社会下层，出身贫寒，都有强烈的要求改变自身处境的欲望，并且努力奋斗。不同之处在于，于连有进步的政治理想和抱负，他和复辟时代的反动现实有妥协的一面，也有斗争的一面；他主要靠自己的才华、机智博得欣赏，对身份高贵的女子的依靠是被动的。拉斯蒂涅的精神境界要低俗得多，他梦寐以求的只是出人头地，获取金钱和地位。最初拉斯蒂涅想通过读书取得成功，后来改为征服身份高贵的女子；最初他不懂贵族社会的人情世故，后来变成在上流社会沙龙舞会左右逢源的老手；起先他对弱者怀着有限的同情心，小说落幕时他已经变得铁石心肠。这些变化显示拉斯蒂涅的个人奋斗过程事实上是一个逐渐堕落的过程。拉斯蒂涅从鲍赛昂夫人、伏脱冷、高老头先后遭遇的挫折和不幸中看到，金钱的多与少、有与无，在怎样支配着人的命运！人们为了攫取金钱，又是如何落井下石、尔虞我诈、忘恩负义！拉斯蒂涅正是从这样的人生教科书中完成了自己的人生教育，找到了获取成功的秘诀：金钱至上，弱肉强食。他最后对大学生皮安训说："朋友，你能克制欲望，就走你平凡的路吧！我是入了地狱而且还得留在地狱。"他欲火炎炎地纵身跃入巴黎上流社会的罪恶深渊，义无反顾地踏上了个人野心家之路。

巴尔扎克还意味深长地塑造了伏脱冷这个恶魔般的野心家典型。伏脱冷在《高老头》中的真实身份是在逃苦役犯，隐名埋姓住在伏盖公寓。此人刚猛、阴沉、狡猾、凶恶，精通世故，洞悉社会的本质，并且在这个社会里如鱼得水。他赏识拉斯蒂涅作为个人野心家的潜在"素质"，处心积虑向他灌输当下社会通行的金钱原则和极端利己主义原则，企图诱使他走上犯罪道路。伏脱冷的滔滔宏论"教育"了拉斯蒂涅，完成了其堕落途中一个重要的环节。伏脱冷除担当"教唆者"角色外，还在积极策划一桩"大买卖"：他怂恿拉斯蒂涅向泰伊番小姐求婚，自己则准备派人把泰伊番小姐的哥哥杀死，这样泰伊番小姐就会成为她父亲唯一的继承人，可以得到巨额遗产。条件是事成之后，拉斯蒂涅给伏脱冷二十万法郎。拉斯蒂涅此时良心未泯，拒绝了这个歹毒的计划。但后来泰伊番小姐的哥哥还是被伏脱冷派人杀死。这是一个毫无人性的冷血恶魔、江洋大盗，他践踏一切法律和道德，巧取豪夺、杀人越货，为达到目的不择手段。应该看到，拉斯蒂涅与伏脱冷虽身份有别，路数不同，造化各异，但本质是一致的。今天的拉斯蒂涅，就是明天的伏脱冷。在《高老头》中，拉斯蒂涅还是初出茅庐，伏脱冷也暂时遇到了挫折，但19世纪上半叶法国社会法律废弛、道德败坏的状况，为这一类人物为所欲为提供了适宜的土壤，造就了他们日后的成功。

巴尔扎克通过塑造这两个人物，进一步揭露了极端拜金主义的罪恶。他让我们看到，卑劣的金钱崇拜如何点燃了拉斯蒂涅和伏脱冷的欲望之火，让他们陷入到不可遏止的贪婪和疯狂之中。但我们分明又感到，巴尔扎克对这两个人物并不是完全憎恶的，他甚至欣赏他们强烈的进取心，欣赏他们身上被对金钱的贪欲调动起来的激情，肯定他们的生命比米索诺小组之流来得充盈、坚实、有韧性、有力道，不给人暮气沉沉、日薄西山之感。物欲人人有之，不分种族、阶级和时代。但在资本主义时代，金钱原则使人们头脑中的物质利益观念不断被强化，在这种情况下，物欲必然得到极大的刺激和膨胀。毫无疑问，物欲把人性中“恶”的一面激发出来了。但正如黑格尔所说：“假如没有情欲，世界上一切伟大的事物都不会得到成功。”对金钱的贪欲，又推动着人们去创造财富，进而推动了历史的进步。巴尔扎克对拉斯蒂涅和伏脱冷这两个人物的矛盾态度，正是物欲二重性方面的反映。

《高老头》是巴尔扎克的代表作，它集中体现了《人间喜剧》的现实主义伟大成就。巴尔扎克塑造了典型环境中的典型人物。巴尔扎克指出：“大自然中没有任何孤立的东西，一切相联，一切精神现象相联，一切物质现象相联。”把人看成环境的产物，并着力表现环境对人的决定作用，正是巴尔扎克这一思想的体现，也是他小说的伟大创造。在《高老头》中，典型环境描写主要集中在两个方面：其一是由确切的场所、材料构成的物质环境，如街道、房屋、沙龙、内室、招牌、张贴、家具等，它是有形的实体。这种物质环境的描写以伏盖公寓和鲍赛昂夫人的府邸最具特色。其二是由阶级关系和人事关系构成的社会环境。巴尔扎克把社会作为一个整体，把人看成社会关系的联结点。基于这样一种认识，《高老头》充分地揭示了贵族、资产阶级、下层市民三个世界人与人之间错综复杂的社会关系，对诱使拉斯蒂涅堕落的各种因素，进行了细致描写。鲍赛昂夫人是贵族社会的领袖，地位显赫，但情场失意之下是那样的痛苦落寞。强者伏脱冷刚才还在算计别人，转眼间被别人出卖。高老头临死见不到女儿，死后没有亲属送葬。拉斯蒂涅由纯洁善良的外省青年，一步步沦为自私、不顾廉耻的野心家，主要是这些社会关系影响和熏陶的结果。总之，巴尔扎克通过对物质环境和社会环境的精确描写，反映了生活于其中的人物的社会身份和精神面貌，揭示了性格产生、发展乃至蜕变的外部动因，同时也生动地展现了巴黎社会的风俗画卷。

巴尔扎克在塑造典型人物时，往往会夸大、强化人物身上的某种欲望或情感，把它推到极端，使之成为典型性格的主要特征。所以巴尔扎克笔下的主要人物，多是某种强烈欲望或情感的化身，如贪财而成为吝啬鬼，贪食而成为饕餮之徒，贪色而成为色情狂，钱欲与权欲膨胀催生出野心家；此外，嫉妒、父爱、母爱等情感过于强烈，以致有悖理性常态，也会造就出各种偏执狂。这些“欲望型”的人物，形成了巴尔扎克小说中一道独特的风景。在《高老头》中，高老头是体现偏执父爱的典型。他对两个女儿的爱，不分场合，不讲形式，不论条件，不要回报。作为塑造典型人物的另一种重要手段的“人物再现法”，是第一次自觉地应用于《高老头》。所谓“人物再现”，是指同一个人物在不同小说中多次出场。如拉斯蒂涅在《高老头》中初试身手，而在以后的一系列作品中，他当上了副国务秘书（《轻佻的女人》），贵族院议员，每年有三十万利佛尔的收入（《不自知的演员》），并被封为伯爵（《贝姨》）。伏脱冷后来当上了巴黎警察厅的副处长（《娼妓盛衰记》）和处长（《贝姨》）。鲍赛昂夫人在《幽谷百合》中，再一次被情人遗弃，在《被遗弃的女人》中更遭到彻底毁灭的结局。重新出现的人物形成了一个系列，使得作家的作品具有了内在的有机联系。经过这样多次从不同侧面入手的描写，人物性格的刻画得以最终完成。

《高老头》的叙事结构安排相当出色。巴尔扎克之前的欧洲小说，多以主人公的行踪经历总领全局，直线式地推进情节的发展。《高老头》放弃了这种单线式的结构，转而采用多线索纵横交错的网状结构。《高老头》包含了六个较为完整的故事：拉斯蒂涅的堕落；高老头对女儿的痴情及惨死；伏脱冷的被出卖；鲍赛昂子爵夫人告别巴黎；泰伊番小姐的遭遇；伏盖太太的活动。这六个故事又主要集中在三个地点，并代表着三个不同的社会阶层，即鲍赛昂夫人府邸的贵族沙龙，纽沁根夫人家的资产阶级客厅，以伏盖公寓房客为代表的下层社会。这三个社会阶层之间，既有上层贵族社会与下层平民社会的对比，也有贵族与资产阶级的钩心斗角。小说主要依靠高老头的“悲剧史”和拉斯蒂涅的“奋斗史”这两条主线来联缀其他辅线，又以拉斯蒂涅的活动贯穿全书。这种主线突出、辅线辉映、多条线索纵横交错的网状结构方式，再现了法国社会纷繁复杂的特征。

巴尔扎克在小说中喜欢自己直接出面，或通过人物之口发表各种议论。这种表现形式往往遭论家诟病，以为有“传声筒”之嫌，破坏小说的艺术性。巴尔扎克却能化腐朽为神奇，使精彩绝伦的议论成为他的小说艺术重要的组成部分。作家直接出面的议论，通常是夹杂在叙述中。他以全知叙述人的身份介绍人物的出场或结局，或描述某一重要场面时，往往荡开笔墨，有感而发，遂成议论。如《高老头》的开场，巴尔扎克一边介绍伏盖公寓的主人和房客，一边穿插着亮出自己对人物的见解和态度，夹叙夹议，有声有色。通过人物之口发表的议论，以鲍赛昂夫人、伏脱冷、高老头的议论最为精彩。三个人物都处于人生的低潮期，挫折和绝望使他们变得愤世嫉俗，面对拉斯蒂涅这个涉世未深又欲火炎炎的年轻人，纷纷敞开心扉，直抒胸臆，一吐为快。他们向他传处事经验，揭社会黑幕，讲金钱意义，诉愤懑情绪，议论之内容完全切合人物身份和当时的情境。巴尔扎克很少在议论中故弄玄虚，而是紧贴世俗人生，切中要害。不管是何种议论，他一旦开讲，往往滔滔不绝，激情洋溢。所以，读巴尔扎克的长篇大论，绝不会产生沉闷乏味之感，而会觉得有趣、精辟，回味无穷。巴尔扎克就这样使议论成为反映社会生活、塑造人物形象的重要辅助手段，甚至成为作品的灵魂。

关键概念

《人间喜剧》　　典型环境　　“人物再现法”

思考题

1. 你觉得《高老头》中的拉斯蒂涅与《红与黑》中的于连有相似之处吗？试比较他们性格及人生经历的异同。

2. 什么是“人物再现法”？试举例说明。

3. 思考巴尔扎克对现实主义小说艺术的贡献。

夏洛蒂·勃朗特《简·爱》导读

学习提示

夏洛蒂·勃朗特的生平。《简·爱》的情节梗概。简·爱个人奋斗和成长的历程。《简·爱》的艺术特色。

生平与创作

夏洛蒂·勃朗特（1816—1855），英国维多利亚时期女性小说家。夏洛蒂的父亲是一个助理牧师，爱尔兰人后裔。1820 年，她随父亲定居在英格兰北部约克郡的霍沃斯，一直到去世。1821 年，母亲去世，他们姐弟五人由他们的姨妈照料。不久，四姐妹被送到科文桥一所专收牧师子女的寄宿学校就读。这是不幸的一步，夏洛蒂相信这导致了两个姐姐在 1825 年的死，也永久性地伤害了她的健康。幸存下来的孩子在家里完成他们的教育。他们广泛阅读，钦慕拜伦、司各特、《一千零一夜》等作家作品，沉溺于由他们所创造的丰富的想象生活中。他们开始写一些故事，在家里创办家庭杂志，夏洛蒂尽情地发挥自己的想象力创造了一个名为安格里亚的想象王国。1831—1832 年，夏洛蒂在罗海德学校就读，1835—1838 年，回到那里担任教师。在那里，她结识了两个好朋友。1839 年，她担任斯基普顿附近的西奇威克家庭的家庭教师，1841 年，在罗顿担任怀特家的家庭教师。1841 年，她和妹妹艾米丽到布鲁塞尔由埃热夫妇主办的一所寄宿学校学习语言。同年年底，由于姨妈去世，她们被召回霍沃斯。第二年，渴望丰富经历的夏洛特只身一人重返布鲁塞尔，她深深爱上了埃热先生。但这桩爱情在夏洛特再返霍沃斯后就夭折了，同时，她与妹妹创办一所学校的计划也没有成功。1846 年，三姊妹的诗歌结集出版，但几乎没有引起注意。此时，她们每人都完成了一部小说：夏洛蒂完成了《教师》，艾米丽完成了《呼啸山庄》，安妮完成了《艾格尼斯·格雷》。但《教师》在夏洛蒂生前没有出版。很快，她开始创作《简·爱》，1847 年出版，她一举成名。但夏洛蒂还没有来得及享受成功，一些不幸就接踵而至。她的弟弟勃兰韦尔于 1848 年 9 月去世，艾米丽在同年 12 月去世，安妮在第二年夏天去世。尽管有这些悲剧，她仍然继续创作《谢利》，这部小说于 1849 年出版。1854 年，几经犹豫，夏洛蒂决定与追求她的父亲的助手尼柯尔斯结婚，但几个月后，夏洛蒂就病逝了，她的病可能和怀孕有关。在夏洛蒂的有生之年，她在三姊妹中享有的声誉最高，但也遭到一些批评，如有人指责她的作品下流和唯情主义，这深深地伤害了她。她的作品中充满激情、梦幻、超自然描写，简·爱的狂暴和激情与夏洛蒂的狂暴和激情联系在一起。简·爱的感情有一个成长过程，起初她的激情不受控制，度过了充满痛苦的童年时代，后来多次的情感不受控制，妨碍她到达幸福的彼岸。

《简·爱》作为一部典型的维多利亚时期的小说，至今仍有着经久不衰的吸引力；而以夏洛蒂·勃朗特为首的三姊妹也成为荒凉、孤寂的约克郡的文学传奇。据说1947年适值勃朗特小说出版的百年纪念，数以万计的游客造访了约克郡偏僻的三姊妹故居。

情节梗概

简·爱自幼失去双亲，身无分文，寄养在舅妈里德太太家。粗暴和毫无同情心的对待激起简·爱的反抗精神。一次激情的爆发使得她被送到收养孤儿的洛伍德学校。在那里，食宿条件极其严酷，但她也从教师坦普尔小姐和另一个孤女海伦·彭斯的仁慈和善中得到安慰。简·爱在洛伍德学校度过了几年悲惨的生活之后，成了一名教师。坦普尔小姐结婚后，简·爱离开那里，在桑菲尔德庄园找到一个家庭教师的职位。庄园的主人罗切斯特富有、严厉、喜欢冷嘲热讽，是一个拜伦式的主人公，他被简·爱的智慧和独立精神吸引，爱上了她。在经过多次抗拒之后，简·爱同意嫁给他。但在婚礼正在举行时，有陌生人突然出现宣布这桩婚姻存在障碍，因为罗切斯特已经有一个妻子。这时罗切斯特妻子的弟弟现身证实了这一点。原来罗切斯特当年在西印度群岛经商时，父兄出于财产考虑，骗他娶了一个疯子。等罗切斯特明白真相为时已晚，只能在痛苦和消沉中度日，直到遇见简·爱，才重新燃起生活的希望。他恳求简·爱留下来，但简·爱不能接受这样的安排，不辞而别。她在荒原上几乎冻饿而死，幸被教士约翰和他的两个妹妹收留。后来简·爱继承了叔叔的遗产，在发现约翰兄妹是她的亲戚后，坚持把3万英镑的遗产在4人中间平分。约翰向简·爱求婚，并要求她与自己一起去东方传教。简·爱受到极其虔诚、具有钢铁般意志和强烈献身精神的约翰的压力，几乎答应他的要求，正在这个时候，简·爱内心听到了罗切斯特的呼唤。简·爱返回桑菲尔德庄园，发现那里只留下一片废墟。罗切斯特的妻子在疯狂中放火烧毁了庄园，自己也葬身火海。罗切斯特为救妻子，烧瞎了眼睛，一只胳膊也断了。简·爱找到罗切斯特，有情人历经艰辛终于团聚。他们幸福地生活在一起，后来罗切斯特的一只眼睛重见了光明。

分析与评论

小说中简·爱是个人奋斗型的主人公。她身材矮小，相貌平常，父母双亡，无依无靠，不具备在社会上立足乃至取得成功的任何外部条件。但简·爱倔强、勇敢、正直、真诚、富于独立意志和斗争精神，这种内在的性格品质是她能从逆境走向顺境，由寄人篱下到缔结理想婚姻的关键所在。简·爱的成长历程明显地划分为四个阶段：第一个阶段是在里德太太家，她受尽歧视、冷落和打骂。一般情形下，她选择避让；在忍无可忍之时，也敢于奋起反抗以维护自己的清白和安全。正是她的倔强和勇敢，才促使药剂师劳埃德先生下决心游说里德太太送她去洛伍德学校。在洛伍德学校是简·爱性格发展的第二个阶段。简·爱以自己的诚实化解了诬蔑，赢得了同学和老师的理解和尊重。她在那里经受住了寒冷、饥饿、疫病的考验。在极端恶劣的环境中，简·爱的心灵生活一刻也没有停止，她读书、幻想、思索种种社会的不公、思索基督教信仰的缺陷；她与坦普尔小姐和海伦等友善的人倾谈交流，精神内涵得到很大提升，独立的人格逐渐建立起来。第三阶段是桑菲尔德庄园的简·爱已经是一个成熟的女性。她深爱罗切斯特，却不愿意拿尊严作为交换。当她看到自己留下来只能做罗切斯特的情妇，就毅然地选择了离开。在约翰家，当约翰动用宗教的力量对她施以巨大的压力时，她仍能够跟从心灵的召唤，拒绝约翰的求婚，再一次显现出独立意志。她彻底摆脱了“神恩”的束缚，勇敢地追求自己的幸福，精神境界进入到一个新的阶段，即第四个阶段。她最后重回罗切斯特的怀抱，并非妥协和退让，这个时期的简·爱经济独立，意志自由，罗切斯特反而身处逆境（财产受损、身体受伤、心灵孤苦），简·爱的归来颇有点“拯救”罗切斯特的意思，这充分显示了简·爱追求平等爱情和婚姻的理想。简·爱的生活步入顺境后，她性格中博爱、宽厚、真诚的一面有了更充分的展示机会。她分遗产给约翰兄妹，悉心安排阿黛尔的教育，精心照料丈夫的生活起居，并从与丈夫的厮守中得到了真正的幸福。

简·爱是在西方文学史上占有重要地位的人物形象。作者没有把她塑造成传统小说中多愁善感的漂亮女主角，也没有让她像于连、拉斯蒂涅、利蓓加·夏泼（《名利场》）那样利欲熏心，有强烈的出人头地的意识。她从不向社会中的恶势力妥协或与其同流合污，而是以自己内在的精神之美，通过自强不息的奋斗，维护了人格的尊严和精神的独立，赢得了人们的尊重，改变了自己的生活处境。在维多利亚时代的英国，虽然资本主义政治、经济制度早已经确立，但在婚姻家庭观念和制度上，封建主义的影响依然十分强大。被普遍接受的观念是男尊女卑，男人是女人的主宰，女人是男人的附属品。社会的基本结构是建立在夫权至上和明确分工基础之上的：男人在外工作，挣钱养家，承担社会责任，女性则不被鼓励进入到公共的社会领域，她们的生活天地唯有家庭。在家庭中，她们要照顾丈夫，抚养孩子。她们的身体属于丈夫，她们的贞操受到严格的社会监督，丈夫可以任意抛弃她们，她们却没有要求离婚的权利。毫无疑问，简·爱是一位新型女性形象，是维多利亚时代女性的叛逆者，她追求精神独立、人格独立，主张婚姻自主，男女权利平等，这些都是那个时代最先进的女权思想的反映。当然，简·爱形象也有其局限性。她的女性理想基本上是世俗层面的，除了嫁给一个相爱的男子，她不再有其他的社会理想和高远的精神追求。

《简·爱》的艺术价值，还表现在对维多利亚时代英国社会的真实反映和批判上。比较同一时期的其他现实主义名作，《简·爱》虽不以对现实生活反映的广度见长，但它抓取了几个有代表性的方面，同样能洞微烛幽，鞭辟入里。如婚姻家庭关系。里德太太狭隘自私，对孩子毫无原则地溺爱，这种不良家庭环境造成了几个孩子性格发展的缺陷：约翰专横霸道，伊丽莎刻板冷漠，乔治娜轻浮虚荣。在这样的家庭里，简·爱作为寄养者完全得不到同情和关爱，而是饱受歧视和虐待，幼小的心灵受到极大伤害。罗切斯特的婚姻是受父兄欺骗的结果。他因为无法过正常的婚姻生活，不得不把疯妻禁闭在阁楼上，自己或者到国外寻花问柳，或周旋于众多太太小姐们之间，在空虚无聊中打发时间。简·爱在洛伍德学校的经历揭露了英国宗教慈善机构的伪善和黑暗。这所教会办的收养孤儿的寄宿学校卫生条件恶劣，缺衣少食，一次疫病流行，使许多孩子送掉了性命。比这种物质匮乏更可怕的是精神的摧残。孩子们每天被要求从《圣经》中领会基督精义，但他们在现实生活中得到的却是体罚、强迫和羞辱。孤儿收养所的施主勃洛克赫斯特听信里德太太的一面之词，不问青红皂白就宣布简·爱是说谎者，还把她放在高凳子上示众，更令人感到愤慨的是，他的这种行为同样打着堂皇的宗教旗号。海伦虔心事主，也没有能够在疫病中幸免于难，她实际上是披着宗教外衣的慈善机构的牺牲品。

《简·爱》在艺术上是一部佳作，它成功的关键因素之一是对叙事时间的巧妙利用。就整体而言，《简·爱》采取的是第一人称倒叙形式。小说的最后一章显示，简·爱叙述故事的时间是在与罗切斯特结婚10年之后，而故事的起点则是简·爱10岁的时候，其中的时间跨度长达20年。倒叙能使叙述人不断对经历过的往事进行评价，夏洛蒂充分利用这一点，通过评价制造出时间间隔，又使不同时段的评价纵横交错，浑然一体。叙述人经常在叙述完一段经历之后，马上从当前出发，对往事进行评价，如第2章简·爱被关到红房间后，她思考自己为什么会与里德太太一家人发生冲突，她的思考水平不是一个10岁的孩子能够具备的。有时叙述人从过去的某一个时刻出发，对更早的经历进行评价，如第21章简·爱重返里德太太家时，脑海里出现了许多关于她幼年时期的痛苦回忆。有时又从过去的某一时刻出发，对将来要发生的事情进行预评，如第16章最后一段。还有的时候，叙述人拉当前的读者和她一起参与对往事的评价。如第36章："那么读者，你以为处在失明而狂怒中的他会叫我害怕么？——要是你这么想，就太不了解我了。"作者巧妙地利用叙事时间上的变化所带来的叙述角度的变化，用多层次的评价体系消除了由于时间间隔可能造成的叙述人与往事之间的疏离感，增强了叙事的直接性、可信性和现场感，为叙事贯注了高昂的激情，赋予叙事一种无可辩驳的内在逻辑力量。

评论家切斯特顿这样评价夏洛蒂的《简·爱》："如果用最简短的一句话来表述她的丰功伟绩，我想，可以这样说：它通过最低的现实主义，达到最高的浪漫主义。"①《简·爱》真实地反映了维多利亚时代严峻的社会现实，真实地表现了女主人公曲折的生活历程和复杂的心路历程，但这部作品获取现实主义成就的艺术技巧，在很大程度上却带来浪漫主义文学方面的贡献。罗切斯特高贵的出身，传奇般的经历，外表冷漠、严厉，甚至有点邪恶，但内心却火热、温柔、善良，活脱脱是一个拜伦笔下的浪漫主义人物。简·爱在桑菲尔德庄园的经历充满奇幻神秘色彩。她身处掩藏着某种秘密的凶险宅第，面对着被神秘的过去困扰的庄园主人。罗切斯特化装成吉卜赛人给来宾算命，让简·爱生出朦胧的憧憬。关在阁楼上的疯女人屡次现身，深夜发生大火，让简·爱感到恐惧和不安。婚礼现场陌生人突然出现，使简·爱的预感成真，婚姻梦想被击得粉碎。小说中还穿插了许多梦境和幻觉、预兆和感应，把气氛渲染得扑朔迷离。小说中被压抑的激情、紧张的冲突，最后童话般的大团圆结尾，都与浪漫主义精神有着千丝万缕的联系。夏洛蒂巧妙地将现实主义和浪漫主义、严肃文学和通俗文学交融和结合在一起。也正因为如此，《简·爱》才成为一部雅俗共赏、魅力常驻的小说。当然，小说也存在一些明显的缺陷，有些情节过于荒谬不经，有些地方前后脱节。比如约翰三兄妹居然是简·爱的表亲，简·爱靠飞来的横财毫不费力地改变了自己的生活状况等。

《简·爱》中的自然描写也颇具特色。小说故事以夏洛蒂的家乡约克郡霍沃斯为背景，霍沃斯位于英格兰东北部，地处荒原沼泽边缘，多风多雨，冬季寒冷漫长。小说中的简·爱经常出现在凄风苦雨中，总是感到寒冷，这与霍沃斯的自然条件是一致的。当

① ［英］吉·凯·切斯特顿：《论夏洛蒂和艾米莉·勃朗特》，《勃朗特姐妹研究》，270页，北京，中国社会科学出版社，1983。

然，小说中自然描写的作用不限于此，它还有烘托、对比人物处境，昭示人物心灵活动的功能。小说人物身处逆境时，自然界呈现的多是其恶劣的一面，如简·爱在里德太太家和初到洛伍德学校时，自然界的寒霜冷雪与她的困境相呼应，甚至成为她困境的一部分。在桑菲尔德庄园，简·爱的前途不明朗，各种人事都包括在谜团之中，与之对应的是黄昏、暗夜、狂风、暴雨、电闪雷鸣，气氛阴郁、朦胧、狂躁不安。简·爱离开桑菲尔德庄园时是在夏季，走在干涸、幽暗的荒原上，她的心中被茫然、绝望占据着。简·爱从到约翰家起，生活进入顺境，心境渐趋平静，自然界也开始“和风拂拂，甘露芬芳”，万物生机盎然。显而易见，夏洛蒂笔下的自然景物不是单纯的点缀或者装饰品，它是主人公心理意识的外化和形象表现，也呼应、召唤着人性中那些巨大的沉睡的激情。

关键概念

勃朗特三姊妹

思考题

1. 夏洛蒂与她笔下的简·爱在精神特质上有哪些相似之处？
2. 分析简·爱的奋斗历程对我们有哪些启示。
3. 《简·爱》的艺术特色有哪些？

波德莱尔《恶之花》导读

学习提示

波德莱尔的生平。《恶之花》的基本内容。《恶之花》在题材方面的创新。波德莱尔对诗歌象征艺术的贡献。

生平与创作

开一代诗风的夏尔·波德莱尔不仅是象征派诗歌的鼻祖，而且也是20世纪以来各种现代派诗歌的先驱，被尊为“现代所有国家中诗人的楷模”（T. S. 艾略特）。波德莱尔1821年4月9日生于巴黎的一个教师家庭，6岁丧父，他的母亲在丈夫去世21个月后即改嫁给一个军人，令他幼小的心灵从此蒙上了一层阴影，产生了“永远孤独的命运感”。波德莱尔怨恨母亲，也迁怒于把他送入寄宿学校的继父，忧郁和叛逆的元素很早就注入了这个未来诗人的气质之中。他拒绝听从继父的劝告循规蹈矩地生活、工作，执着地热爱诗歌、绘画，立志要成为一个艺术家，年少时便显露出过人的才华，不过因在生活上放荡不羁，曾被他所在的路易大帝中学扫地出门。1841年，他被希冀其“改邪归正”的家里人送上去印度的船，过了10个月的海上生活。1842年归国后继承了生父的遗产。他离家出走，以摆脱家庭的管束，过着“挥金如土、波希米亚式的文学生活”，但不善理财的他很快将钱财挥霍殆尽，也遭到了母亲的经济封锁。从此，他背上一身的债务，不得不靠着微薄的稿费而生活，《恶之花》中的许多名篇正是在这一时期写就的。

波德莱尔曾广泛阅读浪漫主义的作品，推崇本国诗人戈蒂耶，后来更对与自己有着相似命运的美国诗人爱伦·坡产生了浓厚的兴趣。他从1841年起就开始了诗歌创作，但公开发表的不多。他最早崭露头角是在文艺评论界，1845年的画评《1845年的沙龙》引起了广泛关注。1857年，波德莱尔36岁时，为了解决生活困难，他把自己的诗作汇编成集出版，取名《恶之花》。诗集以其新颖的、惊世骇俗的艺术手法和美学观念轰动文坛，同时也招致了保守势力的猛烈围攻，最后以“伤风败俗”、“亵渎宗教”等罪名被告上法庭，不仅被查禁，他也被科以300法郎的罚款。1861年再版时，删去其中的6首禁诗，增补32首，获得了空前的成功。

除诗集《恶之花》以外，波德莱尔还有散文诗集《巴黎的忧郁》（1869）和《人为的天堂》（1860）。其文学和美术评论集《美学管窥》（1868）和《浪漫主义艺术》（1868）在法国的文艺评论史上也有一定的地位。他还曾翻译爱伦·坡的《奇异故事集》和《奇异故事续集》。

不过，文学上的功成名就并没有令波德莱尔的生活状况有所改善。他贫病交加，曾打算到比利时寻求出路，但最后失望而归，健康更是每况愈下。1867 年，他在巴黎逝世，年仅 46 岁。

内容简介

《恶之花》是波德莱尔唯一的一部诗集，他生前身后的绝大部分毁谤和赞誉都来自这部诗集。1857 年初版的《恶之花》除序诗外，共收 100 首诗，分为《忧郁和理想》、《恶之花》、《叛逆》、《酒》、《死亡》5 个部分。1861 年再版时，删去其中的 6 首禁诗，增补 32 首，分成 6 部分，即《忧郁和理想》、《巴黎风光》、《酒》、《恶之花》、《叛逆》、《死亡》。诗集中的诗作并不像人们所想象的那样，是按写作的时间顺序编排，波德莱尔有意重新安排了一个照他看来“无可非议”的次序，早在初版问世时，小说家多尔维利就声称他在其中发现了一个“秘密的建筑术”。再版后，波德莱尔在给法国诗人维尼的信中说：“我对于这本书唯一希望得到的褒奖是，人们承认此书不是一本纯粹的画册，而是有始有终的。”

从整体上看，《恶之花》确实宛若一部“有始有终”的悲剧，在诗集的 6 个部分中，均包含着《浮士德》式的二元对立的主题。正如诗人在其日记《一片丹心》中所言，在诗人漫长的人生探索中，“任何时候任何人身上都同时存在着两种要求，一种向往上帝，一种向往撒旦。对上帝的祈求或是对灵性的祈求是向上的愿望，对撒旦的祈求或是对动物性的祈求是往下的欢快”，而“向上的愿望”与“往下的欢快”的对立与交织，正是贯穿整部诗集的轴线与主旨。其中既有对丑恶现实的记录及其孤独、忧郁、颓废的内心世界的写照，又真诚地表达了诗人自我祈求精神上的净化与解脱的“向上的愿望”。

第一部分《忧郁和理想》是诗集的主干部分，二元对立的主题在其中也表现得最为明显和充分，并按照艺术与诗的二重性、爱情的二重性及孤独与忧郁的二重性的顺序进行排列。从第一首《祝福》开始，诗人就开始了他苦难的追寻与探索之旅。甫一降生到“这个烦恼的世间”，他就受到了母亲的诅咒，成长中又经历了俗世庸人们的辱骂与嫉恨，甚至就连他心爱的妻子也误解他，轻视他。尽管各种误解与诅咒令人烦恼，然而诗人却把它们看作祝福，不仅是治疗“污垢的灵药”，也是一种“引导坚强的人趋向神圣的喜悦”的必不可少的考验。他首先祈福于诗，“穿越象征的森林”（《感应》），在艺术的美中寻求医治忧郁和烦恼的良方，但就连诗神缪斯也无法逃脱疾病的折磨，而在短暂的生命中，时间又是“噬咬我们的心的阴险敌人”。困境中，诗人希望在醉人的“美”中寻求解脱，但“美”其实不过是个“双头妖怪”，在欢快与神圣的面具下隐藏着痛苦和悲哀，既是天堂又是地狱。于是，诗人转而求助于爱情，但是一方面，放纵肉欲之爱是应受到诅咒的，是比“极地还要荒芜的国度”，只会令他像个套着锁链的苦役犯，与“无耻”紧紧相连，而另一方面，柏拉图式的精神之爱固然纯洁而高尚，但那芬芳的天堂遥远而高不可攀，而且在愉悦之中也充满了“顺从的牺牲”，他心目中的女神“时而温柔，时而幻想，时而残忍，反映天空的苍白和萎靡不振”，而他所得到的也只是“从无情的严冬”中吸取的一些“比冰和剑更锐利刺人的快乐”（《阴沉的天空》）。于是，诗人又开始了“苦闷和流浪”，在无法排遣的忧郁中，他有着“比活了一千年更多”的痛苦回忆，烟草和神奇的音乐也只是令他得到暂时的安详与平静，他陷入了“不可补救”的悲惨状态中，是堕落的恶天使、遭受厄运的人、亡魂、被冰封的航船，而且他的灵魂已然破裂，“仿佛被遗弃的伤兵”，躺在大堆的尸体与血泊之中，无助地死去。(《破钟》)在诗集第一部分的最后乐章《时钟》中，诗人无奈地哀叹：对美和爱情的追求是失败了，“恐怖的、无情的、不祥的”时钟已经响起，“时间已经太晚”，而心灵依然“焦渴”，忧郁的重负也仍然无法摆脱。

然而诗人并没有放弃希望，从第二部分开始，厌倦了内心世界的自省的诗人把目光转向了外部物质世界，通过各种方式尝试着排遣心灵的忧郁与孤独。在《巴黎风光》中，诗人走遍丑恶、龌龊的城市，希望像个仁慈英明的国王，投身到苦难的人群中，“凭我的意志之力把阳春唤回，从我的心房里拉出红日一轮，用思想之火制造温暖的气氛”(《风景》)。但现实中的各种景象却是残酷而悲惨的：衣衫褴褛的红发女乞丐，身患恶疾的女黑奴，“花一般萎去”的孤儿们，身陷雪地泥潭的老头，在寒风凛冽的街头蹒跚而行的老妪……这些命运悲惨的人们引起了诗人深深的同情，同时他意识到，从前“灿烂辉煌”的城市“风景”不过是一种幻觉，“天空正在倾泻黑暗，世界陷入悲哀麻木”(《巴黎的梦》)，而在这人间地狱中，他也不过是芸芸众生之一，同样得日复一日地忍受着命运的煎熬。

于是在第三部分《酒》中，诗人开始在酒中寻求解脱。醇美醉人的琼浆像一朵供奉给天主的稀世奇花，创造出“人造天堂”的幻景，给拾破烂的穷汉以反抗的勇气，给凶手、孤独者及情侣们以心灵的慰藉，然而幻景不过是幻景，在短暂的沉醉过后，我们仍要在焦渴中面对残酷的现实。

第四部分，诗人转而追求迷人而邪恶的《恶之花》。在这里，诗人沉沦于罪恶与淫荡的情欲之中，心里充满了一种“永远的犯罪的欲望”，而那在他身边不断蠢动的恶魔，化身为最娇媚动人的美女，蛊惑着人心。但罪恶与淫欲的放纵并不能令折磨着诗人的恐惧消亡，诗人血流如注，却总摸不着伤口。在无节制的放荡之后，留下的只是懊悔、痛苦和失望。

经历了一次又一次失望的诗人甘冒亵渎神明的危险，向冷漠自私的上帝发出了反抗的呼喊，从而写下第五部分《叛逆》。他希望曾受到上帝惩罚、命运悲惨的该隐的后代“去登上天庭，把天主揪来摔倒在地上”(《亚伯和该隐》)，他赞美敢于反叛的“最美又最聪明”的天使撒旦，他向撒旦祈祷：“啊，撒旦，请可怜我长期的不幸！”(《献给撒旦的连祷》)不过，离经叛道也是徒劳，任凭诅咒的狂澜如何鼓噪，上帝也只是不理不睬。

第六部分《死亡》，当尘世间的种种努力都无法令诗人摆脱“忧郁与理想”间的噩梦时，他将旅行的航船转向了另一个彼岸世界——死亡，肉体生命的结束正是诗人的最终愿望，因为死亡不仅是“穷人的钱袋和古老的家乡”(《穷人们的死亡》)，对于艺术家而言，死亡又“像新的太阳，使他们头脑里面的百花开放”(《艺术家们的死亡》)。《旅行》一诗是诗集的终章，诗人告诉我们：死亡并不意味着一切的结束，在抛开尘世间的种种苦难、忧郁和烦恼之后，诗人将起锚航行，继续他的追寻理想之旅：“跳进深渊的深处，管他天堂和地狱，跳进未知之国的深部去猎取新奇！”

分析与评论

在初版《恶之花》扉页上的献词中，波德莱尔将他的这部诗集称为“病态的花”。从卷首的《祝福》开始，到最后的乐章《旅行》，诗集《恶之花》如同一个“有始有终”的生命的有机体，向我们展示了诗人一生孜孜不倦的探索理想的艰苦历程。《恶之花》所描绘的主题无疑是“恶”，它既是诗人所生活的时代中的罪恶、疾病、苦难及其他一切阴暗和丑恶的真实记录，同时也真诚地反映了诗人内心最为隐秘的情感。

对波德莱尔而言，把“恶”当作歌咏的核心，首先是真实准确地反映当时社会现实的必然选择。他认为：“18 世纪流行的是虚伪的道德观，由此产生的‘美’也是虚伪的。所以 18 世纪是一个普遍盲目的时代。”诗集中的《巴黎风光》等篇章，为了更准确地体现“恶”的种种面目带给人们心灵上的恐惧与战栗，呈现了一幅幅充满现实主义细节的画面，其中也折射出社会动荡的波纹和大时代变幻的影子，表达了所谓“有意的非个人性”。如在《祝福》、《风景》等诗中出现的“怒吼的人民”等诗句，无疑是对 1848 年法国革命风暴的影射。在诗人的笔下，巴黎风光是嘈杂、阴暗而污秽的，在具有“永恒的活力和惊人的和谐”的大都会的许多场景中，我们看到的却是其中的丑陋面，看到的是生活在辛劳、潦倒与饥饿中的芸芸众生，看到的是被社会抛弃的穷人、盲人、妓女，甚至不堪入目的横陈街头的女尸，这的确是一个地狱般的“悲惨世界”，就连艺术也遭到了市侩风气的玷污，“为了获得每晚的面包，你必须像唱诗班的童子，摇晃着香炉，去唱你不大相信的赞美诗篇”(《为钱而干的诗神》)。

于是，在残酷的社会现实中，诗人深深地陷入了孤独、忧郁、颓唐的状态中而无法自拔。“忧郁”是诗集中与“恶”的主题相生相伴的一个强音，像魔鬼一样自始至终纠缠着诗人，而“忧郁和理想”的对立也成了贯穿整部诗集的主导线，因此《恶之花》中更多地弥漫着的，是在压抑的处境中看不到出路的彷徨苦闷的心绪：“我的心是被众人破坏过的宫殿！他们在那儿酗酒、残杀、揪扭头发。——在你裸露的乳房四周香雾弥漫！……”(《闲谈》) 由此，诗集的许多诗句强调沉醉在各种官能享受中的快乐，似乎愤世嫉俗的诗人对他所厌倦的现实采取了逃避的方式，然而仔细分析不难看出，彷徨苦闷并不等同于彻底的绝望，即便是将撒旦的居所当作灵魂休憩的园地，向那位恶天使祈祷，也是诗人在绝望所做出的一种反抗的姿态，尽管这样的消极反抗毫无结果可言，但透过诗人为我们呈现的各种令人触目惊心的场景，世人已很难对诗人的呼喊听而不闻。因此，波德莱尔写“恶”，写“忧郁”，事实上是表达他对美好的理想境界的向往，正如高尔基所评价的那样，波德莱尔“生活在邪恶中，却热爱着善良”，他是个“更正直、更敏感的人，具有寻求真理和正义愿望的人，对生活有极大需要的人……”

把丑与“恶”当作歌咏的主题，事实上也是波德莱尔在诗歌美学上具有独创性的追求。在法国诗歌史上，波德莱尔生逢一个承前启后的时代。在浪漫主义风行数十年之后，诗歌的各种传统领域已被开掘殆尽，波德莱尔即便有实力成为一个出色的浪漫主义诗歌的继承者，也只能跟在前人的后边亦步亦趋，但他并没有浪费他的才华，而是明智地选择了另辟蹊径，从而开创了一片广阔的新的美学天地。

在波德莱尔为《恶之花》草拟的序言中，他明确地表示：“什么叫诗？什么是诗的目的？就是把善同美区别开来，发掘恶中之美。”在他看来，“从恶中提出美，对我乃是愉快的事情，而且工作越困难，越是愉快”。因此，他毫不在乎地把自己这部诗集喻为一朵“病态的花”。这种病态直接体现在诗歌所选择的题材上。从前浪漫主义诗人所歌颂的诸如花朵、夜莺、田园等美好的事物被他统统抛弃，他在诗歌里换上腐尸、丑女、吸血鬼、骷髅、破钟等大加歌咏、津津乐道，以一个充满病态和邪恶的意象世界来给读者的感官造成也许是不舒服的但却是全新的冲击。对于波德莱尔所生活的时代的读者来说，他似乎是一个满怀恶意的异端诗人，他的“恶魔诗人”之名便由此而来。不过即便保守的评论家们不遗余力地攻击《恶之花》，他们也无法否认里面的诗歌曾给他们带来震撼这一事实。雨果说过，《恶之花》“用了人家所不懂的死灭的闪光装饰了艺术的天堂”，“创造了一种新的战栗”，这一评价是很有眼光的。波德莱尔让很多人走出了充满浪漫幻想的童年，走出了诗歌中粉饰的风花雪月，去领略一种真实的美。他对诗歌领域的开拓很快在其后的几代诗人中引起反响，可以说从他开始，恶的因素以及审“丑”的美学被引入了艺术殿堂，这是一次地地道道的革命，在当年由拜伦、雪莱等人掀起的浪漫主义诗潮消退的时候，《恶之花》直接开启了一个崭新的诗歌世界。

《恶之花》被人誉为“通感的福音书”，而波德莱尔则是“伟大的通感的破译者”。“通感论”是象征主义诗学体系中最重要的一块基石，从波德莱尔的《对几位同时代人的思考》一文中可以看出，这一理论最初是源于瑞典神秘主义哲学家斯威登堡思想的启发：“而灵魂更为伟大的斯威登堡早就教导我们说天是一个很伟大的人，一切，形式，运动，数，颜色，芳香，在精神上如同在自然上，都是有意味的，相互的，交流的，应和的。”① 此外，他还在《1846年的沙龙》中引用了德国作家霍夫曼的一段话：“当我听见音乐的时候，我就发现颜色、声音和香味之间有一种类比性和隐秘的融合。”② 这段话也被认为非常圆满地表达了波德莱尔的“通感论”思想。而在波德莱尔这部诗集的一首题为《感应》的十四行诗中，“通感论”最早得到了形象化的阐释：

自然是一座神殿，那里有活的柱子
不时发出一些含糊不清的语音；
行人经过该处，穿过象征的森林，
森林露出亲切的眼光对人注视。

仿佛远远传来一些悠长的回音，
互相混成幽昧而深邃的统一体，
像黑夜又像光明一样茫无边际，
芳香、色彩、音响全在互相感应。

这首诗后来成了象征诗派的“宪章”。在诗人看来，我们所生活的世界就好比一座“象征的森林”，是一个混沌而深邃的统一体，里面充满着神秘的天籁的回音与交响，万事万物相互之间有种隐秘的、内在的感应关系。人的各种感官之间便是这样，比如这首诗中有一句“有些芳香新鲜得像儿童肌肤一样，/柔和得像双簧管，绿油油像牧场”，这

① 《波德莱尔美学论文集》，97页，北京，人民文学出版社，1987。
② 同上书，223页。

就是嗅觉与听觉、嗅觉之间的绝妙的沟通。除此之外，人的精神和感官与自然界万物，甚至某个超验世界之间，也存在着神秘的应和关系，尤其是波德莱尔及其后来的象征主义诗人们都确信不疑的超验世界，被看作是艺术的彼岸世界，有诗歌所要表现的更真实的东西，并且是作为对于超验的美的暗示而存在的。总之，在"象征的森林"中，自然界万物无时无刻不在向人们发出信号，诗人不需要创造，只需要发现、感知和表现。而诗人们之所以有资格成为隐晦的象征森林的"翻译者"和"辨认者"，成为超验的彼岸世界的"通灵者"，在于他们具有独特的天赋——想象力。波德莱尔把想象力视为各种才能的女王。正是想象力沟通了不同的感官间的渠道，也使感官和心灵相互呼应，从而洞察并揭示出"象征的森林"中的万事万物间相互交感的关系。这种导向内心主观世界的倾向，重感知、联想和暗示的方法，极大地丰富了诗歌的表现力。

要成为一个"通灵者"，揭示出另一个更真实的世界的奥秘，诗人们还得求助于一种媒介物，这就是象征。波德莱尔在继承了浪漫主义诗歌情感酣畅等特点的同时，更有意识地引入了象征手法，从而避免了传统的浪漫主义诗歌过于直露的弊病。他笔下的象征具有隐喻性、复义性和暗示性的特征，超验世界本身是神秘的"不可言说之物"，而象征表现则正是对不可言说之物的言说，因此，波德莱尔的大部分诗章都以寓意深远为显著特色。在诗人笔下，抽象的观念通过具体的意象来加以表现，其含义是丰富的、复杂的、深邃的。美、时间、死亡、忧郁、羞耻、愤怒、仇恨……都通过象征手法得到形象化的表现，如在《美》一诗中，美像"石头的梦"，又仿佛一尊"最高傲的纪念雕像"，冰冷，无言，"从来不哭泣，也从来不发笑"。而在另一首诗《理想》中，美又是"鲜红的理想的花"，犹如"在狂风季节盛开的埃斯库罗斯之梦"。又如《信天翁》一诗中，"巨大的海禽"信天翁作为一种象征，与诗人的处境之间建立起了深刻的联系。信天翁，"云霄里的王者"，曾翱翔出没于暴风雨中，嘲笑那些弓箭手，可一旦被海员们放逐到地上，"巨人似的翅膀反倒妨碍行走"，遭到无情的嘲弄；而诗人们的处境也如是：尽管也曾自视为艺术王国中的骄子，但在污浊的世俗洪流中，由于世人的不理解和嘲弄，也会不可避免地陷入孤独和苦闷的境地中。尽管波德莱尔还远非一个完全的象征主义者，但他的象征手法却是独创性的，许多诗篇在整体上向读者展示了许多形象逼真的画面，正如国内学者郭宏安所言，象征在其诗句间不仅具有修辞意义，还具有本体意义。

波德莱尔是个富有创新意识的艺术家，重视诗歌艺术的"现代性"。他曾经说，所谓的"现代性"，"就是从时代风尚中使它可能含有的历史诗意脱离出来，从临时的东西中抽出永恒的事物来"。换言之，是摒弃现实生活中具有历史性的内容，抽出反映现代本质的具有诗意的东西，唯其如此，诗歌才可能具有永恒的价值。这一现代意识，正是他在诗歌领域开拓创新的源泉，他也因此而被后人尊为西方现代主义诗歌的鼻祖。不过，从《恶之花》来看，波德莱尔的现代性主要体现在他的诗歌内容上，而不是形式上。后来的现代派诗歌也更多地继承了他的美学原则，而非他的写作方式。他在这部诗集中所采用的亚历山大体和十四行诗，也还只是旧的形式。不过由于他十分注意对诗歌语言的锤炼，讲究诗的音韵和节奏感，即便采用的是传统的诗歌形式，他也仍然出色地实践了自我在现代诗歌艺术上的理论，他的很多诗"同时兼有绘画、音乐、雕塑、装饰艺术、嘲世哲学和分析精神的特点"。另外，从整体来看，《恶之花》犹如一曲宏大的交响乐，反复演奏着“忧郁和理想”对立的主题，自卷首的《祝福》始，到《旅行》的作为呼应的谢幕，各个部分、各个乐章相衬相应，的确是一个近乎完美的结构。

关键概念

象征主义　　通感论

思考题

1. 《恶之花》在题材方面有哪些创新？
2. 波德莱尔对诗歌象征艺术做出了哪些贡献？

狄更斯《双城记》导读

学习提示

狄更斯的生平。狄更斯的创作分期及各期特点。《双城记》的情节梗概。《双城记》的主题。《双城记》的艺术特色。

生平与创作

查理·狄更斯（1812—1870）出生在英国港口城市普茨茅斯，是一个海军部普通职员的儿子。父亲热情好客，善讲故事，而且有丰富的藏书，这些带给童年时代的狄更斯许多欢乐，也培养了他对文学的爱好。但12岁时，父亲因债务被捕，彻底改变了狄更斯的生活。他被送到一家鞋油厂当童工，这段屈辱、悲惨的生活在他的心灵留下永久的创伤。后来，狄更斯还当过律师事务所的小职员、报社记录员和新闻记者等。尤其是作新闻记者，使他广泛地接触到社会生活的各个方面，对19世纪英国社会现实有了透彻的了解。在任记者期间，狄更斯开始文学创作。1837年发表《匹克威克外传》，一举成名。狄更斯一生共创作了15部长篇小说（1部未完成），以及大量中短篇小说、杂文、游记、戏剧等。他1870年6月9日因突发脑溢血去世。

狄更斯长达37年的文学创作呈现出明显的阶段性，可以大致分为三个时期。

第一时期（1833—1841），主要有小说《匹克威克外传》（1836—1837）、《奥立弗·退斯特》（1838）、《尼克拉斯·尼古贝》（1839）、《老古玩店》（1841）等。其中《匹克威克外传》是早期最有代表性的作品。小说中的匹克威克先生是伦敦的一个中年独身绅士，他与三个朋友乘四轮马车到伦敦之外的地区旅行，并应许把沿途所见所闻报告给他组织的匹克威克俱乐部。他们一行四人去过洛彻斯特、伊顿斯等市镇，还拜访过华德尔先生、亨特尔夫人，往来于路途，住过旅馆，目睹过议员选举所引起的党争，被骗子金格尔纠缠哄骗过。总之，他们的经历和见闻呈现了一幅19世纪前期英国社会的整体图景。这个社会虽然有一些不尽如人意的地方，但总体情形是欣欣向荣的。狄更斯称此为“古老而美好的英格兰”，对其现状和未来持乐观态度。匹克威克先生天性纯笃，乐善好施，受到人们的尊敬和爱戴；金格尔屡屡干下坏事，最终受到感化，改邪归正。这反映了狄更斯惯常用抽象的善恶观去看待社会问题，用仁爱的思想来解决问题，并相信善恶有报。小说在情节上受流浪汉小说影响，擅长讽刺和幽默，这些都是狄更斯早期小说的一般特点。

第二时期（1842—1858），狄更斯的创作风格有所转变。1842年，狄更斯首次访问美国，对美国的所谓民主、自由有了更透彻的了解，《美国札记》（1842）记录了他访问美国的观感，总体而言是失望的。1844—1847 年，狄更斯旅居意大利、瑞士、法国，创作有《圣诞故事集》。其中《圣诞欢歌》（1843）写一个吝啬的商人良心发现，变成慷慨仁慈之人。狄更斯的用意是调和阶级矛盾，以仁爱对待弱小者。这一时期创作的小说还有《马丁·朱述尔维特》（1844）、《董贝父子》（1848）、《大卫·科波菲尔》（1850）、《荒凉山庄》（1853）、《艰难时世》（1854）、《小杜丽》（1857）等。《大卫·科波菲尔》所选的是儿童题材，是作者最喜爱的一部作品。小说主人公大卫自幼失去双亲，被送到寄宿学校就读，后又到工厂当学徒，受尽屈辱。之后由姨婆抚养长大，成了著名的作家。《艰难时世》以焦煤镇为背景，以两个资产者形象葛雷梗和庞得贝的活动为主线，描写了资本主义大工业生产所造成的环境灾难，揭露了资本家对工人阶级的残酷剥削，同时，对鼓吹理性和自由竞争的资本主义精神与原则进行了有力的批判，深入思考了资本主义现实的合理性问题。《荒凉山庄》围绕着庄迪斯诉讼案展开故事。由于司法人员徇私舞弊，一件官司拖了 20 年，导致当事人或破产，或发疯，或死亡。由于年龄的增长、阅历的增加，狄更斯对英国资本主义社会现实的认识进一步深化，因此，其第二时期的作品涉及生活面更加广阔，批判更有力度和深度。但总体上，狄更斯对英国社会最终实现正义公平、有产者承担社会责任等目标抱有信心，小人物的善良、温情和道德力量在达致这一目标方面发挥着重要作用。这一时期的作品对流浪汉小说的结构形式已经较少采用，情节往往更加丰富，呈现多层次交叉并进的特点，内在的整一性更强。格调仍然明朗，但也增添了冷峻、悲凉的色彩。

第三时期（1858—1870），在社会批判方面追求更深的穿透力和更高的概括性，也更加尖锐猛烈。由于婚姻不幸，年龄增长，反映在小说中的悲观情绪进一步增强。狄更斯仍然相信善恶之分，相信善终将战胜恶，相信宽容仁爱调和社会矛盾的可能性，但这一过程更加艰难，甚至要付出惨重的代价。其小说中与死亡、衰败相关的意象增加，在情节设计方面，加强了悬念、侦探等因素的应用。主要作品有《双城记》（1859）、《远大前程》（1861）、《我们的共同朋友》（1865）等。

狄更斯是英国现实主义最有代表性的作家。他秉承现实主义创作原则，对 19 世纪中期英国社会现实进行了广泛而真实的描写，对资本主义经济制度、法律制度、教育制度以及道德原则的反人道性质，进行了尖锐深刻的揭露和批判，具有巨大的认识价值。英国经过 17 世纪光荣革命、18 世纪工业革命、1832 年议会改革，政治体制和经济体制日臻完善，到 19 世纪中期，国力空前强大，社会一派繁荣。但狄更斯没有被这些“大好形势”所蒙蔽，他从英国社会十分典型突出的阶级问题入手，努力去暴露黑暗面，批判阶级偏见和自私，寻找两个阶级之间和谐相处的可能性，展示了他敏锐的洞察力和长远的思虑。狄更斯塑造了一系列出色的人物形象，尤其是资产者形象和小人物形象。这些人物虽形态单一，有类型化的毛病，但其人性内核、阶级身份、道德寓意等都相当丰富，照样有十足的艺术魅力。因狄更斯最初是以通俗作家和幽默作家的身份步入文坛的，所以精通编制故事愉悦读者的技巧。早期狄更斯小说具有流浪汉小说的特点，中期小说追求情节的多样性和丰富性，后期作品吸取侦探小说因素，加上狄更斯擅长采用苦难—奋斗—幸福这类“大团圆”式的结构来安排故事，这合乎中产阶级理想的生活境界，迎合了大众的阅读口味。狄更斯的小说拥有广大的读者群，对英国文学产生了重要影响。

情节梗概

《双城记》以法国大革命时期的巴黎和伦敦为背景，围绕着马奈特医生和查尔斯等人的命运展开故事。

法国贵族厄弗里蒙蒂侯爵的弟弟小厄弗里蒙蒂侯爵看中自己领地上的一个美丽农妇，派人折磨死了她的丈夫，把她抢来供自己淫乐。农妇的父亲悲愤致死，弟弟被小厄弗里蒙蒂侯爵用剑刺伤，农妇受辱后发疯。侯爵兄弟请巴黎的马奈特医生给农妇和她的弟弟治疗。不久，二人都因伤病过重死去。马奈特医生出于正义感，写信向当局揭露侯爵兄弟残暴的罪行，结果信件落在侯爵兄弟手中。为了灭口和报复，侯爵兄弟把马奈特医生投进巴士底监狱。两年后，医生的妻子悲伤而死。马奈特医生过去是台尔森银行的老客户，他的女儿露西在失去双亲后，由台尔森银行派人接到伦敦，并监护她长大。厄弗里蒙蒂侯爵的妻子反对侯爵兄弟胡作非为，遭到他们的忌恨，最后抑郁而死。死前她一再叮嘱儿子查尔斯，要他长大后为父亲一代赎罪。

小说的故事开场于1775年11月。马奈特医生在巴士底监狱关押18年后，被自己从前的仆人德发日秘密救出。洛瑞先生乘邮车前往巴黎接马奈特医生来英国。洛瑞先生在多佛的皇家乔治旅馆与赶来的露西会合后，委婉告诉了露西此行的真正目的。此前露西以为父亲早已亡故，得知父亲还在世，激动得晕了过去，幸得女仆普罗斯小姐急忙赶来救护，才渐渐苏醒过来。

巴黎四处酝酿着不安和恐怖的气氛。德发日经营的酒馆里，第三等级民众在秘密集会。德发日太太不停地在编织，她是在用这种特殊的方式记录着阶级敌人的罪行。18年的囚禁生活将马奈特医生折磨得近于痴呆，只会机械地做鞋子，什么都记不起来了。露西强忍着悲痛，发誓要用自己全部的爱让父亲恢复健康。洛瑞先生和德发日分头找来马车，备好旅行用品，当夜出发离开巴黎，返回伦敦。

五年以后的1780年，查尔斯已经在伦敦定居，但却以叛国罪受审。举报他的是仆人罗杰·克莱。此人品行不端，经常小偷小摸，且借主人钱不还。罗杰发现查尔斯经常拿出表册一类的东西给他的法国同胞看，就怀疑他是间谍，因此举报了他。露西当年陪护父亲回伦敦时，在加来号邮轮上认识了查尔斯。查尔斯一路照料马奈特医生，赢得了父女俩的好感。回伦敦后，在露西的精心照料下，马奈特医生已经恢复健康，并开始行医，享有很好的声誉。查尔斯被告后出庭受审，马奈特医生与露西为他作证。查尔斯被无罪释放后，与马奈特医生一家成为好友。在一次闲谈时，查尔斯说起关押在伦敦塔中的犯人在墙上刻字的种种情形，马奈特医生凝视着查尔斯的面容，突然大叫起来。大家询问时，马奈特医生才发现自己失态，急忙加以掩饰。目光犀利的洛瑞先生却认为其中必有缘故。

场景转到法国。小厄弗里蒙蒂侯爵在其兄嫂死后，仍过着骄奢淫逸的生活。他去晋见了自己的岳父——一位穷奢极欲的宫廷大人物之后，驱车返回乡间府邸。马车在路上狂奔，将一个孩子压死。孩子的父亲悲痛欲绝，但小厄弗里蒙蒂侯爵只是掏出一枚金币丢给孩子的父亲，就此打发了事。又有一个农妇请求给自己饿死的丈夫坟前立一块石碑，被小厄弗里蒙蒂侯爵粗暴地拒绝。小厄弗里蒙蒂侯爵的侄儿查尔斯来访，他向小厄弗里蒙蒂侯爵表示，自己的家族是有罪的，他要放弃贵族封号和未来财产的继承权。查尔斯这一真诚的宣示遭到小厄弗里蒙蒂侯爵的嘲笑。小厄弗里蒙蒂侯爵还在怀念仅凭一纸空白逮捕令就可以把不喜欢的人送进监狱的时代，全不知第三等级仇恨的怒火即将喷薄而出。当天晚上，小厄弗里蒙蒂侯爵被署名“雅克”的革命者刺杀。

又一年过去了，查尔斯在英国不同的学校教授法语并从事翻译，已经安身立业。他与露西相爱了。马奈特医生早已经认出查尔斯就是迫害自己的厄弗里蒙蒂侯爵兄弟的后代，因而陷入极大的痛苦之中。为了女儿的幸福，他把悲苦的记忆埋在了心里。但在女儿结婚外出度假的当天，马奈特医生旧病复发，历九天九夜，在洛瑞先生和女仆普罗斯小姐的精心看护下才得以复原。

查尔斯和露西婚后过着幸福的生活，他们的女儿出世了。1789 年，法国大革命爆发，巴士底监狱被民众攻陷，人们从当年关押马奈特医生的北楼 105 号囚室找到他藏匿的一封控诉信，该信详尽描述了厄弗里蒙蒂侯爵兄弟迫害农妇一家和自己的罪行。与此同时，查尔斯突然接到厄弗里蒙蒂侯爵管家的求救信，他被共和国政府以“为逃亡贵族做事，违背人民的利益”的罪名逮捕，即将判处死刑。为救无辜的管家，查尔斯只身来到巴黎，结果被当成“逃亡贵族”逮捕。马奈特医生和女儿露西随即赶到巴黎，向法庭证明查尔斯已经放弃了贵族爵位和财产，目前在伦敦自食其力，查尔斯被无罪释放。但查尔斯还未来得及与亲友庆贺，又遭到德发日夫妇告发，罪名是“出身恶霸家庭，为应当诛灭家族之一员”。马奈特医生早前被发现的控诉信当庭宣读，结果激起愤怒和复仇的狂涛，查尔斯被作为“共和国的敌人，臭名昭著的压迫人民分子”判处死刑。

正当露西和马奈特医生一筹莫展之际，一直默默爱着露西的卡顿，利用自己相貌酷似好友查尔斯的特点，买通狱卒后混入监狱。他给查尔斯打了麻醉针，把他偷偷换了出来，自己顶替好友上了绞刑架。德发日太太是当年被厄弗里蒙蒂侯爵兄弟迫害致死的农妇的妹妹，她被狂热的复仇情绪激动着，甚至想斩草除根，把露西及其孩子还有马奈特医生一起送上断头台。她来到马奈特医生在巴黎的住处查看情况，被女仆普罗斯小姐拦住。扭打中，德发日太太因枪走火毙命。马奈特医生、露西以及洛瑞先生带着查尔斯逃出巴黎，返回了伦敦。

分析与评论

在《双城记》中，作者充分描写了法国大革命前贵族统治阶级压迫人民、残害人民的暴行。厄弗里蒙蒂侯爵兄弟是封建贵族统治阶级的代表，他们卖官鬻爵、骄奢淫逸、挥霍无度、残忍暴虐。小说描写了他们在城里和庄园的一日生活，暴露了其反动性质。他们喝一杯巧克力饮料，需要四个浑身上下穿戴得金光灿灿的仆人服侍，还有一群阿谀奉承之徒追随左右。小厄弗里蒙蒂侯爵任由自己的马车在路上横冲直撞，压死一个孩子则漫不经心地掏出一枚金币打发了事。一个妇人向他恳求施舍，以便给自己饿死的丈夫立一块碑，他竟毫不理睬，扬长而去。在他们看来，“压迫是唯一不朽的哲学”。在过去，他们对贱民百姓有生杀予夺大权，如今他为部分丧失这样的权利感到莫大的遗憾。为维护贵族统治，他坦率地告诉侄儿查尔斯，如果有可能，他也准备用一纸空白逮捕令把有危险思想的查尔斯终身监禁起来。小说中，厄弗里蒙蒂侯爵兄弟犯下的最令人发指的罪行是对农妇一家和马奈特医生的迫害。小厄弗里蒙蒂侯爵为了满足个人淫欲而强夺农妇，农妇不从，就把她捆绑起来，用暴力达到目的，还害死农妇的丈夫和父亲，又杀死农妇前来报仇的弟弟。他们担心马奈特医生把他们的罪行公之于众，先是重金收买，收买不成干脆把他绑架，投进巴士底监狱，禁闭了18年。真是罪行累累，罄竹难书。

小说生动地描绘了大革命时期巴黎和乡下山雨欲来风满楼的历史画卷。封建贵族阶级的残暴统治激起下层人民的深仇大恨和强烈反抗。农妇在疯狂中念念不忘的是厄弗里蒙蒂侯爵兄弟害死亲人的罪证，她狂乱的眼神、尖锐的喊叫、挣扎的身体，分明诉说着深仇大恨。农妇的弟弟是一个反抗者形象，他强烈地仇恨压迫者，敢于揭露他们的罪行并拿起武器与他们拼命。他临死前用鲜血划十字这种有着强烈宗教意味的形式，向厄弗里蒙蒂侯爵兄弟发出了刻毒的诅咒："等到算总账的日子，我要向你，向你那万恶家族的每一个成员，讨还血债。"正直的马奈特医生不受厄弗里蒙蒂侯爵兄弟的威逼利诱，勇敢地挺身而出揭露他们的罪行，在被绑架关进巴士底监狱后，仍以坚韧的毅力千方百计记录下厄弗里蒙蒂侯爵兄弟的罪行。来自被压迫者的反抗不是个别的。小厄弗里蒙蒂侯爵的马车压死了孩子，把一枚金币扔到地上，以为这样就了却了这件事情。令他没有想到的是，那枚金币又被扔回了车上，当他抬头搜寻是谁如此桀骜不驯、胆大妄为时，在人群中发现了德发日太太坚定的目光。当天夜间，小厄弗里蒙蒂侯爵就被复仇者杀死。巴黎圣安东尼区革命者在悄悄酝酿着革命风暴。他们以"雅克"互称，在酒店秘密聚会，他们压抑着怒火，悄悄地为暴动做着准备。德发日太太是其中一员，她用自己创造的针法和符号，把统治阶级的罪行一一记录在织物上，等待着审判的那一天的到来，同时，她也在为埋葬那些罪大恶极者编织着尸衣。狄更斯在小说中深刻揭示了涌动在被压迫阶级身上的对封建贵族统治阶级的深仇大恨，揭示出法国大革命爆发的必然性和正义性。

狄更斯看到封建贵族统治阶级的凶恶，看到革命爆发的必然性，可是当被压迫阶级的仇恨转化为暴力复仇行动时，狄更斯的态度却变得复杂起来。他把革命者写成一群嗜血凶残的暴徒，他们在法国大革命的高潮时期，以各种残忍手段，肆意向贵族、官吏、征税人等为代表的统治阶级进行报复，以致完全不顾人伦底线。像厄弗里蒙蒂侯爵兄弟的管家，其实并不是主子的帮凶，但仍被民众拷打并投入监狱。厄弗里蒙蒂侯爵兄弟的庄园也被复仇者把火烧光。查尔斯勇于替自己的父辈赎罪，并宣布放弃自己的产业和贵族特权，但仍不被革命者放过，坚持让这个无辜者偿还其父辈的血债。法庭对查尔斯的审判，就这样完全被非理性的复仇狂热所控制。陪审员每投一票，就会在法庭上掀起一股愤怒的吼叫，"一票又一票，吼叫一阵接一阵"，结果，查尔斯被宣布为"共和国的敌人"、"臭名昭著的压迫人民分子"，判处死刑。在狄更斯笔下，仇恨充溢于胸的德发日太太完全是一个魔鬼，只要是厄弗里蒙蒂侯爵家的人，她都要赶尽杀绝，连他们的妻子和孩子都不放过。最后她在和马奈特医生家的女仆纠扯中，被自己的手枪误杀。狄更斯对这些丧失理性的群众场面的描写，以及为德发日太太安排的结局，显示出狄更斯本人对暴力革命的否定态度。

《双城记》集中体现了狄更斯反对暴力革命，宣扬仁爱、宽恕的人道主义理想。马奈特医生正直、善良、仁慈、博爱。他不受威胁与利诱，勇于揭发贵族罪行，为此被监狱"活埋"了18年。出狱后他没有把对厄弗里蒙蒂侯爵兄弟的憎恶转移到他们的后代查尔斯头上，反而悉心呵护他与自己女儿的真诚爱情；查尔斯被捕后，他又冒着危险来到巴黎营救查尔斯。马奈特医生的女儿露西是爱和温情的化身，她对父亲悉心照料，用爱治愈了父亲因长期遭受迫害而崩溃的神经；同样是她的爱，填平了与出身贵族阶级的查尔斯之间的阶级鸿沟。台尔森银行的经理洛瑞虽然一再声称自己所做的一切都是“生意上的事情”，而实际上，他沉着、刚毅、机智，有正义感和责任心，是护送马奈特医生脱离危险的关键人物，在营救查尔斯的过程中也发挥了重要作用，他所做的一切远远超出了“做生意”的范围。卡顿是一个才华出众的英国青年，他同样爱着露西，可当他发现自己的朋友查尔斯与露西相爱时，他压抑了自己的感情；当朋友有难时，他挺身而出，替朋友赴死，从而达到了人道主义的极致。查尔斯虽出身于贵族阶级，但他能够正视自己阶级的罪恶，主动放弃贵族特权和财产，走了一条自食其力的道路。小说中的一个次要人物杰里，白天作银行的看门人，晚上则是盗墓者，干了许多伤天害理的事情，但在最后也改过自新。这一切说明了人道主义力量的伟大。小说中这条爱、行善、宽恕的线索，与恨和复仇的线索相对，通过人物不同的结局，表达了爱战胜恨的主题。

《双城记》是一部历史小说，但狄更斯的意图不全是再现历史原貌，他还希望以史讽今，达到针砭英国社会现实的目的。小说中，狄更斯常常拿动乱中的法国和同一时期的英国进行对比。在法国大革命孕育的日子里，“在英国，几乎没有多少可供国人夸耀的秩序与安宁了”。打家劫舍、走私盗窃、杀人越货司空见惯，政府于是动用国家机器进行高压统治，滥用死刑进行威慑，焚烧小册子以加强精神控制，结果招致更大的反抗和暴力。在狄更斯生活和创作的时代，英国的国内矛盾、与殖民地的矛盾、与其他资本主义国家之间的矛盾日趋尖锐，加之遍及欧洲大陆的革命运动风起云涌，这种山雨欲来风满楼的形势令狄更斯忧心忡忡，担心法国大革命在英国重演。《双城记》第一部第一章第一段中，讲到法国大革命时代时，作者开门见山地指出：“简而言之，那个时代和当今这个时代是如此相似。”狄更斯显然不希望看到法国大革命在英国爆发，他向统治者发出警告，要他们接受法国革命的历史教训，进行社会改革，否则像法国大革命那一类的暴力革命就会在英国重演。因此，《双城记》是狄更斯对现实思考和忧虑的产物。

从创作方法看，《双城记》首先是一部现实主义作品，它真实地再现了法国大革命时期尖锐的阶级矛盾和阶级斗争，以及英国社会危机四伏的状况。尤其是马奈特医生记录厄弗里蒙蒂侯爵兄弟罪行的证词，把侯爵兄弟迫害农妇一家及医生的时间、地点、过程叙述得具体而精确，使事件的真实性无可置疑，从而产生了巨大的批判力量。同时，《双城记》又采取了浪漫主义讲述故事的方式，在神秘性和戏剧性方面下足了工夫。例如小说开头对台尔森银行经理洛瑞从巴黎接马奈特医生回英国经过的描写：浓雾弥漫的黑夜，阴森可怖的树林，警卫持枪戒备，马蹄声急驰而来，送信人用暗号接头，一时间疑团丛生，悬念迭起。再如马奈特医生的遭遇，查尔斯的身世，杰里的营生，叙述人都不是一次和盘托出，而是这里卖一下关子，那里抖一下包袱，片片段段、零零碎碎，逐渐为读者加以揭示。这就勾起了读者强烈的好奇心，急于了解故事全貌，从而使故事产生了巨大的吸引力。同时，作者也没有刻意要求自己在叙述时客观冷静，事实上，他很少控制自己的感情，对描写对象或褒或贬，或憎或爱，或夸张，或讽刺，都毫不掩饰，这使得《双城记》成为一部激情洋溢的作品。这些浪漫主义因素与现实主义手法结合，使小说产生了独特的魅力。当然，《双城记》也有狄更斯小说的一般缺点，如有些人物形象概念化和类型化、戏剧性虎头蛇尾、人物的转变过于简单等。

关键概念

人道主义

思考题

1. 简析狄更斯创作的三个发展阶段及各期特征。

2. 为什么说狄更斯《双城记》的创作意图不全是再现历史原貌，还在于以史讽今，达到针砭英国社会的目的？

3. 分析《双城记》艺术手法的特点。

托尔斯泰《安娜·卡列尼娜》导读

学习提示

托尔斯泰的生平与创作。《安娜·卡列尼娜》的情节梗概。安娜形象。安娜悲剧的社会意义。《安娜·卡列尼娜》的结构特点。

生平与创作

列夫·托尔斯泰（1828—1910）出生在俄罗斯图拉省克拉皮县亚斯纳雅·波良纳一个贵族家庭。父母早逝，他主要在姑母的监护下长大。1844 年进喀山大学东方语文系学习，后转法律系。在大学期间，他对文学和哲学产生浓厚兴趣，并深受卢梭的影响。1847 年，他因对学校教育不满，退学回到自己的世袭庄园。这是托尔斯泰精神、思想的茫然和混乱期，他进行了一些不成功的农业改革，又在莫斯科上流社会胡混了一段时间。1851 年，他到高加索服军役，参加了对车臣人的作战；随后，他又在克里米亚参加了与英、法、土联军的作战，从军前后达 6 年，其间，他多次从死亡和作俘虏的厄运中侥幸逃脱。这一时期，托尔斯泰开始文学创作，发表了《童年》、《少年》等小说。1857 年退伍回到庄园，继续农事改革。1857 年创作《青年》。

《童年》、《少年》和《青年》是托尔斯泰自传体三部曲长篇小说，表现心灵成长和道德完善的过程。主人公尼古连卡出生贵族之家，敏感、多思，他不以一般社会普遍的原则看待事物，而使他所耳闻目睹的一切都经过心灵的检验。尼古连卡的心灵生活是持续的，连贯的，长久的。随着年龄的增长，交往的扩大，他保持了心灵的完整性以及自我生成，心灵逐渐深邃、丰富，越来越具有社会内容和批判色彩，并逐渐上升到哲学和伦理学的层次。他追求灵魂的纯洁性，追求道德完善，寻求生活的意义，并将这种探索和对俄国社会出路的探索结合起来。这种以心灵探索为中心安排情节、组织材料的小说，将心理描写从过去用来刻画性格的手段的地位，提升到目的本身。车尔尼雪夫斯基在一篇名为《〈童年〉和〈少年〉、〈列·尼·托尔斯泰伯爵战争小说集〉》的书评中写道："托尔斯泰最感兴趣的是心理过程本身，它的形式，它的规律，用特定的术语来说，就是心灵辩证法。"这是对托尔斯泰小说心理描写特点的出色概括。

1857 年，托尔斯泰前往德国、法国和瑞士考察。这次旅程加深了他对西欧资本主义文明的恶感。1862 年，托尔斯泰和莫斯科著名医生的女儿索菲亚结婚。新婚生活激发了他极大的创作热情。1863 年，他发表中篇小说《哥萨克》。1863—1869 年，他完成了史诗巨著《战争与和平》。这部托尔斯泰最重要的作品，卷帙浩繁，出场人物 550 个以上。小说以包尔康斯基、别祖霍夫、罗斯托夫和库拉金四个家族的生活、活动为主线，四个家族之间又通过彼此家庭成员的恋爱、婚姻关系联结起来。主要人物有罗斯托夫的女儿娜塔莎，包尔康斯基的儿子安德烈，别祖霍夫的私生子比埃尔等。小说将他们的命运和变化放置在欧洲1805—1820年广阔的战争与和平的背景中加以展示，以1812年俄国反拿破仑侵略的战争为高潮，结束在十二月党人酝酿起义的过程中。《战争与和平》被称为“史诗小说”。罗曼·罗兰认为《战争与和平》以民族、人民为主人公，表现了英雄精神，结构上“像生活似的，没有头也没有尾，它就是永远处在运动中的生活本身”，是真正的史诗。托尔斯泰自己也说：“在《战争与和平》中我喜欢人民的主题。”《战争与和平》的确在对历史和人的理解上有重大突破，他将个体的人还原为群体的人，又将群体的人投放到历史的长河中、深广的历史天幕上，因此，史诗性是由《战争与和平》内在的艺术张力奠定的，并不完全因为外在的“大”和“长”。

托尔斯泰完成《战争与和平》以后，陷入巨大的精神危机，世界观酝酿着巨变。长期的内省式生活，以及现实中无法化解的矛盾，持续在他精神中激起反响。其中一个很重要的矛盾是，他强烈地感到，作为贵族和地主，他在农奴面前是有罪的。哪怕解放了农奴，贫与富的对立仍使他摆脱不了罪恶感。他殚精竭虑地探索解决之道，却没有完满的答案。1873—1877年，他创作了长篇小说《安娜·卡列尼娜》，忠实地记录了他内心的矛盾和危机感。

19世纪70年代末到80年代初，俄国农业连年歉收，农民运动此起彼伏。托尔斯泰的内心矛盾加深，为了寻找出路，他深入接触社会生活，并大量阅读有关社会、道德、宗教等方面的著作。这一切促使他的世界观发生了巨变，与原先所属的贵族阶级决裂，转变到宗法制农民的立场上来，进而建立起以“爱一切人”，“勿以暴力抗恶”，通过道德自我完善摆脱罪恶为主要特征的“托尔斯泰主义”思想体系。思想转变之后，托尔斯泰创作的最重要的作品是《复活》。这部长篇小说讲述贵族聂赫留朵夫早年诱奸少女玛斯洛娃，导致她最后的堕落，后来他良心发现，开始忏悔赎罪的过程。聂赫留朵夫是托尔斯泰探索型主人公的一个总结。《复活》中，贵族需要忏悔和赎罪以使灵魂得到更新，才能重新获得生命的意义和价值。忏悔和赎罪的过程与对国家制度、社会制度、教会制度和经济制度的猛烈批判之间具有同构性，表现了列宁所称道的“最清醒的现实主义”①；同时，也充斥着“托尔斯泰主义”的说教，如宣扬“勿以暴力抗恶”，“博爱”与“宽恕”，“道德自我完善”等。《复活》将托尔斯泰长期精神探索的最激进的成果表现了出来，主人公的精神转变被提升到基督教对人类终极意义上的祝福的高度来看待。主人公精神探索的真诚，那种近乎自虐的灵魂拷问，自觉的人类承担，具有巨大的道义上的力量。

托尔斯泰不仅思想产生了巨变，而且致力于按照新的世界观生活。他吃素，穿简陋的衣服，和农民一起播种收割，为农民办学，专门给他们写作品，甚至要放弃私有财产和贵族特权。为此他与其他家庭成员发生了矛盾冲突。在极度痛苦和矛盾中，托尔斯泰于1910年离家出走，企图自己彻底摆脱贵族生活，途中得了肺炎，于11月20日病逝于阿斯塔波火车站，终年82岁。

托尔斯泰被誉为“俄罗斯的良心”。晚年的托尔斯泰在全世界享有崇高声誉，拥有

① 《列宁选集》，3版，第2卷，242页，北京，人民出版社，1995。

众多的信徒，他的思想产生了巨大影响。

情节梗概

贵族奥布朗斯基与前法语教师的暧昧关系被妻子杜丽发现，引发家庭的混乱。他的妹妹安娜·卡列尼娜从彼得堡乘火车赶到莫斯科，前来调解哥哥的家庭纠纷。在车站，她与近卫军军官、贵族渥伦斯基相遇。本来渥伦斯基正在追求奥布朗斯基妻子的妹妹吉提，但自从见到安娜后，就抛开吉提，转而追求安娜。在舞会上，渥伦斯基对吉提态度冷淡，却和安娜翩翩起舞，谈笑风生。安娜明显感到渥伦斯基的男性魅力，也陶醉于自己对渥伦斯基的吸引力。吉提目睹此情此景，深感痛苦。渥伦斯基随安娜一起回到彼得堡。当安娜在车站看到来接她的丈夫卡列宁那一对大招风耳时，她心头产生了一种不愉快的感觉。晚上，卡列宁走进房间提醒她就寝的时间，安娜感到重新回到旧有的生活轨道，她在莫斯科时闪烁在眼睛和微笑里的那股生气不见了。

奥布朗斯基的朋友、贵族地主列文从乡下来探望他，他的真正意图是向吉提求婚，但遭到拒绝。到此小说中的主要人物一一亮相。在随后的章节里，故事集中在安娜和列文身上，两条线索并行展开，交错发展。

彼得堡上流社会由三个不同的集团组成：第一个属于政府官吏集团，第二个是年老色衰、慈善虔敬的妇人和聪明博学、抱负不凡的男子所组成的集团，第三个是社交界集团。安娜以前与第二个集团多有交往，现在却更多地出入社交场所，因为在这些地方能遇到渥伦斯基。由于和渥伦斯基交往频繁，引起社交界的议论和卡列宁的不满。卡列宁无论是开诚布公地劝说，委婉地提醒，还是直接警告，都改变不了安娜与渥伦斯基交往的坚定态度。

吉提因失恋而生病，为恢复健康，父母带吉提出国旅行。列文带着失望回到自己乡间的庄园。春天欣欣向荣的自然美景冲淡了他的失望，他在森林中打猎，又投身到农事生产中。安娜胸中的爱火在熊熊燃烧。在一次赛马中，渥伦斯基不慎坠马。在看台上的安娜无法掩饰内心的不安，神态失常。卡列宁看到安娜不顾起码的社交礼仪，就强令安娜回家。在路上，安娜向卡列宁坦言了自己和渥伦斯基的情人关系。卡列宁想到用决斗解脱困境，但他怕死，就放弃了。他又想到离婚，因担心离婚影响声誉和仕途，也放弃了。他决定维持他和安娜表面的夫妻关系。安娜在丈夫不同意离婚的情况下，毅然和渥伦斯基同居，随后一起出国旅行去了。

列文亲自管理庄园，和农人一起劳动，热心探索新的农业经营模式，试图抵御日益逼近的资本主义生产方式对农村的入侵。但他作为地主的利益和农民的利益并不一致，他的改革无法得到农民的支持，最后以失败告终。吉提从国外疗养归来，恢复了健康。列文和吉提又见面了，列文再次向吉提表达爱情，得到应允。不久他们结婚了，一起回到了列文的乡间庄园。在国外旅行期间，安娜全身心沉浸在幸福之中。渥伦斯基虽然从爱情中感到幸福，但爱情却不能占据他生活的全部内容，他开始从事艺术收藏，以发泄过剩的精力。他们从外国旅行回到彼得堡，安娜回国的目的之一是看望儿子，她的要求没有得到卡列宁的答复。在儿子生日这天，她偷偷赶到卡列宁家，紧紧地拥抱着儿子，热泪盈眶。不久，卡列宁走进来，安娜随即拉下面纱匆匆离去。彼得堡社交界对安娜关闭了，她出席一场音乐会时，受到一个贵妇人的羞辱，安娜只好和渥伦斯基动身前往渥伦斯基的乡间庄园。在乡间庄园，他们的生活寂寞而无聊。安娜除了渥伦斯基的爱情，一无所有。她越是重视这爱情，就越怀疑渥伦斯基对自己的感情。她变得专断，疑神疑鬼。渥伦斯基希望保持自己的社交生活，他对安娜的烦躁也难以忍受。他们终于发生了争吵，渥伦斯基说了许多绝情的话，然后出门而去。安娜觉得爱情已经破灭，她彻底绝望了。她乘车来到车站，希望能够追回渥伦斯基。在车站，安娜忽然回忆起初次和渥伦斯基相遇时，一辆火车轧死人的情形。安娜于是向驶过来的火车扑去，结束了生命。

列文从家庭生活中获得了幸福，但他的精神却处于紧张的探索当中。他思考俄国的出路，思考人生的意义。最后他在和农人的交往中、在大自然中获得了对上帝的坚定的信仰，内心终于平静下来。

分析与评论

小说女主人安娜是俄罗斯文学史上最光彩动人的女性形象之一。她是一个已婚的贵族女性，不仅容貌美丽，举止优雅、雍容，而且真诚、善良，精神世界丰富，充满生命活力。但就是这样一位女性，在八年前，由姑妈做主，被嫁给了大她 20 岁的卡列宁。这是典型的封建包办婚姻。卡列宁出身贵族，是政府高官，外形庸俗，性格虚伪冷漠，行事刻板僵化，功名利禄之心使他精神枯竭、感情贫乏。作为安娜的丈夫，他重视的只是婚姻的外在形式，对安娜礼貌有加，却从不关心她的内心感情，在麻木不仁中葬送了安娜八年的青春和生命。与卡列宁一起生活了八年的安娜，不知道爱情为何物，以为生活、婚姻就是如此。直到她遇见渥伦斯基，生命的激情和活力才被激发出来，产生了追求真诚爱情和新生活的强烈愿望。安娜与渥伦斯基第一次相遇是在车站。在上下车的瞬间，两个人双目相对，注意到了对方。渥伦斯基眼中的安娜是这样的：

> 在那短促的一瞥中，渥伦斯基已经注意到了有一股被压抑的生气在她的脸上流露，在她那亮晶晶的眼睛和把她的朱唇弄弯曲了轻微的笑容之间掠过。仿佛有一种过剩的生命力洋溢在她的全身心，违反她的意志，时而在她的眼睛的闪光里，时而在她的微笑中显现出来。她故意地竭力隐藏住她眼睛里的光辉，但它却违反她的意志在隐约可辨的微笑里闪烁着。

这是安娜第一次出场，托尔斯泰强调的是安娜身上被压抑的生命力，这种生命力通过眼睛和微笑不自觉地传达出来。安娜第一次与渥伦斯基见面，就对他颇有好感。渥伦斯基随后展开的锲而不舍的追求逐渐唤醒了安娜内心追求真诚爱情和新生活的欲望。在和渥伦斯基感情发展的过程中，她的真诚、善良及内心生活的丰富逐渐展露出来，她和社会的冲突也随之加剧。她热烈地追求个性解放、爱情真诚、婚姻幸福，却被迫以自杀结束，成为一场悲剧。

作为女性，安娜将幸福寄托于一个理想的婚姻，而她的丈夫卡列宁不能给她这样一个婚姻。我们前面已经讲过，卡列宁是个很糟糕的丈夫，他很文明，有权有势有地位，但僵化、虚假、自私、冷漠。他在知道安娜和渥伦斯基的私情后的所作所为，更充分地暴露了他的丑恶嘴脸。例如，为了体面，卡列宁坚持要同安娜住在一起；起初他不同意与安娜离婚，终于同意离婚时，又把儿子抓住不放，尽管他并不爱这个孩子，这样做只是为惩罚安娜。这些所作所为，是造成安娜悲剧的重要原因。

安娜追求幸福，把希望寄托在与渥伦斯基的爱情和婚姻上。渥伦斯基能否给她这样的爱情和婚姻呢?

客观地说，渥伦斯基在一定程度上满足了安娜的要求。渥伦斯基出身豪门，列身军籍，年轻英俊，风度翩翩，殷勤慷慨。这样的男子通常总是受女性青睐的。他与安娜第一次在火车站相遇时，火车不巧压死了一个人。安娜闻后替死者的家属和孩子没有人养活而担忧，渥伦斯基立马给了死者妻子200卢布。这个举动给安娜留下深刻印象。他追求安娜，最初的确是为了享乐和虚荣心，并没有超出上流社会成员的行为范式。但后来他在安娜爱情的感应下，情感变得严肃而专一。因为与安娜的爱情，渥伦斯基其实牺牲了许多。他承受了各方压力，退出了上流社会的社交生活，甚至为安娜而自杀。但渥伦斯基并不是一个有独特思想和丰富精神内涵的人，他只是一个标准的贵族青年，精神境界相当平庸。因而，他始终只钟情于安娜的外在气质和相貌，只知道寻欢作乐，并不理解也没有尝试理解安娜的精神世界；安娜被上流社会围攻，被卡列宁折磨，精神异常痛苦，这些渥伦斯基都无法感同身受，甚至觉得厌烦。渥伦斯基最后并未变心，他只是心冷了。安娜把渥伦斯基的爱情看成生命的唯一支柱，现在这支柱垮了。这一击对安娜是致命的。

对安娜的悲剧，上流社会也起了推波助澜的作用。上流社会本是虚伪堕落的标本，勾引通奸、争风吃醋本是家常便饭，甚至被看成时尚体面的事情。奥布朗斯基与前家庭教师偷情，除了他的妻子，没有人大惊小怪；渥伦斯基的战友彼特里茨基与伯爵夫人鬼混，没有人认为不妥。社交界最后一致反对安娜、拒绝安娜的原因，并非由于她与渥伦斯基的关系不道德，而是她太道德、太认真，她敢把与渥伦斯基的关系公开，她要追求表里如一的爱情，要光明正大地缔结新的婚姻。她的叛逆行为，等于是对整个上流社会的羞辱，自然招致了他们的报复。安娜有一切美德和智慧，却没有新的理想和目标。她被排斥在社交界之外，对于无法从根本上摆脱贵族社交生活的安娜来说，这打击是巨大的。她本来还有渥伦斯基，但当她认为渥伦斯基的爱无法挽回时，她只得自杀。安娜之死，是对虚伪、堕落的俄国贵族资本主义社会的强烈抗议。

读者看《安娜·卡列尼娜》，往往特别留意安娜与渥伦斯基的爱情线索，对小说中列文这条线索关注不够。其实这条线索是同样重要的。列文出身贵族，有托尔斯泰心目中纯粹意义上的贵族美德，他以自己出身世袭贵族而自豪，但决没有上流社会的恶习，而保持着纯洁的心灵、高尚的道德，有丰富的精神生活，亲近自然。他的性格特点，使他的精神探索具有了善和美感。虽然列文的家庭生活是幸福的，但学者们通常把列文的形象当成一个悲剧形象理解。这是因为贵族阶级在资本主义迅速发展的时代急剧没落，列文为此十分愤慨和不安，他想通过贵族的自我完善、自我调整，使自己的阶级适应时代，进而脱胎换骨。他的探索因此在两个方面展开：他一方面在自己的庄园进行农业改革，如在保留地主所有制的前提下，吸收农民当股东，以提高他们参与生产的兴趣，并缓和阶级矛盾。但农民并不领情，他们不信任列文，也不合作，使列文的理想遇到很大的挫折。列文因此精神十分痛苦，以致产生自杀的念头。这体现了他的悲剧性。他的探索的另一方面在精神和道德领域。在社会探索碰壁后，列文转向内心世界，以求得精神的解脱和平静。婚姻在他的精神发展中起了很大的作用，但没有解决根本问题；最后列文从大自然和农民那里获得启悟，认识到生命的意义在于“为上帝、为灵魂活着”，要不断进行道德的自我完善。我们未必要同意列文精神探索的结论，但他执著地追求生命意义，执意要弄清楚为什么活着，执意追求灵魂丰富的生活，追求道德纯洁，这是值得我们重视的，也是可以效仿的。

作为托尔斯泰最优秀的长篇小说，《安娜·卡列尼娜》中的心理描写有崭新的状态和丰富的意义，代表了托尔斯泰小说心理描写的最高成就。托尔斯泰在小说中着力展示了人物的心理发展过程。安娜追求真诚爱情和婚姻幸福的过程，列文探索生活的意义和社会出路的过程，都在心理世界激起巨大反响，或本身就在心理世界展开；人物的追求和探索以心理过程的阶段性划分和说明它的进展，以心理变化标志它的结果。心理活动在小说中是一个连贯的、持续的过程，其本身具有自足性和可解释性，它蕴涵了小说的全部目的和意义。写心理发展过程，也使传统小说中性格和情节因素发生了变化。一般现实主义小说中，性格是外在的，是凝固化了的人物“标识”，不管它是二重性的或单一化的，是情欲还是道德化的品格，都具有恒定不变的特点。《安娜·卡列尼娜》中，性格特征让位给心理特征，主要人物以流动的、丰富的心理特征显示自己的存在。在此基础上，托尔斯泰逐渐发展了这样的观念：心理活动的丰富性是人物内在生命价值的体现；人具有未完成性，他向善或向恶的转化取决于心理探索和更新的能力。情节不再是外在事件的演绎，它依附于心理发展过程。安娜和列文的心理过程还有明显的差异，安娜侧重于情感的矛盾和斗争，列文则偏向智性思考和顿悟。托尔斯泰在心理表现的手法上也作了种种探索，有剖析式的心理分析，有他人的观察和感受，有外貌特征的描写等，都传神而有分寸。最后，安娜临自杀前的心理形态被一些学者看成是开启了日后小说中意识流描写的先河。

《安娜·卡列尼娜》体现了出色的结构艺术。它有两个平行发展的线索：从外表看，除人物间的亲族关系和偶然交往外，列文的故事和安娜的故事很难纠缠在一起；实际上，两条线索的结合点是思想的联系。“一切都翻了个身，一切都刚刚开始安排。”农奴制改革使俄国社会的旧基础遭到破坏，资本主义的迅速发展加剧了社会动荡。在这个过渡时期，一个有思想和灵魂的人必然要为寻找社会的出路，为精神和灵魂寻找归宿。安娜和列文的结局从正负两个方面为这一时代课题提供了答案。

对大自然的出色描写也是小说的一大特色。大自然因素频繁地出现在托尔斯泰作品中，使他成为文学史上最擅长表现大自然的作家之一。《安娜·卡列尼娜》中，大自然不仅是人物活动的背景，更作为影响人物感情和思想的重要因素，始终与列文紧密联系着。列文身为贵族，却无法容忍上流社会的社交宴饮生活，乡间、土地是他的根脉所系，除非迫不得已，他很少离开那里。初春冰雪消融时刻的溪流，夏天的刈草场之夜，是全书最动人的部分之一。列文从大自然中汲取力量，获得灵感；他的探索的最终结果，完成于雷电交加之夜：神力借助大自然的力量启示了一个庄严时刻的到来。

关键概念

精神探索型主人公　　心灵辩证法

思考题

1. 简述托尔斯泰小说中精神探索型主人公的精神发展轨迹。
2. 安娜悲剧的社会批判意义何在？
3. 列文是怎样一个人物形象？
4. 简述《安娜·卡列尼娜》的艺术特点。

易卜生《玩偶之家》导读

学习提示

易卜生的生平、分期和各期作品。《玩偶之家》的剧情梗概。娜拉形象。娜拉和海尔茂冲突的症结和性质。《玩偶之家》的艺术特点。

生平与创作

易卜生（1828—1906）出生于挪威的滨海小城斯基恩。他的父亲是一个商人，家境还算殷实。但在易卜生 8 岁那年，父亲破产，富裕的家境开始变得窘迫。1844 年，未满 16 岁的易卜生不得不外出谋生，到小城格利姆斯达一家药店当学徒。1850 年，他来到首都奥斯陆投考大学，但未能如愿。此时易卜生已经开始文学创作活动，写了一些诗、剧本。1852 年，易卜生受聘到卑尔根民族剧院当编剧。这一职位使他受益匪浅。剧院要求他每年写出一个剧本，客观上促进了他戏剧创作才能的提高；同时，剧院先后派遣他去哥本哈根、柏林、罗马考察戏剧，使他有机会了解学习先进国家的戏剧。这里成了他走向成功的起点。1857 年，易卜生受聘出任挪威剧院的艺术指导。这一时期，他在生活和事业都处于逆境的情况下，为推动挪威民族戏剧的发展进行了艰苦卓绝的斗争。1864 年，易卜生终因辛辣批判各种不合理现象为当局所忌，并招致社会仇视，不得已侨居国外，这一去就是 26 年。他的绝大多数重要作品都创作在国外。1891 年，易卜生回国定居，已在欧洲享有盛名的他受到社会各界的热烈欢迎，仿佛一位凯旋的英雄。晚年的易卜生身体虚弱多病，1906 年 5 月 23 日去世，享年 78 岁。挪威为他举行了隆重的国葬。

易卜生一生共写了 26 个剧本，可以分为三个时期。

第一个时期（1849—1868）多为以民族浪漫主义为主导特征的剧作，想象奇崛，诗意浓郁。《武士冢》（1850）的故事发生在挪威“海盗时代”。老海盗罗德里克在一次掠夺海岛时丧命。多年后，海盗头子甘达尔夫再一次来到海岛，要向海岛的居民报杀父之仇。他把少女布兰卡当成复仇对象，却感动于她的善良和虔诚，宁可自焚，也不忍向少女动手。老隐士说出真相，自己就是当年的老海盗罗德里克，是少女救了自己。最后少女与甘达尔夫相爱，他们决心结束海盗生涯，一起回挪威去。戏剧讴歌了人性、爱情和宽恕精神，并表达了对祖国的热爱之情。《觊觎王位的人》（1863）中的哈康国王代表着伟大的“君主思想”：统一挪威，造福人民。与之形成对照的是追逐私欲的斯古利。两个强有力的人物卷入王位之争，最后哈康取得胜利。这些戏剧多取材于挪威民间传说和民族历史。主人公具有民族英雄主义精神，热爱祖国和人民，性格刚毅、强大。19 世纪上半叶，挪威的民族独立和解放运动正如火如荼，易卜生挖掘民族历史题材，热情歌颂历史传说中的英雄人物，有明确的借古喻今目的。同样属于易卜生早期创作的《布朗德》(1866)，标志着易卜生从表现民族英雄主义向表现个人英雄主义转变，有向中期戏剧过渡的特点。《布朗德》中的布朗德是一个牧师，他摒弃了世间虚假的宗教教义，崇信真正的上帝。他率领信众向高山之巅前进，追寻纯粹、伟大的真理。信众起初随他一道前进，但不久就纷纷畏难而退。布朗德与唯一的追随者登上高峰，但遭遇雪崩而死。这部作品第一次表现了个人与社会之间的冲突。《培尔·金特》中，培尔·金特超拔、卓越、独立，憎恨庸俗的现实，有为高远理想舍身奋斗的精神。这种戏剧的冲突模式到第二个时期有了进一步发展。

第二个时期(1869—1883)是易卜生戏剧创作的鼎盛时期。从北欧文学的总背景来看，19世纪下半叶，现实主义已取代浪漫主义成为主潮。就剧作家本人而言，在坚持一贯的“纯粹的反叛精神”的同时，他对现实社会也有了较为透彻的认识。早期的浪漫主义历史剧，这时已让位于更为直观地反映当代生活的现实主义戏剧，从而诞生了在世界文学史上具有独特风格的易卜生式的“社会问题剧”。

这一时期，易卜生总共写作六部剧本。除《皇帝与加利利人》是一出哲学历史剧外，其余的五部作品，包括《青年同盟》(1869)、《社会支柱》(1877)、《玩偶之家》(1879)、《群鬼》(1881)、《人民公敌》(1882)，都是社会问题剧。《社会支柱》的锋芒直指道德腐败、假仁假义的资本家。造船厂厂主卡尔滕·博尼克领事，不惜践踏他人的名誉和感情来创建自己的事业和地位，振振有词地为自己的贪婪无耻辩护，居然被颂扬为“社会的支柱”。这无疑是对腐败社会的辛辣讽刺。《人民公敌》的主人公汤莫斯·斯多芒克是挪威南部某城市的温泉浴场医官，他诚实地指出浴场存在的隐患。然而，小城里的“结实的多数派”，包括他的市长哥哥彼得、浴场的大股东、小业主、见风使舵的自由派报社记者和印刷所老板，由于不肯承担改建费用和浴场的停业损失，一致斥他为意图毁灭小城的“人民公敌”，于是，敢于为真理辩护的斯多芒克被整得声名狼藉，衣食无着。在剧中，易卜生通过主人公的发言，痛快淋漓地揭发了彼得之流的虚伪和社会政治的腐败，最后得出结论：“真理完全属于多数派”只是句谎言，“世界上最强有力的人都是孤立的人”。反映家庭婚姻生活的《玩偶之家》和《群鬼》都是提倡妇女解放的力作。《群鬼》的女主人公阿尔文太太在不幸的婚姻生活中表现出的性格与《玩偶之家》的娜拉很不相同。当她意识到自己的丈夫不过是个放荡荒淫的无耻之徒时，她曾作出同娜拉一样的抉择，但这一过程极为短暂。在道貌岸然的曼德牧师的劝说下，她向不幸的婚姻妥协，从此甘守“妇道”。但她为保全婚姻，从而牺牲自我的努力，并没有拯救我行我素的丈夫，也不能使儿子欧士华免遭不幸婚姻造成的灾难。欧士华染上了父亲遗传下的梅毒，最后变成一个白痴。

第三个时期(1884—1899)，易卜生创作了包括《野鸭》(1884)、《罗斯莫庄》(1886)、《海上夫人》(1888)、《建筑师》(1892)等在内的八个剧本。19世纪最后十几年中，象征主义、自然主义、颓废主义等思潮以及某种“世纪末”的悲观情绪开始盛行于北欧文坛。易卜生的创作也开始发生转变，中期戏剧中对社会问题的探讨此时已让位于对人物心理的描绘，象征主义与现实主义的交织成为显著特点。剧本仍然保持着对社会弊病的揭露和批判，然而与此同时，笼罩在剧中的浓重的悲观情绪往往也削弱了批判的力量。《建筑师》是一部意义深远的作品。在某种程度上，它可视为易卜生对自己创作生涯的一次反思。主人公建筑师索尔尼斯有过自己的辉煌历史。他自学成材，上升到一个很高的地位。年轻时他曾在老建筑师克纳特手下做事，时过境迁，克纳特和他的儿子瑞格纳反而成了索尔尼斯的助手。但这时的索尔尼斯已青春不再，他因此感到精明强干的瑞格纳对他的威胁。他竭力要超越自己过去的成绩，甚至不惜牺牲家庭幸福。他不满足仅仅建设教堂和住宅，他的更高理想是建筑少女希尔达所幻想的“空中楼阁”。在希尔达的鼓舞下，他忘记了自己患有晕眩病，试图爬上自己建筑的最后一栋住宅的塔楼，结果掉下来当场丧命。在剧中，“塔楼”象征着理想，而索尔尼斯的晕眩病则“象征着他所缺少的去超越自身实现他艺术家的生活梦想的那种才能”。建筑师从未摆脱他的病，因此，即使当青春以少女希尔达的形象出现在他的面前时，他的要超越自身限制的理想，也不过是个虚幻的“空中楼阁”。他的结局，象征着理想的最终破灭。19世纪下半叶至20世纪上半叶，易卜生及其戏剧作品在世界文学和人类精神领域的影响，是难以估量的。

情节梗概

《玩偶之家》是易卜生的代表作。戏剧开场时，主人公娜拉正沉浸在幸福中：圣诞节快到了，丈夫海尔茂即将晋升银行经理职位，他们从此将告别节衣缩食的日子，过上富足的生活。娜拉买了许多小礼物，预备过一个快乐的圣诞节。她的丈夫海尔茂虽然责怪她乱花钱、不懂事，但仍表现出很爱她的样子，“宝贝”、“小鸟”不离口；他同时承认，“有了稳固的地位和丰富的收入”是一件快活的事情。

第一幕，林丹太太来访。林丹太太家境贫寒，为供养母亲、照顾弟弟，只得嫁给一个自己不爱的人。现在，丈夫和母亲先后故去，弟弟也长大成人，她来到大城市希望谋一份新的工作，以掀开人生新的一页。娜拉骄傲地向林丹太太诉说自己在生活方面的操持，林丹太太仍抱着多年前对娜拉的印象，认为她“幼稚”，对娜拉的话不以为意。当林丹太太听说娜拉的丈夫海尔茂将升任银行经理，就请娜拉帮忙在海尔茂的银行里谋一个职位。娜拉向海尔茂求情，海尔茂正想在人事上有新的安排，就满口答应了。

银行职员柯洛克斯泰来找海尔茂，希望保住自己的职位。在海尔茂面前碰壁后，他转而要挟娜拉。多年前，海尔茂病重，医嘱要到南方疗养，但他们没有钱，海尔茂不愿向人告债，娜拉只好背着丈夫伪造父亲的签字，通过银行职员柯洛克斯泰借到了疗养所需的款项。娜拉天真地认为，只要瞒着丈夫把债还清，这件事就平安地过去了。海尔茂准备在上任后辞退柯洛克斯泰，气急败坏的柯洛克斯泰求情不成，就威胁要揭发娜拉假冒签字的事，让娜拉和海尔茂身败名裂。他自己当年就是因为伪造字据闹到身败名裂的。娜拉意识到问题的严重性，陷入慌乱之中。她转而替柯洛克斯泰求情，受到海尔茂的责备。海尔茂说自己最痛恨“撒谎欺骗”，认为这样的人对儿女将产生恶劣影响，娜拉想到自己对儿女的责任，更吓得面如土色。

第二幕，娜拉心中掀起巨大的波澜。她担心自己不配管教孩子。林丹太太来访，她们议论起阮克大夫的遗传疾病。林丹太太疑心娜拉想利用阮克大夫的友谊筹到所需的款项，劝她放弃这不稳重的念头。娜拉在海尔茂面前继续向柯洛克斯泰求情，海尔茂终于说出他要辞退柯洛克斯泰的缘由：柯洛克斯泰的品德瑕疵可以忽略不计，但作为海尔茂的大学同学，他总在海尔茂面前套近乎，叫他小名，海尔茂感到受不了。海尔茂写信辞退柯洛克斯泰，他叫娜拉不要担心，说天大的事情有他的肩膀扛着。正在娜拉六神无主之际，阮克大夫来访，娜拉准备向阮克大夫求助，但由于担心阮克向自己表白感情而作罢。柯洛克斯泰又前来相逼，他提出更高的条件：要海尔茂为他安排一个更高的职位，否则将公开娜拉伪造签名之事。娜拉产生自杀的念头，她天真地以为可以牺牲自己来保护丈夫。柯洛克斯泰威逼娜拉不成，把给海尔茂的信投进信箱。林丹太太看出娜拉纷乱的心绪，娜拉将实情相告。林丹太太和柯洛克斯泰过去是一对恋人，只因为要养家糊口而另嫁他人。她去劝说柯洛克斯泰，却没有找到人。娜拉为拖延海尔茂打开信箱的时间而狂乱起舞，海尔茂、阮克都看出娜拉神情异常。娜拉一方面担心丈夫知晓此事，另一方面又怀着一点希望，如果“奇迹中的奇迹”出现，丈夫或许会勇敢地保护自己。她也做好了自杀的准备，要用自己的死保护丈夫的清白。

第三幕，圣诞节之夜，海尔茂和娜拉跳舞归来。海尔茂打开信箱，看到了柯洛克斯泰的信。他向娜拉大发雷霆，咒骂娜拉是“撒谎的人”，“可恶之极”，把自己一生的幸福全都葬送了。他在气急败坏中只想到自己如何脱开干系，娜拉看到海尔茂这副嘴脸，对丈夫的幻想破灭，逐渐冷静下来。不料此时事情又有了变化，柯洛克斯泰与林丹太太旧情复萌，他良心发现，退还了借据。海尔茂觉得自己的名誉已摆脱威胁，重新对娜拉笑脸相迎。但娜拉已彻底看清海尔茂虚伪可憎的面目，她向海尔茂坦白了对八年婚姻生活的感受：结婚八年，已成为三个孩子母亲的娜拉，在家里只不过是丈夫海尔茂的“玩偶”。而娜拉为海尔茂的所谓“温柔体贴”所迷惑，对自身地位并没有清醒的认识。觉醒后的娜拉宣布自己要离家出走，海尔茂搬出宗教、道德、法律加以阻拦，娜拉一一加以驳斥。海尔茂为挽留娜拉作最后努力，娜拉说“那就要等奇迹中的奇迹发生了”。海尔茂心里闪出一个希望，他正琢磨着“奇迹中的奇迹”的意思，楼下传来娜拉出走“砰”的关门声。

分析与评论

《玩偶之家》中，女主人公娜拉的形象熠熠生辉。最初，娜拉只是个“玩偶”：结婚之前，从小就是父亲的“玩偶女儿”、“泥娃娃孩子”；结婚之后，转移到丈夫手里，成了“玩偶老婆”。一方面，她热爱生活，觉得“活在世上过日子多有意思”。但她不通世故，天真烂漫，活在个人狭小的幸福生活中，充满不切实际的幻想。而另一方面，娜拉决非处尊养优的娇小姐，她善良，富有同情心。无论是对失业的林丹太太还是身患绝症的阮克医生，她都真诚地给予关心和帮助。她对丈夫的感情诚挚而无私。海尔茂患了重病，她不惜铤而走险，伪造签字借款来搭救丈夫；事情被揭发后，为了不连累丈夫，她甚至作了牺牲一己性命的准备。娜拉身上更包含着坚毅的品质。她在面对生活中的种种“烦恼事”时，总能保持积极、乐观的态度。为了还清债务，而又避免丈夫发觉，她用自己的生活费补贴家用，偷偷找些抄写之类的工作，尽管有时“累得不得了”，但同时也为自己能承担家庭责任而自豪；面对柯洛克斯泰的威胁，娜拉也宁死不屈。这种坚毅的品质，是娜拉与玩偶之家彻底决裂的性格基础。

娜拉的醒悟乃至毅然出走，最主要的原因，是她在活生生的事实面前受到了教育。只有当她与现实发生严峻冲突，亲眼目睹海尔茂闹剧般的表演之后，她才如梦方醒，认识到在一场不平等的婚姻中，自己所谓的幸福生活事实上从未存在过。在此之前，她对“温柔体贴”的海尔茂还存在着幻想，相信他虚伪的承诺“我常常盼望有桩危险事情威胁你，好让我拼着命牺牲一切去救你”。然而，“奇迹”终究没有出现。从海尔茂歇斯底里般的咒骂中，娜拉不仅看清了丈夫的丑恶灵魂，更由自身的遭遇开始对现实社会进行反思，认识到其中存在的种种虚伪和不合理。当海尔茂试图以“神圣”的家庭责任对她加以约束时，她认为保持自我的独立人格即“我对自己的责任”也同样神圣。对于法律，她指斥：“父亲病得快死了，法律不允许女儿给他省烦恼；丈夫病得快死了，法律不允许老婆想法子救他的性命。我不信世界上有这种不讲理的法律！”对于曾经盲目信仰的宗教，她表示怀疑：“我要仔细想一想，牧师告诉我的话究竟对不对，对我合用不合用。”此时，娜拉的眼界豁然开阔，对于她“真不了解”的社会，她“一定要弄清楚，究竟是社会正确，还是我正确”。

剧本问世以来，由于对娜拉这一典型形象的成功塑造，《玩偶之家》被奉为促进女权主义运动的杰作。尽管易卜生本人认为，自己主要是诗人，不是社会哲学家，作品中“从不容许带有自觉的倾向性”，而《玩偶之家》中也的确没有任何提及妇女解放的字眼。然而，对妇女在现实社会中的地位和命运的清醒认识，使剧作家在安排剧情和塑造人物时，已明显传达出他的创作意图：娜拉没有经济自主权，她要花钱得赔着笑，向丈夫一点一点地乞讨；她的言行举止、思想感情不能超出海尔茂预定的轨道；她可以为丈夫作出牺牲，海尔茂却不甘心为她丢掉自己的名位…… 在近代所谓文明社会，法律堂皇地规定夫妻享有平等的权利和义务，但事实上，妇女并没有得到应有的权利。在家庭内部，她们仍是供丈夫消遣的“玩偶”，仅仅作为婚姻中不可或缺的摆设而存在。易卜生从未声称自己是女权主义者，但在 19 世纪 70 年代的欧洲，他已敏锐地意识到这一社会问题，并在作品中深刻地反映出来。尽管对于妇女怎样获得真正的解放，他没有作出具体的回答，但《玩偶之家》仍成功地启发了人们对妇女问题的关注与思索，客观上也对女权主义运动起了巨大作用，其积极意义延续至今。

海尔茂的形象也具有典型意义。他是霸道自私的男权社会的产物，不折不扣的伪君子。他对娜拉的爱，仅限于口头上近乎肉麻的昵称，并且以娜拉的言听计从为前提。他宣称自己毫无缺点，不怕“造谣的坏蛋”的报复，并准备为娜拉牺牲一切，但在接到要挟信时，他的道德自信心、男子汉气派荡然无存。他选择向柯洛克斯泰妥协，拒绝同娜拉共担责任。他的自私，使他只关心自身的名声和地位可能遭到的威胁，“男人不能为他所爱的女人牺牲自己的名誉”，他搬出道德、宗教、法律胁迫娜拉，更暴露出他作为资产阶级卫道士的真面目。

《玩偶之家》是易卜生戏剧艺术成就的代表，当时欧洲的戏剧舞台充斥着情节凑巧、场面惊险而内容空洞贫乏的戏剧，易卜生有意打破这种浪漫派传统，写出风格简洁明了的社会问题剧。《玩偶之家》的戏剧人物都来自日常现实生活，没有非凡的性格和能力，他们的对白与日常口语几乎没有区别，戏剧场景逼似现实，情节忠实地按生活原貌展开，没有人为制造的凑巧，体现出对现实主义戏剧美学的贯彻以及“现代戏剧之父”易卜生的大胆革新精神。

易卜生的许多重要剧作，包括《玩偶之家》在内，被认为在戏剧技巧上创造性地引进了“讨论”因素。这一观点始于英国剧作家萧伯纳在 1891 年出版的评论集《易卜生主义的精华》，此后便被广泛接受。一方面，在将戏剧中的“讨论”因素与普通论文中的平白说教相区别的前提下，我们的确可以在《玩偶之家》中找到支持萧伯纳观点的论据。如《玩偶之家》结尾处娜拉与海尔茂的争论，这是最为明显的层面上的“讨论”因素：作家可通过剧中人物对许多重大问题直接展开长篇争论，传达自己的观点。同时，“讨论”因素更渗透入戏剧情节中，成为戏剧的有机整体。娜拉伪造签字借款是否可行？法律应不应该考虑到娜拉违法行为的崇高动机？娜拉的出走选择是否正确？易卜生通过剧情提出的这些问题，本身就颇具争议性，能有效激发观众的深入思考，从而对剧中提出的社会问题的解决提供帮助。而另一方面，众所周知，萧伯纳提出这一观点，与其说是为易卜生戏剧在英国造势，毋宁说更在为自己的剧作张目，他的理由是：在一个文学致力于论争的时代，戏剧首先得图解一种学说，表现一种观点，进行道德教育。于是，他顺理成章地将这一观点引入对易卜生戏剧技巧的评价中，从而使易卜生戏剧无论在内容上还是在艺术上都俨然成了宣传和论争的成功典范。这显然违背了易卜生的本意：他更愿作一个“诗人”，而不是“社会哲学家”。至少在《玩偶之家》中，作为一个成熟的现实主义剧作家，易卜生并没有以破坏人物形象的完整性为代价，刻意让娜拉老气横秋地道出哲理性的话语；“讨论”因素随剧情自然流露，并不存在技巧上的刻意追求。因此，在肯定萧伯纳观点具有部分合理性的同时，我们也应充分考虑到他的动机中某些一厢情愿的成分。

《玩偶之家》中，易卜生还巧妙运用了“追溯法”。这是易卜生戏剧中常见的一种艺术技巧，类似小说中的倒叙手法。在戏剧幕启之前，某些关键性事件已经发生，并酝酿着戏剧冲突。幕启后，通过剧中人物的追溯 ，这些关键性事件被分散地交代出来，而剧情本身实际上只是事件发展的后果。《玩偶之家》中，娜拉伪造签字借款，是她与海尔茂冲突的导火线。但这一关键性事件在幕启之前已经发生，仅在剧中通过娜拉追叙往事来加以交代，而剧情本身仅仅集中于柯洛克斯泰要挟娜拉和海尔茂，导致夫妇冲突，娜拉出走的过程。这种追溯手法不仅使戏剧结构紧凑，情节集中，而且使人物性格更加鲜明，主题更为突出。

关键概念

社会问题剧　　戏剧讨论艺术

思考题

1.《玩偶之家》中的娜拉是怎样一个形象？

2.《玩偶之家》在艺术上的特点表现在哪些方面？

3.《玩偶之家》中娜拉和海尔茂冲突的症结和性质是什么？

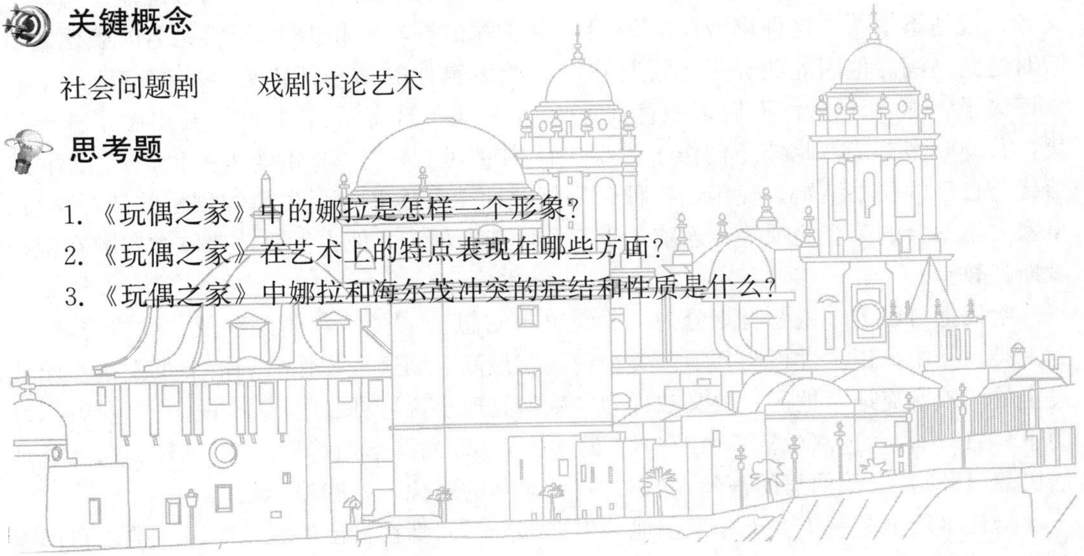

哈代《德伯家的苔丝》导读

学习提示

哈代的生平、主要作品及阶段性特征。《德伯家的苔丝》的情节梗概。苔丝悲剧的社会意义。《德伯家的苔丝》的艺术特点。

生平与创作

19世纪末英国杰出的现实主义作家托马斯·哈代（1840—1928）出生在英格兰南部多塞特郡多切斯特一个石匠家庭。哈代16岁时给当地的一个建筑师当学徒，22岁时到伦敦为一个建筑师工作。像任何一个从小地方来到大都市的青年一样，哈代热切地体验忙碌激动的伦敦生活，挤时间阅读各种前卫先进的书籍，如饥似渴地从新思想、新生活中汲取营养。在伦敦时期，他放弃了原有的基督教信仰，这一信仰曾经让他考虑寻求一个圣职。5年后的1867年，哈代回到家乡，继续从事建筑设计工作，并开始他第一部长篇小说《一对可怜的夫妇》的写作。1868年，哈代到康沃尔郡一座教堂从事建筑设计方面的工作，在那里与教区长的养女爱玛相识并相爱。他的小说《非常手段》出版于1871年，1872年出版了《绿荫下》，1873年出版了《一双蓝眼睛》，1874年出版了《远离尘嚣》。最后一部小说的成功，使他决定放弃建筑行业，专事写作，并与爱玛结婚。但这婚姻不久就产生了裂痕。1887年，哈代搬到多切斯特附近自己设计的住宅马克斯门居住。此时的哈代已经享有了盛誉，但各种攻击也接踵而至，例如说他是悲观主义者，说他不道德。这种攻击在1891年《德伯家的苔丝》和1895年《无名的裘德》出版时达到高潮。他因此放弃了小说写作，开始编辑他的第一部诗集《威塞克斯诗集》，该诗集于1898年出版。而后，一直到1928年的《冬日寄语》，其间一共出版了8卷诗集，共900多首诗，此外还创作了大型史诗剧《列王》。1912年爱玛去世，过了两年，哈代与自己的秘书结婚。晚年，各种荣誉接踵而至：他获得了牛津和剑桥的荣誉学位、皇家文学学会的荣誉奖项等，连威尔士王子也亲来拜访。他去世后，遗体被安葬在威斯敏斯特教堂。

哈代把自己的小说题材划分为“罗曼史与幻想”、“爱情与阴谋”及“性格与环境”三大类，其中，以“性格与环境”类小说成就最高。因这一类作品的情节都发生在哈代设定的“威塞克斯”地区，故又被称为“威塞克斯小说”。威塞克斯小说主要包括：《绿荫下》（1872）、《远离尘嚣》（1874）、《还乡》（1878）、《卡斯特桥市长》（1885）、《林地居民》（1887）、《德伯家的苔丝》（1891）、《无名的裘德》（1895）等。

哈代本质上是一个乡土作家，他一生大部分时间都在自己的家乡度过。他以自己家乡多塞特郡及周边地区的历史、风俗、自然环境为原型，创造了一个被他称为“威塞克斯”的地区，他笔下的人物活动于其间，形成了一个命运共同体。实际上，作品中的“威塞克斯”并不完全出于虚构。它本来是一个古地名，历史上是盎格鲁—萨克逊时代英格兰七大王国之一。其领土核心位于现在的汉普郡、多塞特郡、威尔特郡、萨默塞特郡和埃文郡等英格兰南部和西南部区域。在公元8世纪，威塞克斯国王阿尔弗雷德率军队多次击退入侵的丹麦人，被英格兰境内未被丹麦人征服的王国拥戴为大王，在英国历史上是一个了不起的人物。而威塞克斯的国王后来被拥立为整个英格兰的国王。可见，威塞克斯时代在英国民族形成的关键时期发挥了极其重要的作用。在更早的异教时代，这里还是凯尔特人频繁活动的地区，著名的巨石阵就是凯尔特人祭祀活动的遗存物。可以说，一旦哈代用威塞克斯来命名他的“性格与环境”小说，就使他笔下的乡土与上述悠久的历史联系起来，具有深厚的文化内涵。同时，威塞克斯也是自然风景异常优美的地区。乡土总是和诗意之美联系在一起的。而形成乡土诗意之美的关键因素，一是封闭、独立的历史，二是自然环境。在哈代的威塞克斯小说中，这两者都具备了。

哈代生活在人类历史从近代向现代转型的关键时期。在新旧世纪交替的时代，历史在发生着巨变。就在他所生活的这片威塞克斯土地上，宗法制乡村生活正在急速解体，代之以机械化、城市化、商品化为主要特征的现代生活。哈代热爱以宗法制为特征的乡土生活，却看到这种生活正受到现代化日甚一日的冲击。新旧生活方式、思想观念之间不可避免的冲突及由此引发的悲剧，在敏感而极富诗人气质的作家思想深处引起了巨大的矛盾和痛苦。也是在那个时代，马克思的辩证唯物主义和历史唯物主义理论、达尔文的进化论、叔本华的唯意志论、尼采的非理性主义、爱因斯坦的相对论等林林总总的理论、学说，都在广泛传播。尤其是达尔文的进化论和叔本华的唯意志论对哈代产生了巨大影响。受此影响，哈代理解新旧交替的必然性，然而种种现实的悲剧、对悲剧命运的无从解释和对幸福出路的迷惘，使得他有了一种难以排遣的悲观主义情绪，并从凌驾于宇宙之上的神秘力量中寻求对悲剧命运的解释。他认为有一种“弥漫宇宙的意志”无情地控制和支配着人类的一切，在这种强大的力量面前，人类渺小无力，只能听凭冥冥之中命运的摆布，陷入不可避免的悲剧。这种悲观主义和宿命论思想在他的许多作品中都有不同程度的体现。

威塞克斯小说由优雅的田园牧歌风开场，以暗淡绝望的悲剧结束，正是哈代上述认识和思想的深刻体现。

长篇小说《绿荫下》是一部带有田园牧歌情调的作品，它揭开了威塞克斯小说的序幕。小说中的搬运工迪克爱上了新来的可爱又任性的女校长范茜。经过一些曲折，范茜拒绝了另外两个追求者（一个是殷实的农夫，另一个是地位较高的牧师），与迪克终成眷属。优雅、轻松、幽默的爱情故事，世外桃源般的乡村自然环境，欢快明朗的基本情调，充分抒发了作者的田园理想以及对宗法制农村的欣赏。

《远离尘嚣》主要讲述的是一个牧羊人盖伯瑞尔和女农场主巴丝谢芭历经曲折，最后圆满收场的爱情故事。但小说中围绕着女农场主巴丝谢芭，还有几条悲惨的爱情辅线：追慕时尚的军官特伊爱着巴丝谢芭的仆人范妮，但在一个致命的误会之后把她抛弃，致使范妮难产而死。特伊同时还俘获了巴丝谢芭的心，并娶了她，然而婚后对她并不好。范妮难产而死的消息传来，绝望之中，特伊不辞而别。另一个农场主波特伍德也爱着巴丝谢芭，在一个晚会上，他向巴丝谢芭表达爱情并许诺不久就娶她。正在这个时候，特伊归来，波特伍德受此刺激，精神失常，狂乱中用枪打死了特伊。直到最后，巴丝谢芭才与长久以来默默爱着她的牧羊人盖伯瑞尔结婚。小说中巴丝谢芭与牧羊人盖伯瑞尔还算圆满的爱情结局并不能掩饰渗透于全书中的悲剧气氛，以及作者对自己的理想社会即将遭遇的不幸的种种担忧。

《还乡》则进一步深化了《远离尘嚣》开始的悲剧性主题，从而一扫早期作品中的乐观轻松的基调。小说以爱敦荒原为故事背景。珠宝商人克林·姚伯因厌倦城市生活，离开巴黎返回故乡，娶游苔莎·斐伊为妻，想过宁静的田园生活。但游苔莎·斐伊嫁给姚伯的目的，却是希望离开她痛恨的家乡，到巴黎去过城市时尚的生活。目标迥异，婚后生活自然不幸福，这间接导致姚伯母亲的死。而姚伯又发现，游苔莎·斐伊婚后并未同曾经爱过的韦狄断绝联系。盛怒之下，他与游苔莎发生了激烈冲突。游苔莎不能忍受家乡闭塞沉闷的生活，与韦狄在黑夜私奔，结果双双溺水而死。姚伯为母亲和妻子的死痛心疾首，悔恨不已，当了一名巡回牧师。整部小说弥漫着沉重、悲苦的气氛。小说中，以爱敦荒原为对象的景物描写占据了突出地位。爱敦荒原作为一种永恒精神力量的象征，具有凌驾于支配人类命运的神秘力量。它板着万古不变的冷酷面孔，冷漠地注视着变幻无常的人生。人类在它面前是渺小的，软弱无力的，只能受它的捉弄和乖戾的安排。

《卡斯特桥市长》则以一个惊心动魄的悲剧进一步强调了命运对人的冷酷无情和人在命运面前的渺小无力，使哈代的悲剧小说在主题上达到了高潮。打草工人亨察尔在酒后错将妻女卖给过路水手，后忍辱发愤20年，当上了卡斯特桥市长并与妻女团聚。但努力赎罪后的亨察尔依然祸不单行。他在商业、政治竞争中失败，当年卖妻女的丑闻也被泄露，结果穷困潦倒、身败名裂。妻死女走之后，他在爱敦荒原的一所草棚中孤独地死去。作品有着浓郁的宿命论色彩，它通过亨察尔赎罪多年但仍未能逃脱命运惩罚的悲剧，揭示了冥冥之中自有一种凌驾于宇宙之上的力量支配着人的命运。

《无名的裘德》中的裘德是威塞克斯乡村的一个少年，他受到老师费劳逊的鼓励，来到基督寺（一个城镇，以牛津为原型），想一边打工，一边圆自己的大学梦。但性格软弱的裘德被一个粗俗肉感的养猪场老板女儿艾拉白拉诱惑，又被气质优雅的表妹淑吸引。在两个女人之间，裘德摇摆不定，肉体和灵魂不能合一。其间，又交错着淑与费劳逊的两性婚姻关系。裘德最后一事无成，在社会舆论和窘迫的经济压力下，凄凉地死去。正如有研究者指出，《无名的裘德》写的与其说是威塞克斯，不如说是它的神经末梢。故事背景离开了威塞克斯乡村和大自然，转移到城市，失去了土地和在土地上所依附的那种稳定、绵延不断的感觉。裘德本人是一个孤儿，借居在姨妈家。他没有乡土性，没有与当地历史的联系。他不仅在不同女人之间摇摆，也在不同地方游荡。他毫无根基，经常行走在路上，不断地更换住处。这暗示了威塞克斯宗法制农村和田园生活神话的解体，也是哈代对宗法制农村社会解体后农民出路与未来命运的深入探索。在艺术上，哈代减少了对戏剧性冲突的描写，减少了对苍茫晦冥的外部环境的渲染，加强了对人物心理和精神因素的分析。整部小说有一种更加压抑、紧张、沉郁的气氛。

从以上我们对哈代有代表性的威塞克斯小说的介绍可以看出，哈代深刻展示了在资本主义生产方式和生活方式对农村的入侵中，乡村宗法制社会逐渐被瓦解和破坏的过程。哈代的全部同情都在行将消失的乡村宗法制社会和传统田园生活方面，他深刻地表现了这一生活的无尽诗意。与此同时，哈代对维多利亚时代资产阶级的伦理道德、宗教法律、教育制度、婚姻爱情、人际关系等，进行了有力的揭露、控诉和批判。从更广泛的意义上说，哈代全面深刻地表现了乡土生活在现代化进程中的悲剧性命运。哈代让我们看到，这一宿命是普遍的、不可避免的。事实上，我们看到，乡土的牧歌与挽歌在世界各民族的文学中都在演奏着，而哈代为乡土的诗意表达提供了一种经典意绪，确立了不朽的范式。在全球化的时代，这种乡土的抒情方式有着更重大的意义。

情节梗概

小说开始时，崇干牧师和小贩杰克·德北各自在荒原上赶路。他们走到一起时，牧师告诉德北，他经过钻研地方文献，发现德北是古老的贵族世家德伯氏的嫡系子孙，是真正的“约翰爵士”。德北现在家道中落，穷得厉害，又是个好吃懒做，不擅长生产和生活的人，这消息激起了他的虚荣心，他觉得可以借此大大炫耀一番，于是雇了一辆马车回到村里。此时，他的女儿苔丝正在和村里的其他姑娘一起在五朔节舞会上跳舞。一个外乡的陌生人经过这里，受舞会热烈的气氛感染，跳了几轮舞，又和同伴赶路走了。这个年轻人叫安玑·克莱，他没有跟苔丝跳，苔丝因此颇有些幽怨。克莱走得很远了，回头望时，看到苔丝还在向自己的方向注视着。他对这个年轻的姑娘模模糊糊留下了一点印象。

第二天，德北本来要去市场上出售蜂箱，但由于庆祝重新发现自己的贵族身份，多喝了一点酒，醉了。苔丝只好和弟弟一起去。途中，她驾的马车被迎头跑来的邮车撞翻，家里主要的谋生手段——老马死了。苔丝觉得责任在自己，一心想弥补这个损失，就勉强同意去拜访住在附近的德伯家族。父亲认为他和这个德伯一定是亲戚，他希望德伯会帮助他，或许还会收留苔丝，使她成为贵妇人。而事实上，这个德伯与真正的德伯家族毫无关系，只是他经商发了财，想变成贵族，就在当地的历史文献中找到了这个姓氏，冒名顶替而已。

苔丝去时，那个德伯已死，妻子瞎了眼。他们的儿子亚雷接待了苔丝。他垂涎苔丝的美色，千方百计地加以引诱，都遭到拒绝。一次，苔丝到附近镇上赶集，返回时天色已晚，半路上亚雷请她上车，她接受了。结果，亚雷却把苔丝带进一片古老的树林，在那里诱奸了她。

苔丝明白了自己的处境，发现到所谓的德伯家是一个天大的错误，就毅然离开了。她怀了孕，孩子出生不久便夭折了。苔丝逐渐摆脱痛苦，在塔布篱农场找到一份工作。在那里，她遇到了安玑·克莱。克莱出生在一个牧师家庭，家境较为富裕，属当地的上等阶层。克莱的父亲想让他继承自己的衣钵，可克莱没有兴趣。他想务农，将来到南美去经营农场。此时他正在挤奶场学习挤奶的技术。他们相爱了。克莱多次要求苔丝嫁给他，苔丝与他相爱，但怎么也不肯嫁给克莱。最后在克莱的一再要求下，苔丝才答应。新婚之夜，苔丝将自己的往事告诉了克莱，克莱自己过去也曾经有过类似的错误，但此刻却不能原谅苔丝。他痛苦地离开苔丝，只身一人去了南美。

苔丝的父母是那样的不中用，苔丝不得不又一次离家，到一个叫棱窟槐的农场工作。这个农场的主人十分凶恶，条件艰苦，工资微薄。苔丝的精神几乎垮掉。不得已，她决定向克莱的父母求助。但她走进克莱父母家时，无意中听到克莱的两个哥哥正在谈论弟弟，认为他的婚姻是不幸的。苔丝的自尊心很强，她改变主意，又返回棱窟槐。在路上，她碰到一个教士正在口若悬河地讲道，说自己原先如何作恶，后来在克莱牧师的劝导下改邪归正。此人正是亚雷。亚雷见到苔丝，如同飞蛾见到火一样扑了过来。他的改邪归正并不假，但却不彻底。他天天纠缠苔丝，要求赎罪，要求苔丝嫁给他，要求帮助苔丝一家。亚雷的忏悔中有着浓重的情欲的影子，而且越来越强烈，以致最后他完全抛开宗教，重新被情欲俘虏。

苔丝的父亲去世后，家境每况愈下。他们家原先是租住的房子，父亲一死，他们失去了租房的能力。村里人对德北一家并没有好印象，也就没有人帮他们。苔丝只好和母亲及众多的弟弟妹妹前往一个叫王牌的地方，德伯氏的祖先就埋葬在那里。他们赶到王牌以后才知道，事先租好的房子已经让别人住了。没有办法，一家人不得不在祖先的墓地过夜。亚雷尾随而来，他要苔丝相信，她的丈夫已经抛弃了她，自己可以充当他们一家的保护人。这个时候的苔丝真是走投无路了，她给克莱写信求救，但没有任何回音。她屈服了。

远在南美的克莱已经后悔对苔丝所做的一切，在生过一场重病之后，此时正在回乡途中。他回到家，读到苔丝的信，连夜出发去寻找苔丝，发现了可怕的事实。克莱离开后，苔丝悲痛欲绝，亚雷毫无同情之心，反而讽刺克莱。苔丝趁亚雷熟睡时杀死了他，匆匆去找克莱。他们两个人一起在逃亡中度过了几天幸福的生活。苔丝预料到自己的命运，要求克莱在自己死后娶自己的妹妹为妻，因为妹妹一切都像她。苔丝被捕并判处绞刑。克莱和苔丝的妹妹为苔丝祈祷，然后手拉手向前走去。

分析与评论

小说中的苔丝本质上属于威塞克斯的乡土性人物。她形貌出众，纯朴、勤劳、善良，周身散发着乡土诗性和自然美。小说一开场，苔丝就出现在民间的五朔节舞会上。在这个古风盎然的地方，五朔节舞会已经保存了好几百年。五月的好天气、好心情和青春少女的曼妙舞姿交织在一起，让克莱流连忘返。苔丝的祖上是显赫的贵族德伯氏，这一姓氏在本地的历史可以追溯到久远的征服者威廉时代。哈代在小说中细密地编织苔丝显赫的身世给她所带来的影响，比如苔丝的自尊心和高贵气质。这些成分都有助于把苔丝和遥远的古代联系起来。在古代，人们与自然息息相通，工业化尚未破坏旧的生活方式。同样，幸福的苔丝总是出现在美好的大自然背景中。在塔布篱农场，她像鲜花一般盛开，她那婀娜多姿的体态与碧绿青翠的大地相呼应，她的好心情与心满意足的动物相烘托，她与大自然的融洽和谐关系得到淋漓尽致的表现，展示了人与土地之间深刻的联系。

苔丝的悲剧主要是由于英国传统乡土社会和小农经济在资本主义生产方式、生活方式冲击下逐渐解体，个体农民走向破产和贫困造成的。苔丝的父亲原先是一个小贩，生活虽艰辛但还能勉强维持。自老马死后，一家人的生活每况愈下；父亲死后，她们一家甚至失去了固定的住所。苔丝去亚雷家攀亲，到棱窟槐农场当短工，都是被生活所迫。小说中对棱窟槐农场所作的描写充分说明了在农业生产中增长的资本主义因素的残酷性。过去人们是用连枷在橡木仓房的地板上打麦子，效率虽低但出好粮食，干活的人还能说唱逗趣，那是很快乐的。但棱窟槐农场主采用新式机器打麦子，机器只要一开，工人就一刻也不能停下来，一直累到精疲力竭。机器的轰鸣声震人心肺，也破坏了田野一切丰收场景的诗情画意。苔丝屈服于亚雷，最直接的原因是她家的赤贫状态，她无以为生，才踏入了火坑。正如西方研究者指出，《德伯家的苔丝》“具有社会文献的性质……其主题是十九世纪农民阶层的解体已到了最终的解体阶段”①。显而易见，资本主义残酷入侵而造成的穷困潦倒这一经济因素是苔丝悲剧的主因。

苔丝不仅受到资本主义农业生产方式的残酷剥削，还受到新兴资产阶级分子亚雷和克莱在肉体上的侵占、在精神上的伤害。亚雷出身于富有的商人之家，来自城市，不事生产，游手好闲，道德卑劣。他最初追逐苔丝只为贪图美色，满足个人情欲。他采用引诱、胁迫和强暴的手段来达到占有苔丝的目的。虽然后来亚雷开始对苔丝认真起来，但仍没有天长地久的打算。他只愿意继续用自己的金钱去换取苔丝的肉体，意识不到除性满足之外还有灵魂、精神一类问题的存在。亚雷代表了城市资产阶级粗鄙、浅薄、败坏的一面，他与苔丝的关系，本质上是在动用财富的力量，利用社会结构上的优势，对乡土社会进行粗暴的掠夺和破坏。克莱虽生活在本地，但就家庭出身、教养、观念而言，他不属于乡土人物，而是资产阶级知识分子的代表。克莱思想开明，品性善良，厌恶城市文明，试图理解乡土、亲近乡土，对苔丝的感情也是真诚的。当克莱得知苔丝曾经失身之后，尽管自己有过轻浮的经历，却不能原谅苔丝。这是两个人关系的一个转折点：克莱只身去了南美，苔丝的处境急转直下。按说，克莱挑剔苔丝的贞洁，并没有超出19世纪英国资本主义社会对于女子在爱情婚姻中应负责任的基本态度，但这种态度同克莱所标榜的开明思想之间存在巨大的反差。他无力打破世俗偏见，更不愿意推己及人，不愿意去探究真相，也缺乏对一个无辜女子起码的同情和理解，这暴露了他作为资产阶级知识分子软弱、虚伪和自私的一面。客观上讲，他的遗弃对苔丝伤害更深，使她深陷绝望之中。

苔丝虽然是一个乡土性人物，但也受到了现代资产阶级道德观的影响，这突出表现为她的罪恶感。当苔丝用现代资产阶级贞操观念来衡量自己清白与否时，她比别人似乎更不能忘记自己的所谓“耻辱”。这种罪感，来自她所受的比一般农村女子要好的教育，这使她的知识能够和克莱、亚雷这样的人匹敌，但也因此更容易受到现代资产阶级道德观的影响。要是她和母亲一样，是一个单纯的乡下姑娘，她就不会因太过敏感而罹难。此外，小说中通过描写亚雷摇身一变成为巡回讲道员，写老克莱牧师一家对苔丝见死不救，写苔丝最后被判处绞刑，也揭露了资产阶级宗教道德、法律的虚伪和冷酷。总之，哈代通过对苔丝悲惨命运的描写，深刻地揭示了19世纪后半期英国传统乡土社会和小农经济在资本主义生产方式、生活方式日甚一日的冲击下走向解体的残酷现实，向由此产生的种种罪恶和不公正现象发出了激烈的抗议。

《德伯家的苔丝》取得了很高的艺术成就。哈代是描写自然的高手，在作者的笔下，自然不是单纯的自然景观，它是乡土的重要组成部分，充满了灵性、人性和神性。小说中四季的更替暗示了人物命运的变化，烘托了人物不同的情绪状态。如恋爱中的苔丝以春意盎然的大地相衬托；苔丝被诱奸发生在梦幻般古老的树林；苔丝的苦难与棱窟槐恶

① 王国富等：《英国古典小说五十讲》，447页，成都，四川文艺出版社，1987。

劣的自然环境相映衬等。哈代还善于利用巧合因素。巧合本属于浪漫主义小说、戏剧惯常采用的一种艺术技巧，哈代对它进行了现实主义改造，并赋予其深厚的哲理内涵。小说随处可见离奇的巧合与偶然事件，特别是在苔丝和克莱结婚前后：苔丝突然想起不祥的儿歌，苔丝写给克莱的信却塞到了地毯下面，带他们去蜜月旅行的马车恰巧与苔丝祖先所犯的罪孽有关，公鸡打鸣无法制止等。巧合和偶然事件在小说情节和人物性格发展中起着决定性的作用，哈代将此看成命运呈现和发挥影响的主要形式，它们常常使人物的各种奋斗、努力化为泡影。巧合还有利于渲染气氛，使整个故事更加引人入胜。

关键概念

威塞克斯小说

思考题

1. 简述哈代乡土小说的发展过程。
2. 苔丝是怎样一个人物形象？其悲剧的社会根源是什么？
3. 简述《德伯家的苔丝》的艺术特点。

契诃夫《樱桃园》导读

学习提示

契诃夫的生平、主要小说作品及其特点。《樱桃园》的基本剧情。“樱桃园”的象征意蕴。《樱桃园》结尾主人公喊“新生活万岁！”的寓意。《樱桃园》的艺术特点。

生平与创作

安东·巴甫洛维奇·契诃夫（1860—1904）出生在俄国南方小城塔甘罗格。父亲是一个小商人，但后来破产，所以契诃夫的童年有很多困苦和屈辱的记忆。1879 年，契诃夫考进莫斯科大学医学系，并开始文学创作生涯。1880—1886 年，契诃夫用笔名“安东沙·契洪特”发表了大量作品，风格轻浅幽默。进入 19 世纪 80 年代中期以后，随着小说创作逐渐趋于成熟，对俄国社会的认识进一步深化，契诃夫的作品摆脱了轻浅油滑，变得沉郁凝重。1890 年 7 月，契诃夫只身来到库页岛，考察当地居民和流刑犯的生活。岛上地狱般的惨相，给契诃夫留下了不可磨灭的印象。之后契诃夫小说中社会批判力度的加强和这次旅行有很大关系。19 世纪 90 年代契诃夫的创作进入全盛时期，创作了大批优秀的作品。晚年的契诃夫除创作外，还投身社会和政治活动。1904 年，契诃夫因肺病不治去世。

契诃夫作为现实主义作家，对俄国社会的观察和批判有独特的角度。他着力揭示俄国专制农奴制度下人身上潜藏的种种奴性。《变色龙》（1884）中，巡官奥楚蔑洛夫处理一件狗咬人的案子，以狗主人地位的高低来决定自己对狗和被咬者的态度。因狗的主人迟迟不能确定，他断案时出尔反尔，出尽了丑。奴性腐蚀人的灵魂，也异化了人与人之间正常的关系。但契诃夫没有到此止步，他认识到奴性正是专制制度本身赖以生存的基础。《普里希别叶夫中士》（1885）中的普里希别叶夫中士是一切旧秩序的维护者，这个旧秩序的本质是与人民为敌的。他对旧秩序的笃信深入骨髓，化为本能，俨然就成了旧秩序的化身。他事事插手，不知好歹，全然看不到现实已经发生了变化，结果沦为笑柄。《装在套子里的人》（1898）的主人公——希腊语教师别里科夫是沙皇专制制度的牺牲品，同时也是这个制度的帮凶。他以自己的“害怕”，把小城里的居民笼罩在恐惧之中。低劣如普里希别叶夫中士，懦弱如别里科夫，居然能变成“控制者”，是因为社会中存在各式各样的“普里希别叶夫中士”和“别里科夫”，正是他们身上的奴性，制造出这样压抑的气氛。事实上，普里希别叶夫中士早已失去了逞威的市场，别里科夫根本不堪一击，只是瓦连卡响亮而清脆的笑声就送了他的性命。

《渴睡》（1888）和《第六病室》（1892）是契诃夫对社会迫害和暴力进行冷峻的、

直截了当的谴责的作品。《第六病室》的故事发生在医院的疯人病室。所谓“精神病人”，不过是统治者镇压自由思想者的借口，医生因为同情“精神病人”的遭遇，自己也被当成精神病人。那里地狱般恐怖的场景是俄国专制统治的缩影。在《第六病室》中，契诃夫把攻击矛头直接指向压迫者，提高了小说批判现实的猛烈程度。契诃夫还有相当多的作品更深入地呈示了下层民众的苦难和由此造成的心灵创伤，并对此寄予深切的同情，这就是“忧伤无处诉说”的模式。《万卡》(1886) 中，迫于生计，乡下的爷爷将万卡送到莫斯科一个鞋匠那里作学徒。在圣诞节前夜，趁主人一家去晨祷之际，万卡偷偷给爷爷写信，要求爷爷把自己接回乡下去。从小万卡在信中的叙述看，乡下并不是什么乐土，但万卡那么充满感情地回忆它，使城里挨饿挨打的生活在强烈对比中变得异常痛苦。小说独出机杼的地方是万卡写的“寄交乡下祖父收”的信封。我们知道，爷爷永远无法收到这封没有地址的信，万卡无法得到他所期待的“圣诞礼物”。《苦恼》(1886) 中，雪花纷飞的寒夜，车夫姚纳在城市四处寻觅着生意，也寻觅着可以说话的人。他刚死了儿子，胸中山一般沉重的哀伤想一吐为快，却找不到倾诉的对象。人们各奔自己的去处，无人对他的心事感兴趣，最后他只好把自己的心事说给马听。

契诃夫的小说创作对理想和未来给予巨大的关注。随着社会运动的进一步高涨，契诃夫意识到一场涤荡一切的暴风雨即将降临，他希望每个人能为这个未来做好准备。有无理想？理想的性质是什么？对未来抱什么样的信念？成了契诃夫检验小说主人公生命价值的标准。《醋栗》(1898) 中尼古拉的理想是庸俗的，契诃夫为“庸俗的理想”而痛心疾首，呼吁“不要让自己昏睡”，要追求“更合理、更伟大的东西”。以契诃夫的气质和思想境界，他并不清楚如何创建崭新生活，小说人物对未来的渴望也只是一种朦胧的憧憬。但这种对美好未来的期许和信仰使契诃夫的作品显得超拔飘逸，忧郁中洋溢着乐观气氛。《新娘》(1903) 正是这样一篇优秀的作品。一直渴望出嫁的娜嘉在临结婚前却感到莫名的烦恼，是莫斯科来的萨沙点醒了她：她需要一种和现在完全不同的崭新生活。在萨沙的鼓励下，娜嘉出走去了彼得堡。在小说结尾，她已经是一个新人，为迎接“辽阔、宽广的新生活”做好了准备。契诃夫的小说属于抒情心理小说一类。他的小说中表现了道德的纯洁性和巨大力量，它们的讽刺与幽默、忧郁和悲悯展示了短篇小说艺术无穷的魅力。

契诃夫不仅是世界级的短篇小说大师，而且是一位杰出的剧作家。代表作有《海鸥》(1896)、《三姊妹》(1900)、《樱桃园》(1903) 等。许多学者指出，契诃夫的戏剧是 20 世纪现代戏剧的重要开端之一。

情节梗概

《樱桃园》是契诃夫最重要的戏剧作品。

第一幕的背景是庄园里一间曾经是幼儿室的房间。主人公俄国女贵族柳鲍芙·安德烈耶夫娜在巴黎盘桓五年之后，终于回到了她在俄罗斯的庄园。她的朋友、亲人、仆人们都热烈迎接她的归来，柳鲍芙也沉浸于回到祖国和故园、与亲朋好友重逢的喜悦之中。

由于抵押借款到期未付，柳鲍芙这座种满樱桃树的庄园面临拍卖的窘境。她的朋友、商人罗巴辛出身农民，幼时受柳鲍芙关爱，对她心存感激。这时他建议将这座樱桃园划片出租给城里人盖别墅，得来的钱不仅可以归还借款，而且可以保证每年有丰厚的收入。柳鲍芙·安德烈耶夫娜和她的哥哥加耶夫、地主皮希克等都不懂，也不屑于商业经营，柳鲍芙更舍不得满园的樱桃树被砍掉，老房子拆掉，于是话题不断游移开去，无法作出什么决定。罗巴辛有事离去。皮希克因为要付自己抵押借款的利息，向柳鲍芙借钱，好心的柳鲍芙不忍心拒绝，但又没有钱，就请哥哥帮忙。但这些经济上的窘迫没有破坏大家的愉快心情。

第二幕的背景是樱桃园边界上的一座教堂旁。罗巴辛急切地想帮助柳鲍芙，因为拍卖的日期马上要到了。柳鲍芙等人嫌罗巴辛总是谈钱，太俗气。罗巴辛赌气要走，柳鲍芙十分感伤地谈起自己生活上的失意。她的丈夫是一个酒鬼。丈夫死后，一个无赖缠上了她。柳鲍芙深爱这男子，为他耗尽了钱财，最后换来的却是他的移情别恋。随后柳鲍芙劝罗巴辛娶她的养女安尼雅，罗巴辛婉言拒绝。一个流浪汉向柳鲍芙行乞，柳鲍芙忍不住把一枚金币给了他，随后又自责自己乱用钱。安尼雅对大学生特罗费莫夫说，她要离开这所老房子，开始新的生活。

第三幕的背景是庄园的大厅，一场舞会正在举行。这天是樱桃园拍卖的日子，在喧闹的乐曲声中，柳鲍芙显得有些神不守舍，她在等着有关拍卖的消息。安尼雅为没有钱支付舞会的开销而发愁。大学生特罗费莫夫叫柳鲍芙正视自己情人的无赖嘴脸，引起柳鲍芙的伤感和不快。罗巴辛上场，向大家宣布，他买下了这座樱桃园。罗巴辛难以掩饰自己内心的激动和快乐。他的父亲和祖父都是这个庄园的农奴，他本人不认识几个大字，幼时连庄园的厨房都没有资格去，现在却成了这座“全世界都找不出第二份的产业”的主人。他叫音乐演奏得更大声些，来庆祝他成为樱桃园的新主人。柳鲍芙听到消息，颓然地瘫坐在椅子上，伤心地哭了起来。安尼雅安慰母亲，请母亲振作些，一起去“种一座新的花园”。

第四幕背景同前。柳鲍芙已经打点好了行李，即将再一次到国外去侨居。她对樱桃园依依不舍，同时也有一种如释重负的感觉。柳鲍芙的哥哥加耶夫在银行里找到了一个职位，即将开始自食其力的生活。大学生特罗费莫夫将前往莫斯科，他靠翻译挣到了一笔钱。安尼雅将去读书，她有充分的理由憧憬美好的未来。地主皮希克赶来还钱，大家都觉得意外，原来他的土地上发现了有商用价值的白胶泥，他和英国人为此作了一笔生意。这些人都向新生活迈出了可喜的第一步。大学生特罗费莫夫喊道：“新生活万岁！”柳鲍芙·安德烈耶夫娜最后望了一眼樱桃园，黯然离去。柳鲍芙的仆人、已经一百岁的费尔斯，在老宅里一动不动地躺下。工人们砍伐樱桃树的斧头声一阵阵传来。幕落。

分析与评论

作为剧作家的契诃夫在飞速发展的时代潮流中展开戏剧故事，这个时代潮流就是资本主义的迅猛发展冲击着贵族传统生活。柳鲍芙是贵族阶级的代表人物，她的祖先给她留下庞大的产业，让她能够过锦衣玉食的生活，也养成了她奢华、铺张、追求浪漫和高雅的习性。她有庄园，有管家，有男女仆人，有随从，有家庭教师，贵族的体面和排场一样都不缺少。出国度假、爱情、舞会、宴饮构成了她主要的生活内容。契诃夫并未将这种贵族生活丑化。柳鲍芙对祖国充满感情，气质高贵优雅，富于同情心。她对朋友友善，对下人仁慈，对流浪汉慷慨，对自然、传统之美有极其敏锐的感受力。

罗巴辛是正在崛起的资本主义势力的代表，加耶夫说他是“势利小人”，是“剥削人的富农”，大学生特罗费莫夫认为他是“一个遇见什么就吞什么的、吃肉的猛兽”，但契诃夫没有把他塑造成单一的反面形象。罗巴辛的祖辈和父辈都是柳鲍芙家的农奴，农奴制改革后，农奴获得解放，罗巴辛凭借勤苦和机敏，完成了资本积累，成了富有的商人。他粗俗，缺乏教养，却有活力和朝气，有清醒的现实感和商人精明的算计。他贪婪地追逐财富，看出柳鲍芙这座樱桃园有巨大的商业价值，最后买下这片樱桃园，柳鲍芙还未离开樱桃园，他就迫不及待地叫工人来砍伐林木。但他也知恩图报，明明看出樱桃园有利可图，却为柳鲍芙着想，再三建议她分片出租，认为所得不仅能够还清借款，而且每年还会有固定的收益。他喜欢炫耀财富，却也真诚仁慈，愿意为朋友慷慨解囊。柳鲍芙赞扬他“是个规矩人”，连对他一贯嗤之以鼻的大学生特罗费莫夫也由衷地承认喜欢他。在契诃夫眼中，这是一个引领时代的人物。你喜欢也罢，不喜欢也罢，未来就属于罗巴辛这一类人。

对照罗巴辛所代表的阶级的上升，契诃夫以敏锐的眼光看到了贵族阶级及其所代表的生活方式的必然没落。柳鲍芙备受经济拮据的困扰，她的酒鬼丈夫和情人让她负债累累，连归国的路费都要东拼西凑。她抵押樱桃园却无力将它赎回，弄到不得不向亲戚甚至向罗巴辛借钱，却仍不改爱排场和挥霍的习气。她为客人举办舞会，全然不顾无法付账的后果，以致安尼雅替她发愁：“把这班乐队请了来，可是拿什么钱给他们呀?”她的樱桃园有巨大的商业价值，她却不懂也不屑于利用这种潜在的价值，最后落得樱桃园易主。她察觉到“我时时都觉得好像要发生点什么变故似的，就好像这座房子要从头顶上塌下来似的”。她被这股巨大的社会潮流所挟裹，却无能为力。

面对俄罗斯社会中这种阶级关系的深刻变化，剧作家的态度是矛盾的。他崇信“行动”和“做点什么”；他呼唤新生活，对未来充满希望。因此，他让剧中那些“落伍”的人物起先因为不具备“行动”能力而显得躁动不安、进退失据。在戏的最后一幕，又让这些人都表现出改变现状、追赶时代步伐的努力，柳鲍芙也比以前的脸色好了许多。尽管这些改变仍显脆弱，但毕竟是向“新生”迈出了可喜的一步。同时，契诃夫分明又留恋传统的诗性生活。这种诗性生活以樱桃园的意象整体呈现出来，在契诃夫看来，它正是贵族传统的精髓体现。剧中对柳鲍芙的落寞和樱桃园无可挽回的消失流露出的柔情和凄况味道，说明契诃夫在巨大的时代变动面前所感受到的深深的困惑。

《樱桃园》表现了作者高超的戏剧技巧。首先，这是一部典型的反情节的静态剧。《樱桃园》中本来有很多能出戏的重要事件，如女主人公的丈夫和儿子的死、她与情人的恩怨、樱桃园的拍卖等，但这些都没有直接呈现在舞台上。它们发生在幕间，只是通过人物的对话揭示出来，这淡化了“情节”的效果，把读者和观众的注意力引向诗意的气氛。《樱桃园》中的人物对话背后还包含着“潜对话”，当人物之间相互对话时，他们往往无法交流思想，那些反问、重复、套话、所答非所问是对着观众的，向观众揭示了他们的思想感情，使人们看到他们内心的感情起伏和变化。潜对话使对话变得“语无伦次”，它传递信息的功能受到严重干扰，削弱了情节性。其次是戏剧的象征手法。舞台背景采取四季更替的模式，第一幕是春天，有灿烂的阳光和花朵绽放的樱桃树，第二幕是夏天，音乐声和月光占据着舞台，第三幕是俄罗斯秋天的景色，樱桃园被拍卖，到第四幕已经是俄罗斯的冬季，樱桃园被砍伐。四季的交替暗示着生命的周期，昭示着旧式生活的结束和新生活的开始。更宏大的象征是樱桃园本身。樱桃园和柳鲍芙·安德烈耶夫娜为代表的旧式贵族生活不能完全画上等号，它的寓意更宽广、更复杂。它的美和丰富的文化负载使它能够傲视“新现实”。难道它一定要为“新现实”让路？但它却无可挽回地消失了。

关键概念

静态剧

思考题

1. “樱桃园”象征什么？作者对它是什么态度？
2. 《樱桃园》结尾主人公喊“新生活万岁!”的寓意是什么？
3. 《樱桃园》的戏剧艺术特点是什么？

下篇 二十世纪文学

劳伦斯《虹》导读

学习提示

劳伦斯的生平与创作。《虹》的情节梗概。《虹》的两个主题：对工业文明的批判；对两性关系的深入探索。《虹》与《圣经》意象的联系。《虹》的艺术特色。

生平与创作

戴维·赫伯特·劳伦斯（1885—1930）诞生于英格兰诺丁汉郡的伊斯特伍德。劳伦斯的父亲是一位煤矿工人，母亲做过教师，来自较有修养的家庭。父母间因出身差异导致婚后生活不和谐，这对劳伦斯的一生产生了巨大而持久的影响。他幼时敌视父亲，亲近母亲；但在进入青春期后，劳伦斯又变得无法忍受母爱的束缚和负担，对父亲的身份以及内在精神多了一份理解。这种精神变化同样影响了他的创作。劳伦斯青少年时代长期与女友杰西·钱伯斯交往。1906 年，劳伦斯进诺丁汉大学学习。1911 年，劳伦斯出版了第一部长篇小说《白孔雀》。《儿子与情人》于 1913 年的出版为劳伦斯带来了广泛的声誉，奠定了他在文坛的地位。1912 年 3 月，劳伦斯与诺丁汉大学法语教授威克利的妻子弗里达相爱并出奔欧洲大陆。第一次世界大战爆发后，二人回国，之后劳伦斯困居英国，度过了一生中最艰难的一个时期。1919 年，第一次世界大战结束后，劳伦斯离开英国，开始长达 11 年的漂泊生活。他先在意大利四处漫游。1922 年离开意大利开始环球之旅，经斯里兰卡、澳大利亚，最后到达美国西南部的新墨西哥州陶斯。1923 年，又多次去墨西哥旅行。1925 年，劳伦斯返回欧洲，辗转于意大利、法国、德国等国。1928 年，劳伦斯完成了他最有争议性的长篇小说《恰特莱夫人的情人》。劳伦斯幼时即身体瘦弱，成人后患肺炎、肺结核，大大损害了他的健康。1930 年，劳伦斯因肺病去世，年仅 45 岁。

劳伦斯的文学成就主要表现在长篇小说方面。《儿子与情人》（1913）有自传色彩，写莫瑞尔一家两代尤其是儿子保罗的家庭生活和感情体验。莫瑞尔夫妇因出身不同，教养有异，婚后生活不和。莫瑞尔太太在憎恨丈夫之余，把感情转移到孩子身上，希望把他们培养成上等人。孩子们也都站在母亲一边，瞧不起父亲，甚至敌视父亲。保罗是莫瑞尔夫妇的次子，学习优异，热情敏感。他对母亲怀着无限依恋，这影响了他和其他异性的交往。进入青春期的保罗先后与米里安、克拉拉相爱，由于母亲作梗，以及性格气质差异等原因，都先后断绝了联系。母亲病逝后，保罗在精神上才如释重负，他感到了自己的成熟。《儿子与情人》格调清新，文字灿烂而舒展。作者善于从大自然中提炼意象，如月亮、水仙、玫瑰、樱桃树、鸟窝等，用以烘托、暗示人物的心理活动。尤其在与克拉拉的交往中，作者用马和河水强调主人公性体验的激情状态，极富诗意。长篇小说《恋爱中的妇女》（1920）是《虹》（1915）的姊妹篇。小说围绕厄秀拉和伯金、古娟和杰罗尔德这两对恋人展开情节。两对恋人经历了不少观念上的争执和情感上的波折，最后走向不同结局。古娟抛弃了杰罗尔德，杰罗尔德激忿中杀古娟未遂，在风雪弥漫的阿尔卑斯山谷深处冻死。厄秀拉与伯金建立起理想的两性关系，一起去了南方温暖的意大利。这部小说执著于探讨人类的两性关系，以及对死亡抽象玄秘的冥思，多超验和形而上的色彩。《恰特莱夫人的情人》（1928）写康妮在丈夫克利福瘫痪后，与林场看护人梅勒斯之间的两性关系。克利福象征工业文明的腐朽和衰败，康妮与他一起生活备感沉闷压抑；梅勒斯与大自然贴近的生活和性爱激活了康妮沉睡的生命，让她脱胎换骨。这部作品由于对性爱的直率描写，以及赋予性爱太多“意义”而广受争议，但它毫无疑问是一部严肃的作品。劳伦斯的其他长篇小说还有《亚伦的杖杆》（1920）、《迷途的少女》（1920）、《袋鼠》（1924）、《羽蛇》（1926）等。

劳伦斯在文学方面是多面手。他的中短篇小说同样著名，如《普鲁士军官》、《美妇人》、《太阳》、《捣蛋鬼》、《你抚摸了我》、《狐狸》、《骑马出走的女人》、《少女与吉卜赛人》、《牧师的女儿》等，都是不可多得的佳作。劳伦斯的长篇小说无论是两性关系的表现还是心理探索，都复杂而深邃；中短篇小说因篇幅所限，往往选取一个片断、横截面，且情节性较强，因此不那么晦涩、难懂。劳伦斯还是一位出色的诗人，一生创作了近千首诗，大多数优秀的诗都收在《瞧，我们过来了！》（1917）、《鸟·兽·花》（1923）、《最后的诗》（1932）等诗集中。劳伦斯对自然物象和人的生命有异常敏锐独特的感受，诗成了表达这种瞬间的直觉领悟的最好形式。西方早期批评家认为劳伦斯的诗只是情感的直接流泻，谈不上什么技巧。但20世纪七八十年代，很多学者改变了自己的看法。英国学者维·德·索·品托说，劳伦斯最优秀的诗篇“属于20世纪英语诗歌中最有价值和最富内涵的作品”。K. 萨加尔认为，劳伦斯“从任何意义上讲，都是一个伟大的诗人”。此外，劳伦斯还写过8部戏剧和大量游记、文论作品。

劳伦斯受世纪末非理性主义思潮尤其是弗洛伊德精神分析理论的影响，对现代工业文明持否定态度。他认为工业文明压抑了人的性本能，破坏了健康、自然、有活力的生命形态。劳伦斯始终致力于对工业文明的批判，探索摆脱工业文明束缚，恢复人的自然属性，建立理想社会的途径。两性关系是劳伦斯作品着力的重点，他对以性爱为中心的两性关系的形式和内涵进行了深入挖掘，又从死亡和再生的高度予以归纳，最后与对历史长河中人类命运和前途的思考交汇起来。在这个意义上，劳伦斯的作品是一部展示困顿于精神荒原的人类的前景的现代启示录。

情节梗概

《虹》以家族史的方式，叙述了布兰温家族三代人的两性关系发展历程。第一代汤姆·布兰温是个忠厚诚实的农民，居住在位于埃尔瓦希河谷的马什农场。他对理性知识没有兴趣，在感性方面却比大多数男孩子成熟，直觉更敏锐，对情感更有辨别力。他没有结束学业就回到了农场。有一天，汤姆赶马车回家，路上见到一位全身穿黑色衣服的女人。这女子叫莉迪亚，波兰人，丈夫是一位知识分子、爱国主义者和民族解放战士，在华沙起义中，他冒着枪林弹雨打击俄国人，后在流亡生活中贫病劳累致死。汤姆与莉迪亚相遇时，她正在赴当地小镇教堂的牧师家去作管家，还带了女儿安娜。汤姆打听清楚她的经历后，锲而不舍地追求，终于得到了她。二人经过一些时日的适应、磨合，终于建立起了较为理想的两性关系。

莉迪亚的女儿安娜逐渐长大，她也是一个很感性的女子。有一次汤姆哥哥的儿子威尔，到马什农场来玩，与安娜相处很好，两人还一起去教堂。在8月的一个雨夜，两人在阁楼上拥抱、热吻在一起，像屋外滂沱的大雨一样，激情泛滥。安娜与威尔相爱令汤姆大为发火，他不愿女儿这么早出嫁，也嫉妒威尔夺走自己的女儿。但反对也没有用，汤姆感到自己老了。安娜与威尔举行了隆重的婚礼，随后开始了如胶似漆、火热的蜜月生活。但很快，结婚初期的甜蜜让位给没完没了的争斗。这种争斗，主要是为在精神上占有、征服对方。二人的精神争斗和折磨导致他们“性欲误入歧途”：安娜接二连三生孩子，满足于做母亲的喜悦；威尔带着女儿厄秀拉去游泳，跳水、荡秋千，或者去寻找艳遇。他们的激情之火最后燃成一堆灰烬。

汤姆渐渐地老去，但生活富足如意。在一个春天，汤姆独自驾一辆马车去赶集，喝得晕乎乎的，回家时又遇到大雨，附近的水渠大堤决口，引起洪水泛滥，围困了马什农场。汤姆卸马时，顶不住激流，倒在水中，被水淹死。他的死标志着第一代人合乎自然的两性生活的结束和第三代人的登场。第三代的代表人物是厄秀拉，她是威尔的长女。

厄秀拉经历了一个成长过程，出落成出类拔萃的少女。16岁中学快毕业时，她坠入爱河，爱上一个叫斯克里班斯基的下级军官。厄秀拉的视界要比前两代人广阔得多，她的经历使她广泛接触到社会的各个方面。后来，斯克里班斯基说他的部队要开赴南非，两个人依依惜别。斯克里班斯基走后，厄秀拉与自己的老师英格小姐之间经历了短暂的一段同性友情。中学毕业，厄秀拉通过了大学入学考试，具有了作教师的资格。她想在上大学前先教一段时间书，在经济上自立。她应聘到一所小学教书，目睹了英国教育制度的黑暗。

厄秀拉的父亲威尔凭自己的艺术天分，在诺丁汉谋得了手工艺教师之职，全家于是搬到城里，厄秀拉也辞去小学教师之职升入大学学习。在大学中，厄秀拉发现知识的无用和教育的许多弊端。斯克里班斯基此时回国度假，厄秀拉又与他热烈地相爱。但厄秀拉告诉斯克里班斯基自己不愿嫁给他。斯克里班斯基只想娶个妻子，向厄秀拉百般求婚无果，就转而与一位上校的女儿结了婚，随后与妻子返回了印度。

厄秀拉这时感到自己怀孕了。在一个雨天，迷茫的厄秀拉到野外散步，遇到了一群马，这群马向她威逼过来，它们象征男性的压力。厄秀拉以坚强的意志挺了过来，那群马落荒而去。受了这场刺激的厄秀拉大病一场，在病中厄秀拉脱胎换骨，获得了新生，看见象征新生的彩虹。

分析与评论

《虹》的思想主题主要从两个方面展开：其一是对工业文明的批判，其二是对两性关系的深入探索。

对工业文明的批判是贯穿劳伦斯创作始终的一条红线，在他的第一部小说《白孔雀》中就开始了。小说中那个狩猎人安纳布尔对工业文明总是愤愤不平，他说："整个文明是金玉其外，而败絮其中的。我一想起这一点，一考虑到世界濒于颓败，人类坠入了愚昧、孱弱与腐朽，就会对文明的一切标志觉得愤愤然起来。"《儿子与情人》对工业文明的批判更具有震撼人心的力量。以煤矿的迅速崛起为代表的工业化进程，侵蚀了农田，破坏了优美的自然环境，人的肉体变得伤痕累累，弓腰曲背在几千米深的井下像老鼠一样没日没夜地劳作，人们的生活变得呆板而毫无趣味，在矿井、酒馆、家之间三点一线，循环往复。《虹》之后的《恋爱中的妇女》中，工业文明弥漫着死亡的气息。《恰特莱夫人的情人》中，这种对工业文明的批判变成尖刻的讽刺：作为工业文明代表的克利福竟丧失了性功能。但是，在劳伦斯所有小说中，没有哪一部像《虹》这样，以如此大的规模、更具体的细节、更丰富的层次，批判了工业文明。

首先，小说在英国从传统的乡村社会到工业化社会这个历史进程中展示叙述，也揭示了19世纪后半期以来工业文明发展的情形。马什农场的周围，原先是一望无际的原野，有河流、树林、小山。布兰温家族成员日出而作，日入而息，与大自然息息相通。但在1840年前后，一条横穿马什农场的运河凿成了，水渠把远处河谷一带新开的煤矿连接起来。不久，运河的另一侧，又开了一个煤矿，一条铁路贯穿河谷而过。劳伦斯这时写下了一句话："至此，入侵终告完成。"劳伦斯对工业文明的发展从根本上是否定的。把土地分隔开来的堤坝令布兰温家族成员困惑不安，火车刺耳的汽笛在他们心中掀起一阵阵莫名的恐惧。收获季节，连风也夹杂着煤块燃烧散发的硫黄味儿。11月拔萝卜的季节，空载的货车发出的哐啷哐啷的响声震荡着他们的心灵。工业的发展向这块古老的土地投来了阴影。

其次，劳伦斯对工业文明的象征和标志——城市进行批判和攻击。威吉斯顿这个因采煤业发展起来的小镇，呈现的是一派丑陋和死亡的情景。街道满是煤灰，污浊、灰暗、肮脏。下班的矿工，目光呆滞，表情麻木，三三两两拖着沉重的脚步走过柏油路，又黑又脏的脸形同鬼魅。诺丁汉这个工业城市的居民是被异化的。小说写道："那些所谓社会的栋梁与楷模，一个个僵硬、畸形、丑陋、呆板，就像一条条僵硬的公羊腿，或木棍一般。"厄秀拉斥责道："你们这群死人一样苍白的市民究竟是什么东西?"然后她自问自答："你们是被驯服的野兽，如今身上不过披着一张羊皮；你们是社会机器误造出来的最低级的蒙昧者。"英国的首都伦敦是工业文明的心脏，劳伦斯对它充满了憎恨、厌恶的情绪。威尔有一次到伦敦去，回来后他想："这个人类社会臃肿、庞大、丑陋的大都市，居然能依靠大自然维持下来。"这实在令他惊恐畏惧。

最后，教育是工业文明发展的产物，劳伦斯因此也是英国教育制度的有力批判者。小说中，写到厄秀拉为了摆脱家庭的束缚和平庸生活的禁锢，来到一所学校当教师。本来，她幻想那些幼小的孩子会爱她，她也会喜欢那些孩子们，她会向孩子们献出自己的知识财富，使他们幸福。她也梦想在教书工作中找到自由。但学校冰冷的现实粉碎了她的热情幻想。厄秀拉在学校看到的是严厉的体罚和强制的灌输。她想与学生建立亲密关系的理想被顽固捍卫学校传统秩序的校长视为异端。渐渐地，厄秀拉也变得严厉、冷漠，只能靠棍棒打学生来维持教学秩序，惹得学生特别恨她，在背地里向她投掷石头；而校长却改变了对她的态度。学生在她的严厉镇压下，终于变得服服帖帖，于是她成了一位出色的教师。她不愿这样做，又不得不这样做，现代教育制度的冷酷迫使她违背自己的感情与良心，走到自己的反面。然而，她任教的这所学校，比起她后来上的大学则是小巫见大巫。英国教育制度的丑恶，在后者暴露得更充分。在厄秀拉眼里，大学是一个“蹩脚的车间”，“一个蹩脚的商店”，“一个蹩脚的仓库”，那里，人们“以追求物质利益为唯一目的”，“为了赚钱而作进一步的准备，教育已经成为一种否定自我的非人力量”。

两性关系始终是劳伦斯小说关注的热点，在《虹》中，对布兰温家族三代人两性关系进行了深入探索。第一代汤姆和莉迪亚代表古典的理想两性关系模式。第二代威尔和安娜的两性关系是失败的。第三代厄秀拉处在探索期，个性本身的成长主题否决了实现终极性的理想两性关系的可能性，但前景从升入空中的彩虹来看，是光明的。

第一代两性关系是基本合乎理想的，虽然在开始时他们也互相不了解，互相敌视争斗。汤姆听不懂妻子的外国话，妻子偶尔冒出的几句外语令汤姆感到茫然，因为那里边包藏了一个汤姆从未接触过的世界。那个世界有那么多秘密，从未对他打开过。妻子常常陷入忧郁之中，也让他觉得生疏、紧张。妻子前夫留下的女儿安娜的性情也让他难以捉摸，安娜不叫他爸爸，对他怀着敌意，这也让他痛苦。不过，家庭中的矛盾渐渐化解，一切都趋于平静。两人建立起古典式和谐两性关系。

安娜与威尔没有建立起合乎自然的两性关系，两性之间充满紧张的精神较量。在争斗中，安娜在精神上取得了压倒性优势，女性占有欲获得了满足，但结果却是两个人都被性欲导入歧途。威尔开始离开两个人的小世界，到外边瞎跑胡混，寻找艳遇。安娜则接二连三生孩子，七年时间生了四个孩子。一次，威尔从外边偷欢回来，把妻子想象成自己在外幽会的对象，而安娜也把他当成另一个陌生男子。二人借幻想实现了一次偷情，得到了满足。在接踵而至的赤裸裸的情欲洪流中，他们的两性关系走向毁灭。小说中写道：他们“没有爱情，没有缠绵的情话，甚至没有热吻，没有思想上的亲近，没有温存的爱”。他们之间的爱成了狂放的性欲发泄，从中获得极度的快感，只有肉欲的追求，只有感觉器官如饥似渴的陶醉和极度满足。这是一种致命的激情。

第三代厄秀拉试图探索新型的理想两性关系。她的主要生活经历是与斯克里班斯基的爱恋。斯克里班斯基是一个军人，也是一个完全社会化的人物，厄秀拉和他是很不同的两类人。厄秀拉希望将斯克里班斯基塑造成一个新人，并与他建立起理想的两性关系，但斯克里班斯基只想找一位太太。在交往中，斯克里班斯基逐渐暴露出他精神被阉割的本质，他感到厄秀拉就是黑暗、威胁、恐怖，于是他转向寻求新欢，以解除心灵的折磨。他匆忙和上校女儿结婚，去了印度。斯克里班斯基走后，迷茫中的厄秀拉有一天到田野散步，下起了小雨，她急忙抄小路回家，一群忽然出现的马惊吓了她。她跑回家以后，大病了一回，斯克里班斯基的影子在她脑子里逐渐消失了，她知道她与斯克里班斯基的交往大半是不真实的，斯克里班斯基从未真实过。虽然她建立理想两性关系的努力归于失败，但在小说的结尾，厄秀拉却成长为一个新人形象。她说："我没有父亲，没有母亲，没有情人，这世上没有我的位置，我不属于贝尔多佛，不属于诺丁汉，不属于英格兰，不属于这个世界，它们都不存在。我被束缚，被纠缠过，而它们都是不真实的。我需要冲决羁绊，就像核桃冲破不真实的硬壳而出一样。"有了对自己、对斯克里班斯基、对两性关系、对这个世界的全新理解和认识，她获得了新生，看见了象征新生的彩虹。从厄秀拉身上，我们能看到劳伦斯心目中新人的模式：他必须打破工业文明及其道德、伦理的束缚，使人之本能、非理性的一面获得解放。建立在这一基础上的两性关系才是理想的两性关系。厄秀拉获得了新生，但理想两性关系的建立，却有待劳伦斯下一部小说《恋爱中的妇女》来完成。

《虹》是劳伦斯的代表作，它反映了劳伦斯创作风格的变化。劳伦斯早期三部小说《白孔雀》、《逾矩的罪人》、《儿子与情人》都未能突破传统的框架，但是《虹》"无论在创作技巧与路子上都无疑起了明显变化……打破早期小说传统形式的过程从此开始了"，这是一位西方学者的评价。劳伦斯自己也承认了这一点，他在给一个出版商的信中说："《虹》和《儿子与情人》迥然不同，几乎是用另一种语言写的。"这种变化指小说强烈的现代主义倾向。但我们也不能说《虹》是一部纯粹现代主义的作品，它也继承了传统小说的精华，尤其是在结构上。一方面，小说通过一个家族三代人的生活经历追述英国从传统的乡村社会到工业化社会的历史进程，揭示了19世纪后半期深刻而巨大的社会变革。另一方面，它又以英国小说中前所未有的热情与深度探索有关性的心理问题，通过这三代人的正常与非正常的两性交往寻求建立自然和谐的两性关系的可能性。这就是说，这部小说一方面追求对社会历史现实的概括，另一方面追求心理的发展与和谐，这两个方面就使这部小说兼有了传统与现代两种因素。有评论家认为："没有一本英国小说能在如此复杂的环境里将社会主题与个人主题这样完美地结合起来。"

象征是劳伦斯在《虹》中采用的主要艺术手段。首先，小说的整体布局套用了《圣经》故事的框架。布兰温家族三代人分别代表《圣经》中演示的人发展的三个阶段：已生—死亡—再生。已生是伊甸园的时代，死亡是被逐出伊甸园的时代，大洪水来临，乘坐着方舟，第三代登场进行艰辛探索，寻求复活与再生之路。

意象象征是小说广泛采用的一种叙事方式。其中取自《圣经》的意象居多。如彩虹在《圣经》中是上帝与他的选民立约的见证，是希望的象征。小说的标题以及结尾处出现的彩虹都有同样的意蕴："在彩虹之下，一个个崭新的、洁白无瑕的、赤条条的躯体将破壳而出，沐浴着阳光、和风、雨露，茁壮成长。厄秀拉在彩虹里看见了大地上的崭新的建筑：那些衰微破败的房屋和工厂被扫得荡然无存，新世界是用充满活力的真理的构架建造起来的，它正好与上方圆形的苍穹相称。"再如在第二代安娜和威尔的两性关系中，有一个夏娃木刻的意象。在与安娜认识之初，有艺术天赋的威尔在为教堂刻一幅夏娃木雕，表现上帝造出夏娃和亚当的那一紧张和永恒的瞬间。名字是"夏娃出世"，造型是这样的：亚当躺着，已经睡着了，好像很痛苦。上帝是一个模糊的巨大身形，正俯身望着亚当，一面伸出暴露无遗的手。夏娃的形象是一个很小的裸体女性，像一团火焰从亚当裂开的肋下撕扯下来，飘向上帝的手边。夏娃正在出世之中，正经历着诞生的痛苦、折磨和狂喜。这幅雕像没有完成，结婚以后，威尔不断涌起创作的欲望，想把雕像刻完。它的寓意是在造人的创世纪中显现男性的力量和男性的权威的作用。威尔的男性主宰意识受到来自安娜的挑战。安娜惧怕威尔通过完成雕像而在精神上压倒自己，所以不断诋毁威尔这件木刻，她讥笑夏娃："像个小木偶。为什么她那么小？你把亚当刻得跟上帝一样大，夏娃却像个玩具娃娃。"安娜又攻击他："每个男人都是女人生的，却说女人是从男人身上造出来的，真是厚颜无耻。你们男人脸皮厚，太不知羞耻。"威尔受到打击，刻来刻去老是刻不好，一气之下，把木刻一把火烧掉了。此后，威尔在这种精神的争斗中节节败北。《虹》中的象征意象还有月亮、奔马、孔雀等，都具有鲜明的特色。

关键概念

现代心理小说

思考题

1.《虹》是如何批判现代工业文明的？
2.《虹》与《圣经》意象的联系体现在哪里？试举例说明。

卡夫卡《城堡》导读

学习提示

卡夫卡的生平与创作。《城堡》的情节梗概。城堡的象征意蕴。K形象的意义。《城堡》对现代世界的表现和揭示。《城堡》的艺术特点。

生平与创作

弗兰茨·卡夫卡（1883—1924），奥地利作家，出生在捷克布拉格，父亲赫尔曼·卡夫卡是一位犹太商人。父亲外表强壮、性格强悍，这使得卡夫卡从小就生活在父亲权威的阴影里，对父亲交织着恐惧、依恋与怨恨的复杂情感，以至于这纠缠了一生的“父亲情结”影响了他以后的大多数创作。母亲性格温和，对丈夫极度钦慕与忍让，但她忙于丈夫商店里的生意，无暇照顾卡夫卡。加之常年与年老的保姆、尖刻的女仆、沉郁的家庭教师和人情淡漠的学校教育打交道，卡夫卡养成了孤独、忧郁的性格特征。幼时的卡夫卡就酷爱阅读文学作品，尼采、克尔凯郭尔、达尔文，甚至中国的老庄哲学，构成他精神世界中的支柱。1887年弟弟格奥尔格、1888年妹妹海因里希相继夭折，而1885—1896年，卡夫卡一家共搬迁五次，这种动荡的生活给卡夫卡的童年造成了很大的伤害，也使他在幼时就善于敏锐地洞察外部环境。作为犹太人的卡夫卡始终无法摆脱流淌在血液里的“宗教情结”，犹太式的心理文化结构搭建起卡夫卡思维和情感上的“苦难”、“救赎”与“原罪”。1893年夏，弗兰茨·卡夫卡通过了旧城国立德语文科中学的入学考试，随后转入文科学习。1901年，卡夫卡进入布拉格大学德语部学习化学，两星期后改学法律。1902年，卡夫卡在主修法律的同时，还选修了一个学期的德语文学和艺术史课程。1904年，他开始创作《一场斗争的描述》，以及几个短篇小说、速写和散文诗。1906年，卡夫卡被授予法学博士学位后开始自谋生路，曾做过见习律师、普通保险公司职员，收入极其微薄。虽然他作了许多尝试来分配时间，以便不受阻碍地从事自己酷爱的写作，但是并没有成功，在职业与创作之间卡夫卡始终难以平衡。1912年开始写作长篇小说《失踪者》；同年将《观察》手稿寄给罗沃尔特出版社，写出《判决》和《变形记》；1913年1月《观察》出版，5月发表《司炉》；1914年写下《城堡》的试笔，并着手《诉讼》的写作；1919年《乡村医生》出版，《在流刑营》发表。卡夫卡1914年4月在布拉格和柏林的报纸上宣布与费丽丝·鲍威尔订婚，1917年7月第二次订婚，但同年12月最终解除了婚约。1919年夏，卡夫卡不顾父亲的反对与尤丽叶·沃里泽克订婚，但因为得不到住房，随后又解除了婚约。卡夫卡一生当中，三次订婚，又三次解除婚约。1924年，他结识女友多拉·迪阿曼特，但仅半年之后，他就在贫穷与肺结核疾病的纠缠之中与世长辞。

可以说，与他的整个人生经历相贯穿，以一种敏锐的眼光去洞察世界，并赋予这个世界荒诞或者象征性的外形，成为卡夫卡现代主义小说创作的主要特征。卡夫卡生前曾立下遗嘱，恳请其密友布罗德在他去世后焚毁其全部遗稿，已发表的作品也不得再版。如果不是马克斯·布罗德背叛卡夫卡的遗愿（“凡属日记本、手稿、来往信件、各种草稿等等，请勿阅读，并一点不剩地全部予以焚毁”），坚持将他的作品整理出版，恐怕今天我们最多也只能读到《判决》、《司炉》、《变形记》、《在流刑营》、《乡村医生》、《饥饿艺术家》这几篇短篇小说了，现代主义文学的历史也将因此黯然失色。

情节梗概

小说写主人公K为了进入城堡谒见伯爵而徒然努力的故事。K深夜踏着积雪来到城堡下辖的一个村子，但是客栈拒绝他投宿，因为没有城堡里伯爵的许可是不能在这里耽搁的。K说自己是城堡聘请的土地测量员，但又拿不出任何证件，于是遭到客栈的严厉盘查。最后客栈打电话询问城堡“中央局”，得到似是而非的答复，K才被允许暂住。第二天早晨，K走出客栈向山上眺望，城堡的轮廓清晰分明，但他对着城堡走了一天，却一步也没有靠近它。当他疲乏地转回客栈时，暮色已降临。

客栈里有两个自称是他助手的人在等他。K依旧想进入城堡，可是助手告诉他，没有许可证，外乡人是进不了城堡的。K打电话去城堡询问什么时候可以进入城堡，得到的答复却是任何时候都不能进入城堡。这时来了一个叫巴纳巴斯的信使，带来了城堡里克拉姆部长的信，信里说他已经受聘于城堡里的伯爵，但是归本村村长领导。K想巴纳巴斯一定是城堡的亲信人物，通过他一定可以进入城堡，可是等K跟到巴纳巴斯家里，才明白这种想法是荒唐可笑而且毫无希望的。

失望中的K在巴纳巴斯妹妹奥尔嘉的陪同下，来到了另一家酒店，据说这家酒店是专为城堡的老爷先生们开设的。在这里，K认识了酒吧女招待——一个名叫弗丽达的姑娘，自称是克拉姆的情妇。K勾引弗丽达并和她同居，希望通过弗丽达与克拉姆的关系见到克拉姆，但弗丽达却坦白说自己其实早已失宠，无法帮助他达成愿望。K只得去见村长，但更绝望的是，村长竟然告诉他“我们并不需要土地测量员”。K试图用克拉姆的委任信件来说服村长，可村长只认为那不过是一封表示无关紧要的私人信件而已。带着无助的情感，K返回了客栈，等待他的却是轰他走的老板。村里的教师奉村长之命，允许K带家属在学校住宿并担任守门人，K在弗丽达的劝说下，答应暂时接受这种安排。

K依旧没有放弃要去见克拉姆的决心，他再一次来到了专为城堡里老爷先生们开设的那个酒店，因为上次克拉姆就住在这里。但这次K又失败了，守候了一晚上也没能见到克拉姆，只见到了克拉姆的乡村秘书；K拒绝接受乡村秘书的盘问，返回学校。半路上他遇到信使巴纳巴斯，后者又给他带来了一封克拉姆的信，信里对他和助手们的土地测量工作表示赞许，而实际上他和助手从来没干过任何工作。两个助手高兴得手舞足蹈，K却感到疲惫而厌倦。他再次要巴纳巴斯捎口信去城堡，表达他想要拜见克拉姆的强烈愿望，巴纳巴斯答应替他转达。

K在学校受尽歧视和侮辱，两个莫名其妙的助手又只会捣乱，把事情搅得更糟，K

一气之下辞退了两个助手。弗丽达坚决反对K去见克拉姆，也不让他接近巴纳巴斯一家人。但K非常想从巴纳巴斯那里听到有关城堡的消息，晚上他悄悄来到巴纳巴斯家，巴纳巴斯不在，他就和奥尔嘉聊了很久。奥尔嘉告诉K，人人都知道克拉姆，但是对于克拉姆的真面目，大家却莫衷一是。因为他在不同的时候是不同的样子，村子里的人对他的描述也都大不相同，对他的高矮胖瘦、举止风度，甚至胡子式样，都各有各的说法，这让K很丧气。奥尔嘉还提起自己的家事：巴纳巴斯的另一个妹妹阿玛丽亚因为拒绝作克拉姆一个秘书的情妇，给家庭带来了毁灭性的灾难，父亲失去了工作，村子里所有人都和他们家断绝了往来。奥尔嘉为此进行了不懈的努力，常常去酒店与那些城堡老爷的侍从厮混，以期与城堡建立联系，解除家庭的困境，但到现在仍一无所获。K觉得他们的处境相似，于是决定和巴纳巴斯及奥尔嘉姐妹一起为进入城堡而斗争。

弗丽达派人来找K。在回家途中，他又碰上了巴纳巴斯，后者告诉他，克拉姆的一个主要秘书要他去酒店汇报情况。K来到酒店，那个秘书转达了来自城堡的命令，要他归还克拉姆的情妇。但这个时候弗丽达已经离开了K，和K的一个助手混到了一起。

小说写到这里戛然而止。卡夫卡的好友布洛德在《城堡》第一版的附注中说，卡夫卡曾将这部小说的结尾告诉过他，那个土地测量员将不懈地进行斗争，直到筋疲力尽而死，临死前，城堡传谕，允许K在村中居住和工作。

分析与评论

《城堡》是卡夫卡最重要的作品，具有鲜明的卡夫卡特色。卡夫卡生活的时代，是奥地利近代史上发生深刻社会变革的时期。哈布斯堡王朝统治下的奥匈帝国面临无法克服的危机，最终在革命浪潮的不断冲击下、在第一次世界大战的硝烟中瓦解，资产阶级共和制确立，但旧的矛盾并未解决，各种新的矛盾又层出不穷，整个社会动荡不安。卡夫卡以独特的性情气质和敏锐深邃的目光将这一切尽数收入到自己的作品中。对现代社会的审视和批判，对现代人生存处境和命运的思考，成为卡夫卡作品表现的主题，而现代社会里人的迷茫痛苦、惶恐无助则成为他作品的主要基调。

《城堡》通过城堡的影像和K的遭遇，表现了现代社会里人的生存处境和命运，展示了他们孤独无助、痛苦绝望的精神状态。

首先，城堡是专制统治下官僚政治体制的象征，它冷漠威严、高高在上。城堡里的官僚们整天埋首成堆的卷宗之中，村长家里的橱子被那些文件塞得满满的，仓库里堆放得更多，城堡里官员们的办公室里更是只听见文件掉到地上的啪啪声。这些官僚仿佛只是卷宗文件的奴隶，却从无办事效率。村子里聘请土地测量员是很久很久以前的事，给K的信也是秘书随手从废纸篓里捡出的。这种拖沓冗长的官僚体制对人的生存构成了严重的威胁，正如K在小说中所说的“我的生存处在危急关头，受到可耻的官僚政治的威胁”。K为了在村子里申请一个户口、进城堡见一次官员的面，最终奋斗到筋疲力尽而死。一方面，这些官僚们对老百姓的死活痛痒漠不关心，让每一个前来办事的人陷入庞大复杂的官僚网中束手无策；另一方面，他们自己却过着荒淫腐化的生活，他们平日里从不露面，却常到专为他们准备的酒店里寻欢作乐，城堡中的克拉姆部长是叫了一个女人又一个女人，巴纳巴斯的妹妹阿玛丽亚因为拒绝做克拉姆一个秘书的情妇而使家庭陷入困境。官僚政治就是这样威胁人的生存，决定人的命运，而陈旧庞大、冷漠威严的城堡正是这种官僚体制的形象化。

其次，城堡也是“异化”了的现代世界的象征。“异化”是20世纪西方现代文学尤其是现代主义文学的主要特征，它包括人的“异化”和客观世界的“异化”两个方面。人的“异化”是指人演变成为非人，丧失自我，不能把握自己命运，完全被外在世界所操纵。客观世界的“异化”则是指客观世界不再是可以理性把握的世界，它具有某种障碍重重的“黏滞”性、无处不在的威权的可怖性、捉弄人的命运的力量的滑稽性、屠害同类的凶残性……这是一个令人沮丧的世界。前面提到的卡夫卡的短篇小说《变形记》就是典型的表现人的“异化”的作品，而《城堡》则是对“异化”了的世界的速写。城堡高高矗立在不远处的山冈上，但是谁也没有进去过，它的主人只是让人们闻其名而从不见其人，就是见它一个办公室的官员如克拉姆之类的人，也比登天还难。这种异乎寻常的虚幻不定感，使整个城堡和它所管辖的世界显得神秘而恐怖，这个世界里仿佛存在着某种与人的生存相敌对而又看不见的超验力量。这种力量威胁人又捉弄人，不可捉摸而充满恐怖。人们仿佛都被这种力量控制着，失去自我，不由自主，行为怪诞而莫名其妙。村子里所有人都绝对一致地排斥K，绝对一致地阻挠K进入城堡，所有人都对与城堡有关的人和事表示出异乎寻常的兴趣，最典型的是阿玛丽亚一家的遭遇。阿玛丽亚拒绝做城堡官员秘书的情妇，城堡方面并没有对此发表过任何意见和评论，但是一夜之间，所有村民都与这家人断绝了往来。所有人仿佛是被某种神秘力量操纵的物品或机器，没有理性，不可理喻。在这个“异化”了的世界里，K想要有自己的意志和愿望，当然只能落得毁灭的下场。

最后，城堡同时也是可望而不可即的目标的象征。卡夫卡没有给《城堡》规定时代背景和地理空间，这使得城堡具有某种抽象意义。K一直为之奋斗的城堡若隐若现、如真似幻，它似乎远远地在那里，让人能够看见，但似乎永远也无法接近，K想要进入城堡去获得自己身份的认同，他的要求和愿望即“目标”是具体而明确的，但要达到或获得却总是障碍重重，显得神秘而虚妄，令人望洋兴叹。因此，城堡在某种意义上也可看成是人想要追求而又难以达到的某种目标的象征。卡夫卡曾在一篇笔记里说：“这是什么地方？我不熟悉这个地方：那里一切和谐如意，变幻万千，舒展自如，我知道，某处有这么一个地方，我甚至能看到它。但我不知道，它究竟在哪里，也无法接近它。”[1]这可以看成是对《城堡》的最好注解。

K与城堡的斗争，寓言了现代人的生存处境和命运。K从外地来到城堡所属的村子，他说自己是城堡聘请来的土地测量员，但是没有人相信他，他也没有可以用来证明自己身份的东西，所有人都排斥他，他走到哪里都是不被接受的“外乡人”，他失落了自己的身份，成了一个无家可归的漂泊者。他要摆脱“外乡人”的命运，要获得人们的认同，必须进入城堡，或者见到城堡的官员，可是所有的人都反对他，千方百计地阻挠他，他们在他身旁形成了一道厚厚的却又看不见的屏障，令K一筹莫展。K只有孤军奋战，但是直到最后，他还是没能实现自己的愿望，终于筋疲力尽死去。K是现代社会里千千万万普通人中的一个，带有卡夫卡作品主人公一贯的特征：失去了自我，生活在一个全然陌生的世界里，孤独苦闷，不由自主，只能做着徒然无望的挣扎。K奋斗的失

① 叶廷芳：《现代文学之父——卡夫卡评传》，79页，海口，海南出版社，1993。

败，寓含着现代社会里一个普遍而深沉的命题——现代人的无出路感。

卡夫卡通过K这个人物形象，探索了现代世界中人的处境、命运和精神状态。卡夫卡是一个矛盾复杂而又具有独特个性的作家，他生长的家庭环境培养了他敏感孤僻的性情和内省思辨的气质；犹太人没有祖国和家园的境遇，使他内心深处带有一种无所归依的失落；他一直没有结婚的独身生活，使他总有一种无法排遣的孤独；工作和写作的矛盾使他彷徨，日益"异化"的世界使他恐惧：所有这一切都使得他对于现代社会里人的处境和命运有着特别的关注、深刻的洞察和深切的体验。K的无路可走、孤独无助，有着作者自己的某些影子，更是现代社会里人们普遍境遇和心境的反映。在19世纪末20世纪初，一方面，建立在基督教基础上的传统价值法则和生活方式被颠覆，新的价值观又无从确立，人们生活在一种"价值真空"的迷茫状态里，无家可归的孤独感和失落感像潮水一样蔓延。另一方面，随着现代社会大机器生产和科技的高度发展，人的创造物逐渐脱离了人的控制，反过来控制了人。人在这些外物的控制下，逐渐丧失了本性，本质发生了异化，从"人"变成了"非人"。在现代社会这样一个典型环境下，人深切地感受到自己这种本质力量丧失的悲哀，感受到人性异化的无奈。K正是一个生活在这样世界里的人。城堡像一个巨大可怕的魔影，高高在上，冷漠威严，决定和操纵着他的命运。K丧失了自我，受到所有人的拒绝和排斥，不由自主地被某种看不见的力量捉弄。他奋斗、挣扎、左冲右突，但所做的一切都是徒然的，始终也没能实现他小小的极其普通的愿望，最后在孤独和沮丧中死去。K的遭遇和命运，正是被抛入现代社会中的千千万万普通人的遭遇和命运的缩影：他们失去了自我，被某种外界力量所左右，在强大的非理性的世界面前显得弱小无助，他们痛苦、恐惧和孤独，在自己的世界里做着徒然无望的挣扎。

《城堡》在艺术上具有鲜明的卡夫卡特色。一是图像与譬喻。卡夫卡曾说自己的创作仅仅是图像，他通过图像来传达某种不可言传的东西，解释某种难以解释的事情。他的图像有着丰富的象征意蕴，那时隐时现、影影绰绰的庞然大物城堡，就是许多或具体或抽象事物的象征。譬喻是指用寓言性的故事表达某种思想或意念，《城堡》通过K看得见城堡但却永远也走不近的故事来寓意现代社会里人的某种生存困境和命运。二是在荒诞和真实之间的穿行。《城堡》写看得见而走不到的故事，这种大框架在现实生活中自然是荒诞的，但是环境和细节却绝对真实，那里的山水地貌、住房村落都是现实生活中常见的，那作为杂乱建筑群的城堡，人们的衣食住行，所有K遇到的人并与其打的交道，都是日常生活中人情世态的真实描写，可见《城堡》整体上的荒谬荒诞是以细节描写和现实主义描写为前提的，这种虚实对照、以实喻虚的手法，使作品要表达的主体事件和中心意念十分强烈，正如英国评论家埃德温·缪尔说，卡夫卡的作品是"现实主义与寓言的交织"。《城堡》也体现了卡夫卡作品语言的一贯特色：平静冷漠，平铺直叙，甚至略带拖沓和琐碎，正契合了荒诞无聊的现实和主人公疲惫厌倦的心境。

关键概念

异化　　荒诞

思考题

1. 卡夫卡的生平经历和性格对他的创作有哪些影响？
2. 小说中的“城堡”有哪些象征寓意？
3. 分析《城堡》的艺术手法。

乔伊斯《尤利西斯》导读

学习提示

《都柏林人》的主题。《青年艺术家的画像》的主题。《尤利西斯》的情节梗概。《尤利西斯》的多层次主题。《尤利西斯》的艺术特点。

生平与创作

詹姆斯·乔伊斯（1882—1941）生于爱尔兰首都都柏林一个天主教中产阶级家庭。父亲作过税务官，酗酒，热衷于政治活动，把继承的遗产挥霍干净后，使家道衰落。乔伊斯在6岁半时入耶稣会寄宿学校克隆戈斯·伍德学院学习，11岁时转入天主教平信徒社团学校贝尔维迪尔学院。1899年，乔伊斯考入都柏林大学攻读现代语言学。大学时期的乔伊斯表现出很高的语言天赋，阅读广泛，受到作家霍普特曼、但丁、叶芝尤其是易卜生的影响，开始文学创作。1902年大学毕业后，乔伊斯赴巴黎学医；因母亲病危，于次年返回都柏林。1904年6月，乔伊斯与都柏林一家酒馆的女招待娜拉相遇相爱，数月后双双出走欧洲大陆，开始长期侨居国外的生活。他们先在意大利北部城市里雅斯特居住，1915年移居到苏黎世，第一次世界大战后定居巴黎。乔伊斯主要靠教授英语和为报刊撰稿获得微薄收入，但在异常艰困的条件下，他仍坚持从事文学创作。

乔伊斯的短篇小说集《都柏林人》动笔于1904年，完成后在不同出版商手里辗转拖延多年，终于在1914年出版。这部小说集共收15篇小说，在内容上是一个连贯的整体，其要旨如乔伊斯所说："我的目标是要为祖国写一章精神史。我选择都柏林作为背景，因为在我看来，这城市乃是麻痹的中心。"15篇小说分写童年、青年、壮年三个人生阶段，以及成人社会生活的不同侧面，大跨度、多方位揭示了都柏林人"瘫痪"的精神状态，即失去激情，失去改变自身命运的冲动和能力，浑浑噩噩、麻木疲软的精神状态。19世纪末20世纪初，爱尔兰在英国的压迫和剥削下经济凋敝；民族自治运动因其领导人帕纳尔的私生活丑闻而陷入分裂；天主教作为一股强大的保守势力，控制着爱尔兰社会生活的方方面面。整个爱尔兰社会因此弥漫着一种悲观消沉的情绪，被一种死寂的气氛笼罩，"麻痹"、"瘫痪"是乔伊斯对这种精神状态和气氛的生动概括。《都柏林人》具有现代心理小说的特点。乔伊斯善于抓住精神启悟这个心灵产生巨变的时刻，对人物心理世界进行深入开掘，外在的触动让主人公看到自己内在的自我，感到生命的毫无价值。此外，小说的整体结构的"瘫痪"定性，反映出乔伊斯试图构建荒原世界图式的冲动。

乔伊斯的自传体长篇小说《青年艺术家的画像》于1914—1915年在《利己主义者》杂志上连载，出版于1916年。《青年艺术家的画像》是一部心灵成长小说，围绕着主人公斯蒂芬·代达罗斯心智的不断成熟、思想的日渐丰富、精神的不断丰盈和飞跃来安排组织情节。作为一位未来的艺术家，斯蒂芬的心灵成长是伴随着与学校、家庭、宗教、国家的一系列冲突展开的。在教会学校，他受同学欺负，生病时无从倾诉，无辜被体罚，这些经历助长了他的孤独感和与社会的对立情绪。斯蒂芬并没有遭遇家庭暴力和遗弃，他的父母对他是溺爱的，但他们不能理解孩子丰富的内心世界，不能给他指引精神发展的方向。加之家庭不断搬家，经济每况愈下，使斯蒂芬失去了安全感。这些因素加剧了他对家庭的叛逆。进入大学的斯蒂芬发现，自己因为不自觉的功利主义动机投身教会，这反而成了他精神发展的羁绊。随着对爱尔兰民族和天主教会的抵触越来越深，他逐渐萌生了到欧洲大陆广阔天地去寻找自由、施展才华的想法。在小说结尾，他决心与家庭、宗教、国家彻底决裂，出走法国，去实现自己的理想。在这部心理小说中，乔伊斯对意识流技巧进行了较大规模的试验，意象象征手法的应用也更加纯熟。

一方面，乔伊斯生活在一个爱尔兰民族解放运动风起云涌的时代，见证了爱尔兰脱离英国获得独立的全过程。在此过程中，爱尔兰人民为争取民族独立进行了艰苦卓绝的斗争，而斗争中出现的英雄，发生的各种事件，自然成了都柏林人街头巷尾谈论的话题。乔伊斯在浓厚的民族独立解放话语的熏陶下成长，培养了强烈的民族情绪。但另一方面，他又不满民族解放运动中出现的倒退、内讧现象，不满现实中的爱尔兰人猥琐、麻木的精神状态。而且，他的日渐成熟的思想，青春的激情，也与都柏林地处欧洲一隅的闭塞风气发生冲突，他渴望到一个自由、辽阔的天地去发展自己。这种复杂的心理状态，构成了他的《都柏林人》、《青年艺术家的画像》以及后来的作品中对爱尔兰又爱又恨、矛盾纠结的感情的基础。

1914年，乔伊斯开始创作长篇小说《尤利西斯》，1922年全书正式出版。这部史诗性巨著引起的反响是毁誉参半。英美法庭曾视之为淫书，予以查禁，而T.S.艾略特、海明威等作家称它为天才之作。现在学界公认《尤利西斯》与艾略特的《荒原》同属现代主义文学里程碑式的作品。2000年，在美国《时代周刊》等媒体评选的“20世纪最伟大的100本小说”中，《尤利西斯》高居榜首。

乔伊斯在20世纪20年代开始构思最后一部长篇小说《芬尼根守灵夜》，历十余载创作完成，1939年出版。小说写了酒店老板伊尔威克及其家人从傍晚到第二天早晨一夜间梦呓般的意识流。乔伊斯采用意大利哲学家、科学家维科在其《新科学》中提出的历史循环论思想构思这部作品。小说共四部分，前三部分对应维科提出的人类历史发展的三个阶段：神的阶段、英雄阶段、人的阶段。维科认为，人类的历史是无限循环的，经过前述三个阶段后，又会开始新的一轮循环，所以乔伊斯小说的第四部分是新一轮循环的开始阶段，即“神的阶段”。除了这个大的结构框架外，小说在物景描写、人物活动安排、生命形态的呈现等方面，也刻意遵循升降、沉浮、兴衰的循环逻辑，以表达文明按轮回方式发展的观念。乔伊斯的《芬尼根守灵夜》以大量的语言试验，大量的现代科学、哲学、艺术知识，以及神话、民俗、历史材料，精心构造起一座语言迷宫。许多专家学者高度评价《芬尼根守灵夜》，视之为“20世纪最伟大的艺术作品之一”。但因《芬尼根守灵夜》中的试验超越了合理的范围，过于晦涩难解，通常不会令普通读者产生阅读的兴趣。

乔伊斯晚年尽管声誉日隆，但仍在贫困中挣扎，还被自己不断加重的青光眼和女儿的精神疾病困扰。1941 年，法国沦陷，乔伊斯从巴黎迁居苏黎世，在忧惧交攻、心力交瘁中病逝。

情节梗概

《尤利西斯》主要叙述了 1904 年 6 月 16 日早晨八点到次日凌晨两点多 18 个多小时中，三个爱尔兰都柏林人斯蒂芬·代达罗斯、布鲁姆和莫莉夫妇的生活经历和内心活动。全书共分三部，第一部（前 3 章）以斯蒂芬的活动为主线。年轻的知识分子斯蒂芬一早离开他暂时栖身的海边塔楼，到他任教的一所私立中学上历史课，下课后领了工资，去桑迪蒙特海岸漫步。下午他去图书馆，在那里和一些人讨论莎士比亚戏剧。晚上十点，他和一群医科大学生去一家妇产医院。一通高谈阔论之后，醉醺醺的斯蒂芬又去妓院鬼混。第二部（共 12 章），以布鲁姆的活动为主线。布鲁姆是犹太裔广告经纪人。他一早起来，为妻子准备好早餐，去肉店买了一副猪腰子后，再出门去邮局取信，到墓地参加一场葬礼，然后去报社洽谈一笔广告生意。中午时分，布鲁姆买了几片面包，一路吃着来到图书馆查阅报纸，与斯蒂芬擦肩而过。离开图书馆后，布鲁姆先去奥蒙德旅馆酒吧闲坐，后去巴尼·凯也门酒馆见一个熟人，在那里，因一个"公民"的反犹言论与他发生冲突。下午八点，布鲁姆来到海边，对一个十八岁的少女发生好感。晚上十点，他去妇产医院探望一位认识的孕妇，与斯蒂芬相遇。他看到脚步踉跄的斯蒂芬，心生同情，又不放心，就尾随着他来到妓院。斯蒂芬果然在妓院惹事，出门又被两个英国士兵打倒在地。布鲁姆俯身搀扶起斯蒂芬，恍惚之中，觉得他就像自己夭折了的儿子。第三部（最后 3 章），时间已经是午夜，布鲁姆就扶着醉酒的斯蒂芬回到自己的家。他留斯蒂芬在家里过夜，但已经清醒过来的斯蒂芬婉言谢绝。小坐片刻之后，斯蒂芬起身告辞。布鲁姆来到卧室，发现妻子莫莉的情人来过的痕迹，但他没有在意，与莫莉交谈了几句后，酣然入睡。小说最后一章是莫莉的意识活动。莫莉是一个歌唱演员。凌晨两点三刻，她躺在床上，在似睡非睡的状态中，意识流自由涌动，奔泻不止。莫莉与众多情人的性关系在她的脑海中走马灯似的一一闪过，她从他们身上得到性满足，她并不为此感到羞愧。最后，她意识的焦点定格在丈夫布鲁姆身上。她回忆起与布鲁姆初恋时的场景，想起与布鲁姆生活的点点滴滴。对丈夫的记忆唤起了她久违的激情，也掺杂着失望的情绪。斯蒂芬的到来在莫莉的意识中留下痕迹。她由此勾起对夭折儿子的温馨记忆，梦想着三个人重新组建家庭。她准备再给布鲁姆一次机会，以重建二人破损的两性关系。

分析与评论

《尤利西斯》延续并发展了《都柏林人》和《青年艺术家的画像》的主题，对爱尔兰社会"瘫痪"的精神状态进行了深刻的揭示。布鲁姆在十一年前失去幼子，心灵中留下了永久的创伤。还因为工作不顺，妻子红杏出墙，他的心情抑郁，性机能开始衰退，但欲望反而更强。因为无法和莫莉过正常的夫妻生活，他的性欲望发生了偏差。他与一个姑娘保持通信式的“恋爱”，却拒绝见面。他在抽屉里藏着色情照片，喜欢偷女性内衣，有窥淫癖，对排泄物着迷。妻子给他戴了绿帽子，他在痛苦中居然也能发现愉悦，甚至常常对妻子与情夫幽会的场景想入非非。这种性取向的偏差集中反映了布鲁姆的猥琐。斯蒂芬是《青年艺术家的画像》中同名主人公的续写。与家庭、宗教决裂后出走他乡的青年斯蒂芬因母亲病重回国。他学识渊博，才华出众，但在都柏林却无用武之地，加之生活窘迫，与周围环境格格不入，这些令他的内心充满挫折感和孤独感。斯蒂芬全天在都柏林漫游，精神也处于无所归依的“失根”状态。斯蒂芬的姓氏是代达罗斯，与古希腊神话中的巧匠代达罗斯同姓。神话中的代达罗斯为儿子造了一双翅膀，使其可以展翅高飞。但当他的儿子飞近太阳时，光热烤化了翅膀，儿子坠海而死。乔伊斯这一安排意在表明斯蒂芬思想的不切实际，虚空高蹈。莫莉生活观的世俗性一如丈夫布鲁姆，但她的性力惊人，是肉欲的化身。她道德观念薄弱，走马灯似的更换情人，甚至睡梦中也在追求性满足。布鲁姆的庸人主义，斯蒂芬的虚无主义，莫莉的肉欲主义，从不同侧面概括了都柏林人的空虚、庸碌、麻木的精神状态。

乔伊斯还从一些所谓爱国的“民族主义者”身上揭示都柏林人的精神“瘫痪状态”。在小说的第十二章，布鲁姆到巴尼·凯也门酒店见一个朋友，遇到一群酒客正在那里夸夸其谈，其中有个没有姓名、被叫做“公民”的人，他的民族情绪最为狂热。他声称喝酒要喝本国酒，听说物价长了，信口就说是外国战争造成的，然后就滔滔不绝地夸耀爱尔兰民族语言，爱尔兰民族英雄，丰富的物产，先进的手工工艺，曾经居于世界领先地位的贸易等。后来把话头转到了对英国的仇恨上，声称要用暴力争取民族独立：“我们就是要用武力对付武力。”“我们还有我们海外的大爱尔兰呢。”他在夸夸其谈的同时，仍在一杯接一杯不停地喝酒。爱国的话语从一个张狂的酒徒嘴里说出来，不仅崇高感荡然无存，其真实性和严肃性也大打折扣，更衬托出说话者的浮夸和褊狭，俨然小丑一般。

乔伊斯的《尤利西斯》表现的是都柏林人日常的生活场景，但在人物、情节、结构等诸多方面，却刻意模仿荷马史诗《奥德赛》。小说中的三个主要人物布鲁姆、莫莉、斯蒂芬，是《奥德赛》中奥德修斯、佩涅洛佩、科勒马科斯的现代版。布鲁姆与斯蒂芬虽没有血脉关系，但他们在精神上彼此需要，有父子感应。三个人物活动的程式和过程，与《奥德赛》也一一对应。乔伊斯通过给描写都柏林现实生活的作品套上一个《奥德赛》的神话框架，在古今之间建立起一种平行对比关系，让我们看到，与古代史诗中的英雄主义相比，现代史诗所展示的卑劣庸俗的现实令人何等沮丧！同时，它也使都柏林故事超越了此时此地的具象描写，具备了表现现代西方社会生活的史诗般的普遍概括性和深广的哲理内涵。从这个意义上讲，《尤利西斯》中都柏林人的精神瘫痪状态，就成为整个西方社会精神沦落、文明危机的反映。

《尤利西斯》套用《奥德赛》的神话结构，还表达了救赎的主题，与现代人寻找精神家园的渴望呼应。《奥德赛》中，科勒马科斯外出寻父，奥德修斯十年漂泊，佩涅洛佩二十年等待，都是为了奥德修斯最终的返家。在《尤利西斯》中，斯蒂芬意识活动的主导动机是寻找精神上的父亲，这与荷马史诗中科勒马科斯外出寻父的情节相呼应。布鲁姆在都柏林四处漂泊，与奥德修斯的遭遇相似，他也与奥德修斯一样渴望返家。莫莉轻浮放荡，她的背叛使得丈夫有家不能归，但在内心深处，她同样渴望拥有一个完整的家庭。从小说最后一章莫莉的意识流中，我们看到，莫莉已经把斯蒂芬当成自己的儿子，想象着他长期住在家里的可能性。同时，莫莉将先前的情人一一抛开，最后长久地定格在布鲁姆身上。莫莉潜意识中对斯蒂芬和布鲁姆的接纳，使全家团聚成为可能。小说结尾处，“yes”一词一再浮现于莫莉的意识流中。它是对团聚的承诺，也是对美好未来的期许。在乔伊斯看来，返家和团聚，象征着精神上获得救赎。19 世纪后期，尼采惊呼：“上帝死了！”在没有上帝的世界里，人们失去了精神的家园，在孤独、焦虑、苦闷、彷徨中苦苦挣扎。乔伊斯感应到现代人的无根和漂泊感，以及渴望寻找精神家园的生命冲动，认识到只有找到家园，人类的灵魂才能安歇。他在《尤利西斯》中，通过以古喻今的神话象征模式，深刻地探索了这一紧迫的时代课题。

《尤利西斯》堪称现代主义小说形式试验的集大成之作。第一，它通过娴熟地应用内心独白、自由联想、梦境、幻觉、蒙太奇等艺术表现手法，对人的感觉、知觉、思辨活动、情感、本能、欲望，以及回忆、梦境、幻觉等心理活动，进行了全方位的描写，展现了现代人精神世界的丰富性和复杂性，并通过心灵的屏幕，折射了外部光怪陆离的社会现实、世间万象，揭示了现代人和现代社会深刻的危机。第二，神话象征框架的采用。除了前述的《奥德赛》框架外，但丁《神曲》中的地狱旅行框架，以及圣杯故事框架，也在《尤利西斯》中有所应用。其作用和意义，T. S. 艾略特作过充分肯定：“在使用神话，构造当代与古代之间的一种连续性并行结构的过程中，乔伊斯先生是在尝试一种新的方法……它是一种控制的方式，一种构造秩序的方式，一种赋予庞大、无效、混乱的景象，即当代历史以形状和意义的方式。”① 第三，语言和文体的大胆创新。为了高度仿真人物的心理活动，增强艺术表现力，乔伊斯在英语之中大量夹杂希腊语、希伯来语、拉丁语、梵文等古代语言，以及法语、德语、意大利语、西班牙语、北欧国家语言；他拆字、造新字，使用混成字和双关语；他模仿哲学、医学、天文、法律、艺术、文学、宗教等知识领域的语言表达特点，模仿教科书、新闻、广告等文体风格，甚至还模仿英国文学史上历代名家的文体；《尤利西斯》最后一章长达四十多页，基本不用标点符号，以原原本本地呈现莫莉潜意识活动的真实面貌。第四，戏仿的手法。《尤利西斯》无论是对其他各种语言文体的借用，还是对神话框架的借用，采取的都是戏仿的形式。通过滑稽模仿，产生讽刺的效果。例如小说第七章，采取了报刊排版的拼贴技法，把叙述内容切割成 63 个片段，每一个片段配上一个像报纸一样的标题。整章内容看起来井然有序，实则支离破碎，暗喻了现代社会人与人彼此疏离隔绝。在第十四章，乔伊斯巧妙地用不断演进的文体进行叙述。文体沿着历史的线索一路发展，就像生命从胚胎到分娩的发育过程。而现实是，医科学生们的放肆谈笑正亵渎着生命降生的神圣时刻。猥亵的谈话用庄重的文体加以包装，产生了强烈的反讽效果，揭示现代社会的荒诞。

关键概念

意识流小说　　神话象征框架

① ［英］T. S. 艾略特著，王恩衷编译：《艾略特诗学论文集》，265 页，北京，国际文化出版公司，1989。

思考题

1. 《都柏林人》和《青年艺术家的画像》是如何表现都柏林“精神瘫痪”主题的？
2. 分析《尤利西斯》的主题。
3. 为什么说《尤利西斯》是一部“现代主义小说形式试验的集大成之作”？

艾略特《荒原》导读

学习提示

艾略特的生平与创作。《荒原》的内容。《荒原》的多层次主题。《荒原》的艺术特点。

生平与创作

T. S. 艾略特（1888—1965）出生于美国密苏里州圣路易斯，先祖是英国移民，祖父是华盛顿大学的创办者，反对蓄奴制。在南北战争期间，他的祖父发挥了重要影响力，使蓄奴州的圣路易斯站在北方联邦一边。艾略特的父亲是一个商人，母亲热爱文学。在这样的家庭环境中，艾略特从小受到广博的教育和民主自由思想的熏陶。1906年，18岁的艾略特考入哈佛大学。大学期间，受到新人文主义批评家白璧德的反浪漫主义态度的影响。1909年，艾略特获得硕士学位，留在哈佛担任哲学助教。1910年，艾略特前往巴黎学习。他听柏格森的哲学讲座，研读法国象征主义诗歌，迈出了成为诗人的关键性一步。1911—1914年，艾略特重返哈佛，攻读印度哲学和梵文。1914年，艾略特来到英国，入牛津大学默顿学院学习哲学。1915年6月，经朋友介绍，他与维维安·海格-伍德在牛津相识并结婚。维维安有精神病史，这桩婚姻后来给艾略特带来了诸多困扰，也给妻子造成了不幸。但也正是为了维维安，艾略特决定留在伦敦。在同一年，他的长诗《阿尔弗瑞德·普鲁弗洛克情歌》在《诗刊》杂志发表。诗歌主人公普鲁弗洛克是一位羞怯、懦弱、缺乏自信的中年男子，在黄昏的街道上行走，犹豫着是否要去向一位女子求婚。他担心她会嘲笑他的年龄和相貌，担心她会误解他的动机，担心她会拒绝，害怕流言飞语。越想越自卑，越害怕，他想尽量把解决这个“压倒一切的问题”的时间向后推延。诗歌最后在普鲁弗洛克的延宕和叹息中结束。普鲁弗洛克萎靡、倦怠，无力追求个人幸福的形象，是现代西方人精神空虚，对人生乃至文明充满幻灭感的真实写照。诗歌中出现的戏剧性独白、意象叠加、反讽、奇喻等手法，都给人耳目一新之感。

1917年，艾略特进入劳埃德银行工作，并担任《利己主义者》杂志的助理编辑，第一部诗集《普鲁弗洛克及其他观察》出版。1922年，艾略特创办了《标准》杂志。该杂志在首期推出他的长诗《荒原》，震动欧美诗坛。1925年，艾略特辞去银行职务，出任新创建的费伯出版社董事和编辑。杂志和图书的编辑出版，使他团结了一大批英国甚至欧洲大陆的诗人作家，成为英国现代主义诗歌运动的领袖人物。

1927年，艾略特受洗成为英国国教徒，并在当年加入英国国籍。思想和信仰的转变在他《空心人》(1925)、《圣王的旅程》(1927)、《圣灰星期三》(1930)等作品中都有迹可循。尤其是《圣王的旅程》，借《圣经》中东方三贤赴伯利恒朝觐的故事，记录了诗人皈依基督教的心路历程。诗歌平缓、倦怠的语气与坚定的信仰之间构成张力，写实的朝圣之旅与耶稣从诞生到死亡再到复活的幻象描写相叠加，意识流手法的应用，都使这首诗独树一帜。

从20世纪20年代后期开始，艾略特对戏剧的兴趣日益浓厚，创作了《大教堂凶杀案》(1935)、《合家团圆》(1939)等诗剧，以及《鸡尾酒会》(1949)等喜剧作品。其中最有代表性的作品是《大教堂凶杀案》，它取材于英国12世纪坎特伯雷大主教托马斯·贝克特被国王势力刺杀，随后被封为圣徒的史实。剧中的贝克特是一位坚定的教权和信仰的捍卫者，他自知回国定会遭遇不测，仍然义无反顾。剧中的几位诱惑者出于各种目的，以各种理由向他游说，都被他拒绝，最后杀身成圣。此时的艾略特已经是坚定的国教教徒，剧中贝克特的诚恳、坚忍和献身精神，反映了艾略特自己的宗教理想。全剧主题崇高，风格庄严，仪式感强烈，反映了艾略特试图复兴传统诗剧的努力。

艾略特在文学批评领域有着同样大的影响，被著名文学理论家韦勒克称为“20世纪英语世界最为重要的批评家”，其文论收入《圣林》(1920)、《论文选》(1932)、《诗歌与戏剧》(1951)、《论诗歌与诗人》(1957)、《评批评家》(1965)等著作。艾略特在文学批评方面的最大贡献，是提炼和总结了现代主义诗论，并在创新与传统之间架起了一座桥梁。艾略特说：“诗人不是放纵情感，而是逃避情感；不是表现个性，而是逃避个性。”① 诗歌不可能不表现诗人的情感和个性，但表现的方式不应该是直抒胸臆，这才是艾略特这段看起来违背常理的名言之真意。艾略特推崇的表现方式是找到一个“客观对应物”，“用一系列实物、场景、一连串事件来表现某种特定的情感，要做到最终形式必然是感觉经验的外部事实一旦出现，便能立刻唤起那种情感”②。这就是隐喻或意象象征的模式。不仅如此，艾略特使情感和个性的表现更加智性化、反讽化。艾略特不像未来主义诗人那样取与传统彻底决裂的姿态，他努力在传统的连续性中阐述当代文学的意义。但艾略特对传统并不是一概接受，他是有选择的。他摒弃了华兹华斯一路的浪漫主义诗歌传统，从英诗中清理出一条以玄学派诗人、德莱顿、蒲柏等为代表的“智性”诗歌传统，从而为现代主义诗歌找到了历史的依托，奠定了坚实的理论基础。

艾略特晚期诗歌的代表作是《四首四重奏》(1943)，由《烧毁的诺顿》、《东库克》、《干燥的赛尔维奇斯》、《小吉丁》四首诗组成。标题中的“诺顿”、“东库克”、“小吉丁”是英国地名，“干燥的赛尔维奇斯”是美国马萨诸塞州海湾的一处岛礁，都与艾略特的生活经历有关。每一首诗由五章组成，第一章呈现全诗主题，随后以不同方式展开变调，形成了四重奏音乐的回旋结构。同时，四首诗又依次以春、夏、秋、冬四季和古希腊哲学家赫拉克雷特斯认为的宇宙四大基本元素——空气、土、水、火作为基调，从而把四首诗组合成一个宏大、繁复，同时严谨、整饬的结构。《四首四重奏》是艾略特的精神自传，寄托了诗人对时间和永恒、赎罪与拯救的思考。比起《荒原》，《四首四重奏》用典更为节制，戏剧性场景让位给诗人心灵活动的书写；《荒原》中的语言意象绵

① ［英］T. S. 艾略特著，王恩衷编译：《艾略特诗学论文集》，8页，北京，国际文化出版公司，1989。
② 同上书，13页。

密，词采绚烂，而《四首四重奏》的语言归于疏朗明澈。1948 年诺贝尔文学奖授给艾略特，授奖词称赞此诗“以近乎赞美诗般的叠句和对自己精神历程的细腻而精确的描述，创作了一支用文字谱写的沉思曲”①。不可否认，《四首四重奏》的内蕴更加抽象、晦涩。

艾略特与维维安在 1933 年正式离婚。1947 年，维维安去世。1957 年，艾略特与秘书瓦莱丽结婚，找到了梦寐以求的幸福。1965 年，艾略特病逝于伦敦家中，骨灰按他的遗嘱被送到先祖诞生的东库克。

内容简介

《荒原》是艾略特诗歌的代表作，也是现代主义诗歌的典范作品。全诗共 343 行，分五章，以都市生活场景为主干，同时连缀、叠加了大量取自神话历史典故、自然景观及超自然幻象的片段。全诗虽然没有一个连贯的故事线索，但“荒原—拯救”的运思框架将这些场景和片段组合成一个整体。

第一章“死者的葬仪”。本章从标题可见其哀歌的性质和基调。时间是四月，万物复苏、春暖花开，同时欲望也蠢蠢欲动，不快的回忆被唤醒。开篇的抒情段落之后，依次出现了五个场景描写：奥地利贵族玛丽·拉丽施伯爵夫人的度假生活，干涸空寂的荒原景象，风信子姑娘爱情落空的故事，算命女人用泰罗特纸牌在给人算命，伦敦街头鬼魂般涌动的人流。

第二章“对弈”。分两部分：第一部分由一对上流社会夫妇的对话构成。丈夫对妻子有所猜忌，妻子焦虑地追问丈夫现实问题时，他总是沉默以对，但内心的声音却每问必答，意有所指，悲观抑郁。第二部分由丽儿的女友回忆她在小酒馆里与丽儿的谈话构成。女友劝告丽儿要取悦即将退伍归来的丈夫，但丽儿疲惫邋遢，对丈夫即将归来全无热情。

第三章“火诫”。泰晤士河流淌着垃圾和淫欲。渔王在死水中垂钓。博尔特太太和她的女儿在濯足，准备迎接薛维尼的到来，他们是顾客和妓女的淫乱关系，令人想到古代国王铁卢欧斯对翡绿眉拉的强奸。在伦敦这座“并无实体的城”中，士麦那商人在完成他的商业交易后，约“我”与他幽会。雌雄同体的帖瑞西士发现一个公司职员去一个女打字员家约会。女打字员满足欲望后播放的音乐从“我”耳边飘过，引起“我”对伦敦城街景的关注。泰晤士河的三个女儿的歌唱，哀悼着当代伦敦的沉沦和堕落。“我”前往迦太基，为世间淫欲泛滥而忏悔。

第四章“水里的死亡”。只有短短的一节诗，写腓尼基水手弗莱巴斯死后忘记了水鸥的鸣叫、深海的浪淘、利润和亏损。他死于情欲之海，又被水净化。

第五章“雷霆的话”。分两部分：第一部分中，骑士穿过荒原，最终到达安放圣杯的凶险教堂这一条线索，或明或暗穿插于其间，将各诗节的内容连贯起来，这些内容包括耶稣死而复活，“带头罩的人群”在荒原上行走，以及带有末世色彩的荒原景象描写。随着凶险的教堂出现，雨水降临到干涸的荒原上。第二部分有雷霆发声，表达舍予、慈

① 安代尔斯·奥斯特尔林：《一九四八年诺贝尔文学奖授奖辞》，转引自《艾略特诗选》，3 页，济南，山东大学出版社，1999。

悲、克制之意。渔王再次出现。全诗在重复梵文“舍予、慈悲、克制”和“平安”的奥义中结束。

分析与评论

艾略特的《荒原》之所以被看成是一部具有划时代意义的作品，主要在于它凝聚了20世纪初西方知识分子认为西方文明已经衰朽没落的共识，使之以最具概括力的“荒原”形象呈现出来。在长诗中，艾略特从四个层面展开荒原形象的描写。第一是自然层面。在第一章，诗人写一片荒漠中，“一堆破碎的偶像，/承受着太阳的鞭打”，“枯死的树没有遮荫”，“焦石间没有流水的声音”。在第五章第二节，荒漠的形象更见具体：“这里没有水只有岩石”，干涸到“死了的山满口都是龋齿吐不出一滴水”，甚至“连静默也不存在”，雷也是“枯干的”。由于缺乏雨水滋润，自然界一片死寂，毫无生机。第二是现实社会层面。它以现代都市生活场景为表现对象，重点描写伦敦：在破晓的黄雾中，伦敦虚幻如“无实体的城”，行走的人流犹如行尸走肉。泰晤士河上漂浮着油污和垃圾；衰朽的阁楼上，老鼠啃噬着白骨。在这座城市里，合法的夫妻同床异梦，关系冷淡，而非法的卖淫、随意的苟合、错乱的性恋，却大行其道。第三是神话—历史层面。它以情欲和死亡为特征。有埃及女王克里奥特佩拉、迦太基女王狄多因情而死，希腊神话中的国王铁卢欧斯为满足情欲，残害了泊劳克奈与翡绿眉拉姐妹。与情欲泛滥相对照的，是传说中的渔王因性功能丧失，导致原来富饶美丽的王国一片荒芜，人兽不育。此外，还有女先知西比尔虽生犹死，以及耶稣之死。第四是超自然层面。其想象有着浓重的末世色彩，如戴头罩的人群“在无边的平原上蜂拥而前，在裂开的土地上蹒跚而行”，现实与历史上的名城伦敦、耶路撒冷、雅典、亚历山大、维也纳，在暮色中开裂，坍塌，化为一片废墟。艾略特以非凡的想象力，穿梭于历史与现实、自然与社会、超验与经验之间，绘制出一幅有着丰富文化思想内涵的荒原图景。

在20世纪初叶，尤其在第一次世界大战之后的欧洲，随着资本主义社会危机的加深，知识分子对整个西方文明产生了空前的幻灭感和危机感。此外，虽然是现代社会，达尔文的进化论已经深入人心，但基督教的循环历史观同样大行其道。人们普遍认为，每一段历史都有开始和结束，都有其盛世和末世；而在末世之后，被救赎的历史又掀开新的篇章。正是在这样的历史文化背景之下，《荒原》描绘了一幅腐朽颓败、颠倒错乱、肉欲横流、有性无爱的社会图景。在“对弈”中不断重复出现的呼喊，“请快些，时间到了”，正是死亡之神敲响了这个堕落社会的丧钟。

艾略特在呈现荒原图景的同时，也在为陷入危机中的西方文明寻找拯救之途。如贯穿全诗的渔王故事，除了“荒原”的寓意，也包含了拯救的功能。渔王故事取自学者魏士登女士的《从祭仪到神话》一书。书中记载，渔王要想痊愈，需要有一位年轻骑士，带着利剑，战胜艰难险阻，找到盛过耶稣宝血的圣杯，荒原也将普降甘霖，重新焕发生机。而要找到圣杯，必须保持童贞，还要经过一个凶险的教堂，并且理解利剑和圣杯的含义。在这个基督教民间故事中，渔王是繁殖神的化身，而骑士携剑寻找圣杯，带有浓重的性启蒙意味。我们在《荒原》中看到，一方面是畸情泛滥，另一方面则是健康之性的衰竭，现代社会有机体生病，与渔王之病相呼应，是“荒原”出现的内因。正是在这个意义上，寻找圣杯就成为拯救荒原的行为。《荒原》第一章，名叫马丹梭梭屈里士的算命女人出示的泰罗特纸牌，就由寻找圣杯传说的诸意象构成。第三章有渔王在死水中垂钓的场景。第五章，渔王垂钓的形象再次出现，还出现了凶险的教堂，随即天降甘霖，旱象解除。艾略特在诗中套用的这个神话框架，表达的正是荒原—拯救的象征寓意。

《荒原》中还隐伏了一个耶稣基督死亡与复活的神话框架。第五章开头数节描写的场景，化用了耶稣在客西玛尼园中的被捕，被钉上十字架，复活后在门徒们中间行走的情节。值得注意的是，《荒原》的主题不是一般的死亡，而是复活的前提。第一章“死者的葬仪”展示了荒凉干涸的土地和面临死亡的人们，但西方的复活节就在四月份，人们在这个日子庆祝耶稣的复生。第二章则描绘各阶层的女性走向死亡的过程。第三章用“火”暗示了“再生”主题，为后两章埋下伏笔。第四章描写了一个宗教仪式：水里的死亡，为死者超度灵魂，使其死而复生，从而引出了再生的源泉：水。第五章则是《启示录》一般的复活宣言。

在不断铺展开的结构中，艾略特把拯救的希望寄托在宗教教义上。宗教是他精神探索的最终归依，也是他向世人宣传的最后真理：末世需要拯救，但不能通过俄罗斯那样的暴力革命的方式。“这是什么声音在高高的天上/是慈母悲伤的呢喃声/这些带头罩的人群是谁/在无边的草原上蜂拥而行，在裂开的土地上蹒跚而行”。这些荒原人应通过宗教指导下的个人完善来实现，即“舍予、慈悲、克制”和“平安”。当时的艾略特还没有完全投入基督教的怀抱，篇尾的教义渗透着他所感受到的东方宗教的影响。在他看来，以宗教为指引的古代文明无疑是解决现代西方各种严重社会问题的一剂良药。

《荒原》体现了艾略特高超的象征叙事技巧，主要表现为对神话框架的借用。艾略特提出“客观对应物”，即用意象、场面、细节构筑起一个隐喻、象征系统，通过这种间接暗示，完成叙事任务。象征的最高形式是神话。当作品中的意象系统具有整体功能，且这一意象系统和人类远古时代的生产、生活、宗教等实践活动有关时，象征就上升为神话。苏联批评家梅列金斯基指出，20 世纪初，“‘再神话化’，即神话的‘复兴’，盛极一时，囊括欧洲文化的各个领域”①。使用神话框架来结构作品，的确是现代主义文学的一个普遍现象，如乔伊斯的《尤利西斯》、福克纳的《喧哗与骚动》、劳伦斯的《虹》、奥尼尔的《悲悼》等都采用了古希腊神话和《圣经》的框架。艾略特的《荒原》中的渔王故事与耶稣故事，则是两个彼此关联、互为补充的结构框架。神话框架的使用，能够使作品摆脱对具体、琐碎的现象世界的逼真描绘，超越浅层次的对丑恶、黑暗的揭露批判和对美与善的颂扬，跨出了“现在”和“这里”的范畴，虚构出一个“纯粹存在”的世界图式，囊括对宇宙、自然、人类的哲理思考。其意义是重大的。

断片（碎片）组合也是《荒原》最重要的结构方式之一。所谓断片组合，是指把一个个看似毫无关系的意象、场景或情节强行组接、连缀在一起，依靠这种断片组合，来完成整体的荒原叙事。如第三章“火诫”，首先写泰晤士河的景象，随后猛然跳到一个孤独的人在瑞士莱蒙湖畔哭泣，接着又回到泰晤士河景，然后跳到在死水里垂钓的人，再接下来出现了博尔特太太和女儿洗脚……这种情形在《荒原》中大量存在。艾略特对断片并置组合的应用是自觉的。他在《玄学派诗人》一文中认为，这符合普通人的思维

---

① ［俄］叶·莫·梅列金斯基著，魏庆征译：《神话的诗学》，25 页，北京，商务印书馆，1990。

方式：他们的“经验是混乱的、无规则的、片段的，如坠入爱河或阅读斯宾诺莎的书，这些经验彼此互不相干，可是像对多恩这样的诗人来说，这些经验总是在构成新的整体”。而诗人的思想也是“不断将相异的东西混合在一起的经验”①。从荒原叙事看，碎片的组织形式可以模拟和揭示现代世界的“碎片”本质。

但《荒原》中的断片并不是毫无关联地杂凑在一起，而是以对话的方式造成反讽的效果。对话区别于众声喧哗的混乱无序，却又比自说自话的单角度叙事更贴近于生活本身的复调性。诗中有三种对话形式：第一种是“我”与他者的对话。“我”不是同一个人，而是指不同年代、不同身份的很多叙述主体。“我”和“你”，和“我们”，以及另一个“我”之间有着频繁的对话，他们彼此间有时相互附和，有时又相互质疑，从多方面揭示叙述客体的面貌，也收到很好的戏剧性效果。第二种是现代场景与古典场景的对话。古典场景和现实人生的交叉、重叠，暗含带给《荒原》厚重的历史感。如“对弈”，首先是古代女神或贵妇雍容华贵的居所和装束，然后是夜莺的神话，之后视线转移到当下的生活状态，夫妻之间百无聊赖的谈话，形同交易的两性关系，女友间无聊的闲言碎语等。第三种是不同社会阶层之间的对话。如第二章先写上层贵族的生活，接着写下层人民的处境，两者的对弈是无声的对话，赋予这首长诗宽广的社会视角。

《荒原》的另一个重要的艺术技巧是大规模的和独特的征引。全诗共涉及6种语言、35个作家和56部作品。其中有论著、回忆录、语录、经文等，大部分是文艺作品，有神话故事、民间歌谣、诗歌、戏剧、小说等。所征引的无论是词语，单纯的意象，某个场景，还是一件触动人心的事件，都经过了作者的加工，打上他本人原始构思的烙印。作者的感情附着在这些被征引的事物上。在旁征博引的时候，艾略特往往反其意而为之，如前文提到的他将四月描绘为“残忍”；而冬天使人“温暖”，事实上，这样的例子很多，如在诗的第74行，诗人借用了魏布斯特《白魔鬼》中的诗句，“叫豺狼走远些，它是人类的仇敌”，但是特意将“仇敌”更换成“朋友”，魏氏的诗句变成“叫狗熊星走远吧，它是人们的朋友”，作者似乎在暗示，在无聊的人生里苟延残喘的人需要的是生根、发芽和在这之后的复活，而不是在人世继续存留。

关键概念

客观对应物

思考题

1. 谈谈你对《荒原》的“荒原”主题的理解。
2. 分析《荒原》的艺术技巧。

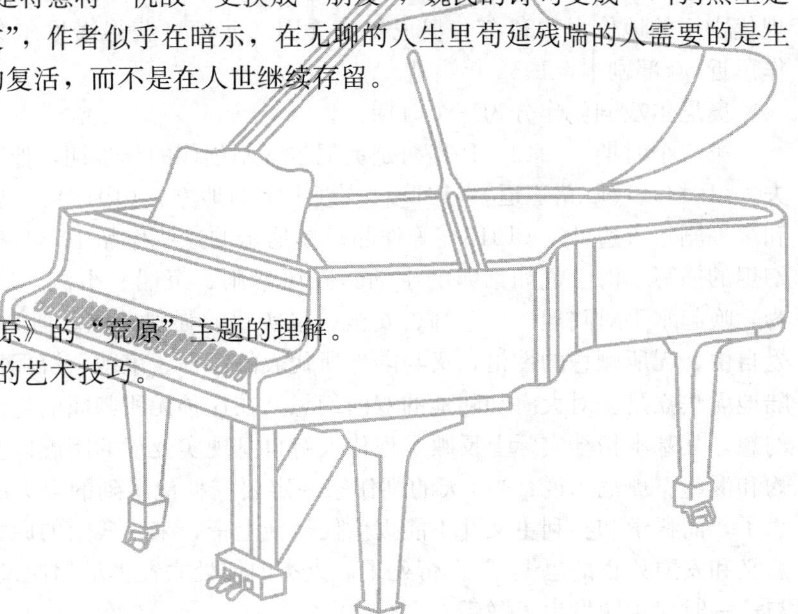

① ［英］T. S. 艾略特著，王恩衷编译：《艾略特诗学论文集》，17页，北京，国际文化出版公司，1989。

奥尼尔《悲悼》导读

学习提示

奥尼尔的生平与创作。《悲悼》的剧情梗概。清教道德与本能、自然人性的冲突。莱维妮娅形象。《悲悼》的艺术特点。

生平与创作

尤金·奥尼尔（1888—1953）出生于美国纽约，父亲是一个百老汇职业演员，以演《基督山伯爵》成名，但一直演基督山伯爵，戏路缺少变化，最终碌碌无为。父亲还十分吝啬，这直接给家庭成员造成不幸。奥尼尔从小随父亲的剧团走南闯北，上的中学、大学都是肄业。1909年，在父亲安排下，奥尼尔前往洪都拉斯勘探金矿，1910年无功而返。1910年和1911年，他又乘船去过南非和阿根廷。这段航海和水手的生活经历，对奥尼尔日后创作产生重大影响。1912年，奥尼尔患肺病住进疗养院。住院期间，奥尼尔阅读了大量戏剧名著，产生了当剧作家的念头，并尝试戏剧创作。1914年，他进入哈佛大学贝克尔教授主持的47戏剧工作室学习1年。1916年参加普罗文斯敦剧社的戏剧活动。1920年，他的多幕剧《天边外》上演取得巨大成功，由此奠定了他在美国现代剧坛的地位。1936年，奥尼尔主要因《悲悼》获得诺贝尔文学奖。奥尼尔一生创作了近50部剧本，1953年病逝。

奥尼尔戏剧创作分为三个时期。

第一个时期（1913—1919）是奥尼尔戏剧创作的起步期，他写了独幕剧《东航卡迪夫》（1914）、《归路迢迢》（1917）、《划十字的地方》（1918）、《加勒比海之月》（1917）和多幕剧《天边外》（1918）等作品。奥尼尔的这些作品中，具有重大意义的倾向是对幻想的描写。海上危如累卵的生活：狂风暴雨、沉船、干渴，以及狭小天地的无所作为，唤起水手对陆地——宁静、安全、坚实感的强烈向往。但大海造就的水手们冒险、爱自由、无所顾忌的性格，又与陆地所代表的压抑、束缚、沉闷格格不入，因而他们在陆地无法立足。对大海和陆地的双向幻想，在这种无所归属的生活中慢慢滋生了。这种幻想，其基本精神实际上反映了现代人对自身现实处境的困惑以及寻找出路、归属的焦灼和渴望。奥尼尔说："今天的剧作家一定要挖掘他感到的今天的病根——旧的上帝死亡了，而科学和实利主义并不能提供任何新上帝，来为残余的原始宗教本能找到生存的意义和安慰死亡的恐惧。"上帝死了，人类向何处去？奥尼尔通过自己独特的艺术探索，与这一时代主题发生了联系。

第二个时期（1920—1934）是奥尼尔戏剧创作的中期，即戏剧艺术的试验期。他努力拓展戏剧题材，探索各种戏剧表达方式，对人类隐秘的内心世界进行了深入挖掘。代表作品有《琼斯皇》（1920）、《毛猿》（1921）、《榆树下的欲望》（1924）、《大神布朗》（1925）、《悲悼》（1931）等。中期表现主义试验剧的一个突出特征是表现双重人格。双重人格的内在构成，多是恋父情结、集体无意识、人格面具的奇异杂交，充斥着变态、畸形、非理性。具有双重人格的舞台形象，都是双重人格的一极的极度强大，造成对另一极的压抑而获得生存。对于奥尼尔，获得生存意义的一极常常是虚假的，因此也不堪一击，现实的生存条件受到破坏，人格模式就在转瞬间解体，被压抑的一极突然释放出来。但是，人格的解体与重构并不意味着人物获得新生，他的注意力集中在这个转换过程挟裹的巨大破坏力量上。人类的精神世界在奥尼尔笔下就呈现出这样一幅新的图景。

第三个时期（1935—1943），奥尼尔放弃了各种戏剧实验，他说，“我一直迷失在探索所谓戏剧新方法和风格中”，现在，他决定“用最简单、最自然的风格写作”。奥尼尔走上了“改造后”的现实主义道路，创作了他最优秀的作品《送冰的人来了》（1939）、《进入黑夜的漫长旅程》（1941），另有《诗人的气质》（1942）和《月照不幸人》（1943）等。《送冰的人来了》描写住在霍普酒吧的一群食客，他们害怕现实，逃避现实，总是想入非非，高谈昔日的光荣和明天的梦。《进入黑夜的漫长旅程》具有自传性，再现了奥尼尔及家人的生活和情感历程。他们都有一段令人心酸的往事积压在心头，形成摆脱不掉的“情结”，为了生存，或为了给对方制造欢乐气氛，压抑住时时涌起的记忆，去装扮另一副面孔，相互欺骗。这一群人生舞台上的失败者，抱着最后一线希望，期待会有奇迹发生，把他们从绝望的精神折磨中拯救出来。时光由清晨渐进午夜，大雾越来越浓，雾笛在寂静的夜空回荡，与没有尽头的艰难人生相伴。

情节梗概

《悲悼》的故事背景是1865—1866年的美国新英格兰地区。

其三部曲的第一部名为《归家》。孟南家族是当地最有名望的家族。上一代的艾比·孟南从事航运业，财运亨通，很有威望。艾比和他的弟弟大卫都爱上了家中的女仆玛利亚，并因此反目成仇。当艾比得知玛利亚钟情于大卫时，又羞又恼，将弟弟和已经怀有身孕的玛利亚赶出了家门。大卫穷困潦倒，对玛利亚的爱情不复存在。艾比的儿子艾斯拉看着玛利亚的生活陷入困境，也和他的父亲一样置若罔闻，令玛利亚最终在穷困中死去。玛利亚和大卫的儿子长大后当了船长，改名卜兰特，一心想要向孟南家族报复，以洗清身体里孟南家族的血统给他带来的耻辱。艾斯拉的妻子克里斯蒂受到卜兰特引诱，成为他的情妇。而同时，艾斯拉与克里斯蒂的女儿莱维妮娅也深爱着这位容貌出众、举止风流的卜兰特船长。莱维妮娅与母亲的关系一直很紧张，母女二人同时爱上卜兰特一人，这更加深了她们对彼此的怨恨和敌视。艾斯拉一直在外打仗，这时战争结束，解甲归乡。对父亲分外亲密和依恋的莱维妮娅对此欣喜若狂；而克里斯蒂却与卜兰特商定了谋害艾斯拉的计策。经历了战场无情的杀戮，艾斯拉一改往日的冷漠呆板，内心满溢着对妻子的柔情，克里斯蒂却故意将她和卜兰特的关系告诉了艾斯拉，把艾斯拉气得心脏病发作，她乘机把准备好的毒药递给艾斯拉，让他在服下毒药之后一命呜呼。一切并非天衣无缝，一个小小的毒药盒子和父亲临死前的话引起了莱维妮娅的怀疑，她觉察到是这个她称作母亲的女人杀死了她的父亲。

第二部《猎》中，莱维妮娅的弟弟奥林也从战场归来。奥林是克里斯蒂心爱的孩子，生下奥林时，艾斯拉出门在外，这令克里斯蒂感到奥林是她一个人的孩子，对他充满了爱和柔情。奥林对母亲也很有感情，与深爱父亲的莱维妮娅相反，他对父亲倒有几分敌意。奥林回来以后，莱维妮娅把父亲死去的真相告诉他。奥林对此难以接受，一方面他深爱母亲，另一方面他又无法摆脱对这场惨祸的疑惧，陷入了被两个女人争夺的旋涡中。在莱维妮娅安排下，奥林亲眼目睹了母亲克里斯蒂与卜兰特在船上幽会并商量私奔的场景，被愤怒撕裂的他在母亲离开后拔枪打死了卜兰特。姐弟两人伪造现场之后离开。回到家，极度惊恐不安的克里斯蒂从奥林口中得到了卜兰特的死讯，在疯狂与绝望之中，她开枪结束了自己的生命。母亲的死让奥林陷入绝望与自责的深渊，他绝望地大哭起来。

第三部《祟》写了孟南家族最后一代莱维妮娅、奥林姐弟俩的结局，时间是在一年以后。为了摆脱家族过去的阴影，莱维妮娅和奥林离家去旅行，他们去了南太平洋岛。在离家以后的生活中，莱维妮娅发生了巨大的改变，变得丰满、热情，充满活力，洋溢着生命的光彩，神情气质宛如母亲的再世，不再像过去刻意模仿父亲，只穿黑色的衣服，动作古板得像一个军人。回家后她热情地鼓励弟弟说："我们最需要的是回到单纯的正常的情况中来，开始一种新的生活。"在追求者彼得身边她感觉到"爱情是太美了"。但是，热带岛屿上的旅游生活却没有帮助奥林摆脱掉过去，反而使他因姐姐的变化对她产生了一种奇妙难言的感情。回家后，奥林始终被自己间接地杀死了母亲的念头困扰，精神恍惚；同时，姐姐与彼得的爱情令他感到绝望和痛苦，终于举枪自杀。孟南家族最后只剩下了莱维妮娅一人。莱维妮娅意识到她永远摆脱不了家族残酷而悲惨的历史，她最终放弃了与彼得结婚的打算，把所有的百叶窗钉死，将自己永远关在孟南家坟墓一样的房子里，直到死亡来临的那一天。

分析与评论

在讨论《悲悼》三部曲矛盾冲突的性质和意义时，作一些社会学的分析是必要的。我们注意到，悲剧中矛盾产生的主要根源是孟南家族第一代艾比和大卫对爱的争夺，兄弟二人爱上了同一个姑娘——他们家的女仆玛利亚。这是不同阶级之间产生的爱的争夺！似乎爱可以跨越阶级的鸿沟，其实不然。当爱陷入困境时，阶级的偏见就开始对它起破坏作用。艾比在爱的争夺中败北，就把弟弟大卫和玛利亚赶出门去。陷入贫困和饥饿之中的大卫觉得自己出身高贵，之所以有今天的不幸，是因为娶了个佣人出身的女人。他开始酗酒，打妻子，最后在沉沦中死去。这说明大卫对玛利娅的爱并不是真正的爱情，只是作为上等阶级对下层社会出身的异性的追逐、玩弄。不同社会阶层之间的"爱"及其破坏性不仅出现在孟南家族第一代身上，而且延续到第三代。莱维妮娅爱着卜兰特，但当她听说卜兰特的身世时，莱维妮娅的反应是激烈的："不！那不会！上帝不会答应的！那太可怕了。我连想都不愿意想……"可见她对这种不同阶级之间的爱情连一点心理准备也没有。后来莱维妮娅证实了卜兰特的出身，她对卜兰特的爱就完全变成了仇恨。卜兰特想拉她的手，她向卜兰特吼道："你别碰我！你竟敢……一个下流女看护的儿子……"阶级情感鲜明而强烈！她发觉了卜兰特和她的母亲的奸情后，为了维护孟南家的高贵门第和荣誉，她与弟弟密谋杀死了卜兰特。可见，造成《悲悼》中爱情悲剧的，是出身、门第等阶级因素。孟南家族三代人的爱情萌发自性本能冲动，然而当它面临阶级的鸿沟时，必然情感冷淡，欲望冷却。

《悲悼》中的悲剧成因除了阶级矛盾外，清教道德的禁锢也是一个重要原因。清教兴起于17世纪的英国。当时英国新兴资产阶级反对国教中铺张奢华的宗教仪式，提倡勤劳、节俭、节欲、劳动致富。他们认为国教中的不良风气是天主教影响使然，故积极主张清除国教中天主教的势力。英国的清教受到统治阶级迫害，一些清教徒就逃离英国，来到美国。美国东北部新英格兰地区受清教观念影响很深。艾斯拉是一个虔诚的清教徒，他深爱自己的妻子克里斯蒂，但由于清教意识作祟，他只得压抑内心对妻子的真实感情，俨然一付刻板、冷漠的样子，使克里斯蒂追求幸福生活的愿望化为泡影。清教意识在莱维妮娅身上也十分强烈：她平常穿黑色衣服，表情僵硬，冷若冰霜；家族荣誉、对父亲的崇敬和爱占据了她心灵的主要空间。母亲与卜兰特的“爱情”，在莱维妮娅这个清教徒眼中，是触犯了教规的大逆之罪，是家族的奇耻大辱；加之她爱卜兰特不成，于是甘愿做了清教的卫道士。她不断给弟弟灌输清教意识，怂恿他杀死卜兰特，又逼死了母亲。在弟弟自杀，爱情绝望后，莱维妮娅把自己封闭在棺材一样的房子里，永世不再出来，又自觉做了清教的殉葬品。①

分析了悲剧的阶级成因和宗教成因，让我们回到人性本身。奥尼尔在《悲悼》中，关注的重点还是人格的内在矛盾，以及人格分裂时所释放的巨大破坏力量。《悲悼》作为一部现代心理剧，深受弗洛伊德精神分析理论的影响。弗洛伊德最著名的见解之一，是把人的心理世界分为本我、自我、超我三个部分。所谓本我，是指人本能的原始欲望，其中最重要的是性的冲动。它不受理性或逻辑法则的约束，没有价值观念，只按照“快乐原则”行事，寻求快乐，躲避痛苦。超我是人的道德原则，代表社会道德伦理对个人的制约作用，它压制本能冲突，按至善原则行事。心灵的第二个层次是自我，它在本我和超我之间起调解、平衡作用。奥尼尔重视人格中本我的力量，以及它与超我的矛盾。他说：“在我看来，人是具有同种原始情感、欲望和冲动的相同生物体。这些相同的力量和弱点可以被追溯到雅利安人开始从喜马拉雅山向欧洲大陆迁徙的远古时代。他已经对这些力量和弱点有了进一步的认识，并正以极慢的速度学着怎样去控制它们。”②

《悲悼》中，莱维妮娅是一个中心人物，她是人格分裂和矛盾的典型。莱维妮娅是一个本能欲望十分强烈的女子，而阶级偏见、清教教规内化为她的超我，对本能欲望起压抑作用。当超我占优势时，她残忍、冷漠、克制、僵硬、不苟言笑。她站在父亲这一边，为维护家族荣誉不惜一切。她是法官，身体力行地在孟南家供奉仇恨的房子里审判自己的母亲，直到克里斯蒂在绝望中自杀。但在母亲死后，莱维妮娅的本我占了上风。她不再像过去那样视家族荣誉为责任，转而热烈地追求情欲的满足。在南太平洋岛旅行时，莱维妮娅展现了自己放纵、狂野的一面。奥林清晰地感到了姐姐在海岛上的变化，他说：“如果我们再住一个月下去，我知道我会发现她在某一个月夜里的棕榈树下跳着舞——和其他人一样，脱得光条条的！”从热带海岛旅行归来，莱维妮娅说：“我爱那些

---

① 参见田桂荃：《奥尼尔的〈悲悼〉给人们的警示》，转引自廖可兑：《尤金·奥尼尔戏剧研究论文集》，北京，外语教学与研究出版社，1997。

② Travis Bogard, *The Plays of Eugene O's Neill*, Oxford University Press, London, 1972, p. 179.

海岛，它们完成了我的解放。”她对自己的过去有了新的评价：“那些时候我并不是一个活人。”随即又发出了“什么都没有爱重要，是不是？”的感叹。本我的释放令莱维妮娅焕然一新，但它持续的时间并不长。莱维妮娅在最后认清了孟南家族的宿命，激情褪去，超我重新回到她的身上，她也回到现实中。她又穿上一袭黑服，面目呆板，动作机械僵硬，活脱脱是父亲再世。

在莱维妮娅的本我中，恋父情结也是一个重要因素。弗洛伊德曾经作过专门研究的这一心理现象，在莱维妮娅身上发挥着重要作用。她对父亲极其依恋，潜意识中，她给自己安排的是父亲的妻子这个角色。这一点，从《悲悼》第一部等待父亲归来和父亲归来后她的言谈举止一望可知，她是那样体贴、温柔，其中包含的感情已经超出了父女关系应有的伦理界限。也正因为如此，她对自己的母亲充满敌意，因为母亲占据了她希望获得的位置。出于同样的原因，在母亲死后，她奇迹般地变成母亲的翻版，妩媚、热情、大胆地追求自由和爱，她不知不觉地在现实中完成了对母亲身份的僭越。

对剧中人物人格分裂和矛盾的描写，是奥尼尔对现代主义戏剧的主要贡献。其现实意义在于，它呈现了处于精神危机中的现代人痛苦心灵的复杂形式。

《悲悼》最突出的艺术特点，是它对古希腊悲剧诗人埃斯库罗斯的悲剧《奥瑞斯提斯》的结构框架的套用。《奥瑞斯提斯》三部曲的第一部是《阿伽门农》。阿伽门农十年征战归来，他的妻子克吕泰美斯特拉与情人合谋害死了他。第二部《奠酒人》写阿伽门农的儿子奥瑞斯提斯与姐姐伊蕾克特拉为父复仇，由奥瑞斯提斯亲手杀死母亲克吕泰美斯特拉和她的情夫埃葵斯托斯。奥瑞斯提斯因杀死母亲，被复仇神追逐。第三部是《福灵》。奥瑞斯提斯逃到阿波罗神庙中求神的护佑。在阿波罗神和雅典娜神的帮助下，奥瑞斯提斯的弑母行为被赦免。血亲家族中的仇恨经过了报复再报复，最终得到了化解，最后以雅典城邦得到复仇神的祝福而告终。奥尼尔一直对古希腊悲剧很有兴趣，他说：“对我影响最大的是我掌握的有关历年来的戏剧知识——特别是古希腊悲剧。”奥尼尔还曾说过，他打算把希腊悲剧的情节放在现代环境中——写关于阿伽门农、克吕泰美斯特拉、伊蕾克特拉和奥瑞斯提斯的新英格兰剧本。《悲悼》中，就像特洛伊战争英雄阿伽门农一样，艾斯拉出征期间，妻子和他人私通。艾斯拉归来，当晚被妻子害死。女儿莱维妮娅扮演了伊蕾克特拉的角色，替父报了仇。随后她自己也在“复仇神”的追逐下，永无安息之日。《悲悼》与古希腊悲剧的不同之处是故事的结局。奥瑞斯提斯的弑母罪行得到了神灵的宽恕。埃斯库罗斯用这一情节表现了古希腊的民主对血亲杀戮仇恨的平息与安抚。在《悲悼》中，与奥瑞斯提斯对应的人物是奥林（实际上更是莱维妮娅），他在母亲死后内心的恐惧与慌乱达到了极致，最终难以从灵魂的恐惧和愧疚中自拔，开枪自杀。莱维妮娅最后选择了与死人相守来完结她活人的生命。奥尼尔套用《奥瑞斯提斯》框架，其用意正如 T. S. 艾略特曾经指出的：“在神话的应用中，在建立一种以古指今的平行关系中……它使以徒劳感和混乱感为特征的现代历史的广阔图景，获得了表现形式和重大意义。”[①] 如此，《悲悼》的悲剧获得了深广的哲学内涵和普遍的意义。

在《悲悼》中，奥尼尔也借鉴了古希腊戏剧中的歌队形式。古希腊悲剧中歌队的作用在《悲悼》中是由老园丁萨斯和小镇上的市民们来承担的。萨斯向莱维妮娅，也向观

① ［英］T. S. 艾略特著，王恩衷编译：《艾略特诗学论文集》，285 页，北京，国际文化出版公司，1989。

众讲述了孟南家过去的历史，这起到了交代背景、推动情节的作用。而善于唱歌的萨斯，在剧中一遍又一遍地唱着《申纳杜》这首歌，深沉而悲哀的旋律一次又一次地渲染着整部戏的悲剧气氛。

《悲悼》中引人注目的另一个艺术特点是面具的使用。这也是受古希腊戏剧的影响。在古希腊戏剧中，演员们穿上高底靴、戴上标志着性格特征的面具进行表演。奥尼尔将面具引入了他的戏剧作品，我们可以看到，在他的很多作品里面具都频繁地出现。在《悲悼》这部作品中，他创造性地改变了人物直接戴面具的方式，以象征性的面具入戏。孟南家的大房子被建造成古希腊式的样子，看起来像一个大的面具。孟南家的每一个人，艾斯拉、克里斯蒂、莱维妮娅、奥林、卜兰特，甚至园丁萨斯，人人的面孔都像戴了一个面具，这种特征化的处理方式表现了剧中人物被压抑、被扭曲的痛苦。每一个人脸上的面具都有某种相似之处，但个人的内心又在这层面具之下发生着各自不同的纠缠与裂变。奥尼尔正是用了面具这一手段来揭示人物内心的多重状态。奥尼尔说："我越来越坚信，人们终将发现，面具的使用可以最自如地解决现代剧作家面临的一个重大问题，那就是如何——在戏剧中以最大可能的明晰性和最经济的手段——表现人们头脑中那些深藏的冲突，这种冲突随着心理探索的逐步深入，正在不断向我们展示出来。"① 除了面具手法，在《悲悼》中其他象征手法也有使用。如克里斯蒂的绿色衣服和莱维妮娅的黑色服装就分别代表了她们两人的内心世界，绿色象征了自由生命，而黑色代表了古板冷酷。这也是一个外在的面具。

关键概念

表现主义戏剧　　面具　　双重人格

思考题

1. 怎样理解《悲悼》中莱维妮娅的双重人格及人格分裂？
2. 如何理解《悲悼》对古希腊悲剧形式的借用？

① ［美］奥尼尔：《关于假面的几点看法》，转引自龙文佩：《尤金·奥尼尔评论集》，357页，上海，上海外语教育出版社，1988。

博尔赫斯《小径分岔的花园》导读

学习提示

博尔赫斯的生平与创作。《小径分岔的花园》的情节梗概。时间的多维度。自我的多向性。对博尔赫斯小说观念产生影响的人和观点。

生平与创作

豪尔赫·路易斯·博尔赫斯（1899—1986）出生于阿根廷首都布宜诺斯艾利斯一个古老家族。父亲是律师、心理学家、翻译家，有丰富的藏书，他的图书室给了博尔赫斯永久的影响。博尔赫斯少年时期在首都求学，涉猎过大量欧美文学作品，后又就读于剑桥大学，掌握了英、法、德等语种。在遍游欧洲各国和侨居西班牙期间，他与欧洲的现代派作家和西班牙极端主义流派交往颇多，受其影响颇深。1921年，博尔赫斯回到布宜诺斯艾利斯，先后创办杂志《棱镜》和《船头》，介绍欧洲现代主义文学。博尔赫斯在中学时代就开始诗歌创作，1923年，他的第一本诗集《布宜诺斯艾利斯的热情》出版，随后又有几部带有试验性的诗集问世，使他在阿根廷诗坛崭露头角。

博尔赫斯的第一部小说集《恶棍列传》出版于1935年。如标题所示，这部小说集描写了形形色色的恶棍和亡命之徒的形象。如《心狠手辣的解放者莫雷尔》中的莫雷尔靠盗马起家，后来干起贩卖黑奴的勾当，心狠手辣，杀人如麻，最后病死于医院。《难以置信的冒名者汤姆·卡斯特罗》的主人公卡斯特罗在穷途末路之时，冒名顶替一个英国贵族之子，被揭穿后入狱。《女海盗金寡妇》的主角是一个中国女海盗，《作恶多端的蒙克·伊斯曼》的主人公是一个横行于纽约的黑帮头目，《杀人不眨眼的比尔·哈里根》的主人公是美国西部牛仔，靠杀人起家，最后被人杀死。其他作品的主人公的身份和经历与此类似。

值得注意的是，《恶棍列传》作为博尔赫斯的第一部小说集，其中的9篇故事都取材于前人作品，或是对前人文本的改写。如《心狠手辣的解放者莫雷尔》的故事取材于马克·吐温的作品《密西西比河上》，《难以置信的冒名者汤姆·卡斯特罗》和《女海盗金寡妇》取材于戈斯的《海盗史》一书，《无礼的掌礼官上野介》取材于米德福特编的《日本古代故事》，而《双梦记及其他》中的《存放雕像的房间》和《双梦记》两个小故事，则是对阿拉伯经典《一千零一夜》中第272夜和第351夜的故事的改写。作者对此毫不讳言，甚至在集子的最后附上故事出处的清单。

对已有题材和作品的借用与改写，一方面说明了博尔赫斯初出茅庐时的学习状态，另一方面也透露了博尔赫斯小说的一大特点，即根据典籍中记载的事件、人物线索，来铺排演绎故事。此外，这部小说集对奇异人生经历的兴趣，对冒险、仇杀、劫掠、暴虐的关注，故事的神秘奇幻色彩，冷峻中略带倦怠和嘲讽的第一人称叙述者，以及罗列事实，随后又推翻它，“连续性的中断、一个人的生平压缩到两三个场景”（博尔赫斯语）等叙事手法，都在日后的作品中被发扬光大。

20 世纪 40—80 年代，博尔赫斯先后出版了《小径分岔的花园》（1941）、《杜撰集》（1944）、《阿莱夫》（1949）、《布罗迪报告》（1970）、《沙之书》（1975）、《莎士比亚的记忆》（1983）等短篇小说集，收入 60 篇作品。博尔赫斯创作时间虽然漫长，但总体风格变化不大。他称自己的小说是“幻想小说”，这揭示了他小说的基本性质和特征。而博尔赫斯的玄想对象，不是具象的现实世界，而是宇宙本身，或者说宇宙的秘密。

《特隆、乌克巴尔、奥比斯·特蒂乌斯》是体现博尔赫斯小说“幻想”性质的典型作品。叙述人“我”从一本盗版的英美百科全书中发现了“乌克巴尔”这个条目，得知这是一个虚拟国家的名字。两年后，“我”从桥梁工程师叫赫伯特·阿什的遗物中找到《特隆第一百科全书》第十一卷，从而揭开一个名为“特隆”的虚构星球的秘密。原来在 18 世纪初期，人类中的一批精英分子秘密结社，通过撰写百科全书的形式，开始创建这个虚拟的星球。经过将近一个世纪的努力，到 1914 年，四十卷本的《特隆第一百科全书》完成，它为另一套用特隆语言撰写的更为宏大的百科全书《奥比斯·特蒂乌斯》奠定了基础。《特隆第一百科全书》中，有关于特隆星球的各种知识：语言、宗教、哲学、数学、文学，以及海洋、矿物、火焰、飞鸟游鱼的知识，应有尽有，但处处与人类生活的地球不同。更有甚者，在博尔赫斯笔下，虚构的特隆世界的器物竟然开始大规模侵入人类的真实世界，并最终使真实世界分崩离析。

《通天塔图书馆》中，博尔赫斯想象宇宙是一座由无数六角形回廊组成的巨大图书馆。每个六角形回廊的四个边一律放置着五个长书架，一共 20 个。每个书架有 32 册大小一律的书；每本书有 410 页；每面 40 行；每行 80 来个黑色的字母……书写符号的数目是 25……所有的书籍不论怎么千变万化，都由同样的因素组成：空格、句号、逗号和 22 个字母。六角回廊没有放书架的一面是一个小门厅，通向另一个一模一样的六角形回廊。边上的螺旋形楼梯上穷碧落，下通无底深渊。这座图书馆中的书籍是无限的，周而复始的，不断重复的，它包含了全部语言结构和 25 个书写符号所允许的全部变化。要确定甲书的位置，就要先找到乙书，而为了找到乙书，必须找到说明乙书位置的丙书，以此类推。自开天辟地以来，图书馆就已经存在，而即便人类灭绝，图书馆仍会存在下去。

《阿莱夫》中的“阿莱夫”一词，本是希伯来字母中的第一个字母，在数学中代表无限；对哲学家来说，它的意思是学会说真话。在这篇小说中，指的是一个直径二三厘米的小圆球。主人公“我”在已故情人贝雅特丽齐的表哥卡洛斯家的地下室中看到一个名为阿莱夫的圆球，宇宙万物都包罗其中，浩瀚的海洋，黎明和黄昏，沙漠、金字塔，一切事物的秘密，过去的，现在的，未来的，都清晰可见，它们的体积却没有按比例缩小。阿莱夫就是宇宙本身。

《沙之书》中，一个异乡人来到“我”的住处，向“我”推销一本书。从外观上看，它八开本大小，布面精装，虽比一般同等大小的书重许多，但外观上看不出有什么异样。在卖书人的指点下，“我”才发现它的页码排列不按顺序，让“我”惊讶的是，这本书无始无终，找不到第一页，也找不到最后一页。页与页之间总有揭不完的页码，犹如恒河沙数，无穷无尽。这个有形的书中包孕了无限的世界。

在博尔赫斯晚年，其文学创作逐渐获得国际声誉。博尔赫斯 1986 年因病去世。

情节梗概

短篇小说《小径分岔的花园》中的故事发生在第一次世界大战时期的英国。第一人称叙述人“我”叫余准，是原青岛大学英语教师，现在是德国间谍。余准和他的同伙维克多·鲁纳伯格奉命侦察英军火炮阵地所在地。他们侦察到了那座城市，但在战争中，他们无法把这个城市的名字通知给德军。正在这时，余准的同伙被英国军官理查德·马登逮捕了。由于害怕自己也被捕，余准开始逃跑，同时他也想好了把情报送出去的办法。他来到火车站，刚好赶上一列到站的火车，火车刚开动，马登就追到了车站，却迟了一步。

余准到达目的地阿什格罗夫村，月台上的小孩子指给他去一个汉学家斯蒂芬·艾伯特家的路。小孩叫他总是往左拐，而找到迷宫的中心的办法通常就是向左拐。这使他想起自己的曾祖父——云南总督崔彭对迷宫的嗜好。他的曾祖父立志建一座谁都走不出去的迷宫，写一本比《红楼梦》人物更多的小说，为此放弃了高官厚禄，穷 13 年之力来完成它。曾祖父后来被一个外来者刺杀，他留下的小说看起来杂乱无章，所造迷宫也从没有被发现。余准到了斯蒂芬·艾伯特博士的花园别墅，仿佛是期待已久似的，艾伯特博士迎了出来。艾伯特说欢迎来“小径分岔的花园”参观，余准说那正是自己曾祖父的花园。艾伯特把余准带到屋里，给他讲起余准曾祖父的故事，并宣告自己解开了那座迷宫和小说之谜。他说小说和迷宫是一回事，小说就是迷宫，迷宫就是小说。帮助他揭开谜底的主要是余准曾祖父留下来的一封信的片段：“我将小径分岔的花园留诸若干后世（并非所有后世）。”这使艾伯特想到那部杂乱无章的小说的内在结构：一般小说中，每逢一个人面临几种不同的选择时，总是选择一种可能，排除其他。比如这样一个情节：一个叫张三的人，掌握着一个重要的秘密，一个陌生人找上门来要夺取这个秘密；张三决定杀掉他。后边可能有几种结局：张三可能杀死了这个不速之客；张三可能被他杀死；张三和陌生人两个都安然无恙；他们可能都死，等等，一般小说只选择其中一种。而这部小说中，主人公却选择了所有的可能性。这样一来，就产生了许多不同的后世，许多不同的时间，许多不同的结局。每一种结局都是另一些分岔的起点，就像花园的小径一样，一会儿交叉，一会儿平行，一会儿汇合，衍生不已。而且，这部小说头尾衔接，回环反复。它实际是通过小说的形式建起的一座关于时间的无形迷宫，单一的线性的时间线索被打破了。

正在艾伯特博士给余准解释这部小说在设下的关于时间的迷宫的含义时，余准看到了追捕他的马登沿着花园小径向他走来。余准问艾伯特博士，能不能让他再看看那封信，当艾伯特起身去取那封信时，余准对艾伯特的后背开了枪。艾伯特死了，余准被马登逮捕，判处绞刑。但余准的情报也发出去了。因为余准杀死艾伯特的事件随即见诸报端，余准的上司从中悟到了要轰炸的城市的名字叫艾伯特。

分析与评论

初读这篇篇幅很短的小说，犹如进入一座迷宫，种种有悖读者生活常识和思维惯性的问题形成了难解之谜，对我们的阅读形成巨大的挑战。如小说中，汉学家艾伯特对余准说：“在所有的虚构小说中，每逢一个人面临几个不同的选择时，总是选择一种可能，排除其他；在崔彭的错综复杂的小说中，主人公却选择了所有的可能性。这一来，就产生了许多不同的后世，许多不同的时间，衍生不已，枝叶纷披。”艾伯特认为崔彭对时间有高深的理解：“他认为时间有无数系列，背离的、汇合的和平行的时间织成一张不断增长、错综复杂的网。由互相靠拢、分歧、交错或者永远互不干扰的时间织成的网络包含了所有的可能性。在大部分的时间里，我们并不存在；在某些时间，有你而没有我；在另一些时间，有我而没有你；再有一些时间，你我都存在。目前这个时刻，偶然的机会使您光临舍间，在另一个时刻，你穿过花园，发现我已死去；再在另一个时刻，我说着目前所说的话，不过我是个错误，是个幽灵。”余准在和艾伯特谈话后，“觉得房屋四周潮湿的花园充斥着无数看不见的艾伯特和我，隐蔽在时间的其他维度之中，忙忙碌碌，形形色色”。

这三段话的重点落实在自我和时间的多纬度上。如何理解？它与作者希望表达的主旨有何关系？再如余准要去杀艾伯特，但这和这位汉学家向他展示的他对余准祖先对迷宫的营造有什么关系？艾伯特不厌其烦地向他讲述关于时间的多维度和自我的不确定性表达了什么意思？

《小径分岔的花园》的核心问题其实是自我的存在形式及其与时间的关系。在博尔赫斯看来，现实中具体可感的人的存在是虚假的，自我和时间呈现出无限的复杂性、相对性、多维性，世界也因此呈现出多元性、或然性。博尔赫斯对自我的理解，受叔本华哲学的影响很大。叔本华认为，人的自我可以通过对内心的关照，认识自我存在的内在充盈来领悟；同时，还可以在他者身上反观自己的存在。在对自我的认识上，博尔赫斯还受中国古代哲人庄子影响。《庄子·齐物论》记录了一个广为流传的“庄周梦蝶”的故事：“昔者庄周梦为蝴蝶，栩栩然蝴蝶也，自喻适志与，不知周也。俄然觉，则蘧蘧然周也。不知周之梦为蝴蝶与，蝴蝶之梦为周与？”博尔赫斯把庄周梦蝶故事的本质理解为自我的相对性。在博尔赫斯的自我认识主题中，泛神论观念也发挥了重要作用。博尔赫斯十分喜欢美国诗人惠特曼，他认为惠特曼是一个不朽的泛神论者。惠特曼的《草叶集》中，最独特的抒情方式就是对“自我”的讴歌。诗歌中的“自我”形象是通摄一切的核心，它不仅指诗人自己，也指一切事物，包括“非人”的形式，如高山、大海、新兴的城市等。在惠特曼的诗歌中，灵魂还可以超越肉体，自由地进入到另一个躯体，与他者同一。万物有灵，灵魂不朽。按照我们的日常生活体验，个体的人是确定而独特的，他存在于特定的时空中，具有不可重复性。但博尔赫斯却展现了自我的另一面，他描述了个体的人的变幻和生生不息。一些人类先贤们在抓捕自我的不同影像方面有出色表现，但博尔赫斯走得更远。

宇宙存在一个客观的物理时间，它不以我们的意志为转移，从过去到现在，再到未来，永恒不息单向发展。但爱因斯坦的相对论指出：如果我们能够获得超过光速的速度，挣脱三维空间的束缚，我们就可以使时间倒流。也就是说，在一定条件下，三维空间中看似客观的物理时间也是可以改变的。在19世纪末20世纪初，伯格森的心理时间说更对文学产生巨大影响。伯格森在《创造性的进化》（1907）一书中认为，人的意识犹如一股绵延不绝的洪流，无时无刻不在运动变化之中。这股意识的洪流包含了各种感觉、情绪、意志和思想，它“随着绵延的积累而不断增长，如同雪球一样越滚越大”。伯格森指出，意识的洪流所挟裹的时间（即心理时间）不是机械的、单向度的物理时间，它是立体的、多层次的：“如果我们将绵延视作融为一体的许多时刻，就像被线穿在一起似的，那么，不管这个被选定的绵延有多短，那些时刻的数量是无限的……这种绵延发展到极限便是永恒……意志生命的永恒……一种集中了全部绵延的永恒。”爱因斯坦的相对论和伯格森对心理时间的论述极大地开拓了20世纪小说家的视野，激励他们去探索小说叙事时间的新维度。博尔赫斯的创新是把对时间的种种可能性的认识变成文学现实，并将其推到极端。

《小径分岔的花园》中，余准、艾伯特、马登等人物，都不能被视为现实世界中具体可感的独特的“这一个”，他们的自我丧失了实体性，是流动变化的，是多向度的，是可以互相转换的。这种处理方式继承了庄子、惠特曼、伯格森、伍尔夫的衣钵，在博尔赫斯的其他小说中也屡见不鲜。如《环形废墟》中一个外乡人通过做梦的方式创造出了另一个自我。《关于犹大的三种说法》论证了上帝、耶稣、犹大的同一性。《神学家》中的奥雷利亚诺与胡安是死敌，但他在与胡安为敌的过程中，却发现胡安已经融入了他的生命。在上帝眼里，他与胡安是“同一”的人。《另一个人》和《博尔赫斯和我》采用双重身份，让两个博尔赫斯之间发生故事。在《有与无》中，他表达了每个人既是众人也是“无人”的思想。

《小径分岔的花园》中的时间是多维度的、复合的、分岔的。这一点，我们可以依据艾伯特的逻辑，从日常生活经验出发提出一个同样的推论。例如星期五上午有两节课。作为学生的你，有去或不去两种选择。你选择了去上课，之后会发生一些什么事；你选择不去上课，之后也会发生一些什么事。故事就这样沿着两条线索发展下去。而接着又有选择，故事就变成四条线。接着又有选择，故事就有了八条线索。如此照几何级数发展下去，用不了多久，故事的版本就会累积到一个天文数字。再看这个故事的开头，其实这个开头的“第一个选择”，也是你此前众多选择中某一个选择发展来的结果。这样往上推、往下推，就形成了一张无边无际的网。同理可推，《小径分岔的花园》中余准做德国间谍就是他众多选择中的一种。从这个时间向上追溯，我们假定余准24岁那年有一个机会离开中国去德国，这样余准就有了两种选择：出国和不出国。余准出国了，出国那条线索中的一支发展到现在，此时此刻，他在艾伯特的家里，正在望着花园。而余准没出国这条线索分岔后的一支，发展到现在，此时此刻，他正在中国某个高校的教室里上课。这样，就有了两个余准在同一时间维度中存在。而事实上，我们知道，出国和不出国这两条线索在随后的发展中又有无数的分岔，就有无数的余准在同一时间维度中存在，这就是小说中所说的“房屋四周潮湿的花园充斥着无数看不见的艾伯特和我”的意思。博尔赫斯认为，还有其他无数的时间维度存在，互不干扰地存在着。

人的一生中会遇到无数个选择，如果都能选择，他就有了无数种可能性。现实中的你和我，作为具体可感的生命体，在众多的选择面前，只能有一种选择而排斥其他。但因为博尔赫斯的虚构小说中，自我被抽离了具象形态，生命的实体虽然消失了，生命的本质却无限扩张了，它具有多向度，就可以选择全部的可能性。这样一来，小说的主人公就有了无限的生命。这个故事里余准和艾伯特都死了，但另一个时间维度里，比如说，在余准没出国的那条时间里，他还在上课，而艾伯特可能在参加某个晚会。还有另外无数个时间的维度和无数个可能性。这也就是为什么在崔彭的小说中主人公在第三章死了，在第四章又能活过来；崔彭的那本书也是无限的，想写多长都可以。因为有无数种可能性，主人公在某一章死掉了，但不会永远地死掉，在以后的某一章，还会在其他的可能性中存在。这也是小说中艾伯特所说“某一个可能的过去，您或许是我的敌人，在另一个过去的时期，您又是我的朋友”的含义，也是“在大部分的时间里，我们并不存在；在某些时间，有你而没有我；在另一些时间，有我而没有你；再有一些时间，你我都存在”这句玄妙的话的真意。从这样一个角度理解这篇小说的情节结构，开始时我们感到的困惑也就释然了。“小径分岔的花园”正是自我和时间多维度、多向度的象征，它与博尔赫斯喜欢用的另外一个意象——迷宫——隐喻是相同的。这篇小说的开头，余准便站在这座“小径分岔的花园”或迷宫的一个分岔口。他得知同伙暴露后面临多种选择：隐藏起来以保全生命；投案自首以求自保……他打死艾伯特以送出情报只是多种可能有的选择中的一种。他踏上这条路之后，又可以有许多选择。花园的小径或迷宫不断分岔，分岔，小说中叙述的结局只是这无数条分岔中的一条。

从自我和时间的多维度、多向度出发，同样可以解释小说开头关于英国军队进攻时间推迟原因的矛盾叙述。小说开头提到“十三个英国师（有一千四百门大炮支援）对塞尔—蒙托邦防线的进攻原定于1916年7月24日发动，后来推迟到29日上午”。对于推迟的原因，小说中有三个相互矛盾的解释：（1）利德尔·哈特上尉在其所著《欧洲战争史》中解释说延期的原因是滂沱大雨。（2）青岛大学前英语教师余准博士的证言，认为是他送出的情报导致德军轰炸了英军阵地。（3）作者又指出余准的证言不可靠，原因有二：其一，他的证言记录缺了前两页，不完整；其二，在作者所加的注释中，指出余准的证言有不可靠之处。含糊不确定的叙述让读者形不成一个肯定的印象，得不出明确的判断。

研究者早已注意到，博尔赫斯喜欢从某本著作、某个新闻报道、某本大百科全书或某部古代典籍的残卷中引经据典，作为他叙述的起始点。在对这一事件的叙述中，他也如法炮制，引用了历史书上的解释。余准的叙述与历史书的解释相矛盾，但他的解释是否正确呢？叙述人告诉我们，余准的审讯记录缺了两页；而且艾伯特讲，在另一个时刻，“我”说过目前的话，不过“我”是个错误，是个幽灵。既然连当事人的有无都不能确定，那么这个案件难道还不成问题吗？还有，小说的潜在叙述人即作家自己已经通过注释的形式揭穿了余准的所谓“谎言”，说余准同伴的死并不是被马登有意枪杀，而是马登出于自卫，打伤了他，导致他的毙命。于是，这个故事就有了三个甚至四个版本。这些自相矛盾的叙述都可以联系到博尔赫斯对自我和时间的理解上来。既然自我（包括叙述者）和时间的存在是多维度的、多向度的，那么以人和时间为对象的历史有不同甚至矛盾的解释就不难理解了：这些自相矛盾的叙述发生在不同的时间和自我维度之中。

厘清了《小径分岔的花园》中自我和时间的多维度、多向度存在，还要继续追问：博尔赫斯到底想借此表达什么？难道只是为了炫耀自己的才智？当然不是。博尔赫斯对自我和时间多维度、多向度的展示，蕴涵了他对生命本体的追问和思考。通观博尔赫斯的创作，我们感到他就站在人生迷宫的一个分岔口：一条路有着生命永恒性的诱惑，另一条路通向虚无主义的深渊，他正准备着迈出选择的关键一步。

关键概念

心理时间　　幻想小说

思考题

1. 简述博尔赫斯小说的“幻想性”。
2. 怎样理解《小径分岔的花园》中时间的多维度？
3. 怎样理解《小径分岔的花园》中自我的多向度存在？

萨特《禁闭》导读

学习提示

萨特的生平与创作。《禁闭》的剧情梗概。《禁闭》中三个人物间矛盾冲突的变化发展。境遇剧的特色。戏剧的哲理主旨“他人就是地狱”。象征手法。

生平与创作

让·保罗·萨特（1905—1980）是法国当代最负盛名的哲学家、思想家、文学家和社会活动家。他于1905年6月21日出生在巴黎一个小资产者家庭。在他出生后第二年，父亲因病去世，母亲改嫁，萨特随担任语言学教授的外祖父一起生活。外祖父学识渊博，为萨特的童年成长提供了一个十分良好的文化氛围。萨特少年时期就读于法国著名学府巴黎高师学校，在那里奠定了他哲学思想的现象学基础。1929年，他在大中学哲学教师资格考试中结识了西蒙娜·波芙娃，一个见证了他以后50年生活、思想变迁历程的忠实知己。波芙娃自己同样也成为法国存在主义思潮的代表人物。

萨特一生著作颇丰。第一部作品是1936年在柏林发表的哲学著作《想象》，主要的哲学著作有《想象力》（1939）、《想象的现象心理学》（1943）、《存在与虚无》（1943）、《唯物主义与革命》（1946）、《存在是一种人道主义》（1946）和《辩证理性批判》（1960）等专著，全面而丰富地阐述了萨特关于存在主义哲学的理论建树。同时，作为一个作家，他还发表了大量的文学作品，如著名的中篇小说《恶心》（1938）、短篇集《墙》（1937）、三部曲长篇小说《自由之路》（1945—1949）以及剧本《苍蝇》（1943）、《禁闭》（1945）、《死无葬身之地》（1946）、《恭顺的妓女》（1946）、《肮脏的手》（1948）、《魔鬼与上帝》（1951）、《涅克拉索夫》（1955），《阿尔托纳之囚》（1960）等。此外，他还发表了不少的政论和文艺论著、传记，如《反犹太主义者和犹太人》（1943）、《什么是文学》（1947）、《波德莱尔》（1947）、《境遇》（1947—1976）和回忆录《词语》（1946）等。萨特一生的思想、学说、著述和社会活动，尤其是以他为代表的存在主义思潮，对法国以至整个世界都产生了广泛而深刻的影响。

剧情梗概

《禁闭》是萨特在1945年完成的独幕剧剧本，是他最具代表性的剧作之一。整部戏一共分为五场，故事以象征地狱的客厅为背景，描绘了三个灵魂（报社编辑约瑟夫·加尔散、贵妇人伊内丝·塞拉诺和邮局职员艾丝黛尔·里戈尔）死后在地狱里钩心斗角、互相倾轧的紧张关系。剧本以加尔散、伊内丝和艾丝黛尔陆续被听差带进了客厅为开始，这三个人由于生前劣迹斑斑，做了很多万恶的事情，被打入地狱。加尔散办了一份宣扬和平主义的报纸，是个懦弱卑下的胆小鬼，却渴望别人相信自己是个男子汉、大英雄。他把妻子从堕落中拯救出来后，却把妻子推入更深的苦难深渊。五年来，加尔散嗜酒放荡，与其他女人同居，对妻子百般折磨虐待。他的妻子有殉道者的气质，怀着对丈夫的崇拜和感激，忍辱负重，对丈夫的极度越轨行为始终保持沉默，咬牙忍受。甚至当加尔散把一个混血女人留宿在房间时，她住在二楼，在清晨还把早饭送到两人的床头。战争爆发以后大家主张抗战，加尔散胆小怕死，以宣传和平主义为幌子，准备逃往墨西哥，结果被抓回来，“十二颗子弹射入皮肉”枪毙了。即使这样，死后的加尔散依然没有感到忏悔，对虐待妻子“毫无遗憾”。伊内丝是个心理变态的同性恋，想尽办法破坏别人正常的两性关系。伊内丝讨厌表哥，爱上了表哥的妻子金发女郎弗洛朗丝。她努力唆使弗洛朗丝逐渐对表哥产生厌恶，投入她的怀抱。两人搬到城市的另一角同居，并设计了有轨电车事故，杀害了表哥。之后半年内，伊内丝又疯狂地折磨弗洛朗丝，弗洛朗丝最终难以忍受伊内丝的变态言行，在一个夜晚打开煤气，与伊内丝双双丧命。极端自私的伊内丝虽然清楚自己的问题在哪里，但是依旧我行我素，“活着就需要别人受痛苦”。自私放荡的色情狂艾丝黛尔原来是个穷困的孤儿，抚养着弟弟。父亲的一位有钱、心地善良的老朋友向她求婚，艾丝黛尔虽然不爱他，但为了给弟弟治病，她答应了他的求婚。在与丈夫和和睦睦地生活了六年之后，艾丝黛尔另觅新欢，并与情夫罗歇有了一个女儿。罗歇很高兴有个女儿，恳求艾丝黛尔和他私奔。艾丝黛尔却对自己的女儿感到厌恶，拒绝了罗歇的哀求，甚至把孩子从窗口摔到湖里去，自个儿回到巴黎。绝望之中，情夫罗歇用枪结束了自己的生命。艾丝黛尔并不为此感到内疚和负罪感，认为情夫犯不着，甚至因为丈夫不曾怀疑她，继续与其他男子调情放纵，最终因为得肺炎死亡。

在地狱里，加尔散、伊内丝和艾丝黛尔仍然本性不改，继续尔虞我诈，钩心斗角，“像旋转木马，一个追逐着一个”。一开始，三个人互存戒心，相互隐瞒过去，遮掩本性。不久艾丝黛尔提出了“为什么，到底为什么我们要凑在一起呢”的问题，三个鬼魂意识到自己可能落入某个预先安排好的陷阱，并为此深感恐惧。为了避免掌管地狱的人利用其他人伤害自己，他们决定把各自的情况都说出来。于是，三个人物把各自生前的劣迹逐个抖搂了出来，彼此像虫子那样一丝不挂。但是相互讲述生前经历之后，他们并没有得到一丝安宁，在各自卑下自私的欲望驱使下，三个人在这个狭窄而简单的客厅里，互相追逐，互相嫉恨，互相牵制，展开一场场卑劣、复杂的争夺。同性恋伊内丝对色情狂艾丝黛尔一见钟情，使出浑身解数向艾丝黛尔献媚，企图勾引艾丝黛尔，但是艾丝黛尔对女人根本不感兴趣，对伊内丝的追求无动于衷。而且出于本性，她千方百计引诱加尔散，希望得到这个男人的拥抱、亲吻。但是她的引诱行为一方面受到伊内丝的屡次阻挠，无法得逞，另一方面也招来了加尔散对这一纠缠的无比厌烦。为了寻求他人的信任，证明自己不是胆小鬼，加尔散勉强接受艾丝黛尔的引诱。但是艾丝黛尔麻木不仁，如同行尸走肉，“我可没什么信任可给”，“你这么做总是有道理”，“胆小鬼也好，不是胆小鬼也好。只要他拥抱得甜甜蜜蜜就行”。艾丝黛尔并不能给加尔散任何精神上的希望和慰藉，同时，伊内丝对他们两人的接近咬牙切齿，不断从中破坏。加尔散没有办法，不得不转向寻求伊内丝的帮助，因为他信任伊内丝，认为伊内丝与自己“是同一种类型的人”，应该说服的正是她。为了说服聪明、尖刻的伊内丝相信自己并不是胆小鬼，加尔散开始接近伊内丝，但是这一举动同样受到其他两个人的不合作或从中作梗。伊内丝不但不顺从加尔散的意愿，而且抓住他的这一弱点，反复地用尖锐、刻薄的语言来打击他。同时，艾丝黛尔乘机唆使加尔散与自己亲热，来报复伊内丝，“我被抓在手心里，但你也抓在我的手心里”。于是，三个人无休止地彼此嫉妒、猜忌、折磨着。在没有任何硫黄、火刑、烤架的地狱里，“他人就是地狱”，这种情形将永远不停地继续下去。

分析与评论

《禁闭》这部哲理戏剧，以“他人就是地狱”为主题表达了存在主义在个人与他人关系命题上的观点。与基督教存在主义相对，萨特的存在主义被称为无神论存在主义。他的哲学力作《存在与虚无》是存在主义哲学的纲领，也是他的文学创作的理论依据。这部著作以“存在先于本质”和“自由选择”为基本命题，论述了人的存在之所以先于人的本质：首先，“是人存在、露面、出场，后来才说明自身”，“人自己的存在由人自己决定”。其次，人在选择自己的行动时，是绝对自由的，“人就是自由”，人类的意志自由得以提到了前所未有的高度。最后，“世界是荒谬的，人生是痛苦的。”在萨特看来，人生活在充满荒谬的世界里，生活始终无法摆脱孤独、迷惘、痛苦、绝望的折磨，所以存在本身又面临着如何处理与现实世界的关系问题。萨特立足资本主义的社会关系，探索人的生存价值，其存在主义哲学是人道主义的哲学，但同时也充满了悲观精神和厌世意识。

萨特的文学创作与他的哲学思想一脉相承。存在主义一直是他诸多文学作品的基本主题。他把哲学与文学联系起来，不管是小说还是戏剧，都具有丰富的思想，充满了自由的精神和对真理的探索。为此，瑞典学院在1964年授予他诺贝尔文学奖。

萨特的戏剧创作颇具特色。萨特认为，传统戏剧在典型环境里塑造人物的典型性格，人物的性格是先定的，戏剧通过这些先定的性格之间的冲突来推动故事情节的进展。但是实际上人类之间的冲突并不仅仅来源于性格方面的矛盾，而更多是特定的处境下，人物性格以外的价值观念、道德规范和行事原则等因素之间的矛盾冲突所造成的。他认为当代戏剧应该在打破传统戏剧原则的基础上处理人物和环境之间的关系。在萨特的戏剧中，人物总是处于某个极限的处境，面临着或生或死、或荣或辱、或忠实或背叛、或高尚或卑下的极限性选择，人物在这种极限的、集中的境遇下，可以自由选择自己的生存方式，确定自己的生命本质。因此，萨特的戏剧又称为“境遇剧”，或“自由剧”，即为人物角色提供了自由选择处境的戏剧。

《禁闭》是一部十分典型的“境遇剧”。“地狱”是《禁闭》重要的舞台空间设计，是一个典型的存在主义“境遇”，它脱离了人生命存在的客观现实性，使读者得以直面人类灵魂本身。在这部戏剧中，地狱并非人们想象中的那样装有尖桩刑具和枷锁、充满了痛苦呻吟和无边黑暗的地方，而是一个灯火通明、永远如昼的第二帝国时代风格的客厅。客厅里只有三个沙发，一把裁纸刀和一尊青铜装饰雕塑。似曾相识的环境布置，隐喻了人们生前的现实生活，这里的“地狱”其实是现实世界的缩影，是对当时社会的反映。也就是说，即使并不存在物质、肉体上的摧残，也没有命运乖张带来的痛苦，人们依旧会感到无形的痛苦，而且这种折磨比起有形的刑具来说更为残酷，更令人绝望。正如戏剧人物加尔散所喊，“我一切都接受：夹腿棍、钳子、熔铅、夹子、绞具，所有的火刑，所有撕裂人体的酷刑，我真的愿意受这些苦。我宁可遍体鳞伤，宁可给鞭子抽，被硫酸浇，也不愿意使脑袋受折磨”。在这个环境里，人的精神受到了无与伦比、阴森恐惧的折磨，那就是来自他人的折磨——“他人就是地狱”所带来的精神刑罚，这是对萨特这部戏剧的哲理主题的精辟表述。

人生活在“肮脏的世界”里，“他人就是地狱”，他人构成自我的地狱，自我构成他人的地狱，人就是在这样互相纠葛的人际关系中永无休止地折磨着，这是萨特赋予《禁闭》三个人物的人生观。在加尔散、伊内丝和艾丝黛尔三个人中，每个人都同时是另外两个人的刽子手，但也是另外两个人的受害者。比如，对于伊内丝说，加尔散这个他者的存在就对她构成了地狱般的障碍。在这个狭小、简单的世界里，加尔散再保持沉默、保持距离，也无处不阻碍伊内丝追求艾丝黛尔的顺利进行，伊内丝为此对加尔散恨之入骨：“我浑身都感到您的存在。您的沉默在我耳边嘶叫，您可以封上嘴巴，您可以割掉舌头，但您能排除自己的存在吗？您能停止自己的思想吗？我听得见您的思想，它像闹钟一样滴答滴答在响。我知道您也听得到我的思想。您蜷缩在椅子上有什么用，您无处不在，声音到达我的耳朵时已经污浊了，因为它传过来时，您已经先听到了它。您窃取了我的一切……”加尔散的在场，使伊内丝感到无所不在的压抑；无时不在的“注视”和“窃取”，构成了伊内丝的“地狱”。

艾丝黛尔本来可以是伊内丝快乐的来源，只要她能喜欢、顺从伊内丝，但是事实与此相反，艾丝黛尔不仅厌恶伊内丝，拒绝她的追求，而且当着她的面向加尔散大献殷勤，和他亲热，使伊内丝几乎七窍生烟。她甚至不改凶恶本性，在加尔散以伊内丝为由拒绝她的时候，拿起裁纸刀就朝伊内丝乱砍。

毫无疑问，伊内丝也是加尔散的“地狱”。对于加尔散来说，他更喜欢的是伊内丝，因为相比较艾丝黛尔，伊内丝更聪明有头脑，她明白什么是痛苦、羞耻和恐惧。她进客厅不久，就意识到这个“地狱”中，“我们当中的每一个人，都是另外两个人的刽子手”。更重要的是，伊内丝对加尔散的本质了如指掌。加尔散因此把她视为知己，在他孤零零的状态下，麻木的艾丝黛尔等于没有，唯一可以寄托的就是伊内丝的信任。但是伊内丝又十分厌恶加尔散，把他斥为“逃兵”、“胆小鬼”和“下流胚”，无情地揭露加尔散作为叛国者的卑鄙嘴脸，使他自我掩饰、开脱的企图落空，精神上备受折磨。这样伊内丝也成为加尔散的“地狱”。而对于色情狂艾丝黛尔来说，她所喜欢的人对她熟视无睹，她不喜欢的人却死乞白赖地纠缠着她，这样的情形限制她满足自己情欲的自由，也构成她无法逃避的“地狱”。

三个鬼魂谁也无法忽视其他人的存在，每个人都因为他人的存在而深感被注视、被阻碍。在这种关系中，自我限制了他人的自由，他人也阻碍自我的自由，每一个我都注视着他人的言行，同时也受到每个他人的注视；每一种注视都禁锢了每个人的自由，因为无法得到他人信任支持，无法自由自在地生活、行动，每一种禁锢都带给每个人极大的痛苦，这是“他人就是地狱”定义的集中描绘，是对现实世界人际关系恶化的真实反映，也表现了萨特存在主义人学的基本观点：世界荒谬，人生孤独。每个人都处于自由的世界里，但时刻遇到的是障碍、限制和奴役，感受的是孤独、恶心和反感。这个是

“地狱式”的人生。《禁闭》通过“他人就是地狱”这一戏剧表达，说明了人与人在彼此否定对方的自由之中走向敌对，他们的“意识间关系不是‘共在’，而是冲突”[①]，同时也展现了存在主义“存在先于本质”的哲学视野。

作为存在主义“境遇剧”，《禁闭》十分典型地体现了境遇剧在处理人物形象、性格上的技巧。三个鬼魂在剧中脱去了一切面具，完全按照自己的本质和欲望来行动。萨特并不描绘他们的外貌、性格和个性，而只是提供一系列具有典型性、象征性、类型化的名词来塑造人物形象，如加尔散被扯下极力粉饰的伪装，是个胆小鬼；伊内丝脱去贵族的外衣，是个同性恋；艾丝黛尔撩开美丽贤淑的外表，是杀婴犯和色情狂。这些人物去除了一切外皮，在一个个抽象性的字眼、卑劣丑恶的动作里，却显得尤其活灵活现，鲜活可信。三个人物中，加尔散在表现萨特哲学观点上占据着十分突出的地位，剧作的许多关键词和主题句都是透过加尔散的嘴道出的。加尔散的人物特征很典型地体现了自我与他人之间的矛盾冲突：在试图建立自我认识的同时，又极其关心他人对自己的评价。“胆小、贪生怕死”是生前他人对加尔散的评判，他在得到这一判定的时候，深感他人对自己的误解、异化，觉得有必要改变这种状态。进入地狱以后，他不断继续聆听生前同事朋友对自己的评价，反复思考，想理清自己的一生，同时不停地试图说服地狱里的新伙伴，想建立一个崭新的自我形象。他先是求助于极力讨好他的色情狂艾丝黛尔，请求她帮助他，信任他，希望这样可以拯救自己，肯定自己的“英雄”本色。但是艾丝黛尔除了充满情欲的肉体外一无所有，根本不可能给予加尔散任何拯救的绳索。加尔散随即转向头脑冷静、思维清晰的伊内丝，但是伊内丝根本就不肯与他合作，给他希望，甚至毫不留情地反复揭露加尔散自欺欺人的伪装，屡次打击加尔散为自己拨乱反正的念头。于是，加尔散总是处于一种极度矛盾的境遇：感觉到自己被他人误解，又把消除这一误解寄托在他人身上，希望通过他人来重新定位自己，这就永远无法走出他人的阴影，他人的地狱。

《禁闭》充满了鲜明的象征和隐喻。除了舞台空间设计外，剧本题目、舞台布景、人物角色、剧情安排也都与现实世界的事物有着象征或喻指联系。如戏剧标题的“禁闭”，法文原文是“Hisclos”，是法律层面上“禁止旁听”的意思，指只限当事人在场，这象征戏剧中三个鬼魂互相隐瞒、互相防范、互相封闭的紧张关系和精神状态。该戏剧有很多中译名，如“间隔”、“密室”、“隔离”，虽然有所不同，但基本上都体现了“他人就是地狱”、生命彼此禁锢的主题。再如，在舞台布景上，象征地狱的客厅被布置成灯火通明、亮如白昼、永不熄灯的环境，这就喻示着在这个充满煎熬的地狱般的世界里，人将一直没有睡眠，没有梦想，没有自我思索的时间，没有摆脱别人审视、批评的空间，永远被置于他人的目光注视之下，永无停歇，永无休止。同时，剧中还有一个重要的细节设置具有深刻的隐喻作用，那就是镜子的缺失。镜子是人们进行自我观察、自我评介的凭借，它可以让人用自己的眼光看清自己，可以忠实反映人的真实面貌，可以让人们进行自我审视、自我评价。但是地狱里没有镜子，甚至两个女性鬼魂的镜子都被没收了。在这个没有镜子的环境里，每个人都无法审视、评价自己。人们被剥夺了自我

① 余志平：《“杜梅萨之眼”——从〈禁闭〉看萨特的哲学视界》，载《上海大学学报（社会科学版）》，2001，8（4）：38。

认识、自我意识的权利，丧失了把握自己、确认自己的能力，在走投无路的情况下，不管喜欢不喜欢，审美标准是否一致，只有求助他人的帮助，借助他人的眼光来生存。因此，永远地生活在他人的注视中，屈从他人的摆布成为唯一的选择，只能通过他人的眼睛、他人的标准才能得到答案。比如，艾丝黛尔没有镜子，无法抹准唇膏的时候，尽管对伊内丝以自己的眼睛做"镜子"的提议并不欣赏，甚至感到一丝危险性，但是终究只能无可奈何地让伊内丝来指导自己涂抹口红，忍受伊内丝的摆布和算计。加尔散在伊内丝斥责他为绷着一副"刽子手"的嘴脸之后，也不由地呼喊道："只要能找找镜子，让我出多大的代价都行。"镜子在戏剧里完全不存在，却是三个人物念念不忘的东西，"要是没有镜子，尽管摸到自己，我也不能肯定我究竟是不是存在"，镜子成为一个占据重要地位的象征载体，它的无形存在成为"萨特式地狱"一个重要的组成因素。没有镜子，却带来了更大的喻旨空间，可以说，这是这部戏剧中象征手法运用得最具效果的地方。

《禁闭》构思巧妙、结构新颖，以荒诞的形式表现深邃的哲理，情节简单精妙，语言简洁犀利，运用丰富独到的象征、比喻等手法，生动形象地刻画了三个鬼魂的丑恶心灵，是一部耐人寻味的经典剧作。

关键概念

存在主义文学　　境遇剧

思考题

1. 体会《禁闭》的哲理主题，分析这一主题与萨特存在主义哲学观点之间的联系。
2. 简述《禁闭》的艺术特征。

尤奈斯库《秃头歌女》导读

学习提示

尤奈斯库的生平和创作。《秃头歌女》的剧情梗概。《秃头歌女》的主题。《秃头歌女》的艺术特点。荒诞派戏剧。

生平与创作

欧仁·尤奈斯库（1912—1994）是荒诞派戏剧的奠基人之一，他开创了一个崭新的戏剧时代。尤奈斯库出生于罗马尼亚，童年在法国度过，后到罗马尼亚求学，于 1938 年移居法国。尤奈斯库从童年就开始接触戏剧，随着年龄渐长，他对传统戏剧越来越反感，对其中的道德说教尤为痛恨。可以说他戏剧创作的开始，就是他反传统戏剧探索的开始。他的剧本《秃头歌女》1950 年 5 月 11 日在法国公演时，面对台上不知所云的表演，观众难以接受，纷纷退场，最后剧场内仅剩下三名观众。但是在文学界内，《秃头歌女》的价值还是得到了肯定。当《椅子》的上演获得成功后，尤奈斯库更是名声大振，由他创作的剧本不断在各大舞台上公演。尤奈斯库 1969 年获摩纳哥奖章、国家戏剧奖，1970 年当选为法兰西学士院院士，1994 年去世。

尤奈斯库除了创作戏剧外，还写作了大量的戏剧理论文章和访谈录，并涉足小说创作领域，堪称多才多艺。但是毋庸赘言，他的光辉成就是属于戏剧领域的。尤奈斯库比较重要的戏剧作品有《秃头歌女》（1949）、《上课》（1950）、《雅克或屈从》（1950）、《未来在蛋里》（1951）、《椅子》（1951）、《阿麦迪或脱身术》（1953）、《非雇用的杀人者》（1957）、《犀牛》（1960）、《国王正在死去》（1962）等。尤奈斯库早期的作品从戏剧形式到戏剧内容，都是彻底反传统的，主要是独幕剧，以个人家庭生活为依托，表现物化世界对人的内心的压迫，情节荒诞不经，人物语无伦次。后来他的创作内容进一步扩大，后期作品转向表现社会生活，反对专制、暴力，形式上也较为完整，从某种意义上而言又接近了传统，但其中的超现实风格仍旧与前期相呼应。

情节梗概

《秃头歌女》是一部独幕剧，分为十一场，主要人物有史密斯先生、史密斯夫人、马丁先生、马丁夫人、女佣人玛丽、消防队长等。在情节上毫无曲折，但自始至终都表现出一种奇异的气氛。

第一场。中产阶级出身的史密斯夫妇住在伦敦郊区自己的寓所里。史密斯太太议论着刚刚吃过的晚餐，对食物加以点评，说土豆烧得好吃，鱼挺新鲜，汤咸了一些等。史密斯先生读着报纸，对太太的评论都用啧啧声作答。太太又提到酸乳酪对身体有好处，她说这是麦根基大夫说的，而麦根基大夫是个好大夫。理由是麦根基大夫在给别人动手术前，必先给自己动同样的手术。史密斯先生发话了，他不同意太太的观点，他认为好的大夫要么和病人一道恢复健康，要么和病人一起死去。停顿片刻，史密斯先生说报纸上刊登了一则讣告：勃比·华特森死了。他们从勃比·华特森的死，谈到他妻子的再嫁，又说到这个家族的所有人都叫勃比·华特森，都是商店推销员。史密斯太太弄不懂一些问题，询问时受到丈夫的申斥，说她的问题是些愚蠢的问题。二人争吵起来。史密斯急忙赔不是，他吻了太太，说"我们去睡觉吧"。其间墙上的钟有时敲七下，有时敲三下、五下。

第二场和第三场都非常短。史密斯夫妇家的女仆玛丽古里古怪上场，她报告说马丁夫妇来访。第三场只有玛丽说了一句话就结束了。

第四场。主要是马丁先生和马丁夫人的对话。两人在客厅等候，马丁先生觉得马丁太太面熟，好像在哪里见过，马丁太太也说自己好像在哪里见过马丁先生，他们于是开始对证。马丁先生说自己出生在曼彻斯特，现在离开那里已经快五个星期了。自己乘早上八点半开、四点三刻到伦敦的火车，坐在二等车第八车厢六号包厢三号座，在伦敦住布朗菲尔德路十九号六层八号套间，卧室里有一张床，铺着绿色鸭绒被。自己有一个叫艾丽斯的女儿，一个眼珠白，一个眼珠红。马丁太太除了来伦敦时乘坐火车的座位号是六号（在马丁先生对面）外，其他信息都与马丁先生完全相同。他们都觉得这实在是太巧了。这样经过不断重复的滑稽对话、交谈、回忆和推理，他们终于意识到他们原来是一对夫妻，在缺乏应有的惊喜态度的情况下，两人毫无表情地相互接吻拥抱。这段时间内钟胡乱敲着，一下、两下、二十几下。

第五场和第六场。仆人玛丽像个密探一样走上台来，向观众报告说马丁先生孩子的左眼是红的，而马丁太太孩子的右眼是红的，他们的孩子并不是同一个人。这样一来，马丁先生那一套论证体系碰到这最后一关就垮掉了，他那一整套理论也就完蛋了。她说两人是自己骗自己，空欢喜一场。而马丁夫妇从刚才的拥抱中分开，说是好不容易找到对方，决定不再失散。

第七场。史密斯夫妇和马丁夫妇见面，大家无话可说，台上除了哼哼哈哈的片言只语之外，长时间静场。台上人物每说一句话，就有一段时间的静场。好不容易谈话开始有了点内容，大家开始讲一些自以为新鲜离奇的事情。马丁夫人说她在街上看到一个弯腰系鞋带的人，马丁先生说他见到一个人在地铁里的长椅上安安静静看报纸，大家认为这都是稀奇得不得了的事情，评价说"真是无奇不有！"。这时门铃响了，史密斯夫人去开门，但门外没人。门铃再响，开了门还是没发现人。反复几次，门铃响了，门外却一直没人。史密斯夫人白跑了几趟，大发雷霆，不愿再动了。最后一次，史密斯先生开了门，看见消防队长站在门外。

第八场。消防队长的到来使大家大吃一惊。史密斯夫妇争吵一番，又就按门铃的问题与消防队长对质一番。消防队长说他正在执勤，要奉命扑灭城里的所有火灾，包括壁炉里用来取暖的火。他得知史密斯家和马丁家都没有失火，很是失望，感到懊恼。史密斯夫人提议他给大家讲点开心的事情，于是他编造了一个《狗和牛》的故事和另一个荒诞不经的一头小公牛吃下碎玻璃片之后生下一头母牛的故事。史密斯先生和夫人也各讲了一个《公鸡》的故事和《花束》的故事。在众人的恳求下，消防队长又啰里啰嗦讲了一个《感冒》的故事。大家没听懂，要他从头再讲一遍，但消防队长说他得走了，问“几点钟了?”史密斯夫人说：“我们家没钟点。”史密斯先生说：“我们的钟有毛病，指的时间总相反。”

第九场和第十场。玛丽上场，要求也讲一个故事。她突然扑上去搂住了消防队长的脖子，两人含情脉脉。玛丽念了一首题为《火》的诗，献给消防队长。史密斯夫妇将她推出门外。消防队长觉得这诗好极了，后来他告辞去执行灭火任务。临走时，他说：“倒忘了，那秃头歌女呢?”他把刚才讲最后一个故事时说到的金发女教师说成了秃头歌女。这时全场肃静。消防队长说“再见”，马丁先生说：“但愿您走运，来场大火!”消防队长说：“你我都盼，皆大欢喜。”众人送他到门口。

第十一场。史密斯夫妇与马丁夫妇四个人自说自话，前言不搭后语。最初，他们各自的话貌似一些警句和带有逻辑关系的复句，如马丁太太说：“我能为我的兄弟买一把小折刀，你们不能为你们的祖父买下爱尔兰。”史密斯先生说：“人们走路用脚，但是人们取暖用电或煤。”马丁先生说：“今天有谁卖出一头牛，明天会有一个蛋。”史密斯太太说：“在生活中，必须从窗口看。”后来，每个人都抢着说话，声音越来越急促，句子越来越简短，基本的字面意思变得难以理解，最后每个人发出毫无意义的噪音。灯光突然熄灭，话声终止。当灯光复明时，马丁夫妇重新开始演出，他们准确地说着史密斯夫妇在第一场中的对白。幕徐徐落下。

分析与评论

《秃头歌女》是尤奈斯库的代表性作品，也是荒诞派戏剧的开山之作。

荒诞派戏剧兴起于20世纪50年代的法国文坛，后波及欧美各国，是第二次世界大战后影响最大的现代主义戏剧流派，最初被称为反戏剧或先锋戏剧，1961年在英国文学理论家马丁·艾斯林的《荒诞派戏剧》一书中得以概括、定名。这一流派的代表作家有法国的贝克特和尤奈斯库、英国的品特、美国的阿尔比等。荒诞派戏剧家认为，世界是无理性的，人的存在也毫无意义可言，而要表现人类这样的生存状态，就要用非理性的、非逻辑的极端夸张的形式来体现人在社会生活中的荒诞感。

尤奈斯库是荒诞派戏剧的先驱，他通过极具革新意义的荒诞派戏剧震撼了世界剧坛，其艺术实践完成了对人类自身命运进行深刻认识和思考的一种全新表达，实现了贝克特所说的“那种无所表达、无以表达、无从表达、无力表达、无意表达，而又有义务表达的表达”。他的第一部作品《秃头歌女》的副标题就是“一部反戏剧”。就内容而言，舞台上展现的是一个中产阶级家庭生活的片段，很难归类于那种耸人听闻、以想象取胜的题材，然而它带来的舞台效果是颠覆性的。它通过对平庸无聊的社会生活的讽刺与揭示，以离奇怪诞的舞台形象将人生的荒诞状态直观地表现出来，更指向了人类生存的孤独与荒诞性。因而《秃头歌女》的主题可以在两个层面上理解。

一是现实批判的层面。这部剧作生动地描绘了西方现代文明社会的日常生活场景，讽刺了中产阶级生活的平庸、乏味和沉闷。尤奈斯库指出，《秃头歌女》企图对戏剧加以滑稽的模仿，由此而对人类某一方面的特点加以滑稽的模仿。在这个剧本中，正是通过深入日常的平庸生活、把那些日常语言中最滥用的口头禅夸张到极点的做法，来表现自己觉得整个生活都沉浸在其中的奇特性。

一方面，第一场的舞台提示中反复出现的“英国”：一间英国式的中产阶级起居室，放着英国式的安乐椅，英国式的夜晚，英国式的小胡子，英国壁炉，英国袜子，英国式的长时间沉默等，看似滑稽，其实是对中产阶级生活格调的讽刺。这个社会阶层衣食无忧，有财产，有社会地位，并为此自满骄傲，以为这是最理想的生活状态。在史密斯夫妇的对话中，史密斯太太的一番话“我们喝了汤，吃了鱼，猪油煎土豆和英国色拉。孩子们喝了英国酒。今儿晚上吃得真好。要知道我们住在伦敦郊区，我们家又姓史密斯呀”以及史密斯太太强调教育孩子“得教他们生活简朴、有节制才好”之类的话，在滑稽中透着沾沾自喜，这些对白与舞台提示的寓意相同。应该注意的是，作者虽然是拿英国开涮，所指却是整个西方社会。第一场中，史密斯太太絮絮叨叨谈论食物“拐角那家杂货铺子的油比对面那家杂货铺子的好，甚至比坡下那家杂货铺卖的还好。但是我不愿说他们这些铺子卖的油差”，这是无话找话，说的全是废话。她说话时，史密斯先生在无聊地看报纸，长时间不插嘴，似乎对谈话毫无兴趣。总之，史密斯夫妇的生活就是这样，他们的谈话范围是狭窄的，谈论的都是鸡毛蒜皮的琐事。剧中两对夫妇用不断重复的空洞手势和文不对题的日常俗语在东拉西扯地闲聊，从而夸张地表现了当代资本主义社会中人际关系的隔阂和现实生活的无聊荒谬。一切都是平庸乏味无聊的，它泯灭了人的思想和灵魂，将个性、创造力和激情消磨殆尽。

另一方面，《秃头歌女》还讽刺了西方文明社会人与人之间冷漠的关系。马丁夫妇的来访，受到礼貌的接待，但主客之间的客套完全是虚伪的，没有任何真正的感情，也没有任何实际内容。马丁夫妇在一起共同生活了几十年，却还需要反复确认相互的关系，形同路人。当终于知道是夫妻后，马丁先生用单调的、近似唱歌的腔调说：“亲爱的夫人，我看我们肯定已经见过面了，您就是我妻子……”然后他们“毫无表情地互相拥抱亲吻”。夫妻相认本该皆大欢喜，充满激情，然而两人的表现却是腔调平淡，拥抱时毫无表情。在经过一番荒唐的验证之后发现两人的确是夫妻，但随后又被女仆玛丽的一句话完全否定了。连夫妻关系都是值得怀疑的，还有什么可以相信？尤奈斯库在此设置了一个极端的情境，让观众在发笑之余也感到其中的冷峻。

二是形而上的层面。《秃头歌女》深刻地揭示了现代人类的荒诞处境。剧中，人的行为乃至这个世界都呈现出混乱、机械性、无目的性、无逻辑性和无意义。史密斯夫妇在客厅里无聊地谈话，他们说到勃比·华特森的死，一会儿说他死了两年，一会儿说他死了一年半，又说他死了四年，而尸体还在冒热气。勃比·华特森家族的成员都叫勃比·华特森，他们都是商店推销员，诸如此类。长久在一起生活的马丁夫妇竟然不知道他们是一对夫妻，经过谨慎、冗长、细致的对证才相认。但随后上场的史密斯夫妇家的女仆玛丽煞有介事地宣称自己是侦探福尔摩斯，据她的发现，马丁先生不是马丁先生，马丁太太也不是马丁太太，因为他们各自说的那个小艾丽斯不是同一个人。史密斯夫妇和马丁夫妇正在客厅谈话，门铃声吸引这些人讨论起“门铃响，到底有没有人”这一荒唐的问题。他们振振有词提出自己的论断，从逻辑关系上看似乎都无懈可击，却只是话语游戏，毫无意义。在最后一场，每个人都表现出强烈的说话欲望，谈话的欲望与渴望交流、沟通是联系在一起的，但他们之间却只有独白，自说自话，完全隔绝、孤立。史密斯先生和太太在家里信口闲聊，讨论生活琐事，等到马丁夫妇来了，几个人还是在东拉西扯，胡言乱语，各幕内容之间没有必然的联系，不过是一段段无聊对话的混杂和糅合，体现了生活的无聊、乏味和空虚。最后一幕，陷入混乱的舞台在灯光重新亮起之后，第一幕的对话又开始了，马丁夫妇开始重复着史密斯夫妇在第一场的台词。这说明这部戏没有任何传统意义上的结局，只不过是一次次无谓的重复和平庸的延续，让观众在这其中去体会荒诞的真谛。与荒诞派戏剧相比，存在主义的作品还试图为人类的精神困境找出一条出路，而在荒诞派戏剧中，这样的努力也被放弃了。尤奈斯库认为只有无可解决的事物才具有深刻的悲剧性和深刻的喜剧性，因而从根本上来说，才是真正的戏剧。《秃头歌女》中对第一场的台词的重复意味着这种荒诞处境的无休止，这说明它只是将读者、观众置于滑稽的笑声和感受到荒诞的恐怖之中，以循环性的结构来构造一个表现荒诞性的平台——演员和观众都一直在场，永远不能下台。

《秃头歌女》的冲击力除了它主题上表现的荒诞感在观众内心引发的震撼之外，还在于它在艺术表现手段上的大胆乃至惊世骇俗的革新。

语言意义的缺失造成了荒诞性。《秃头歌女》这部作品本身具有很大的实验性，而古怪的名字使得它显得更为怪异。当初尤奈斯库从《英语会话手册》里发现那些机械重复的语言材料里实际包含着许多生活的哲理，这激发了他创作的灵感，决定用一些不连贯的语言材料来写《秃头歌女》。剧本原先取名为《轻松英语》，后来扮演消防队长的演员在排练时把“金发女教师”误念成了“秃头歌女”，尤奈斯库如获至宝，得到了新的启示，高呼：“就是它，就是它！”剧中并没有什么秃头歌女的角色，它只不过是剧中角色一次偶然的口误而已，这鲜明地体现了作者对意义的漠视，对逻辑和规律性的不信任，对传统戏剧结构和艺术方式的反叛。

除戏剧标题外，《秃头歌女》中的人物语言是对戏剧传统最有冲击力的因素。自古希腊以来的西方戏剧，正是通过清晰、明确的对白来完成语言的对话意义。语言是戏剧的灵魂，它有力地支撑起了传统戏剧庄严、优美的大厦，而荒诞派戏剧则与传统彻底决裂，对其进行无情的颠覆，将质疑、嘲讽的矛头直接指向了语言。它对语言进行彻底的否定，使其表达人物思想、表情达意、塑造人物性格、发展戏剧冲突的功能遭到破坏，通过创造一种荒诞的语言言说方式，一种新的形式功能，在摧毁意义的同时又于无意义中显示意义，从而揭示荒诞感和荒诞意识。尤奈斯库试图通过语无伦次的语言、杂乱无章的情节来揭示荒诞的内容，达到一种特殊的深化主题的效果。剧中的人物莫名其妙的对白和长时间的静默阻断了剧中人与人相互交流外，还从根本上阻隔了观众与作品中人物的沟通交流，从而形成了一种相互错裂的荒诞关系，暗示了现代人在生活中的无奈、空虚和平庸。这样的例子在《秃头歌女》一剧中比比皆是。第七场里史密斯夫妇与马丁夫妇见面后，各自“嗯……”、“嗯……嗯……”、“嗯……嗯……嗯……”、“嗯……嗯……嗯……嗯……”一番，然后是简短的平淡的对话，其间穿插了十多次沉默。当需要讲点稀奇的事情时，马丁太太说她看见一个人在大街上弯腰系鞋带，而马丁先生说他看见一人在地铁长椅上安安静静地看报。这样的事情得到的评价是“真是无奇不有！”。尤奈斯库把日常生活里个别的、零星的、偶然的生活现象加以放大变形，通过对生活平庸的模仿揭示人存在的荒谬性。

尤奈斯库拒绝把语言作为一种逻辑工具来使用的做法，具有因果关系的叙事结构模式被散乱的毫无意义的情景呈现取代了。剧中有些对话由于剔除了相应的逻辑性，从而使对白变得颠三倒四，东拉西扯，也就消解了人与人交流的可能性。在《秃头歌女》中，这种无聊和琐屑的语言风格弥漫全剧，第九场中，玛丽背了一首所谓起火的诗献给消防队长，内容是"水着火来/天着火/灰也着了火/烟着火/火着火/统统着了火/着火又着火"之类的——比起莎士比亚戏剧中的华彩篇章，这样的诗简直就是在开玩笑。在最后的第十一场中，史密斯夫妇与马丁夫妇的对话是一大堆莫名其妙的意义空洞的句子，像"人固然用脚走路，可用电用煤取暖"，"上有天花板，下有地板"，"一星期有哪七天?"，"纸用来写字，猫用来逮耗子。奶酪用来盖戳"等。后来，对话干脆变成了无意义词语的重复叫喊，"狗长跳蚤啦，哎呀呀，哎呀呀!"，"老鼠老鼠长眉毛，眉毛里面没老鼠"，"苍蝇不碰也会动"，"百货商场卖巴尔扎克，有个元帅叫巴赞纳"。再后来，甚至只是单个词语和音节的重复。快结尾时，几人说得越来越快，混乱不已。可见，《秃头歌女》中语言的叙事和对话脱离了理性主义的语言框架，人们习以为常的思维方式、生活方式受到了彻底的挑战和否定，语言的对话意义在荒诞派戏剧的对白中彻底失落了。

尤奈斯库认为戏剧中的一切都是语言，台词、动作、物件和情节等都能够表达意义。在《秃头歌女》中，舞台布置也强调了戏剧体验的主观性，以更加直接有力的方式来揭示生活的荒诞性。举例来说，这个剧本舞台设置是符合传统戏剧的家庭内景的，但一旦给所有物件都加上了"英国式的"、"英国的"等修饰语，就充满了游戏、讽刺的色彩。如果说这只是作者的一种文字游戏，还没有产生更大的戏剧效果，那么戏中胡乱敲响的钟就无疑能给观众带来巨大的震撼效果。《秃头歌女》中的钟不仅仅是一个单纯的道具，而包含了作者对于传统时间观念的挑战。时钟是时间与秩序的象征，有情节线索的戏剧是以时间的先后为必然依托的，而《秃头歌女》完全将时间置于戏外，在这里时钟不再具有科学的精确性。作品中多次出现了关于时钟错乱的情景，墙上的时钟随便乱敲，一下、五下、二十几下不等。在戏中，史密斯太太说他们家没钟点，史密斯先生说钟有毛病，精神矛盾，指的时间总是相反。到最后一场，钟在台上众人的胡言乱语中敲得更加起劲，舞台开始陷入混乱。此前人物对话虽然怪异，但总体还算正常，而此后全剧的表演进入了疯狂状态。两对夫妻在台上大喊大叫，挥舞拳头，以无序狂暴的喧闹表达了人内心的不安、焦虑和混乱。同时，灯光在对舞台气氛的控制上也起到了相当有效的作用。灯光的熄灭和再次亮起，强烈冲击着观众的视觉感受，与舞台上的喧闹与肃静相互呼应。

尤奈斯库的作品始终都围绕着一个中心，即展示人类的生存状况，发现全人类共同的基本问题。在他看来，艺术品的存在乃是为了表达试图交流而又无法交流的问题。《秃头歌女》第八场，消防队长讲完一个"亲身经历的寓言"即《狗和牛》的故事之后，马丁夫人问这个寓言是什么意思，消防队长回答说："要您自己领会去。"从《秃头歌女》开始，尤奈斯库创作了三十多部戏剧，以打破传统的艺术手法将西方现代人的生活场景呈现在观众面前，也正是想引起观众的关注和深思。总体而言，《秃头歌女》的意义在于它锐意的艺术革新，也在于它揭示人类自身生存的荒诞处境，为人们的认识自我提供了一种直观的振聋发聩的指引。

关键概念

反戏剧　　荒诞派戏剧

思考题

1. 简述《秃头歌女》的社会批判主题。
2. 论述《秃头歌女》的荒诞主题。
3.《秃头歌女》对传统戏剧形式的反叛具体表现在哪些地方？

海明威《老人与海》导读

学习提示

海明威的生平与创作。《老人与海》的情节梗概。《老人与海》的精神内涵和时代意义。美国文学中自然主题的流变。《老人与海》对人与自然关系的思考。《老人与海》的艺术特色。

生平与创作

厄纳斯特·密勒·海明威（1899—1961）出生于美国伊利诺伊州橡树园镇。他的父亲是一个医生，喜欢打猎钓鱼。受父亲影响，海明威养成了对体育竞技、斗牛、打猎等活动的浓厚兴趣，锻炼了体魄和意志。1917 年中学毕业后到堪萨斯《明星报》当见习记者，文字得到初步训练，对日后形成简洁、明快的文风有重要影响。1918 年，海明威参加第一次世界大战。他作为美国红十字会战地服务队奔赴意大利战场，身受重伤。战争经历给他留下难以磨灭的印象，也为他的创作提供了大量素材。一战结束后，海明威担任《多伦多明星报》派驻巴黎的记者，其间开始从事文学创作，写了大量的文学作品。1927 年，海明威回到美国佛罗里达州生活写作。1937 年，西班牙内战爆发，海明威以记者的身份前往西班牙，积极参加西班牙人民反法西斯的斗争。第二次世界大战爆发后，海明威又积极投身于世界范围内的反法西斯斗争，曾经以记者身份到中国来报道抗日战争的战况。第二次世界大战后海明威定居古巴。1954 年，海明威到非洲狩猎，中途两次飞机失事，身受重伤。同年，海明威主要因为《老人与海》的成就获诺贝尔文学奖。海明威一生多次因战争、狩猎、飞机失事而受伤，这极大地损害了他的健康。海明威还经历了四次婚姻。这些身心变故导致他晚年病魔缠身，精神抑郁，严重影响了他的创作能力。1961 年 7 月 2 日，海明威用猎枪在家中结束了自己的生命。

海明威创作的短篇小说集有《在我们的时代》（1924）、《没有女人的男人》（1927）、《胜利者无所得》（1933），长篇小说有《太阳照样升起》（1926）、《永别了，武器》（1929）、《丧钟为谁而鸣》（1940）、《过河入林》（1950）等，中篇小说有《老人与海》（1952）等，剧本有《第五纵队》（1939）等。

海明威的大多数作品都和战争有着密切联系。因此，战争是解读海明威小说的重要维度。海明威参与了两次世界大战，对战争留下了刻骨铭心的印象。他写战争的作品大都具有自传性，传达了自己对战争深切、真实的体验。《永别了，武器》写了美国青年亨利与英国护士凯瑟琳在战争中的坎坷经历和爱情悲剧。亨利在战场上受伤，被送到米兰接受治疗，与看护他的凯瑟琳相爱。亨利伤愈归队，正赶上德军进攻。在混乱中，亨利因误会被友军逮捕。亨利伺机脱身，携凯瑟琳一起逃到瑞士。但在那里，他们的幸福生活并不长久，凯瑟琳难产死去，把绝望的亨利一个人留在世上。小说表达了反战的主题。战争摧毁了人类的物质文明，破坏了个人幸福和爱情，也在人的生理和精神上留下了难以弥合的创伤。小说主人公亨利是一个消极的反战者，他看到战争令生灵涂炭，自己善良勇敢的同伴在战争中死去，他逃离战场；他看到人生不过是一场悲剧，他甚至想逃离社会。小说中的这种沮丧和迷惘的情绪，是一个时代人的精神状态的缩影。写于第二次世界大战期间的《丧钟为谁而鸣》以西班牙内战为背景。美国人乔丹参加了国际纵队，受命配合当地游击队去炸毁一座桥梁。在执行任务的三天里，游击队队员展现了他们各自的风貌和品格。其间还穿插了乔丹与西班牙少女马丽娅的爱情。最后，乔丹炸毁了桥梁，却身负重伤。他命令游击队员们撤离，自己一人留下来阻击敌人。这部小说中，作者对待战争的态度发生了很大变化：战争有正义、非正义之分；个人对组织、对国家负有责任。正义的战争值得人们为它去牺牲。这是海明威战争观的一个升华。

海明威在他的众多小说中，塑造了一系列“硬汉”形象。这些人中，有斗牛士、拳击手、猎人、士兵、渔夫等，无一例外都是男性。他们往往有着惊人的忍耐力、旺盛的精力、强健的体魄，争强好胜，孤独高傲。海明威把这些人置于敌对的、充满流血和暴力的世界里，让他们经受种种极限考验。在和对手、敌人、自然界毫不妥协的斗争中，他们的力量、尊严、风度淋漓尽致地展现出来。但这些人物又少见像《丧钟为谁而鸣》中乔丹那样的英雄，他们多是没有“业绩”的普通人，行事并不高尚，为果腹、为面子、为争输赢，而与对立面较量，显示出其人格中强悍、刚烈、凌厉、不服输的本色。如短篇小说《打不败的人》写一个年老的斗牛士，为了保住自己年轻时的荣誉，不惜以年老之躯，重新走进斗牛场，经过鏖战，终于杀死了公牛。《老人与海》更是一个“硬汉”的颂歌。

海明威的小说文体风格有鲜明的特色。由于早年写新闻稿的训练，他用词十分简洁，句子短促，文字没有华丽的辞藻、复杂的句型，甚至连形容词都很少使用，但同时又十分凝练含蓄，意蕴丰富。海明威把这种文体风格归纳为“冰山”风格。他说：“我经常尝试按冰山的原则去创作。”他又说，“冰山在海里移动是很宏伟壮观的，这是因为它只有八分之一露出水面”，而冰山的八分之七的部分在水面以下。《杀人者》是海明威一篇著名的作品，也是“冰山”理论的出色实践。两个刺客来到餐馆刺杀一个拳击手，因拳击手未曾露面，两个杀手悻悻离去。尼克是事件的亲历者，杀手走后，他赶去通报拳击手，谁知拳击手并不以为意。杀手和拳击手对别人、对自己生命处置时的那种随意，使尼克深受震撼，他最后决定离开小镇，到其他地方去。小说情节并不复杂，但故事的来龙去脉，以及人物形象刻画等，多不是通过叙述和描写来完成的，基本上靠人物间的对话。这些对话极其精练，包含了大量言外之意。如杀手一口一个“聪明的小伙子”、“聪明人”，类似的话反复出现达 25 次之多，其中有警告、有挑衅、有嘲弄、有得意，杀手的残忍、阴险、目空一切的神情跃然纸上。

情节梗概

古巴首都哈瓦那附近的一个渔村，住着一个 70 岁的渔夫，他打了一辈子鱼，饱经沧桑。打鱼是一个充满挑战和风险的行当，运气好的时候，他一连几个星期天天打到大鱼；但也曾经一连 87 天打不到鱼。这一次就碰上了倒霉的时候，已经 84 天了，一条像样的鱼还没有打上来。村里的人不再相信他，原来有一个小男孩跟着他学捕鱼，但 40 天未钓到一条鱼后，男孩的父亲拒绝让他再和老人一起了。老人叫桑提亚哥，人穷且老，但他的眼睛是海水一般的蓝色，透露出打不垮的神情。他相信自己能打到大鱼，他叫那个和他学打鱼的孩子买彩票，号码一定要和自己 85 天没打到鱼的“85”这个数字联系起来，他希望自己时来运转。出海前夜，老人梦见了狮子。

第二天一大早，老人出海了。男孩帮他把渔具扛到船上，说声出海顺利，老人划桨出海了。大海一片蔚蓝，是一年中难得的好天气，老人希望这一次不要空手而归。还十分晦暗的天空中，一些鸥燕与他做伴，他很担心这些小鸟柔弱的身躯遭到猛禽的毒手。有的水手认为大海是阳性的，是竞争的对手。老人则认为大海是阴性的，她供养了人类和万物。船出了港湾，天也渐渐亮了。老人在不同的深度下了钩，静静地等候着猎物。眼前的水母让他回忆起自己年轻时捕捉海龟的生涯。金枪鱼群从船首水面掠过，大鸟追逐着鱼群。一条金枪鱼上钩了。老人思索和忙碌着眼前的一切，直到中午时分，另一条鱼咬了钩。

这是一条来自大海深处的鱼，老人感到钓绳上的力量重得惊人，他手里的绳子不断地放出去，似乎没有尽头，以致备用的绳子也用上了。等到他进攻时，他把绳子猛得一带，但一点效果也没有，而船却随着鱼的方向走去。幸好鱼没有向更深处游，也没有跃出水面挣扎，否则自己就完了。夜来临了，鱼带着小船离岸越来越远，他已经看不到岸边哈瓦那的灯火。他不禁想起他所钟爱的棒球队的赛事。他们是赢了还是输了？他默默猜测着。他相信他们会赢，就像他不可能输一样。他想象着水下的那条大鱼，那一定是一条很棒的鱼，能卖个好价钱。不知怎么的，他对那条还没有见面的大鱼怜惜起来，它是好样的，这是他遇到过的最奇怪的一条鱼，一条最精明的鱼，也是最大的一条鱼，但不幸却遇到了最顽强的对手，它只好认倒霉了。天亮时分，又有鱼来咬其他的钓饵，老人干脆把那只钓饵连水中的钓绳都丢弃了，他要专心致志对付这条大鱼。他把余下的绳子续在一起，接在钓住大鱼的绳子上。谁知道它还要跑多远呢？在大鱼筋疲力尽之前，可不要指望老人降伏它！麻烦的是，如果老人先于大鱼丧失了勇气和力量，他将被彻底打败。老人说：“我要陪你到死。”

大鱼仍旧拖着小船不紧不慢地前进着，不显丝毫的疲态。但也有一个好迹象：大鱼游得不像先前那么深了。如果它能浮出水面就更好了，这样，鱼的气囊充满了气，死后就不会沉到海底去。他不敢用力拽钓绳，拽不动不说，还可能把钓绳拉断；他还不得不始终用手拉着绳子，以便随时收放，谁知道鱼什么时候发威呢？如果绳子系在船上，鱼发威时，绳子也会断的。鱼突然一动，老人闪了个趔趄，手也受伤了。他感到应该吃些东西，增加点力气。他腾出一只手，把钓到的那条金枪鱼剖开，切成块。他觉出钓绳上那股沉着、顽强的拉力，拉着钓绳的那只手却抽筋了。他把生鱼块放到嘴里嚼着，他甚至想到给那条上钩的大鱼喂些东西吃，他对大鱼发生了由衷的好感。“它是我的兄弟啊！”他想。

大鱼终于露出了水面，老人发现，鱼身竟然比自己的船还长两英尺，他从来没有钓到过如此庞大的鱼。他恰当地收放着绳子，到晌午时分，他的手不再抽筋了。他在内心祷告着，乞求战胜这条鱼。又一天过去了，老人想到自己年轻时和人掰手腕比赛时的情形，他赢了，人人都叫他“冠军”。天又黑了，大鱼的游速终于慢了下来。他把两只桨绑在钓绳上，给鱼增加些重量。他一只手握着绳子，身子趴在船头，睡了一会儿。突然，绳子急速地往海里滑去，这惊醒了他。他握住绳子，每放一点都叫大鱼费些力气。绳子越放越慢，鱼的速度也慢了下来。鱼饿了，也累了。

他出海后的太阳第三次升出了海平面。鱼开始转圈，做垂死前的挣扎。老人的残余体力，他的自尊心，他的痛苦，都调动起来，和大鱼展开搏斗。最后，他举起鱼叉，向鱼的要害叉去。死亡激活了大鱼，鱼猛然跃起，现出无与伦比的长度和宽度，它全部的力和美。随后，大鱼不动了。想到要杀死自己的“兄弟”，心里怪难受的，但谁叫自己干这一行呢？

船舱乘不下这条大鱼，他把鱼只好捆绑在船舷一侧。船帆张起来，信风鼓帆，船飞快地向大陆驶去。这只鱼太大了，他真不知道是船随鱼走，还是鱼随船走。他想到这条鱼能卖一个好价钱，他很满意。

但是鲨鱼嗅到了血腥气，寻迹追来了。这穷凶极恶的海上猎手张开巨颌，向大鱼扑去。与此同时，老人的鱼叉也刺向鲨鱼的要害。鲨鱼死了，但一块约 40 磅重的鱼肉也被它撕去了，鱼叉也丢了。不久第二批两条鲨鱼袭来，一条扑向鱼尾，一条直奔鱼腹。老人把刀子绑在船桨上，结果了这两条鲨鱼。第三批鲨鱼又赶到了，老人杀了鲨鱼，刀子也断了。他又拿起一根木棒，与第四批鲨鱼战斗。越来越多的大鱼肉被咬去。第三个黑夜来临了。晚上，仍有鲨鱼来袭击，当最后一批鲨鱼被赶跑时，大鱼只剩下它庞大的骨架。没有了鱼的重负，信风送小船轻快地驶向港湾。84 天一无所获，打了一条罕见的大鱼，最后却只剩下一副骨架，老人感到自己被彻底打败了。老人带回的那副庞大的鱼骨架在小渔村引起轰动，再没有人轻视老人了。小男孩满怀崇敬，为老人张罗着吃喝。他告诉老人，他以后还要和老人一起出海去。老人说自己被打败了，但男孩说“那条鱼没有打败你”。老人和男孩筹划着下一次出海的那天下午，镇上的餐馆里来了一群游客，其中一个女客很惊讶地指着庞大的鱼骨架问侍者是什么，无知的侍者说是鲨鱼。

此时，老人正在熟睡，他又梦见了狮子。

分析与评论

这是一个老人在成功和失败之间跋涉的故事。桑提亚哥打了一辈子鱼，如今老了。他的“样子枯瘦干瘪，脖颈儿尽是深深的皱纹”，长期日光炙晒，黄斑满脸；经年累月拉放钓绳，手上疤痕累累。他没有因年老而变得富有，简陋的小窝棚是他的家，一张床，光光的木板上铺些旧报纸，一张桌子，一把椅子。全部的家当除了“用面口袋补过”的帆等渔具，就都在这里了。老人以打鱼为生，但运气不好，84 天没有打到鱼了。生活失去了来源，口粮都成了问题，以致向他学打鱼的孩子要替他赊帐，再不就是他与这孩子在幻想中饱餐一顿，聊解腹中之饥。更为窘迫的是，渔民们开始嘲笑或同情他的倒霉。老人一生虽没有辉煌的事迹，却是一个出色的渔夫，如今，这一点被人怀疑了。老人虽不动声色，作者也不屑于让这些琐碎的烦恼折磨老人的心，但读者可以设想一下老人的处境。

人老了应该休息，然而，桑提亚哥不准备休息。他的生命积极而活跃，他的眼睛清澈有神，他准备第 85 次到大海去。出海前一天，他和孩子商量着买彩票，孩子建议他用第一次创造的87天未捕到大鱼的记录作彩票号码，无意中触犯了他的禁忌，他说："那样的事不会有第二回了。"他决定用"85"来作彩票的号码，84天没有捕到大鱼，"85"应该是旧状况的结束和新局面的开始。既然命运让他84天打不到大鱼，那么，第85天就应该让他打到大鱼。看起来老人是把希望托付给天意，实则是对自己力量的确信。老人在打鱼上的执著和争强好胜与他关心美国棒球队的比赛，以及早年和人掰手腕赌输赢，在精神上是一脉相承的，即对胜负、输赢、成败的在意和竞争的热望。现在，他要打一条大鱼，再次证明自己的力量，证明自己能在天地之间有所获取。

决战首先在他和大马林鱼之间展开，随后凶猛的鲨群加入进来。老人动用了他一生的智慧，他的疲态却不断妨碍他；马林鱼是有灵性的庞然大物，鲨群则凶猛而残忍，双方可谓是势均力敌，棋逢对手，战斗也因此异常艰苦、惨烈。经过两天两夜的搏斗，马林鱼被老人一叉刺中要害，几番挣扎后，死在老人的鱼叉下。眼看胜利在望，鲨鱼群的出现却使形势出现逆转。鲨鱼向老人的猎物发起猛烈攻击，老人虽然奋力保护，终于难敌鲨群，马林鱼被咬得只剩下一副骨架。

孰胜，孰败？

比赛以取胜为最高目的，和局虽然顾全了对垒双方的体面，却不是双方所要追求的。老人当年和人掰手腕，僵持了一天一夜，仍拒绝和对手讲和。生存的竞争更见严酷，老人以打鱼为生，这条上好的大鱼按老人的估计，有1 500多磅，能卖个大价钱。打到大鱼意味着生计有了着落，而失掉大鱼等于更加窘迫的生活。从现实利益的角度看，老人失败了，因为他失去了大鱼。但不要忘记，老人还有精神上的追求：他要证明自己是好样的！老人的一句名言不会被读者忘记："一个人并不是生来就要被打败的。""人尽可以被毁灭，但却不能被打败。"老人以行动兑现了自己的诺言，他在挫折面前百折不挠，从始至终都保持着高昂的精神力量和生命的活力，并宣示了这力量和活力；他还找回了自己的尊严和信心，重新赢得了别人的尊敬。所以，他在返回小窝棚后才能睡得那样香甜。眼前渔民们对罕见的大鱼骨架的围观和观光客的惊叹，与他辽远的非洲雄狮之梦相映成趣。因此，从精神层面看，他又是胜者、强者，是铮铮硬汉。诺贝尔文学奖授奖辞中称赞这部作品"是对一种即使一无所获仍旧不屈不挠的奋斗精神的讴歌，是对不畏艰险、不惧失败的那种道义胜利的讴歌"，可谓一语中的。推而广之，《老人与海》是一曲人的颂歌，它颂扬了人的力量、人的尊严、人的勇气。

在20世纪布满阴霾的西方文学天空，《老人与海》是一抹鲜明的亮色，因为人对自身的认识以及这种认识在文学中的表现在此发生了巨大的变化。古希腊文学中，人之上有神，人步履维艰，常常遭到神的戏弄，如《普罗米修斯》和《俄狄浦斯王》的主人公，因触犯神威而被缚，被折磨，被放逐。但其中也反映了人类对自己有勇气与命运抗争，以及抗争中所表现的悲壮和崇高的激赏。人没有被神压垮，人在和神的对立中，也使自己具有神的品格。文艺复兴至浪漫主义时期，人不断向神威挑战，进而取代了神的位置，成为"宇宙的精华，万物的灵长"。《浮士德》中，灵魂的超越似乎永无止境，惠特曼视自我为天地之中心，他在寻求"认同"中，给宇宙万物打上自我的烙印。《鲁滨逊漂流记》则以财富相许，尽显海外拓殖和冒险的魅力。自19世纪中期开始，随着资本主义矛盾的加深，人对自身的信心受挫，表现在欧洲文学中，自我的内外扩张逐渐消失，主人公多是一些普通人，他们有凡俗的苦恼、常人的缺陷和卑微的欲望。20世纪初，西方社会经历了空前的精神危机，两次世界大战更把人类拖进灾难的深渊。作为对现实的反映，西方文学对人普遍感到悲观绝望，于是，各种猥琐的畸形人、变态人大行其道。在这样的整体文学情势中，发表于1952年的《老人与海》却呈现出向传统人类信念回归的倾向，对人的勇气和力量表现出谨慎的乐观态度。这是十分难得的，它是战后人类疗救战争创伤、从物质和精神的双重灾难中恢复过来的一剂良药。

诺贝尔文学奖授奖辞提醒读者注意海明威作品中的“美国人的身份和精神”。美国文化虽脱胎于欧洲文化母体，但在数百年的发展过程中，逐渐形成了自己的民族特色。很多西方学者认为，美国民族及其文化的形成，起决定作用的是西进运动和边疆开发。而西进运动与边疆开发在很大程度上表现为征服自然的斗争。广袤的国土和充沛的资源，涵养、滋润并充实着美利坚民族，也为美国作家提供了想象的广阔天地。也正是在这一点上，美国文学和欧洲文学显示出巨大的分野：美国文学着重处理人和自然的关系，欧洲文学着重处理人和社会的关系。在美国文学史上，库柏、爱默生、马克·吐温、惠特曼、麦尔维尔、杰克·伦敦等作家笔下，大自然以各种方式成为人施展抱负的舞台。库柏笔下“高贵的野蛮人”，代表着摒弃现代文明、回归自然的愿望和理想。爱默生的超验主义自然观，主张体验自然灵性，与自然和谐相处。惠特曼的诗歌，以对自然的广泛认同，实现了对大自然的君临和主宰。麦尔维尔的长篇小说《白鲸》则凸现了人和自然之间的对立关系，表现了在深不可测的自然面前人的狂妄和报应，人的恐惧和征服恐惧的欲望。

《老人与海》延续了美国文学中的自然主题，并开创了新的维度。其中最为引人注目的是老人对待大海及其生物的矛盾态度。海明威通常把人与环境、人与各种异己力量之间多样而复杂的关系，还原为竞争和对抗的关系，《老人与海》在这一点上也不例外。竞争激发生命活力，但当竞争的对立面是大自然时，人在道义上就不再理直气壮，其竞争的合理性就受到质疑，因为取胜意味着对大自然的征服，意味着索取，这征服和索取充满杀戮和血腥气。小说中写到桑提亚哥杀海豚是“从肛门一刀剖到下唇的尖端”，杀马林鱼时，“尽量往高处举起鱼叉……把铁叉扎进鱼的侧面，恰恰扎到那翘在半空，跟老汉胸口一般高的大胸鳍后面。他……扶在叉把上，再往深里攮，然后用全身的重量顶进去”。这些细节描写折射出桑提亚哥的残忍。桑提亚哥想到杀死大鱼后的收益：“有一千五百磅……拿出三分之二，切洗干净，卖三毛钱一磅，一共多少钱呢？”一副实利者精明的算计。这个世界只认胜负输赢，连善恶问题都变得无足轻重。在这个世界里，没有家庭，没有社会关系，人被极大地简化，他只需要臂力、勇气和生存的智慧，他孤独地面对挑战，承担一切。从某种意义上讲，人也被竞争异化了。老人在大自然面前又是谦逊的，充满温情的。他说大海是阴性的，他喜欢。大海里的一只倦鸟，一只水母，一条鱼，都能引出他慈爱的关注和悠长的回忆。他和自然对话，倾听它们的声音。他在与马林鱼搏斗时，一面不得不杀死它，另一面又反复称大鱼是他的兄弟、他的朋友，他叹服着大鱼的壮美，他说：“我从来没见过什么东西比你更大、更漂亮、更沉着、更高尚。”上述两种矛盾的态度表明，海明威在主体本位和自然本位二者之间难以取舍，桑提亚哥因此同时选择了向大自然索取馈赠和与自然平等相处这对立的两个方面。他不是一味狂妄自大，但也没有矫饰地把自己摆在屈从的位置。大自然是他的供养者，他不得不向它索取；但他也敬畏自然生命，并尝试着承担起对自然的责任，在不侵犯他者生存权利的前提下，去实现个体生命的价值。

然而，在《老人与海》中，人与自然的矛盾并没有得到根本解决。老人出海时，说大海是"一时大开恩典，一时不肯开恩的力量"。这一次它就没有开恩，让他功败垂成。当老人最后拖着疲惫的身躯回到岸上时，不由感叹："我出海太远了。"在自然面前，老人有他的态度、他的目的，但自然本身并不由老人也不由我们来设计、选择，甚至不为我们所了解，它有自己的逻辑。老人在自然面前的姿态和取舍展现了人类的主体性，最后却被证明是虚妄的，甚至是虚伪的。自然给我们留下了永恒的困惑和梦想。

《老人与海》在艺术上取得了巨大的成功，海明威1954年获诺贝尔文学奖，和这部1952年出版的小说有很大关系。诺贝尔文学奖授奖辞称赞海明威"精通现代叙事艺术"，英国作家赫·贝茨说海明威的小说引发了一场"文学革命"，对于这些赞誉，《老人与海》当之无愧。《老人与海》艺术上最大的特点是象征。尽管海明威十分反感研究者把他的作品和任何象征扯在一起，但《老人与海》确是一部玄远深邃的小说。海明威选取渔猎这一人类最原始也最自然的生存活动作为表现对象，并过滤掉一切特定社会和时代因素，用华丽而纯粹的大海背景加以衬托，还让主人公念着抒情性很强的独白。海明威如此做法，使作品的整体结构直指远古神话原型，从而扩大了作品的涵盖性，使作品能在广阔的人类背景上衍生和推导出更丰富的意蕴。再如其中反复出现的非洲狮子意象。非洲是美国文化和文学中的一个重要意象，它与美国民族的构成联系在一起。老人早年到过非洲，从小说的隐喻分析，那是他的朝觐和寻根之旅，于是，非洲的雄狮，就成了力量和不竭的生命源泉的象征，他的个体行为也就与民族祖先的精神联系在一起。他从中汲取力量，也在表现着这种精神。《老人与海》艺术上的另一个特点是简洁，这也成为海明威文体的最大特色。赫·贝茨就这一点形象地写道："他斩伐了整座森林的冗言赘词，他还原了基本枝干的清爽面目。他删去了解释、探讨，甚至议论；砍掉了一切花花绿绿的比喻；清除了古老神圣、毫无生气的文章俗套；直到最后，通过疏疏落落，经受了锤炼的文字，眼前才豁然开朗。"于是，"随着亨利·詹姆斯复杂曲折的作品而登峰造极的一派文风"，如同附在文学身上的"乱毛"，被海明威"剪了个干净"。读了《老人与海》，对这一点无疑会留下深刻的印象。

关键概念

硬汉性格　　　冰山理论

思考题

1. 为什么说《老人与海》体现了美国自然观的流变？
2. 分析《老人与海》的艺术特色。

海勒《第二十二条军规》导读

学习提示

海勒的生平与创作。《第二十二条军规》的情节梗概。黑色幽默。“第二十二条军规”的含义。《第二十二条军规》的主题。《第二十二条军规》的艺术特点。

生平与创作

约瑟夫·海勒（1923—1999），美国当代作家，“黑色幽默”小说流派的代表人物。海勒生于纽约市布鲁克林区一个俄裔犹太人移民家庭，五岁丧父，家境日渐艰难，海勒尚未完成中学学业，便不得不当邮差以补家用，生活颇为坎坷。其作品独具特点的玩世不恭、街头式的机智幽默，在很大程度上就得益于这一时期的生活。

第二次世界大战爆发，19岁的海勒应征入伍，成为美国空军的一名投弹员，曾随军赴意大利作战，并作为侧翼投弹手执行过约60次投弹任务。这期间的经历为他日后的创作提供了丰富的素材，其第一部长篇小说《第二十二条军规》主要取材于此。1945年，海勒作为空军上尉退役，并按美国兵役法就读于南卡罗莱纳大学，不久转入纽约大学，1948年获文学学士学位。1949年又于哥伦比亚大学获硕士学位，并赴牛津大学访学。毕业后，他曾先后在耶鲁大学、宾夕法尼亚州立大学和纽约大学讲授戏剧和小说。

1954年起，海勒先后在《时代》、《展望》等几家大杂志工作，同时进行《第二十二条军规》的创作。1961年，该书问世，给海勒带来名与利，此后，他成为职业作家。海勒写作速度慢，算不上高产，但是创作态度相当严谨。《第二十二条军规》之后，他的主要作品有剧本《我们轰炸纽黑文》（1967）和《克莱文杰的审判》（1974），小说《出了毛病》（1974）、《像戈尔德一样好》（1979）、《上帝知道》（1984）、《不是玩笑》（1986）、《描写这个吧》（1988）、《最后时光》（1994）和回忆录《此时与彼时：从科尼岛到这里》（1998）。但是，海勒的其他作品一直被笼罩于《第二十二条军规》的阴影之下，它们都未能够超越《第二十二条军规》的地位和影响，尽管海勒一直在不断尝试突破《第二十二条军规》的创作风格。

1999年12月12日，由于心脏病突发，海勒在纽约东汉普敦的家里去世，留下未完成的遗作《作为老人的艺术家肖像》（2000）。

情节梗概

作为一个故事来看，《第二十二条军规》实在是简单之极，不过是讲述了第二次世界大战后期，意大利厄尔巴岛以南8公里地中海中的皮亚诺萨岛——美国空军的一个基地上，一群美国军人打仗和死亡的故事。该书涉及众多的人物，从底层的士兵到顶层的将军，这些形形色色的人物以轰炸手约塞连上尉为主线串连起来，共同展现了一个荒诞的世界，一种不能用常理和常规逻辑来理解的现实。

约塞连上尉是空军大队的轰炸机投弹手，他对上司——飞行大队指挥官卡思卡特上校任意增加飞行任务次数极为不满，甚至无法忍受。在执行这些没完没了的飞行任务的过程中，约塞连一天比一天感到自己的生命正遭受死亡的极大威胁，觉得周围的人都想杀掉他。他不认为战争的输赢与他有任何关系，所以，他绝不愿意在这场战争中“为国捐躯”，更不愿为了任何人而献出自己的生命，或是被任何人结束自己的生命。为此，他千方百计地通过各种方式来逃避那些飞行任务，如装病赖在医院拒绝再执行任务；往整个中队的食物里加入肥皂使得大家同时生病，以此来推迟执行危险的轰炸任务；篡改军事地图避免一次致命的作战；在前往轰炸敌方的时候，因为极端恐惧而找借口半途开溜……最后，被逼到忍无可忍的时候，约塞连终于决定当一个逃兵，开小差逃往瑞典。

约塞连的行为和想法都与我们一般所理解的战争英雄不同，他不仅怀疑整个战争的意义，而且否定个人在战争中的意义，在他看来，个人为国家流血和战死是毫无道理的，他不认为白白送掉自己的生命是个人对国家应尽的职责和义务，而国家也并不需要他献出自己的生命。在这场疯狂的战争中，约塞连保持着异乎常人的清醒。他比任何人都更加深刻地意识到战争对于个人生命的影响和毁灭，他竭尽全力要从战争中逃脱，因此被周围的人视为疯子。约塞连所处的世界完全不具有我们所习惯的一般逻辑，这是一个莫名其妙、不可理喻的荒诞世界，几乎所有人都处于一种疯狂状态中，他们都被一种统治性的神秘力量——第二十二条军规所控制和愚弄。在第二十二条军规的管辖之下，一切个人的合理要求永远得不到实现，而一切按常理行不通的规定却是受军规约束的所有人都必须无条件服从的。

按照司令部原来的规定，飞行员完成25次飞行任务就可以提出回国的申请，后来，司令部又把飞行任务的次数增加到40次。在40次的基础上，飞行大队的指挥官卡思卡特上校为了个人仕途的晋升，不断增加飞行次数来讨上司的欢心，以此作为个人往上爬的捷径。在他朝令夕改的无常命令之下，规定必须完成的飞行任务次数从40次增加到50次、55次、60次、70次、80次，只要他觉得有必要，还会不断增加飞行次数。卡思卡特上校永远可以不须任何理由就增加飞行任务的次数，而他的下属，那些冒着生命危险执行任务的飞行员们，则不停等待着永远等不来的回国命令，在这种没有尽头的等待中，他们的身心受到了极大的折磨。最后，他们中有的人（如亨格利·乔）被搞得精神崩溃，有的人（大部分的士兵军官）则变得麻木不仁、完全被战争异化，有的人（极少数）则像约塞连一样竭力与上司抗争，努力要夺回自己的生命自由。卡思卡特上校始终认为像约塞连之流的飞行员就该为了他（卡思卡特上校）而随时准备献出自己的生命，因为，在他看来，他就代表着国家，而所有人都有义务为国家牺牲。整个27空军的领导阶层，从科恩中校、沙伊斯科普夫少校至佩克姆将军以及他的死对头德里德尔将军，无不同卡思卡特上校一样，一心一意只考虑和关心自己的前途和利益，对于整个战局的发展变化以及士兵们的死活，他们根本不放在心上，他们任意处置任何下级军官和士兵的命运，同时，他们之间又不停地彼此钩心斗角，携手上演了一场场权力争夺互相倾轧的丑剧。

在这些权力的角逐中，27 空军司令部的一个邮件收发兵——前一等兵温特格林，却随心所欲地处置他经手的一切邮件和文件，满不在乎地改变着这些官僚们的命运和战争的局面，似乎只有这个普通士兵才真正操纵着战争的发展。按照一般人的正常思维看来，这是不可思议的。在这里，我们看不到有谁真正关心这场所谓的正义战争，我们也看不到这场战争具有任何严肃性和神圣性，相反，一切的决策和行动都可以被随意决定和改写。在与这些所谓的领导人物相对应的另一个具有强大力量的特殊人物——食堂司务长米洛·明斯宾德身上，战争更是彻底体现为一种纯粹的利益关系。在米洛看来，没有什么是不能拿来交易的，战争也一样可以成为生财之道，所以，他肆无忌惮地利用一切他能够利用的资源包括军队里的人力物力，成立了一个巨大的辛迪加联合集团，不择手段地中饱私囊。为了个人利益，他甚至与美国军队的敌对国德国做生意，通过突袭轰炸自己军队的营地，从德国人手里捞钱。然而，除了一顿臭骂之外，米洛并不需要为他这种极其严重的叛国行为负任何军事责任或刑事责任，他也无须为此付出任何代价，因为军队的领导与他的辛迪加集团有着密切的利益关系，米洛对他们诱之以利之后，便轻而易举取得他们的谅解。米洛坚信个人财产高于一切，战争也不能剥夺任何人创造私人财产的权利，这样的一个人，在一场本该是关系到国与国之间大是大非的战争中，却如入无人之境，到处畅行无阻地大做各种生意，把他的那一套经济理念在各个地方都发挥到了极致，以至连军队的大小军官都听命于他。米洛的行为彻底消解了战争的严肃性和正义性，从另一个方面来看，或许只有米洛才真正懂得战争的本质——归根到底也不过是国与国之间利益的冲突和争夺而已。

在这一部反映第二次世界大战的优秀军事小说中，我们看到的战争完全迥异于一般观念所理解的战争，所谓的正义、神圣、光荣、爱国、勇敢、无私、英雄……这些我们向来认为战争的正方应该包含的东西，在整个 27 空军中，看不到一丝它们存在的痕迹。它向我们展示的是一些看起来荒诞不经、难以置信的东西，一切神圣的观念以及信念统统被消解于无形中，战争涉及的所有人无不在考虑着如何逃避这场战争或者是如何从中牟利，士兵不情愿参战、领导不关心战事、军医不理睬病人、随军牧师害怕履行宗教责任……然而，所有这一切却又是如此真实可信，它让我们看到的或许是关于战争的另一种未经粉饰的真相，虽然这种真相大大违背了我们的接受习惯，但是，它却能够使得我们对战争的真实性质以及战争之上的其他问题进行另一层面的思考和反省。

分析与评论

《第二十二条军规》是约瑟夫·海勒的第一部长篇小说，也是其最有影响的作品。该书充分体现了“黑色幽默”独特的魅力，使得海勒成为美国“黑色幽默”文学的重要代表作家，并由此奠定了海勒在美国当代文学的重要地位。1961 年，随着《第二十二条军规》的问世和畅销，海勒一下子跃升为美国当代文学耀眼的明星。20 世纪六七十时代的美国青年普遍将《第二十二条军规》视为必读书之一，该书对他们产生了难以估量的重大影响。后来，《第二十二条军规》甚至被誉为美国“六十年代的史诗”和“描写疯狂世界的典范”。随着该书在美国的流行，“第二十二条军规（Catch—22）”在英语中逐渐成为一个专有名词，进入美国人的日常词汇，成为“无法摆脱的困境”的代名词，并被收入英语词典。然而，在当时的批评家看来，按照传统的标准，《第二十二条军规》算不上一部好小说，他们最多只承认它是一部关于第二次世界大战中的美国空军的最奇特的小说，后来才有评论家进一步认为它是反映第二次世界大战的最佳小说。

《第二十二条军规》展现了巨大的现实社会的批判功能，它借战争这样一种极端的生活形态，暴露了美国资本主义统治集团的腐败，以及给社会带来的有组织的混乱和制度化的疯狂。海勒通过对一连串事件的描述，成功地勾画出两类人物的性格：掌握权力者和权力的牺牲品。处在权力最高端的是第27空军司令佩克姆将军和联队司令德里德尔将军，往下是飞行大队指挥官卡思卡特上校，较底层的是沙伊斯科普夫少校，布莱克上尉。远远高居所有人之上的应该是食堂司务长兼食品跨国公司老板米洛，他拥有的企业和财产使他成为世界的主宰，操纵一切。如何让军人更有效地卖命，而自己得到更快的升迁或发更多的财，是他们思虑的核心。

在皮亚诺萨岛美国空军基地，普通士兵和大多数下层军官是受控制、被吞噬残害的一群人。与我们惯常所理解的战争英雄不同，他们没有爱国心，否定战争的意义，认为为国家流血和牺牲是毫无道理的。他们唯一希望的，是千方百计躲过战争浩劫，能够活下来。当他们接近或达到规定的飞行次数时，他们会为即将回国欢呼雀跃；当飞行次数被再次增加，他们不得不再次上前线时，他们会万分沮丧。卡思卡特上校丧心病狂地一次次增加飞行次数，彻底摧垮了他们借助国家统治机器的现有秩序获得解脱的幻想，最后一个个自暴自弃，陷入绝望与疯狂之中。他们一有机会就跑到罗马找妓女鬼混，再不就是酗酒闹事，浑浑噩噩、醉生梦死。领队轰炸员哈弗迈耶嗜好用45毫米口径的子弹把田鼠打得血肉飞溅，从中获得变态的满足。麦克沃特是约塞连的搭档，喜欢超低空从战友的头顶飞过，以欣赏他们害怕的模样，从中获得刺激。亨格利·乔养成了窥视癖，走到哪里都带着照相机，却永远照不成一张照片，还总招来别人的殴打。即便这样，他们中的大多数仍难逃被毁灭的命运。麦克沃特有一次驾飞机在海滩上超低空飞行，结果飞机螺旋桨把战友基德·桑普森的身子拦腰截断，悔恨的麦克沃特也驾飞机撞山自杀。内特利在一次空战中，为躲避敌方炮火，与一架自己人的飞机相撞丧命。多布斯、亨格利·乔、斯诺登死于战场，一级准尉怀特·哈尔福特病死在医院里，克莱文杰不知所踪。狂乱中的阿费在罗马杀死一个妓女，等待他的是被审判的命运。

在小说的引言中，海勒开宗明义告诉读者："只有一个圈套……那便是第二十二条军规。"第二十二条军规是一个巨大的圈套，它是驻守于意大利皮亚诺萨小岛上的这群美国空军的最高指令，它决定着他们所有人的命运。让人感到不可思议的是，这条军规本身是否存在都是可疑的，它甚至没有具体的明文规定，但当有人试图独立自由地行动时，便会受到它的管束而不能如愿以偿。当约塞连离开驻守的小岛来到罗马时，他十分惊恐地发现，连一个孤苦无依的老太婆也不能免于第二十二条军规的侵害，约塞连不禁"在心里狠狠地诅咒第二十二条军规，尽管他心里明白……第二十二条军规不存在，对此他确信无疑，可那又有什么用呢？问题在于每个人都认为它存在，而更糟糕的是，它没有什么实实在在的内容或条文可以让人们嘲笑、驳斥、指责、批评、攻击、修正、憎恨、谩骂、啐唾沫、撕成碎片、踩在脚下或者烧成灰烬"。对于书中的人物来说，第二十二条军规是不可把握、无从捉摸的，它是一种凌驾于个人意志之上的力量。

海勒刻意把第二十二条军规写得虚虚实实，极具神秘色彩，自始至终都没有在书中出现这条军规的完整面目，它的具体条文是什么？它的制定者是谁？这些我们都无从知晓。第二十二条军规的象征性和隐喻性正是在这种似有若无的存在状态中凸现出来的，这也是海勒的用意和目的之一，他所要表现的不仅是战争之下人的一种生存状态，而且是对于具有普遍性的人类社会存在状态的一种思考。第二十二条军规不单纯是军队里的纪律条文，它直接指向人类一直所面对的一种存在于自身之外的巨大力量，这种力量接近于古希腊悲剧中的命运观念，是一种个人不得不独立面对的主宰性整体力量。在现代社会，这种力量来自于上层的统治集团和官僚机构以及由他们所决定的意识形态，它往往以国家的名义出现，并且宣称代表着普通人的意志，以此要求人们俯首听命，它的操作程序是普通人所不能了解的，它的威力却是所有人都能感受到的，因为每个人都被置于它的控制之下，因此，它越来越让人觉得是一种异己力量，这种力量的存在仿佛就是专门为了与人过不去，而它本来也是人发明制造出来的。

《第二十二条军规》的奇特，不仅在于内容上的荒诞和混乱，还在于形式上的创新和突破。在该书中，海勒采用多角度多层次的方式展现了一个异乎寻常的世界。为了更恰当地表达和反映战争所造成的一系列错位、无序、疯狂现象，海勒大大突破了传统现实主义小说惯用的叙述手法，进行一种时空错乱交叉、碎片式的叙述，同一事件往往在不同的篇章通过不同的人物共同表现出来，故事情节上更是刻意回避了开端—发展—高潮的惯常模式，独具匠心地创造了一种看似混乱的叙述。这种交叉混乱的叙述，表现在情节上是不按照传统的顺叙或倒叙，而是把时间与空间的顺序打乱和分割，使得它们成为一个个片断和场景；然后再通过交叉的手法把它们联结起来。在人物的出场和性格刻画上，这种交叉手法的应用也是十分突出的。当一个人物出场时，海勒并不像现实主义作家经常做的那样，把这个人物的特征和来龙去脉交代清楚，而是极其简略地把人物的背景一笔带过，然后，在其他篇章、其他场合中，再以各种方式把人物的背景逐渐交代清楚，这样，上场的人物就一点点获得一个完整的形象。例如书中的一个特殊人物——前一等兵温特格林，他对战争的发展有着很大的影响，但关于这个人物的地位和作用，我们却要在差不多读完全书之后，才能得到一个稍为完整的印象。温特格林的首次出现在第三章“哈弗迈耶”，海勒仅用一句“温特格林是27空军司令部的邮件收发兵”，就完成了对他的初次介绍，接着叙述了他如何轻易地决定佩克姆将军和德里德尔将军之间纠纷的胜败。一个下等士兵，却能决定两个将军的命运，这无疑是不可思议的。但从后来蕴藏于其他章节的扩充叙述中，我们就能够通过一个个的片断或者侧面，串起一个完整的温特格林的形象，也理解了为什么他能够对战争起到那么大的影响。

这种独特的叙述手法，使得《第二十二条军规》的内容故事性不强，没有一条一以贯之的清晰脉络，给人一种乱糟糟的印象，事实上，海勒是按照他所理解的这个疯狂世界的内在逻辑来叙述的。战争是人类社会一种非常规的状态，它是对正常生活的打乱和破坏，它使得人们无法保持平常的理性的生活，而是不由自主地被推入一个混乱的世界中，这种混乱、无序、非理性正是战争状态下的“正常的”逻辑。海勒把握到了这种特殊的逻辑，于是采取了与之对应的特殊叙述手法，更好地表现了直接置身于战争之中的人们的生活状态和精神状态。全书的叙述主要是由一个个通过不同侧面反映出来的片断、场景构成，通过众多人物的各种疯狂行为，表现了战争之下的一个疯狂世界——一个小海岛上一群空军的非常态生活。看起来“疯狂”的叙述恰切地对应了这些疯狂的人们和这个疯狂的世界，它们之间存在着一种内在的一致，不用这样的手法，便不能真正到位地表现这样的世界。

在叙述的过程中，海勒的笔调往往是冷静乃至冷漠的，他不动声色地以一种漫画化的夸张手法来表现约塞连他们所经历的一切，营造了另一种和现实主义写实不同的真实，把荒诞的生活作为平常的现象来描写。海勒自觉地以异乎寻常的夸张来制造荒诞的效果。如神通广大的食堂司务长米洛在经济领域大获成功的神奇事迹，让我们充分感受到金钱的伟大力量，而米洛的一切行为却也让我们感到一种荒诞的意味。作为"黑色幽默"的代表作家之一，除了擅长夸张外，海勒还擅长以幽默和讽刺来处理一切令人发指的暴行和难以忍受的痛苦。他的幽默、阴冷、残忍，绝对让人笑不出来，反而让人觉得压抑、难受；他的讽刺含蓄冷静，带有一种斯威夫特式的尖锐和夸张，被讽刺的一切荒诞行为虽然让人觉得不可思议，但又显得理所当然、合乎情理。海勒讽刺的力量正显现在此，它是静静的，却更加地震撼人，更加地发人深省。海勒始终以一种沉着的嘲讽态度来关注美国社会现实，他不像其他的"黑色幽默"作家如库尔特·冯内古特那样沉溺于幻想，也不像托马斯·品钦那样追求神秘，海勒对现实的嘲讽总是更为直接、更为犀利，具有非常鲜明的个人风格。

关键概念

黑色幽默小说

思考题

1.《第二十二条军规》有哪些社会批判内容？
2."第二十二条军规"的本质是什么？
3. 简述《第二十二条军规》的艺术特点。

马尔克斯《百年孤独》导读

学习提示

马尔克斯的生平。《百年孤独》的情节梗概。《百年孤独》所蕴涵的历史内容。《百年孤独》的主题。魔幻现实主义。《百年孤独》的艺术特点。

生平与创作

在充满创新活力的拉丁美洲文坛上，加夫列尔·加西亚·马尔克斯（1927—2014）无疑是最具世界影响力的作家之一。马尔克斯1927年3月6日生于哥伦比亚马格达莱纳省的一个小镇阿拉卡塔卡，这个加勒比海边的小镇正是《百年孤独》中马孔多的原型。马尔克斯的父亲是个电报报务员，母亲则出身于当地的名门望族。他8岁前寄居在外祖父家，当过上校、参加过内战的外祖父和善于讲鬼怪故事的外祖母对他的童年产生了极为深刻的影响。13岁时，马尔克斯迁居首都哥波大，18岁时进入国立波哥大大学学习，尽管主修的是法律，但从小便阅读过大量世界名著的马尔克斯更热衷于文学。1947年，由于在阅读卡夫卡的《变形记》时生发了灵感，他写下了自己的第一个短篇小说。

1948年爆发的内战令马尔克斯中止了学业。不久，他进入报界，并从1955年开始作为《观察家报》的驻外记者周游欧洲，同时从事文学创作。1955年，他的第一部长篇小说《枯枝败叶》发表。同年，短篇小说《星期六后的一天》获得波哥大作家艺术家协会授予的奖金。由于《观察家报》被政府查封，他只得长期滞留欧洲，在巴黎创作了《恶时辰》和《没有人给他写信的上校》。1967年，长篇小说《百年孤独》的出版震动文坛，马尔克斯也因此赢得广泛的世界声誉，被公认为拉美魔幻现实主义文学的最杰出代表。此后，除了将大部分精力投入写作外，马尔克斯也继续活跃于新闻界，并公开发表了许多重要宣言，谴责迫害和独裁，呼吁世人关注拉美的社会现实和政治问题。他的重要作品还有《家长的没落》（1975）、《霍乱时期的爱情》（1985）、《迷宫中的将军》（1989）、《一桩事先张扬的凶杀案》（1981）、《爱情与其他邪魔》（1994）等长篇小说，以及短篇小说集《格兰德大妈的葬礼》（1962）、《蓝宝石的眼睛》（1955）、《12篇异国旅行的故事》（1992）。1982年，由于其杰出的文学成就，马尔克斯获得诺贝尔文学奖及哥伦比亚语言科学院名誉院士称号。

情节梗概

《百年孤独》是一部关于布恩狄亚家族七代子孙的史诗小说。伴随着对这一家族从兴盛到衰败直至最后消失的历时百余年的命运和经历的描写，小说向我们揭示了一个世纪以来拉丁美洲大陆神话般的宏伟历史图景。

布恩狄亚家族的第一代族长霍·阿·布恩狄亚是西班牙人的后裔，富有探索精神。他原先居住在远离海滨的一个闭塞的村庄，与表妹乌苏拉结为夫妻。新婚伊始，由于害怕像近亲通婚的长辈那样生下长有猪尾巴的孩子，乌苏拉一直拒绝与丈夫同房。霍·阿·布恩狄亚也因此遭到邻居普鲁登希奥·阿吉廖尔的耻笑。不堪其辱的霍·阿·布恩狄亚在决斗中用长矛刺死了阿吉廖尔。从此，霍·阿·布恩狄亚便为歉疚之情和邻居痛苦的鬼魂所纠缠，夫妇二人只好决定离开村子，远走他乡，而村里一些热爱冒险的年轻人也带着妻室儿女跟他们一块上路。经过两年的长途跋涉，在一处人烟绝迹的滩地上，霍·阿·布恩狄亚受到梦的启示，放弃了原先寻找大海的计划，决定就在这儿定居下来，建立起一个秩序井然的、世外桃源式的村镇，并取名为马孔多。布恩狄亚家族与这一小镇命运紧密相连的百年兴衰史也由此展开。

几年之后，马孔多的人口开始变得稠密。一伙吉卜赛人也在每年3月吹笛击鼓来到马孔多，打破了这个村庄的宁静生活。他们给偏僻的马孔多带来了外面文明世界里的磁铁、望远镜、放大镜等各种新鲜玩意儿，让村民们大开眼界，也迷住了富有探索精神的霍·阿·布恩狄亚。他与吉卜赛人中的先知墨尔基阿德斯结为好友，后者给布恩狄亚家留下一份羊皮手稿，里面记载着这一家族的命运的预言，但没人能读懂手稿中的文字。吉卜赛人还教霍·阿·布恩狄亚用放大镜、观象仪和六分仪等做各种科学实验，并让他意识到了外面世界“正在发生不可思议的事情”，而马孔多的人不过是“像蠢驴一样”生活在贫穷落后之中。于是霍·阿·布恩狄亚决心进行第二次探索，带着一批人，要开辟一条与文明世界相通的道路来，但最终以失败告终。从此，霍·阿·布恩狄亚整日待在炼金实验室，沉迷于炼金术，逐渐失去了从前建设马孔多社会的那种热情。最终，他陷入了孤独之中，以至于精神失常，被家人绑在一棵大树上，若干年后在树边死去，而孤独命运的阴影也由此笼罩在这个家族之上。

家族的第二代有两男一女。长子霍塞·阿卡迪奥性情固执，在血气方刚之年，他受一个叫庇拉的算命女人引诱，与她发生了性关系，并有了孩子。他开始变得烦躁不安，厌恶父亲的聪明才智，后来更是不辞而别，跟随一伙吉卜赛人离开了马孔多。乌苏拉执著地四处寻找儿子，找了5个月也没能找到，但却意外地找到了与外界联系的通道，并带回来一大群移民。马孔多从此更加繁荣，变成了一个热闹的城镇。

庇拉为霍塞·阿卡迪奥生下一子，霍·阿·布恩狄亚夫妇将孩子接回家里，取名阿卡迪奥。他们还收养了一个叫雷蓓卡的小女孩，这个小女孩据说是某个古老王国的公主，她初到时有食土的嗜好，还给马孔多带来了失眠症和失忆症。幸好吉卜赛先知墨尔基阿德斯带来了神奇的药水，小镇居民的记忆才得以复原。雷蓓卡后来成功地摆脱了食土的恶习，出落成一个漂亮的姑娘。这时流浪在外的霍塞·阿卡迪奥突然回到家里，他已变得放荡不羁。精力充沛的霍塞·阿卡迪奥让雷蓓卡着迷，两人结了婚。不过，在后来的内战期间，霍塞·阿卡迪奥却突然在家里被枪打死，而且没人知道是自杀还是他杀。

政府给逐渐繁荣起来的马孔多委派了一个镇长莫科特。莫科特初来乍到便与老布恩狄亚发生冲突，莫科特一度被赶走，后经妥协，镇长一家也安置下来。家族第二代中的次子奥雷良诺少年时像父亲一样沉默寡言，整日待在实验室里做首饰。他和哥哥一样，也受到过庇拉的引诱，并且也有了一个私生子奥雷良诺·何塞（此子年幼时与自己的姑姑有过不伦之恋，内战时死于乱军之中）。他后来爱上了镇长的小女儿雷梅苔丝，并与她结了婚。不过好景不好，不久雷梅苔丝便暴病而死，只留下个小女儿（也叫雷梅苔丝）。妻子死后，奥雷良诺便整日与岳父打牌来打发日子。这时适逢保守党和自由党争选，党派之争也延伸到了这个小镇。支持自由党的奥雷良诺与岳父政见不和，各执一端。内战爆发，奥雷良诺纠集人马，杀了进占马孔多的保守党军官和兵士，将小镇交与侄儿阿卡迪奥镇守，自己则投奔自由党梅迪纳将军的部队。镇守马孔多的阿卡迪奥后来却贪赃枉法、滥杀无辜，成了马孔多有史以来最残暴的统治者，被保守党的军队枪毙。

奥雷良诺当上上校，名动全国。他的一生极富传奇色彩，同外边的 17 个女子有过 17 个私生子，遭遇过 14 次暗杀、73 次埋伏和 1 次死刑枪决，但均奇迹般地幸免于难。最终保守党和自由党停火，缔结和约，奥雷良诺也厌倦了战争，他对着心脏开枪自杀，但仍侥幸地重伤而不死。伤愈后，他回到故土，同父亲一样过着与世隔绝的孤独生活，整日在实验室里周而复始地做小金鱼，直到老死。

而奥雷良诺的妹妹，即家族第二代中的小女儿阿玛兰塔，早年因爱情的挫折而故意烧伤一只手，决心终身不嫁。内心异常孤独、苦闷的她把自己终日关在房中缝制殓衣，缝了拆，拆了缝，直至生命的最后一刻。

家族的第四代是阿卡迪奥与人私通生下的一女两男：女儿雷梅苔丝及其孪生弟弟阿卡迪奥第二和奥雷良诺第二。俏姑娘雷梅苔丝楚楚动人，但不晓世事，只得“在孤独的沙漠里徘徊”。最后神奇地抓着一个雪白的床单乘风而去，永远消失了。

奥雷良诺的 17 个私生子都不约而同地来到马孔多，他们在这里办起了工厂。马孔多逐渐现代化，用上电灯，修了码头，通了火车。美国人来到这里，在研究了当地的土地和气候条件之后，用铁丝网把大片的土地围起来，里面盖起铁皮屋子，把马孔多变成了一个大型的香蕉种植园，美国老板布朗也掌握了马孔多的市政大权。奥雷良诺的 17 个私生子被布朗下令在一个星期内统统杀掉了。

贪婪而没有人性的美国人引起了马孔多人的不满，在香蕉公司里当监工的阿卡迪奥第二鼓动 3 000 多个工人罢工，成为劳工领袖。但罢工遭到军警的残酷镇压，3 000 多人只有阿卡迪奥第二一人幸免。他目击政府用火车把工人们的尸体运往海边丢到大海，然而当他四处诉说他亲历的这场大屠杀的真相时，反被认为神志不清。失望的他最后也整日闭门不出，研究吉卜赛先知墨尔基阿德斯留下的羊皮手稿，直到老死也无法从那场大屠杀的噩梦中解脱出来。罢工遭到镇压之后，马孔多下了四年十一个月零两天的大雨，香蕉园一片汪洋，雨后的马孔多也重新回到荒芜的状态。尽管此时还健在的老家长乌苏拉不屈不挠地努力重建家园，但已垂垂老矣的她还是无奈地走到了生命的尽头。

家族的第五代是奥雷良诺第二的二女一男。长子霍塞·阿卡狄奥曾被罗马神学院学习，但他对宗教神职不感兴趣，生活放荡，最后被抢劫的歹徒杀死。大女儿梅·雷梅苔丝与香蕉公司的一个工人私下相爱，并有了身孕，但她的情郎却被母亲以偷鸡贼为名打死，万念俱灰的她也被送进了修道院。小女儿阿玛兰塔·乌苏拉早年留学国外，并与资产者加斯东结婚，婚后回到马孔多，充满活力的她决心定居下来，重整日渐凋敝的家园。

家族的第六代是梅送回的私生子奥雷良诺·布恩狄亚。他在孤独中长大，唯一的嗜好是躲在房间里研究吉卜赛先知墨尔基阿德斯留下的各种神秘的书籍和手稿。他甚至能与死去多年的老吉卜赛人对话，并在其指导下学习梵文。不知不觉间，他爱上了自己的姑姑，在狂热的爱情之中，两人发生了乱伦关系。阿玛兰塔·乌苏拉产下一子，“他是百年以来布恩狄亚家族当中唯一由于爱情而受胎的婴儿”，但这个婴儿却长着一条猪尾巴，而阿玛兰塔·乌苏拉也因产后的大出血死去。

奥雷良诺·布恩狄亚重新研究吉卜赛人留下的手稿以排遣悲痛，疏于照看的新生儿不幸被一群蚂蚁吃掉。与此同时，奥雷良诺·布恩狄亚终于破译出了那份羊皮手稿，上面记载的是家族百年来的历史，卷首题辞是：“家庭中的第一个人将被绑在树上，家族中的最后一个人将被蚂蚁吃掉。”在他译完手稿的瞬间，如同里面的预言所说的一样，马孔多被突如其来的一阵飓风从地面上一扫而光，而遭受百年孤独的家族，从此也不复存在。

分析与评论

1971 年诺贝尔文学奖获得者、智利作家聂鲁达将《百年孤独》誉为“继塞万提斯的《堂吉诃德》之后最伟大的西班牙语作品”。与 20 世纪大多数现代派文学的经典之作相比，《百年孤独》令人瞩目的独特之处首先在于它包含了博大宏伟的叙事元素和内容。小说几乎写尽了拉美大陆的山川河流、动物植物、宗教民俗和所有人的面貌及命运，光是涉及的动物就有 400 多种。马尔克斯通过虚构一个家族百年兴衰的命运，将历史现实与幻想融合，以史诗般的恢宏笔法演绎了哥伦比亚乃至整个拉丁美洲大陆一个世纪以来风云变幻的历史和命运；而在光怪陆离、色彩斑驳的巨幅图景中，既有最不可思议的奇迹，更有最纯粹的现实生活。

马尔克斯童年时从内战和香蕉热时代的见证者、曾当过上校的外祖父那里听来的故事，以及他作为一个记者对这片大陆历史和现状的长期观察、分析和思索，都极大地充实了作品的内容。小镇马孔多无疑是整个拉丁美洲的缩影，在小说中这个历经百年沧桑的舞台上，具体而微地重现了哥伦比亚和拉丁美洲多灾多难的社会历史。其中我们可以看到哥伦比亚 19 世纪因两大传统政党——保守党和自由党——争权夺利所爆发的大规模内战，历史上的这次灾难性的内战曾导致 10 多万人死亡，小说奥雷良诺上校那 20 年内 32 次失败的武装起义只不过是其中的一段悲剧性插曲。然而战争并无正义可言，虚伪的政客们的贪欲与私利才是最大的动机，就连妇孺之流都清楚其中的荒谬性，阿玛兰塔说：“你看，这些男人有多奇怪！他们为反对神父打了一辈子的仗，到头来却把祷告书作为送人的礼物。”奥雷良诺上校在内战结束时的一句话更是道出了战争的真相：“我们只是为夺取政权而战。”除了战争，20 世纪不断重演的暴力事件在小说中也得到了详细而生动的描绘，其中最令人惊心动魄的一笔，是代表外国垄断资本势力的香蕉公司在马孔多的发展与剥削导致的破坏与骚乱（在这方面，有 1928 年果品联合公司的罢工为史实依据）。尽管外国的资本渗透和经济侵略一度受到普遍欢迎，人们甚至将这段时期追忆为“幸福时代”，然而繁荣的幻影背后却是欺骗和剥削，大规模的罢工到最后不可避免。罢工的结果是，本国独裁政权勾结帝国主义者进行镇压，3 000 个游行示威者全部被射杀，但这些牺牲者死得一文不值，因为政府的蒙骗，没有人相信曾经有 3 000 多条生命被剥夺这回事。灾难不断的马孔多镇上所有那些血淋淋的、令人震惊的然而却同新闻报道一样得到准确反映的事实，赋予了《百年孤独》丰厚而沉重的历史内涵。

显然，如同小说的名字所昭示的那样，“孤独”是《百年孤独》最着力描写的主题。从布恩狄亚家族的第一代族长霍·阿·布恩狄亚开始，孤独的幽灵就徘徊在这一家族除乌苏拉以外的每个成员的心灵中。在早期的世外桃源式的马孔多镇的建设上，富有探索精神的老布恩狄亚居功至伟。对于外部新奇世界的向往，使他在马孔多众人中最早做出了打破闭塞和愚昧状态的尝试，但具有讽刺意味的是，现代文明熏陶的结果，却是他早年的社会创造精神的失落，他退回到个人的无益的科学实验中，在孤独中了却残生。可以说，老布恩狄亚既是拓荒者中的领袖，但也正是他开启了这一家族孤独命运的大门。家族中的男性成员们重复使用着奥雷良诺和霍塞·阿卡迪奥这两个名字，而女家长乌苏拉曾说过：“奥雷良诺们都离群索居，却头脑出众；霍塞·阿卡迪奥们则感情冲动而有闯荡精神，但都打上了悲剧的印记。”尽管每个人的辈分和身份都有所不同，往往让读者容易混淆，但毫无疑问，他们都从老布恩狄亚身上分别继承了不同的特征。霍塞·阿卡迪奥们继承了他富于闯荡和冒险的秉性，敢想敢做，感情冲动，不顾忌各种陈规与伦理，以直觉而不是理性来对待生活。表面上，他们都曾有过风风火火的时候，然而，不难看出，他们的冒险和闯荡不过是为排遣这个家族沉重的孤独感而上演的闹剧，他们的努力总是以失败而告终，最后的下场也都非常悲惨。奥雷良诺们继承了老布恩狄亚超凡出众的智慧，他们头脑冷静，富有理性，既痴迷于科学，也有社会责任感和政治抱负，然而一旦他们的抱负在残酷的现实面前遭到挫折，他们都无一例外地选择了老布恩狄亚留下的那间实验室作为最终的归宿，在重复的实验和劳作中排遣孤独和寂寞。就连家族中最出色的人物、身经百战的奥雷良诺上校也没能够逃脱这种命运。除了男人们，孤独的幽灵也萦绕着家族中的女人们，如家族第二代中的小女儿阿玛兰塔与第五代中的梅·雷梅苔丝，都是因爱情的挫折而终身不嫁，落入了孤独和苦闷的深渊，一个为自己编织着尸衣等死，而另一个在阴森冰冷的修道院中终老一生。刚强的老家长乌苏拉令人钦佩，在一次又一次的维护和振兴家族的努力中，只有她成功地避免了孤独，但要挽回整个家族在孤独中走向毁灭的命运，凭她个人的努力是远远不够的。

孤独是一种生活状态，也是一种心态，而从这部小说所呈现的历史悲剧意识来看，孤独更仿佛是小镇马孔多的一个可悲的宿命。小说中，历尽沧桑的老人乌苏拉叨念着“时间像在打圈圈”，“世界好像老是在打转转”。长达百年的时代变迁，从初建时期的交通闭塞，到发现与外界文明的通道之后却接踵而来的战争、掠夺、剥削和屠杀，最后重新回到荒芜的状态，历史仿佛上演了一出轮回的悲剧。小镇马孔多，如同它所象征的整个苦难的拉美大陆一样，始终被排斥于现代文明世界的进程之外。我们可以看到，专制、迫害、掠夺和侵略等各种因素，不过是造成了马孔多（也是整个拉美大陆）停滞不前的状态的外在原因，而马孔多的居民甘于孤独、离群索居、对愚昧落后的现状视而不见，却是苦难的内在根源。从老家长布恩狄亚最初的拓荒行动开始，到不屈不挠地坚守家族的百岁老人乌苏拉，及至希冀重建家园的家族第六代子孙阿玛兰塔·乌苏拉，尽管一代又一代的很多人为打破孤独进行过种种艰苦的探索，但由于无法找到一种有效的办法把分散的力量统一起来，最后均以失败告终，而马孔多也始终无法摆脱与世隔绝的孤独的宿命，人祸加上天灾，终于将这个小镇化为乌有。而这样的结局，也是作家对于一个在孤独的怪圈中驻步不前的大陆的警告：孤独，便意味着被淘汰。

曾有人同马尔克斯谈到这部小说中人物的孤独感的根源，作家这样回答道：“因为布恩狄亚家族中的这些人都不懂爱情、不通人道，这就是他们孤独和受挫的秘密。我认为，孤独的反义词是团结。”孤独令布恩狄亚家族和小镇马孔多走向了末日，在小说的结尾，那个遭受百年孤独的家族注定不会有出现在世上的第二次机会，这无疑是作家的一个美好的愿望。而在现实中，要彻底地结束拉美大陆百年以来循环往复的苦难历史，则必须打破闭塞和与世隔绝的状态，谋求沟通和团结。马尔克斯也曾在他的诺贝尔文学奖受奖辞中充满乐观地告诉人们，相信拉美大陆会有一个美好的未来还为时不晚，“在那里，那些注定要忍受百年孤独的民族，将最终也是永远得到再次在世界上生存的机会”①。

《百年孤独》被公认为魔幻现实主义的巅峰之作。阿根廷著名文学批评家恩里克·安徒生·因贝特认为，魔幻现实主义的表现手法即通过“制造一种既超现实而又不脱离现实自然的气氛”，是“变现实为幻想而又不失其真”。马尔克斯的这部小说近乎完美地实践了这一手法，在包含着许多历史和现实的真实成分的同时，又掺和进了许多非理性的幻想的成分，任由想象天马行空地自由驰骋，把现实和幻想、直叙和讽喻、写实和夸张结合起来。在小说中，荒诞而神奇的元素随处可见，比如像预言了家族命运的羊皮纸、恐怖的鬼魂、上校的小金鱼、神父的飞毯、雷梅苔丝随床单升天、长着猪尾巴的孩子等，再加上对《圣经》和印第安人的一些神话和传说故事的移植，在虚实结合的巨幅图景中，再现了活生生的现实。事实上，根据作家的创作经验谈，这也是马尔克斯苦苦寻找已久的一种叙事方式，最终从自己的童年经验中，他恍然大悟，要完美而贴切地“再现拉丁美洲历史社会图景”，最好的方式应该是像他的那位外祖母那样，以虔诚、严肃而认真的口吻，去讲述那些看上去荒诞不经的故事。有的评论家认为这部小说直观的、简约的语言看上去仿佛出自 8 岁儿童之口，这一深刻的评判无疑是肯定小说家已成功地实现了自己的创作初衷，让马尔克斯颇感欣慰。因为他相信，在拉美这片迷信而神奇的大陆上，人们有自己独特的思维方式，有自己相信的独特的现实，一场飓风能把一个马戏团刮上天空，在牛身边念几句经牛的耳朵里就会掉出虫子来，黑蝴蝶飞进门就意味着家里要死人……值得注意的是，拉美的许多作家，像胡安·鲁尔弗、博尔赫斯、科塔萨尔等，也都擅长而且津津乐道于讲述离奇的故事，尽管他们本人并不对自己讲述的东西信以为真。这里面毫无疑问有惊人的想象力在支撑，当然更不能忽视他们在这个大陆成长和生活的种种体验。另外，以现实为基础的魔幻手法的运用，又可以使读者在“似是而非，似非而是”的形象中，获得一种似曾相识又觉陌生的感受，从而激起寻根溯源去追索作品中所寄寓的更深邃的含义的愿望，同时也丰富了想象力，收到强烈的艺术效果。

作家还成功地运用了夸张、隐喻和象征等多种艺术手法，如家族第二代中的长子霍塞·阿卡迪奥被枪打死后，他的血左弯右拐地一直流到乌苏拉的厨房，但他的身上居然找不到伤口和出血处，而尸身上的火药味即便经过几个小时的浸泡也无法除去，这便是以夸张来表现魔幻般的现实。而小说那场一连下了四年十一个月零两天的大雨，既是

① ［哥伦比亚］加西亚·马尔克斯、门多萨著，林一安译：《番石榴飘香》，北京，生活·读书·新知三联书店，1987。

《圣经·创世纪》中有关洪水浩劫及诺亚方舟等故事的移植，也是一种隐喻，无疑可理解为上天对发生在马孔多的人间罪恶的惩罚。此外，本书中的象征手法也颇为引人注目，如在建村后不久马孔多居民集体染上的失忆症，既凸显了失忆的可怕之处，也意在提醒公众，遗忘便意味着愚昧，应该牢记容易被人遗忘的历史和教训。本书在运用象征时对黄色给予了特别的关注，有人因此称为黄色象征。黄色在作品中是衰败和死亡的象征，如小说中的一个人物巴比洛尼亚，处处都有一群黄蝴蝶跟随，结果他遭到枪击，一生瘫痪；而同样是黄色的开进马孔多的火车头，黄色的香蕉，更是给平和的小镇带来了死亡和厄运。

小说的时间结构也颇具特色。比如小说的开头，马尔克斯这样开始讲述他的故事："许多年之后，面对行刑队，奥雷良诺·布恩狄亚上校将会回想起他父亲带他去见识冰块的那个遥远的下午。"这是作家长期反复思索的结果，历来为人称道。这是一种作家独创的从未来的角度回忆过去的新颖的倒叙手法。短短的一句话，容纳了未来、过去和现在三个时间层面，又预示了人物未来的命运和遭遇，而作家显然从"现在"的叙事角度来讲述故事。尽管在随后，作家笔锋一转，从总体上开始讲述小镇马孔多从初创到消失的历史演变，但这样的时间结构，在小说中一再重复出现，在过去、现在和未来的循环中，又不断地给读者造成新的悬念。

关键概念

魔幻现实主义

思考题

1. 谈谈你对《百年孤独》中"孤独"主题的理解。

2. 有人说《百年孤独》体现了鲜明的拉美特色，结合小说的具体实际谈谈你对这一评价的理解。

3. 思考地域色彩对作家作品的影响。

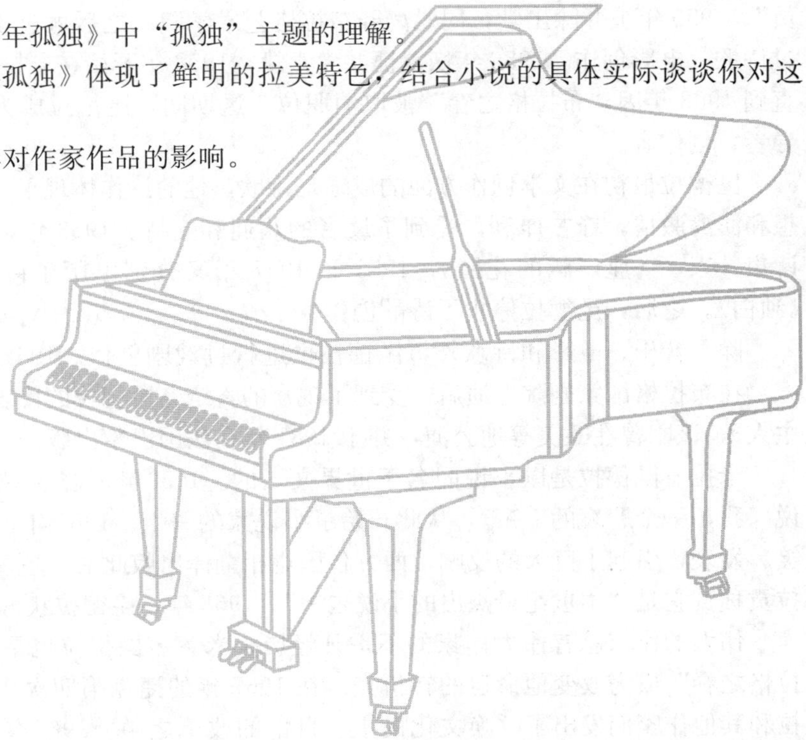

昆德拉《生命中不能承受之轻》导读

学习提示

昆德拉的生平与创作。《生命中不能承受之轻》的情节梗概。生命存在“轻”与“重”的哲理分析。萨宾娜的“背叛”一生。小说对政治话题的微妙处理。哲理叙事。

生平与创作

米兰·昆德拉（1929— ）出生于捷克布尔诺市，父亲是一位著名的钢琴家、音乐教授。由于父亲的关系，昆德拉从小受到了良好的音乐教育，后来也创作过一些乐曲。可以说，音乐是昆德拉的第一个艺术尝试。在其小说中，昆德拉也会运用音乐阐释一些主题。昆德拉从少年时代起广泛阅读世界文学名著，长期的文学积淀为他以后的创作奠定了坚实的基础。1948 年，昆德拉高中毕业，进入布拉格查理大学哲学系学习，加入捷克共产党。两个学期后，放弃哲学，转入布拉格艺术学院电影系学习电影编剧和导演。大学期间的昆德拉，被当局认为是“标新立异、突出自我的诗人，不守本分的党员”。1950 年被开除出党，同时离开布拉格艺术学院。之后做过工人、爵士乐手，进行过诗歌、电影创作。1956 年恢复捷共党党籍，1958 年开始在布拉格艺术学院担任教职，直到 1968 年因“布拉格之春”被取消职位。这期间，昆德拉成为捷克新浪潮电影的倡导者、创作者。

昆德拉最初在文学创作方面的成绩是诗歌，他的诗作体现了一个先锋青年的敏锐思想和澎湃激情，锋芒犀利，受到了读者的欢迎和支持。1953 年，昆德拉出版了第一部诗集《人，一座广阔的花园》，1955 和 1957 年又分别出版了诗集《最后的五月》和《独白》。之后，昆德拉停止了诗歌创作。

除了音乐、电影和诗歌外，昆德拉也进行过戏剧创作。1962 年的剧作《钥匙的主人》在布拉格国家剧院上演后，受到了观众的肯定。昆德拉的代表剧作是《雅克和他的主人》，该剧曾在欧美等地公演，并于 1981 年在法国巴黎出版。

米拉·昆德拉是以小说闻名于世界文坛的。1959 年，昆德拉写下了第一篇短篇小说《我，一个悲哀的上帝》，从此开始了小说家的一生。1967 年，第一部长篇小说《玩笑》发表，引起了巨大的反响，西方各国竞相翻译出版此书。超现实主义作家路易·阿拉贡称赞它是“本世纪最杰出的小说之一”。1968 年，昆德拉获得捷克作家协会奖。

伟大的作家总有伟大作家的不平凡经历，米兰·昆德拉也是如此，1968 年的“布拉格之春”成为改变他命运的转折点。在 1967 年的捷克第四次作家代表大会上，昆德拉和其他作家们发出了呼唤文化民主、自由的改革之声。1968 年初，弥漫于思想领域的改革运动波及政治领域，“布拉格之春”改革运动正式开始。8月21日，苏联出兵占领布拉格，“布拉格之春”改革运动宣告失败，改革措施被取消，清算随之开始。昆德拉被开除党籍，取消教职，作品被禁，不时受到当局的传讯、审查。

1970年，昆德拉在之前的10个短篇小说中选择了7篇，以《好笑的爱》为名发表。1973年，长篇小说《生活在别处》以法文首版，并获得法国的梅迪西斯奖。1975年，46岁的米兰·昆德拉离开了捷克，流亡法国。1978年开始定居巴黎。1979年，长篇小说《笑忘录》在法国出版，这是昆德拉的另一部重要作品。在这部小说里，初离故国的昆德拉以祖国的经历为小说情境，思索了人的存在，尤其是流亡境遇下人的存在。1984年，昆德拉的小说代表作《生命中不能承受之轻》问世，引起了全世界的关注和轰动。凭借此作，昆德拉获得了诺贝尔文学奖的提名。

迄今为止，米兰·昆德拉共创作了15部作品，包括1部短篇小说集、9部长篇小说、4部随笔集和1部剧作。除了上面提到的作品外，长篇小说《告别圆舞曲》（1976）、《不朽》（1990）均以捷克文创作。另外，长篇小说《慢》（1995）、《身份》（1997）、《无知》（2000），随笔集《小说的艺术》（1986）、《被背叛的遗嘱》（1993）、《帷幕》（2005）、《相遇》（2009）均是以法文创作。

米兰·昆德拉是一个创作风格独特的作家，他将小说艺术与哲学思索结合起来，探索了人的存在。昆德拉的作品充满了智慧和幽默，结构精致，语言精练深邃。美国的理查德·洛克称其为“欧美最杰出的和始终最为有趣的小说家之一”。

情节梗概

昆德拉的经典之作《生命中不能承受之轻》完成于1982年12月，如同之前的作品一样，小说的背景依然是作家的祖国捷克，不过这也是昆德拉最后一部捷克题材的作品。从结构上来说，本书与之前的几部作品一样，分为7个部分。小说的每一部分都有很强的独立性，各有小标题，显示了该部分所要探询的主题。第一、五部分为“轻与重”，讲述了男主人公托马斯的故事；第二、四部分为“灵与肉”，讲述了女主人公特蕾莎的故事；第三部分“不解之词”和第六部分“伟大的进军”讲述了小说另外两个人物萨宾娜和弗兰茨的故事；第七部分“卡列宁的微笑”描述了托马斯和特蕾莎的乡村生活。从整体上来说，小说思索的是人的存在。

托马斯是布拉格一家医院的外科医生，前景光明，生活简单自由。他和第一个妻子生活不到两年就离了婚，每次去看望儿子时，孩子的母亲总要以奢华的礼品为代价才让他见儿子，这种付钱给母亲才能得到儿子爱的方式让托马斯感到劳累和没有必要，他决定这辈子都不再见儿子。从妻子、儿子、父亲和母亲处脱身之后，托马斯留下的唯一东西就是对女人的恐惧。他有很多情人，小心翼翼地维持着所谓的“性友谊”原则，与爱情绝缘，而不和情人一起过夜就是其中的一个重要原则。

特蕾莎是一个小镇酒吧的招待，15岁辍学后开始端盘子，操持家务，照顾弟妹，生活似乎永无出头之日。一个偶然的机会，托马斯来到了小镇上，出现在酒吧，他的微笑和独特气质唤起了特蕾莎难以忘怀的爱情。在小公园的第二次偶然相遇后，托马斯给了特蕾莎一张名片，这张名片给了她离家出走、改变自己命运的勇气。过了十来天，特蕾莎来到了布拉格，因为发烧，托马斯不得不打破自己一贯坚持的原则，留她在家里过夜。第二次来的时候，特蕾莎提来了她所有的东西，她下决心再也不回那个小镇了。

对于这个偶然来到他“床榻之岸”的女孩，托马斯带着极大的同情和责任爱上了她，早上在她身边醒来的情景虽然让托马斯难以置信，却也有莫名的幸福。特蕾莎在睡着时，总是紧紧抓住托马斯的手，这让他更加怜惜她，也为给她带来的痛苦而痛苦。托马斯难以抵抗艳遇，在他看来，艳遇和爱情毫不相关。特蕾莎发现托马斯的不忠后，陷入了痛苦的梦魇中，白天压制的嫉妒在晚上的噩梦里汹涌而出，每次都哭喊着被托马斯叫醒。托马斯也是痛苦的，不见情人不行，见了又担心特蕾莎。为了减轻特蕾莎的痛苦，托马斯娶了她，还给她弄了只小狗，取名卡列宁。

1968 年，俄国人占领了捷克。托马斯和特蕾莎移居到了瑞士的苏黎世。因为托马斯继续自己的艳遇，特蕾莎也就继续做那些不变的噩梦。过了六七个月，特蕾莎不告而别，独自返回了布拉格。和特蕾莎的爱情美好而累人，托马斯有点庆幸自己重获单身和自由。三天后，失去生命重量的他感到失落，五天后，他回到了布拉格。

如今的布拉格在俄国人的控制下，没有言论自由，托马斯因为拒绝当局要求他收回以前的一篇文章的命令，丢掉了工作，成了玻璃擦洗工。新生活给了他巨大的自由空间，而自由空间就意味着艳遇。特蕾莎每天凌晨一点半从酒吧下班回到家后，闻着托马斯头发里散发出的女人的气味，继续着噩梦。托马斯认为爱与性完全是两回事，特蕾莎也知道自己让托马斯很累，决定尝试一下灵与肉的分离，和在酒吧认识的一个工程师实验了一次肉体之爱，一个月后特蕾莎才知道所谓的工程师是一个秘密警察。

为了逃避让人疲惫不堪的现实，托马斯和特蕾莎离开布拉格到了乡下，远离了城市，远离了陌生的女人，与过去一刀两断，过上安静的生活。托马斯当卡车司机，特蕾莎放牛。几年后，卡车在山间小路行驶时坠入深谷，托马斯和特蕾莎一起离开了人世。

萨宾娜是捷克的一个画家，托马斯的情人中，只有她最理解他的“性友谊”原则。萨宾娜憎恶任何媚俗的、极端主义的东西，她的一生是背叛的一生。14 岁时爱上一个同龄的男孩，让父亲惊恐不已；父亲嘲笑毕加索的画，她偏选择了立体派艺术；后来，她嫁给一个平庸的布拉格演员，只因他有离经叛道的坏名声；父母去世后，她和丈夫离了婚。在背叛的路上，女艺术家走得越来越远。俄国入侵后，她离开布拉格去了日内瓦。

在日内瓦，萨宾娜认识了瑞士人弗兰茨，一个英俊、善良、天资聪颖的大学教授。萨宾娜与大众活动格格不入，弗兰茨却抱着一腔理想主义的热情，积极参加游行、示威、请愿。他迷恋、崇拜萨宾娜，羡慕她拥有苦难的祖国。从根本上来说，他们两个人来自不同的世界。所以，当弗兰茨决定从 23 年的婚姻中解脱出来，与萨宾娜一起生活时，萨宾娜再次走上了背叛之路，从日内瓦悄然消失。萨宾娜的反媚俗让她拒绝公之于众的爱情，拒绝爱的重负，她的背叛精神让她永不知停息，越走越远。

弗兰茨不久便和爱上他的一个女大学生快乐地生活在了一起。越南占领柬埔寨并拒绝国际医生的救援时，弗兰茨和许多西方知识分子组织了一次进军柬埔寨的游行抗议活动，活动最终滑稽收场。回到泰国曼谷后，弗兰茨在街上遭到抢劫，他反抗、受伤，最终死在了医院里。

分析与评论

米兰·昆德拉是位独特的作家，他把小说定位在对人类存在的关怀上。他的小说没有曲折的情节，没有复杂的结构，而是以高度精练概括的语言准确地表达出了作家的思索。小说中的场景、人物是生发作家睿智思索的实验地，至于是否与现实情景一致则无关紧要。正因为这种独特的写作方式，昆德拉的小说充满着哲学性。语言的表达方式是哲学式的，思索更是站在了哲学沉思的层面上，他的小说人物往往都秉持着某种信念，当这种信念遭到外界的碰撞时，就引发出了深沉的思索。在小说《生命中不能承受之轻》中，昆德拉对存在的思索通过以下几个问题的拷问表现出来：

一是“重”与“轻”。重与轻的状态是人类生命存在中的常态，重将人压到地面，感受生命，贴近真实，但也会不堪忍受；轻则如鸿毛，漂浮于天空，拥有自由却感受不到意义。在重与轻的两难选择中，托马斯度过了自己的一生。在小说里出现时，托马斯已经和第一个妻子离婚十年了，他是带着愉快的心情离婚的，因为只有单身才能让他感受到真正的自由自在。他不仅摆脱了妻子、儿子，也摆脱了父母，可以说是无牵无挂。托马斯有自己独特的生活方式，拥有众多的情人但不涉及爱情，从不让情人在他家里过夜。大家互不干涉对方的生活和自由，也没有什么责任。此时的托马斯，快乐地享受着无负无重的自由，直到特蕾莎的出现。

对于特蕾莎这个偶然遇见的姑娘，托马斯产生了没有理由也不容拒绝的爱。“对他而言，她就像是个被人放在涂了树脂的篮子里的姑娘，顺着河水漂来，好让他在床榻之岸收留她。”托马斯希望特蕾莎来到他身边，但又害怕这份责任，害怕“重”的承担；想放弃又怕失去这份“非如此不可”的爱情会让他的生命“轻”得难以忍受。对于托马斯来说，选择是困难的，好在特蕾莎代替他做了选择，她带着将自己的一生奉献给他的准备来到了布拉格。

虽然是特蕾莎在关键时刻的主动选择改变了托马斯自由、轻松的生活方式，但托马斯也找到了“轻”与“重”的平衡方法。一方面，照顾、保护特蕾莎，享受着爱情的重量带来的快乐；另一方面，艳遇照旧，因为他断绝不了艳遇。在他的观念里，跟多个女人风流与对特蕾莎的爱情毫不矛盾。如果事情如托马斯的意愿那样发展，生活是幸福的，这是“轻”与“重”的双重幸福。但当特蕾莎发现他隐秘的艳史后，每晚在噩梦中哭喊时，托马斯怜惜她、心痛她，为她那伤心、恐怖的噩梦而绝望；同时，情人萨宾娜因为托马斯幽会时的心不在焉，藏起他的袜子以示惩罚。托马斯的生活失去了平衡，在情人眼里，他带着对特蕾莎爱的罪恶烙印；在特蕾莎眼里，他烙着和情人幽会放浪的罪恶痕迹。托马斯在“轻”与“重”的双重困境中痛苦、无奈，但最终还是一步步随着特蕾莎走下去，承担着爱的“重负”。“布拉格之春”后，托马斯生命中充满了一个个沉重的选择。拒绝当局的威逼利诱，拒绝秘密警察的拉拢，拒绝媚俗的请愿签名，他承受着选择之“重”，一步步远离社会的中心，淡出人们的视线。米兰·昆德拉以托马斯这个人物的一生选择思索了人类存在中的“轻”与“重”；而无论是选择“轻”还是选择“重”，都不带有道德上的评判。托马斯是不媚俗的，他坚持自己的理念，不放弃自我，这也是人类存在的一种可能的境况。

二是“灵”与“肉”。特蕾莎是一个“灵”、“肉”合一论者，这种信念从她小时候起便根深蒂固。母亲的世界是粗俗的、丢弃了灵魂的肉体世界，特蕾莎则渴望看到自己肉体之下闪光的灵魂。当听到托马斯的那声呼唤时，特蕾莎的灵魂仿佛从每个细胞里升腾起来。

来到托马斯的世界，特蕾莎坚信自己找到了理想主义的爱情，这是消除肉体和灵魂两重性的世界。但是，托马斯是“灵”、“肉”二元论者，他的艳遇让特蕾莎很快就陷入了“灵”与“肉”分、合的痛苦挣扎中。在她的噩梦里，她和一群抛弃了灵魂、身体赤裸的女人被托马斯驱赶着，这正是她逃离的母亲的世界。她本要表明自己的肉体是独一无二、不可替代的，但托马斯把她扔进了裸体女人的队列里，同等对待。而且，这个裸体队列总在呼唤她放弃灵魂。在百思不得其解的徘徊中，特蕾莎密会工程师，尝试了“灵”与“肉”分离的感觉，显然她不是托马斯，无法找到不把肉体之爱当回事的乐趣。终其一生，特蕾莎都坚守自己的“灵”、“肉”统一论，承受着沉重的爱情，在迷茫中探寻，直到最后几年他们移居到乡下后，托马斯完全断绝了与外界的联系，她才获得了平静，享受着安宁的幸福。但她也知道，是她的软弱、她的爱把托马斯拖到了沉重的生命里。

三是“媚俗”。在昆德拉的小说中，媚俗是人类存在境况的一个组成部分，确切地说，它是人类普遍存在的一种劣根性。在人类历史上，媚俗的内容各种各样，表现形式也不一。总的来说，媚俗指的是不惜一切代价想讨好，而且要讨大多数人好的一种行为或态度。媚俗是矫情、做作、循规蹈矩、重复他人的，也是自欺欺人的。但是，无论愿不愿意承认，我们每个人都不可能完全摆脱媚俗，因为“媚俗的根源就是对生命的绝对认同”。在《生命中不能承受之轻》中，画家萨宾娜从小就拒绝一切既定的秩序，痛恨各种面目的媚俗，为此，她走上一条“背叛”人类社会的道路，追求着精神上毫无重负的绝对自由。也正因为如此，她是最能理解托马斯的“性友谊”原则的人，因为托马斯也是反媚俗的，所以萨宾娜说：“我很喜欢你，因为你是媚俗的对立面。在媚俗之王国，你会是个恶魔。”萨宾娜的反媚俗让她摆脱了现实生活的沉重，成为一个轻松的局外人，但在背叛的道路上越走越走，最后一切都无可背叛之后，她陷入了生命虚空的轻，这是不能承受的生命之轻。

弗兰茨和萨宾娜虽是情人，但在诸多方面都存在理解上的鸿沟。弗兰茨坚信忠诚是第一美德，萨宾娜对背叛一往情深；弗兰茨喜欢喧嚣的音乐，萨宾娜喜欢巴赫；萨宾娜讨厌游行，弗兰茨渴望走上大街；萨宾娜享受墓地的安宁，弗兰茨认为那只是个倾倒尸骸和乱石的垃圾场。对弗兰茨来说，参与到大众活动中，才是真实的生活，而在萨宾娜的眼里，这是极端的“媚俗”。弗兰茨的诸种行为将媚俗演绎得淋漓尽致。从思索人类存在的可能性角度来说，无论是托马斯、特蕾莎，还是萨宾娜、弗兰茨，他们都选择了自己的生活方式，追寻着自己的生命价值和意义。

米兰·昆德拉对人类存在的思索是多方面的，在《生命中不能承受之轻》中，除了前面提到的主题外，还涉及晕眩、软弱、田园牧歌、幸福、偶然等很多方面。小说在充满诗意的语言下，在简洁多样的叙述中，徐徐流淌着充满了智慧的思索，引导着读者的思考。

关键概念

存在　　媚俗　　轻与重

思考题

1.《生命中不能承受之轻》的结构有何特点？

2. 结合《生命中不能承受之轻》的人物形象谈谈生命存在的“轻”与“重”。

3. 如何看待人类存在中的媚俗？

东方文学

《圣经》导读

学习提示

《圣经》的成书过程。《圣经》的构成和主要内容。《圣经》的文学特征和主要形式。

内容简介

《圣经》作为希伯来民族文学的总集，艺术地再现了希伯来人的民族历程、情感和愿望。希伯来民族的祖先是闪米特族的一支，最早游牧于阿拉伯半岛的西南地带。公元前3000年，他们第一次向北移民，定居美索不达米亚，融合了古巴比伦文化。公元前2000年，他们又沿幼发拉底河北上，逐水草游牧至哈兰，后向西经叙利亚而南移，进入迦南（即巴勒斯坦地区）。迦南土著称他们为“希伯来人”（即河那边的人）。公元前17世纪，希伯来人因饥荒而流徙埃及，受到埃及法老的压迫和歧视。公元前13世纪中叶，由坚毅睿智的族长摩西率领逃出埃及，历经艰难返回迦南，经200余年的奋斗，逐渐定居迦南。期间在具有军事和组织才能的民族部落英雄（即“士师”）领导下，与来自地中海的非利士人展开争夺迦南的战争。

公元前11世纪下半叶，为了联合抗敌，始建立民族统一国家，各部落推选扫罗为首任国王（公元前1028—前1013），后经大卫和所罗门父子80年的治理，王国迅速发展，达于鼎盛。之后分裂成北朝以色列（公元前933—前722）和南朝犹太（公元前933—前586）。两朝敌对矛盾，外强乘虚而入。公元前722年，亚述灭以色列，掳去国王臣民近3万人；公元前586年，新巴比伦灭犹太，掳去的“巴比伦之囚”达5万多人，独立自主的以色列犹太王国彻底沦亡。公元前538年，波斯打败新巴比伦，成为西亚霸主，希伯来人得以返回耶路撒冷，重建城墙与圣殿。但尔后耶路撒冷又先后沦为马其顿和罗马的行省，圣殿和城墙屡遭毁损，希伯来民族文化受到排斥。期间不少有识之士不愿忍受异族压迫，率众起义，也曾一度建立神权政体“马卡比”王朝，但都遭到残酷镇压。尤其是公元135年罗马彻底镇压希伯来人的武装起义，扫荡犹太全境，古代希伯来民族的历史全部结束，遗民及其后裔流落世界各地。

古代希伯来民族在几次大移民和生存发展过程中创建了辉煌的民族文化。这种文化有三个特点非常显著：首先，它产生发展过程中广泛受到西亚古代文明影响，古代苏美尔、巴比伦、埃及、亚述、波斯的文化都在希伯来文化中得以融合。换言之，古代希伯来文化中保存了上述古老民族文化的因素。其次，追求和平安宁。希伯来民族是个多灾多难的民族，历史上被迫经历了多次民族大迁徙、大流散，遭受过长期放逐和残酷迫害。灭族之灾，亡国之痛，是希伯来民族的集体情感体验。在追求、抗争、挫败、挣扎的漫长岁月中形成了希伯来民族文化中渴求和平与安宁的思想，也赋予这种文化以强大的民族聚合力。最后，一神教的宗教信仰。和其他古老民族一样，宗教是希伯来民族的精神支柱，但古代希伯来的犹太教只信仰创世的上帝耶和华，并自视为上帝的“特选子民”而高出其他民族，其宗教道德具有明显的贵族倾向。罗马统治时期，犹太教的一个下层教派发展成基督教，吸收希腊文化成分，但上帝仍是被崇信的唯一神。

《圣经》包括《旧约》和《新约》两大部分，前者是犹太教的经典，后者是基督教的经典，合起来也称《新旧约全书》。《旧约》是基督教的《新约》确立后对犹太教经典的称谓。其原书的希伯来名称是《托拉、纳毕姆、纪土宾姆》，意为《律法书、先知书、诗文集》，定本形成于公元前 1 世纪。后世学者研究后认为“先知书”包括“历史书”和“先知书”两类，因而 39 卷的《旧约》文献包括四大类：（1）律法书。即“摩西五经”：《创世纪》、《出埃及记》、《利未记》、《民数记》、《申命记》5 卷，相传为摩西所作。这部分大约在公元前 12 世纪已开始流传。它包括上帝创世、地上乐园、洪水方舟等神话和希伯来民族祖先亚伯拉罕、雅各、摩西等的传说，记叙了希伯来民族 3 000 多年的历史和犹太教的教规教义、民事律法、伦理规范等。（2）历史书。即《约书亚记》、《士师记》、《撒母尔记》（上、下）、《历王记》（上、下）、《以斯拉记》、《尼希米记》等 10 卷。这部分记述了以色列犹太王国建立、兴盛、衰亡的历史。（3）先知书。包括《阿司摩书》、《以赛亚书》、《耶利米书》等先知作品，计有 14 卷，成书于公元前 8 世纪至前 3 世纪，是有识之士在“巴比伦之囚”前后多事之秋的几百年里对现实问题的抒情性政论。（四）诗文集。系历代文学作品的汇集，包括诗作和一些原始小说。

《新约》是在公元 2 世纪编定，以宣扬基督教教义为目的的文献汇编。全书 27 卷，由福音书、使徒行传、书信和启示录四部分组成，主要是记述基督教创始人耶稣的救世言行及其门徒的事迹。基督教是从犹太教中分裂出来的，与犹太教有直接继承的关系，因而《圣经》编者把犹太教经典《旧约》和基督教经典《新约》合二为一，一起作为基督教的“圣经”。从文化的角度看，《新约》的作者与希伯来民族有着深刻的联系，基督教也是对犹太教的继承和发展。当然，基督教产生在希腊化之后的西亚，吸收了古代希腊文化的营养，基督教是希伯来文化与古希腊文化融合的结果。

分析与评论

《圣经》的《旧约》和《新约》两大部分产生在不同时代，其宗教意义既有一脉相承的一面，也有本质性的区别：犹太教是民族性宗教，《旧约》中的上帝是希伯来民族的上帝；基督教适应罗马大帝国多民族的背景，发展成普世性宗教，《新约》中的上帝已经是人类的上帝。就其教义而言，《旧约》体现上帝的诺言，突出律法；《新约》则是诺言的实践，强调信仰。从文学审美的意义上说，《旧约》的成就高于《新约》。

《旧约》是犹太教的经典，也是古代希伯来的文献集，其中包括大量的文学作品，有的是经编者搜集整理的民间文学，有的是文人的创作。从文学角度看，《旧约》是一部希伯来古代文学总集。

神话传说是《旧约》中最古老的文学作品，汇编在《创世纪》中，主要有上帝创世、伊甸乐园、诺亚方舟、巴别伦塔、诸神众子等神话和希伯来早期几代族长亚伯拉罕、以撒、雅各、约瑟和摩西的神奇传说。由于希伯来民族的游牧迁徙，《旧约》神话将两河流域的远古神话和迦南本地的原始神话都糅合在一起，加以希伯来人的创造，反映了古代希伯来人对自然、社会和人生现象的朴素而天真的理解，表现了原始初民探索宇宙生成、人生苦乐成因的意识活动，艺术而概括地描述了人类由采果渔猎、漂泊游牧到定居农耕的社会演进过程，也形象地展示了洪荒时代洪水对初民的危害和战胜洪水的强烈愿望。关于几代族长的传说，有一定的史实根源，是希伯来人对开创民族历史、为民族发展做出卓越贡献的祖先的追忆与缅怀，但更多的内容是虚构和想象，具有一定的神话色彩。希伯来传说中的民族英雄，不同于古希腊传说中赫拉克勒斯半人半神式的英雄，他们不具任何神性，只是普通凡人。但作为普通凡人的人物个性非常鲜明：亚伯拉罕勇敢公正，以撒淳朴厚道，雅各精明谨慎，约瑟志高才宏，摩西坚毅睿智。《旧约》中的神话传说简约朴素，具体生动，充满戏剧性情节，对后世文学产生巨大影响。

《旧约》中的史传文学独具风格。它以希伯来民族的历史作素材，交织穿插民间传说，真实史料和艺术想象并重，既真实地再现了征服迦南、建立联合王国、反击异族入侵、维护民族信仰的历史事件，又艺术地刻画了这一历史过程中的民族英雄。约书亚、波拉底、参孙、扫罗、大卫、所罗门等都是这类民族英雄。其中以参孙和大卫的刻画最为生动。与传说中的早期族长相比，史传文学中的民族英雄更具有真实性，他们既具有贡献于民族的英雄本色，但又并非十全十美，甚至有令人发指的罪行。参孙是位勇力无比、令敌丧胆的英雄，但他过于贪恋女色是他悲剧的重要因素。大卫既仁慈宽厚，又阴险狡诈；既是勇敢无畏的英豪，又是卑劣荒淫的昏君。

诗歌在《旧约》中不仅数量大，占总篇幅的四分之一，而且文学成就也最高。《旧约》诗歌种类繁多，有劳动歌谣、英雄战歌、祝祷词、赞美诗、格言诗、寓言诗、诗剧、哀歌、情诗等。大致分为抒情诗和哲理诗两大类，前者的主要诗集有《诗篇》、《耶利米哀歌》和《雅歌》；后者的主要诗集有《箴言》、《传道书》和《约伯记》。《诗篇》是《旧约》中体量最大的诗集，收录了公元前11世纪至公元前2世纪近千年间的抒情短诗150首，大多表现古代希伯来人的宗教生活和情感，也有些篇章抒写人生的体验。《耶利米哀歌》5首，相传为大先知耶利米所作，以强烈的激情抒发“新巴比伦之囚”的亡国之痛与忧民之情，情真意切，悲痛欲绝。加以艺术表现上采用“气纳体”，即每行五个强音，前三后二，中间停顿，若断若续，形成如诉如泣的表达效果，有效地强化了哀歌的主题。《雅歌》是《旧约》中争论最多的诗集，人们对其主题和文体都有不同理解，但公认它是“歌中之歌”，是“抒情诗中的奇葩”。实际上《雅歌》是一部洋溢着生命的内在要求，极力渲染青年男女的性爱，但格调高雅、风格清新的民间情歌集。集中描写了不同场景、不同场合下的男女欢爱，有初恋衷情之爱、有婚宴热闹之喜、有洞房花烛之欢、有离别相思之情、有幻梦眷恋之思、有信誓旦旦之约，全都表现得炽烈奔放、酣畅淋漓而又不失优雅。艺术上叙事、描写、抒情有机融合，运用男女应答对唱的表达方式，采用大量的意象和象征性隐喻，以唤起读者情感和感官的反应；以田园风光烘托爱情的纯真炽烈，具有很强的艺术感染力。《箴言》汇集数百首格言警句式的短诗，依据当时流行的善恶观念，对人们的日常生活、言行举止、人伦关系加以哲理的、精练的概括。《传道书》对人生和生命的意义作形而上的思考，提出在“虚空”的人世追求切实享受的观点，明显是产生于希腊化时代而受到伊壁鸠鲁快乐主义哲学的影响。诗剧《约伯记》通过正直善良、品德高尚的义人约伯偏偏家破人亡、全身长满毒疮、受尽痛苦的遭遇，探讨“好人为什么遭罪”的宗教哲理问题，其结论是宗教性的：好人受难是上帝的考验，不能狭隘、世俗地看待“罪与罚”的问题，坚信上帝自能坦然面对苦难。但从中可以看到历经灾难的希伯来人在灾难中对其保护神上帝的怀疑。诗剧结构宏大、气势磅礴，围绕“罪与罚”展开诗的大辩论，慷慨激昂；简洁的叙述、插曲性抒情、哲理化独白、戏剧式突转，四者交织融会，形成深沉凝重的风格。诗剧的主体是诗行的论辩性对话，很少动作和表演因素，只具备了戏剧的雏形。

《旧约》诗歌在体式上具有鲜明的民族特色。一方面是《旧约》诗作篇幅较短。古代希伯来民族以诗抒情言志，叙事则由史传文学承担，因而篇幅较大的叙事诗未能获得发展。另一方面是希伯来语只有声母、没有韵母，因而《旧约》诗歌不是押尾韵，而是用头韵，即所谓“贯顶体”：全诗 22 节，用希伯来的 22 个字母，依次作为每一节诗的第一个字母。《旧约》诗歌中用“贯顶体”创作的诗为数不少。

先知文学是《旧约》的重要文学类型，其内容和艺术表现都具有独特的民族风格。所谓“先知”，是最先领受上帝旨意的人，是上帝选派到民众中的使者，以晓谕上帝意旨和警戒世人为任。他们出现在公元前 8 世纪至公元前 4 世纪之间。实际上他们是在希伯来鼎盛期过后几百年的“多事之秋”出现的一批感受敏锐、不畏强权、富于才智、追求真理的爱国志士。先知文学就是他们针对当时的社会现实而创作的作品，在作品中他们揭露黑暗、抨击丑恶、呼吁变革、预言未来，行文中富于激情和幻想，充满鼓动性和感召力。《以赛亚书》和《耶利米书》是先知文学的代表作。

原始小说是《旧约》中出现最晚的文学样式，约在公元前 300 年产生并有所发展。其中重要的原始小说有田园小说《路德记》、寓言小说《约拿记》、历史小说《以斯帖记》。《路德记》叙述摩押族女子路德在丈夫亡故后随婆婆生活在犹太族，后改嫁犹太族近亲，生活非常幸福，成为大卫王的祖母。小说在田园诗般的气氛中反映古代希伯来的风习，赞美异族女子的贤淑勤劳，也表达了反对“禁止异族通婚”的狭隘民族主义的政治主题。《约拿记》以鲜明的形象寓示深刻的道理。当约拿为外邦城市尼尼微完好无损而埋怨上帝时，上帝为他上了公正的一课：炎夏中一株浓荫遮凉的葫芦，短时间内枯死焦萎，约拿为之惋惜。对一株植物尚且如此，何况一个 12 万人的大城？小说寓言式地表现了以人道主义代替褊狭民族主义的思想。《以斯帖记》借托波斯统治希伯来民族的历史背景，虚构了犹太裔的波斯王后以斯帖这一形象。她以自己的美貌、柔情和智慧，严惩歧视、意欲屠戮犹太人的波斯大臣，挽救民族于危亡之时，表现出强烈的爱国主义精神。这些作品简洁明净，情节紧凑，讲究结构艺术，以虚构故事表达明确的主题，具备了近代“小说”的基本因素。但作品注重的是外在故事，人物的心理刻画不多，场景描写简略，故事的内在价值挖掘不深，因而这些人类最早的“小说”只能称“原始小说”。

《新约》是基督教的正典，也代表了早期基督教文学的最高成就，它用希腊文写成，共 27 卷，有“福音书”、“使徒行传”、“书信”、“启示录”四种文类。福音书包括《马太福音》、《马可福音》、《路加福音》、《约翰福音》4 卷，主要内容是耶稣的生平和传说。“使徒行传”1 卷，记录基督教成立初期的活动情况和保罗、彼得两个主要传道者的事迹，有“基督教史诗”之称。“书信”共 21 卷，主要内容为基督教会领袖人物对信徒的劝勉和指导。“启示录”1 卷，主要内容是犹太人受罗马统治者迫害时期教会的全貌和世界末日的景象，预言新世界的来临。《新约》纪事类作品中，有的富有神话色彩，想象丰富，奇观纷呈；有的用写实手法，平铺直叙，质朴无华。“福音书”以纪事为主，中心内容是基督教创始人耶稣的生平传说，从玛利亚感受圣灵怀孕到耶稣在十字架上被钉死，想象与现实相结合。这些事迹中具有神话传说性质的想象和夸张，风格奇幻，耶稣的神性因素得以体现。同时，记载耶稣生平的现实事迹，具有逼真、具体生动的细节，塑造的耶稣形象全然是现实生活中的普通人，他有伟大的一面，也有平凡之处，他也有喜怒哀乐，也具有人性因素。在“福音书”中收入了许多耶稣向众人的演说。其演讲词有的抒情言志，循循善诱；有的直抒胸臆，开门见山。耶稣的演说对后世具有深远的影响，其中宣示型对寓言的影响、比喻型对小说的影响、直陈型对散文的影响、象征型对神学的影响、诗体讲道对诗歌的影响，都是难以言说的。《新约》的末卷“启示录”是《圣经》中最典范的启示文学作品，全书以象征手法写成，色彩斑斓，想象奇妙，场景壮观，情节迷幻，是世界古典文学中不可多得的精品。

综观《圣经》文学，它以希伯来民族的历史文化为背景，深刻地溶凝着希伯来的民族精神，显示其独特的个性价值。首先是《圣经》文学的综合性和多样性。《圣经》是一部民族文学总集，由众多作者创作，包括了希伯来民族原始社会和奴隶社会时期1 000多年的民间创作和文人创作，自然表现出综合性、多样性的特点。这一特点既表现为形式和文体的多样性，也表现为题材的丰富性。可以说，上古人类经验的每个侧面都在《旧约》文学中得到表现，表现得尤其充分的是人类经验中基本的、永恒的内容：信仰、自然、爱、死亡、社会关系、邪恶、灵魂、拯救、家庭生活等。正是由于题材的多样，它将人类经验的错综和复杂性作了充分展示。其次是爱国主义和民族主义热情。从总体上说，《圣经》文学反映了古代希伯来 1 000 多年的社会现实和精神面貌。这个历史上多灾多难的民族的文学，贯穿其中的突出主题是爱国主义和民族热情。远祖亚伯拉罕毁偶像确立一神教信仰，上帝把希伯来人作“特选子民”，一种民族激情贯注其中。传说中几代族长、史传文学中的民族英雄，都是作为民族精神的象征加以歌颂。王国兴衰的艺术表现，更渗透着爱国意识和民族主义精神。参孙的复仇雪恨，体现的是希伯来民族反抗异族压迫的斗志。《耶利米哀歌》是亡国之恨的记录，表达了爱国主义的强烈激情。再次是宗教意识和神秘色彩。古代希伯来的知识分子大都属于祭司阶层，《圣经》的编集出于宗教目的，宗教意识贯注其间。书中到处弥漫着上帝的圣旨，人类经验被宗教意识观念化。《圣经》文学不仅仅为满足审美或提供一种娱乐而创作，作者的创作冲动总与人与上帝关系的传教意图相联系。宗教意识的表现，赋予作品以神秘色彩，人世经验导源于另一超验世界，而超验的神的世界不能以经验验证，显得神秘，读之感到玄妙神奇，艺术表现手法则大量运用梦幻、象征、寓意的手法。最后是纯朴的艺术风格。剔除编纂时祭司增添的内容，《圣经》文学绝大部分是民间通俗文学，古代口口相传，需要一种纯朴的而不是复杂的文学感受力。这样在口头文学基础上形成的书面文学，风格质朴简洁，具体表现为深沉真挚的情感流露、鲜明生动的形象塑造、叙述笔调明快、结构模式化、浓郁的生活气息、大量运用口语和烘托强化表达效果等。

关键概念

《旧约》　《新约》　先知文学　启示文学　贯顶体

思考题

1. 试述《圣经》基本内容的构成。
2. 为什么说“《旧约》的文学成就高于《新约》”?
3. 《圣经》文学具有怎样的特点?

蚁垤《罗摩衍那》导读

学习提示

《罗摩衍那》的作者和成书过程。《罗摩衍那》的故事梗概。《罗摩衍那》的内容与文化内涵。《罗摩衍那》的审美特性。

生平与创作

《罗摩衍那》是印度古代史诗，成书于公元前三四世纪至公元二世纪的几百年间。相传作者是Vālmīki（音译“瓦尔米基”或“跋弥”，意译“蚁垤”）。关于蚁垤的身份，印度有很多传说，有人说他是古代仙人，有人说他是金翅鸟的儿子，有人说他是语法学家。“蚁垤”这个名字的由来也有种种说法。其中一说说他静坐修行，数年不动，身上结满了蚂蚁窝，遂以“蚁垤”为名。另一说说蚁垤出身婆罗门家庭，遭父母遗弃，山中野人收养了他，长大后成为拦路抢劫的强盗。一天他遇到一位仙人，仙人让他反反复复地念marā（“摩罗”）。marā是Rāma.（“罗摩”）一字颠倒的写法。他站着翻来覆去地念诵着“摩罗，摩罗”，一步也没有移动，以致身上堆满了蚁垤，因此而获“蚁垤”之名。蚁垤还在史诗中出现，并且提到史诗诗体的由来：蚁垤听了“仙人魁首”那罗陀讲述英雄罗摩的故事后，自愧缺乏诗才，不能将故事写下来传扬。后蚁垤在无边的树林里自由自在地走动，看到一对麻鹬安然地、静悄悄地正在交欢，但凶狠的猎人尼沙陀却将公麻鹬一箭射杀，母麻鹬伤心地在地上翻滚，凄惨悲鸣。蚁垤见此情景，心生悲悯，并谴责猎人：“你永远不会，尼沙陀！/享盛名获得善果，/一双麻鹬耽乐交欢，/你竟杀死其中一只！”（1·2·14）① 蚁垤发现他在悲愤中无意地创造了朗朗上口的输洛迦韵律。创造神梵天令蚁垤用“输洛迦”诗体记述罗摩的英雄事迹，从而有了印度“最初的诗”《罗摩衍那》。

这些都只是传说。事实上《罗摩衍那》是几百年里历代伶工、诗人口口相传，不断增删、充实而形成。但据季羡林的研究，全书主体部分情节完整、思想和文风比较统一，应该有人在口传诗歌的基础上做过整理、编纂的工作，相当于荷马对《荷马史诗》所做的工作。这个人大概就是传说中的蚁垤，他的工作为后来流传的《罗摩衍那》奠定了基础。

情节梗概

《罗摩衍那》篇幅庞大，全诗7篇，24 000颂（精校本近2万颂），每颂32音节，

① 季羡林译：《罗摩衍那》，括号中数字是“篇·章·颂”，下同。

分 2 行排列（季羡林的中译本每颂译成 4 行），主体故事叙述罗摩与妻子悉多的悲欢离合和印度古代宫廷内部及列国之间的斗争，中间穿插了不少小故事。“罗摩衍那”意为“罗摩的漫游”或“罗摩传”。

阿逾陀城的十车王中年无子，请鹿角大仙主持求子大祭。天神前来分享祭品时谈到罗刹王罗波那经常欺辱众神，请求大神毗湿奴下凡除魔。毗湿奴在圣火中显现，并将神粥让十车王的三个王后分而食之，她们生下了毗湿奴托身的四个儿子：大王后乔萨丽雅生下罗摩、二王后吉迦伊生下婆罗多、三王后罗密多罗生下罗什曼那和设睹卢祇那。罗摩长大后，向众友仙人拜师学艺，助其降妖伏魔，随众友仙人到密提罗国参加大祭。密提罗国王遮那竭为女儿悉多举行征婿大典。遮那竭许诺：谁能拉开他家祖传的神弓，便能娶悉多为妻。罗摩不仅拉开弓，而且将弓拉断，赢娶了悉多，回到阿逾陀城。

罗摩坚毅勇武、品德高尚，深受民众爱戴。十车王年迈体衰，决定立罗摩为太子，让其继承王位。二王后吉迦伊在一个驼背侍女的蛊惑下，利用国王曾答应赐给她两个恩惠的许诺，要挟国王，提出流放罗摩 14 年，立她的儿子婆罗多为太子的要求。十车王悲痛欲绝，但为了信守诺言，只得同意。罗摩为了使父亲不失信义，甘愿流放。悉多为了夫妻之情，罗什曼那为了兄弟之谊，也甘愿跟随罗摩流放。他们三人在臣民的忧伤中离开都城，前往山林。不久，十车王抑郁而死。客居舅舅家的婆罗多被召回举行父葬和继承王位。婆罗多明了事情的原委后，斥责母亲吉迦伊。举行完父亲的葬礼，他亲自去森林寻找罗摩，请求兄长回京继承王位。但罗摩坚决履行诺言，一定要等 14 年流放期满后再回去。婆罗多只好带回罗摩的一双鞋子，供奉在王位上，自己坐在一旁，代兄理政。

再说罗摩、悉多和罗什曼那在森林中漫游，度过了 10 年艰辛的流放生活，他们来到又一座森林，修建茅屋住下。罗刹王罗波那的妹妹向罗摩和罗什曼那求爱未果，想要一口吞吃悉多，被罗什曼那割掉鼻子和耳朵。为了报复，她在哥哥罗波那面前力陈悉多的美貌，怂恿其劫掠悉多。罗波那派遣一个罗刹化作金鹿，引诱罗摩追赶，他乘机劫走了悉多。罗摩兄弟四处寻找悉多，最后遇见一个无头怪，他劝罗摩去找猴王须羯哩婆联盟解救悉多。罗摩和罗什曼那历经艰难终于找到流亡的猴王须羯哩婆，他们帮助猴王战胜其兄长波林，收复了失国。猴王召集全国的猴子帮助寻找悉多。群猴知道了悉多被劫往楞伽岛，但大海阻隔，无法渡过。

神猴哈奴曼神通广大，变幻无穷。他摇身变成巨猴，纵身一跳，越过波涛汹涌的大海。到了楞伽岛，他幻化成一只猫，钻进罗波那的宫殿。在后宫无忧树园中，他亲眼目睹罗波那威逼利诱悉多，但悉多对罗摩忠贞不渝，宁死不从魔王。哈奴曼把罗摩的信物戒指交给悉多，悉多也将自己的信物宝石托哈奴曼带给罗摩。哈努曼离开楞伽岛前大闹无忧树园，拖着着火的尾巴满城乱窜，引发全城大火，他趁乱泅海平安返回。

罗摩、罗什曼那和猴军架桥渡海，准备征伐楞伽岛。战前，罗波那的弟弟维毗沙那主张送还悉多，平息战事。罗波那怒斥羞辱维毗沙那，维毗沙那一气之下越海投奔罗摩，协助罗摩兄弟与罗波那展开一场大战。战斗激烈，双方各有伤亡。罗波那的儿子因陀罗耆善施幻术，隐身以乱箭重创罗摩和罗什曼那。哈奴曼托来北方神山，找到仙草，治愈罗摩和罗什曼那，最后，罗什曼那歼灭因陀罗耆，罗摩杀死罗波那，救出悉多。战争胜利，维毗沙那成为罗刹国王。罗摩夫妻团圆，但他怀疑悉多的贞操，悉多伤心落泪，愿投火自明。火神从熊熊烈火中托出悉多，证明了她的忠贞。是时，14 年流放期满，罗摩一行乘飞车回国。婆罗多欣然让位，罗摩登基。

阿逾陀城在罗摩治理下，国泰民安，可谓太平盛世。但民间传说悉多曾在魔王宫中居住，已失贞节。为了不违民意，罗摩忍痛派罗什曼那把怀孕在身的悉多丢弃在恒河岸边。悉多得到蚁垤仙人的救护，住在净修林里，并生下了双胞胎俱舍和罗婆。蚁垤仙人创作了长诗《罗摩衍那》，并教会两个孩子吟诵。罗摩一次举行马祭，蚁垤仙人让两个孩子当场诵唱这部长诗。罗摩最后明白，这两个孩子就是自己的儿子。于是蚁垤仙人把悉多带来，为她的贞节辩护。但罗摩仍说无法取信于民。悉多便向大地母亲求证，说如果自己贞洁无瑕，请大地母亲收容她。顿时大地开裂，她纵身投进了大地母亲的怀抱。最后，罗摩兄弟都抛弃凡体，升入天国，复合为毗湿奴大神。俱舍和罗婆继承阿逾陀城的王位。

分析与评论

《罗摩衍那》这样鸿篇巨制的古代史诗，经历几百年众多民间诗人的加工补充，时间跨度长，内容来源复杂，其意蕴也就非常丰富庞驳，从不同的角度可以读出不同的意义。

从哲学的层面看，史诗表现了印度古代传统的瑜伽哲学，即梵我一如的和谐统一思想。“表明了印度人关于宇宙统一性的观念。天上、人间和大地是相互沟通的，天神、人和其他动物是互相转化的，人间的英雄与天神本质上是同一的，整个宇宙处于生死流转的循环状态。而人世间则是天神导演下的一个人生大舞台。”① 史诗中天神享受人间的祭品，仙人成为人间与天神的中介；毗湿奴大神化身罗摩兄弟来到凡间除魔，完成使命后又回到神界复合为伟大神；神、猴、人、魔、鸟，以至自然存在的一切，彼此以各种方式深深地联系着。

从历史反映论层面看，史诗反映了印度由奴隶社会向封建社会过渡的历史进程和印度古代文明由北向南发展的史实。“史诗中描写的罗摩与罗波那之间的斗争，也代表了新兴的封建主与落后的奴隶主之间的斗争。罗摩的阿逾陀城属于以农业经济为基础的城市文明，而罗波那的楞伽城带有浓厚的游牧部落文明色彩。罗摩是刹帝利，而罗波那是婆罗门血统。在印度列国纷争时代，婆罗门努力维护以奴隶制为基础的种姓制，以保持自己在吠陀后期形成的至高无上的特权地位，而刹帝利努力确立以自己为中心的封建王权。”② 西方有学者认为悉多原意是田地里的垄沟，垄沟象征着农业技术，史诗喻示的是农业技术从印度北方传到南方的过程，而且向南传播的不仅仅是农业，而是整个雅利安文化，传播的范围一直扩展到斯里兰卡。

从政治学的层面看，史诗展示了古代印度围绕王位展开的宫廷斗争，不同种姓之间的阶级矛盾和土著与外来势力之间的民族冲突。诗作中的阿逾陀、猴国和罗刹国都有兄弟之间因王位问题演化的宫廷斗争。阿逾陀的罗摩和婆罗多都是深明大义之人，以守信、谦让而避免了兵戎相向；猴国波林和须羯哩婆兄弟、罗刹国的罗波那和维毗沙那兄

① 王向远：《东方文学史通论》，47 页，上海，上海文艺出版社，2005。

② 季羡林主编：《东方文学史》，88 页，长春，吉林教育出版社，1995。

弟都为王位而展开血腥战争。史诗中罗摩与罗刹王罗波那的矛盾，表面情节是为悉多而起，实际上是两大高级种姓——刹帝利和婆罗门之间的矛盾的曲折表现，印度古代社会中两大高级种姓之间错综复杂的关系，在更早的《梨俱吠陀》中就有体现。同时，从肤色和家谱等来看，罗摩是属本地的原始居民，而罗刹王罗波那实际上是外来的靠游牧和吃肉为生的雅利安人的代表。因此，罗摩与罗波那的斗争实质上是本地土著与从事掠夺的外来势力的冲突。

从宗教层面看，印度教徒把《罗摩衍那》看作是圣书，罗摩是大神毗湿奴的化身，罗摩成了印度教崇拜的主要偶像之一。西方还有学者认为："罗摩与罗波那之战是印度婆罗门教与锡兰佛教冲突的诗歌表现形式。"①

以上对作品内涵的理解都有道理，但都只是从一个层面或是对诗作的局部情节意义的揭示。真正贯彻整个史诗的基本思想还是从道德层面弘扬当时印度社会的伦理意识——"达磨"。"达磨"是梵文 dharma 的音译，意译为"法"或"正法"，这是印度文化传统中一个意蕴异常丰富的概念。印度学者帕格温·达斯解释："就极广的意义而言，正法即世界之秩序，它使世界依其自身发展之进程而发展，以不可中断的、约束一切的因果之链使其各部分结合为一整体，它就是自然之法（或一切法之总体），或自然之神……那种使所有的人结合在一起相互给予权利与承担责任，并使其因性格不同而在行为上产生因果关系，以维持社会存在的体系，或者法规，则为人类之法，或称为人之正法。此外，以《吠陀》（它所有的部分都是一门全面的关于自然规律的学问）为基础的一种生活规则，遵守这种规则就能获得今生及来世的幸福，这也是正法。简单地说，就科学角度而言，正法是一种独特的品性；就道德与法律之意义而言，它是一种责任；就心理与精神之意义而言，它是一种正义与法律。但是在此处责任尤其高于一切。"② 由此可见，"达磨"包含着极为复杂与丰富的层次，它包含着宗教的、哲学的、伦理道德的，甚至科学的等层次的含义。

而且从印度文化纵向演变看，"达磨"在不同时期其含义有所变化。按季羡林的说法，在《梨俱吠陀》中的"达磨"一词，包含有"支持"、"事物的固定秩序"、"神旨"、"法律"、"风习"等意思。其中的"事物秩序"是最早的含义。在阿育王石碑中，"达磨"几乎就是宗教伦理，很少涉及法律。佛教中所讲的"达磨"，则指"事物"（例如"万法皆空"），也指"宗教伦理"。到了《摩奴法论》时代（约公元前 2 世纪至公元 2 世纪），"达磨"的概念便逐渐由宗教伦理而转变为政治法律。但《摩奴法论》中的"达磨"还常与宗教伦理有关，尤其强调人们在种姓社会中的行为规范，"达磨"实际上是专指"善人的行为"③。《罗摩衍那》中的"达磨"突出强调的就是其伦理道德含义，不过规范更具体、更细密、更严格，包含着仁、义、礼、智、信等丰富的内容，明确地提出忠、孝、悌、贞、信等五伦规范，要求人们严格遵守与本身地位相同的职责。

《罗摩衍那》中，"达磨"是出现频率最高的词之一，而且从不同侧面强调"达磨"的价值和意义。如推重达磨为"人世间最高"，"真理就包含在达磨里"（2·10·33）；

---

① 季羡林主编：《印度古代文学史》，103 页，北京，北京大学出版社，1991。

② 季羡林、刘安武：《印度两大史诗评论汇编》，207～208 页，北京，中国社会科学出版社，1984。

③ 季羡林：《〈摩奴法论〉汉译本序》，见《摩奴法论》，北京，中国社会科学出版社，1986。

认为“达磨产生出利益，达磨产生出幸福，用达磨可以获得一切，达磨是世界的基础”（3·8·26）；达磨是“天堂的根”（2·101·12）；“实行法，实行利，其结果就是解脱；不合乎法和利的，就得到相反的结果”（6·52·8）等。

不仅如此，史诗故事情节紧紧围绕着是否实行“达磨”这一中心问题展开。诗作里三个国家兄弟争夺王位的故事，出现的形式和解决的方式不一样，但缘起和结果都一样：都因是否实行达磨而产生冲突，都以遵行达磨的一方登基为王而结束。与之相应，史诗对人物的评价也是以是否躬行达磨为依据。“达磨”就是一面镜子，既能映照出背德者的丑行恶德，也能反映出圣德者的崇高伟大。罗摩虽然神勇坚毅、武艺高强，但史诗突出的是他遵行达磨的品性，他诚实守信、克己、容忍，“达磨”是他最高的行动指南，他以高贵品质赢得朋友的敬重和折服，得到举国上下的拥护与爱戴。相反，罗刹王罗波那虽然有三界无敌的本领，但他骄横放纵、横行三界、作恶多端，成了狂热的征服者。贪欲是罗波那性格的核心，使他成为奸诈、专制和荒淫奢靡的暴君，荒淫好色是他贪欲的突出表现。罗波那就是非法的集中体现。

对人物善恶美丑的评价，使得“在审美创造中运用的达磨已不是单纯伦理学或宗教学意义上的达磨，它已经成了审美原则或标准”[①]。其实，这是史诗作者的自觉意识。在《罗摩衍那》开篇，蚁垤用输洛迦诗体创作罗摩“美且善的故事”（1·2·34）时，就声明：要“用达磨来检查全部故事”（1·3·2）。

《罗摩衍那》作为印度文学史上“最初的诗”，具有人类早期文学艺术上芜杂、稚嫩的一面，但它是同期文学创作中艺术上取得突出成就的史诗作品。首先，以多种多样的艺术手法，刻画鲜明生动的人物形象。作者通过现实生活中各种尖锐、复杂的矛盾，成功地塑造了各类不同的人物形象，不仅主要人物，次要人物也都描绘得栩栩如生、活灵活现。且不说史诗着力刻画的理想英雄罗摩，他的妻子悉多作为一个贤淑、忠贞的妇女典型在印度也可谓家喻户晓。她深明大义，柔中有刚。被囚禁魔宫的那些日子里，悉多不畏强暴，坚强勇敢，对罗摩一往情深，忠贞不渝。罗什曼那、神猴哈奴曼、罗刹王罗波那也塑造得很成功。作家在描写人物时，采用人物对比法、性格烘托法、矛盾映现法等各种表现手段，突出人物的精神品貌。其次，写景抒情，情景交融。诗作往往笔墨酣畅地描绘种种自然风光，把景物描写与人物的心境、情感紧密结合起来。在“森林篇”以前，史诗对景物的描写是抒情的，充满诗情画意；悉多被劫后，景物描写是伤感的，充满离愁别恨。如罗摩和悉多住进森林时，他把一幅幅自然美景指给悉多看，充满着欢乐的气氛，展现在他们眼前的大森林景色如画，生机盎然；流水潺潺，花朵沐浴着朝阳，树林里笼罩甜蜜的静穆。悉多被妖魔劫持到空中，她看到的是幽深的山谷、陡峭的高峰。罗摩失去妻子后，与他思念妻子的情愫相应，着重写雨季的风光物事。所有这些，都是作者为了充分利用自然景物做出的安排。诗人不是为写景而写景，而是以自然景将人物情烘托得更加浓烈，使作品富于艺术情味和魅力。最后，语言铺排夸张，比喻丰富多彩。《罗摩衍那》的文体风格总的来说明白晓畅，但已开始出现讲究藻饰和精心雕琢的倾向。诗作描绘事物、叙述过程，往往极力铺陈，使得作品气象万千、气势磅礴、绚烂满目。为强化表达效果，常用夸张来突出事物的特征或制造氛围声势。如强调

① 卢铁澎：《印度两大史诗的“达磨”与审美意识》，载《国外文学》，1998（3）。

罗刹王的凶恶，说他有十张脸、二十只手，胳臂像门闩一样。史诗中还有大量的数字夸张，如婆罗多派了“九千只大象”、“六万辆车子”、“十万匹骏马”到森林中去迎回罗摩。史诗比喻丰富新颖，如把雨季来临，阴沉的天空比作是老天“害了相思病”；将闪电比作“金色的鞭子”，是它不断抽打天空，发出阵阵雷鸣；把悉多的美比作一轮明月，她站在海岸上同明月一起“把一切照得通明”；用“风暴里的大海”、“日食时的太阳”，形容阿逾陀城十车王被二王后要挟时复杂的心情和忧虑的神情。这些比喻想象丰富、瑰丽美妙。

《罗摩衍那》包括政治斗争、爱恋情愁、战争场面、风光景物的叙述和描绘，而政治、爱情、战争、风景是古代印度长篇叙事诗必不可少的四种元素。《罗摩衍那》的故事情节比较集中紧凑，主要人物性格丰满，整个故事情节在矛盾斗争中展开，纵横交织，波澜迭起，为后世印度的长篇叙事诗开辟了道路。

关键概念

达磨

思考题

1. 为什么可以从不同角度理解《罗摩衍那》的思想内涵？
2. 为什么说弘扬“达磨”是贯穿《罗摩衍那》的基本思想？
3. 简析《罗摩衍那》的艺术成就。

迦梨陀娑《沙恭达罗》导读

学习提示

迦梨陀娑的生平与创作。《沙恭达罗》的剧情梗概。沙恭达罗形象的内涵。《沙恭达罗》的艺术特色。

生平与创作

迦梨陀娑是生活于公元四五世纪某一时期的印度伟大诗人和剧作家。他的生平材料流传下来的很少，却流行两则传说：其一说迦梨陀娑出身婆罗门，生下来6个月就成为孤儿，为一牧人收养，长大后成为容貌俊秀却资质愚钝的青年。时有才貌双全的公主欲选一才智胜过自己的青年为婿，许多贵胄王公都未能入选。他们为报复公主，举荐迦梨陀娑应选。迦梨陀娑以其俊美和莫测高深的沉默获胜。婚后真相败露，公主驱逐了他。他在悲愤中祷告智慧女神迦梨，女神赐给他横溢的诗才，他因而成为伟大的诗人。其二讲迦梨陀娑晚年在斯里兰卡，因出色地续写了国王重金悬赏的半首诗，一妓女企图冒领赏金而加害他，一代诗圣死于妓女之手。这些传说没有实据，很不可靠。根据他的作品推测，迦梨陀娑受过良好教育，熟练掌握梵语，博学多才，情感丰富。他的故乡大概是喜马拉雅山南麓的邬阇衍那城，但他一生遍历印度各地。他既熟悉宫廷生活，也熟悉民众生活。他热爱大自然，热爱现实生活，热爱一切美好事物。他崇信印度教的湿婆，属湿婆宗的林加支派。

迦梨陀娑流传下来又得到公认的作品有7部：抒情诗集《时令之环》，抒情长诗《云使》，叙事长诗《鸠罗摩出世》和《罗怙世系》，剧本《摩罗维迦和火友王》、《优哩婆湿》和《沙恭达罗》。

《时令之环》（又译为《六季杂咏》）是迦梨陀娑的早期诗作，以6组短诗分别描绘6季（夏、雨、秋、霜、寒、春）的自然风光，同时抒发了随着季候景物的变换而变化的人们的情感，突出地抒写了春天里青年男女的爱情欢乐，也表现了雨季中游子闺妇的愁思。诗人善于抓住富于季节特征的物象与景观，自然景色与人间情感交织渗透，赋情于景，以景托情，富于东方情味。

抒情长诗《云使》以第一人称的口吻，抒写恩爱夫妻离别的相思之情。小神仙药叉因得罪主人财神，被贬谪到南方的罗摩山苦行一年。几个月后雨季来到，一片雨云由南向北飘去，药叉意动神驰，忍住泪水，托雨云带去他对妻子的思念。“前云”部分写药叉给雨云指告行程，描绘路途的名山大川和名城重镇，描绘中融注着主人公内心的焦灼、离别爱妻的愁绪和对美好自然风光的欢欣。“后云”部分写药叉的故乡阿罗迦城和城中情人们自由自在的欢娱，突出抒写想象中妻子独处的孤寂和痛苦，直抒主人公对妻子的缠绵依恋和炽烈思念。长诗情感丰富、想象优美。以大自然的美，映衬人的形象美，又以人的美映衬爱情的热烈和甜美，进一步反托出与爱妻离别的痛苦。诗作以枯焦的森林、清瘦的河水、憔悴的采花女、盼雨的农妇等一系列意象，强烈地烘托出一种焦灼渴求的情调。焦灼渴求、离愁别绪与深挚情爱渗透交融，产生一种哀婉、缠绵的审美效果。加上诗作中形象精妙的比喻、缜密优雅的抒情、华美艳丽的语言、象征雨云缓缓飘动的韵律节奏，使得长诗具有撼人心扉的艺术感染力。《云使》是世界抒情诗的杰作之一。

《鸠罗摩出世》取材印度古代神话，描述喜马拉雅山山神之女波哩婆提与印度教大神湿婆的恋爱与婚姻。诗人借神界生活的描写倾注对热烈奔放的人世生活的赞赏，表现了爱情战胜苦行、入世胜过弃世的主题。诗作中对雪山风光和女主人公的美，做了淋漓尽致的描绘，湿婆和波哩婆提婚后 25 年如同一夜的欢爱生活，也极力加以渲染，这些都表现了诗人对世俗生活的充分肯定。

《罗怙世系》以帝王谱系的形式，叙述罗摩的祖辈和后代的事迹。诗作将历史传说加以诗意地提炼，着重突出帝王的人性方面。罗摩与悉多的悲欢离合，阿伽痛哭亡妻的诗节，浸透着人生痛苦的深沉感情。长诗富于绚丽多彩的画面和温婉平和的情味，加之优美和谐的语言和富于音乐性的韵律，标志着迦梨陀娑晚年诗作艺术的圆熟。长诗被视为古典梵语叙事诗的典范。

五幕剧《摩罗维迦和火友王》是描写宫廷艳史的喜剧，叙述火友王与因国难沦落为宫娥的摩罗维迦的恋情。剧作情节曲折、结构严谨，但思想不太深刻，注重情节而忽略人物刻画。一般认为这是迦梨陀娑的早期剧作。《优哩婆湿》是仅次于《沙恭达罗》的剧作。剧作将一个古老的神话传说加以全新的创造，描写天国歌女优哩婆湿与人间国王补卢娑娑曲折多难的恋爱故事。剧作鲜明生动地塑造了优哩婆湿这个冲破一切罗网、大胆追求青春欢乐和自由幸福的女性形象。国王也是忠于爱情的多情天子，第四幕他林中寻妻，向孔雀、杜鹃、鸳鸯、蜜蜂、大象、山岳、河流、树木、花卉等一一诉说心中忧伤、询问妻子下落，既表现了印度人与自然浑融合一的追求，也表现了国王对优哩婆湿炽热的爱恋。《优哩婆湿》情节感人，结构紧凑，想象丰富优美，具有浓郁的浪漫色彩和抒情气氛，充满诗情画意。

迦梨陀娑是个好写理想的诗人。在他的创作中，充分肯定人生，歌颂现世生活，主张积极入世，尽情享受自然对人生的赐予，大胆追求自由与幸福，从而赋予他笔下的世界以浓烈的理想色彩。作为一个敏感的诗人，迦梨陀娑也看到了来自自然和社会对人生幸福的阻力，但他对此往往推到背景上作淡淡的处理。他极力抒写和表现的是美好的理想生活，大量呈现的是美好的自然、美好的人物、美好的情感、美好的生活。即使描写离情别愁以及由此导致的悲伤与痛苦，也不是为了描写悲伤痛苦，而是作为表现美好情操的一种手段，或是更好地映衬以后的欢乐。在美学风格上，迦梨陀娑的作品以“艳情味”为主。“味”是印度古典文论的概念，意指读者或观众的审美体验。“艳情味”居于婆罗多《舞论》中规定的“八味”之首（其他七味是：滑稽味、悲悯味、暴戾味、英勇味、恐怖味、厌恶味和奇异味）。后世的胜财（公元 10 世纪）在《十色》中描述“艳情味”：“爱以欢愉为本质。一对青年相互爱悦，有可爱的地点、技艺、时间、服装和享乐等，有甜蜜的形体动作。这种令人愉快的爱构成艳情味。”迦梨陀娑的作品都以爱情为中心。尽管恋爱双方有的是帝王与公主，有的是大神与神女，有的是小仙与娇妻，有的是普通青年男女，但诗人的目的不在于表现他们的身份、地位与爱情的关系，而是极力渲染“艳情味”，往往是在春光明媚、鸟语花香的绚烂背景下，着力烘托恋爱双方热烈的相思，渴求情人怀抱的焦灼，意外风波带来的痛苦，有情人双双结合的欢愉。这种富于肉欲色彩的爱情，是印度古代人的人生目的（正法、财富、爱欲）之一。

情节梗概

《沙恭达罗》取材于古代传说。这个故事在史诗《摩诃婆罗多》和《莲花往世书》中都有记载。剧作讲述国王豆扇陀在一次外出打猎时，遇见了美丽无比的净修女沙恭达罗，她是王族仙人乔尸迦与天女弥那迦的女儿，净修林仙人干婆的养女。两人一见钟情，深深地互相爱慕着。豆扇陀为沙恭达罗的美丽倾倒。在豆扇陀眼中，她的美丽超过了任何宫女。沙恭达罗也不顾净修林里的“清规”，燃起了爱情的火焰。初次相见，两人眉来眼去，传递着各人隐藏在内心的爱情。最后不得不分离时，沙恭达罗还假装草芽刺了脚，树枝挂住了衣，回过头来，留给豆扇陀一个多情的秋波。此时的豆扇陀，已是“魂魄离身”，“身体走了，那颗心却跑回来”。回宫后，他又是那样地眷恋着那位林中美女，默默地回味着相见时的幸福情景，情不自禁地向臣下讲述她的美丽和柔情，他多么希望再到净修林去见见心上人。恰好净修林的仙人来邀他去保护净修林，同时太后也派人来请他去过节。他内心不知如何是好，一方是净修林，多情的沙恭达罗在等着；另一方是太后，母亲的命令。但他选择了前者。再次来到净修林，沙恭达罗和豆扇陀在既无亲属作证，也无媒妁之言的情况下，自主结合成婚。豆扇陀回宫理朝，临别送给沙恭达罗一枚戒指做信物，说明过些时日来迎接她进宫。沙恭达罗在别后的日子整天惦念豆扇陀，以致怠慢了一个大仙。仙人一怒之下诅咒她：爱她的人一定会忘记她，直到看到他送给她的信物才能恢复记忆。果然，豆扇陀失忆，沙恭达罗望眼欲穿，已怀身孕的她只好前往宫中寻夫。但豆扇陀怎么也想不起与她成婚的事情，豆扇陀给她的信物也在途中失落。豆扇陀没有贸然认妻，悲愤的沙恭达罗被天女带到仙山。之后豆扇陀见到失落的戒指，猛然记起了事情的真相，痛苦不可言状，每天面对沙恭达罗的画像，忘形地把它当作真人，对其倾诉衷肠，落下伤心的眼泪。最后豆扇陀在助阵天帝凯旋的路上经过仙山，夫妻重逢团圆，并且得了一个儿子，就是婆罗多族的祖先。这个传说在史诗中没有仙人诅咒和失掉信物的情节，这个情节是在《莲花往世书》中出现的。剧作者为了表达主题的需要，采用了《莲花往世书》的故事，并经过自己的丰富想象、全新的创造，写成了这个7幕的名剧。

分析与评论

《沙恭达罗》像一颗闪光的珍珠，在世界文学的宝库中烁烁眩目。迦梨陀娑用满腔的激情、浓郁的诗意，歌颂了理想中纯洁、真挚、坚贞的爱情。剧作告诉人们：美好的爱情能冲破种种障碍，有情人定会终成眷属。

前三幕作者以轻快的笔调歌颂了这对男女美好的爱情。写沙恭达罗的美貌，写豆扇陀的才能，写双方的相思，写恋情的表露，以树木、河水作背景，以春光、鲜花作映衬，展现出幅幅美丽明媚的画面。后三幕的基调变得沉重了。由于仙人的诅咒，豆扇陀失去了记忆，给他们的爱情带来了一场意外的风波。通过这一波折与最终的团圆，一方面表现了他们对爱情的坚贞，另一方面也表现了作者的愿望：美好的事物一定会胜利。

在剧情转折的第五幕“沙恭达罗被拒”中，除了继续表现沙恭达罗对爱情的坚贞外，同样也表现了豆扇陀对爱情的坚贞。这一幕深入细致地刻画了豆扇陀怜惜沙恭达罗，只是不能不负责任地随便爱她，不乱爱才说明了爱她时他必定是坚贞的。他看到戒指恢复记忆后“追悔的痛苦”就更清楚了。他因痛苦而失眠，无法上朝理政，在明媚的大好春光里，无心游赏花园，甚至不让庆祝春节。一想到当时拒绝沙恭达罗的情景，就心如刀剜，如他所说：“这真像是毒箭射在我的心头。”然而再也见不到爱妻了，“希望从悬崖抛入了深渊”，无可奈何，责骂起戒指来，也痛斥自己。

第七幕重圆，两人相见的场面也是很感人的。沙恭达罗高喊：“万岁（胜利）！万岁（胜利）!”“胜利”因激动而为泪水所阻住，只喊出了“万岁”。豆扇陀说：“亲爱的，虽然‘胜利’这个字为泪水所阻而没说成，我却已经得到了胜利。”是的，他们经过相爱、追求、结合、波折、思念，现在又团圆了。他们胜利了！

歌颂沙恭达罗与豆扇陀纯洁、真挚、坚贞的爱情是贯彻剧本始终的基本主题。对于这种爱情，要说明两点：(1) 这种爱情是作者的理想。在封建制度下，这种纯洁、真挚、坚贞的爱情，自主、美满、幸福的婚姻，是不多见的。沙恭达罗是作者理想的美的化身，外貌美与心灵美高度统一。豆扇陀也是作者的理想人物，他的才能、品德、真挚热烈的爱情，是作者极力歌颂的。(2) 这种爱情的基础是郎才女貌。他们一见钟情，豆扇陀爱的是沙恭达罗的美貌，沙恭达罗爱的是豆扇陀的温良谦让、优雅善言。正是这两点，表明剧本的爱情主题具有划时代的进步意义。作者通过一对理想人物的塑造，表现一种美好的理想，与当时现实的不合理的婚姻相对照，并对这种理想的爱情予以热烈的歌颂，显示它的不可抗拒的力量，激励人们追求美好的理想和美好的事物。对于“郎才女貌”，我们不能用今天的爱情观去要求一千多年前的迦梨陀娑，联系当时的社会历史情况，“郎才女貌”无疑对当时严格的种姓等级婚姻制是一个冲击。

迦梨陀娑生活的时代并不是个理想的时代，但他好写理想。他笔下的理想境界是瑰丽动人的。但他的理想中也有现实的反映，尽管他不是着意去表现。如《沙恭达罗》第六幕中对渔夫、宫女的描写等，从中多少可以看出上层统治阶层对下层人民的欺压。但作者是不喜欢这些社会丑恶的，因而很少涉笔。他是喜欢美的：美好的自然、美好的生活、美好的人物、美好的理想。沙恭达罗是美的，豆扇陀也是美的，他们的爱情、婚姻同样也是美的。

女主人公沙恭达罗温柔、美丽、纯真、多情，有几分坚韧和刚强。她生活在大自然怀抱，出入净修林，种花饲鹿，穿树皮衣，戴荷花镯，完全与大自然融为一体，纤丽妩媚的外表与纯洁质朴的气质完美地结合在她身上。开始她作为一个纯洁无瑕的净修女出现，她不愿忍受清规的束缚，向往人生的幸福，私自爱上了前来行猎的豆扇陀，爱得真诚，爱得深挚，但又羞于启齿，以致苦思成疾，在女伴的催促下才好不容易吐露了衷情。躲在一边偷听的豆扇陀出现在她面前，她又羞得无地自容，转身走开，走了几步又找借口转回来。本来托女友转交情书，女友说出真情，她又生气。就是这种腼腆羞怯的神态，活现了一个青年女子在爱情面前的纯洁和柔情。这很自然地令我们想到我国《西厢记》中的崔莺莺，既要红娘转送情诗给张生，嘴上又说是送一个药方，红娘道出了实情，她又口口声声要告诉老夫人，红娘当真时，又转而向红娘求饶。羞怯中透出纯真，腼腆里包含柔情，这就是东方女性的特点。在西方文学中很难找到这样的女性形象。难怪德国诗人席勒不无感慨地说："在古代希腊竟没有一部书能够在美妙的温柔方面或者在美妙的爱情方面与《沙恭达罗》相比于万一。"①

沙恭达罗温柔，但并不懦弱，她还有坚强的一面。这种坚强，既表现在冲破各种束缚，自主成婚的方面，也表现在宫中被拒后对豆扇陀的指责。她认为对的，会去追求，而不是闷坐闺房，暗自伤感；她认为不对的，也不会委曲求全。她没有一般封建女子"三从四德"的观念。从她对爱情的执著追求、进宫寻夫、宫中发怒中，都可以感受到她的坚韧和刚强。当然，沙恭达罗的性格是以柔顺为主，即使发怒，也不横蛮失态，而是依理辩情，不失矜持与庄重。她既不会有古希腊美狄亚杀子报复的刚烈行为，又不像东方民族现实生活中的一些弱女子。纯真善良、温柔敦厚、柔中带刚，这就是东方女性的典型特征。

《沙恭达罗》以它追求真善的内容而具有隽永蕴藉、清新细腻的东方戏剧的情味。剧作既不像西方悲剧那样沉重，也不像西方喜剧那样喧闹，而是充满诗情画意、平和气氛和抒情色彩，用一幅幅美丽的画面，缓缓地、温和地把人引进剧情，带到幸福的境界。在这过程中随处可见东方人的智慧，神秘高深的古代东方文化也伴随着剧情得到展现。它不以情节的紧张、多变取胜，也不以台词的诙谐、幽默见长，而是以诗意的美、人情的美为人称道。20 世纪 50 年代我国上演《沙恭达罗》，有人评论："这里没有喧嚣，没有浮荡，没有杀伐，没有骚动，而是像一股清泉，一声黄鹂，一片花荫，一派仙境，然而又有深厚的人情味。同时也不是没有曲折，可是那曲折像曲径通幽一样，不是给人以沉重的负担，而是引导人到一个更和乐、更幸福的境界……观众不是装了一些激动、沉重的问题离去，而是在美的享受中，在获得一个满足的答案中轻松地回了家。"②既要有戏剧性的矛盾冲突，不致使人寡味沉闷，又要温和轻松地发展剧情，不致令人紧张难负。这二者的关系不好处理，而《沙恭达罗》却处理得恰到好处。东方式的自然描写强化了剧作的东方情味。宁静、优美的大自然描绘在《沙恭达罗》中非常突出。大自然在剧作中起到多重作用：作为人物活动背景，烘托戏剧气氛，构成诗情画意，映衬人物性格。如果仅是这些，在西方文学中也不乏例子。《沙恭达罗》对自然的描写，还有它的独特之处：赋予大自然以人的品性，理解人的情意。剧中的大自然成为一个主要角色，参与剧情。印度人最为欣赏的第四幕集中体现了这一特点。这一幕写沙恭达罗进宫寻夫，告别净修林，整个大自然都为她的离别而伤感。森林寂然，杜鹃啼鸣，野鸭丢下嘴里的莲藕，孔雀停止展翅不再舞蹈，蔓藤蔫下翠绿的叶子，小鹿牵住行人的衣襟。沙恭达罗和它们一一告别，把蔓藤妹妹托付给女友，抚慰了从小饲养的小鹿。她流着泪，一步一回头。情和景，人和物，水乳交融，血肉相连。印度伟大诗人泰戈尔曾对这一幕有过精湛的论述，认为迦梨陀娑笔下是"人情皆自然"。这是东方人的自然观。只有在

---

① 季羡林：《纪念印度古代伟大的诗人迦梨陀娑》，载《人民文学》，1956（6）。

② 李长之：《诗情画意的〈沙恭达罗〉》，载《戏剧报》，1957（6）。

这种自然观的支配下，才有文学创作中这种对自然生动的描绘，使大自然富于生命，富于感情。

关键概念

《云使》　艳情味

思考题

1. 迦梨陀娑的创作有什么鲜明的特点？
2. 分析沙恭达罗的艺术形象。
3.《沙恭达罗》的东方艺术情味表现在哪些方面？

紫式部《源氏物语》导读

学习提示

紫式部的生平与创作。《源氏物语》的情节梗概。源氏形象。《源氏物语》中的女性群像。《源氏物语》的艺术特色。

生平与创作

紫式部是日本平安时代（794—1192）中期最著名的女作家，她所创作的长篇小说《源氏物语》与同一时期的女作家清少纳言的随笔集《枕草子》，并称为日本平安时期文学的双璧。

关于紫式部的生卒年，有多种说法，至今仍未有定论。一般认为，她大约出生于公元 970 年（天禄元年），卒于 1014 年（长和三年）。平安时代的女子没有自己的名字，多在姓氏后加上父兄或丈夫的官职作为自己的称呼。关于"紫式部"这一名称，历来有多种说法，一般认为她的父亲藤原为时曾经担任式部丞和式部大丞，所以取名式部；另外，可能由于她在《源氏物语》中成功塑造了紫姬这一理想女性形象，所以就被称为紫式部。

紫式部的父母都出自藤原家族，虽然算是出身名门，但其历代祖上的官位并不高，到她父亲这一代更是家道中落。花山天皇（968—1008）在位期间，藤原为时曾一度受到重用，官至式部大丞，但花山天皇退位后，藤原为时就不再担任官职。后来，在藤原道长的干预下，藤原为时才又出任越前守、越后守等地方官职。比之于政治上的没落，紫式部的家族在当时颇富文名，她的曾祖父、祖父、父亲、叔父和弟弟等人，都是敕撰和歌集的歌人。藤原为时不仅是著名的歌人，同时也是杰出的汉学家和汉诗人，他的文学造诣给予了紫式部很深的影响。

紫式部自小聪慧，曾经遍读父亲的藏书。根据她的日记记载，弟弟藤原惟规小时候习读汉文，时常觉得费解，紫式部只在一旁聆听，却早得其味而谙熟于心，父亲因此经常惋惜她不是个男儿。紫式部在侍奉中宫彰子期间，曾经为彰子分段讲解《白氏文集》。

紫式部的婚姻生活是不幸的。她于二十岁左右嫁给了地方官藤原宣孝。藤原宣孝比她年长二十岁左右，而且已有三房妻室，所幸他也很赏识紫式部的才华，所以紫式部的婚后生活比较安稳，第二年生下了女儿贤子。三年后，藤原宣孝染病死去，婚姻的短暂与人世的无常让紫式部深受打击。寡居期间，紫式部开始写作《源氏物语》，可能由于其中的一些篇章流传出去，为她赢得了才名，藤原道长让她入宫侍奉彰子。紫式部入宫的时间大约始自 1005 年（宽弘二年），至 1013 年（长和二年）结束，这期间她还在持续写作《源氏物语》。

紫式部流传于世的作品除《源氏物语》外，还有《紫式部日记》与和歌集《紫式部集》。《紫式部日记》记录了从1008年（宽弘五年）至1010年（宽弘七年）发生在藤原道长的宫邸和朝廷后宫中的各种情形。日记前半部分以彰子的生产为中心，细致描述了皇子敦成亲王诞生前后的种种盛事。后半部分主要反映朝廷后宫的生活，除了记述围绕着中宫和皇子举行的各种宫廷活动外，还生动描述了宫女生活和性情各异的宫女形象，同时也抒发了繁华宫廷生活里处世的艰难。日记里还记录了紫式部对自己人生的反省，以及对同时期其他女作家如和泉式部、清少纳言等人的批评。紫式部也是中古三十六歌仙之一，《紫式部集》共收入她从少女时代至晚年的124首和歌，其中大多为与友人们的赠答歌。

《紫式部日记》在日本文学史上有其独特的意义。首先，它提供了宝贵的有关《源氏物语》的作者的资料和信息。其次，日记详尽记录了平安时代的宫廷、贵族社会的生活，包括各种岁时习俗、仪式、服饰、器皿等，是了解当时社会风俗的第一手资料。最后，《紫式部日记》开创了一种客观自省的写作风格。日记以翔实客观的记录为主，处处体现出女性的细腻观察眼光。在感叹自身生存不易的同时，也反映了宫女阶层的生活状况。平安时代女性日记文学繁盛，大体以记录自身的人生体验为中心，其中多见对个人情感挫折与命运遭际无常的描述与感叹，而在客观叙述中折射人生世态、审视眼光理性、对个人情感的表达节制有度，则是《紫式部日记》的突出写作特点。显然，《紫式部日记》也是一把深入理解和研究《源氏物语》的钥匙。

情节梗概

《源氏物语》全书共五十四卷，日语称“卷”为“贴”，丰子恺根据中国章回小说的习惯，将它译为“回”。《源氏物语》既是日本最早也是世界上最早的长篇小说，它的具体写作时间至今仍无法详考，大致写于1001年至1014年之间。

从内容上看，《源氏物语》可分为三部分：第一部分，第一卷“桐壶卷”至第三十三卷“藤花末叶”，主要讲述光源氏与众多女性的情爱故事及其政治沉浮。第二部分，第三十四卷“新叶（上）”至第四十一卷“云隐”，讲述光源氏自四十岁起至他死去这段时间的经历，以及光源氏的长子夕雾的成长与婚恋的纠葛。第三部分，第四十二卷“匂皇子”至第五十四卷“梦浮桥”，主要讲述熏君、匂皇子与宇治八亲王的三个女儿的情爱纠葛。小说篇幅很长，近百万字，故事涉及三朝（桐壶帝、朱雀帝与冷泉帝）四代（桐壶、光源氏、夕雾、匂皇子），出场人物多达四百多人，是一幅卷帙浩繁的反映平安王朝宫廷贵族生活的画卷。

以下是小说的情节梗概：

桐壶帝很宠爱一个出身并不怎么高贵的更衣，更衣因此备受非议与排挤，生下小皇子后不久就郁郁死去。小皇子聪明颖悟、容华如玉，桐壶帝对他百般疼爱，但考虑到他母亲的出身，为了让他日后不致遭受各种疑忌，就将他降为臣籍，赐姓源氏。因为光彩照人，源氏也被称为光源氏。成年后，源氏被左大臣招为女婿，妻子葵姬品貌端庄、气质高贵但难以亲近，源氏对她总是敬而远之，葵姬产下儿子夕雾后死去。

风度翩翩的源氏是贵族女子们的倾慕对象，源氏也乐于拈花惹草。纪伊守之妻空蝉和女儿轩端荻、六条妃子、夕颜、末摘花甚至老宫女源内侍等众多女性都是他的猎取对象。年轻的后母藤壶酷似母亲更衣，品貌趣味皆无可挑剔，源氏对她情有独钟。藤壶回娘家休养期间，源氏伺机入室，两人结下不伦之情，藤壶在懊悔和自责中产下皇子冷泉。后来，冷泉即位，藤壶为赎罪而落发为尼。一次外出期间，源氏看到十岁的紫儿酷似藤壶，就将她带回宅邸亲自抚养，紫儿成年后成为源氏最器重的爱妻。

随着桐壶帝去世、左大臣失势和朱雀帝即位，政治前景黯淡的源氏自行流放须磨，以避政敌攻击。流放期间，源氏娶了明石道人的女儿明石姬，明石姬产下的女儿后来由紫姬抚养，成年后入宫为明石皇后。朱雀帝让位给冷泉帝之前，召回了源氏，源氏重新成为朝廷重臣。冷泉帝得知自己的身世后，以太上皇的规格礼遇源氏，源氏的权势抵达顶峰。他大兴土木建造六条院，让自己的妻妾、由他照顾的女子们各居其室。朱雀帝临死之前，将年仅十三岁的三公主托付给年近四十的源氏，紫姬郁郁寡欢但大体仍宽容以对。三公主年轻貌美但尚欠稳重，与卫门督柏木结下私情，产一子熏君。源氏得知真相，痛感因果报应但并不声张，视熏君如己出。紫姬去世，源氏悲痛不已，不久也辞世。

与父亲源氏不同，夕雾老成持重、坚忍有度。为了娶到自己心仪的云居雁，他忍辱负重，直至云居雁的父亲左大臣尽释前嫌主动招他为婿。夕雾偶尔也不脱贵族男子的风流习气，但他钟情的女子为数并不多，共有云居雁、藤典侍和落叶公主三人，云居雁与藤典侍为他生下了众多儿女，可谓门第兴旺、尽享荣华富贵。

熏君性情温存、风度娴雅，但少年老成。他不像一般贵族公子那样热衷于猎艳，心喜佛学，得知自己的身世后更深感人世愁苦。桐壶帝的第八皇子因政治失意隐居于远离京城的宇治，一心向佛。熏君结识了这位八亲王，两人趣味相投。八亲王膝下有二女，熏君倾心于大女公子，但大女公子悟透情爱不思嫁娶，想撮合熏君与妹妹结合。明石皇后之子匂亲王好色风流，他在熏君的撮合下娶了二女公子。大女公子死去，熏君伤心欲绝，得知八亲王还有一女浮舟尚存，就找到她以寄情思。匂亲王也找到浮舟，两人发生私情。浮舟无奈地夹在两个男人之间，想投河自尽却被老尼所救。熏君再去寻访浮舟，但浮舟避而不见。

分析与评论

小说《源氏物语》的主题是什么？日本学界对此有多种观点，有的认为它是模拟《春秋》，以达劝善惩恶的目的；有的认为它是学习司马迁的“《史记》笔法”，以不虚美、不隐恶的精神来评判社会历史；有的认为它是一部情爱小说；有的认为它是“从人的精神史的角度来描写贵族社会的矛盾及没落”；有的则认为它是要传达“知物哀”的精神。尽管众说纷纭，每一种观点都有其相对的合理性，但如果从小说的内容与作者来看，对小说主题的理解也许会更为贴切。

小说以源氏、夕雾和熏君这三位贵族男性作为贯串情节的主线，多数篇幅都围绕着他们的情爱纠葛而展开。在这一基础上，小说刻画了众多鲜明的形象各异的女性形象，细致描绘了宫廷贵族社会的各种岁时习俗，揭示了朝政变迁与随之而来的世态冷暖，是一幅绚丽多姿、纷繁复杂的平安王朝时期社会生活的总画卷。

紫式部出身于中等贵族阶层，自幼浸染书香之气，饱读诗书且才华出众，这使她具备了创作长篇巨著的基本能力。她既曾跟随任地方官的父亲到都城之外的越前国，有机会了解京城以外的风土人情；也曾作为女官入宫侍奉中宫彰子长达八年之久，熟悉宫廷生活，深谙政局变迁的威力；还曾身为地方官之妾，体验过婚姻生活的安稳，遭遇过丧夫之痛。种种悲欢离合的人生体验使她相较于同时期的其他女性作家而言，有着更广阔的视野和更深刻的人生体悟，而这也直接制约了《源氏物语》的取材与写作角度，即小说以贵族生活为舞台上演贵族男女的情爱悲喜剧，但它描写的绝不仅仅是单纯的爱情，小说里蕴藏着作者对人生的深切洞察。

平安王朝时期是日本女性文学创作的第一个繁荣期与高峰期。假名的出现为女性文学创作提供了一个有别于男性汉文创作的独特空间。平安时期的政局以摄关制度为主，外戚专权的现象突出。大臣们把女儿送入宫中博取天皇的宠爱，是一条政治捷径。一般贵族女子进入宫中充任女官，也被视为一种理想的去处。后宫佳丽为争取天皇的青睐，经常在和歌、书法、绘画、琴艺等方面互相较劲，她们的娘家则提供各种有力的后援。藤原道隆让清少纳言侍奉中宫定子，藤原道长让紫式部侍奉中宫彰子，都是为了让自己的女儿在后宫的竞争中更胜一筹。后宫的吟诗弄琴、风花雪月中实则隐藏着残酷的刀光剑影。因此，一方面，《源氏物语》虽然是以贵族男女情爱为主线，小说里也两次强调“作者乃一女流之辈，不宜高谈国事”，但客观如实地记载世事的创作观念，使得小说仍然敏锐地折射出了政局的变迁与世态的冷暖；另一方面，后宫也成为女性文学创作的最佳温床，这一时期女性文学的繁荣与成就就得益于这种特殊的时代氛围。

源氏是小说着力塑造的男主人公。小说几乎集中了所有溢美之辞来赞美他，以至于这种赞美往往有过谀之嫌。源氏品貌盖世的风采令其他贵族男子望尘莫及，即使是无情的草木，看到源氏的风姿也没有不倾倒的；僧侣们拜见了源氏之后觉得世虑皆可忘，可却病延年，其效果简直如同神丹妙药。源氏还精通和歌、书法、舞蹈以及各种乐器，虽然这些技艺是平安时代贵族必须掌握的基本技能，否则便不能登大雅之堂，也无法在恋爱与猎艳时体现出自己的风雅，但源氏总是技高一筹。更可贵的是，源氏在中年之后照拂了众多女性的生活，挽回了年轻时的轻薄行为造成的诸多过失。与此同时，小说也不时流露出对源氏的不满，这主要集中在他的好色上，小说称之为“恶癖”。源氏在猎艳上简直到了无孔不入的程度，下至下层贵族妇女上至天皇嫔妃，甚至连宫廷的老侍女他也有所染指。他和头中将在老侍女源内侍的住处上演的那幕丑剧，正是当时贵族男性滥情生活的一种写照。

紫式部对源氏的态度是矛盾的。一方面，她高度赞美源氏，仰慕之情溢于言表；另一方面，她又忍不住要批评他的好色与滥情。这是因为紫式部无法超越她的时代与身份，她既通过塑造如源氏般的高等贵族男性来传达对一种理想男性的向往，又较为冷静客观地看到了他们的丑陋之处，这种爱恨交织的心理使得源氏的形象必然会呈现出一定的复杂性。夕雾、熏君与匂亲王的形象是对源氏形象的一种补充，也体现了紫式部对平安贵族男性的一种反思。匂亲王是源氏的外孙，好色一如源氏，但比源氏更显轻薄，显然不足取。夕雾算是较为持节稳重的类型，但小说又感叹他过于谨严而情趣不足。当他疲于周旋在云居雁和落叶公主之间时，他想到“世间怎么竟有人把恋爱当作风流韵事呢？便觉得此事深可惩戒”。这是对源氏滥情的一种矫正，也是对普遍的滥情的一种批评。所以，熏君最终表现出了远远高于源氏和夕雾的克制，他在情爱上的失败和曲终人散时的无所着落，也意味了这一场平安贵族的悲喜剧即将没落。小说仿佛一首驳杂繁复但基调鲜明的乐曲，由高昂渐至低沉，由繁华渐至寥落，一如人生迟暮，一个时代即将成为过去。

小说同时也塑造了一系列女性群像。善良愁苦的更衣、端庄谨严的葵姬、柔弱暴毙的夕颜、嫉妒成性的六条妃子、高贵娴雅的藤壶妃子、苦尽甘来的明石姬、敦厚质朴的花散里、智慧坚强的玉鬘、冷静明悟的大女公子、命运如同浮萍的浮舟……小说中的众多女性形象大抵是在与男性的情爱纠葛中呈现的，她们或者为男性珍爱的女子，或者沦为男性的玩物，或者是政治联姻中的筹码，命运各自不同，但没有任何一个人可以真正主宰自己的命运。紫式部对她们寄予了深深的同情，这之中既包含了她对自身命运的感慨，也全景式地反映了那一时代女性的生存处境与生活状态。在这一意义上，可以说《源氏物语》是一部由女性自身来抒写、反观女性的小说，是任何一种男性作家创作所无法取代的杰作。

美丽高雅、善良温厚的紫姬被作者视为最完美的理想女性。她自小由源氏依照自己的意愿抚养长大，源氏遭遇政治磨难，她痴情等待；源氏的妾室产下的女儿，她精心抚养；源氏纳三公主为妻，她只能忍怨吞声，甚至还要替源氏尽职尽责。这样的女性被那个时代追奉为最完美的理想女性，也从一个角度折射了那一时代女性的悲剧命运。不过，比之于紫姬，诸如空蝉、末摘花这样的下层贵族女子的形象更让人难忘。相貌丑陋的末摘花孤苦无依，源氏一边出于猎奇心理染手于她，一边又总拿她取乐。虽然后来她也蒙受了源氏的照拂，但这也无法掩盖这类女性在现实生活中的悲惨遭际。地方官之妻空蝉在毫无防备下成为源氏的猎物，对自己的身份有明确认识的空蝉为避免沦为一时爱欲的对象，苦苦抵抗并坚决拒绝。丈夫长陆介去世后，为逃避继子的不良色心，她最终选择了削发为尼，这也是那一时代的中下层贵族女性命运的一种写照。

对于物语（即故事）的创作，紫式部有自己的理解，她认为小说具备“知世相”的功能。空蝉面对自身命运，感叹“知人情冷暖，乃世间必然之事”。源氏自行流放须磨，临行前门庭冷落车马稀，与往前的熙熙攘攘截然不同，源氏此时方悟世态之炎凉与人情之淡薄。小说还借朱雀院之口说道：“在古代，人心正直，世风敦厚……但今世人心不古，纵情好色，悖乱之事，时有所闻。”可以说，小说客观上是起到了劝诫与批判作用的。

18 世纪日本学者本居宣长认为《源氏物语》的主旨是“知物哀”。什么是“知物哀”？他在专论《源氏物语》的《紫文要领》中指出，“知物哀”就是“世上万事万物，形形色色，不论是目之所及，抑或耳之所闻，抑或身之所触，都收纳于心，加以体味，加以理解，这就是感知‘事之心’、感知‘物之心’，也就是知‘物哀’”。本居宣长的这一“物哀论”准确地概括了以《源氏物语》为代表的日本古典文学的突出美学特征，即对万事万物的细腻纤细的感悟兴叹，尤其在情色的理解与表现上有其区别于道德价值评判的标准。“知物哀”是平安时代贵族追求风雅情趣的一种体现，在《源氏物语》中的表现比比皆是。不过，本居宣长的“物哀论”的提出，同时也与 17 世纪后日本学者力图通过建构自身的学术体系，以摆脱自奈良朝以来的中国汉学对日本从文化到思想的全面影响息息相关。

关键概念

物语　　知物哀

思考题

1.《紫式部日记》在日本文学史上具有什么意义?
2.《源氏物语》包含几部分内容?
3. 怎样理解源氏的形象?

《一千零一夜》导读

学习提示

《一千零一夜》的成书过程。《一千零一夜》的故事框架和几个著名故事的情节梗概。《一千零一夜》的思想内容。《一千零一夜》的艺术特色。

情节梗概

《一千零一夜》是一部著名的阿拉伯故事集。这部书中的故事从公元 8 世纪末 9 世纪初就在中东各民族中流传，后来内容不断增加，又经过文人加工整理，到大约 16 世纪的时候定型成书。一般认为，《一千零一夜》故事的主要来源有三个：一是波斯故事集《赫扎尔-艾福萨那》(意为《一千个故事》)；二是阿拉伯巴格达时期的故事；三是阿拉伯埃及时期的故事。《赫扎尔-艾福萨那》是《一千零一夜》的最初原型，是一部译自印度的故事书。《赫扎尔-艾福萨那》流传到波斯以后，增加了许多波斯的成分。8 世纪末，《赫扎尔-艾福萨那》又译成阿拉伯文。10 世纪时，伊拉克人哲赫舍雅里在《赫扎尔-艾福萨那》的基础上，开始编纂一本名叫《一千夜故事》的书，但是他只编到第 480 夜就去世了。《一千夜故事》是《一千零一夜》发展史上的一个重要阶段。在以后的 6 个世纪里，巴格达市井说书艺人以此为蓝本，不断加入新的故事，也不断改编或扩展原来的故事。16 世纪上半叶，《一千零一夜》最后定型成书。[①]

《一千零一夜》的故事中包括神话传说、寓言童话、历史故事、现实故事等，内容丰富、体裁多样。相传古时候，在中国和印度一带的群岛上，有一个古国，国王叫舍赫亚尔，他发现皇后背着自己和宫女、奴仆在一起做淫荡的事情，非常气愤，就杀了皇后、宫女和奴仆，并迁怒于其他的妇女，就每天娶个女子睡一夜，第二天就杀掉再娶。老百姓们惊恐万分，纷纷携带女儿逃走。宰相的长女莎赫扎德博览群书，为了解救其他少女，说服父亲，自愿入宫嫁给国王。到了宫中，莎赫扎德请求国王把妹妹接来见最后一面，妹妹到宫中之后，按照姐姐离家前对她说好的，要求姐姐在晚上给她讲个故事。国王也产生了听故事的兴趣，允许莎赫扎德讲故事。当天晚上，莎赫扎德讲了一个有趣的故事，并说如果国王不杀她，第二天晚上她再讲更有趣的故事，得到了国王的允许。就这样，她接连讲了一千零一夜，终于感化了国王，使他不再杀戮妇女。说是“一千零一夜”，其实没有一千零一个故事，总共有二百多个故事（因版本的不同，故事的数目也有所不同）。对这些故事我们不可能一一加以介绍，这里只介绍《渔翁的故事》、《辛

① 参见郅溥浩：《神话与现实——〈一千零一夜〉论》，北京，社会科学文献出版社，1997。

伯达航海旅行的故事》和《阿里巴巴与四十大盗》等几个著名的故事，以期读者能对《一千零一夜》有一点具体的了解。

《渔翁的故事》是为人们所熟知的一个故事。讲的是一个老渔翁靠打渔养活一家人，生活十分艰难。有一天，他去撒网打鱼，连撒三网都没有打上鱼来，最后一次打上来一个胆形的黄铜瓶，瓶口用锡封着，上面有所罗门的印章。渔翁十分高兴，以为得到了宝贝。当他把瓶口打开，想看看瓶里面是什么东西时，瓶中冒出一股青烟，然后化为一个魔鬼，魔鬼要杀渔翁，渔翁求他也没有用。渔翁想自己是堂堂的人类，肯定可以用计谋和理智战胜魔鬼。于是他对魔鬼说不相信魔鬼能在这个瓶子里容身，魔鬼为了证明这个瓶子能装下自己，就化为轻烟，钻进了瓶子里。等他一钻进瓶子，渔翁马上用盖印的锡封把瓶口塞起来，并要把瓶子扔到海里去。魔鬼不住地哀求渔翁放了他，渔翁教训了魔鬼一番，魔鬼许诺要让渔翁致富，并发誓不再加害渔翁。渔翁这才把他放了出来。魔鬼出来之后，把渔翁领到了一个湖边，湖里有白、红、蓝、黄四种鱼，魔鬼让渔翁打了鱼去献给国王，说可以得到赏赐。渔翁一网下去，四种颜色的鱼各打到一条。渔翁去献给了国王，果然得到了赏赐。后来由四色鱼引出了《着魔王子的故事》，最后国王娶了渔翁的女儿做王后，渔翁过上了幸福的生活。

《辛伯达航海旅行的故事》开始说有一个叫辛伯达的脚夫，生活十分贫困。又有一个航海家辛伯达，过着富裕舒适的生活。有一天，脚夫辛伯达看到航海家辛伯达家里富丽堂皇的景象，他开始感叹命运的不公。航海家对脚夫说自己的财富是从千辛万苦中得来的，并说这是命中注定的，然后开始讲述自己的航海经历。他共有七次航海经历（每一次是一个故事）。第一次航海是因为他把他父亲留下的钱全部挥霍光了，因而决心出海经商。他把家具、衣物和田产变卖了，购买了货物，乘船出发了。在他们的船经过一个小岛时，辛伯达等人到岛上去生火做饭，休息玩乐。但这个小岛其实是一条大鱼，大鱼感到有人在它身上，便沉入海里，辛伯达被淹在海水中。在快要被淹死的时候，辛伯达抓住了一个大木托盘，漂流到一个荒岛上。在荒岛上，他遇到一些养马的人，并见到他们的国王。国王留下他在宫中服务。后来有一天，他在海边遇到了他刚出海时的船长，找回了自己的财物。他卖掉货物，赚了一大笔钱，然后安全返回，成家立业，过着安逸快乐的生活。以后又有六次出海，每一次出海都有一番奇遇，经历了一番磨难：第二次出海经商是无意间被抛弃在岛上，后来神鹰把他带到了一个无人的山谷；第三次先是被猿人毁了船，抢走了财物，又几乎被巨人杀死，接着又差点被大蟒蛇吃掉；第四次是船被飓风吹翻，辛伯达漂到一个岛上，险些被野蛮人喂肥了吃掉，后来虽娶了美女为妻，得到了大批财产，却又要为妻子陪葬；第五次是因同伴砸碎了神鹰蛋，被神鹰报复，抓着大石头击沉了他们的船，他漂到了荒岛上又被海老人骑在背上打骂、奴役；第六次是船触礁了，在荒岛上几乎饿死；最后一次出海时间长达27年，先是被鲸鱼围攻，然后船触礁，后来又遇到不信安拉的邪神和魔鬼，被他们留在了荒山上。尽管每一次都经历磨难，但是辛伯达每次又都死里逃生，并在逃难的过程中发了一笔财。

《阿里巴巴与四十大盗》是《一千零一夜》中最著名的故事之一。故事的内容是这样的：相传古代波斯国的某城市里住着两兄弟。老大叫高西睦，老二叫阿里巴巴。高西睦生活很富裕，而阿里巴巴则靠卖柴火为生。一次偶然的机会，阿里巴巴知道了一个强盗们用来藏宝物的山洞，了解到进入洞口的暗语是“开门吧，芝麻，芝麻”，关门的暗语是“关门吧，芝麻，芝麻”。他进入洞中拿走了一些金币。后来阿里巴巴拥有金币的秘密被高西睦两口子知道了，高西睦逼着阿里巴巴说出了藏宝山洞的秘密。他也想去弄些金币回来，但是他在洞里收拾好了金币之后，却忘记了打开山洞门的暗语，被回来藏宝的强盗们杀死在洞里，肢解了尸体。高西睦的老婆看他没有回来，就央求阿里巴巴去找，阿里巴巴在洞里找到了高西睦的尸体，并把尸体弄回家。在女仆马尔基娜的帮助下，阿里巴巴找了个裁缝把尸体缝合，然后埋葬了。但是，强盗们发现了藏宝洞有外人进入把尸体弄走之后，决心要报复，要杀掉知道这个秘密的人。于是他们就派出一个匪徒来探路。这个匪徒通过老裁缝找到了阿里巴巴的家，并在他家门柱上用白粉笔画了一个记号，匪徒走后，马尔基娜无意间发现了那个记号，她猜测这可能是敌人识别的标记。于是在所有邻居的大门上都画了同样的记号。当匪徒们来到阿里巴巴门前时，发现许多房子上都有同样的记号。带路的匪徒也不知道哪一家是了。他们白跑了一趟。回去以后，带路的匪徒被囚禁了起来。匪首又派了一个匪徒去打探路径。这个匪徒同样通过老裁缝找到了阿里巴巴的家，这次他在阿里巴巴家的门柱上用红粉笔画了一个记号，而这个记号又被马尔基娜发现了。她像上次一样，在所有的邻居家的门柱上画上了同样的记号。匪徒们的计划又失败了。最后，匪首决定亲自出马探路。他也通过老裁缝找到了阿里巴巴的家，但是他比较狡猾，他没有做记号而是记住了周围的环境。然后，他扮作一个贩油的商人，把他的手下装在三十七个大瓮里，又装了一瓮油，在黄昏时候到了阿里巴巴的家门口，求阿里巴巴留他住一宿。阿里巴巴同意了。他们准备晚上杀死阿里巴巴。当晚，马尔基娜给阿里巴巴熬肉汤的时候，灯里没有油了，想到油贩子的瓮里去弄一点，于是发现了匪徒们的秘密。她把油贩子的一瓮油都弄到锅里烧滚了，然后往每一个藏匪徒的瓮里都浇了一些油，把匪徒们都烫死了。半夜，匪首起来叫他的手下行动，才发现他们都被烫死了，他很害怕，跳墙逃走了。后来，这个匪首又装扮成商人与阿里巴巴的侄子交朋友，经常请他侄子吃饭。阿里巴巴为了回敬他，也邀请他到家里吃饭。匪首想乘机杀死阿里巴巴，但是马尔基娜认出了他，于是装作要表演舞蹈助兴，在身上藏了刀子，乘匪首不注意的时候刺死了他。后来阿里巴巴让侄子娶了聪明勇敢的马尔基娜为妻子。

分析与评论

《一千零一夜》作为篇幅庞大的阿拉伯故事集，题材是多种多样的。其中占比重非常大的是商业题材的故事，这些故事反映了阿拉伯帝国当时重商的风气。

《一千零一夜》故事形成的时期主要是阿拔斯王朝（中国史书上称为黑衣大食）兴起并逐渐强盛的时候。当时，巴格达地区的经济十分繁荣，是东方的一个经济枢纽，印度航船的最大泊地。曼苏尔哈里发（阿拔斯王朝的第二任国君）说：“这是一个优良的营地。我们和中国之间没有任何阻碍。这是底格里斯河，它从海上给我们运来一切，从阿拉伯半岛、亚美尼亚及周围地区运来食品；这是幼发拉底河，它从沙姆、腊卡及周围地区运来一切。”①《一千零一夜》中多次描写了巴格达的繁华。商业贸易对国家特别是对巴格达起着至关重要的作用，所以当时的商业气息非常浓厚。这一点在《一千零一

---

① ［黎巴嫩］汉纳·法胡里著，郅溥浩译：《阿拉伯文学史》，242页，北京，人民文学出版社，1990。

夜》中也体现了出来。在《一千零一夜》中，有一半以上的故事是以商人为主人公的。在当时的社会中人们以能经商为荣耀，在《尔辽温丁·艾彼·沙蒙特的故事》中，尔辽温丁的朋友们对他说："一个人敢于出去经商谋利，四海为家，那才是富商巨贾的儿子们夸耀争雄的本领呢!"① 在《陔麦伦·宰曼的故事》中，一位商人的儿子要去经商，商人不放心，商人的老婆说："这原是生意人家的风俗习惯嘛；商人的子弟，都以出去做买卖赚钱而向人夸耀自豪的呢。"在《一千零一夜》中，我们还经常看到国王招商人为婿的事情，这也表明当时商人在社会上的地位是很高的。

除了商业题材之外，爱情这个永恒的文学题材在《一千零一夜》中也占有很大的比重。这些故事中有人与人的爱情，也有人与神的爱情。这些爱情故事的主人公大多数都要经过一番磨难，才有一个美满的结局。这就使得故事情节曲折，悬念迭起。比如《阿里·沙琳和祖曼绿蒂》中，女奴祖曼绿蒂自愿卖给已经把家产挥霍一空的年轻人阿里·沙琳，而不愿意卖给老商人，但是老商人不甘心，设计灌醉了阿里·沙琳，抢走了祖曼绿蒂。阿里·沙琳去救祖曼绿蒂，但是祖曼绿蒂又被劫匪抢走，后来祖曼绿蒂逃跑，阴差阳错做了国王，又遇到阿里·沙琳，两个人才得以团聚。又如《赛义府·姆鲁可和白狄尔图·赭曼丽》的故事。太子姆鲁可看到了一件袍子上绣着的美女，害了相思病，后来知道那是一个仙女，现在已经下凡，于是决心去寻找她。他到了中国，没有找到，后来又流落到一个荒岛上，在岛上先是遇到了吃人鬼，后被巨人折磨，待了九年才逃脱。后来遇到印度公主，在公主的帮助下找到了赭曼丽，但是赭曼丽以人神不能结合为理由拒绝了他。最后在赭曼丽父亲的主持下姆鲁可与赭曼丽结成夫妻。在《一千零一夜》的爱情故事中，除了主人公自己的努力外，他们爱情的成功往往还要借助于外力，比如权力的干预、神魔的参与等。如《戛梅禄太子和白都伦公主》，太子戛梅禄和公主白都伦的结合就是仙女迈野姆娜和魔鬼代赫尼庶撮合的。爱情题材的故事在《一千零一夜》中占重要的地位除了与人们向往幸福美满的爱情生活这种愿望有关外，还与阿拉伯民族的文学传统有关。阿拉伯半岛在伊斯兰教创立之前有150年左右文字记载的历史，史称"蒙昧时期"。从那时起，就有大量的诗歌吟咏爱情。爱情诗成了主要的诗歌门类之一，而且即使不是以爱情为主题的诗歌也往往以吟咏爱情开头。（当时基本的诗歌形式是"卡色达"。典型的卡色达有一个基本的套路：先写诗人来到昔日情人的旧址，睹物思人，抒发情感，然后赞美自己骑的马或者骆驼，接着再转入诗歌要表现的中心。）

《一千零一夜》中虽然有许多其他民族的故事原型，但是这些故事在长期流传中大都被赋予了浓厚的阿拉伯色彩，反映了阿拉伯的民族精神以及宗教观念。

首先，反映了阿拉伯人的冒险精神。《一千零一夜》中的故事，有很多描写主人公的冒险活动。其中一大类是为了获得财富和宝物，不惜冒险。《辛伯达航海旅行的故事》就是描写这类冒险活动的故事的代表。辛伯达每次出海，都经历磨难，几乎丢掉性命。但他仍然乐此不疲，一次次出海经商。对财富的追求是他出海的动力。除了第一次以外，其他几次都是在过着安逸的生活的时候出海的，他想的是"去海外游览各地的风土人情，并经营生意，赚一大笔钱来过好日子"。《哈西布·克里曼丁》的故事中，主人公奥封为了得到所罗门死后手上的戒指，渡过了七重海洋，在靠近尸体时，床下蹿出了大

① 纳训译：《一千零一夜》，第二册，402页，北京，人民文学出版社，1982。本节引文均据此版本。

蟒，警告他如果不出去会送命，连着警告了两次，但是他仍然执意要取拿那个戒指，最后被大蟒口中喷出的火焰烧死。另外，还有为了爱情而冒险的故事。如前面讲到的《赛义府·姆鲁可和白狄尔图·赫曼丽》，太子为了寻找一个在袍子上绣着的美女历尽了艰难险阻。

其次，前面讲到阿拉伯人对商业的重视和商人对财富的追求，与对财富的追求相联系的是享乐。在《一千零一夜》中有很多关于富商享乐场景的描写。在《辛伯达航海旅行的故事》中，辛伯达不断地冒险去追求财富，然后就尽情地享乐，"吃山珍海味，穿绫罗绸缎，广为交际，生活舒适安逸，享尽人间的幸福。"另外，在故事中富有的人们往往表现得很慷慨，如航海家辛伯达款待脚夫辛伯达。这也和阿拉伯的民族传统有关。曾经是游牧民族的阿拉伯人是很慷慨大度的，虽然在《一千零一夜》的故事中多是城市中的故事，或旅行经商的故事，但是阿拉伯人仍然以慷慨为自豪，把这种精神在故事中反复加以强调。

最后，受伊斯兰教影响极深的《一千零一夜》中有很强的宿命论的观点。伊斯兰教徒认为，世间一切事物，包括天地万物，人的富贵贫贱、吉凶祸福、生死寿限等，都是由安拉决定的。这种思想在《一千零一夜》中表现得非常明显。仍以《辛伯达航海旅行的故事》为例，在航海家辛伯达的家中，脚夫辛伯达吟诗抱怨天命的不公："人世间有多少可怜人，/没有立足的地方，/只能依人篱下偷享余荫。/我是他们中的一员，/疲于奔命，/终日出卖劳动力，/生活越来越离奇，/压在肩上的重担，/总是有增无减。/别人幸福、悠闲，/无忧无虑，/从来不曾像我这样生活过一天。/他们丰衣足食，/荣华富贵，/一辈子享乐到底。/谁都是父精母血，/我和他都是一体，/本质上并无差别；/可是彼此却隔着一条鸿沟，/其距离远如酒和醋的区别。/我倒不是胡言乱语，/只因你是法官，/希望你公公道道地判决。"在抱怨的背后，我们可以看出脚夫是相信命运的。只有相信命运的人才会抱怨命运。另外，《辛伯达航海旅行的故事》中的很多叙述和描写都表现出这种宿命论的观点。辛伯达自己说："总而言之，一切都是生前注定了的；生前注定的事情是无法逃避的。"在对七次航海过程的叙述中也时时表现出宇宙主宰对辛伯达的照顾，如"幸蒙安拉保佑，我发现身旁漂着一个旅客遗弃的大木托盘"、"凭着安拉起誓，这是安拉使你再生啦，以往凡是到这儿来的人，没有一个能幸免的，这次你算是例外啦。赞美安拉，是他保佑你，使你脱险的啊"、"这是安拉的巧妙安排，所以我能活到现在"。像这样的句子，在《一千零一夜》中比比皆是。

当然，在强调一切由安拉决定的同时，《一千零一夜》中也赞美了人的智慧，表现了人的奋斗的重要性。就连辛伯达也说"一切都是生前注定了的；生前注定的事情是无法逃避的"的同时，也强调"我今天的幸福生活和你所见的这个地位，是从千辛万难，惊险困苦的奋斗中得来的"。另外一个典型就是《渔翁的故事》。当魔鬼坚持要杀死渔翁的时候，渔翁想道："他是个魔鬼，而我是堂堂的人类，安拉既然赋予我完备的理智，我就非用计谋来对付他不可。我的计谋和理智，必然会压倒他的诡计和妖气的。"而渔翁果真最终制服了魔鬼。《阿里巴巴与四十大盗》的故事则表现了只要依靠智慧，正义必然压倒邪恶的思想。女仆马尔基娜以她的聪明和勇敢数次挫败了匪徒们的阴谋。

从艺术上看，《一千零一夜》最突出的特征是故事套故事的结构。故事集的开始是莎赫扎德讲故事，然后故事中的人物又讲故事，形成了大故事套小故事的结构。其中，莎赫扎德讲故事这一情节贯穿始终。这种结构的好处，一是在于能不断保持对读者的吸引力，二是能使故事的包容性无限延伸。故事往往在一个紧张、悬而未决的情况下突然终止叙述，转入别的故事，这就会刺激听众（读者）倾听（阅读）的欲望，使他们热切地希望了解故事的结局。比如在《渔翁的故事》还没有结束时，中间又加入了《着魔王子的故事》，使人们一边想着渔翁后来怎么样了，一边又被奇怪的四色鱼背后隐藏的故事所吸引。又如《脚夫和巴格达三个女人的故事》，本来脚夫和三个女人在故事中的表现就已经很热闹了，又来了三个僧人，而且三个僧人又每人讲了一个故事，在第二个僧人的故事中还插入了《嫉妒者和被嫉妒者》的故事，后来其中的两个女人也分别讲了故事。这些故事各自成篇，又巧妙地联系在一起，一直保持着对读者的吸引力。

《一千零一夜》在艺术上的另一个特点是故事中充满了大胆的夸张、丰富的想象和离奇的情节。比如商人吃了枣子随手把枣核一扔，竟然打死了魔鬼的儿子；一条大鱼身上竟然能堆满沙土，长出草木，形成岛屿的样子；神鹰的蛋大得像“一幢巍峨高耸的白色圆顶建筑”，这些都给全书带来了神奇的色彩。另外许多故事中还有各种各样的带有神奇力量的东西：可以带人飞行的飞马、飞毯、飞床，可以使人下海如履平地的草汁，威力巨大的神灯、神戒指等，这些东西的出现，表现了人们征服自然、获得幸福的美好愿望。总之，这类情节和描写在《一千零一夜》中屡见不鲜。这些都使故事生机盎然，充满情趣，使读者感到新奇，增加了故事的吸引力。

《一千零一夜》中还有大量的诗歌，这些诗歌虽然艺术性并不是很高，但是大部分还是能配合正文的叙述，突出要表现的内容，抒发人物的情感。如前面说过的脚夫辛伯达在航海家辛伯达的家中所吟的诗，表现了他对于命运不公的感慨。再如《渔翁的故事》中渔翁所吟的诗：“暴怒的命运呀！/适可而止吧。/若是不能止住，/那么请你温和一些。/我出来奔走营生，/发觉衣食的来源已经断绝。许多粗鲁、愚昧之徒，/飞黄腾达、直上青云，/生活在金牛星座之间；/几许知书识礼的人物，/却埋名隐姓、一文不名，/辗转在沟渠里呻吟。”这也是对社会不公的强烈不满和控诉。

《一千零一夜》在叙事中善于使用一些事件和人物把众多故事串联起来，如果说《一千零一夜》中的一个个故事是一颗颗的珍珠，那么莎赫扎德给国王舍赫亚尔讲故事这一事件就是贯穿始终的一根线，把这一颗颗珍珠穿了起来，形成一个整体。在很多故事中或几个故事之间，也有这种事件或人物，比如《辛伯达航海旅行的故事》中的脚夫，就起了这样一种作用，故事叙述的重点是辛伯达航海的经历，而脚夫的作用在于引出对这些经历的叙述。

很多读者在谈到《一千零一夜》时，往往会指出其中的故事有雷同的现象。这种现象确实存在，比如《第一个老人和羚羊的故事》、《第二个老人和猎犬的故事》、《第三个老人和骡子的故事》这三个故事就有雷同的倾向：它们的情节都是由于邪恶的人的原因，主人公遭受磨难，然后这些邪恶的人遭到报应，变成动物。即使其中优秀的作品如《辛伯达航海旅行的故事》也有这种倾向，辛伯达的七次航海经历都可以归纳为出海—受难（一次或几次）—脱难、发财—返乡这样一个公式。但是我们也应当看到这是民间故事中普遍存在的现象，俄国学者普罗普曾经从俄国民间故事中分析出三十一种叙事功能，并总结出一个公式来表述俄国民间故事最基本的叙述结构模式，这说明了在民间故事中存在类似的现象是很正常的，我们没有必要因此而贬低《一千零一夜》的价值。

《一千零一夜》在世界各地广泛流传，产生了深远的影响。伏尔泰说他是在读了十四遍《一千零一夜》后才开始写小说。另外，意大利薄伽丘的《十日谈》、英国乔叟的《坎特伯雷故事集》等文学作品都受到了它的影响。《一千零一夜》在我国也受到了欢迎，从 20 世纪初开始翻译《一千零一夜》，一百多年来我国出版了各种各样的选译本和全译本，其中最著名的是回族翻译家纳训的选译本和全译本。

关键概念

《赫扎尔-艾福萨那》　　故事套故事的结构

思考题

1. 举例说明《一千零一夜》如何反映了当时阿拉伯社会的现实。
2. 以《辛伯达航海旅行的故事》为例，分析《一千零一夜》的宿命论。
3. 试分析《一千零一夜》的艺术特色。

泰戈尔《吉檀迦利》导读

学习提示

泰戈尔的生平与创作。《吉檀迦利》的内容。梵我合一。阿特曼四位说及其在作品中的表现。和谐的美学观与爱的哲学。

生平与创作

罗宾德拉纳特·泰戈尔（1861—1941）是印度近代文学史上非常著名的一个人物，他博学多才，兼诗人、小说家、剧作家、艺术家和社会活动家等多重身份于一身。泰戈尔出生于加尔各答一个非常富有的婆罗门种姓的家庭，是父母的第十四个孩子。他的祖父德瓦尔卡纳特·泰戈尔是印度启蒙思想家罗姆·莫汉·罗易的朋友；父亲代本德拉纳特·泰戈尔是一位著名的哲学家和宗教改革者，继罗易之后的梵社领导人；泰戈尔的哥哥姐姐中有音乐家、作家、社会改革家等。泰戈尔自幼几乎没有受过正规的学校教育，他丰富的知识主要来源于家庭的教育熏陶和自己的学习探索。

泰戈尔的一生著述极为丰富，先后写了50多部诗集、12部中长篇小说、100多篇短篇小说、20多部剧本，此外还有大量有关文学、哲学、政治的论著以及游记、书简、回忆录等。泰戈尔还是一位音乐家和画家，共创作了2 000余首歌曲和1 500余帧画。其主要代表作品有：诗歌《缤纷集》（1896）、《渡口集》（1906）、《吉檀迦利》（1910）、《园丁集》（1913）、《新月集》（1915）、《飞鸟集》（1916）等；小说《小沙子》（1903）、《沉船》（1906）、《戈拉》（1910）、《家庭与世界》（1916）等；剧作《国王》（1910）、《邮局》（1912）、《春之循环》（1917）、《红夹竹桃》（1926）等。此外还有《死亡的贸易》（1881）、《中国的谈话》（1924）、《俄罗斯书简》（1931）、《文明的危机》（1941）等散文与哲学著作。泰戈尔的才能是多方面的，但是为他赢得世界声誉的却是他的诗歌创作，特别是英译散文诗集《吉檀迦利》更是使其享誉世界。

内容简介

《吉檀迦利》是泰戈尔从自己的孟加拉语作品中编选翻译的一部英译散文诗集。1912年，泰戈尔在去伦敦的途中开始着手诗集的翻译工作，这部诗集在同名的孟加拉语诗集《吉檀迦利》中选译了51首诗歌，其余的分别选自《祭品集》、《献歌集》、《渡口集》等作品，共103首。1912年，这部诗集在英国出版，著名诗人叶芝为之作序。《吉檀迦利》的出版也引起了欧洲文坛的震动，它以其独特的艺术魅力赢得了读者的喜爱。1913年，泰戈尔因《吉檀迦利》获得了诺贝尔文学奖。“吉檀迦利”是孟加拉语的译音，是“献歌”的意思，这本诗集就是泰戈尔献给心中的“神”的歌，既是一部爱神、敬神、颂神的乐曲，也是一次追求与神合一的精神之旅。

《吉檀迦利》虽然选自不同的诗集，但是对神的歌颂以及渴望与神同一的愿望、追求将它们统一起来，给人浑然一体的感觉。作为一部“颂神曲”，以“我”对神的追求为主线，按照旋律的流转与诗人情绪的变化演进，这部诗集大致可分为五部分：

第一部份（1—7），描述了“我”（人）与神的关系，以及写作的缘由。诗中的“你”指的是“神”，既是“我的主人”，“我生命的生命”，也是我的“朋友”。诗人将自己比作薄而脆的酒杯、小小的芦笛，在神的赐予与爱抚之下才有了无限的生命并吹奏出永新的旋律。因此，当神命令其歌唱的时候，诗人骄傲非常，生命中的一切矛盾与凝涩也都化成一片甜柔的谐音。诗人的心渴望与神合唱，甚至甘愿变成神的音乐的漫天大网中的俘虏，并且努力在自己的行为上表现神。这一部分可以说是“我”对“神”的“生命的献歌”。

第二部分（8—36），写了神在现实世界中的具体表现，“我”对神的思念，以及与神结合的历程中的种种障碍，表现了诗人因不能与神结合而焦急怅惘与哀怨的情绪，与相信自己最终定会与神结合的信念。在诗人笔下，“神”不是一个抽象的存在，而总是穿着破敝的衣服，在最贫最贱最失所的人群中歇足、行走；在农夫那里，在造路工人那里，并同他们一样地下到泥土里。“我”一直都在寻找神的踪迹，生活在和神相会的希望中，但这相会的日子还没有来到；神的气息曾触动了我的睡眠，可我总是看不见神的面。这是因为，“我的小我”囚禁了“我的真我”。在世俗权力与财富的诱惑面前，“我”做了自己的宝库里的囚人。但是“只要我一息尚存”、“只要我一诚不灭”，神就是我的一切，任何时候“我”都把“我”的爱献上给神，将神的意旨在“我”的生命中实现，这是“我”的宣言。

第三部分（37—56），“我”与神的相见最终变为现实。当“我”以为“我”的精力已竭，旅程已终的时候，新的旋律又在涌出，新的境界又在展现。“我”热情地呼唤着神的降临，并在心底不断地重复着“我需要你，我只需要你”的真诚话语。“我”想象着与神相见的种种情景，神就像是“我”的情人，我们相约“同去泛舟”；神是“我的国王”，却又像一个素不相识的平凡的人，自动地走进“我”的心里。“我”的真诚与执著终于有了结果。“我”听到了神的脚步声，正在一直不停地走来，来到我的门前，来到了我的睡梦中，并赠予了“我”“宝剑”作为礼物，与神相见的快乐充满了我的心。至此，神与人、人与神在爱中达到完全的融合。

第四部分（57—85），这一部分主要描述了与神融为一体的快乐与分离的忧愁。神带给了世界无限的光明与快乐，“我”在“神”之爱中体验到了这一荣耀。这种快乐超越了生死，具有强大的震撼力和感染力。它是和暴风雨一同卷来，用笑声震撼惊醒一切的生命和快乐；也是含泪默坐在盛开的痛苦的红莲上的快乐；还是不知所谓，把一切所有抛弃于尘埃中的快乐（第58首）。但是一种离别的忧伤也在时时困扰着诗人。快乐过后，诗人又以感伤的笔调吟咏了这种痛苦。与神分离的“我”就像一片秋天残云，无助地在空中飘荡。离愁弥漫着世界，诗人认为，人只有在死亡中才能与神实现永久的结合。

第五部分（86—103），紧承着上一部分，这一部分主要是对死亡的描绘和思考，是关于死亡的颂歌。关于死亡的主题，诗人在前面第52、58、60首诗中曾经涉及，这里则对其进行了集中探讨。在作者看来，死亡是神（你）的仆人、神（你）的使者，是生命的最终实现和最后的完成。死亡只是生命的转移，就像旧人迁入新居，生命在死亡中一无所失。与洪流始终要归入寂静的大海、思乡的鹤鸟日夜飞向它们的山巢一样，死亡是"我"的全部的生命，回到它永久的家乡。人只有在死亡中才能够实现与神永久的、彻底的结合，并在结合中获得永恒的生命，即"死于不死之中"。

分析与评论

泰戈尔既是一位温和的诗人，又是一个深邃的哲学家，他的诗歌中往往蕴涵着他的哲理思索，而他的哲理思索也往往用形象的诗歌来表达。《吉檀迦利》就是一部这样的作品。这部作品以颂神诗的形式，体现了诗人的人生观、世界观以及宗教观。泰戈尔自己曾说过："我觉得我不能说自己是一个纯粹的诗人，这是显然的。诗人在我的中间已变换了式样，同时，取得了传道者的性格。我创立了一种人生哲学，而在哲学中间，又是含有强烈的情绪素质，所以我的哲学能歌咏，也能说教。我的哲学像天际的云，能化成一阵时雨，同时也能染成五色彩霞，以装点天上的筵宴。"① 因此，要理解泰戈尔的诗歌，首先应对诗人的哲学思想有一大致的了解。

泰戈尔的思想来源是很广泛的，既有印度传统宗教的影响，又受到近代西方的人文科学、自然科学以及人道主义等种种学说的影响。但是正如郭沫若所说："他只是把印度的传统精神另外穿一件西式的衣服。"② 以《奥义书》、《吠驼》等典籍为经典的印度传统教派的吠檀多哲学才是他的思想的核心。这种哲学认为"梵"是万物的本源，是一种不生不灭的永恒存在。万物皆生于"梵"，又最终归入"梵"，因此，万物皆有梵性，而且"梵"与"我"在本质上是一致的，亲证梵的存在、追求梵我合一是人生的目的。受这种哲学的影响，泰戈尔认为宇宙中有三种实在：一是作为最高本质或最高人格的神或梵，二是复杂多变的自然或现象世界，三是作为个人灵魂的自我或精神。"我"与自然都是梵的化身和表现形式，是梵的本质的对象化，梵则在"我"与自然中存在并得到显现，它们之间是一与多、无限与有限、现象和本质的关系。

《吉檀迦利》是诗人献给他心目中的"肉体、光明和诗才之神"③ 的一部抒情诗集。在诗集中，诗人所赞颂所寻找的"神"与印度传统宗教哲学中的"梵"是一致的，神就是梵，神人同一的愿望也就是梵我合一的思想。在《吉檀迦利》中，诗人以种种不同的称呼来称谓他心中的这一神灵。当他以神格出现时，他就是"我生命的生命"、"我的主人"、"上帝"、"圣者"、"诸天之王"；当他以人格出现时，他又是"我的朋友"、"我的情人"；他还是光明、快乐，是"在我心中燃起理智之火的真理"，然而，诗人用得更多的则是"你"、"他"，体现了"我"与神之间的一种平等、亲密与和谐的关系。神的形象在诗歌中是具体而又抽象，清晰而又模糊的，他既是天空，也是窝巢（第67首，以下用数字表示）；他是遍在的神明，潜藏在万物的心里，培育着种子发芽，蓓蕾绽红，

① 转引自吴岩译：《泰戈尔抒情诗选·译者前言》，上海，上海译文出版社，1996。

② 张光璘：《中国名家论泰戈尔》，66页，北京，中国华侨出版社，1994。

③ 林之非：《追求于"无望的希望"之中——读泰戈尔的〈吉檀迦利〉》，载《外国文学研究》，1979（4）。

花落结实”（81），又是孤独的行人（22）、干渴的旅客（54）、在小舟上弹琵琶的陌生人（74）等，总是“独居索处”，让人可望而不可即。他体现于万物之中，又独立于万物之外。诗人说：“我在人前夸说我认得你。在我的作品中，他们看到了你的画像，他们走来问：‘它是谁?’我不知道怎么回答。我说：‘真的，我说不出来。’他们斥责我，轻蔑地走开了。你却坐在那里微笑。”（102）在诗人看来，世间万物都是神的化身和体现，我们可以时刻地感受到他的存在，但是要达到梵我合一的人生至境却是一个艰难而又曲折的历程。

对自我的认识，可以说是亲证梵的历程中必不可少的一步。按照《奥义书》的观点，自我（阿特曼 Athman）是由大我（宇宙自我）与小我（个人自我）组成的，大我就是梵，小我是作为梵的“种种名字，种种姿态”中的一个分身独立于梵而存在的，他虽具有梵性，但需要不断地净化灵魂，领悟梵的真谛，才能够实现小我向大我的回归。受这种观点的影响，泰戈尔认为作为个体灵魂与精神的“个我”，是具有二重性的。一方面是我的真我即精神的我，另一方面是我的小我即欲望的我，这是如影随形的一对矛盾存在。“我独自去赴幽会。是谁在暗寂中跟着我呢/我走开躲他，但是我逃不掉/他昂首阔步，使地上尘土飞扬；我说出的每一个字里，都掺杂着他的喊叫/他就是我的小我，我的主，他恬不知耻；但和他一同到你门前，我感到羞愧。”（30）诗人认为，我的真我、精神的我具有与梵相亲和的特性，但是我的小我、欲望的我则阻碍着梵我合一的实现。诗人在第 29 首、31 首诗中分别写道：“被我用我的名字囚禁起来的那个人，在监牢中哭泣。我每天不停地筑着围墙；当这道围墙高起接天的时候，我的真我便被高墙的影遮断不见了。”（29）“……我以为我的财富与权力盛过世界上一切的人，我把我的国王的钱财聚敛在自己的宝库里。我昏困不过，睡在我主的床上，一觉醒来，我发现我在自己的宝库里作了囚人。/……我以为我的无敌的权力会征服世界，使我有无碍的自由。我日夜用烈火重锤大造了这条铁链。等到工作完成，铁链坚牢完善，我发现这铁链把我捆住了。”（31）关于两者的关系，诗人有一个很生动的比喻，他说：“自我有两个方面，即炫耀它本身的自我和超越它本身并由此而展现其故有意义的自我。为了炫耀自己，它试图变得强大，试图站立在它积累的基座上；为自己保留一切东西；为了展现他自己，它放弃它所有的一切东西，这样就变得完美，如同从蓓蕾中绽开的花朵，从美丽的酒杯中倾注出它的全部甘泉。灯里有油，它被安全地放在封闭的油瓶内，点滴不漏，这样，它就与周围所有的东西隔开并且是吝啬的。但是当灯点亮时就会立刻发现它的意义，它与远近一切东西都建立了关系，它为燃烧的火焰慷慨地奉献出自己储存的油。”① 在泰戈尔看来，世俗的权力与财富都只不过是将人囚禁的囚笼，在其中，人们迷失了本性，失去了生活的自由与快乐。因此，人们只有从囚笼中走出来，不断地克服自己的本能欲望，勇于舍弃、奉献和牺牲，才能够证悟梵，达到梵我合一的境界。

从诗集中我们还可以看出，诗人所苦苦追寻的神总是在他熟眠时到来，在其醒来时又匆匆离去。这与《奥义书》中所宣扬的自我（阿特曼）四位说是相联系的，这种学说认为，个人自我的存在态势有四种：醒位、梦位、熟眠位和死位。在醒、梦二位时，由于人的精神受制于外在的环境与事物，所以处于一种不自由的状态。而处于无梦的熟眠

① ［印度］泰戈尔著，宫静译：《自我的问题》，《人生的亲证》，43 页，北京，商务印书馆，1992。

位与死位时，人才完全摆脱了现实世界的束缚，祛除了种种杂念而进入到一种完全自由的精神状态之中，而只有在这种状态中，人才能够见到神，达到梵境。① 可以说，在《吉檀迦利》中，诗人所追求的与神合一的精神历程，同阿特曼四位说是暗合的。“我”时时为不能见到神的面而苦恼，为与神失之交臂而困惑。诗中写道：“在七月淫雨的浓阴中，你用秘密的脚步行走，夜一般的轻悄，躲过一切的守望的人……呵，我唯一的朋友，我最爱的人，我的家门是开着的——不要梦一般地走过吧。”(22)“但在我帖服地把自己交给睡眠时，情况就发生了变化，神降临了。他来坐到了我的身边，他的气息接触了我的睡眠，他手里拿着琴，我的梦魂与他的音乐起了共鸣。(26) 诗人不禁兴奋地唱道：“呵，我的睡眠，宝贵的睡眠，只等着他的摩触来消散。呵，我合着的眼，只在他微笑的光中才开睫，当他像从洞黑的睡眠里浮现的梦一般地站立在我面前。”(47)“最后，我从沉睡中睁开眼，我看见你站在我身旁，我的睡眠沐浴在你的微笑之中。我从前是如何地惧怕，怕这道路的遥远困难，到你面前的努力是多么艰苦啊!”(48) 在阿特曼四位说中，死亡被认为是最理想最自由的境界。对于生命，诗人认为：“它的表现形式是有限的，而它的本性是无限的。在它的历程中必须通过死亡之门才能实现这种无限。”② 可以说，生是梵的有限表现，死是梵的无限本质，人就是在生与死的韵律中，亲证着梵的永恒。诗集的最后一部分，可以说就是关于死亡的颂歌。在这一部分，诗人以种种形象的比喻与象征描写了死亡。诗人认为，生命与死亡的关系犹如“母亲从婴儿口中拿开右乳的时候，他就啼哭，但他立刻又从左乳得到了安慰”(95)；死亡不是生命的结束，而是“旧人迁入新居”(63)；在死亡中，生命一无所失，“它只是生命在其中永远流淌的河床”，“是形成之河消失在存在之海中”，“死亡是永生之门”，是“最深的完满”，是自我的生命向大梵的皈依。正如诗中所说的那样，死亡如同思乡的鹤鸟飞向他们的山巢，是“我”全部的生命，启程回到它永久的家乡。在死亡中，“我”与梵实现了永久的结合，即“死于不死之中”③。

郭沫若说：“‘梵’的实现、‘我’的尊严、‘爱’的福音，这可以说是泰戈尔思想的全部。”④“梵”与“我”就像是一对恋人，而他们的结合则是出于“爱”，梵我合一是在爱中实现的。泰戈尔也提倡在爱中去亲证梵，他认为梵与“我”的关系是“完美的爱的关系”，他说，“一切存在的矛盾都在爱中融化、消逝。只有在爱中，统一与二元才不矛盾。爱同时是一又是二。只有爱才是动又是静。在爱中得与失和谐起来”⑤。诗人对梵的向往，也是对爱的追求，甚至可以说梵就是爱，爱就是梵。在诗中，诗人不止一次地用“爱”来称呼“梵”，如“爱，你为什么让我独自在门外等候?”(18)、“我只在等候着爱，要最终把我交在他手里(17)”等，你（神或梵）一直在外面做的也是“爱的旅行”。与梵我一如的哲学观相联系，泰戈尔提倡的是一种泛爱论，即要爱一切人，爱一切事物，这种爱是不分阶级、国家与种族的。诗人说，“人，一旦认识了你，世上就

① 殷人平：《试论〈奥义书〉对泰戈尔〈吉檀迦利〉的影响》，载《四川外语学院学报》，1997 (1)。

② [印度] 泰戈尔著，康绍邦译：《一个艺术家的宗教观——泰戈尔讲演集》，46 页，上海，上海三联书店，1991。

③ 同上书，45 页。

④ 殷人平：《试论〈奥义书〉对泰戈尔〈吉檀迦利〉的影响》，载《四川外语学院学报》，1997 (1)。

⑤ 转引自季羡林、周志宽：《泰戈尔名作欣赏·序言》，7 页，北京，中国和平出版社，1996。

没有陌生人，也没有了禁闭的门户”(63)。在作品中，诗人以深情的笔触表达了对于生命、儿童以及自然的由衷热爱。“宇宙从爱生，依爱而维护，向爱而运动，最终归入爱”①，爱的实现也就是梵的实现。

但是，泰戈尔不是躲藏于“静修林”里证悟“梵”的空想家，他的哲学是积极的、入世的，紧贴着现实生活与时代精神。同中国的近代历史相似，近代印度也饱受着国外列强的欺凌与奴役。诗人时刻都关注着祖国的命运，爱国主义贯穿其一生。在写作《吉檀迦利》时，由于种种原因，诗人的情绪是比较消极的，但我们仍然能够感受到其诗中的爱国热情，窥见时代的浪花。诗集中第35首诗，就表现了诗人的爱国主义思想与理想。“在那里，心是无畏的，头也抬得高昂/在那里，知识是自由的/在那里，世界还没有被狭小的家园的墙隔成片段/在那里，话是从真理的深处说出/在那里，不懈的努力，向着完美伸臂/在那里，理智的清泉，没有沉没在积习的荒漠之中/在那里，心灵是受你的指引，走向那不断放宽的思想与行为——进入那自由的天国，我的父呵，让我的国家觉醒起来吧。”诗中“你”、“我的父”无疑就是诗人心中的“梵”，在这里它表现为诗人的理想。这首诗，表达了诗人对自己祖国前途的殷切期盼和美好祝愿。

这部诗集，风格淡泊素雅，语言质朴清新，并且时时迸发出哲理的火花，诗集中多种修辞手法的贴切运用更是如锦上添花般的睿智隽永，令人折服。例如，在第59首诗中，诗人用了“树叶上跳舞的金光”、“驶过天空的闲云”、“我头额清爽的吹过的凉风”三个比喻来描写快乐，形象生动而又准确，抓住了快乐的特点。在形式上，诗中的许多章节都带有歌的特点，例如第38首中“我需要你，我只需要你……”的三次重复出现，造成了回环往复的艺术效果，余音袅袅，不绝于耳。此外，诗人以情歌的形式来表现人神之爱，与诗集的内容相吻合，使整部诗集达到了内容与形式上的完美统一。

关键概念

吉檀迦利　　阿特曼四位说

思考题

1. 试析《吉檀迦利》的艺术特色。
2. 《吉檀迦利》中的神（或梵）有哪些象征意义？
3. 如何看待《吉檀迦利》中梵我合一的思想？

① ［印度］泰戈尔著，宫静译：《人生的亲证》，65页，北京，商务印书馆，1992。

纪伯伦《先知》导读

学习提示

纪伯伦的生平。《先知》的思想内容。《先知》中所表现的关于"爱"、"美"、"宗教""自由"等方面的思想。《先知》语言的哲理性、艺术性。《先知》与尼采的《查拉斯图拉如是说》之间的关系。

生平与创作

哈利勒·纪伯伦（1883—1931）是阿拉伯近代文学史上最著名的作家和诗人之一，也是一位杰出的画家。

纪伯伦出生在黎巴嫩北部的布舍里村。他父亲赫利勒·纪伯伦是个贫穷的牧人，贪杯好酒，母亲虔诚善良。当时许多贫穷的黎巴嫩人抱着对西方文明的种种梦想，背井离乡迁往美洲地区谋求生路。1895 年纪伯伦 12 岁时，母亲带着四个孩子——哥哥、两个妹妹和纪伯伦去了美国波士顿，纪伯伦的母亲和妹妹从事缝纫，哥哥进了一家商店打工。纪伯伦则进了当地的一家侨民学校学习。他学习很勤奋，并酷爱绘画，还得到了一些画家的指点。

1898 年，为了学习阿拉伯民族语言，他独自返回黎巴嫩，进入贝鲁特希克玛学院，学习阿拉伯语、法语和绘画。这期间，他除了刻苦学习功课之外，还在《觉醒》杂志上发表诗作。

1901 年，纪伯伦返回波士顿。在 1902—1903 年这一年多的时间里，他的小妹妹、哥哥和母亲相继病逝，给他带来了极大的痛苦。1903 年，纪伯伦开始在波士顿的侨民报纸上发表散文诗。1905 年，他首次举办个人画展，得到当地一个女子学校校长玛丽·哈斯凯勒的赏识，两人成为朋友。后来，哈斯凯勒资助他去巴黎学习。纪伯伦到巴黎后，曾先后在几所绘画学院进修，并曾得到罗丹的指点，艺术上有了长足进步。纪伯伦在巴黎苦学三年，这期间除了学习绘画之外，还广泛涉猎文学、哲学等方面的书籍，游览了罗马、布鲁塞尔、伦敦等历史名城。总之，在巴黎的三年，纪伯伦扩展了视野，增长了见识。他后来能创作出兼有东西文化之长、独树一帜的作品，是与他在巴黎的这一段经历分不开的。

1910 年，纪伯伦返回美国，先在波士顿住了一段时间，后迁往纽约。1920 年，他和旅居美国的阿拉伯作家努埃曼、艾敏·雷哈尼等人一起创建了"笔会"。"笔会"对阿拉伯文学产生了重大的影响。以"笔会"为中心逐渐形成了阿拉伯文学史上一个重要的流派"旅美派"（又称"叙美派"）。

1931年4月，纪伯伦病逝。

纪伯伦的创作可以分为前后两期。前期主要用阿拉伯文创作，作品以小说为主。主要作品有短篇集《音乐短章》（1903）、《草原新娘》（1905）、《叛逆的灵魂》（1908）和中篇小说《折断的翅膀》（1911）等。其中，《折断的翅膀》是其小说的代表作。这些小说具有强烈的叛逆精神，对贫苦人民寄以极大的同情，抨击统治者的暴政，揭露教会的虚伪。他的小说风格纤细，情节淡化，情感浓烈，有散文诗化的倾向。后期主要从事散文和散文诗的创作。其中用阿拉伯文创作的作品有散文诗集《泪与笑》（1913）、《暴风集》（1920）、《珍趣篇》（1923）和长诗《行列》（1918），用英文创作的作品有散文集《疯人》（1918）、散文诗集《先驱者》（1920）、《先知》（1923）、《沙与沫》（1926）、《人子耶稣》（1928）、《流浪者》（1932）、《先知园》（1933）和诗剧《大地诸神》（1931）等。（其中《流浪者》和《先知园》是作者去世以后才出版的。）在阿拉伯传统文学中，没有散文诗这种体裁，是纪伯伦把这一体裁首先引入了阿拉伯文坛，并使之开出艳丽的花朵，结出丰硕的果实的。纪伯伦用英语创作的这些作品较少叛逆的精神，更多地赞颂美、爱和希望。文笔清丽、优美，语言凝练，富有哲理性。

纪伯伦既吸收和借鉴了西方的文学思想和技巧，又对阿拉伯的文学传统有所继承，所以他的创作兼东西之长，形成了独特的风格，被称为“纪伯伦风格”。他的散文和散文诗代表了他的主要文学成就，其中散文诗集《先知》给他带来了世界性的声誉。

内容简介

散文诗集《先知》共由28节组成。它虽然不是小说，但也有一条情节线索。它讲的是一位智者亚墨斯达法在阿法利斯城住了十二年，等待他的船到来，接他回他生长的岛上去。如今船来了，他要走了。在阿法利斯城，他受到人们的尊重，人们称他为“上帝的先知”。人们知道他要走了，都聚集在他周围，要求他留在阿法利斯城，他只能用沉默和眼泪回答他们。最后他们来到广场，预言者爱尔美差知道亚墨斯达法一定要走，所以请求他在临走之前谈谈他自己，谈谈他所知道的“关于生和死之间的一切”①。于是亚墨斯达法依次讲了爱、婚姻、孩子、施与、饮食、工作、哀乐、居室、衣服、买卖、罪与罚、法律、自由、理性与热情、苦痛、自知、教授、友谊、谈话、时光、善恶、祈祷、逸乐、美、宗教、死26个方面的话题，然后告别离去。现在将其中几个方面的内容略作介绍：

《先知》中首先谈到的是“爱”。其观点主要是爱需要人们无条件的服从，爱在给予人幸福的时候也会使人遭受磨练。“爱虽给你加冠，它也要把你钉在十字架上。”爱是无功利性的，它除自身外无施与，除自身外无接受。那么以爱为基础的婚姻怎样呢？作者认为婚姻的双方要相互信任，彼此奉献自己的心，但是作者也强调，两个人之间要有一定的距离，“彼此相爱，却不要做成爱的系链”。在论“孩子”中，作者认为要给孩子以爱，但是不要向他们灌输思想，因为孩子是“‘生命’为自己所渴望的儿女”，他们只是借父母的身躯而来，却不属于父母。父母是弓箭，孩子是“从弦上发出的生命的箭矢”。

① 《纪伯伦散文诗全集》，270页，杭州，浙江文艺出版社，1993。其中《先知》为冰心译，本节引文均据此。

关于“施与”，作者认为不要为了求得名誉而施与，要毫无保留地施与。作者认为工作要以爱为基础，他把工作看作是生命的一部分，认为人们在劳力不息的时候，就是爱了生命，要充满了爱心去工作。谈到“哀乐”，作者认为哀乐是统一的，欢乐是去了面具的悲哀，它们是不能分开的。同样善与恶也是分不开的，“因为，什么是恶，不只是‘善’被它自身的饥渴所困苦么?”关于“自由”，作者认为人们真正获得自由的时候是他们不再以自由为标杆的时候。谈到“理性与热情”，作者认为二者也是不可分的，单有理性和单有热情都是不完善的，既要让热情歌唱，也要用理性来引导热情。谈到“友谊”，作者说友谊的基础是爱，友谊的目的是“寻求心灵的加深”。谈到“逸乐”，作者说：“逸乐只是一阕自由的歌，我愿你们全心全意地歌唱，我却不愿你们在歌唱中迷恋。”谈到“美”，作者认为只有美自身才可能引导追求美的人，美是“发焰的心，陶醉的灵魂”，美是生命。论及“宗教”，作者说：“你的日常生活，就是你的殿宇，你的宗教。”

分析与评论

《先知》是纪伯伦的代表作。这本书纪伯伦从十八岁时就开始写，经过多次修改，于1923年才正式出版，可以说是纪伯伦半生心血的结晶。纪伯伦非常重视它，在1921年《先知》尚未定稿时，他说《先知》是他的精神“至今孕育的最好的婴儿”，并表示为了写完《先知》，“即令我的生命随着它的结束而结束也罢”[①]。作品中的“先知”其实就是纪伯伦的化身，纪伯伦说《先知》是“我思考了一千年的书。它是我第二次降生，又是我第一次洗礼……我塑造它之前先塑造了我，在我把握它之前先把握了我，在它向我灌输它的情趣爱好主张之前，已跟在它后面走了千万里”[②]。在《先知》之前的作品中，人们看到的多是暴露、反抗、控诉、谴责，但是在《先知》中，“他已从对人们和其生活的叛逆而成为对这种生活奥秘的理解。揭示美的成分，让美的清泉汩汩流出”[③]。纪伯伦在《先知》中借亚墨斯达法之口，说出了他对于社会和人生的思考。

爱是纪伯伦散文诗中表现最多的主题之一，《先知》也不例外。在纪伯伦心中，爱是崇高的，即使爱的“路程艰难而陡峻”，也要“跟随着它”；即使爱的剑刃会伤毁人们，也要“屈服于它”；即使“它的声音会把你们的梦魂击碎”，也要“信从它”。纪伯伦理想中的爱是人与人之间平等、和谐、相互尊重的关系，是无私奉献的爱：“爱除自身外无施与，除自身外无接受。爱既不占有，也不被占有。因为爱在爱中满足了。”纪伯伦不仅认为夫妻之间要彼此相爱，“彼此赠献你们的心，却不要保留”；要给孩子以爱，而且把爱与工作也联系了起来：

我说生命的确是黑暗的，除非是有了激励；
一切的激励都是盲目的，除非是有了知识；
一切的知识都是徒然的，除非是有了工作；
一切的工作都是虚空的，除非是有了爱；

① 《纪伯伦散文诗全集·序》，杭州，浙江文艺出版社，1993。
② 李琛：《阿拉伯现代文学与神秘主义》，51页，北京，社会科学文献出版社，2000。
③ ［黎巴嫩］米哈依勒·努埃曼著，程静芬译：《纪伯伦传》，194页，长沙，湖南人民出版社，1986。

当你仁爱地工作的时候，你便与自己、与人类、与上帝联系为一。

这种充满了爱心的工作态度显然与那些把工作看作是负担的态度是完全不同的。他还认为做买卖要“用爱和公平来交易”；朋友则是“用爱播种，用感激收获的田地”。我们知道，时光是无时无处不在的，但纪伯伦却说时光像爱，“是不可分析的，没有罅隙的”。可见，在纪伯伦的眼里，爱是无时无处不在的。

美是《先知》要表现的另一个重要内容。纪伯伦先列举了几种对于美的看法，然后指出，这些人都是在谈论他们那“未曾满足的需要”，接着他表明了自己的看法：“美不是一种需要，只是一种欢乐。”美也不是表面的现象，而是一种内在的心灵的感受：“她不是干渴的口，也不是伸出的空虚的手，却是发焰的心，陶醉的灵魂。她不是那你能看到的形象，能听到的歌声，却是你虽闭目时也能看见的形象，虽掩耳时也能听见的歌声。”这里纪伯伦显然是在强调一种精神的美，这种美当然要高于那种仅仅是满足自己的需要带来的美。所以这种美是永恒的：“她是一座永远开花的花园，一群永远飞翔的天使。”美也是与生命联系在一起的，它和生命是统一的：“在生命揭露圣洁的面容的时候的美，就是生命。但你就是生命，你也是面纱。美是永生揽镜自照。但你就是永生，你也是镜子。”其实这里纪伯伦是以形象的语言谈到了审美主体与审美客体的统一。

对宗教的看法是《先知》必然要表现的一个内容，这从“先知”这个名字就可以看出来。“先知”这个题目本身就带有宗教色彩，在伊斯兰教中，穆罕默德就是一位先知，并自称是最后一位先知。纪伯伦怀有浓重的宗教情结。他幼时生长于伊斯兰教气氛浓厚的黎巴嫩，而家里人信仰基督教，他五岁的时候还曾经独自上山去参加耶稣受难日活动。虽然纪伯伦后来写了反对教会的作品，但那是因为他觉得教会违背了耶稣教诲，压迫欺骗穷人。所以，他的大多数作品里都充满了浓重的宗教气息，《先知》也不例外。但是，纪伯伦除了受到基督教和伊斯兰教的影响以外，还受到宣称“上帝死了”的尼采哲学的影响，在这些因素的综合影响下，在《先知》中表现出的宗教思想与伊斯兰教和基督教都有所不同。纪伯伦要表现的是上帝、自我与他人的同一。在《先知》出版以后，他和好友努埃曼谈话时曾经说：“耶稣是你我一样的人……在我这里，他是位有毅力的男人，就像他曾是一位慈悲的男人。”① 以后他写了《人子耶稣》。显然，这种思想在《先知》中就有所表现了。在谈论爱时他说：“当你爱的时候，你不要说‘上帝在我的心中’，却要说‘我在上帝的心里’。”在谈论理性与热情时他说：“只因你们是上帝大气中之一息，是上帝丛林中之一叶，你们也要和他一同安息在理性中，运行在热情里。”他还把宗教和人的事业、人的日常生活联系在一起：“宗教岂不是一切的功德，一切的反省，或者那不是功德，也不是反省，只是在凿石或织布时，灵魂中永远涌溢的一种叹异、一阵惊讶么？谁能把他的信心和行为分开，把他的信仰和事业分开呢？”他甚至直接说：“你的日常生活，就是你的殿宇，你的宗教。”“假如你要认识上帝，就不要做一个解谜的人。不如举目四望，你将看见他同你的孩子们游戏。也观看太空：你要看见他在云中行走，在电中伸臂，在雨中降临。你将看见他在花中微笑，在树中举着他的手摇动着。”从以上论述来看，纪伯伦的宗教观是以人为中心来建构的，也可以说纪伯伦的宗教观有些泛神论的色彩。

---

① ［黎巴嫩］米哈依勒·努埃曼著，程静芬译：《纪伯伦传》，237页，长沙，湖南人民出版社，1986。

自由是《先知》中另一个重要的话题。纪伯伦对“自由”的理解与人们平常的理解有所不同。首先，在他看来，人们对自由的追求正是对人们自身的一种束缚：“在城门边，在炉火光前，我曾见你们俯伏敬拜自己的自由，甚至于像那些囚奴，在诛戮他们的暴君之前卑屈、颂赞”。“实话说，你们所谓的自由就是最坚牢的锁链，虽然那链环闪烁在日光中，炫耀了你们的眼目。”其次，在他看来，现在的社会中根本没有真正自由的人。在《先知》之前的《暴风集》中，纪伯伦曾在《奴隶主义》一文中谈及人类的不自由，其中写道：“自我降生始，七千年过去了，我所见到的尽是屈辱的奴隶和带镣铐的囚犯。”文中还提到无论是劳工、商贾、大兵，还是官宦、国王、牧师，都是奴隶。①这种思想显然在《先知》中也体现了出来：“噫，在庙宇的林中，在城堡的影里，我曾看见你们中之最自由者，把自由像枷铐似的带上。”那么怎样才是真正的自由呢？“只有那求自由的愿望也成了羁饰，你们再不以自由为标杆为成就的时候，你们才是自由了。”怎样才能实现自由呢？纪伯伦认为自由的实现不仅仅要废除不公平的法律，废黜暴君，更重要的是要有精神上的自由，精神上的独立：“假如那是个你们要废黜的暴君，先看他的建立在你心中的宝座是否毁坏。”“假如那是一种你们所要抛掷的牵挂，那牵挂是你自取的，不是别人勉强给你的。假如那是一种你们所要灭除的恐怖，那恐怖的座位是在你的心中，而不是在你所恐怖的人手里。”

另外，纪伯伦在《先知》中还谈到一些互相矛盾的事物：施与和接受，哀与乐，罪与罚，善与恶，生与死等。在谈论这些问题的时候，体现出一种和谐统一的观点。如哀乐是密不可分的：“你的欢乐，就是你的去了面具的悲哀。”善与恶是相对的，“什么是恶，不只是‘善’被他自身的饥渴所困苦么？”“在无数的事上，你是善的，在你不善的时候，你也不是恶。”生与死是同一的：“假如你真要瞻望死的灵魂，你当对生的肉体大大地开展你的心。因为生和死是一件事，如同江河与海洋也是一件事。”“气绝”是“把呼吸从不息的潮汐中解放，使他上升、扩大，无碍地寻求上帝。”从这些论述中我们可以看出东方传统思想的影子。

还要说明的是，纪伯伦虽然以先知的口吻说话，但是他并不认为自己是一个全知全能的人。在《自知》一篇中，他明确表示：“不要说我找到了真理，只要说我找到了一条真理。”（这里的“我”当然是泛指人们，也可见纪伯伦的态度）。在最后的《言别》一篇里，他说：“我只不过是用言语说出你们意念中所知道的事情。”

综上所述，《先知》表达了纪伯伦对社会和人生的思考，他的朋友——《纪伯伦传》的作者努埃曼说：“当纪伯伦用他的想象，蕴涵着全部精神之美的时候，他渴望着将它传达给人们。”②《先知》就是纪伯伦精神之美的结晶。

因为《先知》表达了纪伯伦对社会和人生的思考，所以其语言具有丰富的哲理性。纪伯伦在谈到社会和人生问题时有很多引人深思的论述。比如谈“逸乐”，他说：“逸乐只是一阕自由的歌。我愿你们全心全意地歌唱，我却不愿你们在歌唱中迷恋。”“在娱乐中你们应当像花朵与蜜蜂。”在论“时光”一节中，他说：“昨日只是今日的回忆，而明日只是今日的梦想。”在论“教授”（即讲授知识）时，他说：“假如他真是大智，他就

---

① 《纪伯伦散文诗全集》，102页，杭州，浙江文艺出版社，1993。

② ［黎巴嫩］米哈依勒·努埃曼著，程静芬译：《纪伯伦传》，210页，长沙，湖南人民出版社，1986。

不会命令你进入他的智慧之堂，却要引你到你自己心灵的门口。”在论“法律”时，他说：“你们喜欢立法，却也更喜欢犯法。如同那在海滨游戏的孩子，勤恳地建造了沙塔，然后又嬉笑地将它毁坏。”《先知》的成功除了语言具有哲理性之外，更在于他用形象生动的语言来表述他的思想。纪伯伦是一位诗人，虽然《先知》中富含哲理，但这些哲理是以诗的语言来表述的。在《先知》中，大量使用了比喻、拟人的手法，使抽象的哲理变得具体形象，比如：

你们有些人说：欢乐大于悲哀。也有人说：不，悲哀是更大的。

我却要对你们说，他们是不能分开的。

他们一同来到，当这个和你同席的时候，要记住那个正在你床上酣眠。

——论哀乐

你们的理性与热情，是你航行的灵魂的舵和帆。

假如你的帆或舵破坏了，你们只能泛荡，漂流，或在海中停住。

因为理性独自统治，是一个禁锢的权力，热情不小心的时候，是一个自焚的火焰。

——论理性与热情

除了使用比喻、拟人的手法之外，还使用了象征的手法。亚墨斯达法象征纪伯伦，阿法利斯城可以说是象征美国或者纽约，他要回去的岛则象征黎巴嫩。据努埃曼说，在亚墨斯达法第一天进城的时候最初寻找他、相信他，最后又请求他讲述“生和死之间的一切”的那个女子爱尔美差，象征在纪伯伦生活中不断资助他，给了他很大支持的玛丽·哈斯凯勒。

《先知》中这些优美的诗句和诗句中体现出的智慧征服了广大的读者，西方人称《先知》为“东方赠与西方的最美好的礼物”。我国著名作家冰心在1927年读到《先知》时，就为它“那满含着东方气息的超妙的哲理和流利的文词”所吸引，后来将它译成中文，并于1931年出版。

纪伯伦受尼采的影响非常深，努埃曼在《纪伯伦传》中说：“尼采是他最重要的向导，最大的助手，也是他孤独中最伟大的友人。没有他的陪伴，没有查拉斯图拉同他一道漫游，他就不会存在。”[①] 他还曾经写信给一位朋友，劝她读尼采的《查拉斯图拉如是说》。他在信中说：“在我看来，这本书是我所知道的历代著作中最伟大的一部。”[②] 事实上，《先知》确实受到了《查拉斯图拉如是说》的影响。许多学者都已经指出，《先知》的构思与尼采的《查拉斯图拉如是说》非常相似，如尼采塑造的查拉斯图拉是一位先知，尼采通过他表达自己的思想，纪伯伦塑造的亚墨斯达法也是一位先知，同时他也是纪伯伦思想的代言人。查拉斯图拉和亚墨斯达法都是在客居外地十几年，离别异乡的时候对送别的人们讲述人生真理的。但是，我们也看到，虽然构思相似，纪伯伦却在尼采的旧模子里注入了全新的思想。查拉斯图拉是一位高高在上的超人，他对宗教是持否定态度的；亚墨斯达法虽是先知，但是如前所述，他却并不否定宗教，只不过他的宗教

① [黎巴嫩] 米哈依勒·努埃曼著，程静芬译：《纪伯伦传》，135页，长沙，湖南人民出版社，1986。

② 同上书，140页。

思想与传统的宗教思想有所不同，他也不高高在上，他与众人是一体的：“你们的心搏曾在我的心中，你们的呼吸曾在我的脸上，我都认识你们。是的，我知道你们的喜乐与哀痛，在你们的睡眠中，你们的梦就是我的梦。”所以，虽然借鉴了《查拉斯图拉如是说》的形式，但这并不妨碍《先知》成为世界名著。

关键概念

旅美派　　纪伯伦风格

思考题

1. 简要说明纪伯伦的前期创作与后期创作的不同。
2. 试分析纪伯伦在《先知》中表现出的宗教思想。

川端康成《伊豆的舞女》导读

学习提示

川端康成的生平与创作。《伊豆的舞女》的情节梗概。作品中对男女主人公之间爱情的描写。《伊豆的舞女》的艺术特色。

生平与创作

川端康成（1899—1972），日本著名作家，诺贝尔文学奖获得者，1899 年生于日本大阪市。他 2 岁丧父，3 岁丧母，7 岁时祖母去世，10 岁时唯一的姐姐也死了。孤苦伶仃的川端康成只能与祖父相依为命。然而在他 15 岁时，祖父也离他而去。童年的这些不幸遭遇，形成了他在后来的文学作品中时时流露的孤儿情感，也是形成他的作品的悲凉情调的原因之一。

川端康成在上小学的时候就很喜欢读书，更喜欢作文。在中学时代，他立志要作小说家，还曾经把自己写的诗文收集到一起，取名为《谷堂集》。这期间他读了大量的文学作品，其中最喜欢的是《源氏物语》和《枕草子》等古典文学作品，武者小路实笃的作品也一度让他着迷。1917 年 9 月，川端康成考入东京第一高等学校英文科。这个时期，他开始接触陀斯妥耶夫斯基、契诃夫、志贺直哉和芥川龙之介等作家的作品。1920 年一高毕业后，他考入东京帝国大学文学院的英文科，第二年转入国文科。入学后不久，与几个同学一起第六次复刊《新思潮》。在这个刊物上，他发表了不少作品，其中《招魂节一景》受到著名作家菊池宽的高度评价。

1921 年，正在上大学的川端康成爱上了 15 岁的咖啡馆女招待初代，他向初代求婚，初代答应了。为了这门婚事，川端康成还专门跑到乡下征得了初代父亲的同意。但是正当川端康成兴高采烈地为婚礼做准备的时候，却收到了初代的一封信，说不能和他结婚。这次失恋对川端康成的打击非常大，可以说，这次失恋直接影响了川端康成的人生观、女性观乃至文学创作。以后，川端康成塑造了众多清纯少女的形象，其中或多或少都有初代的影子。川端康成说过："每当自己不想书写的时候，每当想到女人和恋爱的时候，总会不由得想到初代。"①

1924 年，大学毕业以后，川端康成和横光利一、片冈铁兵等人一起创办了《文艺时代》杂志，竖起了新感觉派的大旗，他和横光利一被称为"新感觉派的双璧"。1926 年，让他声名鹊起的《伊豆的舞女》发表在《文艺时代》上。1935 年，他开始着手写

① 谭晶华：《川端康成传》，63 页，上海，上海外语教育出版社，1996。

《雪国》，整部作品的写作一直到第二次世界大战之后才全部完成。第二次世界大战期间，他曾应关东军的邀请到我国东北和华北采访，其余多数时间隐居镰仓，这期间作品很少。

川端康成第二次世界大战前的作品可以分两类：一类主要表现他的孤儿生活和爱情波折，前者如《十六岁日记》、《拾骨》、《参加葬礼的名人》等，后者如《脆性的器皿》、《篝火》等。另一类作品多以社会底层人物特别是下层女性为主人公，表现他们对爱情和艺术的追求，如《伊豆的舞女》、《温泉旅馆》、《花的圆舞曲》、《雪国》等。

在第二次世界大战之后，除了完成《雪国》之外，川端康成又写成了《千鹤》、《古都》等著名的作品。这一时期的作品也可以分为两类：一类注重表现人们正常的生活和感情，如《古都》、《名人》等；另一类作品则致力于描摹近亲之间甚至老人的变态情爱心理，表现出颓废的一面，如《千鹤》、《山音》、《睡美人》、《一只胳膊》等。

1968年，川端康成以《雪国》、《古都》、《千鹤》三部代表作获诺贝尔文学奖。授奖辞中说这份奖状旨在表彰他“以敏锐的感受、高超的叙事技巧，表现了日本人的精神实质”①。

1972年，川端在工作室自杀去世，临死前并没有留下遗书。关于他的死因众说纷纭，有人认为是因为创作力衰竭的苦恼而导致了川端的崩溃，也有人认为是受了他最赏识的三岛由纪夫的自杀刺激。笔者更倾向于认为，三岛由纪夫的死只是一个导火索，最根本的原因则要追溯到川端康成以死亡为美的最高境界的观念。在许多作品中，川端都显示出把死作为美的最高境界的思想。其中最著名的是《雪国》中对叶子之死的描写。川端康成早年在《临终的眼》（1933）中谈到芥川龙之介的自杀时曾说：“一个人无论怎样厌世，自杀不是开悟的办法。”但他紧接着又提到了一位日本先锋派画家的死，提到了这位画家常说“再没有比死更高的艺术了，死就是生”，并解释说这位画家“生于寺院，出身于宗教学校”，认为“那是佛教思想深深渗入他身心的结果”，还把这种对死的赞美看作东方的特点。多年以后在获得诺贝尔文学奖的演说《我在美丽的日本》中，他再次强调了这一点。川端康成本人受佛教的影响也很深，他曾经说：“我相信东方的古典，尤其是佛典，是世界上最大的文学，我不把经典当作宗教的教义，而当作文学的幻想来敬重。”② 因此，这种以死亡为美的最高境界的观念，可能是川端康成自杀的最根本原因。

川端康成一生创作小说100多篇，此外还写有许多散文、随笔、讲演、评论、诗歌、书信和日记等。川端康成深受日本古典文学传统的影响，同时也立足于日本文学传统积极地学习西方文学的优点，吸收了不少西方文学的手法技巧，并将日本文学传统和西方文学的手法技巧成功地结合了起来。

情节梗概

这篇小说是以作者的真实经历为素材写成的。作者在20岁时第一次到伊豆旅行，在途中遇到了一位14岁的舞女，并被这位舞女的美貌和纯情所吸引，于是随同舞女等

① 谭晶华：《川端康成传》，149页，上海，上海外语教育出版社，1996。

② ［日］川端康成：《美的存在与发现》，276页，桂林，漓江出版社，1998。

一行巡回演出的艺人从修善寺经汤岛、汤野一直到下田，才怀着依依惜别之情同舞女分别。小说就是作者这段生活经历的艺术再现。

小说从男主人公在旅途中追赶舞女一行开始。那一年他 20 岁，头戴高等学校的制帽，肩跨一个学生书包，独自到伊豆旅行。途中的景色虽美，但他的心房却在猛烈跳动，因为一个希望在催促他赶路，这个希望就是赶上舞女他们。舞女他们有五个人，除了舞女之外，还有她哥哥荣吉、荣吉的岳母、荣吉的妻子千代子、另一个雇来的姑娘百合子。此前，他已经看到过舞女他们两次，第一次是在来汤岛的途中，那时他不住地回头看他们，产生了一股旅行的情趣。第二次是在旅馆看舞女跳舞。他算计着舞女他们的行程，追赶他们，想和他们同行。终于，他在天城山顶的一家茶馆里追上了他们。在茶馆里，舞女看到他，马上让出自己的坐垫，看到他要抽烟，主动把烟灰碟放在他的面前。而他连“谢”字都没说出口。舞女 17 岁左右，古雅而奇特的发型把她那严肃的鹅蛋形脸庞衬托得小巧玲珑，十分美丽。

舞女他们先于男主人公出发了，他问茶馆里的老太婆，舞女他们今晚住在哪里，老太婆说哪儿有客人就住在哪儿。这句话煽起了他的邪念，他想：“那今天晚上就叫舞女到我的房间里来吧”。舞女他们出发不久，为了赶上他们，他也出发了。很快他就赶上了他们，并如愿以偿和他们一起旅行。在汤野的小客店里，舞女为他端茶，她刚在男主人公面前跪坐下来，脸就臊红了，手不停地颤抖，茶碗险些从茶碟上掉下来，阿妈说她有恋情了。阿妈的话打消了男主人公的邪念。当晚，又下了暴雨，舞女出去演出，男主人公心里很紧张，敞开门，惘然呆坐着。每次听见鼓声心胸就豁然开朗。那边静下来时就心烦意乱，害怕舞女被人玷污了。第二天，舞女的哥哥到男主人公房间里来聊天，正聊的时候，忽然看见裸体的舞女从对面的公共浴池里跑了出来，看她的样子男主人公知道了她还是一个孩子（他原来以为舞女已经有十七八岁），他感到很高兴，心里像被清泉涤荡过似的。他和舞女他们相约第二天早晨出发去下田，但是第二天舞女他们又变更了计划，说晚上有演出不能按原计划出发了。于是，他也决定推迟出发。在和舞女的哥哥聊天时，他知道了舞女名叫熏子，才十四岁。白天，舞女他们在男主人公的房间里下棋，当其他人去洗澡时，他和舞女单独下棋。舞女的棋下得出乎意料的好。她只顾下棋，头发几乎碰到男主人公的胸脯，她满脸绯红，跑回自己的房间去了。

这天晚上，男主人公到舞女他们那里去玩，碰到舞女要求住在同一家店里的鸟商给她读《水户黄门漫游记》，鸟商读过一段以后就不读了，于是他接着给舞女读，并得以仔细地观察她美丽的容貌。他对舞女他们既不好奇，也不轻视，这赢得了舞女他们的好感。

男主人公和舞女他们一起从山间小路去下田，他走得很快，把其他人落在了后面，只有舞女能跟得上他，但是她始终与男主人公保持不到两米的距离。她不愿缩短距离，也不愿拉开距离。他们边走边聊。爬到山顶的时候，舞女跪在地上为男主人公掸去衣服上的泥土。下山时，她主动帮他找来竹子作手杖。途中，千代子和舞女议论他的长相，说他的牙齿不整齐，他也不介意。后来，又听舞女说他是好人，这种说法让他感激不尽，因为他认为“自己的性格被孤儿的气质扭曲了”。在下田，舞女要男主人公带她去看电影，他也想带她去，但是阿妈却不允许，男主人公和舞女都很失望。

由于男主人公的旅费已经花光，所以他决定回东京。他原以为舞女不会来送行了，因此感到一种剐心的寂寞。没想到当他和荣吉到码头时，舞女已经蹲在那里了。男主人公同她说话，她默不作声，只是点头。这时一个工人把一位老婆子托付给他，让他把她带到东京，老婆子的儿子和儿媳都死掉了，很可怜，他爽快地答应了照顾她。当男主人公的船离去时，舞女想说再见，却没有说出口，还是使劲点了点头。直到船开远了，舞女才开始挥舞她手中白色的东西。男主人公的泪水禁不住流了下来。

分析与评论

《伊豆的舞女》是一篇短篇小说，是川端康成早期的代表作，也是他最受欢迎的作品之一。在小说发表后，曾多次改编成电影。在伊豆岛，川端康成旅行过的地方都修建了纪念性的建筑物或保留了原来的建筑作为纪念。小说不到两万字，给人的感觉更像是一首长长的抒情诗。其中没有复杂的情节，只是讲述了男主人公与舞女在旅途中相遇，并在几天的同行中产生了朦朦胧胧的恋情，然后不得不分手这样一个简单的故事。小说中抒情的成分远比叙事的成分要多，作者着力表现的就是男主人公和舞女之间的那种处于青春期的青年男女之间的朦胧的爱意。

男主人公是一个 20 岁的学生，他敏感、多情，又内向。在他追赶舞女一行人之前，他只见过舞女他们两次（并没有说过话），第一次相遇令他产生了“一股旅行的情趣”，第二次是看了舞女的演出。当他来到天城山上的茶馆，呆若木鸡地站立在门口的时候，舞女热情地把自己的坐垫放在他的身旁，看到他要抽烟就主动地把烟灰碟放到他的面前，他仔细地观察舞女，她的“发型古雅而又奇特。这种发式，把她那严肃的鹅蛋形脸庞衬托得更加玲珑小巧，十分匀称，真是美极了”①。内向的他对于舞女的热情举动什么都没有说，不过舞女的热情、细心，舞女的美丽，当然更加引起了他对她的好感。后来，虽然在茶馆老太婆的煽动下，他有过一丝邪念，但也是一闪而过。当在汤野的小客店阿妈说舞女有了恋情时，他不但打消了邪念，而且从此开始关心舞女了。当天晚上，舞女出去演出，他担心她被人玷污，“心情紧张”、“惘然呆坐”，听见鼓声就“心胸豁然开朗”，听不见鼓声则“心烦意乱”。后来，他与她下棋，为她读书，并希望得到她额发上的梳子。这些都说明他对舞女已经产生了感情，并且这种感情在逐步加深。

舞女刚刚 14 岁，是个情窦初开的天真少女。她待人真诚热情，对男主人公非常关心。在茶馆第一次见面时就主动让座，送烟灰缸，在旅店端茶时表现出对男主人公的爱慕。后来洗澡时看见了男主人公，天真无邪的她竟然从澡堂光着身子跑了出来。她还多次替他摆齐木屐，在一起去下田的路上，跪在地上给他掸去衣服上的尘土，下山时给他找手杖等。这一切都表明了舞女对男主人公的关心，流露出了她对男主人公的爱意。

在短短几天当中，男主人公与舞女的感情，由淡到浓，逐渐加深。而在听到舞女说他是一个好人之后，男主人公对舞女的感情更深了。小说写道：

> 我心情舒畅，抬眼望了望明亮的群山。眼睑微微作痛。我已经二十岁了，再三严格自省，自己的性格被孤儿的气质扭曲了。我忍受不了那种令人窒息的忧郁，才

① ［日］川端康成著，叶渭渠译：《伊豆的舞女》，58 页，桂林，广西师范大学出版社，2002。本节引文均据此版本。

到伊豆来旅行的。因此，有人根据社会上的一般看法，认为我是个好人，我真是感激不尽。

作者后来谈到《伊豆的舞女》时曾经说："《伊豆的舞女》之所以深受读者欢迎，原因之一，大概是通过我对舞女和同路的巡回艺人的感谢之情所写的吧。我的感谢之情，成了作品的基调。我认为这种感谢是坦率而单纯的。"① 看来，舞女的这种评价对于他的影响是巨大的。他和舞女的这种感情也影响到他对别人的态度。在作品的结尾，他爽快地答应了照顾老婆子，也坦然地接受了少年学生的好意。"无论别人多么亲切地对待我，我都非常自然地接受了。明早我将带着老婆子到上野站去买前往水户的车票，这也是完全应该做的事。"

分别时的描写，更突出了二人之间的这种朦胧的爱意。男主人公回东京的那天早晨，因为没有看到舞女，而产生了一种"剐心"的寂寞。但是没有想到舞女早已在码头等候了，在"我们走到她身边以前，她一动不动，只顾默默地把头耷拉下来"。男主人公找了很多话题同她攀谈，"她却一味地头望着运河入海处，一声不响。每次我还没把话说完，她就一个劲点头"。显然，此时舞女的心正被离别的痛苦折磨着，她不说话，恰恰是因为她有很多话要说，但又不知怎么说好。而男主人公呢，在上了船之后，"泪水簌簌地滴落在书包上"，当别人问他为何哭时，他坦率地说，"刚刚同她离别了"。一个是羞涩腼腆，情窦初开，一个是多情而又内向，两人自始至终没有向对方倾吐过爱慕之情，可是彼此又分明已经感觉到了对方的感情，所以，分别时两个人一个默默无语，一个泪如雨下，都感受到了分别的痛苦。

男主人公和舞女之间的这种感情是以平等真诚为基础的。按当时的一般世俗观点来看，巡回艺人的身份相当低贱，小说中写道："途中，每个村庄的入口都竖立着一块牌子：'乞丐、巡回演出艺人禁止进村！'"但是，男主人公对他们既不好奇，也不轻视，"完全忘掉了他们是巡回演出艺人了。我这种不寻常的好意，似乎深深地渗进了她们的心"。而男主人公自己呢，是因为"忍受不了那种令人窒息的忧郁，才到伊豆来旅行的"。因此，当他受到艺人们的尊重，得到舞女的真诚的关心，并被认为是好人时，他的心情自然也是舒畅的。在这种平等、融洽的关系中，他们的感情得以发展。

男主人公和舞女的感情也是非常清纯的，虽然他曾有过一丝邪念，但那只是一闪而过，小说后来写到了裸体的舞女，但却是纯审美的描写，没有夹杂任何的官能欲望：

> 一个裸体女子突然从昏暗的浴场里首先跑了出来，站在更衣处伸展出去的地方，作出一副要向河岸下方跳去的姿势。她赤条条的一丝不挂，伸展双臂，喊叫着什么。她，就是那舞女。洁白的裸体，修长的双腿，站在那里宛如一株小梧桐。我看到这副景象，仿佛有一股清泉涤荡着我的心。我深深地吁了一口气，噗嗤一声笑了。她还是个孩子呐。她发现了我们，满心喜悦，就这么赤裸裸地跑到日光底下，踮起足尖，伸直了身躯。她还是个孩子呐。我更是快活、兴奋，又嘻嘻地笑了起来。脑子清晰得好像被冲刷过一样。

他原来认为她是一个成熟的女艺人，因此还可能有些不良欲念存在心里，现在知道

---

① ［日］川端康成：《美的存在与发现》，322页，桂林，漓江出版社，1998。

了她还是个天真的少女，心里就只剩下纯真的感情了。

整篇小说就是以抒情的笔调描写了二人之间的这种朦朦胧胧的爱情。这是一种发自内心的、淳朴的、真挚的、未经雕琢的感情，正因为它是朦胧的、未经雕琢的，所以才具有这样强烈的艺术感染力。也许这就是这篇小说具有经久不衰魅力的原因吧。

在艺术上，《伊豆的舞女》主要体现了日本传统文学的影响。川端康成非常推崇以《源氏物语》为代表的日本古典文学，他曾经说："特别是《源氏物语》，可以说自古至今，这是日本最优秀的一部小说，就是到了现代，日本也还没有一部作品能和它相媲美……少年时期的我，虽不大懂古文，但我觉得我所读的许多平安朝的古典文学中，《源氏物语》是深深地渗透到了我的内心底里。"① 不仅在少年时代读，而且在硝烟弥漫的战争期间，在往返东京的电车里，在灯火管制下的卧铺上，川端康成也常常手捧《湖月抄本源氏物语》，如痴如醉地阅读。② 正因为如此，他的作品中大都体现出日本传统文学，特别是《源氏物语》的影响。《伊豆的舞女》也不例外。这主要表现在心理描写和景物描写两个方面。

一方面，《伊豆的舞女》继承了自《源氏物语》以来的那种心理刻画细腻、感情表露委婉含蓄的传统。作品对男主人公由于朦胧的恋情而产生的微妙心理做了细致的刻画。比如，舞女雨夜演出时他的心理：

> 我心情紧张，一直敞开门扉，惘然呆坐着。每次听见鼓声，心胸就豁然开朗。
>
> "啊，舞女还在宴席上坐着敲鼓呐。"
>
> 鼓声停息，我又不能忍受了……
>
> 不一会儿，连续传来了一阵紊乱的脚步声。他们是在你追我赶，还是在绕圈起舞呢？嗣后，又突然恢复了宁静。我的眼睛明亮了，仿佛想透过黑暗，看穿这寂静意味着什么。我心烦意乱，那舞女今晚会不会被人玷污呢？

他听到鼓声就心胸开朗，鼓声停息就无法忍受，听到紊乱的脚步声就浮想联翩——通过男主人公对代表舞女活动的鼓声的敏感，作者充分地表达了他坐卧不安的心情，从中衬托出他对舞女最真切的关心。再如，在为她读书前，作品有一句话"我怀着期待的心情，把说书本子拿了起来"，这里作者写得很含蓄，期待什么呢？接着读下去，作者写道："舞女果然轻快地靠近我。我一开始朗读，她就立即把脸凑过来，几乎要碰到我的肩膀，表情十分认真……好像这是她请人读书时的习惯动作，刚才她同鸟商也几乎是脸碰脸的。我一直在观察她。"读到这儿读者就会明白，原来他期待的是能与舞女接近。作者用这种含蓄的手法，形象地表现了男主人公关心舞女，想尽办法接近舞女的心理。

作品同样细致地刻画了舞女的心理。由于她是一个情窦初开的天真少女，所以在有意无意地流露出自己的感情时，她更多地表现出娇羞、腼腆，作品很好地体现了这一点。比如，她为男主人公端茶时的表现："她刚在我面前跪坐下来，脸就臊红了，手不停地颤抖，茶碗险些从茶碟上掉了下来，于是她就势把它放在铺席上了。茶碗虽然没落下，茶却洒了一地。看见她那副羞涩妩媚的表情，我都惊呆了。"短短的几句话，一个

① ［日］川端康成：《美的存在与发现》，47页，桂林，漓江出版社，1998。

② 同上书，21页。

情窦初开的少女在她倾慕的人面前的娇羞情态跃然纸上。再如，男主人公和舞女他们一起去下田的时候，别的人都落在了后面，只有她跟着男主人公，但是又与他保持着一定的距离，男主人公回过头去同她攀谈，她却停住脚步回答他，舞女说话时，男主人公等着她赶上来，但是她却依然驻足不前。非等男主人公起步，她才迈脚。这种细致入微的细节描写，把舞女既愿意与男主人公在一起，但又害羞，因此不靠近他的那种羞怯的心理真实地表现了出来。

另一方面，《伊豆的舞女》对日本古典文学美学传统的继承还表现在善于通过景物描写创造抒情的氛围，表现人物的感情。整个故事以旅游胜地伊豆作为背景，对伊豆风光的描写和小说中表现的朦胧的恋情相协调，很好地衬托了作品中人物的心境，同时也使得整部作品都笼罩着一种浓重的抒情气息。如小说一开头所写的大雨，在促"我"急行的同时也衬托了"我"急于追上舞女他们的心情；而舞女演出时的大雨，则与"我"的烦躁不安相映衬。再以去下田途中的景物描写为例。"秋空分外澄澈，海天相连之处，烟霞散彩，恍如一派春色。"因为这时他正与舞女同行，所以心情非常愉快，这美丽的景色巧妙地烘托了人物快乐的心情；与舞女一同登山时"重峦叠嶂，寥无声息"，山顶上"静得只能听见小鸟停落在枝头上时摇动枯叶的沙沙声"，这种静谧的氛围则使二人的登山过程更加具有诗意。小说中的景物描写不只是正面衬托人物的心理，有时作者也使用反衬的手法。比如，作品开始写男主人公行路时："重叠的山峦，原始的森林，深邃的幽谷，一派秋色，实在让人目不暇接。可是，我的心房却在猛烈跳动。因为一个希望在催促我赶路。"这里的景色虽美，但是他为了追赶舞女，已经无暇顾及了。

很多时候，景物描写是为了营造抒情的气氛。比如写雨夜演出后第二天伊豆的景色，就能证明这一点："南伊豆是小阳春天气，一尘不染，晶莹透明，实在美极了。在浴池下方的上涨的小河，承受着暖融融的阳光。昨夜的烦躁，自己也觉得如梦似幻。"这种纯净而唯美的诗意境界，不仅涤荡了男主人公的紧张烦躁情绪，而且给读者以美的享受，使作品保持了优雅婉约的抒情基调。

另外，作者在作品中还成功地运用了对比的手法。比如在天城山上的茶馆中，作者描写了一个收集药方的怪老头，他"浑身青肿，活像个溺死的人。他那两只连瞳孔都黄浊的、像是糜烂了的眼睛，倦怠地朝我这边瞧着"。这个老头的衰老丑陋和舞女的年轻美丽形成了强烈对比。我们知道，虽然《伊豆的舞女》很接近现实，但它毕竟是作者在现实素材上进行艺术加工的结果。作者后来曾说："事实上，那个舞女虽是个标致的姑娘，鼻梁却扁塌，他哥哥患了严重的梅毒……这些事我都没有写进去。"[①] 舞女、舞女的哥哥都是经过美化以后写进作品的，而描写这个老头的衰老丑陋，则从侧面衬托出了舞女的年轻美丽。再如，旅馆老板娘曾经对男主人公说："请这种人吃饭，白花钱！"而男主人公丝毫不受她的影响，依然到他们住的旅店中去玩，为舞女读书，与他们保持密切的关系。老板娘势利的态度和男主人公的单纯善良也形成了对比，衬托出男女主人公之间那种纯洁的感情。

---

① ［日］川端康成著，叶渭渠译：《川端康成谈创作》，132页，上海，三联书店，1988。

关键概念

新感觉派

思考题

1. 分析《伊豆的舞女》中的心理描写。
2. 试述《伊豆的舞女》中体现出的日本传统文学的影响。

后　记

记得是在20世纪80年代中期，我看到一篇英语读物，是科幻文章，其中说到了21世纪，学生可以在家里通过电脑听几千里外的老师讲课，与老师讨论问题；还说那时候的学生不再用书包，不知道纸笔之类。当时我大大惊讶了一回，心中还存了一丝疑惑。谁知道刚刚过了20多年，我自己已经通过网络给学生们上课了。在这个飞速发展的时代，让人感慨的事情实在是太多了。

各国、各民族优秀的作家们借助各种文字创造了这些充满睿智和想象的艺术品，当你登堂入室，能够领会其中玄妙时，它们带给你的美感和愉悦是任何其他人类的精神产品所无法替代的。我们处在一个全球化的时代，国际交往日趋频繁，外国文学作品为你打开了一扇通往世界的窗户，拉近了你和世界的距离。如果说这本书有什么教益的话，这些便是。

读者应该认识到，《外国文学作品导读》是一部针对远程教育开发的教材，是一部面向对外国文学有兴趣的普通读者的入门读物，所以，它较少对所涉对象进行视角独特、立意深远的专门研究，而更注重吸收、总结中国学界已经积累的相关知识和成果，持论力求中正、稳妥、全面。这样做，缺点似乎是四平八稳，但对一个初学者，我认为了解外国文学作品的基本面貌、了解外国文学的常识是更重要的。本书在编写过程中对各家精彩之论多有采撷，恕不一一列出，在此谨向他们表示诚挚的感谢。

参加本书撰写的作者及分工如下：

刘洪涛：导言，索福克勒斯《俄狄浦斯王》导读，薄伽丘《十日谈》导读，莎士比亚《哈姆莱特》导读，塞万提斯《堂吉诃德》导读，笛福《鲁滨逊漂流记》导读，卢梭《新爱洛伊丝》导读，歌德《浮士德》导读，华兹华斯抒情诗导读，拜伦《唐璜》导读，普希金《叶甫盖尼·奥涅金》导读，雨果《巴黎圣母院》导读，夏洛蒂·勃朗特《简·爱》导读，狄更斯《双城记》导读，托尔斯泰《安娜·卡列尼娜》导读，哈代《德伯家的苔丝》导读，契诃夫《樱桃园》导读，劳伦斯《虹》导读，乔伊斯《尤利西斯》导读，艾略特《荒原》导读，博尔赫斯《小径分岔的花园》导读，海明威《老人与海》导读；

刘洪涛、黎杨全：斯丹达尔《红与黑》导读，巴尔扎克《高老头》导读；

刘洪涛、王文湛：易卜生《玩偶之家》导读；

刘洪涛、李娟：奥尼尔《悲悼》导读；

王文湛：荷马《伊利亚特》导读，波德莱尔《恶之花》导读；

张欣：但丁《神曲》导读；

周佩瑶、刘洪涛：海勒《第二十二条军规》导读；

李立华、翟月琴：卡夫卡《城堡》导读；

李立华：马尔克斯《百年孤独》导读；

李娟：尤奈斯库《秃头歌女》导读；

黄翠玲：萨特《禁闭》导读；

刘英梅：昆德拉《生命中不能承受之轻》导读；

黎跃进：《圣经》导读，蚁垤《罗摩衍那》导读，迦梨陀娑《沙恭达罗》导读；

李志坚：《一千零一夜》导读，纪伯伦《先知》导读，川端康成《伊豆的舞女》导读；

蔡春华：紫式部《源氏物语》导读；

张建华：泰戈尔《吉檀迦利》导读。

为这本教材，许多人付出了辛勤的劳动。这里首先要向各位撰稿人表示诚挚的感谢，他们克服了许多困难，才使得教材能够按时交稿。还要感谢中国人民大学网络学院的黄燕女士，她始终热情地为我录制课程提供力所能及的各种帮助，还为本书第一版的策划、修改出了许多极好的主意。也感谢中国人民大学出版社的李丽虹等编辑，她们为教材的初版和再版提供了诸多帮助。借再版之机，主编对初版的内容进行了修改，替换了部分稿件，体例和编排顺序上也有调整。天津师范大学文学院的黎跃进教授、福建师范大学文学院的蔡春华教授、北京师范大学文学院的张欣博士、天津外国语大学汉语文化传播学院的刘英梅博士为再版教材提供了部分稿子，也向他们表示衷心的感谢。

刘洪涛

图书在版编目（CIP）数据

外国文学作品导读/刘洪涛主编．—2版．—北京：中国人民大学出版社，2013.11
21世纪远程教育精品教材．汉语言文学系列
ISBN 978-7-300-18203-2

Ⅰ.①外… Ⅱ.①刘… Ⅲ.①外国文学-文学欣赏-远程教育-教材 Ⅳ.①I106

中国版本图书馆CIP数据核字（2013）第239768号

21世纪远程教育精品教材·汉语言文学系列
外国文学作品导读（第二版）
刘洪涛　主编
Waiguo Wenxue Zuopin Daodu

出版发行	中国人民大学出版社		
社　　址	北京中关村大街31号	**邮政编码**	100080
电　　话	010－62511242（总编室）		010－62511770（质管部）
	010－82501766（邮购部）		010－62514148（门市部）
	010－62515195（发行公司）		010－62515275（盗版举报）
网　　址	http://www.crup.com.cn		
经　　销	新华书店		
印　　刷	北京溢漾印刷有限公司	**版　　次**	2004年3月第1版
规　　格	185 mm×260 mm　16开本		2014年2月第2版
印　　张	18	**印　　次**	2021年2月第3次印刷
字　　数	403 000	**定　　价**	38.00元
